Petra Johann

SCHATTEN DER SCHULD

Kriminalroman

blanvalet

FSC
www.fsc.org
MIX
Papier aus verantwortungsvollen Quellen
FSC® C014496

Verlagsgruppe Random House FSC® N001967
Das FSC®-zertifizierte Papier *Holmen Book Cream*
für dieses Buch liefert Holmen Paper, Hallstavik, Schweden.

2. Auflage
Originalausgabe Dezember 2015
bei Blanvalet Verlag, einem Unternehmen der
Verlagsgruppe Random House GmbH, München

Dieses Werk wurde vermittelt durch die Literarische Agentur
Thomas Schlück GmbH, 30827 Garbsen.
Umschlaggestaltung: www.buerosued.de
Umschlagmotive: plainpicture/Mira; www.buerosued.de
Redaktion: Marie Küster
LH · Herstellung: sam
Satz: DTP Service Apel, Hannover
Druck und Bindung: GGP Media GmbH, Pößneck
Printed in Germany
ISBN: 978-3-7341-0203-5

www.blanvalet.de

Für Burkhard, der so vieles möglich macht

Inhalt

Prolog: Am Ende aller Dinge 9

Teil I

Das vierte Opfer 17
Das erste Opfer 52
Schweigen 78
Sprung ins Nichts 89
Das zweite Opfer 105
Prinzessinnenhochzeit 144
Das dritte Opfer 165
Am Rande der Welt 170
Mad Mick 175
Freddy 200
Alexa 211
Miranda 222
Ungebetener Besuch 236
Déjà-vu 242
Drachengrollen 251
Wie Vater und Sohn 273
Mick 290
Dammbruch 304

Hans 321
Drachenfeuer 338
Rettung 357
Auferstehung 361
Erkenntnis 375
Bestätigung 389
Chris 401

Teil II

Asche 415
Ruth 428
Widersprüche 441
Rauch 465
Im Abgrund 476
Das fünfte Opfer 487
Schwesternliebe 498
Das Jüngste Gericht 519
Im Schutz des Drachen 539
Danksagung 543

Prolog: Am Ende aller Dinge

Ruth Kettler war sicher, dass sie nicht zurückkehren würde, dennoch sagte sie dem Mädchen nichts davon. Der Arzt hatte von einer neunzigprozentigen Chance gesprochen, dass Ruth die Operation überleben würde, doch er hatte ihr dabei nicht in die Augen gesehen. Und so hatte sie daraus eine achtzigprozentige Chance gemacht – oder auch nur fünfzig zu fünfzig. Sie traute Ärzten nicht – genauso wenig wie Sozialarbeitern, Therapeuten, Polizisten oder dem Schicksal. Genau genommen vertraute sie niemandem und hatte es nie getan.

»Und wenn etwas passiert, während du im Krankenhaus bist?«, fragte Lilli mit weit aufgerissenen Augen.

Sie standen auf der Wiese vor dem Blockhaus im Nieselregen. Eigentlich hatte Ruth sich schon verabschiedet, doch Lilli war ihr nachgelaufen und trat nun von einem nackten Fuß auf den anderen. Sie trug nur Jeans und ein T-Shirt, und auf ihren dünnen Armen hatte sich in der feuchtkalten Herbstluft eine Gänsehaut gebildet.

»Es wird nichts passieren. Was sollte denn passieren?«

»Bertie könnte krank werden.«

»Unsinn. Bertie war noch nie krank.«

»Und wenn ich eine Frage habe? Kann ich dich dann nicht doch anrufen?«

»Das habe ich dir doch erklärt, Liebes. Ich darf im Krankenhaus mein Handy nicht einschalten. Es ist verboten.« Ruth wusste nicht, ob das tatsächlich noch zutraf, aber es lieferte ihr einen willkommenen Vorwand. Sie fasste das Mädchen sanft an den Schultern. »Geh wieder hinein, du wirst ja ganz nass.«

Doch Lillis Furcht war größer als ihre Folgsamkeit. »Und was ist, wenn er wiederkommt?«, flüsterte sie.

»Er wird nicht kommen.«

»Letzten Sonntag war er auch hier. Und gestern noch einmal. Ich habe ihn gesehen, als ich aus dem Wald zurückkam. Ich habe extra gewartet, bis er weg war.«

Ruth seufzte. Sie hatte gehofft, Lilli hätte es nicht mitbekommen. Wie seltsam das Schicksal manchmal spielte! Als sie dieses Haus entdeckt hatte – in Pendelnähe zu ihrer Arbeit in Aachen, dennoch einsam gelegen, am Rande des kleinen Ortes im Wald versteckt –, hatte sie gedacht, den perfekten Hafen für Lilli gefunden zu haben. Wie man sich irren konnte.

»Ich habe ihm gesagt, dass wir ihn hier nicht sehen wollen«, behauptete sie. »Ich bin sicher, er wird nicht mehr kommen.«

»Und wenn doch?«

»Dann musst du es ebenso machen. Du sagst ihm einfach …« Ruth brach ab. Sie wusste nur zu genau, dass dies keine Option war. Lilli würde keines ihrer Worte wiederholen können. Die Sprache war immer einer ihrer Feinde gewesen. »Oder besser noch, du gehst erst gar nicht zur Tür, wenn es klingelt. Tu so, als seist du nicht zu Hause.«

»Und wenn er mich durchs Fenster sieht?«

»Dann gehst du ebenfalls nicht zur Tür. Wir haben das Haus von ihm gekauft. Er hat kein Recht, hier einzudringen.«

»Und wenn ich ihm irgendwo draußen begegne? Was ist, wenn er mich erkennt?«

Lillis Augen wurden noch größer, und fast hätte ihr flehentlicher Blick Ruth veranlasst, ins Haus zurückzukehren, ihre Tasche mit dem Nachthemd und der Zahnbürste auszupacken und die Operation abzusagen. Doch was würde dann passieren? Sie würde hier sterben, nicht schnell wie bei der Operation, sondern langsam und qualvoll für sie beide. Der Tumor in ihrem Kopf würde weiterwuchern und in kürzester Zeit nicht nur ihre Persönlichkeit zerstören, sondern auch ihre letzten gemeinsamen Momente. Lilli würde vollkommen überfordert sein, und das wollte Ruth nicht. Es war weit besser, wenn sie morgen im Krankenhaus auf einem sterilen OP-Tisch starb. Doch vorher musste sie noch etwas erledigen.

»Du wirst ihm nicht begegnen. Warum solltest du? Die Vorräte reichen für eine Woche, du musst also nicht ins Dorf. Wenn du mit Bertie Gassi gehst, geh in den Wald, dort triffst du bei diesem Wetter keine Menschenseele. Und in ein paar Tagen komme ich ja wieder. Es ist schließlich nur eine Routineoperation.«

»Und dann suchen wir uns etwas Neues?«

»Natürlich, Liebes.« Ruth lächelte das Mädchen aufmunternd an. Lilli war sechzehn Jahre alt, doch Ruth sah in ihr nie die erwachende junge Frau. Sie wusste, dass dies auch ihre eigene Schuld war, denn seit sie Lilli vor drei Jahren bei sich aufgenommen hatte, hatte sie deren Unselbstständigkeit und Abhängigkeit von ihr unbewusst gefördert. Oder vielleicht sogar bewusst? Seit dem Besuch beim Arzt betrachtete Ruth ihr Leben mit neuer Klarheit, und was sie da sah, war nicht immer schön.

Doch für Schuldgefühle war es längst zu spät. Es gab nur noch eine Sache, die sie für Lilli tun konnte. »Wir suchen uns etwas Neues. Wir ziehen irgendwohin, wo dich niemand kennt.«

Es waren die richtigen Worte in der falschen Situation. Ruth sah, wie die Angst aus Lillis Blick wich und durch Hoffnung ersetzt wurde, als das Mädchen sich an die Lüge klammerte.

»Ich muss fahren, Liebes.«

»Lass mich dich noch mal drücken.« Lilli beugte sich zu ihr herunter und schlang ihre langen Arme um sie. Selbst wenn Ruth sich zu ihrer vollen Größe hätte aufrichten können, wäre sie einen Kopf kleiner gewesen als das Mädchen.

Eine Weile standen sie stumm da, eng umschlungen. Bertie, Lillis Bernhardinermix, kam durch die offene Haustür getrottet und schmiegte sich an ihre Beine. Dann löste Ruth sich von Lilli, drehte sich um und ging zu ihrem alten Fiesta. Als sie sich anschnallte, sah sie Lilli im Rückspiegel winken, doch sie richtete den Blick starr geradeaus. Ab sofort musste sie sich auf das konzentrieren, was vor ihr lag. Bevor Ruth am nächsten Morgen ins Krankenhaus fuhr, hatte sie noch etwas zu erledigen. Sie musste einen Menschen von den Toten auferwecken.

Fünf Stunden später war Ruths Plan fehlgeschlagen. Nur der erste Teil ihrer Voraussage war korrekt gewesen: Sie würde nicht zu dem Mädchen zurückkehren, das sie die letzten drei Jahre Lilli genannt hatte. Doch in anderer Hinsicht war ihre Voraussage falsch gewesen: Ruth war nicht auf einem OP-Tisch gestorben, weil eine Diamantfräse ein kreisrundes Loch in ihren Schädel gefräst hatte. Sie war gestorben, weil sich auf einem trüben, nassen Weg im Aachener Stadtwald die Klinge einer Axt wieder und wieder in ihren Hinterkopf gefressen hatte.

Teil I

Das vierte Opfer

Der Anruf kam gegen halb acht Uhr am Sonntagabend, als Erster Kriminalhauptkommissar Frank Quirin und seine Frau Backgammon spielten. Bea hatte gerade auf Acht verdoppelt und sich dann eine Champagnertrüffel in den Mund gesteckt. Jetzt schob sie sie in ihre linke Backe.

»Falls es eine Leiche ist, sag ihnen, du seist gerade unabkömmlich«, verlangte sie von ihrem Ehemann.

Frank konnte sie nur allzu gut verstehen. Acht Punkte würden Bea zum endgültigen Sieg verhelfen, und sie hatten verabredet – das heißt, Bea hatte bestimmt –, dass der Sieger der Backgammonpartie die Haushaltspflichten für die Woche einteilen durfte. Unter anderem standen ein Besuch beim TÜV und Kücheputzen auf dem Programm, und Bea hatte beim Abendessen schon verkündet, ihren Kopf lieber unter eine schmutzige Motorhaube als unter eine schmutzige Spüle stecken zu wollen.

»Es kann keine Leiche sein, zumindest nicht für mich«, entgegnete Frank entspannt und verschob zwei schwarze Steine. »Die MK1 hat Bereitschaft. Vermutlich ist es Tante Gerda.«

»Oh Gott, dann geh erst recht du dran.«

»Es ist deine Tante.«

»Aber sie will sowieso dich sprechen. Bestimmt steht wieder ein imaginärer Einbrecher in ihrem Bad.« Bea drückte sich aus ihrem Sessel hoch und reichte Frank das Telefon vom Sideboard. »Erzähl ihr einfach, dass sie den Kerl in den Duschvorhang wickeln und mit Klopapier verschnüren soll. Ich hole uns noch eine Flasche Wein.«

Sie verschwand in der Küche. Frank lehnte sich auf der Couch zurück und nahm das Gespräch an. Doch statt der aufgeregten, altjüngferlichen Stimme von Beas Patentante hörte er eine aufgeregte, tiefe, eindeutig männliche Stimme, die er im ersten Moment nicht identifizieren konnte, weil er noch nie erlebt hatte, dass der phlegmatische Kommissar Kurt Randerath vom Kriminaldauerdienst sich aufregte.

»Sag das noch mal langsamer«, verlangte Frank schließlich.

Am anderen Ende der Leitung atmete Kurt vernehmlich ein und aus. Dann rülpste er. »'tschuldigung. Ich bin etwas durch den Wind. Wir haben eine Leiche, weiblich, im Aachener Stadtwald. Eine Spaziergängerin hat sie vor einer Stunde entdeckt. Tötungsdelikt, kein Zweifel. Sie wurde erschlagen. Kannst du herkommen?«

Ich kann schon, dachte Frank, aber ich will nicht. Er sah auf das Spielbrett. Er hatte sich auf einen ruhigen Abend mit Bea und Backgammon gefreut. Oder mit Bea und einer Flasche Wein. Oder nur mit Bea. »Warum ich? Was ist mit Jens? Die MK1 ist dran.« Zur Aachener Kripo gehörten drei Mordkommissionen, die sich mit dem Bereitschaftsdienst abwechselten. Frank leitete die MK2.

»Er ist einverstanden. Ich habe mit ihm gesprochen. Er ist der Meinung, du sollst das übernehmen. Das finden wir beide.«

»Und warum?«

Am anderen Ende der Leitung entstand eine Pause. »Das würde ich dir lieber zeigen, wenn du hier bist.« Dann fügte Kurt hinzu: »Frank, du solltest wirklich dringend kommen.«

Frank überlegte kurz. »Nun gut, gib mir eine Viertelstunde. Wo ist es genau?« Er griff zum Notizblock mit dem Backgammonstand und notierte die Wegbeschreibung. Die Tote war am Rand des Stadtwaldes in der Nähe eines Wanderparkplatzes entdeckt worden. Frank kannte die Stelle, Bea und er waren dort schon spazieren gegangen.

»Die Jungs vom Erkennungsdienst sind schon informiert«, schloss Kurt. »Soll ich noch jemanden aus deinem Team anrufen?«

»Nein. Falls nötig, erledige ich das selbst.« Es reichte, wenn sein freier Sonntagabend ausfiel. Außer vielleicht … »Du kannst Benny Bescheid sagen.« Kriminalkommissar Benjamin Kämpfer war der jüngste Neuzugang der MK2 und hatte bisher erst an einer Mordermittlung teilgenommen. »Bis gleich.« Frank stand auf und legte das Telefon auf die Basisstation.

Bea kam mit einer geöffneten Flasche Shiraz zurück. Sie warf ihm einen Blick zu. »Doch der Job?«

Frank antwortete nicht sofort. Sein Blick war auf eins der zahlreichen Fotos gefallen, die auf dem Sideboard standen. Frank und Bea hatten keine Kinder, doch viele Menschen, die ihnen nahestanden und die ihren Platz in einem der kunterbunt zusammengewürfelten Rahmen gefunden hatten. Frank starrte auf ein Hochzeitsbild, wenn auch auf ein reichlich unkonventionelles. Der Bräutigam hatte sein Jackett abgelegt, darunter trug er eine mit einem silbernen Drachen bestickte Weste. Er hatte sich seine Braut über die Schulter geworfen, sodass hauptsächlich ihr schmaler, in weiße Seide gehüllter Po zu sehen war. Er grinste breit in die Kamera, im Gesicht die pure Lebensfreude. Frank betrachtete das Bild, und plötzlich hatte er eine Ahnung, was er am Tatort vorfinden würde. Der Gedanke war so erschütternd, dass er ihm für einen Moment die Sprache raubte.

»Ich glaube eher, das war das Schicksal.«

Im Wald war es kalt und nass und ungemütlich. Die Tote lag auf der Seite auf einem Bett aus welken Blättern und abgebrochenen Zweigen. Die Stelle war nur wenige Meter von einem der Wege entfernt, die vom Wanderparkplatz wegführten, jedoch durch Büsche und Bäume vor den zufälligen Blicken Vorbeigehender verborgen. Ein Labrador, der seiner Nase folgte, hatte die Leiche aufgespürt und durch aufgeregtes Bellen sein Frauchen alarmiert. Dieses war, über Äste und Wurzeln stolpernd, in den Wald vorgedrungen, um den Hund zu holen. Sie hatte vor Sonnenuntergang zu Hause sein wollen, weil sie sich – wie sie Kurt Randerath später erklärte – bei Dunkelheit im Wald fürchtete. Doch was sie dann gesehen hatte, hatte ihr noch weit mehr Angst gemacht.

Mittlerweile herrschte finstere Nacht, doch der Fundort der Leiche war hell erleuchtet. Bevor er Frank anrief, hatte Kurt das THW alarmiert, und die Helfer hatten einen Lichtmastkraftwagen so nahe wie möglich an den Fundort herangefahren. Im Schein seiner 1000-Watt-Halogenstrahler glänzten die Blätter, die noch hier und dort an Büschen und Bäumen hingen. Die Stämme der Bäume warfen schmale Schattenstreifen auf die Szenerie. Ein solcher schwarzer Streifen fiel auch über die Beine der Toten, doch ihr Oberkörper war in kaltes Licht getaucht.

Frank musste nur einen kurzen Blick auf diesen Oberkörper werfen, um seine düsteren Ahnungen bestätigt zu sehen. Einen Augenblick stand er wie erstarrt, dann griff er zu seinem Handy und wählte die Nummer von Kriminalhauptkommissarin Charlotte Rumor. Er wartete ungeduldig und unterdrückte einen Fluch, als er auf die Mailbox umgeleitet wurde. Er sprach nur sechs Worte: »Charly, ruf mich an! Egal wann.«

Frank steckte das Handy wieder weg und wandte sich an Benjamin Kämpfer, der gleichzeitig mit ihm am Tatort eingetroffen war und wartend neben ihm auf dem Trampelpfad stand, den die Polizisten zu der Toten gebahnt hatten. Normalerweise hätte Frank sich jetzt Zeit für Benny genommen, schließlich war es erst dessen zweite Leiche. Stattdessen sagte er:

»Benny, ich will, dass du Charly findest und hierherbringst. Ich habe versucht, sie anzurufen, aber sie meldet sich nicht. Ich habe keine Ahnung, wo sie ist, aber ich will sie innerhalb der nächsten Stunde hierhaben. Verstanden?«

Benny sah ihn erstaunt an. »Aber Charly hat Urlaub.«

Das hatte Frank völlig vergessen. »Das ist mir egal.«

Bennys Kinderaugen rundeten sich noch mehr. »Aber vielleicht ist sie weggefahren.«

»Charly fährt nie weg. Also, ab mit dir! Ich brauche sie hier.«

»Aber wenn du nicht weißt, wo sie ist …«

Frank riss der Geduldsfaden. »Benny, spar dir deine Aber«, schnauzte er. »Fahr zu ihr nach Hause. Sie wohnt in der Arndtstraße. Klingle. Wenn sie nicht da ist, frag die Nachbarn, wo sie sein könnte. Klappere alle möglichen Orte ab. Frag meinetwegen einen Polizisten oder auch deinen lieben Gott, aber schaff sie her.«

Er wusste, dass er übertrieben hatte, als sich Bennys Gesicht zu einer Grimasse aus Schmerz und Staunen verzog. Bevor er zur Polizei ging, hatte Benny in seiner Heimatstadt Köln zwei Semester Theologie studiert. Es gab Kollegen, die sich darüber lustig machten, aber Frank wäre das unter anderen Umständen nie eingefallen. »Entschuldige. Finde sie einfach, okay?«

Benny nickte, öffnete noch mal den Mund, überlegte es sich offenbar anders und verschwand. Frank schloss kurz die Augen, bevor er sich wieder zu der Toten umwandte.

Sieh sie dir an wie jede andere Leiche, sagte er sich im Stillen. Vergiss für jetzt die Implikationen. Vergiss die anderen.

Doch das gelang ihm nicht. Die Frau, die auf dem kalten, matschigen Waldboden lag, verschwamm vor seinen Augen. Dafür tauchte das Bild einer anderen Toten vor ihm auf. Und das Bild des Mannes, der sie in den Armen hielt. Seine geröteten starren Augen. Seine Zähne, die er fletschte wie ein wildes Tier. Und dann gellte Frank der Schrei dieses Mannes in den Ohren, und am liebsten hätte er sie zugehalten.

Kriminalkommissar Benjamin Kämpfer hatte schon zu Beginn seiner Ausbildung in Köln erkannt, dass das Schicksal ihm drei große Nachteile für eine Polizistenkarriere mit auf den Lebensweg gegeben hatte: Ein Posaunenengelgesicht, mit dem er aussah wie zwölf statt neunundzwanzig. Einen Kleine-Jungen-Vornamen, bei dem Kollegen unweigerlich an eine alberne Kindersendung dachten. Und die Neigung, in Stresssituationen hysterisch zu kichern. Gegen die Nachteile Nummer eins und drei hatte er bisher keine wirksamen Gegenmittel gefunden. Doch um wenigstens Nummer zwei zu beheben, hatte er sich vor einigen Wochen bei seinem Dienstantritt bei der Aachener Kripo mit Ben Kämpfer vorgestellt und sich fest vorgenommen, sich jegliche Verniedlichung seines Namens zu verbitten. Leider hatte der Vorsatz nicht lange gehalten. Irgendein Kollege hatte schnell seinen tatsächlichen Vornamen herausgefunden und ihn daraufhin jedes Mal mit einem trompeteten »Töröö« begrüßt und ihn Benji Blümchen genannt. So lange, bis Frank das unterbunden hatte. Dennoch war aus Benji Benny geworden, und so nannte ihn inzwischen jeder, inklusive Frank.

Doch abgesehen davon, dass er Benny gerufen wurde und derjenige war, der immer zum Kaffeekochen und Pizzaholen geschickt wurde, gefiel es Benny gut bei der MK2. Das lag besonders an Frank Quirin, den Benny – ohnehin stets auf der Suche nach Vorbildern – sogleich zu einem solchen erkoren hatte. Er bewunderte Franks Durchsetzungskraft, deren Quelle er noch nicht entdeckt hatte. Er bewunderte die Tatsache, dass Frank jeden – von den Bürokräften bis zum Polizeipräsidenten – mit der gleichen Höflichkeit behandelte. Vor allem aber bewunderte er die Gelassenheit, mit der Frank auf jegliche Krise reagierte. Normalerweise. Doch wie sein Chef gerade auf den Anblick der Toten im Wald reagiert hatte, war alles andere als gelassen gewesen. Benny fragte sich, was in ihn gefahren sein mochte.

Doch darüber konnte er später nachdenken. Jetzt sprintete er erst einmal los wie Usain Bolt, hechtete hinter das Steuer seines Golfs wie Manuel Neuer und brauste zur Arndtstraße wie Sebastian Vettel. So weit, so James Bond. Doch dann wurde sein Vormarsch gestoppt. Er klingelte zweimal bei Charly, vergeblich. Er versuchte noch einmal, sie auf dem Handy zu erreichen, ebenfalls vergeblich. Und jetzt?

Ein drittes Mal presste Benny seinen Daumen auf die Klingel neben dem Namen *Rumor*, den er im Schein der Straßenlaterne gerade so lesen konnte, doch wieder antwortete ihm nur Stille. Er starrte an dem braun verklinkerten Mietshaus hoch. Im dritten Obergeschoss rechts brannte Licht. Wenn die Anordnung der Klingelschilder etwas besagte, musste das Fenster zu Charlys Wohnung gehören. Hatte sie vergessen, das Licht auszuknipsen, oder saß sie dort oben und hatte lediglich keine Lust auf Besuch? Sollte er in dem Fall wirklich bei den Nachbarn klingeln, wie Frank es vorgeschlagen hatte? Und wenn die bestätigten, dass Charly zu Hause war? Sollte er dann so lange an ihre Tür hämmern, bis sie öffnete?

Es war keine angenehme Vorstellung.

Benny kannte Charly seit einigen Wochen, doch weil sie so unnahbar wirkte und so wenig von sich preisgab, fühlte es sich eher nach einigen Tagen an. Er wusste nicht viel mehr über sie, als dass sie achtunddreißig war und einen Ruf als sehr gute Kriminalerin hatte. Schon deshalb hatte er einen Heidenrespekt vor ihr. Doch dieser Respekt war durchaus mit Angst vermischt. Charly hatte eine scharfe Zunge, die sie ohne Zögern einsetzte, wenn ihr jemand zu nahe trat. Benny konnte sich ihre Reaktion vorstellen, wenn er ausgerechnet sie, die so viel Wert auf ihre Privatsphäre legte, sonntagabends im Urlaub störte.

»Können wir dir helfen?«

Benny drehte sich um. Hinter ihm stand ein Pärchen Anfang zwanzig, Studenten vermutlich.

»Ich möchte zu Frau Rumor. Wisst ihr zufällig, wo sie ist? Es ist ziemlich dringend.«

Der Student sah am Haus hoch. »Bei ihr brennt Licht. Hast du schon geklingelt?«

Benny nickte.

»Dann ist die Klingel vermutlich mal wieder im Eimer. Komm mit rein, dann kannst du raufgehen und klopfen. Ganz oben rechts.«

Der Student sperrte die Haustür auf. Benny wunderte sich nicht über das vertrauensselige Verhalten. Es war der einzige Vorteil seiner kindlichen Gesichtszüge.

Die Treppe war steil, und Benny keuchte leicht, als er im dritten Stock ankam. Charly galt als Sportskanone, kein Wunder. Benny wartete kurz, weil er ihr nicht ins Gesicht schnaufen wollte, dann klopfte er. Kurz darauf wurde die Tür aufgerissen.

»Hi, Charly …«, begann Benny. Mehr brachte er nicht heraus, weil ihr Anblick ihm die Sprache verschlug.

Er hatte Hauptkommissarin Charlotte Rumor eine Woche nicht gesehen, doch so, wie sie sich verändert hatte, hätten es Jahre sein können. Bei der Arbeit trug Charly stets die gleiche Kluft: Jeans, Trekkingschuhe, farbloses Oberteil und bei Bedarf eine abgewetzte schwarze Lederjacke. Dazu weder Make-up noch Schmuck. Jetzt sah sie aus, als wäre sie zu einer Fashionshow unterwegs. Sie trug ein feuerrotes Etuikleid, das kurz über dem Knie endete und den Blick auf zwei ausgesprochen hübsche Beine und High Heels freigab. Außerdem war Charly offensichtlich beim Friseur gewesen. Die herausgewachsene Kurzhaarfrisur war durch etwas ersetzt worden, das Benny für einen topmodischen Pixie hielt – vier ältere Schwestern hielten ihn in Modefragen auf dem Laufenden –, und um allem die Krone aufzusetzen, war Charly geschminkt.

Mit Mühe klappte Benny seinen Mund zu. »Hi«, wiederholte er dann.

Charly kniff ihre Smokey Eyes zusammen. »Was machst du denn hier?«

»Ich will zu dir. Frank schickt mich.«

»Du kannst nicht zu mir wollen. Ich habe Urlaub. Urlaub heißt, dass ich vor den Nachstellungen meiner Kollegen sicher bin. Hast du das im Polizeikindergarten nicht gelernt?«

Wenigstens hat sie nicht auch ihr Verhalten einer Schönheits-OP unterzogen, dachte Benny. »Frank schickt mich wirklich. Wir haben einen Mord, ich soll dich holen.«

»Blödsinn. Das könnt ihr doch wohl ohne mich regeln. Außerdem ist die MK1 dran.«

»Stimmt, aber die wollen, dass wir das übernehmen. Und Frank wollte, dass ich dich hole.«

»Warum?«

Gute Frage, dachte Benny. »Keine Ahnung. Es scheint aber wirklich dringend zu sein. Er hat nur einen Blick auf die Tote geworfen und sofort zum Handy gegriffen. Als er dich nicht erreichte, hat er mich losgeschickt. Er schien ziemlich durch den Wind zu sein.«

»Frank?« Charlys Stimme klang ungläubig. »Machst du Witze?« Doch sie trat einen Schritt zurück in die Wohnung und griff zu ihrem Handy, das auf einer Kommode im Flur lag. Sie tippte kurz darauf herum, bis Franks Stimme ertönte: »Charly, ruf mich an! Egal, wann.«

»Es ist wirklich kein Witz«, bemerkte Benny unnötigerweise.

Charly legte das Handy weg. Einen Moment stand sie unschlüssig da. Während sie überlegte, versuchte Benny einen Blick in die Wohnung zu erhaschen, doch er entdeckte nur einen nichtssagenden, weiß gestrichenen Flur. Dann jedoch trat Charly einen Schritt zur Seite, und er stellte fest, dass sie nicht allein war. Hinter ihr lehnte eine zweite Frau an einem Türrahmen.

Benny richtete sofort seine volle Aufmerksamkeit auf sie, denn sie sah umwerfend aus. Sie trug ein schwarzes Kleid, das bedeutend kürzer war als Charlys. Auch sie war perfekt gestylt und trug einen Pixie, nur in Platinblond statt in Schwarz. Doch obwohl Charly gut aussah, stellte die Frau sie fraglos in den Schatten. Bei ihren Kurven wäre einem Slalomfahrer schwindelig geworden, und sie besaß einen Mund, von dem Benny geschworen hätte, dass er exakt zu seinem eigenen passen würde.

Charly drehte sich zu ihr um. »Jill, es tut mir leid, ich muss noch mal weg.«

Jill trat näher. »Jetzt? Ernsthaft? Wir sind schon seit einer Viertelstunde überfällig, und außerdem bin ich kurz vorm Verhungern.«

»Es tut mir leid, es geht nicht anders. Ein Mordfall.«

»Ich dachte, du hast Urlaub.« Sie warf Benny einen unfreundlichen Blick zu.

Charly stellte ihn nicht vor, sondern sagte bloß: »Das ist ein Kollege von mir. Mein Chef hat ihn extra losgeschickt, um mich zu holen.«

Jill sah nicht so aus, als hielte sie das für ein schlagendes Argument, doch sie sagte: »Tja, da kann man nichts machen. Romantisches Abendessen ade. Oder lässt du mir stattdessen den kleinen Welpen da? Er sieht aus, als bräuchte er ein Frauchen, das sich um ihn kümmert. Oder wird er noch gesäugt? Das würde erklären, warum er so hungrig auf meinen Busen starrt.«

Sie sagte es in zuckersüßem Ton, doch Benny schoss die Röte ins Gesicht.

Charly erwiderte: »Ich fürchte, ich muss ihn mitnehmen. Aber nicht so. Ich muss mich umziehen. Benny, ich bin in fünf Minuten unten.«

Damit schlug sie ihm die Tür vor der Nase zu.

Charly benötigte tatsächlich nur fünf Minuten, um sich abzuschminken, ihr Kleid und Jills Schuhe auszuziehen und sich in ihre gewohnte Kluft zu werfen. Im Stillen verfluchte sie Jill, die sie überredet hatte, sich für den Abend so aufzumotzen.

Jill hatte in der Zwischenzeit eine Flasche Rotwein geöffnet – von dem, den sie mitgebracht hatte, da sie Charlys Auswahl für eine Zumutung hielt. Mit einem gut gefüllten Glas erschien sie in der Schlafzimmertür. »Wenn du so herumläufst, ist es kein Wunder, dass deinem Kollegen fast die Augen aus dem Kopf gefallen sind. War das der Neue, von dem du erzählt hast?«

»Mmh«, erwiderte Charly, den Kopf in einem Wollpullover. Es war kalt draußen, und sie war froh, nicht in einem Kleid hinauszumüssen.

»Erstaunlich, dass der im Dunkeln schon allein rausdarf. Er sieht aus wie fünfzehn, Babyspeck inklusive. Aber warum hast du behauptet, er sei harmlos?«

Charly schob ihren Kopf durch die Halsöffnung. »Weil er es ist. Harmlos und naiv. Zu naiv. Ich glaube nicht, dass er es lange bei der Mordkommission aushält. Hat er dir übrigens wirklich auf den Busen gestarrt? Das hätte ich ihm nicht zugetraut.«

»Sonst hätte ich es nicht gesagt.«

Charly war sich da nicht so sicher. Sie schätzte Jill wie kaum einen anderen Menschen – der Einzige, der ihr spontan einfiel, war Frank. Aber Jill hatte manchmal Vorurteile gegenüber Männern, bei denen selbst radikale Feministinnen nach Luft schnappten. Zweifelnd betrachtete sie die Freundin.

Jill fing an zu lachen. »Na gut, nur in Gedanken. Aber ich dachte mir: Wehret den Anfängen! Außerdem hat er uns den Abend versaut, und es wundert mich, dass du sofort rennst, wenn dein Chef pfeift. Das passt nicht zu dir.«

»Es scheint wichtig zu sein.«

»Das ist es bei Chefs angeblich immer.«

Charly fischte ein Paar Socken aus der Kommode. Dann hielt sie nachdenklich inne. »Nicht bei Frank. Er würde uns nie ausnutzen. Er ist nicht der Typ, der Mitarbeiter ohne Not aus dem Wochenende holt. Oder gar aus dem Urlaub. Das hat er noch nie gemacht. Es muss wirklich wichtig sein.« Erst als sie es aussprach, wurde ihr klar, wie wichtig, und sie fragte sich, was passiert sein mochte.

Sie zog die Socken an und streckte Jill die Hand hin, ein Friedensangebot. Jill nahm das Weinglas in die linke Hand und zog Charly mit der rechten Hand auf die Füße. Einen kurzen Augenblick standen sie dicht voreinander, dann trat Charly einen Schritt zurück.

»Das sollte dir dein dritter Jahrestag auch sein«, sagte Jill leise. »Wichtig, meine ich.«

»Das ist er doch«, behauptete Charly. »Sonst hätte ich mich von dir nicht so aufmotzen lassen. Ich hätte zum Thronjubiläum der Queen gehen können.«

»Nur weil ich dich gezwungen habe.«

Das stimmte. Charly hatte sich zuletzt als Teenager geschminkt und dann beschlossen, dass sie ihre Zeit lieber anders nutzte. Zunächst hatte sie sich auch geweigert, ihr einziges Kleid – sie hatte es vor Jahren für eine Hochzeit gekauft, an die sie lieber nicht mehr erinnert werden wollte – zu tragen und sich von Jill stylen zu lassen. Doch Jill hatte sie schließlich überredet mit der Begründung, sonst würde man sie nicht in das teure französische Restaurant lassen, in dem sie einen Tisch reserviert hatte. Charly wäre zwar ohnehin lieber zum Italiener um die Ecke gegangen, hatte aber nachgegeben, weil sie wusste, dass sie es Jill schuldete.

Jetzt sagte sie: »Hey, wenn du möchtest, können wir das Essen beim Franzosen ja morgen Abend nachholen.«

»Heißt das, du rechnest damit, länger wegzubleiben?«

Charly ging in den Flur und schlüpfte in ihre bequemen Schnürboots. Sie trauerte Jills High Heels nicht eine Sekunde lang nach. »Ich fürchte ja.«

»In dem Fall gehe ich lieber allein essen. Du glaubst doch nicht ernsthaft, dass wir für morgen noch einen Tisch bekommen? Aber was ist mit dir? Du hast seit dem Frühstück nichts gegessen.«

»Kein Problem.« Charly lief in die Küche und nahm sich einen Müsliriegel aus dem Schrank.

Jill kommentierte das mit einem Kopfschütteln. »Du weißt wirklich, wie man es sich gut gehen lässt. Und ich bin mit dem Gedanken aus Hamburg angereist, dir zu zeigen, dass das Leben schön sein kann. Offensichtlich habe ich meine Mission schon erfüllt.«

Charly grinste. Dann schnappte sie sich ihre Schlüssel und verschwand durch die Wohnungstür. Doch auf dem Weg nach unten hallten Jills Worte in ihrem Kopf nach. Konnte das Leben wirklich schön sein? Es war kein Gedanke, der sich ihr in den letzten drei Jahren aufgedrängt hatte, aber vielleicht war es an der Zeit, ihn wieder zuzulassen?

Der Gedanke war so gegenwärtig, dass Charly sogar Benny anlächelte, als sie zu ihm ins Auto stieg.

»Okay, jetzt noch mal ohne zivile Zeugen. Warum will Frank, dass ich komme?«

Benny tippte den Blinker an und fuhr los. »Ich weiß es nicht. Das sagte ich doch schon.«

»Dann erzähl mir alles, was du weißt.«

Benny tat das, während er den Wagen durch die dunklen, einsamen Straßen lenkte. Im Licht der Scheinwerfer glänzten die Pfützen. Seit dem letzten Regenguss vor zwei Stunden waren die Straßen noch nicht getrocknet.

Was Benny erzählte, war nicht sehr aufschlussreich. Gegen halb sieben hatte eine Spaziergängerin im Stadtwald eine weibliche Leiche entdeckt. Die Tote hatte mehrere Verletzungen an Nacken und Hinterkopf, die offensichtlich stark geblutet hatten. Die Spaziergängerin war nach Hause gelaufen und hatte 110 gewählt, woraufhin ein Notarzt und Kurt Randerath vom KDD gekommen waren. Kurt hatte dann erst den Leiter der MK1 angerufen und später Frank informiert.

So weit, so ungewöhnlich, dachte Charly. Es kam ausgesprochen selten vor, dass eine Mordkommission einer anderen eine Leiche wegschnappte. Doch selbst wenn: Warum forderte Frank ausgerechnet sie an?

»Du warst doch auch schon am Tatort und hast die Leiche gesehen. Ist dir irgendetwas Besonderes aufgefallen? Was war denn überhaupt die Tatwaffe?«

»Wir haben sie noch nicht gefunden. Kurt meinte, es könnte eine Axt gewesen sein. Und da war tatsächlich etwas Seltsames … Alles okay?«

Nein, dachte Charly, nein. Bei dem Wort Axt hatte sie unwillkürlich die Arme schützend vor der Brust gekreuzt. Jetzt spürte sie einen immensen Druck hinter den Rippen. »Das Seltsame«, fragte sie gepresst, »was war das?«

»Nichts Schlimmes«, antwortete Benny hastig. Offensichtlich wollte er sie beruhigen. »Ich meine, nichts wirklich Schlimmes. Keine Verstümmelung oder so. Es sah nur so aus, als habe der Mörder dem Opfer die Haare abgeschnitten.«

Doch Charly wusste, etwas Schlimmeres hätte nicht passieren können.

Frank Quirin hatte seine Fassung wiedergefunden, bevor Charly ihre verlor, doch es war ihm erst gelungen, als einer der Kollegen vom Erkennungsdienst ihn von der Leiche weggeholt hatte.

»Frank, kommst du mal? Ich glaube, ich habe den Tatort gefunden.«

Frank ging über den Trampelpfad, den die Polizisten zu der Toten gebahnt hatten, zurück zum Wanderweg. Der Trampelpfad war nicht die kürzeste Verbindung zum

Weg, sondern entsprach der Route, die die Hundebesitzerin genommen hatte. Auf diese Weise versuchten die Ermittler, möglichst wenige Spuren zu zerstören.

Dass dieses Vorgehen sinnvoll gewesen war, zeigte sich, als der Erkennungsdienstler Frank zu der Stelle des Wanderweges führte, die der Leiche am nächsten lag, und auf einen hellen Stein deutete, auf dem dunkle Tropfen zu sehen waren.

»Blut?«, fragte Frank.

Der Erkennungsdienstler bejahte. »Es sieht so aus, als sei sie hier erschlagen und dann auf dem direkten Weg zum Fundort geschleift worden. Siehst du den Eindruck hier am Wegrand? Sie könnte hier hingefallen sein, zumindest sieht es so aus, als sei hier vor Kurzem ein schwerer Gegenstand hingefallen oder hingeworfen worden. Und hier sind Knick- und Bruchspuren, und das dort sieht nach einer Schleifspur aus.«

Er wies auf mehrere Stellen, dann zog er vorsichtig mit den behandschuhten Händen einen Zweig zur Seite und leuchtete zusätzlich mit seiner Taschenlampe. Frank konnte die Schleifspur deutlich erkennen.

»Sehr gut. Was ist mit Fußabdrücken?«

»Bisher haben wir keine klaren Spuren gefunden, es dürfte auch schwierig werden, weil der Boden so matschig ist. Und wenn der Täter schlau war, hat er die Leiche hinter sich hergezogen, sodass sie seine Spuren verwischt hat, und ist auf dem Rückweg auf die dickeren Äste getreten. Sobald ich hier alles gesichert habe, suche ich weiter.«

Frank nickte und überließ den Mann wieder seiner Arbeit. Auf dem Weg und im Wald herrschte mittlerweile reges Treiben. Die Erkennungsdienstler suchten nach

Spuren, die Männer vom THW beratschlagten, wie sie den Tatort über Nacht am besten schützen könnten. Es regnete zwar gerade nicht, doch für die Nacht waren weitere Schauer vorhergesagt.

Frank ging die wenigen Meter zum Parkplatz, um sich einen Überblick über die Umgebung zu verschaffen. Der Stadtwald erstreckte sich im Süden Aachens über ein Gebiet von mehr als zwei Hektar. Es gab mehrere Wohnstraßen, die an den Wald angrenzten oder sich ein Stückchen in ihn hineinschlängelten. Der Wanderparkplatz lag am Ende einer solchen Straße. Bei schönem Wetter war er stark frequentiert, jetzt war er leer. Auch die Polizisten hatten ihre Einsatzfahrzeuge ein Stück die Straße hinunter geparkt, um mögliche Spuren nicht zu vernichten.

Frank sah an der Schlange der Fahrzeuge vorbei. Etwa hundert Meter weiter machte die Straße einen Knick, außer Sichtweite standen dort die ersten Einfamilienhäuser. In einem davon wohnte die Spaziergängerin, die die Tote gefunden hatte. Eigentlich hätte Frank mit ihrer Vernehmung beginnen können, doch er wollte erst mit Charly sprechen – falls Benny sie denn fand.

Obwohl Frank behauptet hatte, dass Charly im Urlaub nie wegfuhr, hatte er keine Ahnung, ob das tatsächlich noch zutraf. Er wusste, dass sie früher ihre Urlaube meistens dazu genutzt hatte, etwas Nützliches zu tun: ihre Wohnung zu renovieren, sich weiterzubilden oder für eine Prüfung zu lernen. In den zehn Jahren, die er sie kannte, war sie nur zweimal weggefahren. Einmal hatte Mick, dem ihr Pflichtbewusstsein ein Gräuel war, sie überredet, mit ihm in seinem Pick-up drei Wochen quer durch Europa zu fahren. Charly war entspannt wie nie zurückgekommen. Das andere Mal war sie in einen

Sportklub auf Sardinien geflogen. Von da war sie liegend und mit schweren Verletzungen nach Hause transportiert worden. Aber heute?

In den letzten drei Jahren hatte Charly so wenig Interesse an ihrer Karriere gezeigt, dass Frank sich nicht vorstellen konnte, wie sie mit einem Stapel Bücher für angehende Führungskräfte an ihrem Schreibtisch saß. Allerdings hatte sie auch kein Interesse an anderen Dingen gezeigt, sodass sie wohl auch nicht losgezogen war, allein ein fremdes Land zu erkunden. Im Sommer, vermutete Frank, zog es Charly in die Eifel, wo sie auf ihrem Rennrad ihren Dämonen davonzufahren versuchte. Aber was tat sie in einer verregneten Oktoberwoche?

Ich müsste es wissen, dachte er mit einem Mal müde. Früher hatte er solche Dinge gewusst. Früher, als er noch ein väterliches Verhältnis zu den meisten seiner Mitarbeiter gehabt hatte, insbesondere aber zu Charly und Mick. Früher, bevor beide ihm und einander entglitten waren. Früher, bevor ein Mann mit einer Axt drei Frauen erschlagen und mit einem entsetzlichen Hieb auch das Team zerstört hatte, das Frank so sorgfältig aufgebaut hatte.

Frank sah sofort, dass Charly schon Bescheid wusste. Er erkannte es an der Art, wie sie aus dem Golf stieg, den Benny hinter dem Bus des Erkennungsdienstes geparkt hatte. Charly war immer selbstbewusst gewesen, das hatte sich in ihrer aufrechten Haltung und ihrem gelassenen Gang ausgedrückt. In den letzten drei Jahren waren ihre Bewegungen dann noch forscher geworden, sodass sie manchmal geradezu aggressiv wirkten. Doch jetzt bewegte Charly sich, als hätte sie Schmerzen.

Frank ging ihr entgegen. »Danke, dass du gekommen bist.«

Sie nickte bloß. Offenbar hatte es ihr die Sprache verschlagen, was selten genug geschah.

»Hat Benny dir erzählt, was passiert ist?«, fragte er dennoch.

»Nicht viel. Aber er hat erzählt, wie die Tote aussieht. Dass ihr die Haare abgeschnitten wurden und dass die Tatwaffe vermutlich eine Axt war. Ich nehme an, das stimmt?«

»Ja.«

Sie wandte sich von ihm ab und blickte in Richtung des hell erleuchteten Tatorts. Ein Eichhörnchen glitt von einem Baum, huschte über den Parkplatz, schlug einen Haken und flitzte unter einen der Dienstwagen.

Dann sagte Charly: »Hast du einen Schutzanzug für mich?«

»Natürlich.«

Er ging zum Bus der Spurensicherung und reichte ihr einen Schutzanzug und ein Paar Gummistiefel. Er selbst hatte seinen Schutzanzug angelassen und zog nur den Mundschutz wieder hoch. Dann führte er sie wortlos zu der Leiche, und gemeinsam betrachteten sie die Tote.

Die Frau war klein, vielleicht eins sechzig. Sie sah nicht so aus, als sei sie für einen längeren Spaziergang in den Wald gekommen. Zwar trug sie einen schwarzen Anorak, dazu aber eine hellgraue Wollhose und altmodische schwarze Schnallenschuhe, die nur bedingt regentauglich aussahen. Die Frau lag auf der linken Seite und hatte den Oberkörper leicht gekrümmt. Der Kopf war in Richtung Boden gedreht, sodass Frank nur einen Teil der rechten Gesichtshälfte sehen konnte. Die Erdspuren und kleinen

Kratzer auf dem Gesicht waren möglicherweise entstanden, als die Leiche über den Waldboden geschleift worden war. Das Gesicht war ungeschminkt.

Selbst im Tod wirkte die Frau müde und erschöpft, und Frank fragte sich, was sie so erschöpft haben mochte. Sie erinnerte ihn an die erste Tote, die er je gesehen hatte, seine Großmutter. Auch sie hatte so müde ausgesehen, nach einem langen Leben, das nur an Entbehrungen reich gewesen war. Aber Franks Großmutter war bei ihrem Tod achtundachtzig Jahre alt gewesen, während er diese Frau auf Ende vierzig schätzte. Und seine Großmutter war eines natürlichen Todes gestorben, während diese Frau erschlagen worden war.

Frank hatte an der Todesursache wenig Zweifel. Die Hiebe einer Axt oder eines Beils hatten sich in Nacken, Hals und Hinterkopf gefressen und klaffende Wunden hinterlassen. Das war besonders gut zu erkennen, weil der Täter der Toten die Haare bis fast auf die Kopfhaut abgeschnitten hatte. Diese Haare, nass und von einem fahlen Blond mit grauen Strähnen und vorher etwa schulterlang, lagen auf der Toten, auf ihrem Anorak und ihrer Wollhose und ringsum verstreut. Einzelne Strähnen hingen an abgebrochenen Ästen und kringelten sich im Matsch.

Frank spürte, wie Charly neben ihm mehrmals tief ein- und ausatmete. »Das mit den Haaren ist neu«, sagte sie schließlich. »Bei Bettina Kersthoff hat er sie zwar abgeschnitten, dann aber ordentlich neben die Leiche gelegt. Und hier sieht es so aus, als hätte er die Haare zwischendurch abgeschnitten und dann noch mindestens einmal zugeschlagen. Der Hieb am Ohr.« Sie deutete darauf.

»Du hast keinen Zweifel, dass er es war?«

Sie musterte ihn. »Du etwa? Aachen ist doch wohl etwas zu klein für zwei Mörder, die ihre Opfer mit einer Axt oder einem Beil erschlagen und ihnen dann die Haare abschneiden.«

Frank nickte. Natürlich hatte er es gewusst, aber aus irgendeinem Grund hatte er Charlys Bestätigung gebraucht. Dabei hatte er auch gewusst, dass es nicht vorbei war. Ein Serienmörder hörte erst auf zu töten, wenn er gefasst wurde. Nur dass sie es hier nicht mit einem gewöhnlichen Serienmörder zu tun hatten.

»Sie sieht ganz anders aus als die früheren Opfer. Weniger auffallend.« Weniger attraktiv, dachte er, doch er sprach es nicht aus. Schließlich hätte er das auch der lebenden Frau nicht ins Gesicht gesagt, und er versuchte immer, die Würde der Toten so lange wie möglich zu wahren.

Charly nickte zustimmend. »Weißt du schon, wer sie ist?«

»Nein.« Soweit sie das bisher überprüft hatten, trug die Tote keine Ausweispapiere bei sich. Auch eine Handtasche oder Ähnliches hatten sie nicht gefunden. »Wir wissen überhaupt sehr wenig. Ich schätze, sie liegt seit mindestens zweieinhalb Stunden hier, weil sie bestimmt schon hier lag, als es noch regnete. Vermutlich wurde sie aber nicht hier erschlagen, sondern auf dem Weg. Rolf hat dort Blut- und Schleifspuren gefunden.« Er deutete in die Richtung.

»Liegen dort auch Haare?«

»Nein. Die wurden definitiv erst hier abgeschnitten, sonst wären sie überall verstreut. Wenn du recht hast, dann hat unser Mörder auf dem Weg zum ersten Mal zugeschlagen, die Frau dann hierhergezogen, die Haare abgeschnitten und erneut zugeschlagen. Ich frage mich, wieso.«

»Vielleicht hat er gemerkt, dass sie noch nicht tot war. Oder aus Wut.«

Frank blickte auf die Tote hinunter. Sie sah unglaublich harmlos aus, nicht so, als hätte sie jemanden zu blindem Zorn anstacheln können. Aber natürlich konnte man das nie wissen.

Charly fragte: »Was ist mit der Frau, die sie gefunden hat?«

»Jutta Wittig, achtundsechzig. Sie ging mit ihrem Hund spazieren. Sie wohnt weiter unten an der Straße. Ich habe noch nicht mit ihr gesprochen.«

»Warum nicht?«

»Ich wollte dich dabeihaben.« Er räusperte sich. »Und ich möchte auch Benny mitnehmen. Er soll das Gespräch leiten, zumindest am Anfang.«

Charly sah ihn überrascht an. »Er hat das noch nie gemacht. Und sind drei nicht ein bisschen viel?«

»Wir fragen die Frau, ob sie einverstanden ist. Ich fände es gut, wenn zunächst jemand die Fragen stellt, der nichts über die anderen Morde weiß. Oder hast du Benny davon erzählt?«

»Bisher hatte ich keine Gelegenheit dazu. Aber er hat doch bestimmt schon davon gehört. Die Zeitungen waren voll davon.«

»Aber der letzte Mord ist drei Jahre her, und da war er noch in Köln. Und selbst wenn, hat er vermutlich noch nicht die Verbindung zu ihr«, er blickte auf die Tote zu seinen Füßen, »hergestellt. Ich hoffe, er ist unbefangen. Das kann man von uns beiden nun wirklich nicht behaupten.«

Benny war begeistert, die Vernehmung der Zeugin leiten zu dürfen, die das Opfer gefunden hatte. Es war erst sein zweiter Mordfall, und bei dem ersten hatte er im Wesentlichen nur zugehört und zugesehen. Er hatte gehofft, diesmal eine aktivere Rolle zu bekommen, und dass er gleich die erste Vernehmung leiten sollte, schien ihm ein gutes Zeichen zu sein.

Die Freude wurde allerdings gedämpft, als Frank ihm mitteilte, dass er und Charly auch dabei sein würden.

»Zu dritt?«, fragte er verwundert.

»Ja«, erwiderte Frank freundlich, ohne seine Entscheidung zu erläutern. »Das macht dir doch nichts aus?«

»Nein, natürlich nicht«, behauptete Benny. Aber es verunsicherte ihn. Was sollte das? War das ein Test? Wollten Frank und Charly ihn beobachten? Aber warum gleich beide?

»Du wirst das schon machen«, ermunterte Frank ihn. »Ich möchte, dass Frau Wittig noch einmal erzählt, wie sie die Tote gefunden hat. Und ich möchte wissen, ob ihr etwas Besonderes aufgefallen ist. Aber geh behutsam vor. Sie hat vermutlich einen Schock erlitten.«

Benny nickte. *Geh behutsam vor!* Das hatte sich längst in sein Gedächtnis gebrannt. Beim Kriminalkommissariat 11 wusste jeder, wie sehr Frank es hasste, wenn ohnehin traumatisierte Zeugen zusätzlich von Kripobeamten bedrängt wurden. Benny nahm sich vor, die Einfühlsamkeit in Person zu sein, hoffte jedoch, dass Jutta Wittig nicht zu verstört sein würde.

Der erste Eindruck der Frau war ungünstig, weil sie weit älter als achtundsechzig wirkte – zumindest weit älter als andere Über-65-Jährige, die Benny kannte. Allen voran seine eigenen Eltern, die seit Jahren mit ihren üppigen Lehrerpensionen die Anti-Aging-Industrie sponserten und sogar einmal in einem Werbefilm für Best Ager für einen Kurztrip nach Sylt inklusive Tanzkurs am Strand geworben hatten.

Jutta Wittig gehörte offensichtlich nicht in diese Kategorie. Ihr Gesicht war runzelig wie eine Walnuss. Sie war klein und vom Alter stark gebeugt und erweckte den Eindruck, als könnte man sie mühelos umhusten. Sie trug eine schwarze Softshellhose, an deren Hosenbeinen Schlammspritzer klebten, und einen bunten Wollpulli, dessen beste Tage genauso lange vorbei schienen wie die seiner Besitzerin. Doch als Benny ihr in die Augen sah, die unter grauen Ponyfransen hervor zu ihnen aufschauten, wurde er zuversichtlicher. Die Augen waren klar und blau und zeigten nur leichte Spuren des Schrecklichen, das sie kurz zuvor gesehen hatten.

Jutta Wittig hörte aufmerksam zu, als Frank den Grund für ihren Besuch erläuterte. »Nein, es macht mir nichts aus, Ihre Fragen zu beantworten.« Ihre Stimme klang dünn, aber nicht zittrig, fast ein wenig barsch. »Ich bin sogar froh, dass Sie hier sind. Kommen Sie herein. Natürlich war es ein Schock, die arme Frau zu finden, und ich habe das Bedürfnis, darüber zu sprechen. Fast hätte ich schon einen Freund angerufen, aber dann erschien es mir selbstsüchtig. Warum sollte ich ihm ebenfalls die Nachtruhe rauben? Setzen Sie sich.«

Sie hatte sie in ihre Wohnküche geführt, einen gemütlichen Raum mit Fenster zur Straße und ungemütlichen Sprossenstühlen. »Kann ich Ihnen etwas anbieten?«

Die drei Polizisten lehnten ab.

»Aber ich werde noch einen Tee trinken.«

Sie schlurfte zum Herd, wo eine schwere Kanne auf

einer Platte bereitstand. Als sie zum Henkel griff, machte Benny eine unwillkürliche Bewegung auf sie zu, überzeugt, ihr dünnes, von Altersflecken gesprenkeltes Handgelenk würde unter dem Gewicht der Kanne zerbrechen wie ein morscher Zweig. Doch Jutta Wittig schenkte sich mühelos eine Tasse ein. Dann setzte sie sich und wies ihren Hund an, neben ihrem Stuhl Platz zu nehmen. Es war ein hübscher goldener Labrador-Retriever, der ihr schon zur Tür gefolgt war und jeden ihrer Schritte begleitet hatte. Selbst Benny, der insgeheim Angst vor Hunden hatte, hatte ihn als harmlos eingestuft.

»Also, was möchten Sie wissen?« Jutta Wittig sah die Polizisten der Reihe nach an.

Benny räusperte sich. »Wir würden gern noch einmal von Ihnen hören, wie Sie die Leiche gefunden haben.«

»Natürlich. Obwohl eigentlich nicht ich sie gefunden habe, sondern Linda.« Sie beugte sich zu ihrer Hündin hinunter und strich ihr kurz über den goldbraunen Kopf. »Wir haben unsere übliche Abendrunde gemacht und waren bereits auf dem Rückweg. Ich hatte Linda von der Leine losgemacht, und sie lief ein Stück voraus. Ich lasse sie im Wald immer los, damit sie sich austoben kann. Meistens bleibt sie auf dem Weg, manchmal läuft sie auch ein Stückchen in den Wald hinein, aber ich achte immer darauf, dass sie in Rufweite bleibt.«

Sie legte eine kurze Pause ein. Ihre Hände umschlossen die Teetasse, als wollte sie sich wärmen. Dann fuhr sie fort: »Wie gesagt lief Linda heute Abend ein Stück voraus und verschwand kurz vor dem Parkplatz im Gebüsch. Als ich dort ankam, rief ich sie, weil ich sie wieder an die Leine nehmen wollte, aber sie kam nicht.« Sie trank einen Schluck Tee. »Beim ersten Mal habe ich mir nichts dabei gedacht. Sonst kommt sie zwar sofort, weil ich sie selbst ausgebildet habe«, ein flüchtiges Lächeln flog über das runzlige Gesicht, »aber natürlich ist und bleibt sie ein Hund und damit für einen Menschen nicht völlig berechenbar. Ich rief also noch einmal. Beim dritten Mal bellte Linda, und da wusste ich, dass etwas nicht in Ordnung war.«

»Woher?«, fragte Benny.

Frau Wittig sah ihn an. »Sie haben offenbar keinen Hund. Man erkennt es an der Art des Bellens.« Sie trank noch einen Schluck Tee. »Ich wusste also, dass etwas nicht stimmte, daher ging ich nachsehen. Und so«, sie starrte in ihre Tasse, »fand ich sie.«

Die letzten Worte hatte sie leise gesprochen, und auch Benny senkte die Stimme. »Das war bestimmt ein schreckliches Erlebnis«, murmelte er und bemühte sich, möglichst viel Mitgefühl auszudrücken. Dann sagte er wieder etwas lauter: »Und was taten Sie dann? Haben Sie die Leiche berührt?«

»Ich habe ihren Puls gefühlt. Am Handgelenk, weil am Hals Blut klebte.« Sie blickte auf ihr eigenes dünnes Handgelenk und schob den Ärmel ihres Wollpullis darüber, als wollte sie es schützen. »Ich glaube, ich wusste sofort, dass sie tot war, aber natürlich musste ich mich davon überzeugen, dass ich ihr nicht mehr helfen konnte. Ich sah auf meine Uhr, es war kurz nach halb sieben. Dann nahm ich Linda wieder an die Leine. Sie sträubte sich nicht. Ich glaube, sie war froh, dass ich das Kommando übernahm. Wir liefen möglichst schnell nach Hause, um Sie anzurufen. Und das war es eigentlich schon.«

Sie schwieg. Ihre Augen blickten erstaunlich ruhig und

klar, doch ihre Hand suchte wieder nach der Hündin, die etwas zu spüren schien, denn sie stupste mit ihrer feuchten Schnauze dagegen.

»Vielen Dank, Frau Wittig«, sagte Benny. »Das war ein klarer Bericht.« Er hatte gelernt, dass es immer gut war, Zeugen zu loben. Abgesehen davon entsprach es den Tatsachen. Er warf einen Blick zu Frank hinüber, um zu sehen, wie der mit dem bisherigen Verlauf der Vernehmung zufrieden war, doch auf Franks Gesicht zeigte sich nur gespannte Aufmerksamkeit. Er wandte sich wieder an Frau Wittig. »Ich würde Ihnen gern noch einige Fragen stellen. Sie sagten, Sie beziehungsweise Linda hätten die Tote auf dem Rückweg gefunden. Wie war das auf dem Hinweg? Haben Sie da denselben Weg genommen?«

Ihre Hände strichen über die Teetasse. »Ja. Gewöhnlich gehe ich eine Runde, aber die anderen Wege waren so matschig.«

»Und wie hat Linda reagiert, als Sie an der Stelle vorbeikamen? Wann war das denn eigentlich?«

Sie wusste sofort, worauf er hinauswollte. »Gegen Viertel vor sechs. Sie fragen sich, ob die Tote schon dort lag, nicht wahr?« Sie überlegte. »Ich kann es Ihnen nicht sagen. Linda war ziemlich aufgeregt. Ich hatte sie noch an der Leine, weil uns kurz zuvor ein Mann mit einem Schäferhund entgegengekommen war. Es war ein ziemlich aggressiver Rüde. Er knurrte und fletschte die Zähne und zerrte an der Leine. Der Mann hatte Mühe, ihn zurückzuhalten. Deshalb habe ich Linda erst etwa zweihundert Meter weiter den Weg hinauf von der Leine gelassen. Sie rannte dann gleich in den Wald, aber nicht zurück Richtung Parkplatz.«

Bei der Erwähnung des Mannes mit dem Schäferhund war Benny hellhörig geworden. Es war der erste wirklich interessante Punkt in Jutta Wittigs Aussage. »Kannten Sie diesen Mann?«

»Nein. Ich kannte auch den Hund nicht. Eigentlich seltsam, denn ich kenne die meisten Hunde in der Umgebung.«

Benny wurde noch hellhöriger. Gespannt beugte er sich vor. »Können Sie den Mann beschreiben?«

Jutta Wittig sah ihn zweifelnd an. »Ich habe nicht besonders auf ihn geachtet, mehr auf den Hund. Und wir sind nicht direkt an ihm vorbeigegangen. Wir trafen die beiden auf Höhe des Parkplatzes, und weil der Hund so aggressiv war, bin ich mit Linda einen Bogen gegangen. Ich glaube, er trug dunkle Kleidung. Der Hund war ein Hübscher, gelb mit schwarzem Sattel, stark pigmentiert, sehr groß.«

»Und der Mann? War er jung? Alt? Groß? Klein?«

Sie zögerte. »Nicht so alt. Vierzig? Und vielleicht mittelgroß? Ich weiß es wirklich nicht. Ich habe ihn kaum gesehen, weil es regnete und er eine Kapuze über den Kopf gezogen hatte. Er war auf den Hund konzentriert und schimpfte mit ihm, was den Hund nur noch mehr aufregte. Es war ziemlich kontraproduktiv. Glauben Sie, er hat etwas mit der Sache zu tun?«

»Ich weiß es nicht«, bekannte Benny. »Aber es wäre nützlich, mit ihm zu sprechen. Wissen Sie zufällig, welchen Weg er genommen hatte?«

Sie schüttelte den Kopf.

»Und wissen Sie, ob er am Parkplatz in einen Wagen gestiegen ist? Oder ist er weitergegangen? Haben Sie überhaupt Fahrzeuge auf dem Parkplatz gesehen?«

Sie überlegte wieder. »Nein, ich glaube, da standen keine Fahrzeuge. Und der Mann mit dem Schäferhund ist bestimmt zu Fuß weggegangen. Es tut mir leid, dass ich ihn nicht genauer beschreiben kann.«

»Es muss Ihnen nicht leidtun. Was war, als Sie aus dem Wald zurückkamen? Standen da Fahrzeuge auf dem Parkplatz?«

Sie schüttelte den Kopf. »Ich kann es nicht sagen. Ich war viel zu aufgeregt. Ich glaube nicht, aber ...« Der Hund stand auf und legte den Kopf auf ihren Schoß. Sie lächelte zu ihm hinunter, doch es wirkte angestrengt, und dann kamen ihr die Tränen. Sie liefen ihr aus den Augen, über die Wangen und tropften auf den Hundekopf, der sich ihr entgegenreckte. »Entschuldigen Sie bitte.« Sie stand auf, riss mit zittrigen Fingern ein Stück Küchenpapier von einer Rolle an der Wand und schnäuzte sich.

Benny war von den plötzlichen Tränen überrascht, im Gegensatz zu Linda hatte er sie nicht kommen sehen. »Sie müssen sich nicht entschuldigen. Es ist der Schock.«

Jutta Wittig nickte, und eine Zeit lang schwiegen alle. Linda tappte zu ihrem Frauchen hinüber. Ihre Krallen klickten leise auf den Fliesen.

Benny dachte nach. Eigentlich hatte er noch Fragen stellen wollen, ob die Frau im Wald weitere Spaziergänger getroffen hatte – vermutlich nicht allzu viele bei dem Wetter. Andererseits schien sie gerade ihre Kraft zu verlieren. Er warf einen fragenden Blick zu Frank hinüber.

Als habe er darauf gewartet, ergriff dieser das Wort: »Frau Wittig, unsere Fragen haben Sie sicher angestrengt. Wir brechen das Gespräch sofort ab, wenn es Ihnen zu viel wird, und würden es dann morgen fortsetzen. Aber es wäre hilfreich, wenn Sie uns heute Abend noch zwei Fragen beantworten könnten. Die erste: Haben Sie die Tote schon einmal gesehen? Sie haben meinem Kollegen bereits gesagt, dass Sie sie nicht kennen, aber vielleicht sind Sie ihr beim Spazierengehen im Wald doch einmal begegnet.«

Die Antwort kam sofort. »Nein, bestimmt nicht.«

»Sie scheinen sehr sicher zu sein. Haben Sie sie wirklich so genau angeschaut? Ihr Gesicht war doch nur halb zu sehen.«

»Ich bin sicher, dass ich hier nie eine Frau mit einem Buckel gesehen habe. Das wäre mir aufgefallen.«

»Mit einem Buckel?« Es war Charly, die die Frage stellte. Es war das erste Mal, dass sie etwas sagte, und sie klang genauso erstaunt, wie Benny sich fühlte. Ihm war auch nicht aufgefallen, dass die Tote einen Buckel hatte. Andererseits hatte sie tatsächlich etwas seltsam dagelegen.

»Ja, ich bin ziemlich sicher. Wie sie dalag. Man erkennt seinesgleichen.« Ein flüchtiger Ausdruck wie das Echo eines früheren Schmerzes huschte über ihr Gesicht. »Und die zweite Frage?«

»Ich möchte Sie bitten, sich einige Fotos anzusehen.« Frank holte sein Smartphone hervor, tippte kurz darauf herum und legte es auf den Tisch. Jutta Wittig trat langsam näher. »Ich wüsste gern, ob Sie eine dieser Personen schon einmal gesehen haben. Insbesondere wüsste ich gern, ob einer der Männer der Spaziergänger mit dem Schäferhund sein könnte.«

Und zu Bennys Verblüffung zeigte Frank ihr nacheinander die Porträtfotos von fünf Personen, drei Männern und zwei Frauen. Benny, der sich den Hals danach verrenkte, hatte genau wie Jutta Wittig keinen von ihnen je gesehen.

Als die drei Polizisten das Haus von Jutta Wittig verließen, fuhr ein kaffeebrauner BMW an ihnen vorbei. Charly erkannte den Wagen. Er gehörte Dr. Isabella Arrosi vom Institut für Rechtsmedizin der Universität zu Köln. Die Aachener Rechtsmedizin war vor Jahren geschlossen worden, weil das Land Nordrhein-Westfalen sparen wollte.

»Ah, gut«, murmelte Frank und beschleunigte seinen Schritt.

Benny und Charly folgten ihm schweigend durch den Nieselregen. Benny zog sich die Kapuze seiner Regenjacke über den Kopf, wodurch er noch jünger aussah. Charly ignorierte den Regen. Sie spürte ihn nicht. Sie spürte überhaupt nichts, sie fühlte sich nur unglaublich leer.

Der erste Schock, den die Nachricht ausgelöst hatte, dass *er* wieder zugeschlagen hatte, war verflogen. Der Anblick der Leiche hatte ihr geholfen, in ihren professionellen Modus zurückzufinden. Während des Gesprächs mit Frau Wittig hatte sie sich nur auf die Fragen und Antworten konzentriert und sämtliche Überlegungen, was der neue/alte Fall für sie persönlich bedeutete, in einen fernen Winkel ihres Bewusstseins verbannt. Im Moment fühlte sie sich wie ein unfreiwilliger Fallschirmspringer, der sich nach dem ersten Schock, aus dem Flugzeug gestoßen worden zu sein, für eine Weile nur auf den freien Fall konzentriert. Doch irgendwann würde sie auf der Erde aufschlagen. Sie wusste nur nicht genau, wann und wo.

Am Parkplatz und im Wald herrschte noch immer hektischer Polizeibetrieb. Dr. Arrosi hatte ihren BMW am Ende der Dienstwagenschlange geparkt und wartete auf sie. Frank eilte zu ihr. Charly wollte folgen, wurde jedoch von Benny zurückgehalten.

»Charly, was war das?«

Sie sah ihn fragend an. »Was war was?«

»Na, die Fotos. Wer waren die Personen, die Frank Frau Wittig auf seinem Handy gezeigt hat? Und was haben sie mit der Toten im Wald zu tun?«

Für eine Sekunde dachte Charly, Benny mache einen Witz. Dann erinnerte sie sich, dass er natürlich nicht wissen konnte, was es mit den Fotos auf sich hatte. Die Vorstellung, ihm alles erklären zu müssen, erschreckte sie. »Das musst du Frank fragen«, wich sie aus.

»Heißt das, du weißt es nicht? Du hast da drinnen aber nicht sehr überrascht gewirkt.«

Gut aufgepasst, dachte Charly.

»Wer sind diese Leute?«

Charly zögerte immer noch. »Das waren unsere Verdächtigen«, sagte sie schließlich.

»Die *was*?«

Sie wiederholte es.

Benny starrte sie an. Dann lachte er unsicher. »Haha, sehr witzig! Willst du mir echt erzählen, Frank sei eine Art Sherlock Holmes, der einen Blick auf die Leiche wirft und sofort weiß, wer als Täter infrage kommt? Wobei Frank in Zeiten moderner Technik auch gleich ein paar passende Fotos aus einer geheimen Datenbank parat hat?«

Er sah sie an, halb unsicher, halb verärgert.

Charly wich dem Blick aus. Sie sah zu Frank hinüber,

der Dr. Arrosi zu der Toten führte. Der Regen war stärker geworden. Der Fundort der Leiche und ein Teil des Weges waren immer noch ins Licht des Lichtmastkraftwagens getaucht. Einige Männer vom THW spannten Planen zwischen den Bäumen, um Fund- und Tatort über Nacht zu schützen.

Charly drehte sich wieder zu Benny um. »Komm mal mit!« Sie führte ihn vom Parkplatz weg in den Schutz einiger Bäume. Hier war es trockener, aber auch dunkler, da die Stelle nur indirekt beleuchtet wurde.

»Die Frau, die heute tot aufgefunden wurde, ist nicht das erste Opfer«, begann sie. »Vor einigen Jahren wurden bereits drei Frauen getötet. Alle drei durch Axthiebe, und zweien von ihnen wurden ebenfalls die Haare abgeschnitten.«

Trotz der Dunkelheit erkannte sie, dass Benny Schwierigkeiten hatte, die Information zu verdauen. Er blinzelte mehrmals. »Soll das heißen, hier ist ein Serienmörder am Werk?«

»So etwas in der Art.«

»Etwas in der Art?«, echote er.

Charly nickte. »Ja. Er ist ein Serienmörder, weil er drei Frauen getötet hat. Aber er ist kein Serienmörder, der seine Opfer zufällig auswählt. Er hat sie alle gekannt. Sie standen alle in enger Beziehung zu ihm.«

»Er? Ihm? Ihr wisst also, wer es ist?«

Sie schwieg für einen Moment. »Nicht ganz«, erwiderte sie schließlich. »Wir wissen, dass es einer aus einer ganz bestimmten Personengruppe sein muss. Einer oder eine der fünf auf den Fotos.«

»Und wer sind diese Leute?«

»Die Mitglieder einer kleinen Amateurtheatergruppe.

Chris Danner, Alexa Danner, Hans Löhrmann, Frederik Zerbitzky, Miranda Zerbitzky. Chris Danner ist Kinderarzt, Alexa seine Nichte. Hans Löhrmann ist Finanzbeamter, Frederik Zerbitzky ein ehemaliger Schauspieler, der jetzt für ein Immobilienbüro tätig ist. Miranda ist seine Exfrau, war ebenfalls Schauspielerin und arbeitet mittlerweile bei der VHS.«

Charly sah, dass die Namen Benny nichts sagten.

Er sprudelte hervor: »Und wer waren die Opfer? Und wann wurden sie getötet? Und warum habt ihr mir nie davon erzählt?«

Weil es ein Tabu ist, dachte Charly. »Das erste Opfer starb vor fünf Jahren …«

Das erste Opfer

Das erste Mordopfer war vor fünf Jahren in Roetgen gefunden worden.

Es war ein heißer Samstagnachmittag im Juni, und Charly und Mick (alias Kriminaloberkommissar Michael Harting) hatten sich wie jeden Samstagvormittag zum Snookerspielen getroffen. Charly führte im letzten Frame zweiundfünfzig zu neunundvierzig und visierte beim Endspiel auf die Farben die pinkfarbene Kugel an, die ihr zum endgültigen Sieg noch fehlte. Eigentlich war es kein besonders schwieriger Stoß, doch die schwarze Kugel lag in der Nähe der Bande, genau dort, wo Charly sich vorbeugen musste, um ihr Queue in Position zu bringen, und wenn sie die Kugel berührte, wäre es ein Foul. Daher stopfte sie kurz entschlossen ihre weite bunte Tunika in die Jeans, zog ihren ohnehin nicht vorhandenen Bauch ein, beugte sich vor, bildete mit den Fingern der linken Hand eine Brücke und zog mit der rechten ihr Queue durch. Der Stoß war perfekt. Die pinkfarbene Kugel fiel in die Tasche, ohne den Tascheneinlauf auch nur zu berühren.

Charly richtete sich auf und wandte sich lachend zu Mick um. »Achtundfünfzig zu neunundvierzig. Habe ich nicht gesagt, dass ich dir heute keinen Frame überlasse? Das macht dann drei zu null und damit fünfzig Euro.«

Doch Mick schüttelte den Kopf. »Von wegen. Kleiderfoul. Du hast die Schwarze berührt.«

»Blödsinn, habe ich nicht.«

»Doch. Mit deinem Hemd.«

»Das hättest du wohl gern. Also, einen Fünfziger bitte! Oder willst du das Geld überweisen?«

»Weder noch. Glaub mir, es war ein Kleiderfoul. Dein Hemd hat sich gebauscht. Das kommt davon, dass du immer rumläufst wie ein Zelt auf Beinen. Zieh doch mal etwas Figurbetonendes an.« Er grinste breit.

»Das könnte dir so passen. Außerdem hatte ich das Hemd, wie du das nennst, in die Hose gestopft und den Bauch eingezogen. Das Hemd kann die Kugel nicht berührt haben.«

»Tja, vielleicht hast du zugenommen.« Mick schnippte ihr sanft gegen den Bauch. »Du solltest auch eine Weste tragen, um es zu kaschieren.« Er zupfte an seiner eigenen Weste. Es war eine Snookerweste im Stil von Stephen Hendry: vorn pink und blau kariert, hinten schwarz. Mick besaß ein Dutzend Snookerwesten in den verschiedensten Farben, da er sie immer trug, im Sommer wie im Winter, im Job genauso wie in seiner Freizeit, nicht nur beim Snooker. Doch Charly hatte ihren Partner schon oben ohne gesehen, daher wusste sie, dass er mit seiner Weste keineswegs einen Bauch kaschierte, sondern dass er darunter ein Sixpack versteckte – und das Tattoo eines Drachen, dessen Flügel sich über Micks Rücken breiteten und dessen Kopf über Micks linke Schulter nach vorn blickte. »Er beschützt mich«, hatte er Charly erklärt. »Und er bewacht mein Herz.« »Und warum verlierst du es dann ständig?«, hatte sie gefragt. Er hatte gelacht.

Jetzt sagte sie: »Ich habe nicht zugenommen.« Doch sie betrachtete mit zusammengekniffenen Augen die schwarze Kugel. Sie lag an derselben Position wie vor ihrem Stoß, doch das besagte wenig. Hatte sie sie tatsächlich mit ihrer Kleidung berührt? Sie versuchte, es an Micks Gesicht abzulesen, doch es gelang ihr nicht. Das war der Nachteil, wenn man einen besten Freund hatte, der jederzeit als Hochstapler sein Geld verdienen konnte. Mick war so verdammt überzeugend.

Er wiederholte treuherzig: »Ich habe gesehen, dass du die Kugel berührt hast. Und nicht nur ich. Du doch auch, oder nicht?«

Er wandte sich an eine aufgedonnerte Blondine, die das Spiel an eine Säule gelehnt beobachtet hatte. Die Frau war Charly schon aufgefallen, doch sie hatte sie nicht weiter beachtet. Es war üblich, dass sich an den Snookertischen Zuschauer einfanden, und noch üblicher war es, dass sich bei Micks Spielen Zuschauerinnen einfanden. Er zog sie an wie das Licht die Motten.

Die heutige Motte trat an den Tisch. Ihr hätte niemand nachgesagt, dass sie wie ein Zelt auf Beinen gekleidet war. Ihr Top saß so eng, dass es zu platzen drohte, und wenn sie sich vorgebeugt hätte – um beispielsweise einen Snookerstoß auszuführen –, wären ihr wohl die Brüste aus dem Ausschnitt gekugelt. Sie warf Mick einen flirtenden, Charly einen siegesgewissen Blick zu. »Klar war's ein Kleiderfoul.«

Charly rollte die Augen, doch bevor sie protestieren konnte, sagte ein weiterer Zuschauer: »Es war kein Foul. Ich habe extra aufgepasst, weil es knapp war. Zwischen der Kugel und Charlys Bluse waren noch mindestens zwei Zentimeter.«

Charly drehte sich um. Der Sprecher war ein Snookerspieler namens Gert, den sie oft hier trafen. Sie hatte gar nicht bemerkt, dass er zugeschaut hatte. Sie schenkte ihm ein süßes Lächeln. Dann trat sie dicht an Mick heran und zog ihm mit einer blitzschnellen Bewegung das Portemonnaie aus der Gesäßtasche seiner Jeans. »Zahltag.«

Doch bevor sie ihr Geld entnehmen konnte, machte Mick schon Jagd auf sie und versuchte, ihr das Portemonnaie wieder wegzuschnappen. Kichernd flitzte Charly los, immer um den Tisch herum, Mick auf den Fersen, der »Haltet den Dieb!« schrie. Doch Charly joggte nicht umsonst jeden Morgen mehrmals um den Hangeweiher. Nach drei Runden um den Tisch war sie Mick eine halbe Runde voraus, was ihr die Gelegenheit verschaffte, schnell drei Zwanziger aus dem Portemonnaie zu fischen und es dann auf den Tisch zu werfen. Triumphierend schwenkte sie die Scheine.

Lachend nahm Mick sein Portemonnaie an sich. »Hey, da kriege ich aber noch einen Zehner raus.«

»Strafe für den Betrugsversuch. Den Zehner kriegt Gert, Schiedsrichterhonorar.«

»Nur wenn er mich dafür auf ein Bier einlädt.«

Gert verschränkte die Arme. »Wohl eher Charly, schließlich habe ich ihr das Honorar zu verdanken. Wie wär's?« Er lächelte sie an.

Charly zögerte. »Klar«, erwiderte sie dann, allerdings wenig begeistert. Sie mochte Gert, hatte sich aber auf einige Stunden ungestörter Unterhaltung mit Mick gefreut.

Mick wandte sich an die Motte: »Dann musst du mich einladen, weil ich dank eines dreisten Raubes gerade verarmt bin.«

Die Motte machte ein begeistertes Gesicht. Doch bevor sie zu viert die Bar stürmen konnten, klingelte Charlys Handy. Sie zog es aus der Gesäßtasche, und schlagartig verflog ihre leichte, übermütige Stimmung.

»Es ist Frank«, raunte sie Mick zu, bevor sie sich in eine ruhige Ecke zurückzog. Sie wusste, dass ihr Chef nicht zum Spaß anrief. Wenn Frank Quirin samstags störte, musste etwas passiert sein.

Und so war es auch. Das Telefonat dauerte nicht lange, und Charly steckte gerade das Handy weg, als sich Micks warme Hand auf ihre Schulter legte. Sie drehte sich um und sah in seinen Augen Besorgnis und Neugier.

»Müssen wir los?«

»Todesfall, vermutlich Mord, in Roetgen. Ich habe Frank gesagt, dass wir in fünf Minuten im Präsidium sind.«

Sie setzten sich gleichzeitig in Bewegung. Seite an Seite bahnten sie sich einen Weg zwischen Snookerspielern und Zuschauern nach draußen und nickten Gert und der Motte nur kurz zu, die enttäuschte Gesichter machten.

Draußen fragte Mick: »Sollen wir dein Rad in meinen Wagen schmeißen? Mit dem Auto sind wir schneller.«

Charly bezweifelte das, doch da sie Mick kaum auf ihrer Lenkstange mitnehmen konnte, stimmte sie zu. Sie schnappte sich ihr Rennrad und schob es vorsichtig auf die Ladefläche von Micks Pick-up. Mick ließ bereits den Motor an.

Einige Minuten fuhr er schweigend, doch als sie auf der Krefelder Straße waren, sagte er: »Und, gehst du mit Gert ein Bier trinken? Oder, weil du Alkohol ja ablehnst, ein stilvolles Glas Mineralwasser?«

Charly war in Gedanken schon bei dem bevorstehenden Fall. »Wie kommst du denn darauf?«

»Er hat dich eingeladen, und du hast angenommen.«

»Ich glaube kaum, dass das eine Einladung zu einem Date war.«

»Da wäre ich nicht so sicher. Er ist in dich verknallt.«

»Blödsinn.«

»Kein Blödsinn. Er hat es mir gesagt. Zumindest hat er mich gefragt, ob wir beide ein Paar sind, was ja wohl aufs Gleiche rausläuft. Ich habe ihm gesagt, dass du frei bist, ihm zu seinem exzellenten Geschmack gratuliert und ihm in meiner Eigenschaft als dein bester Freund meinen Segen gegeben. Er war hocherfreut.«

»Aber ich bin es nicht. Wenn du mein bester Freund wärst, hättest du nicht versucht, mich beim Snooker zu betrügen. Außerdem will ich keine Beziehung.«

Er lachte nur.

»Und verabredest du dich mit Blondie?«, fragte Charly.

»Blondie? Du meinst die nette Frau, die die Vision eines Kleiderfouls hatte? Natürlich nicht. Ich habe schließlich Katja.«

»Oh ja, ich vergaß. Schon seit vier Wochen. Na, das scheint ja diesmal etwas richtig Ernstes zu sein.«

Mick grinste breit. »Ich hätte nichts dagegen.«

»Haha.«

»Doch, sie ist irgendwie anders.«

»Klar.«

»Da fällt mir ein, ich muss sie noch anrufen. Wir wollten heute Abend ins Theater. Daraus wird wohl nichts.«

»Ins Theater?«, fragte Charly ungläubig. Gewöhnlich zog Mick mit seinen häufig wechselnden Freundinnen durch Klubs und Kneipen und feierte die Nächte hindurch.

»Ins Improtheater. Impro steht für Improvisation, aber frag mich nicht, was das genau ist. Ein Bekannter von Katja macht da mit, deshalb wollen wir hin. Wollten.«

Er parkte auf dem Parkplatz des Polizeipräsidiums und zog sein Handy hervor. »Gehst du schon mal vor? Ich komme nach.«

Die Besprechung im Präsidium dauerte nicht lange. Frank teilte ihnen das Wenige mit, das er wusste: In einem Haus am Rand von Roetgen war die Leiche einer Frau entdeckt worden. Der Name der Toten lautete Nicole Danner, fünfunddreißig. Sie hatte mit ihren Töchtern in Roetgen Urlaub gemacht, das Haus gehörte einem Freund. Am Mittag waren die Töchter zum Einkaufen in den Ort gegangen. Als sie zurückgekommen waren, hatten sie ihre Mutter blutüberströmt aufgefunden. Sie war tot. Sowohl die Notärztin als auch der Beamte vom Kriminaldauerdienst, der Frank informiert hatte, gingen von einem Tötungsdelikt aus.

Nach der Besprechung machten sie sich in drei Dienstwagen auf den Weg. Frank fuhr voraus, Charly und Mick folgten, und hinter ihnen kam der Bus des Erkennungsdienstes.

Mick hatte wie immer als Erstes einen Rocksender eingeschaltet und lauschte schweigend Aerosmith. Charly musterte sein Profil vom Beifahrersitz aus. Es war ihr so vertraut wie ihr eigener Handrücken, weil sie schon so oft in dieser Situation gewesen waren. Daher wusste sie auch genau, was in Micks Kopf vorging. Sie spürte dasselbe: gespannte Erwartung, gepaart mit Besorgnis und einem Schuss Lampenfieber. Frank hatte ihnen einmal erklärt, dass jeder gute Beamte vor jeder Ermittlung Lampenfieber verspürte. Es war wichtig, denn es schärfte die Sinne. Und die Besorgnis galt den Kindern, den Töchtern der Toten. Jeder Beamte hasste es, wenn Kinder in

Mordfälle verwickelt waren, doch Mick mit seiner komplizierten Familiengeschichte hasste es besonders.

Sie erreichten Roetgen bereits nach einer knappen halben Stunde, einen hübschen 8000-Seelen-Ort am Rand der Eifel. Roetgen war beliebt bei Touristen, die von hier aus die Eifel erkundeten, aber auch bei Berufstätigen, die im Grünen wohnen wollten und nach Aachen pendelten. Charly war schon oft sonntags mit dem Rennrad hierhergefahren.

Das Haus, das sie suchten, lag am Ostrand der Gemeinde. Frank fuhr ihnen durch ein Wohngebiet voraus, bog nach links ab und folgte einer Straße, die in den Wald zu führen schien. Am Anfang standen links und rechts noch Einfamilienhäuser, dann begann links der Wald, während sich rechts eine wilde Wiese an der Straße entlangzog. Schließlich standen auch hier Bäume, die Straße wurde schlechter, und im Wagen wurde es dunkler und kühler.

Charly spähte aus dem Fenster. »Hat Frank sich verfahren? Das kann doch nicht richtig sein. Ich kann mir nicht vorstellen, dass hier noch ein Haus kommt.«

»Laut Navi schon. Sieh mal dort vorn!«

Tatsächlich machte die Straße vor ihnen einen leichten Knick nach rechts. In diesem Knick lag eine von Buschwerk umgebene kleine Lichtung, und in diesem Buschwerk gab es eine Lücke. Sie war nur etwa eineinhalb Meter breit und sonst wohl von einem rostigen Gittertor verschlossen, das rechts an einem moosbewachsenen Pfosten hing. Jetzt stand das Tor offen, und im Vorbeifahren erhaschte Charly einen Blick auf ein Holzhaus, das sie in seiner Bauart und aufgrund der einsamen Lage an eine kanadische Blockhütte erinnerte.

»Wie schön, ein einsames Hexenhaus«, murmelte

Mick, der alles Mythische liebte. Dann konzentrierte er sich darauf, den Wagen um die Schlaglöcher herumzulenken, aus denen die Straße hauptsächlich bestand. Einige Meter weiter endete sie ganz in einem Wanderparkplatz. Dort standen bereits mehrere Fahrzeuge, unter anderem ein Streifenwagen. Mick parkte den Dienstwagen zwischen einem recht neuen VW Sharan und einem rostigen Escort, dann gingen sie die wenigen Meter zum Haus zurück.

Sie wurden erwartet. Kurt Randerath vom Kriminaldauerdienst, ein kleiner, übergewichtiger Beamter, begrüßte sie mit sichtlicher Erleichterung. »Ich bin froh, dass ihr da seid«, sagte er mit gedämpfter Stimme. »Eine verdammt grauenvolle Sache ist das. So etwas habe ich noch nie gesehen. Die Notärztin ist sicher, dass die Frau mit einer Axt erschlagen wurde, und da widerspreche ich ihr nicht. Der Kopf ist … na ja … er ist sozusagen hin.«

Obwohl Kurt im Schatten stand, schwitzte er stark, und jetzt brach ihm erneut der Schweiß aus allen Poren. Mit einem khakifarbenen Taschentuch wischte er sich über Gesicht und Nacken. »Die Leiche liegt im Garten hinter dem Haus. Vermutlich wollte sich das Opfer dort sonnen. Ein Kollege ist hinten und passt auf. Das ist das einzig Gute an der ganzen Geschichte: Hier ist es so einsam, dass noch keiner mitgekriegt hat, was passiert ist.«

»Und was ist passiert? Kannst du uns schon etwas dazu sagen?«, fragte Frank.

»Nicht viel. Die Mädchen haben ihre Mutter gefunden, die Töchter. Dort drüben.«

Er nickte mit dem Kopf in eine Ecke des Grundstücks, wo auf einer Bank aus groben Baumstämmen drei Personen saßen. Sie saßen so unbeweglich, als wären sie aus

Holz geschnitzt. Die Gruppe erinnerte Charly spontan an ein Heiligenbild, auch wenn sie nicht genau hätte sagen können, wieso. Vielleicht weil sich die zwei Personen am Rand so eindeutig schützend dem Mädchen in der Mitte zuwandten, dessen lange blonde Haare ein bisschen wie ein Heiligenschein wirkten.

Ansonsten wirkte das Mädchen allerdings nicht sonderlich heilig, da es nackt war. Das dachte Charly zumindest für einen kurzen irritierten Moment. Dann erkannte sie, dass das Mädchen ein kurzes weißes Kleid trug, von dem jedoch wenig zu sehen war, denn das Mädchen hatte die bloßen Füße auf die Bank gezogen und mit seinen nackten dünnen Armen die ebenfalls nackten dünnen Beine umschlungen. Wie alt es war, konnte Charly schlecht sagen, denn das Mädchen hatte die Stirn auf die spitzen Knie gelegt und verbarg das Gesicht. Aufgrund der Größe schätzte sie es auf dreizehn.

Rechts von dem Mädchen, den rechten Arm um dessen Schultern gelegt, saß ein gut aussehender Mann Ende dreißig. Er war braun gebrannt, sein Haar war von der Sonne gebleicht. Selbst in Shorts und Polohemd wirkte er elegant. Er hatte kurz in ihre Richtung geblickt und redete jetzt beruhigend auf das Mädchen ein, das nicht zu reagieren schien.

Am meisten faszinierte Charly die dritte Person auf der Bank, eine etwa Sechzehnjährige mit dunklem Haar, das an den Schläfen rasiert und auf dem Kopf zu Stacheln hochgegelt war. Sie saß auf der anderen Seite des blonden Mädchens und hatte ebenfalls einen Arm um es gelegt. Dieser Arm schien der einzige Körperteil der Dunkelhaarigen zu sein, der nicht unter Spannung stand. Der übrige Körper erinnerte Charly an eine Bogensehne kurz vor dem Schuss. Und Charly hegte keinen Zweifel, wohin der Schuss losgehen würde: Die Dunkelhaarige hatte eigentümlich helle Augen, und diese Augen waren voller Hass auf die Polizisten gerichtet.

»Wie alt sind die Mädchen?«, erkundigte Charly sich bei Kurt.

»Alexa, das ist die Dunkelhaarige, ist sechzehn. Die Blonde heißt Nellie, sie ist elf. Der Mann ist übrigens ihr Onkel, der Bruder der Toten, ein Doktor Chris Danner. Er ist Kinderarzt. Er hat ein Haus in Aachen, und seine Schwester und die Nichten haben die letzten zwei Jahre bei ihm gewohnt. Nach allem, was ich bisher erfahren konnte, ist Folgendes passiert: Nicole Danner bat heute Mittag gegen zwölf Uhr die beiden Mädchen, einkaufen zu gehen. Sie waren zwar morgens schon mal in Roetgen gewesen, hatten jedoch das Spülmittel vergessen. Die Mädchen gingen los. Als sie wiederkamen, musste die Jüngere, also Nellie, direkt aufs Klo, während Alexa erst in die Küche und dann ins Wohnzimmer ging. Von dort sah sie ihre Mutter draußen liegen. Sie rannte natürlich zu ihr. Und dann kam Nellie hinzu.« Kurt schwieg.

»Weißt du, ob sie die Leiche berührt haben?«, fragte einer der Beamten vom Erkennungsdienst.

Kurt kratzte sich am Hinterkopf, wobei er große Schweißflecke unter seinen Achseln präsentierte. »Ja. Beide. Anscheinend wollte Alexa verhindern, dass Nellie die Leiche sieht, doch die drängte sich an ihr vorbei. Sie hat sich mehr oder weniger auf ihre Mutter gestürzt.«

Der Beamte vom Erkennungsdienst und Mick murmelten gleichzeitig: »Scheiße«, wenn auch aus unterschiedlichen Motiven, wie Charly ahnte.

Kurt verzog das Gesicht. »Irgendwie ist es Alexa dann

gelungen, Nellie von der Mutter wegzuziehen. Zumindest standen sie vorn auf der Straße, als die Notärztin kam. Völlig verstört. Die Ärztin setzte die beiden in ihren Wagen, sah nach der Leiche, rief uns und kümmerte sich dann um die Mädchen. Die Jüngere war stockstill, sie ist es noch. Die Ältere hingegen reagierte hysterisch. Sie schrie immerzu, dass sie hätte verhindern müssen, dass Nellie die tote Mutter sah. Sie beruhigte sich erst, als ihr Onkel kam.«

»Hat die Ärztin den gerufen?«, fragte Frank.

»Nein, Alexa hat ihren Onkel angerufen, nachdem es ihr gelungen war, Nellie von der Leiche wegzuholen. Doktor Danner rief dann 110 und kam hierher.« Kurt räusperte sich. »Das ist alles, was mir bekannt ist. Bis auf eins: Es wäre vermutlich besser, wenn Charly mit den Mädchen spricht. Ich wollte mit ihnen reden, aber die Kleine hat gar nicht reagiert, und Alexa hat mich angefaucht, ich solle abhauen. Männer würden Nellie Angst machen. Was ich euch gerade erzählt habe, weiß ich von der Notärztin.«

Sie einigten sich darauf, dass Charly mit der Familie redete, während Mick den Tatortbefund schrieb und Frank sich um die weitere Organisation kümmerte. Es war nicht ihre typische Vorgehensweise. Meistens vernahm Mick die Angehörigen der Opfer – aus dem einfachen Grund, weil er das am besten konnte. Niemand war einfühlsamer. Niemand war geduldiger. Niemand sonst konnte nicht nur mit dem Verstand begreifen, sondern tatsächlich nachempfinden, wie die Angehörigen der Opfer fühlten. Denn Mick hatte es als Fünfzehnjähriger selbst erlebt.

Doch bevor Charly mit der Familie redete, zog sie ihren Schutzanzug über und ging mit Frank und Mick hinters Haus zum Tatort. Sie wollte selbst sehen, was die Töchter der Toten gesehen hatten, bevor sie mit ihnen darüber sprach.

Was Charly als Erstes auffiel, waren die Stille und die Illusion friedlicher Idylle, die der Garten ausstrahlte. Wobei Garten übertrieben war. Hinter dem Haus breitete sich einfach eine Wiese etwa zwanzig Meter bis zum Jägerzaun und zum Waldrand aus. Es gab weder Blumen noch Beete. Lediglich am Haus standen einige leere Blumenkübel. Es gab auch keine Terrasse, nur einige Holzstühle, die im Schatten des Hauses in loser Ordnung um einen Tisch standen.

Als Zweites nahm Charly den Geruch wahr. Es roch nach einer Mischung aus Holz und Gras und Sommer. Es war eine Mischung, die Charly mit langen sommerlichen Radtouren verband und die sie glücklich machte. Doch dann kam eine Brise auf, raschelte in den Blättern und wehte einen Hauch von Blutgeruch zu ihr herüber. Die Illusion friedlicher Idylle schwand. Gemeinsam mit Mick und Frank näherte Charly sich der Leiche, die ungefähr in der Mitte des Rasens lag.

Kurt hatte gesagt, Nicole Danner würde einen grauenvollen Anblick bieten, und er hatte recht. Später war Charly dankbar für die Warnung, denn sie wusste, dass sie sich übergeben hätte, wenn der Anblick der Leiche sie unvorbereitet getroffen hätte. Starr vor Entsetzen starrte Charly auf die Verletzungen, die Nicole Danner das Leben gekostet hatten. Auf die klaffende rechte Brust, die ein Axthieb geöffnet hatte. Auf den zertrümmerten Kiefer. Auf das Blut, das in Strömen über die Frau geflossen war, das Gras rotbraun gefärbt hatte und dann in der trockenen Erde versickert war. Auf die grünblau schillernden Schmeißfliegen, die die Leiche umschwirrten und bereits Eier in den Augenhöhlen ablegten.

Unter ihrem Schutzanzug brach Charly der Schweiß aus. Instinktiv schnappte sie nach Luft und trat unwillkürlich einen Schritt zurück. Sie spürte, wie Mick neben ihr die Bewegung mitmachte. Sie warf ihm einen Blick zu. Sein Gesicht war so weiß wie sein Mundschutz. Einen Moment standen sie stumm da, klammerten sich mit Blicken aneinander. Dann wandte Charly sich wieder der Leiche zu.

Konzentrier dich, ermahnte sie sich in Gedanken.

Der Appell half, und langsam nahm Charly auch andere Einzelheiten wahr. Die blutverschmierte Axt mit dem langen Schaft, die zwei Meter von Nicole Danner entfernt im Gras lag. Die Tatsache, dass Nicole Danner einen Bikini trug. Und die Tatsache, dass sie so dalag, als wollte sie ein Sonnenbad nehmen. Charly war plötzlich überzeugt, dass es so gewesen war. Nicole Danner war nicht angegriffen worden, als sie stand, und dann zu Boden gestürzt. Ihr Angreifer hatte die Axt geschwungen, als sie bereits auf dem Boden gelegen hatte, vermutlich mit geschlossenen Augen, vielleicht sich sonnend, vielleicht sogar schlafend. Vielleicht hatte sie sogar gerade ein letztes Mal geträumt. Vielleicht …

Franks Stimme riss Charly aus ihren Überlegungen. »Ich denke, du solltest jetzt mit den Angehörigen reden.«

Charly blickte ihn an. Auch Frank war ungewöhnlich blass. Sie nickte und verließ ohne ein weiteres Wort den Tatort. Doch sie war noch keine drei Schritte gegangen, da rief Mick ihr leise nach:

»Keine Witze bei der Befragung!«

Charly drehte sich um und warf ihm einen Blick zu. Er lächelte ihr mit den Augen zu. Sie lächelte auf dieselbe Weise zurück und fühlte sich um einige Jahre in die Vergangenheit zurückkatapultiert, was Mick zweifellos beabsichtigt hatte. Dieselben Worte hatte sie zu ihm gesagt, als sie das erste Mal gemeinsam losgefahren waren, um der Frau eines Juweliers zu erklären, dass ihr Mann Opfer eines Raubmordes geworden war. Damals war Charly seit zwei Jahren bei der Kripo und hätte dem Neuling Mick, der ständig grenzwertige Witze riss, der keinen Respekt vor Hierarchien hatte und dem der Ruf eines Raufboldes vorauseilte, durchaus zugetraut, sich den Angehörigen des Opfers gegenüber völlig danebenzubenehmen. Doch das Gegenteil war geschehen. Mick war so mitfühlend und verständnisvoll gewesen, dass Charly sich beim Verlassen der Villa fast für ihre Vorurteile entschuldigt hätte. Der Fall war der Beginn ihrer professionellen Zusammenarbeit gewesen, aus der sich nach und nach eine Freundschaft entwickelt hatte, die jetzt wie eine Festung in ihrem Leben stand und sie in diesem Moment sogar von dem Horror abzuschirmen vermochte, der manchmal zu ihrem Job gehörte.

Charly kehrte vors Haus zurück und zog den Schutzanzug aus. Dann ging sie zu der Bank, auf der Alexa und Nellie Danner mit ihrem Onkel saßen. Die drei hatten ihre Haltung kaum verändert. Als Charly sich näherte, blickte Chris Danner auf, während Alexa sie mit einem unergründlichen Blick beobachtete. Charly suchte in diesem Blick nach dem Ausdruck von Hass, den sie zuvor wahrgenommen hatte, doch es gelang ihr nicht. Vielleicht hatte sie sich ihn auch nur eingebildet. Dafür fiel ihr jetzt auf, dass Alexa jede Menge Piercings in Ohren, Nase und Augenbrauen besaß. Sie trug eine Jeans und ein T-Shirt, beides fleckig.

Zwei Meter vor der Bank blieb Charly stehen und stellte sich vor. »Ich möchte Ihnen zunächst sagen, wie leid mir das tut, was heute geschehen ist, und Ihnen mein aufrichtiges Beileid ausdrücken. Ich danke Ihnen, dass Sie hier auf uns gewartet haben. Wenn es möglich ist, würde ich …«

Weiter kam sie nicht, denn Alexa Danner stieß hervor: »Wieso tut es Ihnen leid? Sie kannten unsere Mutter doch gar nicht.« Ihre Stimme war klar und scharf und schnitt durch die Sommerhitze wie eine kalte Klinge. Beim Sprechen enthüllte sie ein Zungenpiercing.

»Alexa.« Chris Danner sprach den Namen liebevoll aus, ohne jeden Vorwurf, doch das Mädchen drehte den Kopf und fauchte ihn an:

»Ist doch wahr! Sie behauptet, dass es ihr leidtut, dabei ist es ihr scheißegal, wie es uns geht. Sie will nur, dass wir brav ihre Fragen beantworten, alles andere interessiert sie nicht.« Sie wandte sich wieder an Charly. »Nur damit Sie's wissen: Ich beantworte Ihre Fragen nicht. Unsere Mutter ist tot, hören Sie? Unsere Mutter!«

Die letzten beiden Worte schrie sie so laut, dass ihre Schwester erschrocken den Kopf hob. Es war keine abrupte, sondern eine langsame, gleichmäßige Bewegung, so als wäre sie gerade aus einem tiefen Schlaf erwacht. Und so wirkte Nellie auch: verschlafen, verwirrt. Sie blickte Charly aus großen, leeren Augen an, sagte jedoch kein Wort.

Charly war fasziniert. Nellie Danner sah ihrer älteren Schwester überhaupt nicht ähnlich. Alexas dunkle Züge wirkten leicht zerknautscht, als hätte jemand ihr Gesicht etwas gestaucht, sowohl in der Länge als auch in der Breite. In Nellies Gesicht war alles großzügiger. Sie hatte riesige blaue Augen, eine hohe Stirn, hohe Wangenknochen. Auf kindliche Weise war sie wunderschön.

Charly sagte sanft: »Alexa, glaube mir, was hier passiert ist, tut mir aufrichtig leid. Obwohl ich eure Mutter nicht kannte, fühle ich mit euch. Wenn es dir nicht möglich ist, meine Fragen zu beantworten, kannst du selbstverständlich nach Hause fahren.«

Ihre sanfte Stimme verfehlte ihre Wirkung. »Wieso duzen Sie mich? Und nennen Sie mich nicht Alexa! Oder soll ich Sie auch mit Ihrem Vornamen anreden? Sie haben ihn nicht einmal genannt.«

»Charlotte. Aber ich werde Sie gern mit Frau Danner anreden.« Charly sah Alexa freundlich an, was ihr nicht schwerfiel. Jeder Mensch hatte seine Art, mit Schock und Schmerz fertigzuwerden. Wenn Alexas Art aggressive Ausbrüche waren, konnte Charly damit umgehen. Aber Alexas Verhalten erschwerte es ihr, mehr über die Tote zu erfahren. Daher wandte sie sich an den Onkel. »Doktor Danner, wäre es Ihnen möglich, einige Fragen zu beantworten? Ich würde nicht darum bitten, wenn es nicht wichtig wäre.«

»Natürlich. Aber vielleicht nicht hier?«

Er nickte bedeutungsvoll zu Nellies blondem Haarschopf. Das Mädchen hatte das Gesicht wieder auf die Knie gelegt. Doch als Danner seinen Arm hinter ihr hervorzog und aufstehen wollte, erwachte sie abermals zum Leben. Sie riss den Kopf hoch und krallte sich an ihrem Onkel fest. Dabei sagte sie keinen Ton, dafür schrie ihre Schwester umso lauter.

»Du darfst nicht gehen! Du darfst uns nicht alleinlassen!« Die Panik in ihrer Stimme war unüberhörbar, und Charly fühlte tiefes Mitgefühl mit dem Mädchen.

Danner machte sich sanft von seiner Nichte los. »Ich gehe nur ein paar Schritte. Ich bleibe in Sichtweite, in Ordnung?« Er strich Nellie zärtlich über den Kopf. »Alexa, kümmerst du dich um Nellie?«

Alexas Panik schien wie weggeblasen. Sie straffte die Schultern. »Natürlich«, sagte sie steif und zog Nellie an sich.

Charly folgte Danner über den Rasen. Etwa zehn Meter weiter blieben sie stehen.

»Ich hoffe, es dauert nicht lange«, sagte er leise mit besorgtem Blick zur Bank. »Die beiden müssen dringend hier weg, nach Hause.« Ein Zittern durchlief seinen Körper, und Schweiß glänzte auf seinem gebräunten Gesicht. »Oh mein Gott, wenn ich mir vorstelle, dass die beiden hinter dem Haus waren, dass sie ihre Mutter so gesehen haben …« Er schüttelte den Kopf. »Sie hätten es nicht sehen dürfen. Vor allem Nellie nicht, sie hat es ohnehin schon schwer genug. Und das hier …« Ihm versagte die Stimme, und er sah Charly flehentlich an. Aus der Nähe wirkte er selbst ziemlich angeschlagen.

»Ich habe jetzt nur wenige Fragen«, sagte Charly beruhigend. »Als Erstes wüsste ich gern, wo denn das Zuhause der Mädchen ist. Sie leben bei Ihnen? In Aachen?«

»Ja, schon seit zwei Jahren. Zusammen mit Nicole natürlich. Ich meine, bisher lebte Nicole bei mir …« Er brach ab und wischte sich erneut über die Stirn. »Oh mein Gott, Nicole … Wer tut denn so etwas?«

Für einen Moment hing die Frage zwischen ihnen in der heißen Sommerluft. Charly erwiderte nichts. Sie wartete ab, und schließlich gab Danner sich einen Ruck. »Entschuldigen Sie, ich versuche, mich zusammenzureißen. Sie wollten meine Adresse. Ich habe ein Haus in der Nähe des Hangeweihers.« Er nannte eine Straße in einer der teuersten Wohngegenden Aachens.

»Und der Vater der Mädchen? Wohnt der ebenfalls bei Ihnen?«

»Nein. Meine Schwester ist … war nicht verheiratet. Sie war alleinerziehend und arbeitslos. Deswegen hatte ich ihr vor zwei Jahren angeboten, bei mir zu wohnen.«

»Das heißt, Sie standen sich nahe?«, hakte Charly nach.

Die Frage schien ihn zu überraschen. Er fuhr sich mit der Hand durch die Haare. »Nun ja, natürlich. Das heißt, eigentlich … Es ist ein wenig kompliziert. Wir sind nicht zusammen aufgewachsen. Unsere Eltern haben sich getrennt, als wir noch klein waren, und meine Mutter ist mit Nicole weggegangen.«

»Leben Ihre Eltern noch?«

Er schüttelte den Kopf.

»Und wie kam es nun dazu, dass Ihre Schwester hier in Roetgen war? Seit wann war das überhaupt?«

»Seit Montag schon. Eigentlich begannen die Ferien erst am Mittwoch, aber Nicole sah das nicht so eng. Ich fand das nicht gut, aber sie wollte dringend weg, weil …« Danner brach ab, und seine Augen weiteten sich vor Verblüffung. »Oh mein Gott, natürlich, er war's! Natürlich, das hätte ich sofort … Warum habe ich nicht gleich …?« Er starrte Charly an. »Ich glaube, ich weiß, wer Nicole getötet hat. Es war ihr ehemaliger Liebhaber.«

Die Aussage überraschte Charly. Es war nicht ungewöhnlich, dass Angehörige eines Mordopfers einen Verdacht bezüglich des Täters hegten – und oft erwies sich dieser Verdacht als berechtigt –, aber normalerweise fiel ihnen das eher ein. »Wieso glauben Sie das?«

»Weil der Mann Nicole bedroht hat. Und er hat sie schon mal angegriffen. Ich war nicht dabei, aber Nicole und Alexa erzählten mir später, er habe gedroht, sie umzubringen.« Er wirkte auf einmal aufgeregt und sogar ein winziges bisschen erleichtert.

»Wann war das?«

Er überlegte. »Freitag. Gestern vor einer Woche.«

»Und wie heißt der Mann?«

»Das weiß ich nicht. Thorsten, glaube ich, aber den Nachnamen hat Nicole nicht genannt.«

»Haben Sie den Mann denn nicht kennengelernt?«, fragte Charly überrascht.

»Nein. Sehen Sie ...« Er zögerte verlegen. »Ich möchte nichts Negatives über meine Schwester sagen, aber ... Nicole wechselte ihre Freunde ziemlich häufig.«

»So häufig, dass Sie sie gar nicht erst kennengelernt haben?«

Unter seiner Sommerbräune wurde Danner rot. »Das kam vor.«

Charly nickte. »Ich verstehe«, behauptete sie wahrheitswidrig. Sie nahm sich vor, Danner zu einem späteren Zeitpunkt noch einmal zu diesem Thema zu befragen. »Und was ist an dem Freitag vor acht Tagen genau passiert? Soweit Sie das wissen?«

Danner strich sich eine blonde Strähne aus der Stirn, während er nachdachte. »Ich kam gegen sieben abends nach Hause. Meine Schwester hatte einen Bluterguss am Auge und war ziemlich aufgeregt. Ich fragte sie natürlich, was los sei, und sie sagte, dass ihr Freund, dieser Thorsten, am Nachmittag aufgetaucht sei und ihr eine Riesenszene gemacht habe, weil er gehört hatte, dass sie ihn betrog. Nicole bestritt es zwar, doch er glaubte ihr nicht und ging auf sie los. Die beiden prügelten sich. Dabei schrie dieser Thorsten, dass er Nicole umbringen würde. So hat Nicole es zumindest erzählt, und Alexa hat es bestätigt. Als sie hinzukam, hörten die beiden mit der Prügelei auf, und dann fuhr der Kerl weg.«

Charly runzelte die Stirn. »Haben Sie oder Ihre Schwester diesen Vorfall angezeigt?«

Danner verzog gequält das Gesicht. »Nein. Ich wollte es, aber Nicole weigerte sich. Wir stritten uns deswegen. Mein Gott, wenn ich jetzt denke ... Ich hätte zur Polizei gehen müssen. Vielleicht würde sie dann noch leben.«

Charly bezweifelte es. Die Polizei war weitgehend machtlos, wenn die Opfer häuslicher Gewalt nicht kooperierten. »Und wie kam es dann, dass Ihre Schwester hierherfuhr?«

Danner errötete erneut. »Weil sie Angst hatte, dass dieser Thorsten seine Drohung wahr machen würde. Sie war total aufgelöst deswegen und behauptete, bei mir nicht mehr sicher zu sein. Und dann fiel mir dieses Haus ein. Es gehört einem Bekannten. Er hat es vor Kurzem von einer Tante geerbt. Ich wusste, dass es leer steht, da habe ich ihn gefragt, ob Nicole für eine Weile hier wohnen kann.«

Charly fragte ungläubig: »Sie glaubten, Ihre Schwester wäre hier sicher? Das Haus kann man kaum als Festung bezeichnen. Und es liegt so einsam, dass es geradezu eine Einladung für einen Mörder ist.«

Bei dem Wort *Mörder* zuckte Danner zusammen. »Aber ich glaubte ja schließlich nicht, dass Nicole wirklich in Gefahr war«, sagte er schrill. Dann warf er einen Blick zu seinen Nichten hinüber und senkte die Stimme wieder. »Nicole hatte ständig Stress mit irgendwelchen Typen. Und woher wusste dieser Thorsten überhaupt, dass sie hier war?«

Gute Frage, dachte Charly. Aber es war nicht die einzige, die ihr durch den Kopf schoss. »Und wer wusste noch alles davon, dass Ihre Schwester hier war?«

Danner überlegte. »Das können nicht viele gewesen sein.«

»Fangen wir mit denen an, denen Sie es erzählt haben.«

»Nur Hans. Das ist Hans Löhrmann, dem das Haus gehört. Und ach ja, wir haben am Montagabend beim Impro darüber gesprochen, weil Miranda fragte, wo Alexa sei.« Auf Charlys fragenden Blick erklärte er: »Ich bin bei einer kleinen Amateurtheatergruppe. Wir machen Improtheater und treffen uns immer montags zum Üben. Hans Löhrmann ist dabei, außerdem Alexa und noch zwei weitere Freunde, Freddy und Miranda Zerbitzky. Da fällt mir ein, dass ich die drei dringend anrufen muss. Ich habe es völlig vergessen. Wir haben heute einen kleinen Auftritt, den müssen wir absagen.«

Er griff in seine Hosentasche und zog ein Handy hervor, doch Charly sagte: »Einen Augenblick noch. Sie haben also am Montag mit den genannten Personen darüber gesprochen, dass Ihre Schwester hierherfuhr. Haben Sie es sonst noch jemandem erzählt? Bitte, überlegen Sie noch einmal.«

Er tat es und schüttelte dann den Kopf.

Was nicht heißt, dass es nicht jede Menge Leute wussten, dachte Charly. Nicole und ihre Töchter konnten es weitererzählt haben. Oder die Mitglieder dieser Improgruppe. Den Begriff Improtheater hatte sie an diesem Tag nun zum zweiten Mal gehört. Sie musste später unbedingt googeln, was er bedeutete.

»Doktor Danner, wir müssen natürlich mit diesem Thorsten reden. Wissen Sie, wo wir ihn finden?«

Danner fuhr sich mit der Hand durch das Haar. »Nein. Ich habe keine Ahnung, wo er wohnt und was er macht.«

Charly nickte. »Und wo lebt der Vater von Alexa und Nellie?«

Danner erstarrte. »Aber wozu wollen Sie das denn wissen?«

»Weil wir ihn informieren müssen. Weil er sich um seine Töchter kümmern muss. Nicht zuletzt weil wir die Töchter vernehmen müssen. Dabei sollte eine Vertrauensperson anwesend sein.«

»Ich werde dabei sein«, sagte Danner schnell. »Und Nellie und Alexa werden natürlich weiterhin bei mir wohnen. Ich liebe die beiden. Ich werde mich um sie kümmern. Ich möchte, dass sie bei mir bleiben, und ich bin sicher, das wollen sie auch.«

»Doktor Danner, das ist wirklich sehr fürsorglich von Ihnen. Aber so einfach ist das nicht. Warum wollen Sie uns nicht sagen, wo der Vater sich aufhält?«

Danner seufzte. »Weil ich es nicht weiß. Ich kenne den Vater der beiden nicht.«

Kurz darauf sah Charly Dr. Danner nach, der mit seinen Nichten davonfuhr, gefolgt von Frank. Frank wollte die Danners nach Hause begleiten, um von dort die Kleidung der Mädchen mitzunehmen. Anschließend würde er ins

Präsidium fahren, um alles Weitere zu organisieren, insbesondere die Suche nach Thorsten Gülke, dem ehemaligen Liebhaber der Toten. Chris Danner hatte Alexa gefragt, ob sie den Namen kenne. Auch wenn Alexa sich weigerte, Charlys Fragen zu beantworten, tat sie es doch bei denen ihres Onkels. »Thorsten Gülke«, hatte sie gezischt. »Gülke wie Gülle. Und das war er auch. Gülle.«

Als Danners Wagen außer Sichtweite war, drehte Charly sich um. Mick kam über den Rasen auf sie zu. Er trug noch seinen weißen Schutzanzug, doch als er sie erreichte, riss er sich Kopf- und Mundschutz herunter, zog das Haargummi aus seinem Pferdeschwanz und schüttelte seine schulterlange hellbraune Mähne. Eine der Motten aus der Snookerbar hatte Mick einmal mit Boromir aus *Herr der Ringe* verglichen. Obwohl Charly im Allgemeinen der Meinung war, dass Motten nie etwas Kluges von sich gaben, fand sie den Vergleich ziemlich treffend. Mick sah dem Schauspieler Sean Bean tatsächlich ähnlich – bis hin zu den schmalen blaugrünen Augen und dem kantigen Kinn.

»Hast du den Tatortbericht schon fertig?«, fragte Charly überrascht.

»So gut wie. Der Schuppen fehlt noch. Ich wollte mal hören, wie's bei dir gelaufen ist.«

Das war typisch für Mick. Während Charly sich gern völlig in irgendeiner Aufgabe verlor, wurde Mick ganz kribbelig, wenn er länger als fünf Minuten mit keinem Kollegen reden konnte.

»Interessant. Wir haben einen Verdächtigen.«

»Tatsache? Der Onkel?«

»Nein, ein gewisser Thorsten Gülke, der ehemalige Liebhaber des Opfers.« Charly fasste zusammen. »Es klingt wie der typische Fall«, schloss sie. Und das war es in mehr als einer Hinsicht. Die Hälfte der Frauen, die Opfer eines Tötungsdeliktes wurden, starb von der Hand eines Ehemannes, Partners oder ehemaligen Partners.

Mick nickte zustimmend. »Ich wäre froh, wenn wir eine schnelle Lösung fänden. Besser für die Kinder. Wie haben sie übrigens reagiert?«

»Die Jüngere gar nicht. Sie hat keinen Ton gesagt. Die Ältere war aggressiv, sie weigerte sich, Fragen zu beantworten.«

Mick nickte nachdenklich. »Verständlich. Mir ging es nach dem Tod meiner Mutter genauso. Ich bin sogar auf den Polizisten losgegangen, der mich vernehmen wollte, nicht nur verbal.« Sein Blick glitt in die Ferne. »Ich glaube, aus Scham. Weil ich meine Mutter nicht gerettet hatte. Weil ich nicht dazwischengegangen war, als mein Vater auf sie einstach. Weil ich nicht auf ihn losgegangen war, ging ich auf den Polizeibeamten los.«

»Du warst fünfzehn«, sagte Charly leise.

»Alt genug.« Plötzlich lächelte Mick. »Hey, sieh mich nicht mit so einem besorgten Therapeutenblick an. Ich habe keine Schuldgefühle mehr deswegen.«

»Ich habe keinen Therapeutenblick«, erklärte Charly indigniert.

»Hast du wohl.«

»Habe ich nicht.«

»Doch. Du guckst ungefähr so.« Mick legte seinen Kopf schief, ließ seine Gesichtsmuskeln erschlaffen und sah so sehr wie eine sterbende Ente aus, dass Charly losprusten musste. Sie unterdrückte den unangemessenen Impuls sofort, obwohl sie wusste, dass Mick die Reaktion absichtlich provoziert hatte.

Er ordnete seine Gesichtszüge wieder. »Und wie hat der Onkel reagiert?«

Charly brauchte einen Moment, um sich klarzumachen, dass Mick von Chris Danner redete. Diese kurzen Tauchgänge in Micks Vergangenheit ließen sie immer ein wenig atemlos zurück, obwohl sie seine Geschichte kannte. Nicht nur den offiziellen Teil, der im Polizeipräsidium eine Weile das Klatschthema Nummer eins gewesen war, sondern auch den inoffiziellen Teil, die Dinge, die Mick außer ihr nur Frank anvertraut hatte. Frank, seinem Chef und Mentor, der ihn als Sechzehnjährigen bei sich aufgenommen und später zum Polizisten gemacht hatte.

»Der Onkel?«, wiederholte Charly. »Er war schockiert, und er macht sich Sorgen um die Mädchen. Ihm gehört übrigens der neue VW Sharan auf dem Parkplatz, während Nicole Danner den verrosteten Escort fuhr.«

»Ist das bedeutsam?«

»Ich glaube, es ist bezeichnend. Chris Danner ist Kinderarzt, ein ziemlich erfolgreicher vermutlich, wenn er sich ein Haus am Hangeweiher leisten kann. Hast du seine Klamotten gesehen? Auch nicht billig. Nicole hingegen war alleinerziehend, arbeitslos, hatte die falschen Liebhaber … Ich hatte den Eindruck, die Beziehung zwischen den beiden war nicht unkompliziert. Aber Danner scheint sehr an den Mädchen zu hängen. Lass uns hoffen, dass es dieser Gülke war und wir die Sache schnell erledigen können.«

Schweigen

Charly und Mick vernahmen Thorsten Gülke schon am nächsten Morgen.

Sie hatten keine Schwierigkeiten, ihn zu finden. Es gab in Aachen und Umgebung nur eine Handvoll Männer mit diesem Namen, und der Gesuchte entpuppte sich als alter Bekannter. Nicht der Aachener Kripo, sondern der Kölner. Thorsten Gülke hatte bis vor zwei Jahren in Köln gewohnt, genauer gesagt hatte er dort wegen Stalkings und Körperverletzung in der JVA eingesessen. Das Opfer war seine ehemalige Lebensgefährtin gewesen, eine Floristin. Er war in ihrem Blumenladen mit einer Vase auf sie losgegangen, nachdem er beobachtet hatte, wie sie angeblich mit einem Kunden flirtete.

Gülke war ein auf den ersten Blick gut aussehender Mann, zumindest wenn Frauen auf testosteronstrotzende Typen mit markanten Gesichtszügen und aufgepumpten Muskelpaketen standen. Charly tat das nicht. Sie hielt Gülke für einen vulgären Macho.

Trotz seines oberflächlichen Machogehabes entpuppte Gülke sich jedoch bald als Weichei. Er war der Vernehmung durch Mick und Charly keine Viertelstunde lang gewachsen. Obwohl er anfangs bestritt, Nicole Danner überhaupt gekannt zu haben, gelang es ihnen schnell, ihm einige aufschlussreiche und verräterische Aussagen zu entlocken. Ja, gab er zu, er war einige Monate mit Nicole zusammen gewesen. Ja, er hatte mit dem Luder eine Auseinandersetzung gehabt. Ja, vielleicht war er handgreiflich geworden. Ja, vielleicht hatte er der Schlampe gedroht, sie umzubringen. Aber nein, er hatte sie nicht getötet. Er hatte nicht einmal gewusst, dass sie weggefahren war, geschweige denn, wohin.

Charly und Mick glaubten ihm nicht und setzten mit ihren Kollegen alles daran, Gülkes Behauptungen zu widerlegen. Zunächst hatten sie auch Erfolg. Sie fanden eine Zeugin, die angab, Gülke habe sehr wohl von Nicoles Urlaub gewusst: Eine Nachbarin hatte unter der Woche vor Danners Haus mehrmals einen Mann herumlungern sehen. Als sie ihn ansprach, behauptete er, er warte auf Nicole. Um ihn loszuwerden, hatte die Nachbarin ihm daraufhin mitgeteilt, Nicole sei mit ihren Töchtern mit unbekanntem Ziel verreist. Als der Nachbarin ein Foto Gülkes gezeigt wurde, identifizierte sie ihn auf den ersten Blick.

Mit dieser Aussage konfrontiert, gab Gülke zu, dass er versucht hatte, Nicole zu finden. Und ja, er hatte ihr eine Abreibung verpassen wollen. Aber er blieb dabei, dass er sie nicht getötet und nicht gewusst hatte, wo sie Urlaub machte. Zur Tatzeit sei er einfach so mit seinem Kombi herumgefahren.

Charly und Mick glaubten dies auch bei der zweiten und dritten Vernehmung nicht. Und sie zweifelten nicht daran, dass sie entsprechende Beweise finden würden. Entweder würde die Auswertung der am Tatort sichergestellten Spuren ergeben, dass Thorsten Gülke dort gewesen war, oder sie würden Zeugen finden, die ihn oder zumindest seinen Wagen dort gesehen hatten.

Doch mit dieser Annahme irrten sie sich.

Obwohl die Beamten vom Erkennungsdienst sowohl in der Umgebung der Leiche als auch im Haus fast jede freie Fläche abklebten und auf Fingerabdruckspuren untersuchten, fanden sie keinen Hinweis darauf, dass Thorsten Gülke dort gewesen war. Noch nicht einmal einen partiellen Fingerabdruck, nicht den kleinsten DNA-Schnipsel. Es fanden sich überhaupt nur Spuren von fünf Personen: die von Nicole Danner und ihren beiden Töchtern und die von Hans Löhrmann und seiner Tante, Besitzer und Vorbesitzerin des Hauses. Die Spuren von Hans Löhrmann und seiner Tante fanden sich nur im Haus, die Spuren von Nicole Danner und ihren Töchtern überall.

Für einige Verwirrung sorgte die Tatsache, dass am unblutigen Stielende der Axt, die der Rechtsmediziner als Tatwaffe identifiziert hatte, ein Zeigefingerabdruck gefunden wurde, der Nellie Danner zugeordnet wurde. Es war dies der einzige Fingerabdruck auf der Axt, die offensichtlich nach der Tat abgewischt worden war. Die Frage, wie der Abdruck auf die Tatwaffe gekommen war, sorgte für hitzige Debatten, da sie die Frage berührte, ob der Täter die Axt mitgebracht hatte oder nicht.

Hans Löhrmann sagte aus, er glaube sich zu erinnern, dass im Schuppen neben dem Blockhaus eine Axt zum Holzspalten gelegen habe. Alexa Danner bestritt dies. Sie sei zusammen mit Nellie mehrmals in dem Schuppen gewesen, um Gartenmöbel herauszuholen, habe dort jedoch keine Axt bemerkt. Von der Polizei auf Nellies Fingerabdruck angesprochen, vermutete Alexa, Nellie habe die Axt berührt, nachdem sie ihre Mutter gefunden hatten. Allerdings konnte sie das nicht mit Bestimmtheit sagen.

Da es wahrscheinlicher schien, dass Thorsten Gülke die Axt mitgebracht hatte, statt erst vor Ort im Schuppen danach zu suchen, neigten die Kripobeamten dazu, diese letzte Aussage zu glauben. Verifizieren konnten sie sie nicht, da die elfjährige Nellie keine einzige Frage der Ermittler beantwortete. Alexa hatte ihre aus dem Schock heraus geborene Weigerung, mit der Polizei zu reden, schnell überwunden, doch bei ihrer jüngeren Schwester lag der Fall anders. Wie Chris Danner der Polizei nach einigem Zögern mitteilte, litt Nellie seit Jahren an selektivem Mutismus, einer seltenen Störung, die dazu führt, dass Kinder nur mit ausgesuchten Personen – typischerweise aus dem engsten Familienkreis – sprechen.

»Bei Nellie sind beziehungsweise waren das Nicole, Alexa und ich«, erklärte Dr. Danner wenige Tage nach dem Mord.

Mick und Charly saßen bei ihm im Wohnzimmer auf der cremefarbenen Ledercouch, die seine Exfrau ausgesucht hatte. Sie hatte, wie Danner ihnen erzählt hatte, die gesamte Einrichtung ausgewählt. Die wäre Charly normalerweise zu elegant und zu protzig gewesen, wenn nicht Alexa und Nellie überall ihre Spuren hinterlassen hätten – in Form von Tennisschlägern, Jonglierkeulen, Spielen und Schulsachen.

»Was soll das heißen, sie spricht nur mit Ihnen dreien?«, fragte sie irritiert. Sie war gereizt, weil die Beweise gegen Thorsten Gülke nicht mit der erhofften Geschwindigkeit eintrudelten.

»Das heißt, sie spricht nur mit uns dreien. Das heißt, jetzt nur noch mit Alexa und mir. Sie dürfen das wörtlich nehmen.«

»Aber das kann doch nicht sein«, widersprach Charly. »Sie muss doch mit anderen sprechen. Was ist mit der Schule? Wollen Sie uns erzählen, dass Ihre Nichte in der Schule nie den Mund aufmacht? Was ist, wenn ein Lehrer sie etwas fragt?«

»Ich *will* ganz sicher nicht«, erwiderte Danner mit ungewohnter Schärfe. »Aber es ist so. Wenn die Lehrer Nellie etwas fragen, antwortet sie nicht. Das wird auch nicht von ihr erwartet. Die Lehrer kennen ihr Problem. Sie fragen sie manchmal etwas, um sie einzubinden, verlangen aber keine Antwort, damit sie sich nicht unter Druck gesetzt fühlt. Druck ist Gift für Kinder wie Nellie.«

»Aber ...« Charly fehlten für einen Moment selbst die Worte. »Aber sie kann sprechen?«

»Natürlich. Wenn wir unter uns sind, redet sie oft sogar sehr viel. Vermutlich als Ausgleich.« Ein warmes Lächeln glitt über Danners attraktive Züge. »Ich weiß, es ist schwer zu verstehen, dass jemand nicht spricht, obwohl er nicht stumm ist. Zumal Nellie dadurch oft in schwierige Situationen gerät. Ihre Noten in der Schule wären natürlich besser, wenn sie sich mündlich beteiligen oder wenigstens ab und zu nachfragen würde.«

»Und warum tut sie das nicht?«

»Das wissen wir nicht genau. Vermutlich aus Angst. Mutismus kann viele Gründe haben. Manchmal wird er durch einen Schock ausgelöst.«

»Aber Nellie litt schon vor dem Tod ihrer Mutter an Mutismus, nicht wahr?«, warf Mick ein. Und als Danner nickte, fuhr er fort: »Seit wann denn?«

»Das kann ich Ihnen nicht genau sagen und ich bezweifle, dass Nicole es gekonnt hätte. Es fiel zum ersten

Mal auf, als sie in die Schule kam. Aber ob sie vorher schon vermied, mit Fremden zu reden … Nellie besuchte nie einen Kindergarten. Bis sie sechs war, waren die einzigen Personen außer Alexa und Nicole, mit denen sie öfter zu tun hatte, Nicoles wechselnde Liebhaber. Kaum die idealen Startbedingungen für ein sensibles Kind.«

Mick fragte: »Und was wurde unternommen, als ihr Verhalten dann auffiel?«

Danner schüttelte den Kopf. »Nichts. Wäre ich informiert gewesen, hätte ich einen Therapeuten für sie gesucht, aber ich hatte damals keinen Kontakt zu Nicole. Ich wusste nicht mal, dass sie zwei Töchter hatte.«

»Und warum nicht?«

Danner seufzte. »Um das zu erklären, müsste ich weit ausholen. Ist es wirklich wichtig?«

Mick sah ihn nur aufmunternd an.

Danner beugte sich vor und krempelte die Ärmel seines Hemdes hoch. Es hatte dieselbe Farbe wie seine Augen, ein verwaschenes Graublau. Glückliches Händchen oder Eitelkeit?, fragte sich Charly. Oder eine Verkäuferin, die sich für ihren gut aussehenden Kunden besonders ins Zeug gelegt hatte? Eine Freundin, die das Hemd hätte aussuchen können, hatte Danner nicht. Seit seiner Scheidung war er Single.

»Nicole war ein paar Jahre jünger als ich. Wie ich Ihnen«, Danner sah Charly an, »bereits erklärt habe, trennten unsere Eltern sich, als wir beide noch ziemlich klein waren. Es war keine friedliche Trennung. Meine Eltern waren sehr verschieden. Mein Vater war ein erfolgreicher Chirurg, eine Koryphäe auf seinem Gebiet, einer der Mitbegründer der Vereinigung der Deutschen Plastischen Chirurgen. Sehr konservativ. Meine Mutter war die ehemalige Miss Hessen, deutlich jünger als er, ziemlich frivol, nun ja … Bei der Trennung teilten meine Eltern Nicole und mich auf. Ich kam zu meinem Vater, Nicole zu meiner Mutter. Ich glaube, eine Weile versuchte meine Mutter noch, den Kontakt zu mir zu halten, aber mein Vater unterband ihre Bemühungen. Er war kein sentimentaler Mann. Beging er einen Fehler, sah er ihn ein und merzte ihn so gut wie möglich aus. Meine Mutter betrachtete er als Fehler, deshalb hatte er keine weitere Verwendung für sie. Zumal er ja bekommen hatte, was er wollte: einen Stammhalter, mich.«

Die Bitterkeit in Danners Stimme war unüberhörbar. Sein Blick fiel auf eine Büchervitrine, auf deren Bord auch ein Foto in einem Silberrahmen stand. Es war ein steifes Studioporträt einer vierköpfigen Familie. Charly stand auf, um es aus der Nähe zu betrachten. Weder die Frau noch die Kinder sahen besonders glücklich aus.

»Das einzige Foto, das ich von meiner Mutter habe«, erklärte Danner, der ebenfalls aufgestanden war. »Ich habe sie nach der Trennung meiner Eltern nie wiedergesehen.«

»Nie?«, wiederholte Charly.

»Nie. Meine Mutter zog damals aus Hessen weg und führte mit Nicole ein ziemlich unstetes Leben. Eine Weile lebten sie sogar in Indien bei irgendeiner Sekte. Meine Mutter hatte wohl schon immer eine esoterische Ader. Nicole konnte damit nichts anfangen. Als sie sechzehn war, lief sie davon, um sich auf eigene Faust durchzuschlagen. Ein Kellnerjob hier, ein Modeljob da. Meine Mutter starb kurz darauf.«

»Sie haben bisher nicht erzählt, dass Nicole gemodelt hat.«

Danner sah weg. »Für Aktfotos.« Er kehrte zur Couch zurück. Charly blieb, wo sie war.

Mick fragte: »Hat Ihre Schwester sich bei Ihnen gemeldet, als Ihre Mutter starb?«

»Nein. Ich sah sie erst vor vier Jahren wieder, als mein Vater starb. Nicole kam zwar nicht zur Beerdigung, aber wir trafen uns beim Anwalt meines Vaters. Er hatte sie zwar so weit wie möglich aus dem Testament gestrichen, aber natürlich bekam sie den Pflichtteil.«

»Wie viel war das?«, erkundigte sich Charly.

»Rund zweihunderttausend Euro.«

»Eine Menge Geld.«

Danner sah sie an. »Das sollte man meinen, aber Nicole schaffte es dennoch, das Geld innerhalb von zwei Jahren zu verjubeln. Beziehungsweise ihr damaliger Liebhaber schaffte das. Dann ließ er sie fallen wie eine heiße Kartoffel und warf sie und die Kinder aus seiner Wohnung in Stuttgart, in der sie alle von Nicoles Geld gelebt hatten. Einen Tag später stand Nicole vor meiner Tür. Da erfuhr ich, dass ich zwei Nichten hatte. Nach dem Tod meines Vaters hatte ich zwar Kontakt zu Nicole halten wollen, doch sie hatte mich stets abgewimmelt. Natürlich nahm ich die drei auf. Ich hatte schließlich genug Platz. Meine Exfrau war einige Monate zuvor ausgezogen.«

»Und wie haben Sie es geschafft, dass Nellie mit Ihnen spricht?«, fragte Mick. »Ich nehme doch an, dass sie das nicht von Beginn an getan hat, oder?«

Danner nickte nachdrücklich. »Da haben Sie recht. Am Anfang hatte Nellie sogar regelrecht Angst vor mir. Jedes Mal, wenn wir uns begegneten, versteckte sie sich hinter Alexa. Und wenn Alexa nicht dabei war, rannte sie davon.«

»Warum?«

»Weil sie Angst vor Männern hat.«

»Und woher kommt diese Angst?«

»Kein Ahnung.«

Danner blinzelte und sah weg. Charly war überzeugt, dass er log. Sie wartete einfach ab, und schließlich fuhr Danner fort: »Es gab da mal einen Vorfall. In Stuttgart. Einer von Nicoles Liebhabern hat versucht … Alexa kam hinzu, als der Kerl gerade seine Hand unter Nellies T-Shirt schob. Sie schrie und ging auf den Kerl los, und Nicole kam hinzu und schmiss den Mann raus. Ich bin sicher, dass nicht mehr passiert ist, aber der Vorfall hat Alexa schockiert. Zu Recht natürlich! Danach bläute sie Nellie ein, sich von Männern fernzuhalten.«

Seine Zähne bissen so fest aufeinander, dass die Kiefermuskeln hervortraten. Dann fuhr er schnell fort: »Wie gesagt, Nellie hatte Angst vor mir. Am Anfang störte es mich nicht. Ich hielt sie für schüchtern und dachte, sie brauche vielleicht einfach Zeit und Raum. Beides wollte ich ihr lassen. Tatsächlich verlor sie auch bald ihre Angst, sprach aber weiter lange Zeit nicht mit mir. Das änderte sich erst, als Alexa sie dazu ermunterte.«

»Alexa? Nicht Nicole?«

»Alexa. Von uns dreien hat sie die engste Verbindung zu Nellie. Ohne Alexa … Sie ist nur fünf Jahre älter, aber sie hat sich quasi seit Nellies Geburt um sie gekümmert. Sie hat auf sie aufgepasst und sie beschützt, während Nicole …« Er brach ab.

»Während Nicole *was*?«, fragte Mick leise.

Doch Danner schüttelte den Kopf. Plötzlich sprang er auf, trat an das Panoramafenster und sah in den sommerlichen Garten hinaus. Charly folgte seinem Blick zu einer

Hollywoodschaukel aus dunklem Holz, die auf der Terrasse stand. Inmitten mehrerer Kissen saßen Alexa und Nellie. Das heißt, Alexa saß und Nellie hatte den Kopf in Alexas Schoß gelegt. Die beiden schaukelten sanft hin und her. Es war ein friedliches Bild. Alexas finstere Züge waren entspannt. Nellie schien ihrer älteren Schwester etwas zu erzählen. Charly hätte gern gewusst, was sie sagte, und sie wäre gern hinausgeschlichen, um wenigstens einmal die Stimme des Mädchens zu hören.

Sie und Mick warteten ab, bis Danner sich schließlich zu ihnen umdrehte. Seine Stimme klang hart, als er weitersprach: »Alexa hat einen IQ von 133. Hätten Sie das gedacht? Vor einem halben Jahr hat sie einen Test gemacht, weil sie im nächsten Schuljahr aufs Gymnasium wechseln will. Bisher ging sie nur auf Hauptschulen. Und wissen Sie, warum? Die Lehrer hielten sie für dumm und faul, weil sie nie ihre Hausaufgaben machte. Weil sie nie lernte. Weil sie oft zu müde war, um dem Unterricht zu folgen. Weil sie ständig zu spät kam. Und warum das alles? Weil Alexa sich um Nellie kümmern musste. Weil Alexa sich um den Haushalt kümmern musste. Sie wusch und putzte, kaufte ein und kochte, spülte ab und bügelte. Sie brachte Nellie zur Schule, machte mit ihr Hausaufgaben, spielte mit ihr, stand nachts auf, wenn die Kleine Albträume hatte. Sie erledigte alles, was eigentlich Nicoles Aufgabe gewesen wäre. Sie wollen wissen, was Nicole in dieser Zeit tat? Sie vögelte herum. Sie betrank sich. Sie war besoffen. So wie sie auch jeweils bei der Zeugung ihrer Töchter besoffen gewesen war, weswegen sie nicht verhütet hatte und weswegen sie die Namen der Väter nicht kannte.«

Seine Stimme war immer lauter geworden, zuletzt

überschlug sie sich fast. Zum ersten Mal wurde Charly in aller Deutlichkeit klar, wie sehr Dr. Chris Danner seine Schwester verabscheut hatte.

Dennoch konzentrierten sie und Mick ihre Bemühungen, Nicole Danners Mörder zu finden, auf Thorsten Gülke. Sie hatten beide keinen Zweifel daran, dass er der Gesuchte war.

Bis das zweite Opfer gefunden wurde.

Sprung ins Nichts

»Charly, kann ich dich kurz sprechen?«

Es war Frank. Er hatte sein Gespräch mit Dr. Arrosi beendet und trat zu Charly und Benny unter die Bäume neben dem Parkplatz.

»Klar«, erwiderte Charly, obwohl sie bereits ahnte, was kommen würde. Aber sie wollte vor Benny nicht widersprechen.

Frank wandte sich an den jungen Kommissar. »Benny, was hältst du davon, wenn du Doktor Arrosi über die Schulter schaust? Sie ist eine großartige Lehrerin.«

»Klar«, sagte auch der und trabte los.

Frank wartete, bis er außer Hörweite war. »Hast du es ihm erzählt?«

Charly nickte. »Ich habe es kurz zusammengefasst.«

»Kurz zusammengefasst? Ich hätte nicht gedacht, dass das möglich ist. Wie hat er reagiert?«

Sie zuckte die Achseln. »Erstaunt. Er hatte noch nichts davon gehört. Deine Omertà funktioniert.«

Frank runzelte die Stirn. »Ich habe nie gesagt, dass ihr nicht über den Fall sprechen dürft. Wir sind hier schließlich nicht bei der Mafia. Ich wollte nur nicht, dass …«

»Ich weiß, was du wolltest«, unterbrach Charly ihn hastig. »Es war nur ein Witz.« Das war gelogen. Sie hatte Frank provozieren wollen, warum, hätte sie selbst nicht sagen können. Niemand hatte es weniger verdient als er.

»Du hast ihn übrigens schwer beeindruckt«, lenkte sie ab. »Mit den Fotos. Woher hattest du die eigentlich so schnell?«

»Ich hatte sie mir aus dem Präsidium mailen lassen, nachdem ich die Leiche gesehen hatte.«

»Hast du wirklich geglaubt, Frau Wittig würde einen von ihnen erkennen?«

»Es war einen Versuch wert. Und ich möchte so schnell wie möglich wissen, welche Verbindung sie zu Chris Danner hatte.« Frank nickte in Richtung der unbekannten Toten. Dann sah er Charly in die Augen. Sie wusste, was nun kommen würde, und versuchte instinktiv auszuweichen.

»Frank, was auch immer es ist, können wir es morgen besprechen? Ich habe es eilig. Morgen früh um acht?« Sie hatte ihm bereits versprochen, ihren Urlaub abzubrechen.

Er sah sie aufmerksam an. »Es dauert nur einen Moment. Es geht um Mick.«

Obwohl sie es erwartet hatte, zuckte Charly zusammen. »Da gibt es nichts zu besprechen.«

»Einer muss ihm sagen, was heute hier passiert ist.«

Sie machte unwillkürlich einen Schritt zurück und stieß gegen einen Baum. »Warum?«

»Ist das nicht offensichtlich? Er hat ein Recht darauf, es zu erfahren.«

»Dann wirst du es ihm sagen müssen.«

»Ich dachte, du könntest das übernehmen.«

»Warum?« Doch Charly war sofort klar, dass sie die falsche Frage gestellt hatte. Jede Frage war falsch, weil jede Frage eine Einladung zu einer Diskussion war, und Charly wollte nicht über Mick diskutieren. »Das werde ich nicht tun, Frank. Ich habe ihn seit drei Jahren weder gesehen noch gesprochen.« Sie drückte sich vom Baum ab. »War's das? Ich muss los. Ich habe Besuch.«

Sie konnte sehen, dass ihn das erstaunte. Er sah sie lange an. »Ja, das war's dann. Soll Benny dich fahren?«

»Nein, ich gehe lieber.« Sie wollte allein sein. Sie drehte sich um und verschwand in der Nacht.

Charly zitterte immer noch, als sie den Tatort und die Lichter der Einsatzwagen längst hinter sich gelassen hatte. Es war ihre übliche Reaktion, wenn sie auf Mick angesprochen wurde, und sie ärgerte sich darüber, doch sie wusste aus Erfahrung, dass sie es nicht abstellen konnte. Sie beschloss, einen Umweg zu machen, um sich zu beruhigen, bevor sie unter Jills scharfe Augen trat. Dass es regnete, nahm sie in Kauf.

Doch als Charly um halb zwölf nach Hause kam und ihre nasse Lederjacke aufhängte, stellte sie fest, dass sie sich den Umweg hätte sparen können. Jill war noch nicht zurück. Auf dem Küchentisch lag ein Zettel, dass sie ein Taxi in das französische Restaurant genommen hatte. Die Nachricht war kurz, witzig, typisch für Jill. Charly konnte nicht beurteilen, ob die Freundin noch sauer war, weil sie sie alleingelassen hatte. Die Interpretation von Jills Gefühlen war eine Kunst, die sie nicht beherrschte.

Charly hatte Jill im Urlaub auf Sardinien kennengelernt. Auf den Tag genau heute vor drei Jahren hatte Jill ihr das Leben gerettet. Charly war damals eine Woche allein in einen Sportklub gereist, die erste Pauschalreise ihres Lebens. Schon am ersten Abend wurde ihr klar, dass dies ein Fehler gewesen war. Sie hatte keine Lust auf turtelnde Pärchen gehabt, deswegen hatte sie einen Klub für Singles ausgesucht. Dabei hatte sie allerdings nicht bedacht, dass die anderen Singles nicht dorthin reisten, um ebenfalls keine Pärchen sehen zu müssen, sondern um Teil eines solchen zu werden. An ihrem ersten Abend wurde Charly so oft und so wahllos angemacht wie nie zuvor in ihrem Leben. Sofort am nächsten Morgen organisierte sie sich daher ein Mountainbike in der festen Absicht, die Küste allein zu erkunden und möglichst wenig Zeit in der eigentlich wunderschönen Klubanlage zu verbringen.

Letzteres klappte besser als erwartet: Auf ihrer dritten Mountainbiketour fuhr Charly in rasantem Tempo einen schmalen Küstenpfad hinunter, übersah einen Stein und flog in hohem Bogen über den Fahrradlenker in die Macchia. Das Nächste, woran sie sich erinnerte, war das Aufwachen unter Schmerzen in einem Krankenhaus in Olbia. An ihrem Bett saß Jill, die eine Viertelstunde nach ihr an die Unfallstelle gekommen war und Hilfe geholt hatte. Jill übersetzte Charly die Diagnose des Arztes, der außer italienisch nur sardisch sprach. Demnach hatte Charly sich ungefähr jeden zehnten Knochen in ihrem Körper gebrochen und war wegen einer schweren Gehirnerschütterung nicht transportfähig. Ansonsten hatte es ihr nach Jills Meinung aber gut zu gehen.

Charly teilte die Ansicht nicht, widersprach jedoch nicht, da sie schnell lernte, dass Widerspruch bei Jill zwecklos war. Jill ignorierte grundsätzlich alles, was ihr nicht passte – vom Rauchverbot im Krankenhaus bis zu Charlys Beteuerungen, sie müsse nicht jeden Tag zu Besuch kommen. Charly war genauso wie das Krankenhauspersonal froh, als Jills Urlaub zu Ende ging und sie nach Hause zurückmusste, in ihrem Fall ein Luxusapartment in Hamburg, das sie sich als Hamburgs exklusivste Innenarchitektin finanzierte.

Doch schon nach einem Tag allein im Krankenhaus stellte Charly fest, wie sehr sie diese laute, anarchische Frau vermisste, in deren Gegenwart Grübeln unmöglich war. Als sie schließlich nach Deutschland zurückkehrte, war sie daher nicht unglücklich, dass sie in eine Rehaklinik in der Nähe Hamburgs verlegt wurde. Seitdem war Jill ein wichtiger Faktor für Charlys Leben geworden, die einzige Person, mit der sie noch eine Freundschaft verband.

Jetzt schob Charly Jills Zettel zur Seite und griff zu der halb leeren Weinflasche, die daneben stand. Sie schenkte sich ein großes Glas ein und nahm es mit auf den überdachten Balkon. Es regnete immer noch, und Charly lehnte sich an den Türrahmen und sah in den dunklen Garten hinunter. Sie stand so lange dort, bis Jill nach Mitternacht nach Hause kam.

Jill hatte einen leichten Schwips und ausgesprochen gute Laune. »Ah, du hast etwas verpasst«, verkündete sie, als sie in ihrem dünnen Kleid auf den Balkon trat, in einer Hand ein Glas mit dem restlichen Wein, in der anderen Hand eine Zigarette. Sie musste sie in der Küche angesteckt haben, und Charly runzelte die Stirn. »Die Bouillabaisse – ein Gedicht, die … ich habe den Namen vergessen – ein Traum. Und erst der Po der Kellnerin! Wie ein Apfel, nein, eher … Womit vergleichen Männer einen knackigen Po?«, nuschelte sie.

»Ich habe keine Ahnung«, erklärte Charly belustigt.

»Dann musst du unbedingt mal deine Kollegen fragen. Wofür hast du die sonst?«

»Nicht um meinen Wortschatz bezüglich weiblicher Körperteile zu erweitern.«

»Das heißt, sie sind völlig nutzlos? Unglaublich.« Jill leerte ihr Glas mit einem großen Schluck.

Charly musste lächeln. Sie liebte Jills derbe Art, hinter der sich weit mehr Feinfühligkeit verbarg als hinter dem Süßholzgeraspel der meisten Frauen. »Ich wundere mich, dass du einer Kellnerin auf den Po starrst. Wenn ein Mann auf deinen guckt, greifst du zum Schlagring.«

»Das ist etwas anderes. Ich bin lesbisch, ich darf das. Ich störe mich auch nicht daran, wenn Männer andere Männer begaffen.« Sie zog an ihrer Zigarette, als hinge ihr Leben davon ab. »Seit wann bist du zurück?«

»Seit einer halben Stunde.«

»Warum bist du nicht nachgekommen?«

»Mir war nicht danach.«

»Und was machst du hier auf dem Balkon? Totenwache?«

»So etwas in der Art.«

»Und darfst du erzählen, was an der Leiche so wichtig war, dass du aus dem Urlaub geholt werden musstest?«

Charly überlegte, was sie sagen sollte. »Es hat mit einem alten Fall zu tun. Einem ungelösten alten Fall. Deshalb müssen wir auch deinen Urlaub hier abbrechen. Ich muss morgen zur Arbeit. Es tut mir leid.«

»Kein Problem«, sagte Jill leichthin. »Solange du mich nicht rausschmeißt und mich dem Chaos und den giftigen Dämpfen in meiner Wohnung aussetzt.«

Das hatte Charly völlig vergessen. Jill hatte für die Zeit, die sie bei Charly in Aachen verbringen wollte, eine gründliche Renovierung ihrer Wohnung organisiert.

»Natürlich nicht. Aber ich werde keine Zeit für dich haben.«

»Dann mache ich diese Stadt eben allein unsicher. Zumindest tagsüber. Du wirst ja wohl nicht jeden Abend erst um Mitternacht zurückkommen, oder?« Sie zitterte plötzlich in ihrem dünnen Kleid.

»Du solltest hineingehen«, schlug Charly vor.

Jill nickte. »Was ist mit dir?«

»Ich bin nicht müde«, log Charly. Tatsächlich war sie total erledigt, aber sie hatte Angst, dass die Erinnerungen zurückkehren würden, sobald sie im Bett lag. Erinnerungen an die drei toten Frauen, an die fünf Verdächtigen, an das Mädchen – und vor allem an Mick.

»Wenn du meinst. Dann gute Nacht.« Jill berührte kurz Charlys Hand und verschwand.

Charly blieb auf dem Balkon. Doch natürlich war sie auch hier vor ihren Erinnerungen nicht sicher. Besonders eine wollte sich hartnäckig in ihr Bewusstsein schieben. Die Erinnerung an den Jahreswechsel nach Nicole Danners Tod. Charly hatte die Episode damals zunächst als positives privates Erlebnis in ihrem Gedächtnis abgespeichert. Erst viel später war ihr klar geworden, dass in dieser Nacht ein Steinchen losgetreten worden war, das schließlich eine grausame Lawine ausgelöst hatte.

Charly und Mick hatten mit den Kollegen der MK2 zusammen Silvester gefeiert, bei einem Kollegen etwas außerhalb von Aachen. Sie waren als Letzte gegangen. Mick, weil er immer der Letzte war, der eine Party verließ, Charly, weil sie versprochen hatte, ihn in seinem Pick-up nach Hause zu fahren.

Charly fuhr langsam, denn sie fühlte sich wohl und

es hatte geschneit, der erste Schnee dieses Winters. Er lag nicht hoch, bedeckte aber Bäume und Felder, Häuser und Zäune und verzauberte die Landschaft in eine Postkartenidylle. Einzelne Flocken wirbelten im Licht der Scheinwerfer. Außer ihnen beiden schien niemand unterwegs zu sein, und Charly genoss die Einsamkeit. Sie genoss sogar den Schnee, obwohl sie ihn sonst nicht mochte, weil er hinderlich beim Radfahren war. Doch dieser Schnee erschien ihr wie eine Verheißung auf ein tolles neues Jahr.

Sie fuhren in einvernehmlichem Schweigen. Mick schien ein untypisches Bedürfnis nach Ruhe zu verspüren. Im Radio liefen Rockballaden, passend zur Stimmung. Als *Memory* von Bon Jovi kam, sang Mick leise mit. Verglichen mit seinem sonstigen Grölen war es ein schmeichelndes Säuseln. Als das Lied endete, verlangte er spontan, dass Charly anhielt.

»Hier?«, fragte sie. Sie fuhren gerade an einem Feld vorbei, das mit jungfräulich weißem Schnee bedeckt war.

»Ja. Ich will Spuren hinterlassen.«

Es war die Sorte Einfall, die Mick ständig hatte. Charly bog in einen Feldweg ein und stellte den Wagen ab. Es hatte aufgehört zu schneien. Die Luft war klar und kalt. Der schwarze Himmel gesprenkelt mit Sternen.

»Da hoch.« Mick wartete auf sie, und gemeinsam stapften sie über das Feld, das von der Straße aus leicht anstieg. Am höchsten Punkt blieben sie stehen und betrachteten ihre völlig parallelen Spuren, die das Feld in zwei Hälften teilten. Schnee und Sterne erhellten die Nacht, sodass Charly Micks Gesicht gut erkennen konnte, als er es ihr zuwandte.

»Hast du dir für das neue Jahr etwas vorgenommen?«

Die Frage überraschte sie. »Nein, sollte ich?«

Micks Lachen rollte über das stille Feld. »Hältst du dich für so perfekt, dass du nichts ändern musst? Willst du ein paar Vorschläge?«

»Nein, besten Dank. Sag bloß, du hast dir etwas vorgenommen?«

»Na klar, jede Menge.« Mick breitete seine Arme aus. Er hatte ziemlich lange Arme, und die Spannweite war beeindruckend.

»Gut, das wird jede Menge Leute erfreuen. Und es würde mich persönlich erfreuen, wenn dein erster Vorsatz mit ›Ich werde nie wieder etwas tun‹ anfängt und mit ›wofür meine verehrte Kollegin KHK Charlotte Rumor mich decken muss‹ aufhört.«

Mick ließ die Arme fallen und verdrehte die Augen. »Das habe ich dir längst versprochen. Aber gut, wenn's dir so wichtig ist … Erstens: Ich nehme mir noch einmal vor, nie wieder gegen eine Vorschrift zu verstoßen, wenn du dabei bist. Zufrieden? Zweitens: Ich lasse mich zum Hauptkommissar befördern.« Er sah sie selbstzufrieden an, als erwartete er ein Lob.

Charly schüttelte den Kopf. »Dir ist schon klar, dass man sich eigentlich Dinge vornimmt, die man auch beeinflussen kann, oder?«

»Natürlich, deshalb umfasst zweitens auch drittens: Ich werde ab sofort immer pünktlich kommen, rechtzeitig meinen Schreibkram erledigen und keine respektlosen Witze mehr machen, wenn El Presidente in der Nähe ist.«

Damit meinte er den Polizeipräsidenten, und dafür lobte Charly ihn. »Sehr gut.«

»Viertens: Ich werde endlich Thorsten Gülke überführen.«

Frust stieg in Charly hoch wie stets, wenn sie an Thorsten Gülke dachte. Sie hatten es im Sommer trotz wochenlanger Ermittlungen nicht geschafft, dem Mann den Mord an Nicole Danner nachzuweisen. Es war das erste Mal, dass die MK2 gescheitert war. »Noch besser. Schon irgendwelche Ideen, wie du das anstellen willst?«

Mick schüttelte seine Mähne. »Aber mir wird schon etwas einfallen. Und fünftens: Ich werde heiraten. Was sagst du dazu?«

Dazu fiel Charly nur eins ein. »Du bist betrunken. Seit wann bist du scharf aufs Heiraten?«

»Sind wir das nicht alle?«

»Ich nicht.«

»Aber du bist die Ausnahme. Du willst noch nicht einmal eine feste Beziehung. Warum eigentlich nicht?«

»Das habe ich dir schon oft genug erklärt.«

»Tu's noch mal.«

Charly zuckte die Achseln. »Ich habe einfach nicht den Wunsch, in einer Beziehung zu leben.« Sie hatte ihn nie gehabt, auch wenn sie es einmal ausprobiert hatte. »Ich bin glücklich mit meinem Leben, so wie es ist. Warum sollte ich mir den Stress antun?«

»Ist das das Einzige, das eine Beziehung für dich bedeutet? Stress? Was ist mit Liebe, Geborgenheit, einem Gefühl der Zugehörigkeit?«

Sie sah ihn zweifelnd an. Sie hatte Mick immer um seine Fähigkeit beneidet, sich in jeder Situation und jeder Gesellschaft zu Hause zu fühlen. »Du suchst Geborgenheit?«

»Warum nicht?« Er hockte sich hin und begann, mit dem linken Zeigefinger in den Schnee zu malen.

Charly sah auf ihn hinunter. »Und wen willst du heiraten?«, fragte sie spöttisch. »Etwa Katja?« Überraschenderweise war Mick immer noch mit seiner Flamme aus dem Sommer zusammen. Charly führte es darauf zurück, dass Katja als Model arbeitete und ständig um die Welt jettete. So hatte Mick noch keine Zeit gehabt, ihrer überdrüssig zu werden.

»Wen sonst? Wir sind schon über ein halbes Jahr zusammen.«

»Ihr habt noch nicht einmal zusammen Silvester gefeiert.«

»Nur weil wir uns nicht einigen konnten, wo. Sie ist auf irgendeiner Schickimickiparty.«

»Na, das fängt ja gut an.« Charly lachte, weil sie wusste, dass Mick es ohnehin nicht ernst meinte. »Was malst du da eigentlich?«

»Sieht man das nicht? Und ich dachte, ich sei künstlerisch begabt.« Er malte einen schwungvollen Bogen in den Schnee, dann noch einen und darauf kleine Dreiecke. »Fertig.«

Charly erkannte, dass es ein Drache war. Was sonst? »Lass uns gehen. Es ist kalt.«

Er stand auf und sagte unvermittelt: »Kann es sein, dass du Angst vor einer festen Beziehung hast?«

»Blödsinn.«

»Wovor dann?«

»Wovor ich Angst habe? Vor allem Möglichen.«

»Nenn ein Beispiel! Los, spontan, das Erste, was dir einfällt.«

Kontrollverlust, dachte Charly sofort, doch sie sagte es

nicht, sondern suchte nach einer weniger verfänglichen Antwort.

»Hey, Überlegen gilt nicht! Das Erste, was dir einfällt. Spontan.«

»Turmspringen.«

»Turmspringen?«, echote er misstrauisch. »Du bist doch unsere Supersportlerin. Davor hast du Angst?«

»Ja.« Es war die Wahrheit. Charly hatte in der Schule einmal vom Fünfmeterturm springen sollen. Obwohl sie gut schwimmen konnte, hatte sie sich geweigert. Sie hatte es nicht über sich gebracht, sich ins Nichts zu stürzen. Zwar war sie auf das Drängen ihres Lehrers hin auf den Turm gestiegen, hatte jedoch nur einen Blick nach unten geworfen und war wieder hinuntergeklettert. Noch nicht einmal die Drohung mit einer Sechs hatte sie umstimmen können.

Bis zum ersten Sonntag nach jener Silvesternacht.

Sie waren nicht mehr lange auf dem Feld geblieben. Mick hatte mehrmals »Turmspringen« vor sich hin gemurmelt, als hätte er das Wort nie zuvor gehört, dann war er ihr zum Wagen gefolgt, und sie hatte ihn nach Hause gebracht.

Am folgenden Sonntag machten sie eine Eifelwanderung. Zumindest behauptete Mick, dass sie zum Wandern in die Eifel fahren würden, als er sie morgens abholte. Doch die Fahrt endete am Hallenbad.

»Was wollen wir hier?«, fragte Charly.

»Komm mit!« Mick sprang aus dem Wagen.

Charly folgte ihm, verwundert, aber nicht misstrauisch. Erst als Mick zwei Eintrittskarten kaufte und ihr einen Bikini in die Hand drückte, wurde ihr klar, worauf das hinauslaufen sollte.

»Vergiss es!«, sagte sie. »Auf keinen Fall.«

Er lachte. »Auf jeden Fall.«

»Nein.« Sie hielt ihm den Bikini hin.

Er nahm ihn nicht. »Er steht dir bestimmt, ich habe das Oberteil extra eine Nummer kleiner gekauft.«

»Vollidiot.« Sie legte den Bikini auf den Kassentresen und wandte sich zum Ausgang.

Mick rief ihr hinterher: »Gut, wenn du nicht springst, dann springe ich. Allerdings solltest du eins wissen: Ich kann nicht schwimmen.« Und er verschwand in Richtung Männerkabine, wie Charly aus dem Augenwinkel wahrnahm.

Charly stürmte sofort hinterher, wurde jedoch von einer Bademeisterin aufgehalten, die darauf bestand, dass sie die Damenumkleidekabine benutzte. Charly rannte zurück und grabschte nach dem Bikini. Doch bis sie sich umgezogen hatte und in der Schwimmhalle erschienen war, stand Mick schon an der Leiter zum Sprungturm. Er grinste, als er sie sah, und kletterte hinauf.

Charly rüttelte an der Leiter. »Komm runter!«, brüllte sie.

»Komm rauf!«, brüllte er zurück.

»Auf keinen Fall!«

»Du oder ich!«

»Keiner von uns beiden!«

Mick schüttelte nur den Kopf und ging auf der Plattform weiter nach vorn.

Charly sah sich hilfesuchend um. Eine zweite Bademeisterin kam näher.

»Was ist los?«, fragte sie.

Charly zeigte nach oben. »Er kann nicht schwimmen.«

»Soll das ein Witz sein?«

»Nein.«

Die Bademeisterin schien ihr nicht zu glauben, dennoch rief sie zu Mick hoch: »Können Sie schwimmen?«

»Nein!«, brüllte Mick.

»Dann kommen Sie sofort herunter!«

Als Antwort trat Mick an den Rand der Plattform. Er blickte noch einmal zu Charly hinab, deutete mit dem Finger auf sie und dann auf sich. Dazu verzog er fragend das Gesicht. Charly schüttelte den Kopf. Mick schob sich noch einige Zentimeter nach vorn, und dann passierte es: Er verlor das Gleichgewicht. Er ruderte heftig mit den Armen und schaffte es in letzter Sekunde, wieder einen Schritt zurückzutreten. Mehr sah Charly nicht, weil sie losgesprintet war.

Sie kletterte die Leiter zum Dreier hinauf wie ein Äffchen. Dann nahm sie die Leiter zum Fünfer. Oben angekommen, warf sie nur einen Blick auf Mick, der wieder vom Rand weggetreten war und sich am Geländer festhielt. In diesem Augenblick war Charly sicher, dass er noch mehr Angst hatte als sie, und sie lief los, an ihm vorbei, ins Nichts.

Der Fall war ein bisschen wie Sterben, und er schien ewig zu dauern. Zwar zog nicht Charlys ganzes Leben an ihr vorbei, aber sie hatte genügend Zeit, sich Gedanken zu machen. Darüber, dass sie nicht ordentlich abgesprungen war. Darüber, dass ihr Körper nicht senkrecht in der Luft stand. Darüber, dass ihre Beine nach vorn gezogen wurden, während ihr Oberkörper nach hinten kippte. Darüber, dass sie etwas dagegen tun sollte, jedoch nicht wusste, was oder wie.

Und dann landete sie. Ihre Füße tauchten ein, und im

nächsten Moment knallte ihr Steißbein auf die Wasseroberfläche, dass es ihrer Wirbelsäule einen Schlag versetzte, dessen Schmerz sich bis zum Kopf fortpflanzte. Für eine Sekunde verlor Charly die Orientierung. Oben war unten, unten war links oder rechts, sie wusste es nicht. Dann erreichte sie mit den Füßen den Beckenboden, stieß sich ab und schwamm mit kräftigen Zügen zum Beckenrand, wo sie benommen hängen blieb. Ihr Atem ging stoßweise, und Tränen liefen ihr über die Wangen. Sie war völlig in ihrer eigenen Welt gefangen und merkte kaum, wie die Bademeisterin plötzlich laut schrie. Wie es hinter ihr einen lauten Platscher gab und dann noch einen zweiten, leiseren. Wie Wellen gegen ihren Rücken schwappten. Sie reagierte erst, als sie Micks Stimme hinter sich hörte.

»Nun lassen Sie mich schon los, natürlich kann ich schwimmen. Sie sollten nicht alles glauben, was Ihnen meine Freundin erzählt. Sie ist manchmal ein bisschen konfus.«

Charly drehte sich um. Mick grinste breit, sie grinste ebenfalls. Die Bademeisterin erteilte ihnen Hausverbot.

Es war schon fast zwei, als Charly endlich den Balkon verließ. Sie schlich am Wohnzimmer vorbei, wo Jill den Schlaf der Gerechten schlief, und schlüpfte in ihr Bett. Doch Mick blieb hartnäckig in ihrem Kopf. Natürlich hatte sie damals gewusst, dass er schwimmen konnte, schließlich war dies eine der Voraussetzungen für die Aufnahme in den Polizeidienst. Doch sie hatte dieses Wissen ausgeblendet, hatte sich von ihm manipulieren lassen, sich in seine Welt ziehen lassen, weil das ihre Chance gewesen war, die engen Grenzen ihrer eigenen

Welt zu erweitern. Mit Mick war so vieles möglich gewesen. Zu viel, wie sie erst zu spät gemerkt hatte. Sie hatte vieles zu spät gemerkt. Zum Beispiel, wie ernst es Mick in jener Silvesternacht gewesen war. Das war ihr erst an dem Abend klar geworden, als das zweite Opfer gefunden wurde.

Das zweite Opfer

Das zweite Opfer, Bettina Kersthoff, war eine Geliebte Chris Danners gewesen. Die Ermittlungen zu ihrem Tod verliefen von Beginn an ganz anders als die im Fall seiner Schwester. Natürlich ähneln sich Ermittlungen immer in ihrer Struktur – erste Besichtigung des Tatorts, erste Gespräche mit den Zeugen, die die Leiche gefunden haben, und mit den Angehörigen. Doch jeder Tatort und jeder Mord haben ihre eigene Stimmung.

Obwohl sie es niemandem außer Mick gestanden hätte, verband Charly mit dem Tag in Roetgen, an dem Nicole Danners Leiche gefunden worden war, eine stille, fast friedliche Stimmung. Wenn sie daran dachte, tauchte nicht das Bild der Erschlagenen vor ihr auf, sondern das Bild, wie Chris Danner mit seinen Nichten auf der Bank saß, eine kleine, in sich abgeschlossene Dreieinigkeit. Sie sah den idyllischen Garten vor sich und spürte die Ruhe, die dieser ausstrahlte. Die Ermittlungen im Mordfall Bettina Kersthoff hingegen waren von Anfang an hektisch und laut.

Bettina Kersthoff starb zehn Monate nach Nicole Danner an einem Montag im Frühling. Es war ein typischer Apriltag: In der einen Minute regnete es, als wäre im Himmel eine Wasserleitung geplatzt, in der nächsten Minute lachte die Sonne, als wollte sie die Menschen mit den aufgespannten Schirmen verhöhnen. Mick war den ganzen Tag genauso unruhig wie das Wetter, sprang ständig auf und tigerte im Büro auf und ab. Es ging Charly zunehmend auf die Nerven. Als Mick schließlich auch noch anfing, vor sich hin zu summen – irgendetwas von Nickelback –, riss Charlys Geduldsfaden. Sie stieß sich von ihrem Schreibtisch ab und rollte auf ihrem Stuhl so weit nach rechts, bis sie Micks Gesicht an ihrem Monitor vorbei sehen konnte.

»Okay, Caruso. Was ist los? Spuck's aus!«

Er wirkte regelrecht ertappt. »Was soll sein?«

Sie seufzte. »Das frage ich dich.«

»Nichts. Es ist nichts.«

Es klang unglaubwürdig, doch Charly war nicht in der Stimmung für Spielchen. »In dem Fall schlage ich vor, du gehst nach Hause und lässt mich in Ruhe den Bericht tippen. Eigentlich solltest du ihn heute noch zur Korrektur lesen, aber wenn du weiter hier im Büro herumhüpfst wie ein Känguru auf Drogen, werde ich nie damit fertig.«

Zu ihrer Überraschung nahm Mick das Angebot an und verschwand. Charly rollte wieder zur Tastatur und hämmerte den Bericht hinein. Schließlich speicherte sie ab und radelte nach Hause, wo sie eine Regenlücke nutzte und joggen ging.

Der Anruf kam, als Charly nach ihrem Lauf gerade aus der Dusche trat. Eine halbe Stunde später saß sie mit ihren Kollegen im Besprechungszimmer im Präsidium, und Frank erzählte, was er wusste.

»Das Opfer heißt Bettina Kersthoff, achtunddreißig Jahre alt. Sie wurde heute kurz vor halb acht in Kronenberg gefunden, in einem Übungsraum oder etwas Ähnlichem der VHS. Bettina Kersthoff war Mitglied einer Theatergruppe, die dort montags probt. Sie wurde von einem anderen Mitglied der Gruppe gefunden, einer gewissen Miranda Zerbitzky.«

Frank machte eine Pause und sah in die Runde. Mick schien in Gedanken weit weg zu sein, doch Charly reagierte sofort.

»Das ist doch die Frau, die auch Mitglied bei dieser Improgruppe ist, zu der Chris Danner und seine Nichte gehören. Wie nennen die sich noch? Nach irgendeiner Aachener Spezialität. Die Improprinten. Die proben doch auch immer montags. Handelt es sich bei der Theatergruppe des Opfers etwa um die Improprinten?«

Frank erwiderte: »Das weiß ich noch nicht, aber ich denke, das wird eine unserer ersten Fragen sein.«

»Aber diese Bettina ist nicht mit einer Axt erschlagen worden, oder?«, warf einer der Kollegen halb scherzhaft ein.

Frank sah ihn ernst an. »Das will ich nicht hoffen. Wenn es sonst keine Fragen gibt, sollten wir uns auf den Weg machen.«

Das taten sie. Charly fuhr wie immer mit Mick. Sie konzentrierte sich schon auf den neuen Fall und dachte über den seltsamen Zufall nach, dass möglicherweise dieselbe Theatergruppe zweimal in einen Mordfall verwickelt war.

»Aber wenn es wirklich dieselbe Gruppe ist«, spekulierte sie, »ich meine, wenn auch Bettina Kersthoff zu den Improprinten gehörte, dann war sie neu. Als wir die Truppe nach Nicole Danners Tod befragten, war sie noch nicht dabei.«

Mick hielt vor einer roten Ampel und summte vor sich hin.

»Hörst du mir eigentlich zu?«, fragte Charly.

Er summte weiter. »Klar.«

Charly hatte nicht den Eindruck, dennoch fuhr sie fort: »Eigentlich muss es dieselbe Truppe sein. Schließlich proben beide montags, und ich kann mir nicht vorstellen, dass Miranda Zerbitzky an zwei Proben nacheinander teilnimmt. Es sei denn, die Improprinten haben sich aufgelöst. Weißt du nichts darüber?«

Mick blinkte und bog ab. »Worüber?«

»Du hast doch nicht zugehört. Ich rede über die Improprinten. Hallo? Jemand zu Hause? Wir haben einen neuen Fall.«

»Sorry, war gerade in Gedanken woanders, bei Katja.«

Charly verdrehte die Augen. Auch das noch. Zu ihrer Irritation hatte sich die anfangs so lockere Beziehung zwischen Mick und Katja in den letzten Monaten intensiviert. Die beiden sahen sich mittlerweile fast täglich. Einige Male waren sie auch zu dritt ausgegangen, doch die Treffen waren nicht sehr erfolgreich gewesen. Charly hatte keine Gemeinsamkeiten zwischen sich und Katja entdecken können. Tatsächlich sah sie auch keine zwischen Mick und Katja.

Sie wechselte das Thema. »Wir scheinen da zu sein.«

Frank hatte vor ihnen am Straßenrand geparkt. Auch Mick hielt an, und Charly öffnete die Wagentür. »Los geht's. Was ist, worauf wartest du?«

Mick machte keine Anstalten, ihr zu folgen. »Hast du noch einen Augenblick Zeit?«

»Jetzt?«

»Ja, ich will dir noch etwas sagen.«

»Na, dann aber schnell.« Charly glitt zurück auf den Beifahrersitz.

»Danke.« Im Schein der Innenbeleuchtung machte Mick ein verlegenes Gesicht. »Also, nur damit du weißt, was los ist, wenn ich heute nicht hundertprozentig bei der Sache bin. Ich habe Katja einen Heiratsantrag gemacht. Sie hat Ja gesagt.«

Es war ein ähnliches Gefühl wie der Aufprall nach dem Sprung vom Fünfmeterturm. Charly hatte das Gefühl, die Orientierung verloren zu haben, und nahm die Geschehnisse der nächsten Minuten nur verschwommen wahr, als wäre sie unter Wasser. Das Gespräch mit Kurt Randerath, der sie vor dem Gebäude erwartete, rauschte fast vollständig an ihr vorbei. Erst der Anblick der Leiche ließ sie wieder in der Gegenwart auftauchen.

Der Probenraum, in dem Bettina Kersthoff gestorben war, erinnerte an eine kleine Turnhalle. Zerkratztes Parkett, ein Holz- und ein Metallschrank einträchtig nebeneinander an einer Wand, aufgestapelte Stühle an der Wand gegenüber. In einer Ecke ein Stapel speckiger blauer Turnmatten.

Es roch auch wie in einer Turnhalle, muffig und nach Schweiß und Gummi, nicht nach Tod. Doch der Tod war präsent, und es war kein friedlicher Tod. Bettina Kersthoff lag bäuchlings auf der obersten Turnmatte. Das Erste, das Charly auffiel, waren die platinblonden Haare, die sich schimmernd vom schmutzigen Blau der Matte abhoben. Das Zweite war die Tatsache, dass die Haare neben der Leiche lagen. Sie waren abgeschnitten und dorthin gelegt worden, sodass Charly einen freien Blick auf die Verletzungen an Hinterkopf und Nacken hatte. Es waren drei, sie waren blutverschmiert, doch die klaffenden Wundränder waren gut zu erkennen.

»Das sieht aus wie Axthiebe. Verdammt«, murmelte Frank, der in die Hocke gegangen war.

»Wieso verdammt?«, fragte Charly, die immer noch mit den Nachwirkungen von Micks Ankündigung zu kämpfen hatte.

Frank warf ihr von unten herauf einen Blick zu. »Charly, alles in Ordnung mit dir?«

»Klar, was soll sein?«

»Das frage ich dich. Du bist sonst unsere Schnelldenkerin. Hast du Kurt nicht zugehört? Bettina Kersthoff gehörte zu den Improprinten und war damit zumindest eine gute Bekannte von Chris Danner. Wenn sie auf dieselbe Weise starb wie seine Schwester, dann ist ein kleines *Verdammt!* doch wohl angebracht für den Fall, dass ein Zusammenhang zwischen den beiden Toten besteht.«

»Ach ja, klar.« Charly grinste Frank an. »Kleiner Aussetzer, vermutlich eine besonders frühe Form von Alzheimer.«

Frank betrachtete sie irritiert, doch bevor er etwas erwidern konnte, mischte Mick sich ein: »Sollen Charly und ich mit der Zeugenvernehmung beginnen?«

Frank zögerte, dann nickte er. Mick packte Charly am Arm und zog sie durch den kleinen Vorraum mit Holzbänken und Garderobenhaken, der offensichtlich zum Umziehen diente, in einen kahlen Flur.

»Charly, was ist los mit dir?«

»Nichts«, log sie. »Was ist mit diesen Zeugen, die wir vernehmen sollen? Wiederhol noch mal, was Kurt gesagt hat.«

»Wieso? Hast du nicht zugehört? Ist es wegen Katja?«

»Natürlich nicht«, sagte sie scharf. »Ob du heiraten willst oder nicht, ist ja wohl dein Privatvergnügen.«

Er musterte sie einen Moment schweigend. »Mein Privatvergnügen scheint dir aber wenig Spaß zu bereiten.«

Sie schüttelte den Kopf. »Erzählst du mir jetzt, was Kurt gesagt hat?«

Er fasste sie an den Schultern. »Erst wenn wir das geklärt haben. Jetzt komm schon, Charly. Was ist los?«

Sie schüttelte seine Hände ab, um zum Ausgang zu gehen. Doch dann hielt sie inne und stemmte die Arme in die Hüften. »Du willst wissen, was los ist?«, fragte sie. »Du willst wirklich meine Meinung hören?«

»Natürlich.«

»Okay.« Sie holte einmal tief Atem und stieß die Worte mit der ausströmenden Luft hervor. »Das ist die idiotischste Idee, die du je gehabt hast – und die Messlatte liegt da bekanntermaßen hoch. Du und Katja, ihr habt nichts gemeinsam. Ihr habt völlig unterschiedliche Interessen und Lebensstile. Ihr passt nicht zusammen. Die Heirat ist eine Schnapsidee.«

Sie konnte sehen, dass ihre Worte Mick trafen. Doch er sagte bloß: »Quatsch.«

»Das ist kein Quatsch, und das weißt du auch selbst. Außerdem kennst du sie noch gar nicht so lange.«

»Wir sind schon ein knappes Jahr zusammen.«

»Aber sie war in der ganzen Zeit kaum hier.«

»Das stimmt nicht. Sie hat seit Weihnachten kaum noch Aufträge angenommen. *Du* kennst sie kaum. Hast du was gegen sie?«

Charly ignorierte die letzte Frage. »Aber ich kenne dich. Mensch, Mick, du bist doch wohl kaum der Typ für ein gesetztes Familienleben. Das Ganze ist vollkommen lächerlich.«

Auch dieser Vorwurf verletzte ihn, und Charly bereute

ihn sofort. Noch mehr bereute sie jedoch die gesamte Situation. Was war nur in Mick gefahren?

Er musterte sie nachdenklich. »Sag mal, bist du etwa eifersüchtig? Das musst du nicht sein. Nur weil ich heirate, wird sich an unserer Freundschaft nichts ändern. Du bist mir wichtig, Charly, du wirst es immer sein. Und Katja hat gesagt, dass sie dich mag.«

Charly bezweifelte das. Katja wirkte in ihrer Gegenwart immer ziemlich verkrampft, vermutlich weil sie genauso krampfhaft nach Gesprächsthemen suchte wie Charly selbst. Entschlossen schüttelte sie den Gedanken ab. »Wir haben einen Fall. Wenn wir nicht bald unsere Zeugen befragen, werden die noch schimmelig. Also, was sind das für Leute, und was hat es mit den Improprinten auf sich?«

Mick zögerte. Ein Beamter vom Erkennungsdienst ging vorbei und warf ihnen einen neugierigen Blick zu. Als er weg war, gab Mick nach:

»Kurt hat gesagt, dass Bettina Kersthoff zu den Improprinten gehörte. Das heißt, zur selben Theatergruppe wie Chris und Alexa Danner, Frederik und Miranda Zerbitzky und Hans Löhrmann. Die sechs wollten sich um halb acht hier zum Training treffen. Miranda Zerbitzky kam als Erste, so gegen zwanzig nach sieben. Sie fand die Tote und rief den Notarzt. Aber bevor der und Kurt eintrafen, kamen die anderen dazu. Sie warten jetzt alle fünf im Präsidium. Kurt hat sie dorthin geschickt.«

Die Fahrt zum Polizeipräsidium war kurz und ungemütlich. Mick sagte kein Wort, stattdessen drehte er einen Rocksender so laut auf, dass Charly ihre eigenen Gedanken nicht mehr hören konnte. Sie versuchte dennoch, sich noch einmal in Erinnerung zu rufen, was sie über die Leute wusste, die sie gleich vernehmen würden.

Bei Chris und Alexa Danner war das nicht schwierig, weil Charly und Mick sie mehrmals nach Nicole Danners Tod vernommen hatten. Die übrigen drei Improprinten hatten sie allerdings nur jeweils einmal getroffen. Sie hatten mit ihnen gesprochen, weil sie Nicole Danner gekannt und gewusst hatten, wo diese am Tag ihres Todes gewesen war.

Die Zerbitzkys waren beide ausgebildete Schauspieler, Miranda war Mitte dreißig, Frederik ein paar Jahre älter. Sie waren vor ein paar Jahren von Köln nach Aachen gezogen, als sie feststellen mussten, dass ihre Träume von einer Theaterkarriere sich nicht realisieren lassen würden und dass die Miete für den nächsten Monat wichtiger war als die vage Hoffnung auf ein Engagement in der nächsten Spielzeit. Frederik hatte die Bretter, die die Welt bedeuten, gegen einen Job in der Immobilienfirma eines Freundes getauscht. Miranda war zunächst zu Hause bei den Zwillingstöchtern geblieben und hatte dann einen Job in der Verwaltung der VHS angenommen. Da beide nicht ganz vom Theater lassen wollten, hatten sie die Improprinten gegründet. Miranda – eine lebhafte Rothaarige – war Charly ausgesprochen sympathisch gewesen, Frederik das Gegenteil. Die Erinnerung an Hans Löhrmann war wesentlich blasser. Das Auffälligste an ihm war seine Unauffälligkeit gewesen. Der Mann war knapp vierzig, Sachbearbeiter beim Finanzamt, ledig. Mehr fiel Charly spontan nicht mehr zu ihm ein.

Alle drei hatten dasselbe ausgesagt: dass sie Nicole nur flüchtig und Thorsten Gülke überhaupt nicht gekannt hatten; dass sie keine Ahnung hatten, wer Nicole getötet haben könnte oder wieso; dass sie niemandem erzählt hatten, wohin Nicole gefahren war – aus dem einfachen Grund, dass sie keine weiteren gemeinsamen Bekannten hatten, die es interessiert hätte.

Mick und Charly hatten diese Aussagen damals nicht angezweifelt. Sie hatten die drei überprüft, jedoch bei keinem von ihnen ein mögliches Motiv für den Mord an Nicole Danner entdeckt. Jetzt fragte Charly sich zum ersten Mal, ob sie vielleicht nicht gründlich genug gesucht hatten.

Sie schob die Frage beiseite, als Mick auf den dunklen, fast leeren Parkplatz des Präsidiums fuhr. Immer noch schweigend gingen sie auf das Gebäude zu. Durch die Glastüren konnten sie in das schwach erleuchtete Foyer sehen, wo sich sechs Menschen aufhielten. Beim Näherkommen erkannte Charly Kriminaloberkommissar Lars Rogge von der Sitte und die fünf verbliebenen Improprinten.

Alexa Danner saß auf dem Fußboden, mit dem Rücken an die Wand neben dem Fahrstuhl gelehnt, und schien die anderen aufmerksam zu beobachten. Miranda Zerbitzky saß ihr gegenüber auf einer Plastiksitzschale, die an die Wand montiert war. Sie war in sich zusammengesunken und wirkte selbst auf die Entfernung wie ein Häufchen Elend. Neben ihr, einen Arm um sie gelegt, saß Chris Danner. Frederik Zerbitzky, dessen Aufgabe es vielleicht eher gewesen wäre, seine Frau zu trösten, stand am weitesten von der Gruppe entfernt in der Nähe der Tür. Hans Löhrmann dagegen stand mitten im Foyer, wirkte aber dennoch, als stünde er im Abseits – bis zu dem Moment, als Charly die Tür öffnen wollte. Denn da stürzte Löhrmann sich auf Zerbitzky und riss ihn zu Boden.

Der Kampf zwischen Frederik Zerbitzky und Hans Löhrmann war der Höhepunkt eines Streits, der in den letzten zehn Minuten eskaliert war. So erfuhren Charly und Mick es von Lars Rogge, der die Mitglieder der Improprinten beobachtet hatte.

Es war Zufall, dass Lars überhaupt im Foyer gewesen war. Er wartete dort auf einen Kollegen, mit dem er einen trinken gehen wollte. Als die Improprinten kamen, beobachtete Lars sie zunächst nur, weil er nichts Besseres zu tun hatte und weil er sich fragte, warum Miranda Zerbitzky – die ihn an Bette Midler erinnerte, wenn auch mit mehr Pfunden und weniger Esprit – so heftig weinte.

Es dauerte eine Weile, bis er es herausfand. Zunächst benahmen die Improprinten sich nicht sehr auffällig. Miranda schluchzte in ein Taschentuch. Chris Danner hockte vor ihr und versuchte sie zu trösten. Hans Löhrmann stand daneben und rang hilflos die Hände. Frederik Zerbitzky lehnte an der Glastür und starrte auf den verregneten dunklen Parkplatz hinaus. Und Alexa Danner saß auf dem Fußboden und zupfte an den Fransen ihrer Jeans herum.

Eine Weile passierte nichts weiter, doch Lars fiel auf, dass Frederik Zerbitzky immer nervöser wurde. Er klimperte mit einem Schlüsselbund in der Hosentasche und warf immer häufiger Blicke zu den anderen. Und schließlich entlud seine Anspannung sich in einem Zischen:

»Miranda, kannst du dich nicht endlich zusammenreißen?«

Die Worte platzten in die Stille wie eine Bombe, und für einen Moment waren die anderen zu schockiert, um zu antworten. Doch dann reagierten alle gleichzeitig.

Miranda hörte jäh auf zu weinen. Danner stand auf. Löhrmann rang noch verzweifelter die Hände. Dann begannen Mirandas Tränen erneut zu fließen, und Danner sagte sichtlich verärgert: »Das war wirklich unnötig, Freddy. Wenn du Miranda schon nicht helfen willst, dann halt wenigstens die Klappe.«

»Wieso?« Zerbitzky schob angriffslustig das Kinn vor. »Wir sind alle gestresst und schockiert. Warum soll Miranda die Einzige sein, die das in Geräusche umsetzen darf? Ausgerechnet sie. Sie hat Bettina nicht mal gemocht, aber bei dem Geheule könnte man meinen, ihre beste Freundin sei gestorben.«

Lars wusste nicht genau, worum es ging, doch fand er die Worte reichlich unsensibel. Die anderen schienen seine Ansicht zu teilen. Miranda weinte noch heftiger, die beiden Männer neben ihr schüttelten empört die Köpfe.

»Ach ja? Und wenn sie sie nicht gemocht hat, wer ist denn schuld daran? Außerdem geht es hier nicht ums Mögen. Miranda hat einen Schock.« Danner setzte sich auf den Sitz neben Miranda und legte fürsorglich einen Arm um sie. Sie barg ihren Kopf an seiner Schulter.

Löhrmann warf einen besorgten Blick in Lars' Richtung, bevor er zu Zerbitzky sagte: »Wie kannst du so etwas sagen? Natürlich hat Miranda Bettina gemocht.«

Zerbitzky musterte ihn abfällig. »Ach ja? Und warum hat sie mir dann vor ein paar Tagen erzählt, dass sie sie hasst? Du bist naiv, Hans.«

»Ich bin nicht naiv. Du bist unmöglich. Wenn du nur einen Funken Anstand hättest, würdest du dich um deine Frau kümmern.«

Zerbitzky lachte spöttisch. »Ich glaube nicht, dass sie

Wert darauf legt. Oder, Miranda?« Er ging auf sie zu und beugte sich hinunter, um ihr ins Gesicht zu sehen. Doch es war von ihren Haaren verdeckt, und als er eine Strähne beiseiteschob, schüttelte Miranda unwillig den Kopf, und die Haare glitten zurück.

Zerbitzky richtete sich auf. »Sag ich's doch. Zu deiner Info, Hans. Ich bin nicht mehr zuständig. Also, ergreif deine Chance, bevor Chris sie dir wegnimmt.«

»Was soll das heißen?«

»Was soll das heißen?«, äffte Zerbitzky ihn nach. »Mensch, Hans, du bist wirklich immer der Letzte, der irgendetwas erfährt.« Er ging wieder zur Tür und starrte nach draußen.

Löhrmann sah verwirrt durch seine Brillengläser in die Runde. »Was meint er?«

Niemand antwortete.

Löhrmann wiederholte: »Was meint er? Chris, was meint er? He, was ist hier los? Wieder eins eurer kleinen Geheimnisse, die ihr vor mir verbergt? Glaubt ihr eigentlich, ich bin ein Trottel? Ich will wissen, was los ist.«

Seine Stimme wurde immer lauter, doch niemand antwortete ihm. Er verzog das Gesicht zu einer zornigen Grimasse und ging erst einen Schritt auf Zerbitzky, dann auf Danner zu, bevor er in der Mitte des Foyers stehen blieb. Er erinnerte Lars an einen Mitschüler in der Grundschule, dem sie die Mütze geklaut hatten und der dann zaghaft versucht hatte, sie sich zurückzuholen, während die anderen sie einander zuwarfen.

»Ich will wissen, was los ist.«

»Das können wir doch alles später besprechen«, sagte Danner.

Miranda hob ihr verweintes Gesicht. »Wir können es

gern auch jetzt besprechen. Hans, ich habe Freddy rausgeschmissen, weil er mit Bettina geschlafen hat.«

Einen Moment lang geschah nichts. Löhrmann hatte offensichtlich Schwierigkeiten, die Information zu verarbeiten. »Bettina und Freddy? Aber wann? Sie war doch bis vor zwei Wochen noch mit Chris zusammen.«

»Tja, ich bin eben von der schnellen Truppe.« Zerbitzky hatte sich wieder umgedreht. »Im Gegensatz zu dir, Hans. Wenn du nicht irgendwann schneller wirst, wirst du deine Jungfräulichkeit noch mit ins Grab nehmen.«

Diesmal dauerte es nicht lange, bis Löhrmann reagierte, im Gegenteil. Seine Reaktion kam so schnell, dass sie Zerbitzky komplett überraschte. Löhrmanns Hände, die er die ganze Zeit so ineffektiv gerungen hatte, als wüsste er nicht, wohin damit, schienen endlich ein Ziel gefunden zu haben. Sie krümmten sich, schossen wie aus eigenem Antrieb vor und rissen Löhrmann geradezu mit. Er stürzte sich auf Zerbitzky, der bei dem unerwarteten Angriff das Gleichgewicht verlor. Gemeinsam knallten beide Männer gegen die Tür und landeten mit einem lauten Krachen auf dem Boden. Beide brüllten. Löhrmann war krebsrot im Gesicht, Zerbitzky kreidebleich.

In dem Moment, als Lars dazwischengehen wollte, erschienen Charly und Mick in der Tür.

Zusammen mit Lars gelang es Charly und Mick schnell, die Streithähne zu trennen und die Ordnung wiederherzustellen. Der Schaden war gering: Zerbitzky hatte Nasenbluten, Löhrmanns Brille war zerbrochen, als Zerbitzky ihm ein Veilchen verpasst hatte. Außerdem lag auf dem Boden eine zerdrückte rote Nelke, die aus dem Knopfloch von Zerbitzkys Anzug gefallen war.

Nachdem Lars ihnen flüsternd den Verlauf der Ereignisse geschildert hatte, nahmen Charly und Mick Miranda Zerbitzky mit in ihr Büro hinauf. Charly schaltete den Deckenstrahler ein, Mick bot Miranda einen Stuhl an. Einen Moment betrachtete Charly das Spiegelbild, das sie drei in der dunklen Fensterscheibe boten. Sonst war sie immer gern nachts mit Mick im Büro. Sie knipsten dann nur die Tischlampen an, kramten Kekse hervor und machten es sich gemütlich. Auch wenn die Arbeit erledigt war, blieben sie oft noch und quatschten über Privates. Doch heute würde es um das Privatleben anderer Menschen gehen, und Charly hatte auf einmal überhaupt keine Lust, sich damit zu befassen.

Dennoch begann sie mit der Befragung, die sich einfacher gestaltete, als sie befürchtet hatte. Miranda weinte nicht länger. Die Tatsache, dass Hans Löhrmann und ihr Mann ihren Emotionen – oder zumindest ihren Aggressionen – freien Lauf gelassen hatten, schien ihr geholfen zu haben, ihre eigenen aufgewühlten Gefühle in den Griff zu bekommen.

Angesichts dessen, was Lars ihnen unten erzählt hatte, ließ Charly die üblichen Beileidsbekundungen weg und bat Miranda gleich zu erzählen, wie sie die Tote gefunden hatte.

Miranda sprach mit gedämpfter Stimme. Sie hatte eine schöne Altstimme, die auch leise gut trug. Sie berichtete, dass sie gegen zwanzig nach sieben zum Probenraum gekommen war. Das Improtraining begann zwar immer erst um halb acht, aber Miranda kam gern etwas früher.

»Ich hasse es, wenn ich abgehetzt zum Spielen komme. Ich brauche immer einen Moment, um vom Familienstress zum Training umzuschalten. Deshalb versuche ich immer, früher zu kommen, um Zeit zu haben, auch wirklich anzukommen. Manchmal klappt das nicht, wenn die Mädchen mal wieder zu übermütig sind oder die Babysitterin sich verspätet. Aber heute ging es gut.«

»Das heißt, Sie sind immer die Erste?«

»Nicht immer. Manchmal ist Alexa schon da und jongliert.«

Aber heute war Miranda die Erste gewesen, zumindest hatte sie das gedacht, weil in dem kleinen Vorraum des Probenraumes keine Schuhe gestanden hatten. Allerdings hatte sie sich gewundert, dass die Tür schon offen stand, denn der Erste musste den Schlüssel zum Probenraum beim Hausmeister abholen. Miranda hatte also im Vorraum ihre Straßenschuhe vorschriftsmäßig gegen saubere Turnschuhe getauscht und war dann in den Probenraum gegangen. Sie hatte Licht gemacht und Bettina auf der Matte sofort gesehen, zunächst aber gedacht, die andere schliefe. Ihr erster Impuls war, das Licht wieder auszumachen und wieder zu verschwinden, doch dann war sie in den Raum hineingegangen.

»Ich wollte mir einen der Stühle nehmen, die an der Wand aufgestapelt sind«, erzählte sie. »Auf dem Weg dorthin kam ich näher an Bettina vorbei. Ich merkte nicht sofort, dass sie tot war, aber ich fand, dass sie ganz merkwürdig dalag. Ich dachte, die Haltung müsste ziemlich unbequem sein. Und dann wurde mir klar, dass sie gestürzt war, und ich rief ihren Namen, doch natürlich antwortete sie nicht. Deswegen trat ich noch näher, und dann fiel mir auf, dass auch mit ihren Haaren etwas nicht stimmte. Dass sie abgeschnitten waren. Und da wusste ich sofort, dass etwas Schlimmes passiert war.«

»Warum?«, fragte Charly.

»Nun, weil … Ich kann es nicht so recht erklären. Aber Bettina hat immer ziemlich viel …«, sie zögerte, »Getue um ihre Haare gemacht. Sie hat damit angegeben. Sie waren ja auch wirklich schön. Lang und blond und dick. Sie hätte sie nie freiwillig abgeschnitten und natürlich erst recht nicht im Probenraum. Deshalb trat ich ganz dicht an sie heran, und da sah ich dann das Blut …«

Mirandas Augen wurden groß und füllten sich mit Tränen. »Ich habe versucht, ihren Puls zu fühlen, doch da war nichts. Und plötzlich wurde mir schlecht. Ich sprang auf und schaffte es gerade noch in den Waschraum.« Bei der Erinnerung schlug sie sich die Hand vor den Mund. Sie atmete mehrmals tief durch die gespreizten Finger. »Und dann habe ich den Notruf gewählt.«

»Sind Sie noch mal hineingegangen?«, fragte Charly sanft.

Miranda schüttelte den Kopf. »Ich weiß, ich hätte es tun sollen, aber ich habe mich nicht getraut. Ich war sicher, dass sie tot war. Dennoch dachte ich, dass ich vielleicht bei ihr bleiben sollte, aber … Ich hatte Angst. Und dann kamen Chris und Hans. Ich erzählte ihnen, was passiert war, und Chris lief natürlich sofort zu ihr, um sie zu untersuchen. Hans rannte hinterher. Und kurz darauf kamen Freddy und schließlich Alexa.«

»Gingen die beiden ebenfalls in den Probenraum?«

»Alexa nicht, nein. Sie ging in den Waschraum, um feuchte Papiertücher zu holen. Ich hatte hier noch etwas …« Sie berührte mit zitternden Fingern ihr Kinn. »Sie wischte es weg. Sie war sehr lieb und fürsorglich. Was Freddy getan hat, weiß ich nicht.« Sie schloss die Augen und schwieg eine lange Zeit.

Charly sagte: »Vielen Dank. Sie haben uns sehr geholfen.« Sie wartete kurz, bevor sie hinzufügte: »Allerdings würden wir Ihnen gern noch weitere Fragen stellen, wenn es Ihnen nichts ausmacht.«

Miranda öffnete die Augen. »Zu dem Vorfall im Foyer?«

»Zuerst wüsste ich gern alles, was Sie uns über Frau Kersthoff sagen können.«

Miranda fuhr sich mit einer kleinen, runden Hand durch ihre langen, rotbraunen Haare. »Das ist nicht viel. Ich kannte sie kaum. Sie war Apothekerin, hatte eine eigene Apotheke in der Nähe des Bahnhofs. Sie müssen Chris fragen, er hat sie mitgebracht.«

»Stimmt es, dass er eine Beziehung mit ihr hatte?«

»Ja, aber Details kann ich Ihnen nicht nennen. Sie waren nur ein paar Monate zusammen. Er brachte sie vor zweieinhalb Monaten zum ersten Mal mit. Da hatten wir einen kleinen Auftritt auf einer Kleinkunstbühne. Bettina saß im Publikum und war in der Kneipe hinterher dabei. Sie sagte, dass sie das Improvisieren gern selbst einmal ausprobieren würde, und die Männer luden sie prompt ein, am nächsten Montag zu kommen. Seitdem war sie regelmäßig da.«

Mirandas Stimme war deutlich anzuhören, dass sie darüber wenig erfreut gewesen war, und als Charly sie darauf ansprach, gab sie es sofort zu.

»Nein, es passte mir nicht. Um ehrlich zu sein: Ich fand sie von Anfang an unsympathisch. Aber wir suchten damals Mitspieler, und nachdem die Männer sie eingeladen hatten … Was hätte ich tun sollen? Chris war ganz vernarrt in Bettina und Hans und Freddy nicht minder. Sie hatte diese Wirkung auf Männer.«

»Hat es Sie deswegen gestört, dass sie dabei war?«, warf Mick ein. »Waren Sie eifersüchtig?«

Sie sah ihn resigniert an. »Nein, damals noch nicht. Ich bin es schon seit Langem gewohnt, dass Freddy auf jeden wackelnden Po starrt. Aber ich dachte, in der Hinsicht sei ich sicher, weil Bettina ja mit Chris zusammen war.« Ihre Stimme klang bitter.

»Warum hat es Sie dann gestört?«, fragte Charly.

Miranda seufzte. »Muss ich Ihnen das wirklich sagen? Ich bin in dieser Hinsicht keine sehr zuverlässige Zeugin. Ich habe Bettina nicht gemocht.«

Charly wartete einfach ab, und schließlich fuhr Miranda fort:

»Bettina war eine Zicke. Es tut mir leid, das über sie sagen zu müssen, aber es stimmt. Es äußerte sich in allem, was sie tat.«

»Zum Beispiel?«, hakte Charly nach.

»Oh, es gibt jede Menge. Sie machte ständig gehässige Bemerkungen und wertete andere ab. Ich habe sie nicht einmal etwas Nettes über jemand anderen sagen hören, nicht einmal über Chris. Und sie war unglaublich arrogant und machte jedem klar, dass sie sich für etwas Besseres hielt – warum auch immer. Sie räumte zum Beispiel am Ende der Proben nie mit auf, weil sie sich dafür zu schade war. Und mit ihr zu proben, war die Hölle. Sie sprengte Szenen, wenn ihr die Vorgaben der anderen nicht passten. Wenn sie in einer Szene nicht beteiligt war, quatschte sie dazwischen. Vor allem aber waren es die gehässigen Bemerkungen. Zum Beispiel sagte sie mal zu Hans …« Miranda brach ab.

»Was sagte sie?«, fragte Charly.

Doch Miranda schüttelte nur den Kopf.

Charly wartete wieder, doch diesmal verfing die Taktik nicht. Sie fragte: »Ich würde gern noch mal auf die Beziehung zwischen Frau Kersthoff und Doktor Danner zurückkommen. Wenn ich das richtig verstanden habe, war die Beziehung zu Ende?«

»Chris hat vor zwei Wochen mit ihr Schluss gemacht. Nach den Gründen müssen Sie ihn selbst fragen.«

»Und wie hat Frau Kersthoff das aufgenommen?«

Miranda lachte plötzlich, schrill und ohne jeden Humor. »Sie brauchen nicht so um den heißen Brei herumzureden. Sie wissen doch, dass sie sich sofort mit Freddy getröstet hat. Und dass ich sie dafür gehasst habe.« Ihre Hände ballten sich zu Fäusten. »Ich habe sie gehasst, hören Sie? Ich habe ihr den Tod gewünscht, ja, tatsächlich, das habe ich. Aber doch nicht so. Nicht so!« Und die Tränen flossen erneut über ihr Gesicht.

Als Nächsten vernahmen sie Dr. Chris Danner. Der Kinderarzt wirkte niedergeschlagen und nervös.

Charly vermerkte die Reaktion interessiert, da sie sie nicht hätte vorhersagen können. Obwohl sie Danner mehrmals begegnet war, fand sie ihn schwer einzuschätzen. Sie war nicht einmal sicher, ob sie ihn mochte oder nicht. Eigentlich schien er ein netter Typ zu sein, und er hatte sicherlich viele positive Eigenschaften. Insbesondere die Art und Weise, wie er sich seit dem Tod seiner Schwester um seine Nichten kümmerte, imponierte Charly. Doch irgendetwas an ihm irritierte sie. Vielleicht nur die Tatsache, dass er so sehr dem Klischee des gut aussehenden, erfolgreichen Arztes entsprach.

»Zunächst möchte ich Ihnen unser Beileid aussprechen«, begann Mick. Er saß hinter seinem Schreibtisch.

Danners Gesicht verkrampfte sich kurz, als litte er Schmerzen. Er nickte.

»Und dann möchte ich Sie bitten, möglichst genau zu erzählen, wie Sie den Abend verbracht haben und was genau geschah, als Sie zum Probenraum kamen.«

Danner kam der Aufforderung ohne Zögern nach. Er hatte bis sechs in seiner Praxis Patienten empfangen und dann mit einer Arzthelferin Papierkram erledigt. Die Mitarbeiterin war um halb sieben gegangen, Danner hatte bis Viertel nach sieben weitergearbeitet und währenddessen ein Brötchen gegessen. Seine gewöhnliche Montagabendroutine.

»Es lohnt sich nicht, zwischendurch nach Hause zu fahren«, erklärte er. »Ich habe mich dann etwas frisch gemacht und bin zum Probenraum gefahren. Dort kam ich gleichzeitig mit Hans an. Wir trafen Miranda im Flur. Sie war völlig aufgelöst und sagte, Bettina liege tot im Probenraum. Ich ging sofort nachsehen. Ich hatte die Hoffnung, Miranda hätte sich geirrt und ich könnte noch etwas für Bettina tun. Aber sie war tot.«

»Können Sie uns vielleicht Ihre Eindrücke schildern? Ihre Eindrücke als Arzt?«, fragte Mick.

Danner zögerte. »Ich kann es versuchen, obwohl ich natürlich kein Gerichtsmediziner bin. Ich hatte den Eindruck, dass Bettina noch nicht lange tot war. Maximal eine halbe Stunde. Und was die Todesursache betrifft …« Seine Stimme zerbrach.

»Ja?«

Danners Stimme war nur noch ein Flüstern. »Bettina hatte mehrere Verletzungen am Nacken. Es waren Schnitt- oder eher Hiebwunden. Wie von einer Axt. Wie bei Nicole.« Er war jetzt ziemlich blass im Gesicht. »Ich habe mich gefragt, ob ihr Tod etwas mit Nicoles Tod zu tun hat.« Er fuhr sich unruhig mit der Hand über das Gesicht. »Hat er das?«, fragte er. Und dann noch einmal lauter: »Hat er das?«

Mick fragte: »Was glauben Sie denn?«

Danner schüttelte abwehrend den Kopf. »Ich weiß es nicht«, stöhnte er. »Bis heute Nachmittag hätte ich geschworen, dass dieser Gülke meine Schwester ermordet hat. Aber weshalb hätte er Bettina töten sollen?«

»Hat er sie gekannt?«

»Glauben Sie, nach allem, was passiert ist, hätte ich ihn Bettina vorgestellt? Ich kenne den Mann ja sowieso nicht persönlich.«

»Das muss aber nicht heißen, dass Frau Kersthoff ihn nicht kannte.«

Danner schüttelte ungeduldig den Kopf. »Sie hätte sich mit einem Typ wie ihm nie abgegeben.«

»Aber sie hat sich mit Ihnen abgegeben. Vielleicht erzählen Sie erst mal, wie es dazu kam.«

Die Frage missfiel Danner, das war ihm deutlich anzusehen. »Warum wollen Sie das wissen? Ich habe mich vor knapp zwei Wochen von Bettina getrennt. Ihr Tod hat nichts mit unserer Beziehung zu tun.«

Mick setzte sein geduldiges Gesicht auf. »Doktor Danner, das behauptet auch niemand. Aber Sie wissen, dass wir diese Fragen stellen müssen.«

Danner wich Micks Blick aus, doch schließlich gab er sich einen Ruck. »Ich habe Bettina beim Speeddating kennengelernt. Es war eigentlich nur ein Witz, dass ich mich dort angemeldet habe. Hans wollte hin, aber nicht allein.« Er räusperte sich. »Es war vor Weihnachten. Sie wissen schon, die Zeit, in der sich jeder nach einer festen Beziehung sehnt. Ich traf Bettina dort, wir tauschten unsere Daten aus, wir trafen uns ein paarmal, und es funkte.«

Er zuckte die Achseln. Die Sache schien ihm peinlich zu sein. Charly fand das erstaunlich. Sie hatte das Gefühl, dass es einem Single eher peinlich sein musste, wenn er nicht zum Speeddating ging und nicht bei mindestens einer Partnerbörse im Internet angemeldet war. In einer unsicheren Zeit, in der traditionelle Werte wie Familie und Partnerschaft wieder hochgehalten oder zumindest von Zeitungen und Zeitschriften hochgeschrieben wurden, war es fast eine gesellschaftliche Verpflichtung, dass man eine glückliche Beziehung führte, die natürlich in das gesellschaftliche Ereignis erster Klasse zu münden hatte: die Traumhochzeit. Charly dachte an Katja und stieß sich samt Stuhl ärgerlich ein Stück vom Schreibtisch weg.

Auf der anderen Seite des Schreibtisches sagte Mick: »Frau Kersthoff und Sie haben sich also ineinander verliebt. Seit wann waren Sie ein Paar?«

»Seit Januar.«

»Erzählen Sie uns mehr über Ihre gemeinsame Zeit.«

Danner fuhr mit dem Finger an der Innenseite seines Hemdkragens entlang. »Was soll ich groß erzählen? Sie wissen doch selbst, wie die Zeit der ersten Verliebtheit ist. Wir sind miteinander ausgegangen, wir haben miteinander geschlafen. Was soll ich groß erzählen?«, wiederholte er lahm.

»Erzählen Sie uns, was für ein Mensch Frau Kersthoff war«, warf Charly ein, die die nichtssagende Antwort irritierte. »Was hat Sie besonders an ihr fasziniert?«

Danner überlegte. »Sie war sehr attraktiv, sehr schön, sehr klug. Sie hatte Stil ... Sie war Apothekerin, sagte ich das schon? Sie leitete ihre eigene Apotheke. Sie war die geborene Chefin.«

Er verstummte. Mehr schien ihm nicht einzufallen. Charly fand seine Beschreibung genauso nichtssagend wie die Partnerinserate, die sie gelegentlich zu ihrer Belustigung überflog und in denen sich Synonyme für die immer gleichen, oberflächlichen Eigenschaften aneinanderreihten: schön, attraktiv, klug. Lange blonde Haare, schöne blaue Augen, Akademikerin. Gute Figur sowohl in Jeans als auch im Abendkleid. Stilsicher auf jedem Parkett. Legt Wert auf gutes Essen und guten Wein, kuschelige Abende am Kamin, interessante Gespräche. Gespräche worüber? Oh, über nichts Bestimmtes. Die Arbeit, das Essen, den Wein, das Restaurant, den eigenen Erfolg …

Auch zu Bettina Kersthoffs Lebensumständen hatte Chris Danner wenig Interessantes zu erzählen. Sie hatte eine Eigentumswohnung und ein BMW-Cabrio besessen. Sie war ebenfalls geschieden, kinderlos, ihr Exmann, ebenfalls Apotheker, lebte mittlerweile in Baden-Württemberg. Ihre Eltern waren tot, aber sie hatte einen Bruder in Berlin. Sie war sportlich, ging dreimal in der Woche ins Fitnessstudio.

Je länger Charly zuhörte, desto größer wurde ihre Irritation. Sie hatte nicht das Gefühl, irgendetwas über Bettina Kersthoff zu lernen außer ein paar Hausnummern. Schließlich unterbrach sie Danner mit scharfer Stimme. »Aber was war Frau Kersthoff für ein Mensch?«

Aus dem Augenwinkel nahm sie wahr, dass Mick ihr einen erstaunten Seitenblick zuwarf.

Danner sagte: »Aber das habe ich Ihnen doch gerade erzählt.«

»Nein«, erwiderte Charly gereizt. »Sie haben bisher

nur erklärt, dass Frau Kersthoff schön und erfolgreich war und eine Apotheke, ein Auto und eine Wohnung besaß. Ich interessiere mich für ihren Charakter. Frau Zerbitzky sagt, Frau Kersthoff sei eine Zicke gewesen. Fanden Sie das auch?«

Zu ihrer Überraschung lehnte Danner die Behauptung nicht rundweg ab, sondern druckste herum. »So würde ich das nicht sagen. Bettina konnte manchmal etwas …«, er zögerte, »etwas schwierig sein. Sie hatte zu allem eine Meinung und konnte die auch vertreten. Und sie war manchmal ziemlich direkt und stieß andere dadurch vor den Kopf. Aber das war keine Absicht.«

Charly übersetzte das Gesagte mit rechthaberisch und taktlos. So weit war das nicht von Mirandas Beschreibung entfernt, nur dass die Bettina durchaus Absicht unterstellt hatte.

»Hatte Frau Kersthoff Feinde?«

Danner schüttelte den Kopf. »Darüber habe ich auch schon nachgedacht, aber mir fällt niemand ein. Mir ist das Ganze unerklärlich.«

»Was ist mit Frau Zerbitzky? Immerhin hat Frau Kersthoff mit ihrem Mann geschlafen.«

Er sah ehrlich überrascht aus. »Miranda? Das können Sie vergessen. Miranda könnte keiner Fliege etwas zuleide tun. Sie ist die liebevollste Frau, die ich kenne. Und ihre Ehe stand schon lange vor dem Aus. Freddys Affäre mit Bettina war nur der letzte Tropfen.«

»Und was ist mit Ihnen? Hat es Sie gestört, dass Ihre Freundin mit Ihrem Freund geschlafen hat?«

»Nur wegen Miranda. Bettina war nicht mehr meine Freundin. Ich habe mich vor zwei Wochen von ihr getrennt.«

»Wieso?«

»Dazu möchte ich mich lieber nicht äußern.«

Und dabei blieb er, obwohl Charly eine Weile nachbohrte. Schließlich wechselte sie das Thema. »Was sagten eigentlich Ihre Nichten zu Ihrer Freundin?«

Er sah sie überrascht an. »Nichts. Was hätten sie sagen sollen?«

»Eine ganze Menge. Immerhin sind Sie doch so eine Art Vaterersatz für die beiden. Da kann es ihnen nicht gleichgültig sein, mit wem Sie zusammen sind. Ich nehme an, die beiden wussten von Ihrer Beziehung?«

Danner zögerte. »Ich habe es ihnen nicht ausdrücklich gesagt, aber sie konnten es sich wohl denken. Alexa sowieso, sie ist ja jeden Montag dabei.«

»Und kannte Nellie Frau Kersthoff ebenfalls?«

»Ja, Bettina war einmal bei uns zu Hause.«

»Nur einmal?«, fragte Charly überrascht. »In einer mehrmonatigen Beziehung?«

»Ich wollte erst mal sehen, wie es zwischen uns läuft.«

»Und dann, als Sie dachten, es läuft gut, nahmen Sie Frau Kersthoff mit nach Hause.«

»Ja ... das heißt nein. Ich ... Warum interessiert Sie das so? Ich habe mich vor zwei Wochen von Bettina getrennt. Wie oft ich sie mit nach Hause nahm, hat wohl kaum etwas mit ihrem Tod zu tun.«

Möglich, dachte Charly, aber sie hätte zu gern gewusst, was zum Ende der Beziehung geführt hatte. Doch sie verschob die Fragen auf später. Es war nicht gut, Zeugen zu früh zu sehr zu bedrängen, wenn nichts Wichtiges auf dem Spiel stand. Um die Befragung nicht mit einer Dissonanz ausklingen zu lassen, sagte Charly:

»Nur noch eine letzte Frage. Wie geht es Alexa und Nellie? Ich habe die beiden ein paar Monate nicht gesehen.«

Sie hätte keine bessere Frage stellen können. Danners Gesicht wurde weich. »Gut, sehr gut. Sie können sich nicht vorstellen, wie erleichtert ich bin, dass die beiden Nicoles Tod so gut verkraftet haben. Alexa geht jetzt aufs Gymnasium. Es gefällt ihr gut, und sie kommt sehr gut zurecht. Sie möchte Medizin studieren. Nellie ist regelrecht aufgeblüht. Sie hat jetzt eine Logopädin und macht große Fortschritte.« Ein Schatten flog über sein Gesicht. »Ich hoffe, diese Geschichte wird sie nicht zu sehr verstören. Müssen Sie mit den beiden reden? Ich möchte nicht, dass sie hier hineingezogen werden.«

»Nun, mit Alexa werden wir uns heute noch unterhalten. Ob wir mit Nellie sprechen müssen, wird sich noch herausstellen.«

»Natürlich. Können Sie dann vielleicht als Nächstes mit Alexa reden? Ich möchte sie nach Hause bringen. Nellie wartet. Sie ist allein zu Hause.«

Das Gespräch mit Alexa Danner dauerte nicht lange. Charly und Mick sprachen allein mit ihr, weil Alexa erklärte, die Unterstützung ihres Onkels nicht zu benötigen. Dem schien das gar nicht recht zu sein, doch Alexa ließ ihn einfach im Foyer stehen und ging mit Charly nach oben.

Charly war besonders gespannt auf die erneute Begegnung mit Alexa. Sie hatte das Mädchen – oder die junge Frau, Alexa war mittlerweile siebzehn – nach dem Tod ihrer Mutter mehrmals vernommen, doch sie war ihr immer noch ein Rätsel. Charly hatte noch nie einen Menschen, geschweige denn einen Teenager getroffen, der so wenig von dem nach außen dringen ließ, was er fühlte, dachte, spürte, plante. Sie hatte darüber nachgedacht, warum das so war, und war zu dem vorläufigen Schluss gelangt, dass Alexa anderen – zumindest Erwachsenen – grundsätzlich misstraute.

Alexa hatte sich äußerlich stark verändert und wirkte viel braver als vor neun Monaten. Sie hatte ihre Piercings entfernt und ihre Irokesenfrisur durch einen undefinierbaren Kurzhaarschnitt ersetzt, der ihr nach Charlys Ansicht nicht stand. Außerdem war sie vielleicht ein oder zwei Zentimeter gewachsen und noch etwas kräftiger geworden. Nicht dick, sondern kräftig. Alexa hatte einen eckigen, kompakten Körper ohne erkennbare weibliche Rundungen. Da sie mittlerweile siebzehn war, würde sich das wohl kaum noch ändern. Charly fragte sich, ob Alexa dies störte – so wie es neun von zehn Siebzehnjährigen gestört hätte –, aber eigentlich glaubte sie es nicht.

Heute war Alexa nicht so angespannt und feindselig wie nach dem Tod ihrer Mutter, stattdessen gab sie sich gleichgültig. Sie saß leicht vorgebeugt auf ihrem Stuhl, hatte den rechten Fuß, der in einem Turnschuh steckte, auf das linke Knie gelegt und zupfte an den Fransen ihrer Jeans. Während Mick ihr sein Beileid aussprach und die Hoffnung äußerte, dass Bettina Kersthoffs Tod sie nicht allzu sehr schockiert habe, schien Alexa gar nicht zuzuhören. Erst als Mick endete, hob sie den Kopf und sagte:

»Sie können Ihre Fragen ruhig stellen, aber ich kann Ihnen nicht helfen. Ich kannte Bettina kaum und habe keine Ahnung, wer sie getötet hat. Miranda war zwar wütend auf sie, aber Miranda könnte nie einen Menschen töten.«

»Aber Sie haben Frau Kersthoff jeden Montag getroffen. Haben Sie sie da nicht näher kennengelernt?«

»Nein.«

»Warum nicht?«

»Weil wir nie über Persönliches gesprochen haben. Eigentlich haben wir überhaupt nie miteinander gesprochen, wenn's fürs Training nicht nötig war. Bettina war nicht der Typ, der sich freiwillig mit Frauen unterhielt.«

»Hat Sie das gestört?«

»Nein.«

»Aber hätten Sie Frau Kersthoff nicht gern näher kennengelernt? Immerhin war sie die Freundin Ihres Onkels.«

Alexa zuckte übertrieben die Achseln. »Das war wohl kaum etwas Ernstes.«

»Hat Ihr Onkel das gesagt?«

»Das hat man auch so gemerkt.«

»Woran genau?«

»Na, an allem Möglichen.« Sie sagte es in wegwerfendem, gelangweiltem Ton, bevor sie hinzufügte: »Und es stimmt. Sonst hätte Chris wohl kaum so schnell wieder Schluss gemacht.«

Mick wechselte das Thema. »Wie lange machen Sie eigentlich schon bei den Improprinten mit?«

»Ungefähr ein Jahr.«

»Macht es Ihnen Spaß?«

»Natürlich, sonst würde ich es nicht machen.«

»Und wie kam es, dass Sie damit angefangen haben?«

Sie furchte plötzlich ihre Stirn. Es war eine Angewohnheit, die Charly schon früher aufgefallen war. Alexa begnügte sich nie mit einem kleinen Stirnrunzeln, sondern verzog das Gesicht, dass regelrechte Gräben auf ihrer Stirn entstanden. »Warum wollen Sie das wissen?«

Mick lächelte freundlich. »Nur so, kein besonderer Grund. Sie müssen nicht antworten, wenn Sie nicht wollen.«

Die Stirnfurchen wurden tiefer, doch dann sagte Alexa: »Chris hat es vorgeschlagen. Wir haben mal Activity gespielt, und er meinte, ich hätte Talent, und hat mich zum Training mitgenommen. Ich war so gut, dass alle wollten, dass ich dabeibleibe.« Ein selbstzufriedenes Lächeln erhellte ihr finsteres Gesicht.

»Und war Frau Kersthoff auch gut?«, fragte Mick.

Das Lächeln verschwand. »Nicht besonders. Sie hat sich nicht an die Regeln gehalten. Sie hat meistens nicht Ja gesagt. Eigentlich fast nie. Dabei ist das die wichtigste Regel beim Impro, aber das hat sie nicht kapiert.« Sie riss einen Faden vom ausgefransten Saum ihrer Hose ab und schnippte ihn weg.

»Ehrlich gesagt kapiere ich das auch nicht«, wandte Mick ein. »Was bedeutet es, dass man immer Ja sagen muss? Und Sie brauchen nicht so abfällig zu gucken, mich hat noch nie jemand zum Improspielen eingeladen, daher kann ich es nicht wissen.«

Das entlockte ihr ein weiteres, wenn auch widerwilliges Lächeln. »Ja sagen beim Impro bedeutet, dass man die Vorgaben der anderen akzeptiert. Waren Sie schon mal im Improvisationstheater?«

»Ja.«

»Ich nicht«, warf Charly ein.

Zu ihrer Überraschung brachte ihr das Eingeständnis keinen abfälligen Blick ein. Stattdessen erklärte Alexa: »Beim Improtheater werden keine Stücke einstudiert oder Dialoge auswendig gelernt, sondern Szenen nach den Vorgaben des Publikums gespielt. Zum Beispiel wird das Publikum aufgefordert, drei Begriffe zu nennen, vielleicht Hammer, Hostie, Hörapparat. Dann müssen die Improspieler eine Szene spielen, in der ein Hammer, eine Hostie und ein Hörapparat vorkommen. Das ist zumindest die Grundstruktur, die oft um zusätzliche Bedingungen ergänzt wird, damit es lustiger wird. Zum Beispiel muss eine Szene mehrfach gespielt werden, und jedes Mal wird die zur Verfügung stehende Zeit reduziert. Oder die Spieler dürfen nur in Reimen sprechen. Oder jedem Spieler wird ein Gefühl zugeordnet, das er ausdrücken muss. Aber damit man improvisieren kann, muss einer der Spieler anfangen. Und egal, womit er anfängt, die anderen Spieler müssen dazu Ja sagen und mitmachen. Wenn zum Beispiel der erste Spieler pantomimisch eine Tür öffnet und sagt: ›Guten Tag, ich möchte ein Hörgerät kaufen‹, dann muss der zweite den Verkäufer spielen und darf nicht sagen, dass ihm das nicht passt. Verstehen Sie? Weil die Szene sonst auf der Stelle tritt.«

Sie brach etwas atemlos ab. Charly war fasziniert. Alexa hatte noch nie so viel von sich aus geredet.

Mick fragte: »Und Frau Kersthoff hat das nicht verstanden? Das mit dem Ja sagen?«

Alexa zuckte die Achseln. »Verstanden hat sie's vermutlich schon, aber sie hat's nicht gemacht. Sie wollte immer im Mittelpunkt stehen. Das macht beim Theater alles kaputt. Theater ist Teamwork. Das ist wie Mannschaftssport.«

»Aber ist Frau Kersthoff denn mit Ihnen aufgetreten?«, warf Charly ein.

»Nein, aber beim Training geht es um dasselbe. Wir machen es meist so, dass zwei oder drei eine Szene spielen, und die anderen machen Vorgaben und geben Feedback.«

»Und welches Feedback haben Sie Frau Kersthoff gegeben?«

»Keins. Sie hörte sowieso nicht zu.«

Mick fragte: »Und wie ist es mit den anderen? Sind das gute Improspieler?«

Alexas helle Augen leuchteten auf. Sie glänzten wie kleine Monde. »Auf jeden Fall. Miranda und Freddy sowieso, sie sind ausgebildete Schauspieler und wirklich gut. Miranda ist noch besser, weil sie sich unglaublich zurücknehmen kann. Freddy hat oft geniale Einfälle, die Hans dann weiterführt. Außerdem ist Hans ein krasser Pantomime. Und Chris hat ein super Timing.«

Ihre offensichtliche Begeisterung passte überhaupt nicht zu ihrer sonstigen düsteren Attitüde. Das schien sie auch selbst zu merken, denn ihr Gesicht verfinsterte sich ganz plötzlich wieder. Es war, als hätte sie eine Lampe ausgeknipst. »Aber das ist doch gar nicht wichtig«, erklärte sie barsch. »Warum stellen Sie nicht die Fragen, die Sie eigentlich stellen wollen?«

Mick ließ sich durch den Stimmungswechsel nicht beeindrucken. »Zum Beispiel?«

Alexa sah ihn irritiert an. »Na, wo ich heute Abend war und so.«

»Okay, wo waren Sie, bevor Sie zum Training gefahren sind?«

»Zu Hause bei Nellie. Wo sonst?«

Als Nächsten vernahmen sie Frederik Zerbitzky. Der Immobilienmakler hatte sein Nasenbluten unter Kontrolle gebracht, nur ein verschmierter roter Fleck auf seinem weißen Hemd erinnerte noch an die Schlägerei mit Hans Löhrmann. Zwar war sein Anzug zerknittert, aber von ihrer ersten Begegnung wusste Charly, dass dies Zerbitzkys Look war: weißes Hemd, zerknitterter schwarzer Anzug und irgendein auffallendes feuerrotes Accessoire, ein Einstecktuch oder eine Blume im Knopfloch.

Zerbitzky war ein gut aussehender Mann, auf diabolische Weise. Bei ihrer ersten Begegnung war er Charly gleich aus mehreren Gründen unsympathisch gewesen. Sie nervte sein oberflächlicher Charme und sein theatralisches Verhalten, vor allem aber die Art, wie er sie taxiert hatte, als wollte er im nächsten Augenblick eine Nummer zur Bewertung hochhalten.

Doch heute hatte er sein sexistisches Verhalten im Foyer gelassen. Stattdessen legte er eine gewisse Aggressivität an den Tag, die vermutlich seine Nervosität überspielen sollte.

»Ich habe mit der ganzen Sache nichts zu tun«, erklärte er bereits, bevor er den angebotenen Stuhl in Besitz nahm.

»Wie schön«, erwiderte Charly. »Verraten Sie uns, wie Sie da so sicher sein können?«

Zerbitzky kniff die Augen zusammen, was sein diabolisches Aussehen unterstrich. »Wie wohl: Ich habe Bettina nicht getötet.«

»Wissen Sie, wer es getan hat?«

»Natürlich nicht.«

»Dann können Sie auch nicht sicher sein, dass Sie nichts damit zu tun haben.« Charly wartete kurz, bis

Zerbitzky zu einer empörten Antwort ansetzte, und schnitt ihm dann das Wort ab. »Ein Tötungsdelikt ist in der Regel eine Folge einer langen Kette von Umständen. Wenn Sie die Umstände nicht kennen, können Sie nicht wissen, ob Sie nicht doch irgendwo in dieser Kette auftauchen. Um ein Beispiel zu nennen: Wenn ein Mann mit einer Frau schläft, die daraufhin von ihrem Ehemann aus Eifersucht getötet wird, kann man sicherlich nicht argumentieren, dass der Liebhaber nichts damit zu tun hat.«

»Soll das heißen, Sie verdächtigen Chris?«, fragte Zerbitzky. »Das können Sie vergessen. Der ist kalt wie ein Fisch. Der weiß gar nicht, was Eifersucht ist.«

»Sie würden sich wundern, wozu die Leute fähig sind. Aber wir haben Sie nicht hergebeten, um über Doktor Danners Beziehung zu Frau Kersthoff zu reden, sondern über Ihre. Zunächst möchte ich Ihnen mein Beileid zum Tod Ihrer Freundin aussprechen.«

Es war durchaus ernst gemeint. Der Mann war Charly zwar unsympathisch und machte nicht den Eindruck, dass er um Bettina Kersthoff trauerte. Aber es war gut möglich, dass sich hinter seiner aggressiven Art ein Schock verbarg, und Charly wollte zumindest die Möglichkeit schaffen, das Gespräch auf eine weniger aggressive Ebene zu heben.

Doch Zerbitzky ignorierte die Brücke, die sie ihm schlug. »Bettina war nicht meine Freundin, wie Sie es nennen. Ich habe nur einmal mit ihr geschlafen. Die Sache war absolut nichts Ernstes. Kein Grund für Miranda, ein solches Drama aufzuführen.«

»Manchen Menschen ist Treue wichtig«, warf Mick ein.

Zerbitzky rollte nur verächtlich die Augen.

»Erzählen Sie uns, wie es zu diesem einen Mal kam«, forderte Charly ihn auf.

»Wenn es Sie anmacht ... Es war genau heute vor einer Woche, nach dem letzten Training. Bettina hat schon immer viel mit mir geflirtet, auch schon zu der Zeit, als sie noch mit Chris zusammen war. Und letzte Woche signalisierte sie mir dann klar, dass sie Lust hatte. Wir waren noch einen trinken, Hans, Bettina und ich. Miranda war schon nach Hause gegangen, Chris und Alexa waren gar nicht gekommen, weil Nellie krank war oder so. Und irgendwann wurde Hans klar, dass er überflüssig war. Dann brachte ich Bettina nach Hause, und den Rest können Sie sich ja denken. Oder soll ich den auch schildern?« Er grinste anzüglich, und Charly musste den Impuls unterdrücken, dem Mann eine runterzuhauen.

»Sie sagen, Herr Löhrmann hätte bemerkt, dass er überflüssig war. Vorhin im Foyer schien er aber überrascht, dass Sie mit Frau Kersthoff geschlafen haben.«

Zerbitzky hob theatralisch die Hände. »Vielleicht war's ihm auch nicht klar und er ging, weil er pünktlich am nächsten Tag in seinen Bürosessel furzen wollte. Hans kriegt nie viel mit. Ich bin erstaunt, dass er überhaupt schon wusste, dass Bettina mit Chris Schluss gemacht hatte.«

»Hatte sie das?«

»Natürlich.« Er zog seine dreieckig gezupften Augenbrauen hoch, und ein diabolisches Grinsen verzog seine Mundwinkel. »Warten Sie, behauptet Chris etwa, er hätte sie abserviert? Typisch, immer das Gesicht wahren! Nein, mir hat Bettina erzählt, sie habe Schluss gemacht, weil sie sich mit ihm gelangweilt hat.«

Hans Löhrmann war der Letzte, den sie an diesem Abend vernahmen. Während er zu dem bereitgestellten Stuhl ging, dachte Charly bei sich, dass ihm das vermutlich oft widerfuhr: der Letzte zu sein. Der, an den man erst dachte, wenn einem sonst niemand mehr einfiel. Der, an den man erst dachte, wenn man sein Gedächtnis noch einmal gründlich durchforstete. (»Ach, du meine Güte! Wir haben ja völlig vergessen, Hans auf die Gästeliste zu setzen.«) Der, von dem man nichts Interessantes erwartete.

Es lag teils an Löhrmanns Auftreten, teils an seinem nichtssagenden Aussehen – dickliche Backen, die so glatt waren, dass er jünger als vierzig wirkte; dünnes graues Haar, das er oft von der Stirnmitte nach hinten strich und das ihn älter als vierzig wirken ließ.

Dennoch setzte Charly gewisse Hoffnungen in seine Vernehmung. Menschen, die selbst nicht im Mittelpunkt stehen, beobachten dafür oft umso genauer, was um sie herum geschieht. Charly hoffte, von Hans Löhrmann einen objektiveren Einblick in die zwischenmenschliche Dynamik der Improprinten zu bekommen. Doch die Hoffnung trog. Die Vernehmung ergab recht schnell, dass Löhrmann entweder kein guter Beobachter war oder dass die anderen ihm nichts zu beobachten gegeben hatten. Charly tippte auf Ersteres.

Mick leitete die Vernehmung. Löhrmann erzählte bereitwillig, dass er bis fünf im Dienst im Finanzamt gewesen, dann nach Hause gefahren sei und dort gegessen habe. Er lebte allein, hatte also kein Alibi. Gegen Viertel nach sieben war er dann zum Probenraum gefahren, wo er gleichzeitig mit Chris Danner eingetroffen war. Er bestätigte, dass er mit Danner in den Probenraum gegangen war.

»Warum?«, fragte Charly.

Es war das erste Mal, dass sie etwas sagte, und Löhrmann blinzelte sie über seine Hamsterbacken hinweg kurzsichtig an. Seine kaputte Brille hielt er in der rechten Faust. »Warum? Nun, ich kann es nicht genau sagen. Es schien mir das natürliche Vorgehen zu sein.«

»Sind Sie nicht auf den Gedanken gekommen, bei Frau Zerbitzky zu bleiben und sie zu trösten?«

»Erst später. In dem Moment lief ich einfach Chris hinterher. Er ging in den Probenraum, ich folgte.«

Charly nickte. Das konnte sie sich gut vorstellen.

Mick ließ Löhrmann weitererzählen. Er bestätigte, was die anderen schon gesagt hatten. Schließlich fragte Mick: »Haben Sie irgendeine Idee, wer Frau Kersthoff getötet haben könnte?«

Löhrmann schüttelte abwehrend den Kopf. »Nein. Es ist schrecklich.«

»Haben Sie sie gut gekannt?«

»Nicht besonders. Ich habe sie nie allein getroffen, immer nur montags beim Training. Ab und zu gehen wir hinterher noch einen trinken, aber da ergab sich nie die Gelegenheit zu einem persönlichen Gespräch.« Er blinzelte wieder. »Meistens führt Freddy das große Wort.« Er betastete vorsichtig sein linkes Auge, um das sich nach dem Kontakt mit Zerbitzkys Faust ein Bluterguss gebildet hatte.

»Stört Sie das?«, fragte Mick sanft.

»Oh nein! Freddy ist ein Entertainer und Spaßvogel. Er hat viel mehr zu erzählen als ich. Geschichten, wie er seine Kunden übers Ohr haut und so. Er kann aus allem eine witzige Geschichte spinnen, ein Talent, das beim Improvisieren ziemlich nützlich ist.«

»Dass er mit Frau Kersthoff geschlafen hat, scheinen Sie aber nicht spaßig zu finden.«

»Wegen Miranda«, versicherte Löhrmann hastig. »Ich bin froh, dass sie ihn endlich rausgeworfen hat. Sie hat sich immer viel zu viel von ihm gefallen lassen. Ich hoffe, sie bleibt diesmal dabei und lässt sich endlich scheiden.«

»Die beiden haben sich schon öfter getrennt?«, hakte Mick nach.

»Einmal, aber das ist schon ein paar Jahre her. Da kannte ich die beiden noch nicht. Miranda hat es mir mal anvertraut. Ich glaube, damals hat sie ihn wieder zurückgenommen, weil sie mit den Zwillingen schwanger war.«

»Und glauben Sie, dass Doktor Danner eventuell Frau Kersthoff wieder zurückgenommen hätte? Oder umgekehrt?«

Löhrmann sah Mick erstaunt an. »War davon die Rede? Das kann ich mir nicht vorstellen.«

»Wissen Sie denn, warum die beiden sich getrennt haben?«

Löhrmann schüttelte den Kopf. »Ich weiß nur, dass es vor ungefähr zwei Wochen war. Miranda hat mir erzählt, dass Chris Schluss gemacht hat.«

»Und Doktor Danner hat Sie nicht ins Vertrauen gezogen? Immerhin haben Sie die beiden ja zusammengebracht, indem Sie Doktor Danner zum Speeddating mitgenommen haben.«

Im Gegensatz zu seinem Freund schien Löhrmann die Erwähnung des Speeddatings nicht peinlich zu sein. »Das stimmt, ja. Ich hatte ihn gefragt. Eigentlich hatte ich gar nicht erwartet, dass er mitkommt, doch dann hat es sich für ihn gelohnt.«

»Für Sie auch?«

»Für mich?« Löhrmann blinzelte zum dritten Mal. »Doch natürlich. Das heißt, ich habe ein, zwei Telefonnummern bekommen, aber es hat sich nichts ergeben.«

»Haben Sie auch die Telefonnummer von Frau Kersthoff bekommen?«

»Nein, nein, natürlich nicht, ich meine, leider nicht. Ich hätte sie gern gehabt. Das ging wohl allen Männern so, aber sie hat sie nur Chris gegeben. Er ist eben ein Glückspilz. Und er kann sich besser verkaufen. Ich glaube, ich konzentriere mich lieber wieder aufs Internet. Ich finde es einfacher, jemanden kennenzulernen, wenn man sich erst ein paarmal hin- und herschreibt, als wenn man sich in fünf Minuten verkaufen muss.«

Das konnte Charly sich vorstellen. Sie war selbst nie beim Speeddating gewesen, hatte jedoch mit Mick im Kino *Shoppen* gesehen. Mick hatte sich halb totgelacht, doch Charly hatte den Film grausam gefunden. Sie bezweifelte, dass Löhrmann tatsächlich auch nur eine einzige Telefonnummer bekommen hatte, und fragte sich, ob Freddy Zerbitzky vorhin im Foyer vielleicht die Wahrheit gesagt hatte. War Hans Löhrmann noch Jungfrau? Falls ja, tat der Mann ihr leid, weil sie wusste, welchen Makel das in der heutigen sexualisierten Gesellschaft bedeutete.

Kurz darauf beendete Mick das Gespräch. An der Tür zögerte Löhrmann noch einmal. »Sie fragten doch zu Beginn unseres Gesprächs, ob mir etwas Besonderes aufgefallen ist. Eine Sache verstehe ich wirklich nicht: Wieso war Bettina schon so früh im Probenraum? Normalerweise kam sie als Letzte.«

Prinzessinnenhochzeit

Der Tod von Bettina Kersthoff änderte alles und führte dazu, dass die MK2 unter Leitung von Frank auch den Tod von Nicole Danner noch einmal neu untersuchte. Keiner der Beteiligten mochte an einen Zufall glauben, dass erst Chris Danners Schwester, dann seine Exgeliebte erschlagen worden war. Alle sahen einen Zusammenhang zwischen den beiden Fällen. Allerdings gingen die Meinungen darüber auseinander, wie dieser Zusammenhang aussah.

Einige Kollegen waren weiterhin überzeugt, dass Thorsten Gülke Nicole Danner getötet und dass dieser Mord gewissermaßen als Vorlage für den Mord an Bettina Kersthoff gedient hatte. Die Mehrheit der Kollegen glaubte jedoch, dass beide Frauen demselben Täter – oder derselben Täterin – zum Opfer gefallen waren. Einige gewannen Bettina Kersthoffs Tod insgeheim sogar etwas Positives ab: Alle waren frustriert gewesen, dass die MK2 im Fall Nicole Danner zum ersten Mal versagt hatte, und nun boten sich durch den zweiten Mord neue Anhaltspunkte.

Zumindest hofften die Kollegen das. Doch diese Hoffnung erwies sich bald als trügerisch. Der Fall Bettina Kersthoff warf mehr neue Fragen als neue Anhaltspunkte auf. Die meisten blieben offen. Allerdings konnten Frank und sein Team klären, warum Bettina bereits so früh im

Probenraum gewesen war. Sie war offensichtlich verabredet gewesen, vermutlich mit ihrem Mörder. Das erfuhren die Ermittler durch Gespräche mit Bettinas Mitarbeiterinnen und dem Hausmeister des VHS-Gebäudes.

Nach deren Aussagen hatte Bettina die Apotheke um Viertel vor sieben verlassen (eine halbe Stunde früher als sonst) und eine Verabredung erwähnt. Von der Apotheke war Bettina direkt zum VHS-Gebäude gefahren, wo sie um kurz vor sieben den Schlüssel zum Probenraum beim Hausmeister abgeholt hatte, der nebenan wohnte. Der Hausmeister hatte sich zwar gewundert, weil Bettina noch nie den Schlüssel geholt hatte, doch er hatte ihn ihr anstandslos ausgehändigt.

Was danach geschehen war, konnten die Ermittler nur vermuten. Die Tatwaffe war verschwunden, doch die Obduktion ergab, dass Bettina von hinten erschlagen worden war. Nicht mit einer großen Axt wie Nicole Danner, sondern vermutlich mit einem kleinen Beil, das der Mörder problemlos in einer Tasche oder einem Rucksack hätte verstecken können. Beim ersten Schlag hatte Bettina gestanden, dann war sie bäuchlings auf die Matte gestürzt. Der Mörder hatte noch zwei weitere Male zugeschlagen, bevor er seinem Opfer die Haare abgeschnitten hatte. Er hatte sie mit dem Beil abgetrennt, was vermutlich recht mühselig gewesen war, und sie dann neben das Opfer gelegt.

Wie der Mörder sich mit Bettina verabredet hatte, konnten die Ermittler nicht klären. Die Überprüfung von Bettinas Handy- und Telefonverbindungen ergab keinen Hinweis. Bettina hatte in der Woche vor ihrem Tod mit keinem ihrer Improkollegen telefoniert oder gesimst.

Dabei waren sich alle Beamten der MK2 einig, dass

Bettina von einem Mitglied der Improprinten getötet worden war. Im Fall derer, die an die Ein-Täter-Theorie glaubten, lag der Grund für diese Vermutung auf der Hand: Nur die Mitglieder der Improprinten hatten beide Opfer gekannt und gewusst, wo Nicole Danner am Tag ihres Todes gewesen war. Doch auch die Verfechter der Gülke-plus-X-Theorie tendierten zur selben Vermutung. Zum einen konnten sie keinen Hinweis auf einen anderen Täter finden, zum anderen war Bettina im Probenraum erschlagen worden, und es schien unwahrscheinlich, dass sie sich dort mit einer anderen Person verabredet hatte.

Doch es gelang ihnen nicht, den Kreis der Verdächtigen weiter einzugrenzen, zumal keiner von ihnen ein brauchbares Alibi hatte. Chris Danner war angeblich allein in seiner Praxis gewesen, Hans Löhrmann allein zu Hause, Frederik Zerbitzky allein in seinem Büro. Miranda hatte zu Hause mit ihren Töchtern zu Abend gegessen und war gegen zehn vor sieben zum Probenraum aufgebrochen, wie die Nachbarstochter bestätigte, die montags die Zwillinge hütete. Zu Fuß hätte Miranda eigentlich nur zwanzig Minuten gebraucht, doch sie gab an, langsam gegangen zu sein und nicht den kürzesten Weg genommen zu haben, weil sie nachdenken wollte. Gefragt, worüber, antwortete sie bitter: »Über die Untreue meines Ehemannes.«

Allerdings favorisierten einige Kollegen eindeutig Dr. Chris Danner als Täter, unter ihnen Mick.

»Er ist schließlich der Einzige, der in beiden Fällen ein Motiv hatte«, erklärte er bei einer Diskussion, die sie etwa zwei Wochen nach der Tat führten. Alle Mitglieder der MK2 waren versammelt. Die meisten waren müde und gereizt, weil die Ermittlungen seit Tagen feststeckten. Charly hatte selten eine so schlechte Stimmung in Franks Team erlebt. »Ich wette, Bettina hat mit ihm Schluss gemacht, und dann hat er sie aus Wut oder Eifersucht getötet. Er wäre weiß Gott nicht der erste Mann, der eine Frau umbringt, nachdem sie ihn verlassen hat. Und seht euch die Statistiken an. Die meisten Frauen werden von ihren Partnern oder ehemaligen Partnern getötet.«

»Dann könnte auch Zerbitzky der Täter sein«, warf ein Kollege ein.

»Aber warum sollte der Nicole Danner getötet haben?«

»Vielleicht hatte er mit ihr auch etwas. So wie der herumschläft.«

Das war tatsächlich nicht unwahrscheinlich. Dass Zerbitzky ein notorischer Schürzenjäger war, war eins der Steinchen in den Informationsbergen, die sie mittlerweile angehäuft hatten. Er bestritt zwar, mit Nicole Danner eine Affäre gehabt zu haben, aber da niemand ihn für einen vertrauenswürdigen Zeugen hielt, besagte das nicht viel.

Mick widersprach. »Wenn Zerbitzky die Angewohnheit hätte, seine Freundinnen zu ermorden, dann hätten wir nicht nur zwei Tote, sondern zwei Dutzend. Ich bin sicher, es war Danner. Er hat Bettina getötet, weil sie Schluss gemacht hat.«

»Und warum hat er dann seine Schwester getötet?«, fragte Kriminalhauptkommissar Simon Haffner. Er war der älteste und erfahrenste und nach einstimmiger Meinung der beste Kriminaler unter ihnen – und Mick in herzlicher Abneigung verbunden. »Das hatten wir doch alles schon. Ein Motiv für den zweiten Mord reicht nicht, wenn du Verfechter der Ein-Täter-Theorie bist, wie du vor zehn Minuten noch behauptet hast.«

Mick machte ein zufriedenes Gesicht. »Ganz einfach: Danner tötete seine Schwester, weil er das Sorgerecht für seine Nichten wollte.«

Diese Theorie war die erste neue Idee seit Tagen. Einen Moment herrschte Schweigen, alle sahen Mick erwartungsvoll an. Der sagte: »Lasst es euch von Charly erklären. Sie ist darauf gekommen.«

Daraufhin richteten sich die Blicke auf Charly, die davon nicht begeistert war. Sie hatte die Theorie erst weiterentwickeln wollen. Sie trug sie seit Kurzem mit sich herum. Als ihr der Gedanke zum ersten Mal in den Kopf geschossen war, hatte sie ihn automatisch als abwegig abgeschmettert. Dennoch war er weiter durch ihren Kopf gespukt, und je länger sie darüber nachdachte, desto plausibler erschien er ihr.

Sie sagte: »Ich glaube, dass Doktor Danner seine Nichten sehr liebt und sich Sorgen um sie macht, besonders um Nellie. Im letzten Sommer hatten Mick und ich den Eindruck, dass Danner seine Schwester – milde ausgedrückt – für eine beschissene Mutter hielt. Sie vernachlässigte die Mädchen, und er machte sich Sorgen, welchen Einfluss ihre Liebhaber auf die beiden hätten.«

»Und du glaubst, er hat seine Schwester getötet, um seine Nichten vor deren Einfluss zu schützen?«, fragte Frank skeptisch.

Charly wiegte ihren Kopf hin und her. »Ich würde nicht sagen, dass ich es glaube. Aber ich halte es für möglich. Ich glaube, Danner würde sehr weit gehen, um seine Nichten zu schützen. Wenn er annahm, dass ihnen ein Schaden drohte …«

Dietmar Gürtler, der zweitälteste Kollege, verzog zweifelnd sein bärtiges Gesicht. »Kannst du dir das echt vorstellen? Gerade wenn Danner die Mädchen liebt, hätte er ihnen wohl kaum das Trauma aufgebürdet, dass er ihre Mutter tötet. Er müsste schon völlig irre sein, wenn er geglaubt hätte, er würde ihnen dadurch helfen.«

Charly setzte zu einer Erwiderung an, doch Mick kam ihr zuvor. »Aber Tatsache ist, dass es den Mädchen gut geht, ich würde sogar sagen, besser als früher. Charly und ich haben in den letzten beiden Wochen zweimal mit ihnen gesprochen. Nellie ist regelrecht aufgeblüht.«

»Tatsache?« Dietmar sah fragend zu Charly hin.

Sie sagte: »Das ist wahrscheinlich etwas übertrieben. Aber ich glaube auch, dass es Nellie besser geht. Sie ist mittlerweile wegen ihres Mutismus in Behandlung. Sie ist zwar immer noch sehr schüchtern, aber sie wirkt nicht mehr so apathisch und ängstlich.«

Als Mick und Charly das letzte Mal dort gewesen waren, hatte Nellie sogar mit ihnen geredet, wenn man das so nennen wollte. Neben ihrem Onkel sitzend, hatte sie genickt, als Charly sie gefragt hatte, ob Alexa am Tattag bis kurz vor halb acht bei ihr zu Hause gewesen sei. Charly gab zwar nicht viel auf dieses Alibi, aber für Nellie war die Begegnung ein Fortschritt gewesen.

Simon schüttelte den Kopf. »Mich überzeugt das nicht. Die Mädchen lebten doch schon vor dem Tod der Mutter bei Doktor Danner. Nach allem, was du erzählt hast, hatte er de facto das Sorgerecht, weil sich seine Schwester ohnehin nicht um ihre Kinder kümmerte. Er hätte sie nicht töten müssen.«

Charly nickte zustimmend. »Ich weiß, es fehlt der Anlass. Aber vielleicht gab es einen Auslöser, von dem wir nichts wissen. Vielleicht stand irgendeine Entscheidung an, über die Danner und seine Schwester sich uneinig waren.«

»Wie wär's zum Beispiel mit dem Schulwechsel?«, fragte ein Kollege, der selbst mehrere Kinder hatte und sie alle schon mit seinen Vorträgen über die verschiedenen Schulformen genervt hatte. »Als Nicole Danner starb, war Alexa gerade mit der zehnten Klasse fertig. Charly, du hast erzählt, dass sie jetzt aufs Gymnasium geht und Danner mächtig stolz auf sie ist. Vielleicht bestand Nicole darauf, dass Alexa eine Ausbildung machen sollte.«

Charly schüttelte langsam den Kopf. »Ich glaube, das wäre als Motiv zu schwach. Danner hat seine Schwester definitiv nicht gemocht, vielleicht sogar gehasst, aber ich kann mir nicht vorstellen, dass er sie kaltblütig getötet hat, nur damit Alexa Abi machen kann. Und sie wurde kaltblütig getötet. Die Obduktion ergab, dass sie lag, als der erste Schlag sie traf. Sie hätte sich wohl kaum im Liegen mit einem Mann gestritten, der mit einer Axt vor ihr stand. Für einen kaltblütigen Mord hätte Danner ein stärkeres Motiv gebraucht.«

»Zum Beispiel?«, fragte Frank.

»Irgendetwas, das mit Nellie zu tun hat. Ich glaube, dass er sie mehr liebt als Alexa. Ich glaube, er wäre in der Lage gewesen, seine Schwester zu töten, um Nellie vor Schaden zu bewahren.« Sie fügte nachdenklich hinzu: »Ich glaube übrigens auch, dass Alexa dazu in der Lage wäre.«

Für die Bemerkung erntete sie skeptische Blicke, daher fuhr sie fort: »Ich behaupte nicht, dass sie unsere Täterin ist, aber bei Nicoles Tod war sie sechzehn, älter als mancher andere Mörder. Und sie ist ein seltsames Mädchen. Sie scheint alles mindestens doppelt so intensiv zu fühlen wie andere. Solche Menschen neigen zu starken Leidenschaften, und gerade weil sie so jung ist, kann Alexa diese Leidenschaften noch nicht gut kontrollieren. Aus dem Grund könnte ich mir auch vorstellen, dass sie in einem Anfall von Wut Bettina getötet hat. Falls die sie provoziert hat, wozu sie ja bekanntermaßen neigte. Allerdings kann ich mir nicht vorstellen, dass Alexa Bettinas Tod geplant hat. Warum hätte sie das tun sollen? Und ihr Tod muss geplant gewesen sein, wenn wir davon ausgehen, dass der Täter nicht zufällig ein Beil mit sich herumschleppte und dass er sich gezielt mit Bettina verabredet hatte.« Sie machte eine kurze Pause. »Ich frage mich übrigens, ob das den Täterkreis nicht einschränkt. Für wen hätte sich Bettina überhaupt die Mühe gemacht, schon um sieben zum Probenraum zu kommen?«

»Für Danner«, erwiderte Mick prompt.

»Oder für Zerbitzky«, warf der Kollege mit den vielen Kindern ein. »Vielleicht wollte sie einen Second-Night-Stand.«

»Eine halbe Stunde bevor die anderen zum Probenraum kamen?«

»Vielleicht gab ihr das einen Kick. Und es würde die abgeschnittenen Haare erklären. Für mich hat das eine sexuelle Komponente. Vielleicht verabredeten die beiden sich zum Sex, dann wollte Bettina nicht, und Zerbitzky brachte sie um.«

Charlys einzige Kollegin mischte sich ein. Sie führte in

Diskussionen selten das große Wort, doch was sie sagte, hatte stets Hand und Fuß. »Aber das widerspricht der Annahme, dass der Mord geplant war. Außerdem kann ich mir nicht vorstellen, dass die beiden sich noch mal zum Sex verabredet haben. Das erste Mal scheint kein großer Erfolg gewesen zu sein. Zumindest haben die beiden laut Bettinas Handydaten danach kein einziges Mal miteinander gesimst oder telefoniert. Auf mich wirkt das, als wäre die Veranstaltung eine Pleite gewesen.« Sie überlegte kurz. »Aber ich finde auch, wir sollten die Sache mit den Haaren nicht vergessen. Warum hat der Täter sie abgeschnitten? Für mich deutet das eher auf eine Täterin hin, auf sexuelle Eifersucht. Miranda hat doch erzählt, wie sehr Bettina mit ihren Haaren angegeben hat. Wenn sie sie aus Eifersucht getötet hätte, wäre es für sie konsequent gewesen, die Haare abzuschneiden. Als ultimative Demütigung oder Strafe.«

Mick sagte: »Aus denselben Gründen hätte Danner die Haare abschneiden können, wenn Bettina mit ihm Schluss gemacht hat. Ich bin sicher, es war Danner. Er hat als Einziger in beiden Fällen ein Motiv.«

Charly sagte: »Aber weißt du, was mich dabei irritiert? Dass er zweimal aus völlig unterschiedlichen Motiven gemordet haben soll. Das eine Mal, um das Sorgerecht für seine Nichten zu bekommen, das andere Mal war's ein Intimizid. Ich kriege das irgendwie nicht auf einen Nenner.«

»Ich schon. Er tötete beide Male, weil er etwas behalten oder bekommen wollte, das er liebt. Beziehungsweise weil er verhindern wollte, dass ein anderer bekommt, was er liebt. Du musst zugeben, dass das möglich wäre.«

Charly gab es zu, auch wenn sie die Theorie nicht hundertprozentig überzeugend fand. Sie hatte das Gefühl, dass sie etwas übersahen. Aber Gefühle waren trügerisch.

»Ich kann mir das nicht vorstellen«, wandte Dietmar ein. »Wenn Danner der Vater wäre, vielleicht, aber er ist nur der Onkel.«

»Ich glaube nicht, dass das einen Unterschied macht«, sagte Frank. Alle sahen ihn überrascht an. Es kam selten vor, dass Frank eine Meinung äußerte. In Diskussionen, an denen sich alle beteiligten, beschränkte er sich meist auf die Rolle des Moderators.

»Das war klar, dass du so denkst.« Simon Haffners Stimme klang so ätzend, dass jetzt alle ihn anschauten. Er fuhr fort: »Ich halte das für kompletten Blödsinn. Die ganze Diskussion ist Zeitverschwendung. Natürlich ist Danner der Täter, aber das Gewäsch von der Sorge um seine Nichten ist Schwachsinn. Wenn Danner das Sorgerecht für seine Nichten wollte, dann nur aus einem Grund: Er missbraucht sie, zumindest die kleinere.«

»Dafür gibt es keine Hinweise«, entgegnete Charly sofort. Sie diskutierten den Punkt nicht zum ersten Mal. An sexuellen Missbrauch dachte jeder Kriminalbeamte automatisch, wenn von der Zuneigung zwischen einem erwachsenen Mann und Kindern oder jungen Mädchen die Rede war. »Und dem Jugendamt ist auch nichts aufgefallen.« Während des Verfahrens zur Erteilung des Sorgerechts für Alexa und Nellie war Chris Danner mehrmals vom Jugendamt besucht worden, eine übliche Vorgehensweise.

Simon lachte höhnisch. »Wann fällt denen schon etwas auf? Außerdem gibt es durchaus Hinweise. Nach allem, was ihr erzählt habt, entwickelt sich zumindest Nellie nicht ›normal‹.« Er malte Gänsefüßchen in die Luft. »Sie leidet an Mutismus und fürchtet sich vor Männern. Das muss schließlich einen Grund haben.«

»Aber beides war schon der Fall, bevor sie zu Danner zog. Das hat Alexa bestätigt.«

»Was bedeuten könnte, dass Nellie auch früher schon missbraucht wurde. Es muss nicht bedeuten, dass Danner es nicht tut. Und es würde ihm ein Motiv für beide Morde liefern. Seine Schwester hat er entweder getötet, weil sie herausgefunden hat, was vor sich geht, oder weil er sie aus dem Weg räumen wollte. Bettina hat er getötet, weil sie etwas gewusst oder geahnt hat, entweder über den Missbrauch oder über Nicoles Tod. Es ist blanker Unsinn anzunehmen, dass Danner in beiden Fällen völlig unterschiedliche Motive hatte. Und was die Haare betrifft: Danner hat sie vermutlich lediglich abgeschnitten, um uns zu verwirren. Laut Obduktionsbefund wurden die ersten Strähnen zusammen mit dem zweiten Beilhieb abgetrennt. Vermutlich hat ihm das die Idee eingegeben, auch die übrigen abzuschneiden.«

Charly musste zugeben, dass sie diese Theorie mindestens so plausibel fand wie Micks. Und sie würde ein Detail erklären, das Charly irritierte: Sie wurde das Gefühl nicht los, dass die Affäre zwischen Chris Danner und Bettina Kersthoff eine halbherzige Angelegenheit gewesen war. Vielleicht war Bettina für Danner nur ein Alibi gewesen, um von seinem Interesse an jungen Mädchen abzulenken?

Frank sagte: »Wir sollten das auf jeden Fall noch einmal überprüfen.«

»Wie?«, fragte Charly. »Wir können Nellie schließlich nicht gynäkologisch untersuchen lassen. Wir haben zu wenig, um Einblick in ihre Patientenakte zu erhalten.«

»Ich mache das«, sagte Simon. »Ich rede noch mal mit allen, die Nellie kennen. Vor allem mit den Lehrern.«

Frank machte eine Notiz. »Und wir sollten auch die Gülke-plus-X-Theorie nicht völlig aus den Augen verlieren. Ebenso wenig die Möglichkeit, dass Bettina von einer Person getötet wurde, die wir noch gar nicht auf dem Radar hatten.«

»Aber warum hätte Bettina sich mit jemand anderem im Probenraum verabreden sollen?«, warf Dietmar ein.

Frank sah ihn an. »Weil sie vielleicht nicht wusste, dass es jemand anderes war. Vielleicht erwartete sie Zerbitzky oder Danner. Der Gedanke kam mir, als Charly fragte, für wen Bettina sich überhaupt die Mühe gemacht hätte, so früh zu kommen. Möglicherweise hat ihr Mörder sich nicht persönlich mit ihr verabredet, sondern ihr eine Nachricht zukommen lassen, dass sich Danner oder Zerbitzky mit ihr treffen wolle. In dem Fall hätte der Mörder den Verdacht absichtlich auf die Mitglieder der Improprinten gelenkt.«

»Aber dann können wir niemanden als Täter ausschließen«, sagte jemand.

Die Bemerkung löste unwilliges Raunen aus. Wenn Bettina Kersthoffs Mörder keiner der Improprinten war, dann waren sie Lichtjahre von einer Lösung des Falles entfernt.

Frank warf einen Blick auf seine Uhr. »Gut, beenden wir die Diskussion. In fünf Minuten habe ich einen Termin. Ich denke, wir brauchen einfach weitere Informationen.«

»Welcher Art?«, fragte Charly frustriert. »Wir haben bereits Berge von Material.«

Frank ordnete seine Zettel. »Ich werde mir etwas überlegen.« Doch seine Worte klangen nicht so überzeugend wie sonst.

Charly kommentierte das, als sie mit Mick in ihr gemeinsames Büro zurückkam. »Glaubst du, wir werden den Fall lösen?«, fragte sie, obwohl sie sich solche allgemeinen Fragen, auf die es ohnehin keine sinnvolle Antwort gab, sonst verkniff. Aber heute wäre es ihr lieb, wenn Mick irgendetwas Aufmunterndes sagen würde.

»Ja, wieso nicht?«, erwiderte er leichthin. »Aber nun mal zu einem wichtigeren Thema.« Er setzte sich auf ihren ordentlich aufgeräumten Schreibtisch. »Hast du schon nachgedacht? Wirst du meine Trauzeugin?«

Charlys Frustration stieg schlagartig auf den nächsthöheren Level. Sie schüttelte den Kopf. Teils als Antwort, teils aus Ungläubigkeit, weil Mick nicht aufhörte, sie mit dieser Frage zu bedrängen. Er hatte sie das erste Mal vor einer Woche gestellt und, nachdem sie entschieden abgelehnt hatte, jeden Tag aufs Neue.

»Wie oft soll ich das noch sagen? Nein.«

»Du sollst es gar nicht sagen. Du sollst Ja sagen. Sobald du Ja sagst, höre ich auf zu fragen.«

Charly zog ihre Tastatur zu sich heran. »Okay, dann frag eben weiter. Aber erwarte keine Antwort. Ich habe Nein gesagt, und dabei bleibt es. Und jetzt schwing deinen Arsch von meinem Schreibtisch. Ich habe zu tun.«

Mick setzte sich gemütlicher hin. Im Frühlingssonnenschein, der durchs Fenster fiel, leuchtete seine Weste samtig grün. »Wie redest du denn über meinen Allerwertesten? Habe ich dir noch nie erzählt, dass allgemein behauptet wird, ich hätte den knackigsten Po von ganz Aachen?«

Charly war nicht in der Stimmung für seine Witze. »Wenn die Allgemeinheit das behauptet, wird's wohl stimmen. Zumindest ein Großteil der weiblichen Bevölkerung dürfte ihn schon gesehen haben. Also noch mal in höflichem Ton: Würdest du bitte in deine Bürohälfte verschwinden?«

»Wir haben etwas zu besprechen.«

»Nein, haben wir nicht«, erwiderte Charly genervt. »Außer vielleicht die Frage, wann du Frank endlich erzählst, dass deine Verlobte deinen Hauptverdächtigen kennt. Wann wirst du endlich mit Frank reden?«

»Ich wüsste nicht, worüber. Katja kennt Danner schließlich kaum. Ich habe dir schon dreimal gesagt, dass die beiden sich nur dreimal begegnet sind. Sie treffen sich jedes Jahr genau einmal auf der Geburtstagsparty irgendeines gemeinsamen Bekannten.«

»Das kann nicht stimmen. Wieso wollte Katja dich dann mit zu Danners Improshow schleppen?«

Es war Charly bei den Ermittlungen zu Nicole Danners Tod aufgefallen. Mick hatte mit Katja an jenem Abend eine Improshow besuchen wollen. Chris Danner hatte Charly erzählt, dass die Improprinten an dem Abend eine Vorstellung hatten geben wollen. Der Gedanke war naheliegend gewesen, dass es sich um dieselbe Show handelte, und auf Micks Nachfrage hatte Katja bestätigt, dass sie Chris Danner tatsächlich flüchtig kannte.

Damals hatte Charly es nicht für nötig gehalten, Frank davon zu erzählen. Erstens war sie überzeugt gewesen, dass die Beziehung zwischen Mick und Katja wie alle seine Affären höchstens ein paar Wochen dauern würde. Zweitens war sie überzeugt gewesen, dass Danner nichts mit dem Tod seiner Schwester zu tun hatte, da ja Thorsten Gülke der Täter war. Doch inzwischen hatte sich die Lage grundlegend geändert, und es ärgerte Charly, dass Mick das nicht einsehen wollte.

»Weil sie zufällig das Plakat gesehen hat und zufällig gern zum Improtheater geht. Mensch, Charly, da ist doch nichts dabei.«

»Wenn nichts dabei ist, kannst du's ja Frank sagen.«

»Das würde ich, wenn es eine relevante Information wäre.«

Charly schüttelte entnervt den Kopf. »Das kann nicht dein Ernst sein. Deine Verlobte trifft sich mit einem Verdächtigen in einem Mordfall, und du findest nichts dabei.«

»Wie oft soll ich das noch wiederholen? Sie trifft sich nicht mit ihm. Sie ist ihm dreimal begegnet. Und sie hat mir versprochen, ihm künftig ganz aus dem Weg zu gehen. Zufrieden? Wieso ist dir das überhaupt so wichtig? Es ist mein Problem.«

»Es ist auch mein Problem, wenn ich Frank anlügen muss. Und ich habe dir schon mehrfach gesagt, dass ich dich nicht mehr decken werde, wenn du Mist baust.«

Mick hob die Augen gen Himmel. »Das habe ich doch auch gar nicht verlangt. Du kannst es ihm jederzeit erzählen. Aber wenn dir so viel daran liegt: Okay, ich werde es Frank sagen.« Er rollte die Schultern nach hinten und reckte seine muskulösen Arme Richtung Zimmerdecke.

Das plötzliche Einlenken machte Charly misstrauisch. »Wirklich? Gut.«

»Natürlich nur, wenn du zustimmst, meine Trauzeugin zu werden. Bitte, mir liegt wirklich viel daran«, schmeichelte er. »Und es ist Tradition, dass der beste Kumpel des Bräutigams Trauzeuge ist.«

Charly schob ihren Stuhl vom Schreibtisch und von Mick weg. »Aber nur, wenn der beste Kumpel mit der Hochzeit einverstanden ist. Und ich habe dir schon tausendmal gesagt, dass ich die Hochzeit für eine Schnapsidee halte. Willst du wirklich, dass jemand bei deinem Ja danebensteht, der dieses Ja für falsch hält?«

»Natürlich nicht. Ich will, dass jemand neben mir steht, der dieses Ja für einen Geniestreich hält. Und ich will, dass du dieser Jemand bist.«

»Damit kann ich nicht dienen. Frag jemand anderen!«

»Ich will keinen anderen. Komm schon, Charly, mach mich zum glücklichsten Mann der Welt.«

»Ich denke, das ist Katjas Job.«

Mick feixte. »Je mehr Leute sich an der guten Sache beteiligen, desto besser. Habe ich dir übrigens schon erzählt, dass ich eine weiße Weste mit einem aufgestickten silbernen Drachen tragen werde? Ich werde fantastisch aussehen. Das kannst du dir doch nicht entgehen lassen.«

»Heißt das, wenn ich nicht deine Trauzeugin werde, werde ich nicht eingeladen?«, fragte Charly hoffnungsvoll.

»So ist es. Also los, sag Ja! Du weißt genau, du wirst es tun. Schließlich weißt du am besten, dass ich immer zu unfairen Mitteln greife, wenn ich nicht bekomme, was ich will.«

Sie lachte. »Ich erschauere vor Angst.«

»Ist das ein Ja? Ich wusste es. Danke, Charly, das vergesse ich dir nie.« Und zu Charlys Entsetzen sprang Mick auf, riss sie von ihrem Stuhl, hob sie hoch und wirbelte sie durchs Zimmer.

»Lass mich sofort runter!«, schrie sie panisch. »Das war kein Ja.«

Mick stellte sie ab. »War's doch.«

»Nein«, fauchte Charly, und in ihrer Stimme lag noch so viel von ihrer Wut und ihrem Erschrecken, dass Mick plötzlich ernst wurde.

»Es war nur Spaß«, sagte er lahm. Dann sah er ihr Gesicht. »Entschuldige bitte.«

»Schon gut.« Doch das war es nicht. Sie ging zu ihrem Schreibtisch und setzte sich. Sie ignorierte Micks Blicke, schaltete ihren Bildschirm ein und tat so, als würde sie arbeiten, während sie darauf wartete, dass sich ihr Herz beruhigte.

Mick heiratete einen Monat später, wenige Tage nachdem sie beschlossen hatten, den Mordfall Bettina Kersthoff nicht aktiv weiterzuverfolgen. Das hieß nicht, dass die Akte geschlossen wurde – Mordfälle blieben stets bis zu ihrer Lösung offen. Es hieß, dass sie keine Spuren mehr hatten, die sie verfolgen konnten. Die meisten Kollegen glaubten, dass Chris Danner der Täter war, doch sie konnten es nicht beweisen. Frank hatte zwar dem Staatsanwalt die gesammelten Indizien vorgelegt, doch wie erwartet hatte der eine Anklageerhebung abgelehnt. In Zukunft sollten die Mitglieder der MK2 sich wieder auf andere Fälle konzentrieren. Die Akten Bettina Kersthoff und Nicole Danner würden sie erst wieder aufschlagen, wenn sich neue Anhaltspunkte ergäben.

Die Entscheidung, den Fall beziehungsweise die Fälle nicht weiterzuverfolgen, wurde zwar von den Mitgliedern der MK2 nicht infrage gestellt, löste aber dennoch Frust aus. Nicht wenige der beteiligten Beamten planten, diesen Frust bei Micks Hochzeit zu ertränken. Sie waren sicher, dass sie die Gelegenheit dazu bekommen würden. Jeder, der Mick kannte, erwartete, dass seine Hochzeit eine laute, feuchtfröhliche Party werden und bis zum nächsten Morgen dauern würde. Und die Erwartungen wurden erfüllt, von der lauten Rockmusik in der Kirche bis zum unfreiwilligen Bad des Brautpaars im Brunnen des Hotels, in dem sie feierten.

Doch es gab auch genug konservative und konventionelle Elemente, um Micks zahlreiche Freunde, Bekannte und Kollegen zu überraschen und Katjas Verwandte zu beglücken. So heirateten Mick und Katja tatsächlich kirchlich, womit niemand gerechnet hatte. Es war Katjas Wunsch gewesen, wie Mick Charly anvertraute. Er selbst gehörte keiner Religionsgemeinschaft an, war jedoch der Meinung, dass eine Kirche ein hübscheres Ambiente bot als ein Trauzimmer im Standesamt.

Charly fand das nicht. Während sie mit Mick im reich geschmückten Altarraum auf die Braut wartete, die traditionell von ihrem Vater den Mittelgang entlanggeführt werden sollte, fühlte sie sich angesichts der vielen starrenden Augenpaare derart unwohl, dass sie am liebsten davongelaufen wäre.

Mick, grinsend wie ein Honigkuchenpferd, las den Gedanken an ihrem Gesicht ab. »Vergiss es! Wenn du abhaust, lasse ich dich international zur Fahndung ausschreiben.«

»Das könnte mich nicht abhalten«, flüsterte Charly

zurück, »wenn das enge Kleid mich nicht am Wegrennen hindern würde.«

»Es steht dir. Ich hoffe, du trägst es demnächst auch bei der Arbeit.«

»Das könnte dir so passen.«

Mick grinste noch honigkuchenpferdiger und wurde dann ernst, als die Musik einsetzte, das Kirchenportal aufschwang und Katja erschien. Sie sah wunderschön aus – wie zu erwarten gewesen war.

Nachdem Charly schließlich zugestimmt hatte, Micks Trauzeugin zu sein, hatte sie Katja noch zweimal getroffen. Beide Male hatte sie sich vergeblich bemüht zu verstehen, warum Mick diese Hochzeit unbedingt wollte. Doch jetzt in der Kirche konnte sie zum ersten Mal nachvollziehen, was Mick in seiner Braut sah. Katja hatte ein schlichtes weißes knielanges Kleid gewählt, in dem sie aussah wie eine Prinzessin. Zerbrechlich, schutzbedürftig, zart. Wie eine Prinzessin aus dem Märchen, für die die einfachen Bauernsöhne zum Drachentöten auszogen.

Diese Erkenntnis löste etwas in Charly aus. Während die Hochzeitsgäste zu raunen begannen und sich erwartungsvoll die Hälse nach Katja verrenkten, sah Charly Mick an, und ihr Magen verkrampfte sich. Dann war Katja da, und die Trauung begann.

Sechs Stunden später waren der Sektempfang und das Abendessen vorbei und die Party in vollem Gange. Charly stand mit einem Glas Mineralwasser draußen neben dem Brunnen, während ihre Kollegen drinnen ihren Frust ertränkten und Mick seine Braut über die Tanzfläche wirbelte. Das dachte Charly zumindest, bis sich eine warme Hand auf ihre Schulter legte.

»Hey, du bist einer der Ehrengäste«, sagte Mick. »Warum stehst hier draußen so allein herum?«

Charly drehte sich um. »Ich wollte nur ein bisschen Luft schnappen.«

»Das klingt wie eine häufig gebrauchte Ausrede aus einem schlechten Film.«

»Ich sehe niemals schlechte Filme.«

»Natürlich nicht.«

Mick schwieg und lächelte rührselig. Charly hatte ihn auf genügend vielen Partys erlebt und wusste, dass er jetzt in jenem Stadium war, in dem er ein wenig sentimental wurde und anfing, in seinem Seelenleben zu kramen oder in ihrem zu stochern. Normalerweise trank er dann so lange weiter, bis er seine übliche fröhliche Ausgelassenheit wieder erreichte, und ließ sich dann von ihr nach Hause fahren. Nur dass sie ihn in dieser Nacht nicht nach Hause fahren würde.

»Du solltest wieder reingehen«, riet sie ihm.

»Gleich. Erst muss ich dir danken. Dafür, dass du heute da warst. Ich hätte wirklich Angst gehabt, mich ohne dich in dieses Abenteuer zu stürzen. Aber jetzt, wo ich deinen Segen habe, weiß ich, dass alles gut wird. Danke.«

Bevor sie sich wehren konnte, packte er sie und drückte ihr einen nach Champagner schmeckenden Schmatz auf die Lippen. Dann wandte er sich um und verschwand.

Charly sah ihm nach, während sie sich unwillkürlich über den Mund wischte. Sie wünschte, sie könnte ebenfalls glauben, dass alles gut werden würde, doch sie schaffte es nicht. Von drinnen drangen Jubelrufe nach draußen, als Mick zurückkam, und eine Männerstimme brachte erneut einen Toast auf das glückliche Paar aus. Auch Charly hob ihr Glas zum Nachthimmel. Weder sie noch einer der anderen Gäste konnte ja ahnen, dass die heute geschlossene Ehe in einer Katastrophe enden würde.

Das dritte Opfer

Am Tag, nachdem die Tote im Aachener Stadtwald gefunden worden war, kam Charly zu spät zur Morgenbesprechung. Sie öffnete leise die Tür, um sich in den Besprechungsraum zu schmuggeln, der vollgepackt mit Kollegen war und vor professioneller Spannung geradezu zu vibrieren schien. Doch natürlich blieb sie nicht unentdeckt und erntete erstaunte Blicke von Kollegen, die sie im Urlaub wähnten. Sie nickten ihr grüßend zu, bevor sie sich wieder auf Frank konzentrierten, der gerade sagte:

»So viel zum Fall Bettina Kersthoff. Gibt es Fragen?«

Charly quetschte sich zur Kaffeemaschine durch und goss sich eine Tasse mit viel Milch ein, bevor sie sich neben Benny auf den letzten freien Stuhl setzte.

»Frank gibt gerade eine Zusammenfassung der früheren Fälle«, flüsterte er ihr unnötigerweise zu. Er wirkte aufgeregt und strotzte nur so vor jugendlicher Energie. Daneben kam Charly sich alt vor.

Ein Kollege, der genau wie Benny vor drei Jahren noch nicht dabei gewesen war, meldete sich zu Wort. »Gab es irgendwelche hilfreichen DNA-Spuren an der Leiche?«

Frank musste nicht überlegen. Charly fragte sich, ob er die ganze Nacht noch einmal die alten Fallakten gelesen hatte oder ob er die Details ohnehin im Kopf hatte. Vermutlich Letzteres, obwohl sein schmales Asketengesicht müde genug aussah für Ersteres. Charly empfand Mitgefühl für ihn. Für Frank war das hier genauso schwer wie für sie.

»Es gab DNA-Spuren auf der Kleidung der Toten, jede Menge sogar, doch sie waren leider nicht sehr hilfreich, weil es dafür eine harmlose Erklärung gab: Bettina Kersthoff hat bei ihrem Tod auf einer Turnmatte gelegen, die sowohl von den Improprinten als auch von anderen Nutzern des Raumes oft benutzt wurde. Die Matte war mit DNA geradezu verseucht.«

»Was ist mit der Kleidung der Verdächtigen?«

»Ebenfalls Fehlanzeige. Wir fanden zwar abgeschnittene Haare von Bettina Kersthoff an der Strickjacke von Miranda Zerbitzky, aber da sie die Tote gefunden hatte, besagt das nichts. Die Kleidung der anderen war sauber.«

»Und was ist mit Waschräumen und Toiletten? Könnte der Täter sich nach dem Mord dort gereinigt haben?«

»Möglich, obwohl er nicht viel Blut abbekommen haben dürfte. Das Gebäude hat zwei Toiletten, eine gemischte, öffentliche und eine für das Lehrpersonal. In der des Lehrpersonals fanden wir keine Spuren von Mitgliedern der Improprinten. Im Waschbecken der anderen Toilette fanden wir DNA von Miranda Zerbitzky und Alexa Danner. Aber da beide nach der Entdeckung der Leiche aus gutem Grund dort gewesen waren …«

»Und was war der Grund?«, fragte Benny eifrig. »Ich meine, war er wirklich gut oder vielleicht nur ein Vorwand?«

Franks Mundwinkel verzogen sich zu einem Schmunzeln angesichts von so viel Eifer. »Ich denke, er war gut. Miranda Zerbitzky musste sich übergeben, nachdem sie die Leiche gefunden hatte. Und Alexa Danner holte ein feuchtes Papiertuch, um die Reste dieser Aktion aus Mirandas Gesicht zu beseitigen.« Er blickte in die Runde. »Weitere Fragen?«

Ein Kollege fragte nach Alibis, ein anderer nach möglichen Motiven. Fragen und Antworten wurden wie Pingpongbälle hin- und hergeworfen. Charly trank ihren Kaffee und hörte zu. Obwohl es nicht notwendig war. Wie Frank hatte sie alle Details im Kopf. Zumindest jene der ersten beiden Ermittlungen. An den Ermittlungen zum dritten Opfer hatte sie nicht teilgenommen, denn sie hatte im Krankenhaus in Olbia gelegen. Auch jetzt hätte sie sich gern weit weggebeamt. In ein Krankenhaus am Ende der Welt, wo sie sich einbilden konnte, dass die Vergangenheit tatsächlich Vergangenheit war. Doch diese Wahl hatte sie nicht mehr.

Charly holte sich einen zweiten Kaffee. Fragen und Antworten wogten noch immer hin und her. Charly wunderte sich, dass Frank die Debatte nicht beendete, schließlich hatten sie viel Arbeit vor sich. Doch ein Blick in Franks schmales Gesicht verriet ihr den Grund: Frank wollte den Moment hinausschieben, in dem er vom dritten Opfer berichten musste.

Doch natürlich konnte er es nicht ewig hinauszögern. Als Charly sich wieder setzte, ergriff er wieder das Wort. »Nun, ich denke, wir beenden die Diskussion an dieser Stelle. Kommen wir zum dritten Todesfall. Er geschah eineinhalb Jahre nach dem zweiten, vor ziemlich genau drei Jahren.« Er räusperte sich. »Das dritte Opfer war ebenfalls weiblich, jünger als die ersten beiden, achtundzwanzig Jahre alt. Auch sie war ausgesprochen attraktiv. Sie kannte Chris Danner seit vielen Jahren, hatte während seiner Ehe eine Affäre mit ihm gehabt, dann jedoch mehrere Jahre kaum Kontakt zu ihm. Sie heiratete einen anderen, begegnete Danner jedoch etwa ein Jahr nach ihrer Hochzeit wieder und begann erneut eine Affäre mit ihm.«

Er räusperte sich erneut. »Die junge Frau starb an einem Sonntag im Oktober. Sie hatte mit Danner das Wochenende in einem Hotel in Bad Münstereifel verbracht. Ihrem Mann hatte sie erzählt, sie fahre mit einer Freundin dorthin. Wir gehen davon aus, dass sie gegen vier Uhr nachmittags nach Hause kam und kurz darauf getötet wurde. Ihr Mann fand sie etwa eineinhalb bis zwei Stunden später. Wie Bettina Kersthoff wurde auch das dritte Opfer mit einem Beil erschlagen. Anschließend wurden ihr mit einer Schere aus ihrer eigenen Küche die langen blonden Haare abgeschnitten.«

Frank räusperte sich zum dritten Mal. »Ihr Name war Katja Harting. Sie war die Ehefrau unseres früheren Kollegen Oberkommissar Michael Harting.«

Die Stille war absolut. Es war wie in einem Vakuum. Auch Charly erstarrte, obwohl sie gewusst hatte, was Frank sagen würde. Es war wie vor drei Jahren im Krankenhaus auf Sardinien, wohin Franks Frau mit der Nachricht von Katjas Tod geflogen war. Damals war für Charly zum zweiten Mal innerhalb weniger Tage die Welt zum Stillstand gekommen, und sie war fest überzeugt gewesen, dass niemand sie je wieder in Drehung versetzen würde.

Doch das Leben ging immer weiter, und diesmal war es Benny, der die Dinge in Bewegung setzte. Nach einer langen Pause sagte er leise, wie zu sich selbst: »Die Frau von Mad Mick.«

Es war weder eine Feststellung noch eine Frage, sondern irgendetwas dazwischen. Die Worte waren an niemanden im Besonderen gerichtet, doch sie beendeten die Stille. Wie von Marionettenfäden gezogen, drehten sich alle Köpfe zu Benny, und Frank sagte in scharfem Ton:

»Ich möchte das nie wieder hören.«

Benny wurde knallrot. »Wwwas?«, stotterte er.

»Diese idiotische Alliteration.«

Bennys Kopf schien kurz vor dem Platzen zu sein. Offensichtlich hatte er keine Ahnung, was er angestellt hatte. »Natürlich. Entschuldigung«, murmelte er. Er rutschte auf seinem Stuhl nach unten, schrumpfte förmlich und warf Charly einen hilfesuchenden Blick zu.

Doch sie reagierte nicht, sondern fragte sich, wo Benny den Namen aufgeschnappt haben mochte. Mad Mick – der verrückte Mick. Eigentlich gab es nur eine Person, die Benny den Spitznamen verraten haben konnte, doch diese war schon lange nicht mehr bei der Aachener Kripo.

Frank räusperte sich, und alle Köpfe wandten sich wieder ihm zu. »Wir sollten uns beeilen. Ich lasse die Einzelheiten zu den Fällen Nicole Danner, Bettina Kersthoff und Katja Harting zusammenstellen, dann könnt ihr alles nachlesen. Bevor wir uns der unbekannten Toten aus dem Wald zuwenden, möchte ich lediglich noch zwei Punkte ansprechen. Erstens: Für den Zeitraum, in dem Katja Harting starb, hat Doktor Danner ein Alibi. Wir können ihn in diesem Fall definitiv als Täter ausschließen. Zweitens: An dem Tag, an dem Katja Harting starb, gab es möglicherweise ein weiteres Opfer. Nellie Danner verschwand am Abend dieses Tages spurlos. Sie war damals dreizehn Jahre alt.«

Am Rande der Welt

Lilli Kettler stand in ihrem Schlafzimmer am Fenster, starrte in den Regen hinaus und sehnte sich nach Ruths Rückkehr. Sie hatte Angst. Die Angst hatte sie fest gepackt, seit es zum ersten Mal an der Haustür geläutet hatte.

Es war am vergangenen Nachmittag gewesen, wenige Stunden nachdem Ruth fortgefahren war. Während der Regen an die Fensterscheiben trommelte, hatte Lilli es sich mit Bertie im Wohnzimmer auf der Couch gemütlich gemacht. Während sie mit der rechten Hand über Berties zotteliges Fell strich, hielt sie in der linken Hand einen alten *Hanni-und-Nanni*-Band, den Ruth mit einer ganzen Kiste voller Bücher auf einem Flohmarkt erstanden hatte. Lilli wusste, dass es Ruth missfiel, wenn sie Mädchenbücher las, denn sie fand Lilli zu alt dafür. Doch Lilli suchte Trost in den Geschichten, die nie gruselig waren, die garantiert ein Happy End hatten und in denen keine Männer vorkamen. Und weil Ruth weg war, hatte sie Trost nötiger denn je.

Dabei war die erste Stunde nach Ruths Aufbruch nicht so schlimm gewesen, wie sie befürchtet hatte. Lilli hatte sich in die Hausarbeit gestürzt. Sie hatte das Geschirr vom Mittagessen abgewaschen und Staub gesaugt und war dann mit Bertie spazieren gegangen. Doch je weiter sie sich vom Haus entfernt hatte, desto unwohler hatte sie sich gefühlt. Eigentlich betrachtete Lilli den Wald als ihren Freund. Nach dem Jahr in Ruths Haus in Aachen, in dem sie aus Angst vor Entdeckung nur selten und nur kurz hinausgedurft hatte, genoss sie die Freiheit, die der Wald ihr bot, umso mehr. Doch an diesem Tag sehnte sie sich mit jedem Schritt, den sie hinein machte, in den Schutz des Hauses zurück. Obwohl es regnete und obwohl sie die Hauptwege mied und stattdessen Schleichpfade nahm, hatte sie Angst, anderen Menschen zu begegnen, sodass sie schließlich die gewohnte Runde abkürzte und mit Bertie zurücklief.

Zu Hause fühlte Lilli sich gleich besser, doch Geborgenheit fand sie erst, als sie in die Welt der Fantasie eintauchte. Sie hatte die Gabe, sich in Büchern völlig zu verlieren, eine Gabe, die sie schon oft im Leben gebraucht hatte.

Deshalb war ihr Schreck, als es klingelte, doppelt groß. Sie zuckte zusammen, und ihre Hand krallte sich unwillkürlich in Berties Fell. Der Hund winselte.

»Scht«, flüsterte Lilli erschrocken. »Er darf uns nicht hören.« Sie glaubte zu wissen, wer draußen vor der Tür stand. Außer dem ehemaligen Besitzer verirrte sich kein Mensch zu dem einsamen Haus am Rande des Ortes, am Rande der Eifel – gefühlt am Rande der Welt. Aus diesem Grund hatte Ruth das Haus schließlich gewählt.

Bertie verstummte, richtete sich auf den Vorderpfoten auf und wandte den Kopf zum Flur. Mit angehaltenem Atem lauschten beide, und Lillis Herz flatterte so aufgeregt in ihrem Brustkorb wie ein kleiner Vogel im Käfig. Sie spürte, wie die Panik in ihr hochkroch, und versuchte sich an Ruths Worte zu erinnern: *Atme tief ein und aus, und denk an etwas Schönes!*

Doch das war leichter gesagt als getan, denn das Schönste und Beste in Lillis Leben war Ruth. Und an Ruth zu denken, bedeutete, daran zu denken, dass diese jetzt nicht hier war. Dass sie allein war. Dennoch atmete Lilli tief ein und aus, und schließlich fiel ihr ein, sie könne sich ja vorstellen, wie der Vorbesitzer des Hauses wieder wegging. Wie er über das Gras vor dem Haus zum Tor ging, dann hindurch und die Waldstraße hinunter. Doch sosehr Lilli sich auch bemühte, die Angst malte ein anderes Bild vor ihr inneres Auge: wie der Mann durch das Küchenfenster spähte und dann ums Haus herumging. Im selben Moment glaubte Lilli, Schritte zu hören, und Bertie wandte ruckartig den Kopf nach rechts.

Die Panik schlug nun richtig zu, und mit ihr kam die Atemnot. Lilli hatte das Gefühl zu ersticken, und sie rang verzweifelt nach Luft. Sie musste hier weg. Wenn der Mann ums Haus herumkam, konnte er sie durch die Terrassentür sehen.

»Bertie, nach oben!«, piepste sie, schubste den Hund von der Couch und stürzte fast, als sie selbst aufsprang. Auf zittrigen Beinen lief sie in den Flur. Bertie folgte ihr zum Glück auf dem Fuß. Sie zog die Wohnzimmertür zu und eilte die Treppe hinauf, stockte jedoch, als der Hund zurückblieb.

»Bertie, komm!«, lockte sie verzweifelt.

Bertie setzte die linke Vorderpfote auf die unterste Treppenstufe, dann die rechte, dann hielt er inne.

»Bertie, komm, es ist okay«, flüsterte sie. »Du darfst ausnahmsweise mit nach oben.«

Doch der Hund schien ihr nicht zu glauben, und schließlich lief Lilli die Treppe wieder hinunter und zerrte an seinem Halsband. Jetzt kam er mit.

Erleichtert atmete Lilli auf, und die Panik lockerte ein wenig ihren Griff. Lilli führte Bertie in ihr Schlafzimmer, wo sie sich neben das Bett kauerte. Die Arme um den Hund geschlungen, lauschte sie, doch sie hörte nur ihren keuchenden Atem. Dann brach sie in Tränen aus.

Es dauerte lange, bis Lilli sich wieder beruhigte. Bertie schien zu merken, wie verstört sie war, legte sich neben sie und atmete so tief und ruhig, dass sich der Rhythmus irgendwann auf sie übertrug. Dennoch blieb Lilli im Schlafzimmer, bis der Hund unruhig wurde. Er hob den Kopf und richtete sich auf die Vorderbeine auf.

Liebevoll streichelte Lilli ihm über das Fell, das nass von ihren Tränen war. Bertie ließ sich das kurz gefallen, dann stellte er sich auf alle vier Beine und tappte zur Treppe.

»Nein, bleib hier!«, rief Lilli leise.

Er wandte den Kopf, sah sie aus seinen dunklen Augen an und kam schließlich zurück. Er stupste sie mehrfach an und tappte dann wieder zur Treppe. Er setzte eine Pfote auf die zweitoberste Stufe, und Lilli merkte, dass er dringend musste.

Sie schluckte, doch dann warf sie einen Blick auf die Uhr: nach sechs. Der Mann musste längst gegangen sein.

Sie schlich zum Schlafzimmerfenster, das nach vorn hinausging, und spähte vorsichtig hindurch. Es regnete nicht mehr. Niemand war zu sehen. Nur der Wald umgab das Haus.

Lilli zögerte immer noch, doch dann hörte sie Bertie an der Treppe winseln und wusste, dass sie keine Wahl hatte. Sie lief die Treppe hinunter und öffnete die Haustür einen Spaltbreit. Bertie schoss an ihr vorbei und verlor sich in den Schatten am Rande des Grundstücks. Lilli blieb an der Tür stehen, bereit, sie jederzeit zuzuwerfen, doch nichts geschah. Nach wenigen Minuten tauchte Bertie wieder auf, kam jedoch nicht herein, sondern blieb auf dem Gras vor dem Haus stehen.

Lilli rief ihn zu sich, doch er reagierte nicht.

»Nein, Bertie, wir können jetzt keinen Spaziergang machen. Erst wieder, wenn Ruth zurückkommt. Verstehst du das?«

Das schien der Fall zu sein, denn nach kurzem Zögern trottete der Hund zum Haus zurück. Lilli griff nach seinem Halsband, um ihn schneller hereinzuholen. Dann schloss sie die Tür hinter ihnen beiden. Sie ging in die Hocke und nahm seinen wuscheligen Kopf zärtlich in ihre schmalen Hände. »Braver Junge«, flüsterte sie. »Drinnen ist es doch viel schöner.«

Doch das ist eine Lüge, dachte Lilli jetzt in ihrem Schlafzimmer. Das Haus, das Ruth vor zwei Jahren mit so viel Bedacht ausgewählt hatte, hatte sich von einer Zuflucht in ein Gefängnis verwandelt.

Mad Mick

Frank unterbrach die Besprechung, stand auf und holte sich einen Kaffee. Irgendwie schmeckte der Polizeikaffee zwar nie, aber Frank hatte Kopfschmerzen und hoffte, das Koffein würde helfen.

Zurück an seinem Platz blätterte er in der Präsentation, die er vor Beginn der Morgenbesprechung vorbereitet hatte, eine Seite weiter. Er hatte seinen Mitarbeitern Fotos von Nicole Danner, Bettina Kersthoff und Katja Harting gezeigt. Jetzt warf der Beamer an die Wand hinter ihm ein Bild der unbekannten Toten, die der eigentliche Anlass für die Besprechung war. Jemand hatte sie die Waldfrau getauft. Der Name gefiel Frank nicht, für ihn klang er nach einer esoterischen Spinnerin. Aber irgendein Kollege hatte ihn gestern benutzt, andere hatten ihn wiederholt, und jetzt war es am einfachsten dabeizubleiben. Und irgendeinen Namen brauchten sie für die Tote, solange sie noch nicht identifiziert war.

»Kommen wir zur Waldfrau«, sagte Frank daher und fasste zusammen, wie und wo die Frau gefunden worden war. »Wie ich schon sagte, wissen wir noch nicht, wer sie ist, weil sie keinerlei Papiere bei sich hatte. Weder Personalausweis noch Führerschein, keine Handtasche, keine Geldbörse, gar nichts. Das Einzige, was bei ihr gefunden wurde, waren zwei Papiertaschentücher, eins in der Hosentasche, eins in der Jackentasche, und ein paar Hustenbonbons. Ein Abgleich mit der Vermisstenliste war bisher erfolglos. Die Unbekannte war etwa Mitte vierzig, 1,62 Meter groß und wog achtundvierzig Kilogramm. Sie hatte blaue Augen und schulterlange blonde Haare, teilweise bereits grau, nicht gefärbt. Sie war dünn, fast mager, und hatte eine leichte Kyphose, das ist ein leichter Buckel. Sie trug eine hellgraue Wollhose und eine weiße Bluse, beides nicht sonderlich modern, aber dennoch recht neu. Dazu eine schwarze Winterjacke und schwarze Halbschuhe mit silbernen Schnallen. Alle Sachen von guter Qualität, keine ausgesprochenen Luxusartikel, aber auch nicht billig. Die Jacke ist von Schöffel.«

Dies hatte Frank gewundert, denn die Waldfrau hatte auf den ersten Blick einen ärmlichen Eindruck auf ihn gemacht. Offensichtlich stimmte das nicht. Die Frau hatte genug Geld gehabt, um Wert auf Qualität und Funktionalität legen zu können. Nur ihrem Aussehen schien sie wenig Aufmerksamkeit geschenkt zu haben.

»Doktor Arrosi wird heute Mittag in Köln die Obduktion durchführen«, fuhr Frank fort. »Bisher vermutet sie Folgendes: Die Waldfrau starb gestern Nachmittag zwischen drei und sechs Uhr. Tatwaffe war vermutlich wieder eine Axt oder ein Beil. Die Waldfrau wurde von drei Hieben im Nackenbereich getroffen. Den ersten Hieb erhielt sie vermutlich auf dem Waldweg, dort haben wir Blut gefunden. Dann hat der Täter sie einige Meter in den Wald hineingeschleift, ihr die Haare abgeschnitten und ihr zwei weitere Hiebe versetzt. Die Haare wurden vermutlich mit einer Schere abgeschnitten. Weder die Tatwaffe noch die Schere wurden gefunden. Das ist alles, was wir bisher wissen.«

Frank schwieg einen Moment und sah in die Runde.

um seinen Mitarbeitern Gelegenheit zu Fragen zu geben. Doch alle sahen ihn mit gespannter Aufmerksamkeit an.

»Priorität hat die Identifizierung der Frau, allerdings können wir in dieser Hinsicht momentan wenig tun. Beschreibung und Fotos wurden an alle Polizeidienststellen gemailt. Mehr möchte ich zunächst nicht unternehmen. Ich gehe davon aus, dass sich bald ein Angehöriger meldet, der sie vermisst.« Das war zumindest der Normalfall bei unbekannten Toten mit festem Wohnsitz. Und dass die Waldfrau nicht obdachlos gewesen war, stand außer Frage.

»Nun zu dem, was wir tun können. Als ich gestern Abend die Leiche sah, war ich sicher, dass die Waldfrau das vierte Opfer in der Serie ist, von der ich vorhin berichtet habe. Das vierte Opfer des sogenannten Axtmörders.« Auch ein Name, der Frank nicht gefiel. »Indizien dafür: die Tatwaffe und die abgeschnittenen Haare, ein Detail, das wir bei den früheren Morden geheim halten konnten. Das heißt, es wurde nie in der Presse darüber berichtet. Aber natürlich ist ein solcher Zusammenhang noch längst nicht bewiesen. Daher möchte ich, dass die meisten von euch dieses Tötungsdelikt zunächst als Einzelfall behandeln. Wir fahren das normale Programm. Ich möchte eine Haus-zu-Haus-Befragung in der Straße, die zum Wald führt. Ich will alles wissen, was die Anwohner gestern gesehen haben. Nicht nur am Nachmittag, sondern den ganzen Tag über. Ich will von jedem wissen, der gestern durch diese Straße gekommen ist, ob zu Fuß, mit dem Fahrrad oder im Auto. Wir wissen nicht, wie die Waldfrau und ihr Mörder zum Wald gekommen sind, gemeinsam oder getrennt, zu Fuß oder auf Rädern.

Als wir gestern zum Tatort kamen, stand kein Pkw auf dem Parkplatz. Das spricht dafür, dass die beiden nicht in getrennten Wagen kamen. Es sei denn, der Mörder ist noch einmal zurückgekommen und hat das Auto seines Opfers weggeschafft.«

Frank nahm einen Schluck von seinem Kaffee. »Und ich möchte einen Posten auf dem Waldparkplatz aufstellen, der jeden befragt, der dort vorbeikommt. Wir brauchen Menschen, die regelmäßig dort spazieren gehen und denen vielleicht etwas aufgefallen ist. Also, wie gesagt, das normale Programm. Zusätzlich möchte ich aber, dass ihr alle die bisherigen Todesfälle und insbesondere die darin verstrickten Personen im Hinterkopf behaltet. Also die Danners, die Zerbitzkys und Hans Löhrmann. Ich möchte, dass ihr bei allen euren Aktivitäten gleichzeitig untersucht, ob es mögliche Verbindungen zu diesen Personen oder allgemein zu den alten Mordfällen gibt. Ich möchte, dass die Fotos dieser Personen bei der Haus-zu-Haus-Befragung und auch sonst allen gezeigt werden, die sich gestern in der Nähe des Waldes aufhielten. Klar so weit? Fragen?«

Alle nickten erst und schüttelten dann die Köpfe, und Frank teilte seine Mitarbeiter ein. »Das sind alle bis auf Charly und Benny. Ihr beide geht die Sache bitte von der anderen Seite an. Ihr überprüft die Danners, Löhrmann und die Zerbitzkys. Sprecht mit ihnen, findet heraus, wo sie gestern waren. Zeigt ihnen das Foto der Waldfrau, vielleicht verrät uns ja einer von ihnen, wer sie ist. Und Benny, ich hätte gern, dass du noch mal die alten Fallakten studierst. Das gilt für alle, aber besonders für jene, die bei den früheren Ermittlungen nicht dabei waren. Steckt eure Nasen in die alten Akten und teilt mir alles – ich wiederhole: alles – mit, was euch auffällt. Das war's.«

Er musste es nicht zweimal sagen. Die Beamten sprangen auf und strömten aus dem Raum. Vor allem die jüngeren waren vom Jagdfieber gepackt – und einige ältere offensichtlich von einer Mischung aus Hoffnung und Sorge. Hoffnung, endlich die alten Todesfälle aufzuklären und so diese Schandflecke von der ansonsten makellosen Bilanz der MK2 zu tilgen. Sorge, dass es ihnen erneut nicht gelingen würde. Frank ging es ebenso, genau wie seinem Chef Wolfgang Mikat, dem Leiter des KK11. Als der morgens erfahren hatte, dass Frank den Fall der Waldfrau übernommen hatte, war er nicht begeistert gewesen.

»Du weißt, wie sehr ich deine Arbeit schätze, Frank. Aber meiner Meinung nach ist es an der Zeit, dass ein anderes Team mal einen frischen Blick auf die ganze Axtmörder-Sache wirft. Wenn es tatsächlich ein viertes Opfer gibt, wäre jetzt vielleicht die Gelegenheit …«

Frank hatte sofort und mit Nachdruck widersprochen. »Aber niemand kennt die alten Fälle so gut wie wir. Jede andere Mordkommission müsste sich erst mühsam einarbeiten. Außerdem ist mein Team nicht mehr dasselbe wie früher. Ich habe neue Mitarbeiter mit frischem Blick, wie du es nennst. Ich bin sicher, diese Mischung aus neuen Mitarbeitern und denen, die die alten Fälle ganz oder teilweise kennen, ist ideal.«

Dieses Argument hatte Wolfgang Mikat schließlich überzeugt, zusammen mit dem Hinweis, dass schon der Mord an Katja Harting nicht von der MK2 untersucht worden war. Auch nicht von der MK1 oder der MK3. Die Federführung hatte bei einem ehemaligen Leiter der

MK1 gelegen, der seinerzeit im Leitungsstab des Polizeipräsidiums gearbeitet hatte und mittlerweile pensioniert war. Wolfgang Mikat und dessen Vorgesetzte hatten sich einen Ermittler gewünscht, der Mick nicht persönlich kannte – in einem solchen Fall ein übliches Vorgehen. Doch auch der Mann aus dem Leitungsstab und sein Team hatten Katjas Tod nicht aufklären können – genauso wie das KK12, zuständig für Vermisstenfälle, parallel Nellie Danners Verschwinden nicht hatte aufklären können. Dieses Verschwinden empfand Frank oft als noch rätselhafter als die Morde an den drei Frauen. Er war überzeugt, dass alle vier Ereignisse zusammenhingen, doch wie?

Es war ein Rätsel, das Frank seit drei Jahren den Schlaf raubte. Und es war ein Rätsel, das zu einer falschen Lösung einlud. Aus Angst vor dieser falschen Lösung wollte Frank die Ermittlungen zum Tod der Waldfrau unbedingt selbst leiten. Und deshalb ignorierte er den Zweifel, der irgendwo in seinem Hinterkopf bohrte, weil er schon zweimal gescheitert war. Bei Nicole Danner und bei Bettina Kersthoff.

Besonders das zweite Scheitern hatte an Franks Selbstbewusstsein und dem seines Teams genagt. Dieser Mord hatte ihnen maximal fünf Verdächtige beschert. Es hätte ihnen gelingen müssen, den Täter eindeutig zu identifizieren. Doch keins der Szenarien, die sie durchgespielt hatten, hatte den Staatsanwalt zu überzeugen vermocht. Und dann hatte der dritte Mord das plausibelste dieser Szenarien auch noch zerstört: Chris Danner hatte ein felsenfestes Alibi für Katja Hartings Tod. Wenn man davon ausging, dass Nicole, Bettina und Katja demselben Täter zum Opfer gefallen waren, dann konnte dieser Täter nicht Chris Danner heißen. Aber wie hieß er dann? Frank hatte nicht einmal eine Vermutung. Eigentlich hätten die Ermittlungen mit jedem weiteren Todesfall einfacher werden müssen, doch das Gegenteil war geschehen.

Daher Franks Zweifel. War es ein Fehler gewesen, den Fall selbst zu übernehmen? Und war seine Reaktion am Abend zuvor übertrieben gewesen? Hätte er Charly nicht aus dem Urlaub holen sollen? Nun, zumindest war seine Reaktion weit von seiner üblichen gelassenen, analytischen Vorgehensweise entfernt gewesen. Und eins war klar: Wenn er das nicht in den Griff bekam, würden sie den Axtmörder nie fassen, und er würde nie seinen inneren Frieden wiederfinden, den er an jenem Herbstabend vor drei Jahren verloren hatte.

Eine Nachbarin hatte die Polizei gerufen, weil sie Schreie aus Micks Haus gehört hatte. »Ein unheimliches Heulen«, so hatte sie sich ausgedrückt. Eine Beamtin vom KDD war zur angegebenen Adresse gefahren und hatte sofort Frank angerufen, der innerhalb weniger Minuten eintraf.

»Wir wissen nicht, was wir tun sollen«, begrüßte die Beamtin ihn mit Tränen in den Augen. »Mick weigert sich, sie loszulassen. Du musst mit ihm reden, Frank.« Sie war eine robuste Frau in den Fünfzigern, über die die Kollegen scherzten, dass sie vermutlich an einem unsichtbaren Valiumtropf hing. Anders seien ihre Ruhe und ihre Gelassenheit auch an den grässlichsten Tatorten nicht zu erklären. Doch diesmal war sie sichtlich aufgelöst.

»Die Tote ist wirklich Katja?«

»Ich weiß es nicht. Ich kenne sie nicht persönlich, und

er spricht nicht mit mir. Er … er macht nur dieses Geräusch. Du hörst es ja selbst.«

Frank nickte. Es war tatsächlich ein unheimliches Geräusch. Es klang wie das Heulen eines verletzten Tieres. Am unheimlichsten war, dass es nicht an- und abschwoll, sondern stets auf derselben durchdringenden Tonhöhe blieb.

»Gut, ich gehe zu ihm.« Frank näherte sich der Wohnzimmertür, doch die Beamtin hielt ihn zurück.

»Willst du keinen Schutzanzug überziehen?«

Frank drehte sich wieder um. Natürlich, dachte er, dies ist ein Tatort. Doch der Gedanke kam ihm völlig surreal vor. Schließlich war er schon einige Male hier gewesen. In diesem Flur, in dem er jetzt stand, hatten Katja und Mick Bea und ihn schon mehrmals begrüßt. Katja, die jetzt angeblich tot war, und Mick …

Frank schlüpfte in einen Schutzanzug und öffnete die Tür zum Wohnzimmer. Das Geheul wurde lauter. Frank betrat den großen Raum, den Katja mit ihrem stilsicheren und Mick mit seinem exzentrischen Geschmack gemeinsam eingerichtet hatten, und sein Herz stolperte, als er den Mann sah.

Im ersten Moment erkannte Frank Mick nicht. Für einen kurzen Moment, für den er sich später zutiefst schämte, hatte er das Gefühl, etwas Unmenschliches vor sich zu sehen. Oder eine Szene aus einem Film. *Die Schöne und das Biest* oder *King Kong und die weiße Frau*. Es war das Geheul, sagte er sich später. Die tierischen Klagelaute, die alles unwirklich machten, die nicht nur aus Micks Mund zu drängen schienen, sondern aus jeder Pore seines Körpers. Mick kniete auf dem Boden. Er hatte Katja – es war Katja, das erkannte Frank sofort –

halb auf seinen Schoß gezogen und hielt sie eng umschlungen. Er hielt den Kopf gesenkt, seine linke Wange lag auf ihrer Stirn, sodass seine hellbraunen Locken über ihren Kopf fielen. Er zitterte am ganzen Körper, als hätte ihn eine riesige, grausame Hand gepackt und schüttelte ihn.

Frank stand ganz still da, gelähmt vom Chaos in seinem Kopf und in seinem Herzen. Tränen stiegen ihm in die Augen, und das Bild vor ihm verschwamm. Später dachte er, dass es nicht Schock oder Trauer gewesen war, sondern ein Schutzmechanismus seines Körpers, der ihn vor der Realität bewahren wollte. Auch als sein Blick wieder klar wurde, wirkte der Mechanismus weiter, verhinderte, dass Frank die Wunden sah, das Blut. Stattdessen sprangen banale Details in zusammenhangsloser Reihenfolge in sein Gehirn: Die Tatsache, dass Katja noch ihre Straßenschuhe trug. Die Tatsache, dass das linke Hosenbein ihrer Jeans hochgerutscht war und ein Tattoo knapp über ihrem Knöchel zeigte. Die Tatsache, dass Katjas Haare bis zum Hintern reichten.

Doch dann merkte Frank, dass das ja gar nicht stimmte. So lang waren Katjas Haare nicht gewesen. Aber wieso lagen dann Strähnen auf ihren Hüften? Auf ihren Beinen? Auf dem Boden neben ihr? Auf Micks Armen?

Franks Herz stolperte ein zweites Mal. Und dann ein drittes Mal, als Mick plötzlich aufblickte. Seine Augen waren blutunterlaufen und der Ausdruck darin so voll schmerzlicher Schuld, dass es Frank tagelang Albträume bescherte.

Frank verließ den Besprechungsraum und ging zum Waschraum. Ein Blick in den Spiegel verriet ihm, dass er nicht jünger aussah als am Tag zuvor. Im Gegenteil. Sein ohnehin hageres Gesicht wirkte eingefallen und sein kurz geschorener silbriger Haarkranz matt. Vor drei Jahren hatte er noch mehr Haare gehabt, und einige waren tatsächlich noch rot statt grau gewesen. Das hatte sich nicht über Nacht geändert, doch innerhalb weniger Wochen nach Katjas Tod.

Frank hatte damals eine kleine Ewigkeit gebraucht, um Mick zu überreden, seine tote Frau loszulassen. Dann hatte er ihn zu sich nach Hause gefahren. An den Tatort war Frank nicht zurückgekehrt. Er wusste, dass man den Fall nicht der MK2 übertragen würde. Genauso wusste er, dass Mick ihn in den nächsten Wochen nicht als Ermittler, sondern als Freund brauchen würde.

Während Frank in sein Büro ging, fragte er sich, ob er dieser Rolle gerecht geworden war. Er hatte alles ihm Mögliche getan, um Mick zu helfen. Seinen Mitarbeitern erklärte er stets, dass niemand mehr von einem Menschen verlangen könne. Doch natürlich verlangte er mehr von sich selbst, und deshalb konnte er sich nicht verzeihen, dass er gescheitert war. Er hatte es nicht geschafft, Mick zu beschützen. Aus Mad Mick, den sie liebevoll so nannten, weil er voller verrückter, aber harmloser Ideen steckte, war Mad Mick geworden, den Kollegen hinter vorgehaltener Hand tatsächlich für verrückt hielten. Für verrückt im Sinne von gefährlich.

Das Klingeln des Telefons auf seinem Schreibtisch riss Frank in die Gegenwart zurück. Zu seiner Überraschung war es seine Frau. Normalerweise war Bea der Ansicht, dass Arbeitszeit kostbar und zum Arbeiten da sei, nicht für private Telefongespräche. Zumindest ihre Arbeitszeit, in der sie eine der Stadtteilbibliotheken leitete.

»Hallo, Liebling, was verschafft mir die Ehre?«

»Deine Schusseligkeit«, erwiderte Bea ohne sonstige Präambel. »Du hast heute Morgen die Einkaufsliste vergessen. Wenn du glaubst, dass ich heute Abend auf frische Pilze verzichte, nur weil du einen Mörder suchst, hast du dich geirrt. Erst wollte ich einen Boten beauftragen, sie dir zu bringen, die Liste, meine ich. Aber dann dachte ich, das Geld spare ich lieber und bestelle stattdessen eine Flasche von diesem extrem süffigen, extrem teuren Barolo, den du neulich angeschleppt hast.«

Der Nebel aus unerfreulichen Gedanken, der Frank eben noch umgeben hatte, lichtete sich. Bea hatte auch ein Dreivierteljahr vor ihrer Silberhochzeit noch diese Wirkung auf ihn. »Das klingt in diesen Krisenzeiten nach einer weisen ökonomischen Entscheidung«, erwiderte er ernst.

Bea lachte. »Da du die Krisenzeiten erwähnst – bring noch eine zweite Flasche mit. Wenn der Euro bald nichts mehr wert ist, dann haben wir wenigstens flüssiges Gold.«

»Ich dachte immer, damit ist Erdöl gemeint.«

»Tatsächlich? Na, damit möchte ich mir die Lage nicht schöntrinken. Apropos Lage: Wie ist sie denn bei dir?«

Frank lächelte. Er wusste, dass diese Frage der wahre Grund für Beas Anruf war. Als er letzte Nacht nach Hause gekommen war, hatte er Bea geweckt und ihr alles erzählt – so hatte sie es auf dem Zettel ausdrücklich verlangt, den sie ihm vor dem Schlafengehen hingelegt hatte. Und da nur starke Männer sich Beas Wünschen widersetzten und da er sich letzte Nacht nicht stark gefühlt hatte, war er dem Befehl gefolgt. Das Ergebnis war, dass Bea sich Sorgen um ihn machte, wozu sie ohnehin neigte, seit er vor einem halben Jahr einen leichten Herzinfarkt erlitten hatte.

»Unverändert, wie erwartet. Über Nacht sind keine neuen Informationen hinzugekommen.«

»Und was werdet ihr tun?«

Frank konnte und wollte den Fall nicht am Telefon besprechen. »Das Übliche.«

»Das heißt, du schickst deine Schergen los, und die belästigen alle, die gestern im Stadtwald waren, so lange mit ihren Fragen, bis einer gesteht, nur um endlich Ruhe zu haben?«

»So ungefähr.«

»Und du hockst unterdessen an deinem Schreibtisch wie die Spinne im Netz und wartest entspannt auf das Ergebnis? Während deine Untergebenen rackern, deine Vorgesetzten keinen Druck machen und die Presse deinen Kopf nicht auf einem mit Balsamicocreme garnierten Silbertablett fordert, weil sie gar nicht mitkriegt, dass es einen Zusammenhang mit einer alten Reihe ungeklärter Morde gibt?«

Frank schmunzelte über dieses unrealistische Szenario. »Das klingt genau nach meiner Arbeitsplatzbeschreibung. Abgesehen davon, dass es nur ein möglicher Zusammenhang ist.«

»Ich bezweifle, dass neunzig Prozent der Journalisten diesen Unterschied kennen«, brummte Bea. »Aber das klingt, als hättest du plötzlich Zweifel. Heute Nacht warst du dir noch sicher.«

Frank starrte auf die ordentlich aufgeschichteten Aktenstapel auf seinem Schreibtisch, Zeugnis chronischer Arbeitsüberlastung der Kripo. Die ehrliche Antwort wäre, dass er sich in diesem Fall und bei den früheren

Fällen des Axtmörders bei wenigen Dingen sicher war. Doch er wollte diese Unsicherheiten nicht aussprechen, um ihnen nicht noch mehr Gewicht zu verleihen. Dann aber fiel ihm etwas anderes ein, das ihn irritierte und das er mit keinem Kollegen besprechen konnte.

»Benny hat Mick heute Mad Mick genannt.«

Ausnahmsweise verstand Bea nicht sofort. »Na und?«

»Du weißt genau, dass ich meinen Leuten untersagt habe, diesen Namen in den Mund zu nehmen.«

»Aber das war vor drei Jahren. Benny kann es nicht wissen.«

»Derjenige, der es ihm gesagt hat, hätte es wissen müssen«, sagte Frank scharf.

Endlich verstand Bea. »Du glaubst, deine Mitarbeiter seien illoyal? Das kann ich mir nicht vorstellen.«

»Aber wieso hat dann jemand Benny von Mad Mick erzählt, kaum dass wir die Ermittlungen wieder aufgenommen haben?«

»Womöglich war es ganz anders. Vielleicht ist es auch schon länger her. Du weißt doch, wie klatschsüchtig deine Kollegen manchmal sind. Vermutlich war alles ganz harmlos. Während sie mal in der Kantine saßen, kam Benny mit seinen Kollegen ins Reden, und irgendjemand erzählte ihm von Mick. Es gibt doch weiß Gott genug Anekdoten über ihn. Nach dem Motto: ›Ob du's glaubst oder nicht, wir hatten mal einen Kollegen, der brachte der scharfen Brünetten hinter der Theke eine Woche lang jeden Tag einen Strauß rote Rosen mit, bis sie endlich mit ihm ausging. Und nach der ganzen Mühe ließ er sie noch vor dem Dessert sitzen, weil sie eine abfällige Bemerkung über Schwule machte. Und ein anderes Mal tanzte der Typ nackt auf der Kühlerhaube des neuen

Dienstwagens, weil er eine Wette verloren hatte.‹ Oder Simon hat es ihm erzählt.«

»Simon ist seit zwei Jahren nicht mehr hier.«

»Na und? Sie könnten sich bei einem Lehrgang getroffen haben. Simon unterrichtet doch inzwischen in eurem Bildungszentrum in Neuss. Vielleicht war Benny einer seiner Schüler.«

Das war tatsächlich eine Möglichkeit, an die Frank nicht gedacht hatte, und allein der Gedanke war eine Erleichterung. Kriminalhauptkommissar Simon Haffner war schon bei der MK2 gewesen, bevor Frank deren Leitung übernommen hatte. Simon hatte sich auch darum beworben und nie ganz verwunden, dass Frank ihn ausgestochen hatte. Und Simon hatte Mick immer gehasst – aus einer ganzen Reihe teils lächerlicher, teils verständlicher Gründe.

»Ich werde Benny fragen. Und jetzt muss ich weiterarbeiten. Ich danke dir für deinen Anruf.«

»Erst lese ich dir die Einkaufsliste vor.«

»Ich glaube, ich habe sie im Kopf. Allerdings fürchte ich …«

»… dass du es nicht schaffen wirst? Dachte ich's mir doch. Aber wenn ich einkaufen gehe, schuldest du mir etwas.«

»Natürlich.«

Bea lachte leise. »Na gut.« Dann sagte sie ernst: »Ruf mich an, wenn irgendetwas Besonderes passiert, ja? Und gib auf dein Herz acht, Frank.«

»Natürlich. Aber du weißt doch, was Doktor Hansa gesagt hat. Meine Werte sind wieder tipptopp. Du musst dir keine Sorgen machen. Bis heute Abend.« Frank legte auf.

In ihrem Büro in der Bücherei tat Bea nicht dasselbe. Sie hielt den Telefonhörer ans Ohr und lauschte der Stille. Dann sagte sie laut: »Ich mache mir keine Sorgen um deine Werte. Ich mache mir Sorgen, dass jemand dein Herz bricht.« Denn im Gegensatz zu ihrem Mann glaubte sie, dass Mick Harting verrückt genug für alles war.

Zum gleichen Zeitpunkt, als Bea und Frank über Mad Mick sprachen, taten es auch Benny und Charly.

Sie waren auf dem Weg zur Praxis von Dr. Chris Danner. Benny fuhr. Er war hocherfreut über die Aufgabe, zusammen mit Charly die ehemaligen Improprinten vernehmen zu dürfen. Zum einen, weil die Aufgabe wichtig war, zum anderen, weil er die Gelegenheit nutzen wollte, Charly all die Fragen zu stellen, die durch seinen Kopf schwirrten.

Doch Charly kam ihm zuvor. »Wer hat dir von Mad Mick erzählt?«, fragte sie, kaum dass Benny die Scheibenwischer eingeschaltet und den Dienstwagen vom Parkplatz des Polizeipräsidiums gefahren hatte.

Bennys erster Impuls war, eine Erinnerungslücke vorzutäuschen. Er hatte sich selten so dämlich gefühlt wie vorhin im Besprechungsraum, als Frank ihn angefahren hatte. »Ich habe den Namen mal irgendwo aufgeschnappt«, erwiderte er vorsichtig. »War wohl kein so guter Einfall, ihn zu wiederholen.«

»Zumindest nicht in Franks Hörweite«, bestätigte Charly. »Wo ist irgendwo? Hier im Präsidium?«

Benny zögerte. »Nein, in Neuss beim Lehrgang zur Todesermittlung. Einer der Schulungsleiter erwähnte ihn, als ich sagte, dass ich nach Aachen gehe.«

»Lass mich raten: Simon Haffner?«

»Kennst du ihn?«

»Er war mal in unserem Team, hat sich aber vor zwei Jahren wegbeworben.« Sie schien darüber nicht traurig zu sein. »Was hat er dir über Mick erzählt?«

»Nicht viel«, erwiderte Benny ausweichend. Er war hin- und hergerissen. Einerseits wollte er nicht wieder ins Fettnäpfchen treten, andererseits wollte er gern mehr über diesen geheimnisumwitterten Mick erfahren.

»Aber genug, dass du den Spitznamen richtig zuordnen konntest. Nun sag schon, ich kann den Absender vom Überbringer der Nachricht unterscheiden.«

Das klang, als erwartete Charly nichts Positives von Simon Haffner. Und da hatte sie recht. Benny erinnerte sich tatsächlich noch an den Wortlaut, weil er ihn damals tief beeindruckt hatte. Simon Haffner hatte ihn angesprochen, als sie abends in geselliger Runde zusammensaßen.

»Wenn Sie in Aachen bei der MK2 landen, dann gebe ich Ihnen einen Karrieretipp: Sagen Sie niemals ein negatives Wort über Mad Mick. Beim leisesten Hauch von Kritik haben Sie bei Frank Quirin und dem ganzen Team verschissen.«

»Wer ist Mad Mick?«, hatte Benny konsterniert gefragt, weil das Wort *verschissen* nicht zum Vokabular von Hauptkommissar Haffner zu passen schien, den Benny tagsüber als hervorragenden, wenn auch etwas fanatischen Lehrer kennengelernt hatte.

»Das hängt davon ab, wen Sie fragen. Wenn Sie mich fragen, ist er der gefährlichste Bulle, den die Aachener Kripo je eingestellt hat, ein Mann, den jede geschlossene Psychiatrie im Land mit Kusshand nähme. Mad Mick ist völlig durchgeknallt. Er hat Zeugen eingeschüchtert und

Verdächtige verprügelt. Es gibt keine einzige Regel, die er nicht gebrochen hat.«

»Wie kann so jemand Polizist sein?«, hatte Benny entsetzt gefragt.

»Kein Problem, wenn alle inklusive seinem Chef ihn decken. Frank Quirin hat sich eingebildet, er hätte Mad Mick aus der Gosse gezogen und aus ihm Kriminaloberkommissar Michael Harting gemacht. In Wahrheit hat Mad Mick Frank und das ganze Team in seine Gosse hinabgezogen. Ach, ist doch wahr.« Der letzte Satz hatte einem Kollegen gegolten, der Haffner einen warnenden Blick zugeworfen hatte. Dann hatte Haffner sein Bier mit Schuss geleert und war hinausgewankt.

Das war vor einigen Monaten gewesen. Benny hatte sich tatsächlich Sorgen gemacht, als er erfuhr, dass er bei der MK2 landen würde. Zwar hatte Franks Führungsstil die Sorgen bald zerstreut, dennoch hatte Benny in der Gerüchteküche des Polizeipräsidiums eifrig nach weiteren Häppchen zum Thema Mad Mick gesucht. Doch Verwertbares war nicht abgefallen. Sobald das Thema auf ihn kam, klappten Bennys Kollegen ihre Münder zu wie Austern.

Jetzt wiederholte er, was Hauptkommissar Haffner gesagt hatte.

Charly schien sich an der heftigen Wortwahl nicht zu stören. »Schön zu wissen, dass Simon nichts von seiner Objektivität eingebüßt hat«, kommentierte sie.

»Aber stimmt denn, was er gesagt hat?« Benny warf Charly einen kurzen Blick zu.

Sie wandte ihm ihr Gesicht zu. »Kannst du dir vorstellen, dass Frank seine Hand über so jemanden halten würde, wie Simon ihn beschrieben hat?«

»Aber warum hat Haffner es dann behauptet?«

Charly starrte durch die Frontscheibe. »Weil er Mick hasst.«

Benny hätte gern nach den Gründen gefragt, hatte jedoch nicht den Eindruck, dass Charly das näher ausführen würde. »Und was macht Mick jetzt? Ist er noch bei der Polizei?«

»Nein«, antwortete sie knapp.

»Warum nicht?«

»Er hat gekündigt. Ich glaube, wir sind da.«

Charly öffnete ihren Sicherheitsgurt und stieg eilig aus dem Wagen. Sie war froh, Bennys bohrenden Fragen zu entkommen. »Okay, kurze Besprechung, wie wir vorgehen. Was dagegen, wenn ich mit den Fragen anfange?«

Er schüttelte den Kopf, und sie besprachen sich kurz. Doch sie hätten sich die Mühe sparen können, denn Dr. Danner war nicht in der Praxis.

»Er teilt sich die Praxis mittlerweile mit einem Kollegen und arbeitet nur noch von Dienstag bis Donnerstag«, erklärte die brünette Arzthelferin. Charly erinnerte sich an sie. Sie hatte mit ihr nach Bettinas Tod geredet, um Danners Angaben so weit wie möglich zu überprüfen.

»Wissen Sie, wo wir ihn finden können?«, fragte Charly und lehnte sich an den Tresen. »Wir müssen wirklich dringend mit ihm reden.«

Die Arzthelferin schüttelte den Kopf. Dann riss sie plötzlich die Augen auf. »Oh mein Gott, ist es wegen Nellie? Haben Sie Nellie gefunden? Oh mein Gott, ist sie tot?«

Charly beeilte sich, ihr zu versichern, dass es nicht

um Nellie ging. Dann verabschiedete sie sich und dirigierte Benny als Nächstes in Richtung Hangeweiher, wo Dr. Danner in einer baumbestandenen Nebenstraße wohnte.

Doch auch hier hatten sie Pech. Sie klingelten dreimal, doch niemand öffnete. Schließlich ging Charly zur Garage, die nach vorn versetzt neben dem Haus stand, um nachzusehen, ob Danners Auto darin war. Aber die Garage war abgeschlossen, und ein Fenster hatte sie nicht.

Auf dem Weg zurück zum Dienstwagen bemerkte Charly, dass sie und Benny beobachtet wurden. Auf dem Nachbargrundstück war ein älterer Herr mit dünnen schlohweißen Haaren erschienen. Nur mit einem karierten Hemd, einer ausgebeulten Cordhose und Hausschuhen bekleidet, stand er im Nieselregen und spähte mit offener Neugier zu ihnen herüber.

Charly trat an den Zaun. »Guten Morgen, Herr Selten«, sagte sie freundlich. »Erinnern Sie sich an mich? Ich bin bei der Kriminalpolizei. Mein Name ist Charlotte Rumor, wir haben uns vor einigen Jahren mal unterhalten.«

Es war nach Nicole Danners Tod gewesen. Charly und Mick hatten mit den Nachbarn geredet, um Informationen über die Danners zu sammeln. Die Aussagen über Chris Danner waren überwiegend positiv gewesen: sein Engagement, seine Freundlichkeit, seine allgemeine Beliebtheit. Dagegen war über Nicole viel Negatives berichtet worden: ihre wechselnden Männer, ihre aufreizende Kleidung, ihre Bierflaschen auf der Terrasse bereits am Nachmittag. Fritz Selten war die Ausnahme gewesen. Er hatte Nicole gemocht und ihren Tod bedauert – zumindest so lange, bis seine Tochter hinzugekommen war, die

die Mehrheitsmeinung vertrat und das auch von ihrem Vater erwartete.

»Wir suchen Doktor Danner«, fuhr Charly fort. »Können Sie uns sagen, wo er ist?«

Fritz Selten trat einen Schritt näher. Sein Blick glitt suchend über Charlys Gesicht, dann trat ein Leuchten in seine trüben Augen. »Oh ja. Ich erinnere mich an Sie. Wir haben auf der Terrasse gesessen, nicht wahr? Sie haben mich zusammen mit Ihrem Kollegen besucht. Er trug eine bunte Weste. Es war ziemlich heiß, und wir haben Zitronenlimonade getrunken.«

Charly war verblüfft, dass der alte Herr sich an diese Einzelheiten erinnerte.

Er lächelte sie mit seinen ausgesprochen künstlich wirkenden Dritten an. »Wollen Sie nicht hereinkommen?«

Charly schüttelte den Kopf. »Dafür haben wir leider keine Zeit. Wir suchen Doktor Danner. Wissen Sie, wo er sein könnte?«

Er sah sich suchend um, als könnte der Kinderarzt sich hinter einem der Rosenbüsche versteckt haben. Dann erhellte sich sein Gesicht. »Wahrscheinlich ist er in seiner Praxis.«

»Da waren wir bereits. Doktor Danner hat heute frei.«

Er schüttelte den Kopf. »Dann kann ich Ihnen leider nicht helfen.« Er sah so enttäuscht aus, dass Charly sagte:

»Es macht gar nichts, wir werden ihn schon auftreiben. Aber vielleicht wissen Sie, wo wir Alexa finden?«

Erneutes Kopfschütteln. »Sie wohnt nicht mehr hier. Sie ist in ein Studentenwohnheim gezogen. Ich habe sie schon länger nicht mehr hier gesehen. Ich glaube …«

Doch in diesem Moment wurde er unterbrochen. »Vati, was machst du da?« Die Stimme schallte vom Gartentor durch den herbstlichen Garten zu ihnen herüber.

Fritz Selten zuckte zusammen und drehte sich mit schuldbewusster Miene um. Über den nassen Rasen kam eine Frau Mitte vierzig auf sie zu, die in jeder Hand einen vollen Einkaufsbeutel trug. Sie warf Charly und Benny einen neugierigen Blick zu, bevor sie sich an ihren Vater wandte.

»Was machst du hier draußen?«, wiederholte sie. »Du wirst ja ganz nass. Wieso bist du mit Hausschuhen rausgegangen?«

Ihre Stimme klang eher vorwurfsvoll genervt als liebevoll besorgt, und Fritz Selten ging gleich in die Defensive. »Ich wollte nur nach dem Rechten sehen. Du sagst doch immer, ich soll mich mehr kümmern. Erinnerst du dich an Frau … Frau …« Er machte eine hilflose Armbewegung in Charlys Richtung. »Sie hat uns vor einigen Jahren besucht.«

»Und das ist ein Grund, hier draußen deine Hausschuhe zu ruinieren?«, fragte sie gereizt. Aber dann bemühte sie sich um einen freundlichen Gesichtsausdruck und sah Charly an. »Ich glaube nicht …«, begann sie, bevor sie abrupt verstummte. Ihre Augen weiteten sich. Sie schien sich an etwas zu erinnern, und es schien keine schöne Erinnerung zu sein.

Charly sagte schnell: »Guten Morgen, Frau Selten. Mein Name ist Rumor. Kripo Aachen. Dies ist mein Kollege, Kriminalkommissar Kämpfer. Wir suchen Doktor Danner.« Sie lächelte freundlich.

Das hätte sie sich sparen können. Die Freundlichkeit

aus Margot Seltens Gesicht war wie weggewischt. »Ach ja? Und was wollen Sie diesmal von Doktor Danner?«, fragte sie eisig.

»Wir müssen mit ihm sprechen. Es ist dringend. Wissen Sie vielleicht, wo er sein könnte?«

»Nein, und wenn ich es wüsste, würde ich es Ihnen gewiss nicht sagen. Sie haben vielleicht Nerven, hier aufzutauchen. Doktor Danner hat Ihretwegen und wegen Ihres Kollegen genug durchgemacht. Er hat beinahe seine gesamte Familie verloren, erst seine Schwester, dann seine Nichte. Sein ganzes Leben wurde zerstört. Und jede Chance, sich davon zu erholen, wurde durch Sie und Ihre Kollegen wieder zunichtegemacht.« Sie nahm beide Einkaufsbeutel in die linke Hand und zerrte mit der rechten am Arm ihres Vaters. »Komm jetzt! Wir gehen ins Haus.«

Fritz Selten blinzelte verwundert. »Aber Margot, was ist denn los mit dir?«

Sie lachte schrill. »Was mit mir los ist? Erinnerst du dich denn an gar nichts mehr? Der Kollege dieser Frau war der Kerl, der Doktor Danner angegriffen und ihm die Nase gebrochen hat.«

Charly erzählte Benny die Geschichte im Auto, auch wenn sie das lieber einem Kollegen überlassen hätte. Im Geiste verfluchte sie Margot Selten für ihre Geschwätzigkeit und Frank für seine Zurückhaltung. Hätte er in der Morgenbesprechung die Prügelei zwischen Mick und Danner erklärt, müsste sie es jetzt nicht tun. Doch natürlich hatte Frank nichts gesagt. Er würde nie ohne Not etwas Negatives über Mick äußern, genauso wie sie selbst es nie getan hatte.

»Es war nach Katjas Tod«, begann sie, ihre Worte sorgfältig wählend. »Mick war damals völlig fertig. Natürlich. Aber nicht nur, weil Katja ermordet worden war. Er machte sich auch Vorwürfe.« Sie schwieg einen Moment. »Wir alle machten uns vermutlich welche.«

Benny hatte sich auf dem Fahrersitz so weit wie möglich zu ihr umgewandt. »Warum?«, fragte er.

Charly sah ihn an. »Ist das nicht verständlich? Weil wir versagt hatten. Hätten wir den Axtmörder bereits nach Bettina Kersthoffs Tod entlarvt …« Sie hob die Schultern. »Auf jeden Fall wollte Mick nicht zu Hause sitzen und warten, was irgendwelche Kollegen herausfanden. Er wollte bei den Ermittlungen dabei sein. Natürlich durfte er nicht. Keiner von der MK2 durfte. Also ermittelte Mick auf eigene Faust und dabei …«

Sie ließ den Satz in der Luft hängen in der vagen Hoffnung, Benny möge die Geschichte selbst beenden, doch natürlich konnte er das nicht. Sie gab sich einen Ruck. »Ich war damals nicht hier, aber nach allem, was ich gehört habe, passierte Folgendes: Mick befragte sämtliche Zeugen, die er finden konnte, besonders natürlich die Improprinten, besonders Danner, Zerbitzky und Löhrmann. Und er befragte sie nicht nur einmal, sondern mehrmals. Soviel ich weiß, war er überzeugt, dass einer der drei Katja getötet hatte.«

»Aber Danner hatte doch ein Alibi.«

Charly nickte. »Das stimmt. Aber Mick vermutete wohl, dass Danner wusste, wer der Mörder ist. Vielleicht war er auch eifersüchtig, immerhin hatte seine Frau eine Affäre mit Danner gehabt. Auf jeden Fall eskalierte das letzte ›Gespräch‹«, sie malte Gänsefüßchen in die Luft, »zwischen den beiden, und es kam zu Handgreiflichkeiten. Mick schlug zu und brach Danner das Nasenbein.«

Sie schwieg. Auch Benny verstummte erst einmal. »Wow«, murmelte er lediglich zweimal, doch es klang nicht beeindruckt. »Und was ist dann passiert?«, fragte er schließlich.

Durch die nasse Windschutzscheibe betrachtete Charly die baumbestandene Straße. »Danner sah von einer Anzeige wegen Körperverletzung ab, wenn Mick ihn und die anderen nicht mehr belästigte. Mick hielt sich daran.«

»Und das war's?«, fragte Benny verblüfft. »Es gab nicht mal ein Disziplinarverfahren?«

Charly schüttelte den Kopf. Über diesen Umstand hatte sie sich selbst gewundert. Sie konnte nur raten, wie viele Fäden Frank im Hintergrund gezogen und wie viele Gefälligkeiten er eingefordert hatte. »Mick kam allen Konsequenzen zuvor, indem er kündigte«, sagte sie knapp. Dann warf sie einen Blick auf ihre Armbanduhr. »So, jetzt weißt du, warum Margot Selten Vorbehalte gegen die Polizei hat und warum Simon Haffner Vorbehalte gegen Mick hat. Sollen wir vielleicht Frederik Zerbitzky einen Besuch abstatten?«

Aber so leicht ließ sich nicht einmal Benny zufriedenstellen. »Jetzt weiß ich, warum Herr Haffner Mick Mad Mick genannt hat, aber ich weiß nicht, warum Frank sich so aufgeregt hat, als ich den Namen benutzt habe. Ich meine, so schlimm ist der Spitzname doch gar nicht. Und nach allem, was du erzählt hast, ist er durchaus angemessen. Und was ist mit dem Vorwurf, dass ihr alle Mick gedeckt habt? Stimmt das?«

Charly zögerte. »Ich war wie gesagt damals nicht hier.

Aber Mick war ziemlich beliebt, und bis auf Simon hatten wohl alle bis zu einem gewissen Grad Verständnis für sein Verhalten. Immerhin war gerade seine Frau ermordet worden. Sonst hätte Frank eine Körperverletzung nie gedeckt, nicht einmal bei Mick.«

»Und was hat er gegen den Spitznamen?«

Charly zögerte, dann sah sie Benny an. »Frank ist etwas empfindlich, wenn es um Mick geht. Er kannte ihn schon, als Mick ein Teenager war. Sie haben ein ziemlich enges Verhältnis, auch heute noch. Mick ist wie ein Sohn für Frank. Also sei ein bisschen vorsichtig, was du in Franks Gegenwart über Mick sagst, okay?« Sie zog ihr Handy hervor. »Und jetzt rufe ich mal Herrn Zerbitzky an, ob wenigstens er heute arbeitet. Ich möchte nicht den ganzen Tag sinnlos hin- und herfahren.«

Diesmal hatten sie Glück. Frederik Zerbitzky war in seinem Büro und versprach, ihnen dort in der nächsten Stunde zur Verfügung zu stehen.

Freddy

Charly und Benny erreichten das Maklerbüro in der Nähe des Theaters zehn Minuten später. Die Immobiliengeschäfte schienen gut zu laufen, denn die regennassen Schaufensterscheiben waren bis in Augenhöhe mit Angeboten beklebt. Über den Angeboten prangte der Schriftzug *Zerbitzky Immobilien*.

Frederik Zerbitzky hatte gute Laune, ansonsten hatte er sich kaum verändert. Die leichten Falten in seinem diabolischen Gesicht waren vielleicht etwas tiefer geworden, das Haar etwas schwärzer – Charly tippte auf Tönungscreme –, aber davon abgesehen sah er aus wie vor viereinhalb Jahren, als Charly ihn zuletzt gesehen hatte. Auch seine lässig überhebliche Art war unverändert.

»Laura, Schatz«, sagte er zu seiner Assistentin, nachdem er Charly und Benny begrüßt hatte, »falls du irgendwie ohne mich auskommst, stör uns bitte nicht. Und ruf Doktor Holm an und sag ihm, dass wir die Penthousebesichtigung verschieben müssen, weil der jetzige Mieter heute Abend doch nicht kann.«

Laura war jung und hübsch, wie Charly nicht anders erwartet hatte. Vermutlich war es ein Einstellungskriterium gewesen. »Ich dachte, der Mieter hätte den Termin bestätigt.«

»Hat er auch, aber mir ist etwas dazwischengekommen. Alles klar?«

Laura nickte ergeben.

»Einen Espresso? Oder einen Latte?«, wandte Zerbitzky sich wieder an Charly und Benny. Mit ausgesprochenem Besitzerstolz tätschelte er einen edlen, nagelneuen Kaffeevollautomaten. Benny warf einen sehnsüchtigen Blick darauf, doch Charly lehnte für sie beide ab. »Dann nehmen Sie wenigstens zwei Stühle mit.« Zerbitzky deutete darauf und öffnete dann die Tür zu einem weiteren Büro, das weit weniger repräsentativ eingerichtet war als der Empfangsraum.

»Ist Ihr Partner gar nicht mehr hier?«, fragte Charly, nachdem sie ihren Stuhl vor ein überquellendes Regal gestellt hatte.

Zerbitzky setzte sich hinter seinen ebenfalls übervollen Schreibtisch. Ordnungssinn schien nicht zu seinen Stärken zu zählen. »Nein. Herzinfarkt. Vor fünf Monaten. Ich bin jetzt solo unterwegs, im Gegensatz zu Ihnen. Allerdings hatten Sie früher einen anderen Partner, oder? Kriminaloberkommissar Harting. Ich hörte, er wurde suspendiert. Nach allem, was er sich uns gegenüber geleistet hat, wundert mich das nicht.«

»Kriminaloberkommissar Harting schied auf eigenen Wunsch aus dem Polizeidienst aus«, erwiderte Charly steif.

Zerbitzky grinste. »Offiziell bestimmt, dafür sorgt ihr doch immer. Also, was kann ich für Sie tun? Ich nehme an, es geht um den Einbruch in die Apotheke nebenan. Ich sage Ihnen gleich, dass ich nichts weiß. Der Einbrecher kam angeblich in der Nacht von Samstag auf Sonntag, und ich bin nach Samstagmittag selten hier. Vorgestern bin ich gegen zwei weg. Die Zeiten, in denen ich mich hier vor meiner Familie verstecken musste, sind ja vorbei.«

Für eine Sekunde dachte Charly, der Mann wolle sie auf den Arm nehmen. »Es geht um keine Apotheke. Wir kümmern uns nicht um Einbruch. Wir sind bei der Mordkommission.«

Zerbitzky zog seine Augenbrauen hoch. »Natürlich, ich weiß. Ich dachte nur, da wir uns wegen der anderen Sache kennen ... Soll das heißen, Sie sind wegen eines Mordes hier?« Er klang erstaunt, absolut überzeugend. Charly erinnerte sich daran, dass er Schauspieler war.

»Wir ermitteln in einem Mordfall und hoffen, dass Sie uns helfen können.«

Charly zog ein Foto der Waldfrau hervor und legte es vor Zerbitzky auf einen Stapel Exposés. Das Foto war im Wald aufgenommen worden, bevor die Tote abtransportiert worden war. Es war eine Nahaufnahme des Gesichts, die weder die Verletzungen noch Details des Tatorts zeigte. Doch natürlich war zu erkennen, dass der Toten die Haare abgeschnitten worden waren. »Kennen Sie diese Frau?«

Zerbitzky warf einen kurzen Blick darauf. »Nein. Was soll das?«

»Bitte sehen Sie sich das Bild erst einmal gründlich an.«

Unwillig nahm Zerbitzky das Foto und betrachtete es auf oberflächliche Art und Weise. Dann sah er genauer hin, und seine Hand begann zu zittern. Seine Stimme klang heiser, als er fragte: »Wurde das Bild gemacht, nachdem die Frau ermordet wurde?«

»Ja. Es tut mir leid, wir hatten kein anderes Foto.«

Zerbitzkys Augen wurden schmal. »Und man hat ihr nach dem Tod die Haare abgeschnitten?«

Charly nickte nur. Zerbitzky konnte es nicht sehen, da

er auf das Foto starrte. Doch er schien die Bestätigung nicht zu brauchen. Er ließ das Foto fallen, als hätte er sich daran verbrannt. Dann sagte er gepresst:

»Ich habe mich immer gefragt, warum Oberkommissar Harting so überzeugt davon war, dass einer von uns seine Frau getötet hat. Auch ihr wurden die Haare abgeschnitten, habe ich recht? Genau wie Bettina und dieser Frau hier.«

Charly hatte natürlich befürchtet, dass Zerbitzky diesen Schluss ziehen würde, wenn sie ihm das Foto zeigte, aber sie hatte keine Alternative dazu gesehen. Die Kollegen hatten die Tatsache, dass Katjas Haare nach dem Tod abgeschnitten worden waren, auch vor den Verdächtigen geheim gehalten.

»Herr Zerbitzky, ich frage Sie noch einmal: Kennen Sie die Frau auf dem Foto? Bitte stellen Sie sich die Frau mit schulterlangen blonden, teilweise ergrauten Haaren vor.«

Er schüttelte so heftig den Kopf, dass ihm eine schwarze Haarsträhne ins Gesicht flog. Ungeduldig wischte er sie beiseite. »Nein, ich kenne sie nicht. Genauso wenig, wie ich Katja Harting gekannt habe.« Er schlug plötzlich mit der Faust auf den Tisch, sodass einige Zettel zu Boden segelten. »Und ich lasse mir das nicht anhängen.«

Charly sagte milde: »Niemand will Ihnen etwas anhängen.«

»Und wieso sind Sie dann hier? Was ist mit den anderen? Mit Chris und Hans? Waren Sie schon bei denen?«

»Keine Sorge, wir werden sie auch noch befragen.«

»Aber Sie haben mit mir angefangen? Wieso?«, blaffte er.

Charly erwiderte ruhig: »Wir haben bereits versucht,

mit Doktor Danner zu sprechen, ihn jedoch nicht erreicht. In der Praxis sagte man uns, er arbeite nur noch dienstags, mittwochs und donnerstags. Wissen Sie zufällig, wo er heute ist?«

Die Antwort schien Zerbitzky zufriedenzustellen. »Nein«, erklärte er in gemäßigtem Ton. »Ich habe kaum noch Kontakt zu Chris. Wir haben die Improprinten schon nach Bettinas Tod aufgelöst. Ich wusste noch nicht mal, dass er seine Arbeitszeit reduziert hat.«

»Wie kommt das? Sie waren doch gut befreundet.«

Zerbitzky verzog abfällig die Mundwinkel. »Was erwarten Sie, wenn Sie einen von uns des Mordes verdächtigen? Dass wir uns gemeinsam hinsetzen, Blutsbrüderschaft trinken und uns ewige Unterstützung und Treue schwören?«

»Warum nicht? Wenn Sie einander vertrauen, dass es keiner von Ihnen gewesen ist?«

»Vertrauen ist ein zweischneidiges Schwert«, murmelte er. Er starrte auf das Foto der Waldfrau, dann schob er es plötzlich weg, als ekelte es ihn. Er griff zu einem Kugelschreiber und drückte mit dem Daumen auf den Knopf am Ende: ein, aus, ein, aus, ein, aus. Plötzlich sagte er:

»Ich werde Ihnen etwas verraten. Wissen Sie, was ich empfand, als Nicole starb? Ich meine, nachdem der erste Schock vorbei war? Ich empfand Genugtuung. Nur kurz, und ich bin nicht stolz darauf, aber dennoch Genugtuung. Weil ausnahmsweise Chris Ärger hatte, was ich noch nie erlebt hatte. Ich meine, bei ihm erlebt hatte. Aus eigener Erfahrung weiß ich wirklich, wie sich Ärger und Frust anfühlen. Abgesagte Rollen, eine unerfreuliche Scheidung, eine Exfrau, die die Kinder gegen mich aufhetzt …«

Sein Blick flatterte kurz durch den Raum, bevor er ihn auf Charly richtete. »Aber Chris wusste das nicht. Ihm ist immer alles zugeflogen, von klein auf. Seine Eltern haben sich scheiden lassen, als er vier war, wussten Sie das? Nicole musste mit der Mutter mitgehen, die sich mit diversen Liebhabern durchs Leben schlug – genau wie später Nicole selbst. Aber Chris kam zu seinem Vater, einem stinkreichen, prominenten Chirurgen, der seinem Sohn sämtliche Türen öffnete. Chris ist immer alles in den Schoß gefallen, ohne dass er sich dafür besonders anstrengen musste: Geld, Intelligenz, gutes Aussehen, Frauen. Was er anfing, gelang ihm mühelos. Er war ein Naturtalent als Kinderarzt. Wenn er sich in eine Frau verliebte, hatte die sich schon längst vorher in ihn verguckt. Und selbst beim Improtheater war er brillant. Die einzige Pleite in seinem Leben war die gescheiterte Ehe. Aber selbst das war eine harmlose Angelegenheit. Keine Kinder, beide verdienten ihr eigenes Geld …« Er hielt inne und starrte ins Leere, nur sein Daumen drückte weiter auf den Kugelschreiberknopf. »Können Sie verstehen, wie irritierend es ist, mit Mister Perfect befreundet zu sein?«

Es war eine rhetorische Frage, daher beantwortete Charly sie nur in Gedanken. Ja, sie konnte es tatsächlich verstehen. Sie hatte diese Irritation selbst hin und wieder Chris Danner gegenüber verspürt. »Warum reden Sie in der Vergangenheit über Doktor Danner?«

»Habe ich das? Ja, Sie haben recht. Weil es den alten Chris nicht mehr gibt. Er ist heute ganz anders als früher. Und glauben Sie mir, ich empfinde keine Genugtuung mehr deswegen.«

»Wie ist er denn jetzt so?«

Zerbitzky stand unerwartet auf und trat ans Fenster.

»Ein Schatten«, sagte er schließlich, mit dem Rücken zu ihnen gewandt.

Charly beobachtete diesen Rücken und wartete. Als nichts weiter kam, fragte sie: »Und was bedeutet das?«

Zerbitzky drehte sich zu ihnen um. »Chris hat Nellies Verschwinden nicht verkraftet. In den ersten Wochen konnte er sich so schlecht auf seine Arbeit konzentrieren, dass er zur Unterstützung einen anderen Arzt einstellen musste. Während der sich um die Patienten kümmerte, suchte Chris nach Nellie. Ständig rannte er draußen herum, irrte durch die Straßen, rief nach ihr. Genau wie Alexa übrigens. Sie wollten beide partout nicht einsehen, wie sinnlos das war.«

Er lehnte sich gegen die Fensterbank. »Irgendwann haben sie es dann doch kapiert und versucht, ihr normales Leben wieder aufzunehmen, aber …« Er zuckte die Achseln. »Zumindest Chris ist es nicht gelungen. Bei Alexa weiß ich es nicht, ich habe sie ewig nicht gesehen. Aber Chris … Nachdem er die Suche nach Nellie aufgegeben hatte, stürzte er sich wie ein Irrer in seine Arbeit. Vielleicht wäre es seine Rettung gewesen, aber …«

»Aber?«, hakte Charly nach.

Zerbitzky schüttelte den Kopf. »Er hat seine Gabe verloren. Früher ging er auf eine Art mit Kindern um, die war einfach unglaublich … Ich erinnere mich, als meine Zoe Scharlach hatte … Aber mittlerweile … Wenn Eltern überhaupt noch mit ihren Kindern in die Praxis kommen, gehen sie lieber zu seinem Partner.«

»Und wie kommt das?«, fragte Charly.

Er musterte sie einen Moment schweigend. Dann hob er seine rechte Hand zum Mund und machte eine Geste des Trinkens.

Charly zog die Augenbrauen hoch. »Wollen Sie sagen, dass Doktor Danner ein Alkoholproblem hat?«

Wieder zuckte Zerbitzky die Achseln. »Das habe ich zumindest gehört. Eine Freundin war mit ihrer Tochter bei ihm. Sie behauptet, Chris hätte gerochen wie ein Whiskeyfass. Allerdings neigt sie zu Übertreibungen.«

Er starrte auf den braunen Teppich zu seinen Füßen. Er wirkte betroffen. Auch Charly lief ein Schauer über den Rücken, allerdings hegte sie den Verdacht, dass Zerbitzky diese Reaktion beabsichtigt hatte. Sie schüttelte das ungute Gefühl entschlossen ab. Doch bevor sie etwas sagen konnte, mischte Benny sich ein:

»Und wieso sind Sie dann nicht mehr mit Doktor Danner befreundet? Er scheint Sie doch zum ersten Mal in seinem Leben zu brauchen.« Zu Charlys stiller Erheiterung klang seine Stimme vorwurfsvoll.

Zerbitzky lächelte leicht. Auch ihm schien es mühelos zu gelingen, die düstere Stimmung abzuschütteln. »Vielleicht bin ich einfach ein schlechter Freund«, sagte er fast fröhlich. »Fragen Sie meine Exfrau, sie wird Ihnen das gern bestätigen. Oder fragen Sie Hans. Der wird Ihnen aber vielleicht auch erzählen, dass es in den letzten Jahren nicht möglich war, mit Chris befreundet zu sein, weil der das nicht zuließ.«

»Das heißt, zu Herrn Löhrmann haben Sie noch Kontakt?«, fragte Charly.

»Auch nicht mehr viel. Nicht mehr, seit er nach Roetgen gezogen ist. Sie wussten das nicht? Hans' Eltern sind vor einigen Monaten kurz nacheinander gestorben, und er ist in ihr Haus gezogen. So eine verklinkerte Scheußlichkeit, aber mit Riesengrundstück und unverbaubarem Eifelblick.« Er lachte plötzlich. »Jetzt muss Hans pendeln, aber das stört ihn nicht. Er hofft, dass es ihm eher gelingt, eine Frau in ein Einfamilienhaus mit Garten als in seine öde Zweizimmerwohnung zu locken. Er verfolgt immer noch sein großes Ziel, endlich eine Freundin zu finden, die sich gemeinsam mit ihm langweilt. Wissen Sie was?« Er kam zum Schreibtisch und tippte auf das Foto der Waldfrau. »Vielleicht sollten Sie Hans fragen, ob er sie kennt. Falls sie Single und in einer Partnerbörse war, wette ich darauf, dass er schon mal ihr Profil angeklickt hat.« Er stieß sich wieder vom Schreibtisch ab und lehnte sich an ein Regal.

»Vielen Dank für den Tipp, das werden wir tun«, sagte Charly, als ob er es ernst gemeint hätte. »Allerdings kennen Sie sich in Aachens weiblicher Singlewelt bestimmt ebenfalls gut aus.«

Er grinste. »Das kann schon sein, aber dafür muss ich keine Profile anklicken. Obwohl es da tatsächlich ein interessantes Portal gibt. *Seitensprung.de.*«

»Heißt das, Sie leben wieder in einer festen Beziehung?«

»Ich? Nein, aber die meisten Frauen in dem Portal. Seit wann interessieren Sie sich übrigens für mein Liebesleben? Beim letzten Mal hatte ich nicht den Eindruck, als seien Sie an mir interessiert. Falls sich das geändert hat, müssen Sie's nur sagen.« Er warf Charly einen künstlich lüsternen Blick zu. Sie war sicher, dass er das besser gekonnt hätte, wenn er gewollt hätte.

»Danke für das großherzige Angebot. Ehrlich gesagt interessiert mich Ihr Liebesleben nur, soweit es Ihre Freizeitgestaltung an Sonntagen betrifft, genauer gesagt am gestrigen Sonntag.«

Sie erwartete schon, dass er sich wieder empören würde, aber er sagte nur: »Ist es Zeit für mein Alibi? Für wann hätten Sie's denn gern? Für morgens? Dann wäre ich auf der sicheren Seite. Ich habe den Vormittag bei einer Freundin verbracht – natürlich auch die vorangegangene Nacht.«

»Und den Nachmittag?«

»Ich hoffe, das fragen Sie nur der Vollständigkeit halber, denn da habe ich kein Alibi im Angebot. Ich bin von besagter Freundin nach Hause gefahren, habe etwas aufgeräumt und etwas Schlaf nachgeholt. Um halb acht hatte ich dann noch ein Date mit einer anderen Frau. Leider kam sie nicht, ich vermute, sie hatte kalte Füße bekommen. Das passiert manchmal bei unerfahrenen Seitenspringerinnen.«

»Wie ärgerlich für Sie.«

Er zuckte die Achseln. »Man kann nicht immer gewinnen. Kann ich sonst noch etwas für Sie tun? Wollen Sie vielleicht eine Speichelprobe oder meine Fingerabdrücke? Ich gehe natürlich davon aus, dass Sie meine letzten Proben vernichtet und die entsprechenden Daten gelöscht haben. Streng nach Vorschrift.«

»Natürlich«, erklärte Charly. »Und wir kommen deswegen vielleicht noch einmal auf Sie zu. Aber jetzt würde es mir schon reichen, wenn Sie die Adressen und Handynummern von Ihrer Exfrau, von Alexa Danner und Hans Löhrmann für uns hätten.«

Sie hatten Glück, Zerbitzky hatte die gewünschten Informationen tatsächlich parat, und sobald Charly wieder neben Benny im Dienstwagen saß, rief sie die Nummern an. Löhrmann erreichte sie nicht. Mit Alexa Danner verabredete sie sich für halb drei im Studentenwohnheim.

Miranda Zerbitzky zögerte erst, als Charly fragte, wann sie Zeit habe. Eigentlich keine, sie müsse nach Roetgen. Doch dann erklärte sie, sie wolle dort Hans Löhrmann besuchen, und Charly schlug vor, dass sie sich dort zu viert trafen.

»Und jetzt?«, fragte Benny, als Charly aufgelegt hatte.

Sie warf einen Blick auf ihre Uhr. Schon nach eins. »Ich schlage vor, wir fahren ins Präsidium, essen etwas und sehen, ob's was Neues gibt. Wie fandest du übrigens Zerbitzky?«

Benny überlegte. »Er ist ein komischer Typ. Meinst du wirklich, er verdächtigt Hans Löhrmann?«

»Nein. Er wetzt nur gern sein Messer und sticht gelegentlich zu. Aber nicht tödlich. Vermutlich war das alles Teil seiner großen ›Seht her, ich bin unschuldig‹-Rolle. Erst geheucheltes Erstaunen, dass wir nicht wegen des Einbruchs kommen. Dann übertriebene Empörung, dass wir ihn mit einem Mord in Verbindung bringen. Dann gespielte Hilfsbereitschaft und idiotische Tipps.«

»Auf mich hat sein Erstaunen echt gewirkt. Ich war sicher, er kannte die Tote nicht.«

Charly zuckte die Achseln. »Möglich. Aber vergiss nicht: Der Mann ist ausgebildeter Schauspieler.«

Alexa

Charly und Benny klingelten um Punkt halb drei bei Alexa Danner. Sie bewohnte ein Apartment im zwölften Stock in einem der Studentenwohntürme mit Blick auf den Lousberg. Charly steuerte auf die Treppe zu, doch dann sah sie Bennys entsetztes Gesicht und drückte seufzend auf den Knopf für die Aufzüge.

Während die Kabine sie nach oben trug, fragte Charly sich, was sie oben erwartete. Da sie bei den Ermittlungen zu Katjas Tod nicht beteiligt gewesen war, hatte sie Alexa seit mehr als vier Jahren nicht gesehen.

Alexa empfing sie an der Aufzugstür. Sie hatte sich sehr verändert. Statt ihrer zerfransten Jeans und T-Shirts mit Revoluzzersprüchen trug sie eine gebügelte schwarze Jeans und eine weiße Bluse. Ihre dunklen Haare waren zu einem ordentlichen Knoten zusammengesteckt. Es war ein Look, der eher zu einer braven BWL-Studentin passte als zu dem stacheligen, hochintelligenten Teenager, an den Charly sich erinnerte. Doch dann verzog Alexa ihr Gesicht zu einer finsteren Grimasse und war wieder ganz die Alte.

»Ich hoffe, es ist wirklich wichtig«, sagte sie zur Begrüßung. »Ich muss eine Hausarbeit in Ö-Recht schreiben, und um vier kommt eine Nachhilfeschülerin.«

Charly stellte Benny vor. »Steht Ö-Recht für Öffentliches Recht?«, fragte sie dann, während sie Alexa einen

Gang entlang folgten. »Ich wusste gar nicht, dass man das im Medizinstudium lernt.«

»Ich studiere Jura. Wie kommen Sie auf Medizin?«

»Ihr Onkel erwähnte mal, dass Sie Medizin studieren wollen.«

Alexas Blick wurde kurzzeitig noch finsterer. »Das war vor Jahren. So, das ist mein Zimmer. Einer von Ihnen muss sich aufs Bett oder auf den Boden setzen, ich habe nur zwei Stühle.«

Das Zimmer war ein Schock, eine andere Bezeichnung fiel Charly nicht ein. Äußerlich mochte Alexa sich ihrem neuen Umfeld smarter Jurastudenten angepasst haben, doch hier lebte sie ihre Individualität aus. Und was für eine. Das Zimmer glich einem Warteraum zur Hölle. Drei der Wände hatte sie knallrot, die vierte schwarz gestrichen. Die Wände schluckten das graue Herbstlicht, das durchs Fenster fiel, sodass es ausgesprochen düster im Zimmer war. Nur der eingeschaltete Computerbildschirm warf einen hellen Fleck in den Raum. Instinktiv tastete Charly nach dem Lichtschalter, doch Alexa kam ihr zuvor.

Im Licht des Deckenstrahlers wirkte das Zimmer zwar heller, gleichzeitig aber kälter, was Charly angesichts der feuerroten Wände wunderte. Sie sah sich um. Über dem Bett war ein langes Bücherbord mit juristischen Fachbüchern angebracht, an der gegenüberliegenden Wand hingen drei Messer mit kunstvoll verzierten Griffen.

Alexa folgte ihrem Blick. »Ich jongliere, schon vergessen?«

Charly hatte es nicht vergessen, sie hatte nur nicht gewusst, dass Alexa es mit scharfen Waffen tat. Als sie sich die Messer genauer ansehen wollte, sagte Alexa sofort:

»Die Messer sind nicht scharf, sie sehen nur so aus. Es sind spezielle Jongliermesser. Also, was wollen Sie?«

Mich genau umsehen, wäre die ehrliche Antwort gewesen. Der Raum faszinierte Charly, außerdem vermisste sie etwas. Doch dann trat Alexa einen Schritt zur Seite, und Charly entdeckte, was sie gesucht hatte: eine gerahmte Fotografie von Nellie, genauer gesagt von Nellie und Alexa. Sie stand auf dem Schreibtisch vor dem Fenster, genau dort, wo Alexa sie beim Arbeiten im Blick hatte.

Alexa ließ sich auf ihren Schreibtischstuhl fallen, Charly setzte sich aufs Bett. »Kommissar Kämpfer wird Ihnen erklären, worum es geht.«

Benny nahm den verbliebenen Stuhl. Das Ambiente schien ihn zu verunsichern. Er räusperte sich. »Frau Danner, wir ermitteln in einem Mordfall. Wir haben eine Frauenleiche gefunden, deren Identität wir noch nicht feststellen konnten. Vielleicht können Sie uns dabei helfen, und ich möchte Sie bitten …«

Weiter kam er nicht, denn in diesem Moment schien das Zimmer zu explodieren. Bei dem Wort *Frauenleiche* hatte Alexa gekeucht und sich halb aufgerichtet. Jetzt sprang sie mit einem gellenden Schrei auf. »Aber am Telefon sagten Sie, dass es nicht um Nellie geht! Sie sagten, dass es nicht um Nellie geht!« Und dann stürzte sie sich auf Charly, drückte sie mit ihrem Gewicht aufs Bett und schlug auf sie ein.

Es war absoluter Terror, auch wenn er nur wenige Sekunden dauerte. Dann reagierte Charly. Sie riss die Arme hoch und versuchte, Alexas fliegende Hände zu erwischen. Zudem griff Benny ein. Er packte Alexa von hinten an den Schultern und zog sie von Charly weg.

Schließlich konnte Charly sich unter der Studentin hervorwinden.

»Beruhigen Sie sich, Alexa«, sagte sie beschwörend. »Es geht nicht um Nellie. Es ist nicht Nellie. Hören Sie, Alexa? Wir haben Nellie nicht gefunden.«

»Aber er hat gesagt …«

Bennys Arme umschlangen Alexas Oberarme von hinten, doch ihre Hände fuchtelten noch immer herum, als hätten sie ein Eigenleben. Charly griff danach und hielt sie fest.

»Alexa, es ist nicht Nellie«, sagte sie eindringlich, jedes Wort deutlich betonend. »Wir haben eine Leiche gefunden, aber die Frau ist viel älter. Über vierzig. Sie hatte schon graue Haare. Wirklich, Alexa, es ist nicht Nellie.«

Sie wiederholte es so lange, bis sie endlich durchdrang. Doch es dauerte geraume Zeit, bis Alexa sich wirklich beruhigt hatte.

»Es tut mir leid«, flüsterte Alexa schließlich. Ihr Haarknoten hatte sich halb gelöst, und einzelne Strähnen hingen wirr um ihr tränenverschmiertes Gesicht.

»Schon gut.« Charly atmete tief durch, um ihr klopfendes Herz zu beruhigen. Sie hatte schon oft Angehörigen die Nachricht vom Tod eines geliebten Menschen überbringen müssen, doch selten hatte eine Reaktion sie so mitgenommen wie Alexas. Charly war froh, dass es nur ein Missverständnis war, gleichzeitig jedoch wütend auf Benny, den sie dafür verantwortlich machte. Sie warf ihm einen ärgerlichen Blick zu.

Eine Weile sagte keiner etwas, nur Alexas keuchender Atem war zu hören. Schließlich sagte sie: »Aber wenn es nicht Nellie ist, wieso glauben Sie dann, dass ich Ihnen helfen kann?«

Charly führte sie zurück zum Schreibtischstuhl und drückte sie sanft darauf nieder. »Weil der Tod der Frau möglicherweise mit dem Tod Ihrer Mutter und dem Tod von Bettina Kersthoff zusammenhängt. Würden Sie sich bitte das Foto ansehen und sagen, ob Sie die Frau kennen.«

Benny reichte Alexa das Bild. Sie nahm es mit zitternden Fingern und legte es auf den Schreibtisch. Da sie einen Schatten auf das Bild warf, schaltete sie zusätzlich die kleine Schreibtischlampe ein und betrachtete es in deren Schein. Schließlich drehte sie sich zu ihnen um.

»Ich kenne die Frau nicht. Ich habe sie noch nie gesehen. Warum glauben Sie, dass ihr Tod etwas mit dem meiner Mutter zu tun hat?«

Sie war offensichtlich noch zu durcheinander, um den Zusammenhang zu erkennen. Benny erklärte es ihr. Alexa hörte zu, betrachtete erneut das Bild und gab es Benny zurück.

»Nein. War's das?«

Benny steckte das Bild ein und warf Charly einen fragenden Blick zu. Als sie nickte, setzte er sich wieder. »Ich möchte gern, dass Sie mir von dem Tag erzählen, an dem Ihre Schwester verschwand.«

Alexa zuckte zusammen. »Warum? Das hat doch wohl nichts mit dieser Frau zu tun. Nellie lief weg, weil sie es nicht ertragen konnte, dass Chris und ich uns stritten. Wir haben das damals Ihren Kollegen alles erzählt. Mehrfach.«

»Bitte erzählen Sie es mir auch noch mal.«

Alexa furchte ihre Stirn und starrte auf den Monitor ihres Computers, auf dem ein Dokument zu sehen war, vermutlich ihre Hausarbeit. Charly war gespannt, wie

Alexa sich entscheiden würde. Benny hatte auf der Fahrt hierher nach Nellies Verschwinden gefragt, und Charly hatte vorgeschlagen, dass er Alexa danach fragte. Sie hatte nicht wirklich gehofft, dass Alexa die Bitte erfüllen würde, doch in ihrer jetzigen Stimmung mochte das anders sein.

Schließlich seufzte Alexa und schaltete den Bildschirm aus. »Wir haben *Die letzten Überlebenden* gespielt.«

»Es fing an, als Nellie klein war«, erzählte Alexa. Sie hatte sich wieder zu ihnen umgedreht, sah sie jedoch nicht an, sondern starrte auf ihre Hände, die verkrampft in ihrem Schoß lagen. »Meine Mutter war abends oft weg, und wenn Nellie dann aufwachte und sich fürchtete, spielten wir *Die letzten Überlebenden*. Wir ließen alle Rollos runter, zogen alle Vorhänge zu und legten eine Stoffschlange vor die Tür, zum Abdichten. Dann stellten wir uns vor, wir wären die letzten Überlebenden des Weltuntergangs und flögen in einer Raumkapsel durchs All. Die Raumkapsel war unsere Wohnung. Weil wir die Letzten waren, galten die üblichen Regeln nicht mehr. Wir durften alles tun und lassen, was wir wollten. Wir durften essen und trinken, wann und wie wir wollten, mussten anschließend auch nicht die Zähne putzen. Vor allem aber durften wir die Fernbedienung benutzen. Nicht um Fernsehen zu gucken, das taten wir an solchen Abenden nie, sondern um damit die Raumkapsel zu steuern. Diejenige, die die Fernbedienung hatte, musste beschreiben, wo wir gerade waren und wie der Planet aussah, den wir ansteuerten. Welche Eigenschaften er hatte, ob es dort Wasser gab, welche Geschöpfe dort lebten und so weiter. Die andere musste sich Gegenargumente ausdenken, warum die Landung zu gefährlich war. Denn darum ging es natürlich. Wir wollten die Raumkapsel nie verlassen. Wir wollten in unserer eigenen Welt leben, in der wir vor allen Gefahren geschützt waren.«

Sie hielt inne und warf einen Blick durchs Fenster, als könne sie dadurch in die Vergangenheit sehen. Dann fuhr sie fort: »Wir hatten das oft gespielt, als wir noch nicht bei Chris wohnten. Bei Chris dann eigentlich nie. Zum einen waren wir fast nie allein, außerdem eignete sich das Haus irgendwie nicht. Es war zu groß. Aber an jenem Wochenende wollte Nellie plötzlich *Die letzten Überlebenden* spielen. Warum, weiß ich nicht. Vielleicht weil das Wetter so mies war. Vielleicht weil Chris nicht zu Hause war. Er war nach Bad Münstereifel in ein Hotel gefahren, um sich mit ein paar Kommilitonen von früher zu treffen. Er machte das jedes Jahr einmal. Es war so ein besonders exklusives Jahrgangstreffen, nur eine Handvoll Kommilitonen wurde eingeladen. Na ja, zumindest hatte Chris behauptet, er würde sich mit denen treffen.« Alexa schwieg eine Weile.

Charly erklärte Benny leise: »Chris traf sich dort mit Katja.«

Alexa sprach weiter: »Wie gesagt, Nellie wollte *Die letzten Überlebenden* spielen. Wir fingen am Freitagabend damit an und spielten fast das ganze Wochenende hindurch – bis auf eine kurze Pause am Samstag. Da wollte Nellie shoppen.« Ein wehmütiges Lächeln huschte über ihr Gesicht. »Aber dann spielten wir weiter, den ganzen Samstag und Sonntag. Wir erwarteten Chris am Sonntag so gegen vier zurück, aber er rief an, dass er später käme. Es hatte auf der A4 einen Unfall gegeben, direkt vor ihm, und er musste Erste Hilfe leisten. Er kam dann gegen sechs oder halb sieben – so genau weiß ich das nicht mehr. Wir aßen zusammen. Anschließend ging Nellie nach oben in ihr Zimmer. Chris und ich blieben unten. Zuerst unterhielten wir uns, doch ziemlich schnell wurde daraus ein Streit. Wir stritten damals ziemlich viel. Seit ich achtzehn geworden war, hatte ich keine Lust mehr, mir alles von Chris vorschreiben zu lassen. Irgendwann brüllten wir uns an. Das heißt, ich brüllte Chris an. Ich war schon immer ziemlich …«, sie suchte nach einem geeigneten Wort, »impulsiv. Chris bemühte sich immer, ruhig zu bleiben, was mich meistens noch mehr aufregte.«

»Worüber stritten Sie sich denn?«, fragte Benny.

Sie sah ihn erstaunt an. »Ehrlich gesagt weiß ich das gar nicht mehr. Es ging um irgendetwas Banales. Also wie gesagt, ich schrie Chris an, und ich vermute, dass Nellie den Lärm hörte. Zumindest kam sie herunter ins Wohnzimmer. Chris bemerkte sie als Erster. Er sagte plötzlich: ›Ach, verdammt, Nellie.‹ Daraufhin sah ich zur Tür. Dort stand Nellie und starrte uns an. Sie gab keinen Ton von sich, doch plötzlich drehte sie sich um und verschwand.«

Alexa fuhr sich mit den Fingern durch die Haare und blieb in ihrem halb gelösten Knoten hängen. Sie zog Nadeln und Klammern heraus und legte sie auf den Schreibtisch.

Benny sah ihr ungeduldig zu und platzte schließlich heraus: »Und dann?«

Alexa schüttelte ihre befreiten Strähnen. »Nichts. Chris und ich hörten auf zu streiten. Ich ging in die Küche, er blieb im Wohnzimmer. Eine halbe Stunde später ging er nach oben, um Nellie ins Bett zu schicken. Sie war weg. Natürlich haben wir sie sofort gesucht, erst im

Haus, dann draußen, aber wir haben sie nicht gefunden. Wir haben sie nie wiedergesehen.«

Sie senkte ihren Kopf, und eine Haarsträhne fiel nach vorn. Charly sah den Schmerz in ihrem Gesicht. Leise sagte sie zu Benny: »Um Mitternacht rief Doktor Danner die Polizei. Bis dahin hatte er gehofft, Nellie käme von sich aus wieder nach Hause. Es wurde sofort eine Suchaktion gestartet, ohne Erfolg.«

»Keine Spur?«, flüsterte Benny.

»Doch, im Lauf der nächsten Tage jede Menge. Aber keine führte zu Nellie.«

Erschüttert starrte Benny auf seine Hände.

Eine Weile herrschte Schweigen. Charly spürte, wie sie kribbelig wurde. Ihr Blick irrte durchs Zimmer, blieb schließlich an der Fotografie auf dem Schreibtisch hängen. Sie stand auf, um sie aus der Nähe zu betrachten. Das Bild zeigte Alexa und Nellie auf der Hollywoodschaukel auf Danners Terrasse.

»Wieso wohnen Sie eigentlich hier und nicht mehr bei Ihrem Onkel?«, fragte sie schließlich, um das Schweigen zu brechen.

Alexa richtete sich wieder auf. Statt die Frage zu beantworten, griff sie zu den Klammern und Nadeln und steckte ihre Haare wieder hoch. Sie war nicht sehr geübt ohne Spiegel, und das Ergebnis sah ziemlich unordentlich aus. »Wir konnten uns nicht mehr ertragen«, erklärte sie schließlich. »Wir warfen uns gegenseitig vor, an Nellies Verschwinden schuld zu sein.«

»Und dennoch wissen Sie nicht mehr, worüber Sie sich gestritten haben?«

Alexa nickte. »Ich weiß es wirklich nicht mehr. Vielleicht sollten Sie in Ihren Akten nachsehen.«

Das hatte Charly bereits getan. Sie wusste, dass die Antwort dort nicht zu finden war. Sowohl Alexa als auch ihr Onkel hatten ausweichend von »üblichen Streitereien« gesprochen. Es kam Charly seltsam vor.

»Ich verstehe es noch nicht ganz«, sagte Benny. »Sie glauben also, dass Nellie weglief, weil Sie und Ihr Onkel stritten. War das vorher schon mal vorgekommen?«

Alexa sah ihn traurig an. »Sie würden es verstehen, wenn Sie Nellie gekannt hätten. Sie ertrug keinen Streit. Für sie mussten immer Harmonie und eitel Sonnenschein herrschen. Wenn es laut wurde, lief sie davon. Immer.«

»Das heißt, sie war schon mehrmals ausgerissen?«

»Nicht ausgerissen. Sie wollte sich nur verstecken, eine Weile allein sein. Manchmal lief sie in ihr Zimmer, manchmal hinaus. Meist in den Garten. Nellie liebte den Garten.«

»Doch an dem Abend lief sie nicht in den Garten?«

Alexa schüttelte den Kopf, und prompt löste sich eine Haarsträhne aus dem unordentlichen Knoten. »Da hätten wir sie gefunden. Sie muss vorn aus dem Haus gelaufen sein. Aber ich bin sicher, sie wollte nicht wegbleiben. Sie wollte wiederkommen. Irgendjemand hat sie daran gehindert.« Sie biss die Zähne so fest aufeinander, dass ihre Kiefermuskeln hervortraten. Abrupt stand sie auf und verschwand in dem kleinen Bad, das zu ihrem Apartment gehörte.

Benny sah ihr nach. »Glaubst du, dass Nellie noch lebt?«, fragte er Charly leise.

Sie schüttelte den Kopf. »Wenn, dann hat sie kein schönes Leben.«

»Du glaubst also auch, dass sie nicht freiwillig weggeblieben ist?«

Charly nickte. Sie hatte tatsächlich keinen Zweifel daran. Nellie hatte ihre Schwester geliebt und war völlig abhängig von ihr und ihrem Onkel gewesen. Weit unselbstständiger als andere Dreizehnjährige – und weit hübscher. Nellie Danner allein draußen auf den dunklen Straßen war das ideale Opfer gewesen. Die Frage war nur, für wen? Irgendein Arschloch, das sie mitgenommen, vergewaltigt und dann irgendwo verscharrt hatte? Oder irgendein »Geschäftsmann«, der wusste, dass er in einem seiner Bordelle ein Vermögen für eine schöne, kindliche Jungfrau verlangen konnte? Es gab viele Möglichkeiten, und jede jagte ihr kalte Schauer über den Rücken.

Sie trat ans Fenster und starrte hinaus. Der Regen hatte nachgelassen, und die Wolkendecke war dünner geworden. Jetzt riss sie sogar an einer Stelle auf, und ein schmaler Sonnenstrahl fiel wie ein Spotlight auf den Lousberg. In seinem Schein loderte der baumbestandene Hügel in allen Herbstfarben, als stünde er in Flammen.

Charly hörte, wie die Badezimmertür wieder geöffnet wurde. Sie drehte sich um. Alexa war zurück.

»Haben Sie noch Fragen? Ich würde gern weiterarbeiten.«

»Eine noch. Nur pro forma: Wie haben Sie den gestrigen Tag verbracht?«

Miranda

Charly und Benny waren länger als vorgesehen bei Alexa Danner geblieben, steckten dann auf dem Ring im Stau fest und erreichten daher später als geplant die »verklinkerte Scheußlichkeit«, wie Frederik Zerbitzky das Haus bezeichnet hatte, in dem Hans Löhrmann seit einigen Monaten wohnte. Es befand sich in einer Straße, die im Nordosten Roetgens parallel zum Wald verlief. Hier standen Einfamilienhäuser auf großen Grundstücken. Einige strahlten Charme, alle strahlten konservative Gediegenheit aus.

Vor Löhrmanns Haus ging eine Frau in einem moosgrünen Dufflecoat auf und ab. Als Benny und Charly aus dem Wagen stiegen, den Benny hinter einem verloren wirkenden Kleinwagen geparkt hatte, wirbelte sie herum und kam auf sie zu. Es war Miranda Zerbitzky.

»Na, Gott sei Dank sind wenigstens Sie endlich da. Wissen Sie zufällig, wo Hans ist?«

Charly begrüßte sie und stellte Benny vor. »Heißt das, er ist nicht hier?«

»Nein. Und allmählich werde ich wütend. Ich habe zu Hause alles stehen und liegen lassen, um herzufahren und ihm Gesellschaft zu leisten, und was macht er? Er lässt mich vor seiner Haustür stehen. Und statt mir wenigstens Bescheid zu geben, dass er sich verspätet, hat er sein Handy abgestellt. Ich habe schon zweimal versucht, ihn zu erreichen.« Wie um ihre Aussage zu untermauern, streckte sie Charly und Benny anklagend ihr Handy entgegen.

»Wann waren Sie denn mit Herrn Löhrmann verabredet?«

»Um halb vier. Wenn es nach ihm gegangen wäre, hätte ich noch früher kommen sollen, damit er sich heute nicht einsam fühlt. Um noch länger hier herumzustehen?«, schimpfte sie. Der Zorn steht ihr gut, dachte Charly. Mirandas grüne Augen funkelten, und ihre rötlichen Locken züngelten sich um ihre Hamsterbäckchen. »Wenn ich Ihnen nicht versprochen hätte, um vier hier zu sein, wäre ich längst wieder gefahren. Übrigens ist es jetzt zwanzig nach.«

Charly lächelte. Sie hatte Miranda immer gemocht. »Es tut mir leid, wir standen im Stau. Vielleicht geht es Herrn Löhrmann ebenso.«

»Wohl kaum«, schnaubte sie. »Er war heute gar nicht in Aachen. Er hat sich freigenommen, weil er Geburtstag hat. Deshalb sollte ich ja kommen. Ursprünglich wollte er mit Chris wandern gehen, aber das fiel irgendwie ins Wasser, da rief er mich an. Und natürlich bin ich gleich hergeeilt, damit er seinen Geburtstag nicht allein feiern muss. Warum sind wir Frauen immer so gutmütig?«

Sie sah Charly an, doch die konnte die Frage nicht beantworten. Gutmütigkeit gehörte bestimmt nicht zu ihren Fehlern.

Miranda war so in Fahrt, dass sie bereits weiterredete. Charly hatte sie nicht so temperamentvoll in Erinnerung. Bei ihrer letzten Begegnung hatte Miranda wie ein welkes Mauerblümchen gewirkt. Jetzt schien sie frisch aufgeblüht. Sie trug die Haare kürzer und mit farbigen

Glanzlichtern aufgepeppt. Sie war stark geschminkt und trug zu ihrem Dufflecoat einen pinkfarbenen Schal und pinkfarbene Handschuhe.

»Aber lassen wir Hans mal Hans sein. Was wollen Sie denn von mir?«

»Mit Ihnen sprechen. Eigentlich auch mit Herrn Löhrmann.« Charly warf einen Blick zum Haus. »Sind Sie sicher, dass er nicht daheim ist?«

»Natürlich. Ich habe dreimal geklingelt, und sein Auto steht nicht in der Garage. Also, worum geht's? Es wird langsam kalt.« Zur Bekräftigung rieb sie ihre behandschuhten Hände aneinander.

Charly überlegte. Natürlich konnten sie Miranda das Foto hier vor dem Haus zeigen, doch wenn sie die Waldfrau nicht kannte, wäre das Gespräch schnell beendet, Miranda würde sich in ihr Auto setzen und nach Aachen zurückbrausen. Charly wollte länger mit ihr reden.

»Gibt es in der Nähe ein Café, wo wir uns in Ruhe unterhalten können?«

»Das ist fürchterlich«, sagte Miranda eine Viertelstunde später leise. »Die arme Frau.« Sie strich mit dem Zeigefinger sanft über das Foto, als wollte sie das Gesicht der Waldfrau streicheln. Die zarte Geste gefiel Charly. Miranda war die Erste, die der unbekannten Toten Mitgefühl entgegenbrachte. »Oh, vielen Dank.«

Das galt der Kellnerin, die eine heiße Schokolade vor Miranda hingestellt hatte. Sie saßen in einem gemütlichen kleinen Café. Draußen vor der Scheibe nieselte es wieder, und die Passanten öffneten ihre Schirme. Die kurze Regenpause war offensichtlich wirklich nur eine Pause gewesen.

»Sind Sie sicher, dass Sie sie noch nie gesehen haben?«, fragte Charly sicherheitshalber noch einmal nach. »Stellen Sie sie sich mit schulterlangen graublonden Haaren vor.«

»Ganz sicher. Ich kann mir Gesichter gut merken. Das ist noch ein Überbleibsel aus meiner Zeit am Theater. Jedes Mal, wenn ich ein neues Gesicht sehe, überlege ich sofort, zu welcher Rolle es passen würde.« Miranda schob das Bild über den Tisch zu Charly zurück. »Und Sie haben keine Ahnung, wer diese Frau sein könnte? Wo haben Sie sie denn gefunden?«

Charly sagte es ihr. Es würde ohnehin am nächsten Tag in den Aachener Nachrichten stehen, und vermutlich war die Nachricht auch schon im Lokalradio gebracht worden. »Im Aachener Stadtwald. Sie hatte nichts bei sich, wodurch wir sie identifizieren könnten.«

»Das ist fürchterlich«, wiederholte Miranda. »Die Vorstellung, dass irgendwo ein Mensch auf sie wartet …« Sie schob sich einen Löffel Sahne in den Mund und rührte geistesabwesend in ihrer Tasse. »Mit so etwas habe ich überhaupt nicht gerechnet. Bei Ihrem Anruf dachte ich erst, Sie hätten Nellie gefunden. Als Sie meine Frage verneinten, dachte ich, Sie würden so eine Cold-Case-Geschichte wie im Fernsehen machen und den alten Fall noch mal aufrollen. Aber dass es ein weiteres Opfer gegeben hat … Sind Sie sicher, dass es derselbe Täter war wie bei Nicole und Bettina?«

»Die Frau starb auf die gleiche Weise. Und wie Sie sehen, wurden auch ihr die Haare abgeschnitten.«

»Nicole wurden die Haare nicht abgeschnitten«, entgegnete Miranda.

»Woher wissen Sie das?«

»Chris hat es mir gesagt.«

Charly erwiderte nichts.

Miranda fuhr fort: »Mir kommt das alles so unglaublich vor. Kann es nicht ein Trittbrettfahrer gewesen sein? Jemand, der in der Zeitung von Bettina gelesen und dieser Frau die Haare abgeschnitten hat, damit Sie denken, dass es derselbe Täter war.«

»Es stand nie in der Zeitung, das haben wir damals überprüft. Und wir hatten Sie alle gebeten, keine Einzelheiten weiterzuerzählen.«

Was natürlich nicht bedeutete, dass sich alle daran gehalten hatten. Charly wusste, dass sie diese Möglichkeit im Hinterkopf behalten mussten. Schließlich hatten nicht nur die Improprinten von den abgeschnittenen Haaren gewusst, sondern auch viele Kollegen, und die hatten es möglicherweise Partnern oder Freunden erzählt. Natürlich kam das vor, kein Kriminaler konnte schließlich alles in sich hineinfressen. Und die Partner oder Freunde konnten die Information weitergegeben haben. Oder es war tatsächlich Zufall.

»Wir möchten Sie auch diesmal bitten, keine Details weiterzuerzählen.«

Miranda nickte unglücklich. »Ich hatte so gehofft, es wäre vorbei. Dabei hätte ich mir denken können, dass das nur ein frommer Wunsch war. Schließlich haben Sie nie jemanden verhaftet. Aber ich dachte, es sei für mich vorbei, weil ich damit abgeschlossen hatte. Können Sie das verstehen? Ich bin von Freddy geschieden, die Improprinten haben sich aufgelöst, ich sehe auch Chris und Hans nur noch selten. Abgesehen davon hatte ich nie besonders viel mit Nicole zu tun, und Bettina habe ich nicht einmal gemocht. Natürlich waren die Morde ein

Schock, aber als der irgendwann abgeklungen war, wollte ich einfach mein Leben weiterleben.«

»Was ist mit Nellie?«, fragte Benny leise.

Miranda rührte weiter in ihrer Schokolade, die Sahne hatte sich längst aufgelöst. »Ja. Nellie.« Sie seufzte. »Wahrscheinlich halten Sie mich für egoistisch, aber ich habe auch den Gedanken an Nellie verdrängt. Ich hatte sie wirklich sehr gern, doch ... Irgendwann musste ich weiterleben. Natürlich habe ich versucht, Chris und Alexa zu helfen, aber ...«

»Aber?«, hakte Charly nach.

Miranda starrte in ihre Tasse. »Es hat keinen Sinn, Menschen helfen zu wollen, die keine Hilfe annehmen. Chris und ich standen uns früher sehr nahe. Wir waren kein Paar, aber wir waren gute Freunde. Das war nach Bettinas Tod, nachdem ich Freddy rausgeworfen hatte. Chris war damals sehr lieb, hat mich getröstet und mir Mut gemacht. Und ich habe ihm umgekehrt mit Alexa und Nellie geholfen. Wir haben ab und zu etwas zu sechst unternommen, Chris und Alexa und Nellie und ich und meine Töchter.«

»Brauchte Doktor Danner denn Hilfe mit seinen Nichten?«, fragte Charly. »Auf mich wirkten die drei immer sehr harmonisch.«

»Oh, das waren sie, fast ein bisschen zu harmonisch, besonders in der Zeit nach Nicoles Tod. Ich glaube, Alexa war sich damals ziemlich unsicher, ob Chris es mit dem Sorgerecht ernst meinte, deshalb ordnete sie sich ihm in allem unter. So sehr, dass es fast unnatürlich war. Sie entfernte sogar die meisten Piercings und ließ sich den Irokesen rauswachsen, weil er Chris nicht gefiel. Ich war ganz froh, als sie älter wurde und anfing, gegen Chris zu rebellieren. Nichts Dramatisches, nur das Übliche, aber später als bei anderen Teenagern. Sie wollte länger ausgehen, als Chris es gestattete. Solche Sachen. Aber da Alexa alles, was sie für richtig hält, mit großer Leidenschaft verteidigt, flogen manchmal die Fetzen. Dann war Chris froh, wenn er mit mir darüber reden konnte. Außerdem wollte er, dass ich Nellie aufkläre.«

Charly runzelte die Stirn. »Worüber?« Dann fiel der Groschen. »Sie meinen aufklären über …«

»Über ein paar Tatsachen des Lebens, eines Frauenlebens.« Miranda lachte. »Typisch Mann. Eine alleinerziehende Frau käme wohl nicht auf den Gedanken, einen Freund zu bitten, ihren Sohn aufzuklären. Noch dazu war Chris Arzt. Aber er brachte es nicht fertig, Nellie über ihre Periode aufzuklären.«

»Und haben Sie es getan?«

»Ich hatte es vor, doch dann stellte sich heraus, dass Alexa das schon perfekt erledigt hatte. Wie alles, was mit Nellie zusammenhing.«

»Glauben Sie, sie hat das gern gemacht?«, warf Benny über seinen Latte macchiato hinweg ein. »Ich meine, kann es einem Teenager wirklich Spaß machen, die Mutterrolle für kleine Geschwister zu übernehmen?«

Miranda leerte ihre Schokolade und schob die Tasse weg. »Eine gute Frage. Ich weiß es nicht. Alexa hat Nellie über alles geliebt und ihre Mutterrolle, wie Sie es nennen, nie infrage gestellt. Aber ob sie lieber weniger Verantwortung gehabt hätte … Vermutlich wäre es besser für sie gewesen. Chris fand das auf jeden Fall. Seit Nicole und die Mädchen bei ihm lebten, versuchte er, Alexa zu entlasten. Das war einer der Gründe, warum er nach Nicoles Tod unbedingt wieder heiraten wollte. Er war der Meinung, die Mädchen bräuchten eine Mutter. Zum Glück merkte er rechtzeitig, dass Bettina für die Rolle denkbar ungeeignet gewesen wäre.«

»Wollte er sie denn heiraten?« Das war Charly neu.

»Sonst hätte er ihr wohl kaum einen Antrag gemacht.«

»Wann war das?«

Miranda errötete. »Vielleicht sollten Sie das Chris lieber selbst fragen. Ich habe es nur zufällig mitbekommen.«

Doch Charly ließ nicht locker, und schließlich gab Miranda nach. »Es war mal abends beim Impro. Nicht der Antrag natürlich, aber ich hörte, wie die beiden darüber redeten. Bettina stand in der Pause draußen und rauchte. Chris fragte: ›Und, hast du's dir überlegt?‹, und sie erwiderte, dass sie ihn zwar gern nehmen würde, aber keine Lust auf zwei unreife Teenager hätte. Sie sagte sogar …« Miranda brach ab.

Charly sah sie aufmunternd an.

»Ich weiß nicht mehr genau, was sie sagte. Aber sie deutete an, dass Nellie ihrer Ansicht nach ein wenig zurückgeblieben sei und Alexa natürlich ohnehin unerträglich.« Miranda starrte ins Leere. »Ich war ganz schön entsetzt. Nicht über Bettinas Worte – solche Bemerkungen waren für sie typisch –, aber dass Chris offensichtlich ernsthaft eine Zukunft mit ihr plante. Sie wäre für ihn nicht gut gewesen und für Alexa und Nellie eine Katastrophe.«

»Warum haben Sie uns das nicht schon damals erzählt?«

»Weil Sie nicht danach gefragt haben. Außerdem spielte es wohl kaum eine Rolle. Chris machte am nächsten Tag mit Bettina Schluss.«

»Das behauptet er. Ihr Exmann sagt, Bettina habe Schluss gemacht.«

»Nur weil er Ärger schüren will«, entgegnete Miranda. Ihre Hand ballte sich zu einer kleinen Faust, und sie wirkte auf einmal angespannt. Erst jetzt fiel Charly auf, dass sie die ganze Zeit viel lockerer gewirkt hatte als vor viereinhalb Jahren. Die Scheidung schien ihr zu bekommen, die Erwähnung des Exmanns hingegen nicht. »Ich bin sicher, Chris hat Schluss gemacht – sonst hätte er das nicht gesagt. Und ich vermute stark, dass Bettinas abfällige Äußerung über Alexa und Nellie der Grund war. Ich habe immer angenommen, dass ihm das die Augen geöffnet hat.« Sie schüttelte den Kopf. »In Bezug auf Frauen kann Chris wirklich ziemlich naiv sein. Er hätte viel eher merken müssen, dass sie ein Biest ist. Aber so war es schon bei seiner ersten Frau. Chris schließt immer von einem hübschen Gesicht auf einen hübschen Charakter. Vielleicht weil sein Vater so hässlich war und einen hässlichen Charakter hatte.«

Eine interessante These, dachte Charly. »Sie sagten vorhin, Sie hätten nicht mehr viel Kontakt zu Doktor Danner. Erzählen Sie uns, wie das kommt.«

Miranda seufzte tief. »Weil Chris keinen Kontakt mehr will. Er hat sich nach Nellies Verschwinden völlig zurückgezogen. Ich habe es wirklich lange versucht, aber irgendwann musste ich einsehen, dass es zwecklos war. Auch bei Alexa. Sie ist einige Monate später ausgezogen, wussten Sie das? Gleich nach dem Abi. Erst in eine WG, dann in ein Studentenwohnheim. Ich fand es nicht gut. Ich fand, die beiden hätten sich gegenseitig trösten können, aber irgendwie funktionierte das nicht. Ich glaube, sie haben kaum noch Kontakt. Und auch sonst hat niemand zu Chris Kontakt. Er blockt alles ab.« Sie fröstelte plötzlich, obwohl es im Café warm war, griff zu ihrem Wollschal und schlang ihn um die Schultern.

»Sie erwähnten vorhin, dass Doktor Danner und Herr Löhrmann heute gemeinsam wandern wollten.«

»Ja, aber es ist wie üblich nichts daraus geworden. Ich weiß nicht, ob sie wirklich eine Verabredung hatten oder ob es nur Wunschdenken von Hans war. Er ist gut im Wunschdenken, und er klammert sich an Chris. Er hat nicht viele Freunde. Deshalb rief er mich auch an, ob ich kommen könne. Um der alten Zeiten willen habe ich zugestimmt.« Sie seufzte. »Das alles hat wirklich viel kaputt gemacht. Wir waren so gute Freunde. Wir haben uns ja nicht nur zum Improspielen getroffen, sondern auch zu anderen Unternehmungen. Nachdem wir die Improprinten aufgelöst hatten, brach das alles auseinander. Anfangs habe ich noch versucht, es zusammenzuhalten, aber … Ich war wohl auch nicht mit dem Herzen dabei. Wie schon gesagt, ich wollte mich von den …«, sie zögerte auf der Suche nach einem Euphemismus, »von den Ereignissen distanzieren.«

»Von den Morden, meinen Sie. Und vielleicht von dem Mörder?« Charly blickte Miranda direkt in die Augen.

Die drehte den Kopf zur Seite, ohne etwas zu erwidern.

»Frau Zerbitzky, Sie müssen sich doch gefragt haben, wer aus Ihrem Kreis Nicole und Bettina getötet hat. Wollen Sie uns nicht sagen, wen Sie im Verdacht haben?«

»Wie kommen Sie darauf, dass ich Ihre Einschätzung teile, dass es einer von uns war?«

»Weil Sie es tun«, sagte Charly einfach.

Miranda schüttelte den Kopf, sah Charly jedoch immer noch nicht an.

»Doch, Sie tun es. Warum wollen Sie uns nicht sagen, wen Sie verdächtigen? Wollen Sie, dass noch eine Frau stirbt?«

Es war eine absichtliche Provokation, und sie erreichte ihr Ziel. Miranda sagte heftig: »Es ist ja wohl kaum meine Schuld. Oder wollen Sie behaupten, ich hätte Nicole und Bettina getötet?«

»Nein. Aber wenn Sie wissen, wer der Täter oder die Täterin ist, und uns dieses Wissen vorenthalten ...«

Miranda unterbrach sie sofort. »Ich weiß gar nichts, das ist es ja gerade. Natürlich habe ich überlegt, wer es gewesen sein könnte. Zwei Frauen sind gestorben, beide standen in engem Kontakt zu meinen besten Freunden. Selbstverständlich habe ich darüber nachgedacht, aber ohne Ergebnis. Doch allein die Überlegungen haben schon genug kaputt gemacht. Was glauben Sie denn, was aus einer Freundschaft wird, wenn jeder sich fragt, ob der andere ein Mörder ist? Anfangs habe ich mich gegen alle Verdächtigungen gesträubt. Aber dann geriet ich ins Grübeln, grübelte und grübelte ... Und mir fiel das eine oder andere ein. Kleinigkeiten, die vermutlich völlig harmlos sind, aber nach zwei Morden verliert das Wort harmlos seine Bedeutung.« Sie brach ab. Ihr Gesicht war erhitzt, und sie zerrte sich den Schal wieder von den Schultern.

»Welche Kleinigkeiten?«

»Das werde ich Ihnen bestimmt nicht sagen. Glauben Sie wirklich, ich werfe Ihnen meine Freunde zum Fraß vor, nur weil sie vielleicht mal etwas gesagt oder getan haben, das aus dem Zusammenhang gerissen unpassend wirkt?«

»Und glauben Sie wirklich, wir wüssten das nicht einzuordnen?«, fragte Charly zurück.

»Das glaube ich. Ich kann so vieles selbst nicht einordnen, und ich kenne die Beteiligten besser als Sie.«

Miranda starrte Charly unverwandt in die Augen, wie um klarzumachen, dass sie sich um keinen Preis umstimmen lassen würde. Charly versuchte es gar nicht. Sie konnte Miranda besser verstehen, als diese ahnen konnte. Es war seltsam, aber Charly hatte tatsächlich noch nie darüber nachgedacht, was der Fall für Miranda und ihre Freunde bedeutete. Er hatte so viele Verwerfungen in ihrem eigenen Leben ausgelöst, dass für andere Personen in ihren Gedanken kein Platz gewesen war. Auch nicht für die Unschuldigen.

Miranda sagte in die Stille hinein: »Hören Sie, ich weiß wirklich nichts. Ich enthalte Ihnen nichts vor und hoffe wirklich, dass Sie herausfinden, wer Nicole und Bettina und die andere getötet hat.«

Sie sprach in entschuldigendem Tonfall, offensichtlich bemüht, das Gespräch in harmonische Bahnen zurückzuführen. Es war typisch für sie. Miranda, die Friedensstifterin, dachte Charly. Sie befürchtete aber, dass ihre nächste Frage die Harmonie abermals zerstören würde.

»Beantworten Sie bitte noch eine letzte Frage. Wo waren Sie gestern?«

Es war deutlich zu sehen, dass die Frage Miranda unangenehm berührte. »Muss das wirklich sein?«

»Nur pro forma«, behauptete Charly.

Miranda schüttelte den Kopf. »So etwas fragt man nicht pro forma. Glauben Sie wirklich, dass ich in der Lage wäre, drei Menschen zu töten? Drei andere Frauen mit einer Axt zu erschlagen? Glauben Sie wirklich, dass irgendeine Frau dazu in der Lage wäre?« Sie wandte sich mit der Frage ausschließlich an Charly. Es war ein Appell von Frau zu Frau.

Charly erwiderte nichts. Sie wusste, dass kein Kriminalbeamter und keine Kriminalbeamtin der Welt die Frage mit Nein beantwortet hätte. Zumal es nach Aussage der Rechtsmediziner keine besondere Kraft erforderte, mit einer Axt einen Schädel zu spalten. Ein Kind hätte das vermocht.

Als sie keine Antwort bekam, verzog Miranda resigniert das Gesicht. »Ich war gestern den ganzen Tag mit meinen Töchtern und meinem Verlobten zusammen. Erwähnte ich schon, dass ich wieder heiraten werde? Im Frühling. Gestern Nachmittag habe ich seine Eltern kennengelernt. Sie wohnen in Bonn. Wir sind zu viert dorthin gefahren und erst abends zurückgekommen. Sie werden bestimmt begeistert sein zu erfahren, dass die Polizei ihre künftige Schwiegertochter für eine Mörderin hält.« Doch sie klang eher traurig als sarkastisch.

»Vielen Dank, Sie haben uns sehr geholfen.« Charly winkte der Kellnerin, und während sie auf die Rechnung warteten, herrschte Schweigen.

Sie sprachen erst wieder vor dem Café, als Miranda sich verabschiedete. »Werden Sie noch einmal mit mir sprechen wollen?«

»Vermutlich«, erwiderte Charly. »Falls nicht, wünsche ich Ihnen auf jeden Fall alles Gute für Ihre zweite Ehe.«

Miranda lächelte schon wieder. »Danke, sie kann nur besser werden als die erste. Er ist ein Goldstück.« In dem Moment klingelte ihr Handy. »Also, auf Wiedersehen.« Sie nickte ihnen noch einmal zu, zog ihr Handy aus der Manteltasche und ging zu ihrem Wagen.

Benny sah ihr nach. »Nette Frau«, murmelte er. »Kannst du dir wirklich vorstellen, dass sie es war?« Doch er wartete ihre Antwort nicht ab, sondern fügte hinzu: »Und jetzt?«

Charly musterte ihn gereizt. »Jetzt versuchen wir noch einmal, Löhrmann zu überraschen. Wenn er nicht zu Hause ist, fahren wir nach Aachen zurück.«

»Okay.«

Benny sperrte den Wagen auf. Doch bevor sie losfahren konnten, klopfte plötzlich Miranda gegen das Beifahrerfenster. Charly ließ es herunter.

»Ja?«

»Das war Hans. Er ist in Aachen im Krankenhaus. Die Nichte der Frau, die sein Blockhaus gekauft hat, hat ihren Hund auf ihn gehetzt.«

Ungebetener Besuch

Hans Löhrmann war gekommen, als Bertie zum zweiten Mal an diesem Tag hinausgemusst hatte.

Lilli hatte sich unter ihre Bettdecke verkrochen, denn hier war das Leben leichter zu ertragen. Nach einer durchwachten Nacht, in der sie ängstlich auf jedes Geräusch gelauscht hatte, war sie zwar todmüde, aber sie konnte nicht einschlafen. Bertie lag neben ihr auf der Decke.

Lilli wusste, dass Ruth darüber schimpfen würde, wenn sie zurückkam. Ruth würde auch schimpfen, wenn sie erfuhr, dass Lilli ihre Abwesenheit nicht wie vereinbart zur Weiterarbeit an ihrem Fotoprojekt genutzt, sondern die Tage apathisch im Bett verbracht hatte. Doch Lilli war unfähig, etwas an ihrem Verhalten zu ändern. Sie fühlte sich wie eingefroren und wollte nur, dass die Zeit bis zu Ruths Rückkehr möglichst schnell verging. Sie war wie ein Tier, das sich tot stellt oder Winterschlaf hält. Und sie wollte nicht aufwachen, bis Ruth zurückkam und alles wieder gut wurde.

Doch Bertie hatte andere Bedürfnisse. Lilli hatte ihn einmal morgens hinausgelassen und zitternd an der Haustür gewartet, bis der Hund zurückgekehrt war. Jetzt spürte sie, wie er wieder unruhig wurde, und einige Minuten später begann das Ritual, das sie nun schon kannte: Bertie stupste sie an, lief zur Treppe, kam zurück, stupste sie erneut an, lief abermals zur Treppe und wiederholte seine stumme Aufforderung so oft, bis sie endlich mit ihm hinunterging. Jedes Mal benötigte sie mehr Zeit, um den Mut dazu aufzubringen, und jedes Mal tat sie es erst, nachdem sie gewisse Sicherheitsvorkehrungen getroffen hatte: Sie schlich zum Schlafzimmerfenster, als könnte man sie von draußen hören. Sie spähte hinaus. Dann stieg sie mit Bertie die Treppe hinunter, wo sie noch einen Blick durchs Küchenfenster warf. Erst dann öffnete sie die Haustür.

Diesmal brauchte Lilli fast zwanzig Minuten, bis sie Berties Drängen nachgab. Der Hund lief sofort zu einem Busch und hob das rechte Hinterbein. Lilli beobachtete ihn von der Haustür aus. Sie traute sich nicht, ihn aus den Augen zu lassen, weil sie fürchtete, er könnte einen Hasen erspähen, und dann wäre er auf und davon. Ihr wurde erst bewusst, dass sie nur ihr Nachthemd trug, als sie eine kühle Brise an den Beinen spürte.

»Bertie, komm rein!«

Der Hund beschnüffelte den Pfosten, an dem das Gittertor hing. An seinen zuckenden Ohren erkannte Lilli, dass er sie gehört hatte, doch er gehorchte nicht.

»Bertie, komm!«, rief sie lauter.

Jetzt reagierte er, drehte sich um und bedachte sie mit einem treuherzigen Hundeblick. Lilli wusste, was das bedeutete. Es war Berties Art zu fragen: *Muss ich wirklich?*

»Bertie, komm!« Sie sah sich um und ergriff einen alten Tennisball, der im Flur lag und mit dem sie oft spielten. Sie warf Bertie den Ball zu, und er schnappte ihn. Dann trottete er langsam auf sie zu, blieb aber wenige Meter entfernt von ihr wieder stehen, den Ball zwischen den Zähnen.

»Bring's, Bertie! Bring den Ball!«

Sie ging in die Hocke und lockte, doch der Hund schien zu ahnen, dass sie das Spiel nicht zu wiederholen gedachte. Er setzte sich einfach hin und blieb stur. Und stur.

Lilli bekam eine Gänsehaut am ganzen Körper. »Bertie!«, rief sie erneut, doch ohne Ergebnis, und ihr wurde klar, dass sie ihn holen musste. Mit klopfendem Herzen sah sie sich um, griff zu einem Paar Gummistiefel, schlüpfte hinein und trat ins Freie.

Bertie, der sie aufmerksam beobachtet hatte, sprang schwanzwedelnd auf. Doch als sie auf ihn zuging, schien er zu wittern, dass sie ihn nicht begleiten, sondern ins Haus zurückholen wollte. Als sie nach seinem Halsband griff, sprintete er los, ums Haus herum in den Garten.

Lilli stürzte ihm nach, obwohl sie normalerweise nur ungern hinters Haus ging, doch Bertie war viel schneller. Sie sah gerade noch, wie er mit einem Satz über den halb umgekippten Jägerzaun sprang, der das Grundstück vom Wald trennte, und zwischen den Bäumen verschwand.

Die Panik kehrte sofort zurück. Es war nicht das erste Mal, dass Bertie allein in den Wald lief, aber es war das erste Mal, seit Ruth im Krankenhaus war. Der Gedanke, jetzt ganz allein zu sein, versetzte Lilli in Angst und Schrecken.

»Bertie!«, schrie sie mit schriller Stimme. »Bertie!«

Doch vom Hund kam keine Reaktion. Lilli spürte, wie ihr Atem schneller ging. Sie zögerte kurz, dann rannte sie ins Haus zurück. Sie musste sich umziehen und die Leine holen. Mit bebenden Fingern zerrte sie die Stiefel von den Füßen und hastete nach oben. Rasch schlüpfte sie in die Sachen, die neben ihrem Bett auf einem Haufen lagen. Dann stürzte sie wieder nach unten, schnappte sich eine Jacke und Berties Leine und suchte in dem Chaos auf dem Flurboden nach ihren Turnschuhen. Als sie sich vorbeugte, um die zweite Schleife zu binden, hörte sie an der Tür ein Geräusch.

Die Erleichterung war so groß, dass ihre Knie nachgaben wie Pudding. Lilli ließ sich auf den Boden plumpsen. »Oh, Bertie!« Erst dann sah sie auf. In der Tür, die sie in ihrer Eile offen gelassen hatte, stand nicht Bertie, sondern Hans Löhrmann.

Einige Herzschläge lang herrschte Stille. Eine solch absolute Stille, als hätte jemand mit einem riesigen Staubsauger jedes Geräusch aus der Welt gesaugt.

Lilli saß in der Falle. Es war das schlimmstmögliche aller Szenarien. Löhrmann im Freien zu treffen, wäre schlimm genug gewesen, aber immerhin hätte sie weglaufen können. Aber hier … Lilli wollte aufstehen, doch es gelang ihr nicht, ihre Beine waren zu nutzlosen Stängeln geworden. Sie wollte etwas sagen, doch ihre Kehle war wie zugeschnürt.

Dafür sprach Löhrmann. »Hallo, Lilli, wie geht es dir?«

Seine Stimme dröhnte regelrecht in dem schmalen Flur und schien den Raum so auszufüllen, dass für Lilli selbst kein Platz mehr blieb. Sie musste etwas erwidern, doch ihr Kopf war wie leergefegt. Und selbst wenn ihr eine Antwort eingefallen wäre, hätte sie die Worte nicht über die Zunge gebracht.

»Scheußliches Wetter, nicht wahr?«

Lilli war sprachlos.

»Ich wollte zu deiner Tante. Ist sie da, oder bist du ganz allein? Alles in Ordnung?«

Er sah auf sie herunter. Es fühlte sich an, als legte sich ein bedrohlicher Schatten über sie. Dabei war der Mann nicht einmal besonders groß. Lilli wusste, dass sie ihn überragen würde, wenn sie es nur schaffte aufzustehen. Sie zog ihre Füße an und rutschte auf ihrem Po ein Stück zurück. Es war ein Fehler, denn Löhrmann kam sofort einen weiteren Schritt auf sie zu. Panisch schüttelte sie den Kopf.

»Heißt das, es ist nicht alles in Ordnung? Kann ich dir helfen? Du redest nicht viel, was? Warte, ich helfe dir hoch.« Er kam noch näher und streckte seine Rechte aus.

Gehen Sie weg!, schrie Lilli stumm.

Löhrmann machte noch einen Schritt, packte ihre Hand und zog sie hoch. Lilli erstarrte vor Schreck. Sie konnte sich nicht bewegen. Alles schien gelähmt, nicht nur ihre Zunge. Der Mann stand so dicht vor ihr, dass sie nicht nur sein aufdringliches Rasierwasser, sondern auch den Minzgeruch seiner Zahnpasta wahrnahm. Sie wollte schlucken, doch auch ihre Kehle schien gelähmt.

Und dann passierte es. Löhrmanns Blick veränderte sich, wurde intensiver. »Sag mal, habe ich dich nicht schon früher einmal gesehen? Kennen wir uns aus Aachen?«

Es waren diese Worte, auf die Lilli drei Jahre lang ängstlich gewartet hatte, die sie aus ihrer Erstarrung rissen. Energie strömte in ihren Körper zurück, als hätte jemand Strom an sie gelegt. Sie stieß Löhrmann so heftig zurück, dass er nach hinten stolperte. Dann stürzte sie an ihm vorbei durch die Haustür nach draußen. Und plötzlich fand sie ihre Stimme wieder.

»Bertie!«

Der Schrei schoss aus ihrer Kehle wie ein aus Gefangenschaft befreiter Vogel, flog aus ihrem Mund und gellte in den Wald hinein. Statt einer Antwort hörte Lilli ein Geräusch hinter sich, Löhrmann kam aus dem Haus.

»He, was ist denn in dich gefahren?«

»Bertie!«

Und im nächsten Moment kam der Hund tatsächlich aus dem Wald, rannte die Straße entlang und stürmte durchs Tor auf sie zu. Lilli schluchzte laut auf. Dann drehte sie sich zu Löhrmann um.

»Bertie, fass!«

Déjà-vu

Der Hundeangriff war im Blockhaus geschehen, in dessen Garten Nicole Danner gestorben war. Als Charly das hörte, interessierte die Geschichte sie gleich doppelt. Das Haus hatte jahrelang leer gestanden, denn nach dem Mord an Nicole Danner hatte niemand dort wohnen wollen. Erst vor zwei Jahren hatte Hans Löhrmann eine Käuferin gefunden. Eine gewisse Ruth Kettler, Buchhalterin von Beruf, war mit ihrer Nichte Lilli dort eingezogen. Wenig später hatten die beiden sich einen Hund zugelegt, und diesen Hund hatte Lilli auf Löhrmann gehetzt, als dieser mittags zu einem Besuch vorbeigekommen war.

»Warum?«, fragte Charly.

Miranda hob ratlos die Hände. »Das wusste Hans nicht. Offenbar geschah es völlig grundlos. Er wollte Tante und Nichte besuchen und die beiden für den Nachmittag einladen. Während er sich mit Lilli unterhielt, rief sie plötzlich den Hund und brüllte: ›Fass!‹ Dann ging das Biest auf ihn los und biss ihn in die Wade.«

»Was war das für ein Hund?«, fragte Benny.

»Das hat Hans nicht gesagt. Aber da er ins Krankenhaus musste, war es doch wohl ein größeres Tier. Werden Sie sich darum kümmern?«

Charly versprach es ihr, und nachdem Miranda sich zum zweiten Mal verabschiedet hatte, setzte sie sich mit Benny wieder in den Wagen.

»Willst du das wirklich tun?«, fragte Benny. »Ein Hundebiss gehört doch wohl kaum zu unserem Aufgabengebiet. Wir könnten die Kollegen aus Stolberg anrufen.«

Doch Charly erwiderte grimmig: »Alles, was mit den ehemaligen Improprinten zu tun hat, interessiert mich. Abgesehen davon klingt das doch eher nach vorsätzlicher Körperverletzung, und die gehört sowieso uns.« Sie holte ihr Handy hervor und wählte Löhrmanns Mobilnummer, bekam jedoch nur die Mailbox. Hans Löhrmann schien kein Freund ständiger Erreichbarkeit zu sein. Sie dachte kurz nach. »Okay, da der Überraschungsbesuch bei Löhrmann ausfällt, überraschen wir einfach die neuen Bewohnerinnen des Blockhauses. Außerdem kannst du dir dann den ersten Tatort ansehen.«

Wenige Minuten später lenkte Benny den Wagen die Straße hinauf, die zu dem Haus führte, das Charly an eine kanadische Blockhütte, Mick an ein Hexenhaus erinnert hatte. Die Fahrt hatte viel von einem Déjà-vu-Erlebnis, obwohl die Umstände ganz anders waren als vor fünf Jahren. Damals war es so heiß gewesen, dass das Eintauchen unter das grüne Walddach wie eine Erlösung gewesen war, heute war es eher unheimlich. Die Dämmerung hatte eingesetzt und den ohnehin tristen Tag noch grauer gemacht. Der Nieselregen war stärker geworden, und im Licht der Scheinwerfer huschte ein kleines Tier vor ihnen über die Fahrbahn.

Dennoch, je weiter sie fuhren, desto intensiver hatte Charly das Gefühl, in die Vergangenheit zurückzukehren. Sie konnte fast Mick auf dem Fahrersitz neben sich sehen, sie konnte die Bemerkungen hören, die er damals gemacht hatte, und sie konnte die Gerüche riechen, die damals durchs offene Fenster hereingeströmt waren. Gerüche nach Sommer und Gras und Holz. Und sie konnte fühlen, was sie in jenem Augenblick gefühlt hatte: Glück. Obwohl sie auf dem Weg zu einem Tatort gewesen waren, obwohl sie angespannt und konzentriert gewesen war, war das alles unterlegt gewesen von einem Gefühl tiefer Zufriedenheit.

Genervt schüttelte Charly den Kopf. Nicht zum ersten Mal an diesem Tag musste sie an Mick denken, und auch jetzt schob sie den Gedanken an ihn entschlossen zur Seite. Doch es fiel ihr von Mal zu Mal schwerer.

»Dort vorn ist es«, sagte sie zu Benny. »Ein paar Meter weiter gibt es einen Wanderparkplatz, aber ich schlage vor, wir parken vor dem Gartentor, sonst brechen wir uns im Dunkeln die Beine.«

Das war ziemlich übertrieben, denn bis zum Sonnenuntergang blieb noch geraume Zeit. Doch Charly hatte das Bedürfnis, anders vorzugehen als an dem Tag, als sie zum ersten Mal hier gewesen war.

»Ich hätte eine Taschenlampe anzubieten«, sagte Benny.

»Allzeit bereit? Warst du bei den Pfadfindern?«

Er hielt vor dem Gartentor. »Ich bin es noch. Ich kann auch aus einem harzigen Kien eine Fackel herstellen, um die wilden Tiere zu verscheuchen.«

»Wühlmäuse und Eichelhäher?«, spottete Charly.

Doch als sie aus dem Wagen stieg und die feuchte Kälte sie umfing, fand sie den Gedanken an wilde Tiere gar nicht so abwegig. Bei diesen Wetterbedingungen und um diese Tageszeit wirkte das Haus, das dunkel und still auf der kleinen Lichtung stand, noch einsamer als in ihrer Erinnerung. Die nächsten Häuser lagen zwar nur zweihundert Meter und eine Straßenkurve entfernt, doch von hier aus betrachtet schien die Zivilisation weit weg zu sein. Es wunderte Charly nicht, dass Löhrmann Schwierigkeiten gehabt hatte, das Blockhaus loszuwerden. Der Mord allein hatte vermutlich die meisten Interessenten abgeschreckt, aber in Kombination mit der Lage … Charly fragte sich flüchtig, wieso Ruth Kettler und ihre Nichte ausgerechnet hierhergezogen waren.

Benny verfolgte anscheinend ähnliche Gedankengänge. »Wenn ich hier leben müsste, würde ich mir auch einen Wachhund halten. Ich hoffe, das Biest rennt nicht irgendwo draußen herum.«

»Dann bastelst du eine Fackel und verscheuchst es. Kommst du?«

Charly öffnete das Gartentor. Als sie hindurchging, hatte sie wieder das Gefühl eines Déjà-vu-Erlebnisses, daher beschleunigte sie ihre Schritte. Sie bereute bereits, hierhergekommen zu sein. So dunkel, wie das Haus da stand, war vermutlich ohnehin niemand da. Doch umgehend wurde sie eines Besseren belehrt, denn von drinnen ertönte Gebell. Nur kurz, dann endete es jäh, als hätte jemand dem Hund einen Befehl gegeben oder die Schnauze zugehalten. Doch das Bellen kam eindeutig aus dem Haus.

»Na bitte«, sagte Charly. »Die Bestie ist offenbar hinter Schloss und Riegel.«

Benny atmete hörbar auf. »Hoffentlich bleibt sie dort. Was ist? Sollen wir nicht klingeln?«

Charly war zwei Meter vor der Haustür stehen geblieben. »Erst will ich den Bewohnerinnen die Gelegenheit geben, uns in Augenschein zu nehmen, damit sie ihren Hund unter Kontrolle behalten.«

Die Gelegenheit wurde tatsächlich ergriffen. Nach kurzem Warten nahm Charly eine Bewegung im Küchenfenster links von der Haustür wahr. Ein Gesicht wurde an die Scheibe gedrückt. Viel mehr als einen hellen Fleck mit großen Augen und einem dunklen Schimmer darüber sah Charly jedoch nicht, da war es schon wieder verschwunden. Dennoch hatte sie den Eindruck, dass es ein junges Gesicht gewesen war.

»Okay, Antlitzkontrolle beendet.« Charly überbrückte die kurze Distanz bis zur Haustür in der Erwartung, dass diese geöffnet würde. Doch diesmal erwies sich ihre Prognose als falsch.

Sie warteten eine ganze Weile, ohne dass etwas geschah. Charly fröstelte, und ein nervöses Kribbeln machte sich in ihrem Magen bemerkbar.

»Vielleicht denkt sie, wir wollen nur das Haus ansehen«, meinte Benny schließlich.

»Klar, oder wir sind Weihnachtsmänner mit kaputten Kalendern und wollen zwei Monate zu früh die Geschenke durch den Schornstein werfen«, entgegnete Charly sarkastisch. Doch sie drückte auf den Klingelknopf und zuckte zusammen, als es laut schrillte.

Als einzige Reaktion wurde der Rollladen in der Küche heruntergelassen. Charly und Benny sahen sich an.

»Unter Gastfreundschaft stelle ich mir etwas anderes vor«, bemerkte Benny.

Charly nickte. »Wie heißt die Nichte noch mal?«

»Lilli. Und die Tante heißt Kettler.«

»Na dann.« Charly klingelte abermals. »Lilli? Frau Kettler?«, rief sie. »Bitte öffnen Sie die Tür! Wir sind von der Polizei und möchten mit Ihnen reden.«

Diesmal erfolgte gar keine Reaktion. Charlys ohnehin

gespannter Geduldsfaden drohte zu reißen. Zugegeben, Benny und sie waren vor allem aus Neugier gekommen, doch das wusste die Person im Haus nicht. Warum öffnete sie nicht?

Charly wandte sich um und betrachtete die wilde Wiese zwischen dem Haus und dem Gartentor, als läge dort die Antwort verborgen. Aber natürlich verriet der reichlich verwilderte Vorgarten nichts über die Bewohnerinnen, außer dass diese offenbar wenig Interesse an Gartenarbeit hatten.

»Sollen wir mal ums Haus herumgehen?«, schlug Benny vor.

»Natürlich nicht«, entgegnete sie gereizt. »Schon mal was von Hausfriedensbruch gehört?«

»Aber wenn sie nicht öffnet …«

»Das ist ihr gutes Recht.«

»Und was machen wir stattdessen?«

Dieselbe Frage hatte Benny ihr heute schon mehrfach gestellt und auch das begann, Charly auf die Nerven zu gehen. Es gab nur eine Sache, die sie tun konnten, und sie erwartete, dass Benny das selbst wusste.

Doch bevor sie vorschlagen konnte, nach Aachen zurückzufahren, ging plötzlich das Flurlicht im Haus an. Sie erkannte es an dem schmalen Lichtstreifen, der unter der Tür hindurchschimmerte. Dann hörte sie ein Rascheln und beobachtete, wie ein zusammengefalteter Zettel unter der Tür durchgeschoben wurde. Charly griff danach und faltete ihn auseinander. Es war ein karierter DIN-A4-Zettel, offensichtlich aus einem Ringbuch herausgerissen. Sie konnten die mit Bleistift geschriebenen Worte gerade noch entziffern: *Ich verlange, dass Sie das Grundstück verlassen. Bitte gehen Sie!!!*

Charly und Benny sahen sich befremdet an. Benny griff nach dem Zettel, drehte ihn um, doch die Rückseite war leer.

»Meinst du, sie ist stumm?«, fragte Benny.

Charly zuckte die Achseln. Ärger kroch in ihr hoch, und ihre Anspannung wurde noch größer. »Frau Kettler«, rief sie laut. »Wir werden nicht gehen. Ihr Hund hat einen Mann angefallen, darüber müssen wir reden.«

Als Antwort hörten sie eine Weile nichts, dann ein weiteres Rascheln, und schließlich wurde ein zweiter Zettel unter der Tür durchgeschoben: *Das ist nicht wahr. Es war Selbstverteidigung.* Dann wurde das Flurlicht ausgeschaltet, und sie hörten nur noch Stille.

»Und jetzt?«, fragte Benny.

Die Frage war der berühmte Tropfen. Ehrlicherweise hätte Charly zugeben müssen, dass nicht Benny der Grund dafür war, dass sie so gereizt war. Auch die anonyme Zettelschreiberin war nicht der Grund. Der Grund war Mick. Der Grund waren die Erinnerungen, die sie den ganzen Tag schon bestürmten und die sie immer mühsamer in Schach zu halten vermochte. Der Grund war die Tatsache, dass sie an diesen verdammten Ermittlungen teilnehmen musste. Der Grund war sie selbst, weil sie vor drei Jahren eine Entscheidung getroffen hatte, mit der sie nicht umgehen konnte.

»Und jetzt? Und jetzt? Und jetzt?«, fauchte sie. »Musst du das eigentlich ständig fragen? Wer sind wir? Kollegen oder Mutter und Sohn? Wenn du ernst genommen werden willst, dann mach gefälligst selbst einen Vorschlag. Oh Gott, jetzt fang nicht auch noch an zu flennen!«

Sie dachte tatsächlich, Benny würde losheulen, denn seine Kinderaugen wurden riesengroß und bekamen einen starren Glanz. Seine Lippen zitterten, und er schlug schnell die Hand davor. Doch unter der Hand drangen Geräusche hervor, ein Glucksen oder Schnaufen, und schließlich merkte Charly, dass Benny keine Tränen unterdrückte, sondern einen Lachkoller.

Sie warf ihm wütende Blicke zu, doch das führte nur dazu, dass er noch heftiger lachen musste. Er kicherte regelrecht, wie Charly es noch nie bei einem Mann gehört hatte. Es war das reinste Kindergekicher. Benny schlug sich zwar auch die zweite Hand vor den Mund, doch das half nicht viel.

Und dann musste auch Charly kichern. Sie versuchte, es zu unterdrücken. Es sind nur die Nerven, sagte sie sich. Seit Benny sie gestern Abend abgeholt hatte, waren kaum mehr als zwanzig Stunden vergangen, in denen einfach zu viel passiert war. Doch der Gedanke konnte das Bedürfnis nicht stoppen, und schließlich standen Charly und Benny vor dem Haus und kicherten und prusteten wie zwei hysterische Teenager.

Es war Benny, der sich als Erster fasste. »Was für eine absurde Situation.«

Charly wischte sich über die feuchten Augen. »Und jetzt?« Dann musste sie wieder losprusten.

Benny sah sie mit gespielter Strenge an. »Jetzt fahren wir zurück zum Präsidium.«

»Warum?«

»Weil wir nichts anderes tun können. Wir haben nichts in der Hand. Lediglich eine Aussage vom Hörensagen, dass ein Hund, der möglicherweise der anonymen Zettelschreiberin gehört, möglicherweise einen Mann gebissen hat. Wir haben nicht mal eine Aussage dieses Mannes. Umgekehrt haben wir die Behauptung der anonymen Zettelschreiberin, dass es Selbstverteidigung war. Allerdings scheint die anonyme Zettelschreiberin diese Aussage nicht näher erläutern zu wollen. Daher schlage ich vor, wir fahren zurück ins Präsidium, wir müssen ohnehin zur Abendbesprechung. Und falls du heute Abend nichts Besseres vorhast, besuchen wir Löhrmann im Krankenhaus.«

Drachengrollen

Es gibt kaum etwas Verbindenderes als einen gemeinsam erlebten peinlichen oder albernen Moment. Charlys und Bennys Benehmen vor der Haustür der Zettelschreiberin war beides gewesen, und auf der Rückfahrt nach Aachen fühlte Benny sich zum ersten Mal in Charlys Gegenwart völlig entspannt. Gut gelaunt fuhr er auf die L233, während er eine stille Entschuldigung gen Himmel schickte, dass er bisher seiner Neigung zu hysterischem Gekicher als Reaktion auf berechtigte Kritik nichts Positives hatte abgewinnen können.

Auch Charlys schlechte Laune schien sich gebessert zu haben. Sie tippte am Radio herum. Als Nickelbacks *When we stand together* ertönte, sagte Benny schnell:

»Mach mal lauter, das ist geil.«

Sie zögerte. »Solange du nicht mitsingst.«

»He, diese Stimme wurde im Kirchenchor geschult.«

»Um Himmels willen!« Doch sie drehte auf und stellte das Radio erst wieder leiser, als ein Werbe-Jingle kam.

»Was hältst du übrigens davon, wenn du in der Besprechung unsere Ergebnisse zusammenfasst?«, fragte sie. »Wird Zeit, dass du dich ein bisschen einbringst.«

»Klar. Soll ich irgendwas Bestimmtes sagen?«

»Alles, was dir wichtig erscheint. Und natürlich ein paar geniale Schlussfolgerungen. Hast du welche auf Lager?«

»Jede Menge«, sagte Benny im Brustton der Überzeugung.

»Gut, das unterscheidet dich von mir. Leg los!«

Benny überholte einen Lkw, während er seine Gedanken sortierte. Es war zwar nur ein Probelauf, aber er wollte sich vor Charly nicht blamieren. Dann fasste er zusammen, was sie heute erfahren hatten, und endete mit:

»Abgesehen von der Todesart und den abgeschnittenen Haaren, weist vorläufig nichts darauf hin, dass der Tod der Waldfrau mit den Taten des Axtmörders zusammenhängt. Keiner der drei Zeugen, die wir heute vernommen haben, hat ihr Foto erkannt oder konnte sonst einen Hinweis geben. Falls einer dieser Zeugen allerdings in den Mord an der Waldfrau verwickelt ist, kommen nur Frederik Zerbitzky oder Alexa Danner in Betracht, da Miranda Zerbitzky ein Alibi hat.«

»Das noch bestätigt werden muss«, warf Charly ein.

»Zweifelst du daran?«, fragte Benny.

»Nein. Hätte Miranda ein Alibi erfinden wollen, hätte sie vermutlich eins gewählt, bei dem sie weniger Mitmenschen zum Lügen anstiften müsste. Sonst noch Schlussfolgerungen?«

»Zum Tod der Waldfrau nicht«, musste Benny zugeben.

»Aber zu den alten Fällen?«

»Ein paar Ideen.«

»Nämlich?«

»Ich glaube, dass Alexa Danner sich ritzt – oder es zumindest früher getan hat.« Aus dem Augenwinkel bemerkte Benny, dass seine Aussage Charly überraschte.

»Wie kommst du darauf? Mir ist nichts aufgefallen. Außerdem trug sie eine langärmelige Bluse.«

»Sie ritzt sich am Bauch. Als sie auf dich losging, rutschte die Bluse hoch. Sie trug nichts darunter, zumindest kein Unterhemd. Ich habe es nur kurz gesehen, aber ich bin sicher. Hauptsächlich parallele Schnitte, jede Menge. Die meisten schon älter, ein paar hässliche Narben waren dabei.«

»Ich dachte, Ritzer schneiden sich in die Arme.«

Benny schüttelte den Kopf. »Viele schneiden sich auch in den Bauch oder in die Oberschenkel. An Stellen, wo es keiner sieht.« Er setzte leise hinzu: »Eine meiner Schwestern hat sich jahrelang geritzt.«

»Das tut mir leid.«

Benny nickte. »Es war eine schwierige Situation. Ich habe vier Schwestern. Die älteste ist zehn Jahre älter als ich, die jüngste eineinhalb. Das ist die, die sich geritzt hat. Sie war magersüchtig.«

»Steht ihr euch nahe?«, fragte Charly. Der vorsichtigen Frage entnahm Benny, was sie tatsächlich wissen wollte: Hatte seine Schwester die Magersucht überlebt?

»Mittlerweile ja. Damals nicht. Damals stand sie niemandem nahe.«

»Und weißt du, warum sie sich geritzt hat?«

»Wir haben später einmal darüber gesprochen. Das Ritzen war bei ihr eine Begleiterscheinung der Magersucht. Es ging ihr wohl darum, ihren Hass gegen ihren Körper auszudrücken. Außerdem war es eine Form von Kontrolle, genau wie das Hungern. Aber nicht alle Frauen, die sich selbst verletzen, sind magersüchtig, obwohl sie natürlich alle ein psychisches Problem haben. Viele tun es, weil es ihre einzige Möglichkeit ist, ihren Körper zu spüren. Oder um Druck abzubauen. Es führt zur Entspannung, und wenn sie keine andere Möglichkeit zur Entspannung kennen, wird es leicht zur Sucht. Sich selbst verletzende Menschen können in der Regel mit ihren Emotionen nicht umgehen. Besonders oft sind es Mädchen, die im Gegensatz zu Jungs nicht wissen, wie sie ihre Aggressionen nach außen ausleben können.«

»Du kennst dich gut aus.«

Benny spürte, wie er rot wurde. »Habe ich doziert? Ich habe mich ein bisschen eingelesen.«

»Erzähl mir mehr darüber. Gibt es typische Merkmale von Ritzern, die du auch bei Alexa bemerkt hast?«

Sie waren mittlerweile auf der A44, und Benny beschleunigte das Tempo. »Na ja, so einfach ist das nicht. Es gibt schon bekannte Merkmale, die auf Ritzerinnen zutreffen können, aber natürlich ist es bei jeder unterschiedlich.« Er versuchte, sich zu erinnern, was er gelesen hatte. »Menschen, die zu selbst verletzendem Verhalten neigen, sind oft impulsiv, labil, chronisch wütend oder leiden unter chronischen Angstzuständen. Sie mögen sich selbst nicht und sind sehr empfindsam. Du kennst Alexa besser, trifft etwas davon auf sie zu?«

Charly dachte nach. »Es ist schwierig zu beurteilen, weil sie kaum Gefühle zeigt. Zumindest hat sie das früher nicht getan, da hat sie oft so eine Gelangweilter-Teenager-Schau abgezogen. Heute war sie dagegen richtig offen. Chronisch wütend könnte zutreffen. Sie machte auf mich immer einen unterschwellig aggressiven Eindruck, aber ich glaube, dass sie auch empfindsam ist. Sie wirkt nach außen stark und selbstbewusst, aber vielleicht hatte sie einfach nie eine andere Wahl. Sie musste immer stark sein und sich um Nellie kümmern. Ich glaube, sie konnte die Rolle auch nach dem Einzug bei Chris Danner nicht ablegen. Zumindest nicht ganz.«

»Vielleicht wollte sie die Rolle gar nicht ablegen. Oder es war wichtig, dass sie sie nicht ablegte«, meinte Benny.

»Das verstehe ich nicht.«

»Na ja, ihr scheint alle der Meinung zu sein, dass Alexa ihre Beschützerrolle getrost an Doktor Danner hätte abgeben können. Aber vielleicht musste Alexa sich und Nellie gerade vor ihrem Onkel beschützen.«

Charly seufzte. »Du redest von sexuellem Missbrauch. Daran habe ich nie geglaubt.«

»Also habt ihr darüber auch schon nachgedacht«, stellte Benny fest, enttäuscht, dass er nicht wie gedacht eine neue Idee vorgebracht hatte.

»Natürlich, was glaubst du denn? Ein Onkel, der unbedingt das Sorgerecht für seine Nichten will – da klingeln sofort alle Alarmglocken. Und es hätte Danner ein Motiv gegeben. Das ist es ja, woran die Ermittlungen unter anderem gescheitert sind. Wir konnten das Motiv für die Morde nie herausfinden. Natürlich verdächtigten alle Danner, weil er die engste Beziehung zu Nicole und Bettina hatte, aber das Motiv war unklar. Wenn es allerdings wahr wäre, dass er seine Nichten missbrauchte, dann hätte er ein Motiv gehabt, seine Schwester zu töten. Entweder weil sie etwas bemerkt hatte, oder weil er sie aus dem Weg räumen wollte. Und genauso gut hätte er Bettina töten können, wenn sie etwas geahnt hätte. Einige Kollegen glaubten damals, dass er sie nur als Alibifreundin hatte, um von seinen wahren Interessen abzulenken.«

»Gab es dafür Hinweise?«

»Keine direkten. Aber die Beziehung zwischen Danner und Bettina schien ziemlich beliebig zu sein. Als wir Danner nach Bettinas Tod befragten, war er nicht besonders erschüttert. Ich hatte damals den Eindruck, er war mit ihr nur zusammen, weil er eine Freundin haben wollte. Vermutlich wäre ihm jede attraktive Frau recht gewesen. Ich war ziemlich überrascht, als Miranda sagte, er hätte ihr einen Antrag gemacht.«

»Glaubst du, das stimmt?«, fragte Benny.

Aus dem Augenwinkel sah er Charly die Achseln zucken. »Warum sollte sie lügen? Allerdings kann ich mir den Missbrauch dann noch weniger vorstellen. Danner hätte sich wohl kaum eine Frau ins Haus geholt, vor der er den Missbrauch hätte verbergen müssen.«

»Vielleicht dachte er, eine Ehefrau wäre geeignet, jeden Anflug von Misstrauen bei anderen zu zerstreuen.«

Charly schüttelte den Kopf. »Vielleicht wenn jemand misstrauisch gewesen wäre, aber außer ein paar ohnehin argwöhnischen Bullen machte sich keiner Gedanken in dieser Hinsicht. Danner war extrem beliebt, sowohl bei Kollegen als auch bei Freunden und Nachbarn. Wir haben niemanden gefunden, der auch nur ein böses Wort über ihn gesagt hat.«

»Ein erstrebenswerter Zustand für einen Pädophilen«, sagte Benny nachdenklich.

Charly erwiderte nichts.

»Aber du glaubst nicht an Missbrauch. Warum nicht?«

»Ich würde es nicht ausschließen, aber ich möchte es Danner ohne einen konkreten Hinweis nicht unterstellen.«

»Ich finde, eine Schwester, die sich ritzt, und eine andere, die an Mutismus leidet, sind durchaus konkrete Hinweise.«

»Nur darauf, dass etwas nicht stimmt. Und das kann alles Mögliche gewesen sein. Bevor sie zu Danner kamen, lebten Alexa und Nellie in reichlich unstabilen Verhältnissen. Zumindest Nellies Mutismus hatte in dieser Zeit seinen Ursprung. Er hatte sicherlich nichts mit ihrem Onkel zu tun.«

»Aber du kannst nicht ausschließen, dass er sie missbraucht hat.«

»Natürlich nicht. Wie soll man so etwas ausschließen?« Sie warf ihm einen Blick zu. »Gibt es irgendeinen besonderen Grund für deine Annahme?«

Benny zögerte. Er wusste, dass es gefährlich war, wenn Laien aus angelesenem Internetwissen zu viele Schlüsse zogen. »Sexueller Missbrauch ist ein häufiger Grund für selbst verletzendes Verhalten. Außerdem finde ich die Umstände von Nellies Verschwinden reichlich seltsam. Ich hatte das Gefühl, dass Alexa in Bezug auf den Streit mit dem Onkel nicht die Wahrheit sagte.«

Charly nickte zustimmend. »Da bist du nicht der Einzige, die Kollegen hatten damals auch Zweifel an der Geschichte. Aber da beide dasselbe aussagten …«

»Wer hat ihr Verschwinden damals eigentlich untersucht? Ich weiß, dass das KK12 für Vermisstenfälle zuständig ist, aber es war doch kaum der übliche Fall.«

»Sie haben den Fall trotzdem bearbeitet, in enger Absprache mit den Kollegen, die Katjas Tod untersuchten, und vermutlich auch mit Frank. Ich war damals nicht dabei. Ich war auf Sardinien im Urlaub und lag anschließend im Krankenhaus, weil ich mir beim Mountainbikefahren ein paar Knochen gebrochen hatte. Nichts Schlimmes«, fügte sie auf seinen fragenden Blick hinzu.

»Und glaubst du beziehungsweise glaubten die Kollegen damals, dass es einen Zusammenhang zwischen Katjas Tod und Nellies Verschwinden gab?«

Charly zögerte. »Schwierig. Natürlich liegt es nahe, weil beides am selben Tag passierte und weil es über Danner eine Verbindung zwischen Katja und Nellie gab. Aber wie der Zusammenhang aussehen soll …« Sie ließ den Satz in der Luft hängen.

»Der offensichtliche wäre, dass Danner für beides verantwortlich ist«, überlegte Benny. »Was ist eigentlich mit seinem Alibi? War es wirklich wasserdicht? Oder könnte er es gefälscht haben?«

»Auf keinen Fall. Wie Frank erzählte, waren Katja und Danner am Wochenende weggefahren. Das heißt, er war in ein Wellnesshotel nach Bad Münstereifel gefahren, um sich mit seinen ehemaligen Kommilitonen zu treffen, und hatte ihr vorgeschlagen mitzukommen. Die beiden fuhren in getrennten Wagen und blieben bis Sonntagmittag. Katja fuhr gegen Viertel vor drei dort weg, Danner eine Viertelstunde später. Dafür gab es Zeugen. Auf der Autobahn passierte dann ein paar Fahrzeuge vor Danner ein Unfall – Alexa erzählte ja davon. Danner musste anhalten, aber er wäre ohnehin nicht weitergefahren. Er stieg aus und leistete Erste Hilfe. Nach mehreren Zeugenaussagen war er bis halb sechs auf der A4. Um diese Zeit war Katja laut Obduktionsbericht bereits tot. Der Gerichtsmediziner gab fünf als spätesten Todeszeitpunkt an, auch wenn er auf einen früheren Zeitpunkt tippte. Und die Kollegen nahmen ebenfalls an, dass Katja eher früher getötet worden war. Vermutlich ziemlich bald nach ihrer Heimkehr, weil ihre Tasche noch im Flur stand und sie ein Ordnungsfreak war. Von der Fahrzeit her hätte sie gegen vier zu Hause sein können. Und um zehn nach vier sah ein Nachbar ihren Wagen in der Einfahrt stehen.«

»Klingt fälschungssicher«, musste Benny zugeben. Er

dachte nach. »Und die Kollegen hatten damals keine Idee, wer Katja getötet haben könnte?«

Charly schüttelte den Kopf.

»Und was glaubst du?«

»Ich habe keine Ahnung.« Die Antwort kam wie aus der Pistole geschossen.

Benny schüttelte den Kopf. »Aber das kann doch nicht sein. Drei Morde. Da müsst ihr doch eine Theorie entwickelt haben. Auch wenn ihr sie nicht beweisen konntet.«

»Wir hatten sogar mehrere. Nach Nicoles Tod waren wir überzeugt, dass ihr Ex sie getötet hatte. Nach Bettinas Tod deuteten die Zeichen stark auf Doktor Danner. Aber nach dem Mord an Katja änderte sich die Situation. Danner hatte ein Alibi, und die anderen bestritten, sie überhaupt gekannt zu haben ... Was hältst du übrigens davon, wenn wir mal aussteigen?«

Sie waren mittlerweile am Präsidium angekommen, Benny war quasi auf Autopilot hergefahren. »Klar«, sagte er, obwohl er gern sitzen geblieben wäre. Er genoss die Diskussion. Zum ersten Mal hatte er das Gefühl, dass Charly ihn ernst nahm. Allerdings mochte Benny den Fall immer weniger. Als Charly ihm gestern Abend erzählt hatte, dass der Mord an der Waldfrau möglicherweise Teil einer Serie war, hatte die Information Benny in einen Zustand gespannter Erregung versetzt. Er war mit TV-Serien aufgewachsen, in denen es von Serienmördern nur so wimmelte, und die Vorstellung, einen solchen zur Strecke zu bringen, hatte durchaus zu seiner Berufswahl beigetragen. Jetzt hatten sie hier quasi eine Kombination aus *Cold Case* und *CSI*. Benny hatte letzte Nacht vor Aufregung kaum geschlafen und sich in seinen wachen

Momenten ausgemalt, wie er den Täter eigenhändig entlarvte. Wie er den Fall löste, den seine Kollegen seit Jahren zu knacken versuchten. Wie er Informationen sammelte und dann sofort das Muster erkannte, das seinen Kollegen entgangen war.

Doch tatsächlich war heute eher das Gegenteil geschehen. Benny hatte das Gefühl, dass der Fall mit jeder neuen Information komplizierter wurde. Drei tote Frauen und ein verschwundenes Mädchen, und alle hatten in enger Verbindung zu einem Mann gestanden. Doch dieser Mann konnte nicht der Mörder sein. Wer dann? Zerbitzky oder Löhrmann? Aber aus welchem Motiv heraus? Und was hatte das alles mit dem Mord an der Waldfrau zu tun?

Während ihn diese Gedanken beschäftigten, hatte Benny den Wagen abgesperrt. Jetzt eilte er hinter Charly her und holte sie gerade rechtzeitig ein, um sie »Verdammt!« murmeln zu hören.

Benny folgte ihrem Blick und entdeckte einen großen schlaksigen Mann in einem anthrazitfarbenen Wollmantel, der im Windschatten des sechsstöckigen Polizeipräsidiums stand und rauchte. Es war Hauptkommissar Simon Haffner.

Charly beschleunigte ihre Schritte. Inzwischen hatte auch Haffner sie bemerkt. »Hallo, Kommissar Kämpfer«, begrüßte er Benny. »Charly.« Er hob die Hand mit der Zigarette.

Benny blieb stehen, doch Charly nickte nur knapp und verschwand im Gebäude. Benny sah ihr konsterniert hinterher. Als sie morgens über Simon Haffner gesprochen hatten, war ihm natürlich nicht entgangen, dass Charly den ehemaligen Kollegen nicht sonderlich zu mögen schien, aber ein solches Verhalten fand er arg brüsk.

Haffner schien der Affront nicht zu erschüttern. Er nahm die Zigarette in die Linke und streckte Benny seine knochige Rechte entgegen. »Kämpfer, wie geht es Ihnen?«

»Gut, vielen Dank. Und Ihnen?«

»Bestens. Ich hatte heute hier zu tun. Es ist doch immer nett, alte Bekannte zu treffen. Oder ehemalige Kolleginnen.« Er verzog spöttisch die Mundwinkel. »Es freut mich, dass es Ihnen gut geht. Haben Sie sich schon eingearbeitet? Wie ich hörte, sind Sie bei der MK2 gelandet. Gefällt es Ihnen?«

»Sehr gut«, entgegnete Benny mit Nachdruck, weil er sich an Haffners kritische Worte über Frank erinnerte.

»Das freut mich für Sie.«

Dann herrschte Schweigen. Benny überlegte, was er sagen könnte, doch ihm fiel nichts ein. Small Talk mit ranghöheren Kollegen oder gar Vorgesetzten fiel ihm schwer.

»Also dann«, sagte er, als die Stille peinlich wurde. »Es hat mich gefreut, Sie zu sehen …«

»Warten Sie!« Haffner warf die Zigarette auf den Boden und trat sie aus. »Lassen Sie uns einen Kaffee zusammen trinken.«

»Das ist leider nicht möglich. Ich muss zur Abendbesprechung.«

Haffner schob den Mantelärmel hoch und warf einen Blick auf seine Uhr. »Erst in zwanzig Minuten. Kommen Sie, Kämpfer, ein Espresso geht immer. Ich möchte Ihnen etwas erzählen.«

Charly stand an ihrem Bürofenster und beobachtete, wie Benny und Simon zehn Meter unter ihr gemeinsam das

Präsidium betraten. Sie ärgerte sich über ihre Reaktion. Simon die kalte Schulter zu zeigen war unhöflich und vor allem unfair gewesen, aber seine Anwesenheit hatte das flaue Gefühl in ihrem Magen jäh verstärkt. Nervosität, nein, viel stärker – Furcht breitete sich in ihr aus.

Die Furcht war nicht neu, natürlich nicht. Sie schlummerte seit drei Jahren in Charly, aber in der Vergangenheit hatte sie es zur eigenen Überraschung geschafft, dieses Gefühl zu unterdrücken. Tatsächlich hatte sie es zeitweilig nur noch unterschwellig gespürt – wie Drachengrollen in der Ferne. Doch als sie gestern die Leiche der Waldfrau gesehen hatte, war das Grollen lauter geworden, und bei Simons Anblick hatte der Drache einen Satz auf sie zu gemacht.

Drache. Drachengrollen.

Und woher zum Teufel kam dieser idiotische Vergleich?

Charly wusste es natürlich. Mick war es, der für ihre Furcht verantwortlich war und der solche Assoziationen auslöste. Mick, der ihr den ganzen Tag durch den Kopf gespukt war. Mick, den sie so erfolgreich aus ihrem Kopf verdrängt hatte. Zumindest hatte sie sich das eingebildet.

Mick über ein Snookerqueue gebeugt, die wilde Mähne zurückgebunden. Mick hinter dem Steuer seines Pickups, einen Rocksong grölend. Mick auf dem Flughafen in Frankfurt, in seinen Augen heiße Wut. Mick in der Klinik bei Hamburg, in seinen Augen kalte Angst, als sie ihm erklärte, dass sie ihn nie wiedersehen wolle. Mick. Mick. Mick!

»Verpiss dich!«, sagte Charly laut.

Benny wartete gespannt darauf, was Hauptkommissar Haffner ihm erzählen wollte, doch der schien es damit nicht eilig zu haben. Während sie sich ihren Kaffee holten, sprachen sie über Bennys bisherige Erfahrungen bei der MK2. Haffner hatte von Bennys erstem Fall gehört – ein Wachmann war erschlagen worden – und stellte dazu Fragen. Zunächst beantwortete Benny die Fragen nur knapp, da er annahm, Haffner wolle lediglich Small Talk machen. Doch auch als sie sich setzten, wechselte Haffner das Thema nicht, und Benny fühlte sich zunehmend vom Interesse des Ranghöheren geschmeichelt.

Zumal er Simon Haffner sehr bewunderte. Der Mann hatte in Neuss einen hervorragenden Ruf. Er galt zwar als eigenbrötlerisch und fanatisch, aber eben auch als Experte auf verschiedenen Gebieten, unter anderem bei Zeugenvernehmungen. Das hatte er in Bennys Kurs in einem Rollenspiel demonstriert. Benny selbst hatte den Verdächtigen gespielt und in dieser Rolle leugnen sollen, dass er an einem fiktiven Tatort gewesen war.

Er hielt es nicht einmal zwanzig Minuten durch. Haffner trieb ihn mit seinen Fragen innerhalb dieser Zeit in eine Ecke voller Widersprüche, aus der Benny außer einem Teilgeständnis kein Entkommen sah. Dabei hatte er sich nach der Lektüre des Rollenspieltextes eine vermeintlich clevere Strategie zurechtgelegt, die ihm einen breiten Boulevard an Möglichkeiten offenließ. Doch Haffner errichtete mit seinen Fragen nach und nach Straßenblockaden, sperrte wichtige Abzweigungen und schaltete Ampeln auf Rot, sodass Benny immer tiefer in eine Sackgasse rannte. Es war eine ungemein lehrreiche, wenn auch demütigende Erfahrung.

Danach erkor Benny Hauptkommissar Haffner zu

einem seiner Helden und strengte sich in dessen Kursen noch mehr an, um ihm ein Lob abzuringen. Es gelang ihm sogar zweimal, was rekordverdächtig war, denn Haffner galt nicht als Mann unnötiger Worte.

Doch gerade weil Haffner selten Worte verschwendete, fühlte Benny sich in der Cafeteria zunehmend unwohl. Haffner war zwar ein sehr guter Lehrer gewesen, aber ausgesprochen distanziert. Daher war Benny damals doppelt überrascht gewesen, als Haffner plötzlich aufgetaut war und seine Warnung bezüglich Mad Mick geäußert hatte. Und nun verwunderte es ihn zunehmend, dass sie hier zusammensaßen wie zwei alte Bekannte. Er wollte gerade fragen, was Haffner eigentlich wolle, da kam ihm dieser zuvor.

»Genug herumgeredet – Themawechsel. Sie wundern sich bestimmt schon die ganze Zeit, warum ich Sie sprechen wollte. Es geht um Ihren neuen Fall, die sogenannte Waldfrau. Wer hat sich eigentlich diesen Namen ausgedacht?«

Haffner hatte bisher entspannt auf seinem Stuhl gesessen, jetzt beugte er sich vor, sodass sein Raucheratem Benny ins Gesicht schlug.

Benny war verblüfft. Was hatte Haffner mit der Waldfrau zu tun? »Nun«, begann er vorsichtig, »da es ein offener Fall ist, verstehen Sie sicherlich, dass …«

Haffner unterbrach ihn. »Dass Sie einem Außenstehenden nichts davon erzählen dürfen? Keine Angst! Sie müssen keine Geheimnisse ausplaudern. Ich bin gut informiert.«

Er zählte rasch und knapp alle Informationen zu dem Fall auf. Benny wurde bald klar, dass die Bezeichnung *gut informiert* nicht übertrieben war. Haffner wusste mehr als Benny selbst. Er kannte zum Beispiel bereits die Ergebnisse der Obduktion und der Haus-zu-Haus-Befragung.

»Woher wissen Sie das alles?«

Ein schmales Lächeln umspielte Haffners Lippen. »Oh, ich habe meine Quellen.«

»Und was wollen Sie dann von mir wissen?«

»Ihre Einschätzung. Sie waren doch heute mit Hauptkommissarin Rumor unterwegs, um zu überprüfen, ob es einen Zusammenhang zwischen dem Tod der Waldfrau und den alten Fällen des sogenannten Axtmörders gibt. Ich wüsste gern, ob Sie einen Zusammenhang gefunden haben.«

»Und warum interessiert Sie das?«

»Weil ich bei den Axtmörder-Ermittlungen dabei war und weil es meine einzigen Mordfälle sind, die nicht in eine Verurteilung mündeten. Ich würde Charly fragen, aber sie mag mich nicht. Also, glauben Sie, dass die Waldfrau das dritte Opfer des Axtmörders ist?«

»Das vierte«, verbesserte Benny automatisch. Er überlegte. Hätten er und Charly an diesem Tag greifbare Ergebnisse ermittelt, dürfte er sie Haffner sicherlich nicht vorab mitteilen. Da dies aber nicht der Fall war, brauchte er einen ranghöheren und vermutlich einflussreichen Kollegen nicht unbedingt vor den Kopf zu stoßen. »Wir haben bisher keinen Zusammenhang gefunden, aber das heißt natürlich nicht, dass es keinen gibt. Wir haben bis jetzt auch nur mit den Zerbitzkys und Alexa Danner gesprochen.«

Benny war der Meinung, dass er diese nichtssagende Information durchaus an Haffner weitergeben durfte. Doch der schien die Information nicht nichtssagend zu finden. Er saß ohnehin vorgebeugt, doch jetzt schoss sein Kopf auf dem dünnen Hals blitzschnell nach vorn wie der eines Raubvogels, der nach Beute schnappt. Benny zuckte zurück.

»Soll das heißen, Sie haben Doktor Danner nicht vernommen? Warum nicht?«

Die Frage kam wie ein Pistolenschuss und war in so befehlendem Ton formuliert, dass Benny perplex antwortete: »Wir haben ihn nicht angetroffen«, bevor ihm einfiel, dass Haffner wohl kaum Anspruch auf eine Rechtfertigung hatte. Er sagte etwas irritiert: »Herr Haffner, ich möchte nicht unhöflich sein, aber ich muss bald los.«

Haffner lehnte sich wieder auf seinem Stuhl zurück. »Natürlich«, sagte er ruhig, »ich sollte Ihre Zeit nicht verschwenden. Entschuldigen Sie meine heftige Reaktion. Also, die Zerbitzkys und Alexa Danner bestreiten, die Waldfrau zu kennen. Aber was sagt Ihnen Ihr Gefühl? Glauben Sie, dass ein Zusammenhang besteht?«

Benny überlegte wieder. »Ich weiß es nicht«, sagte er ehrlich. »Auf den ersten Blick scheint mir die Übereinstimmung nicht besonders groß, abgesehen von der Todesart und den abgeschnittenen Haaren. Die Waldfrau scheint keine große Ähnlichkeit mit den früheren Opfern zu haben. Sie war zwar ebenfalls blond, aber sicherlich nicht auffallend attraktiv. Außerdem fehlt der offensichtliche Zusammenhang zu Doktor Danner und diesen Improprinten. Andererseits wurde die Information über die abgeschnittenen Haare nie veröffentlicht. Woher sollte ein Trittbrettfahrer davon wissen?«

Haffner nickte zustimmend. »Eine sehr gute Frage. Und haben Sie sich schon eine Meinung zu den drei früheren Taten gebildet?«

Benny warf einen Blick auf seine Uhr. In drei Minuten begann die Abendbesprechung. »Nein«, sagte er kurz. »Aber ich kenne auch noch nicht alle Fakten zu den Fällen, und ich habe noch nicht alle Beteiligten kennengelernt.«

»Aber haben Sie nie darüber nachgedacht, dass es damals vielleicht auch schon einen Trittbrettfahrer gegeben haben könnte?«

»Was meinen Sie damit?«

»Ist das nicht offensichtlich? Finden Sie wirklich, dass sich die drei Fälle besonders ähneln?«

Benny fragte sich mehr denn je, worauf sein Gegenüber hinauswollte. »Ja«, beantwortete er die Frage. »Natürlich. Ich finde die Fälle sogar sehr ähnlich. Alle drei Frauen waren zwischen achtundzwanzig und achtunddreißig Jahre alt, ausgesprochen attraktiv, mit langen blonden Haaren. Sie starben alle drei auf dieselbe Weise und standen alle drei in enger Beziehung zu Chris Danner.«

»Nicole Danner wurden die Haare nicht abgeschnitten.«

»Heißt das, Sie glauben, sie gehört nicht in die Reihe?«

Haffner schüttelte den Kopf. »Das war nur ein Beispiel. Es gibt andere. Beim ersten Mord wurde eine Axt verwendet, bei den späteren vermutlich jeweils ein handlicheres Beil. Und dann ist da der Fall Katja Harting. Sie wissen natürlich, dass Doktor Danner ein Alibi für den Zeitpunkt ihres Todes hat?«

Benny nickte.

»Im Gegensatz zu den ersten beiden Todesfällen.«

Benny nickte wieder. Er fühlte sich unbehaglich. Haffner schien auf irgendetwas zu warten, ja, geradezu zu lauern. Doch Benny hatte keine Ahnung, worauf.

»Und Sie haben daraus den Schluss gezogen, dass er nicht der Axtmörder ist.«

Benny nickte zum dritten Mal. Was war das für eine seltsame Frage?

»Und wer ist es dann?«

Unwillig schüttelte Benny den Kopf. »Keine Ahnung. Einer der anderen. Wie gesagt, ich habe noch nicht alle Fakten.«

Haffner grinste unerwartet. »Das ist mir klar.« Er wurde wieder ernst. »Also eine der folgenden Personen: Frederik Zerbitzky, Miranda Zerbitzky, Hans Löhrmann, Alexa Danner. Wussten Sie, dass keine dieser vier Personen Katja Harting gekannt hat?«

»Ich weiß, dass alle das behauptet haben. Was aber nicht heißt, dass es auch stimmt.«

»Da haben Sie recht, Kämpfer. Es muss nicht stimmen. Aber ich sage Ihnen etwas: Ich glaube dennoch, dass es stimmt, denn es wurde damals überprüft. Eine zweistellige Zahl von Kollegen hat wochenlang versucht, eine Verbindung zwischen einer dieser vier Personen und Katja Harting herzustellen, sie sind jedoch allesamt gescheitert. Sie haben mit Katjas Freunden, Bekannten, Verwandten gesprochen, doch niemand hatte je gehört, dass Katja eine der vier auch nur erwähnt hätte. Die Kollegen haben Katjas Tagebücher gelesen, ihre Mails überprüft und ihre Handydaten ausgewertet, doch nicht die kleinste Spur entdeckt, die zu einer dieser vier Personen führte. Wissen Sie, was das bedeutet?«

Benny hatte die Nase voll. »Sagen Sie es mir. Aber bitte sofort, ich muss zur Abendbesprechung.«

Haffner schien nur auf das Stichwort gewartet zu haben. Wieder schoss sein Kopf vor. Und dann sagte er es Benny.

»Das glaube ich nicht«, war Bennys erste Reaktion. »Das glaube ich nicht. Frank und Charly hätten es mir erzählt.«

Simon Haffner zeigte sich von dem Protest unbeeindruckt. Nachdem er gesagt hatte, was er hatte sagen wollen, wirkte er wieder völlig entspannt. »Es wundert mich nicht, dass Sie das sagen, Kämpfer. Loyalität ist eine bewundernswerte Eigenschaft. Es gab eine Zeit, da hätte ich es Frank auch nicht zugetraut, aber das war natürlich, bevor Mick Harting zur MK2 kam.«

Benny schüttelte den Kopf. Es war eine unzulängliche Reaktion, aber ihm fiel keine bessere ein. Doch. Er konnte aufstehen und gehen. Er drückte sich vom Stuhl hoch. »Ich höre mir das nicht an. Herr Haffner, ich weiß, dass Sie Oberkommissar Harting nie leiden konnten und ihn für gewalttätig halten, weil er Doktor Danner das Nasenbein gebrochen hat, aber …«

Weiter kam er nicht. Haffner unterbrach ihn mit einem hohlen Lachen. »Sie glauben, das ist das Einzige, das er gebrochen hat?«

»Nicht?«

»Bei Weitem nicht. Mad Mick kam aus einem gewalttätigen Elternhaus. Das erste Mal hätte er schon mit sechzehn verurteilt werden müssen, nachdem er einen Mann mit einem Barhocker krankenhausreif geprügelt hatte. Und seitdem hat er jedes Problem auf diese Art zu lösen versucht.«

»Aber …« Benny wusste nicht, was er sagen sollte. Er

konnte sich nicht vorstellen, dass Haffner eine solche Behauptung einfach so aufstellte.

Haffner schien Benny die Zweifel vom Gesicht abzulesen. »Kommen Sie, Kämpfer, setzen Sie sich wieder«, forderte er ihn auf.

»Nein, ich habe keine Zeit, und ich habe nicht vor …«

Wieder wurde er unterbrochen. »Sie haben nicht vor, sich die Beweise anzuhören? Schwach, sehr schwach, Kämpfer. Ich hätte mehr von Ihnen erwartet.«

»Beweise?«, echote Benny.

»Natürlich, was denken Sie denn? Dass ich eine solche Behauptung aufstelle, ohne Beweise zu haben? Setzen Sie sich wieder hin!«

Und Benny setzte sich wieder hin. Er hatte keine Wahl. Haffner hatte erste Zweifel gesät.

Im Besprechungsraum fragte Charly sich unterdessen, wo Benny blieb. Die Abendbesprechung fing in einer Minute an, und sonst war Benny immer einer der Ersten, voller Tatendurst und darauf erpicht, seine Kollegen und Vorgesetzten zu beeindrucken.

Charly musste zugeben, dass ihm das heute bei ihr durchaus gelungen war. Es war gut, dass Benny bei den Befragungen heute dabei gewesen war. Zu ihrer eigenen Überraschung hatte sie festgestellt, dass sie ihn mochte und dass er das Zeug zu einem guten Kriminalbeamten hatte. Und es war gut, dass er Alexas Verletzungen entdeckt hatte. Auch wenn Charly noch nicht wusste, was diese Entdeckung bedeuten mochte und ob sie im Zusammenhang mit dem Fall überhaupt wichtig war.

Benny war immer noch nicht da, als die Abendbesprechung schließlich anfing. Frank begann mit dem wichtigsten Punkt, der Tatsache, dass die Waldfrau immer noch nicht identifiziert war. Dann erläuterte er die Ergebnisse der Obduktion, die im Wesentlichen bestätigten, was Dr. Arrosi schon bei der Leichenschau vermutet hatte. Die Obduktion hatte jedoch auch ein unerwartetes Ergebnis geliefert.

»Die Waldfrau litt an einem Hirntumor«, berichtete Frank, »der nach Ansicht von Doktor Arrosi dringend hätte operiert werden müssen. Dieser Tumor war so groß, dass er der Waldfrau vermutlich schon erhebliche Beschwerden verursachte. Wahrscheinlich war sie in ärztlicher Behandlung. Ich schlage vor, dass jemand morgen bei den Krankenhäusern und entsprechenden Spezialisten nachfragt, ob einer der Ärzte die Waldfrau als Patientin identifizieren kann. Dietmar, übernimmst du das?«

Dietmar Gürtler, seit Simon Haffners Weggang der älteste Kollege, nickte zustimmend.

Frank fuhr mit seinem Bericht fort, anschließend meldeten sich die anderen Kollegen der Reihe nach zu Wort. Alle waren gut vorbereitet, trugen knapp und präzise vor, denn sie wussten, dass Frank Geschwätz hasste. Den längsten Bericht steuerte jener Kollege bei, der die Haus-zu-Haus-Befragung in der Straße organisiert hatte, die zum Tatort führte. Die Befragung hatte keine brauchbaren Spuren ergeben. Die einzige positive Meldung: Es war gelungen, den Mann mit dem Schäferhund zu identifizieren, den Jutta Wittig beschrieben hatte. Er war für einige Tage bei einem Freund in besagter Straße zu Besuch. Bei seiner Befragung bestätigte er die Begegnung mit Frau Wittig, konnte ansonsten jedoch nichts Hilfreiches beitragen.

Schließlich kam Charly an die Reihe, da Benny immer

noch nicht aufgetaucht war. Sie schloss mit den Worten: »Ich schlage vor, dass Benny und ich morgen vor allem versuchen, Doktor Danner zu erwischen. Bisher waren alle Versuche vergeblich, aber ich habe eine Nachricht auf seiner Mailbox hinterlassen. Außerdem sollten wir mit Löhrmann reden. Das könnten wir heute Abend noch erledigen.«

Frank nickte. »Tut das. Wo steckt übrigens Benny?«

»Keine Ahnung.«

»Vermutlich bei IKEA im Småland«, warf einer der älteren Kollegen ein.

Einige grinsten. Frank runzelte die Stirn und öffnete den Mund, doch in diesem Moment kam Benny herein. Er wich Franks fragendem Blick aus und lehnte sich mangels freier Stühle an die Fensterbank. Er wirkte angespannt.

Kurz darauf beendete Frank die Besprechung. Die Kollegen packten ihre Notizen zusammen und drängten sich zur Tür. Nur Benny blieb am Fenster stehen. Charly ging zu ihm, doch er reagierte nicht, als sie ihn ansprach. Er starrte auf seine Füße, und plötzlich ahnte sie, was mit ihm los war. Ihr wurde flau. Drachengrollen, dachte sie und warf einen Blick zu Frank hinüber, der die Tür zum Besprechungsraum hinter dem letzten Kollegen schloss. Benny hob den Kopf. Sein kurzes rotblondes Haar wirkte noch strubbeliger als sonst. Mehr denn je ähnelte er einem Teenager, einem wütenden und verletzten Teenager.

»Und wann wolltet ihr mir sagen, dass Mad Mick seine Frau umgebracht hat?«

Wie Vater und Sohn

Hinter den Wolken, hinter denen sie sich fast den ganzen Tag versteckt hatte, war die Sonne längst untergegangen. Die meisten Mitarbeiter des Polizeipräsidiums hatten den Heimweg angetreten. In den Büros war es dunkel. Frank hatte nur seine Schreibtischlampe eingeschaltet, die eine Lichtpfütze auf den Schreibtisch warf. Mit Charly und Benny saß er an dem kleinen Konferenztisch im Halbdunkel. Wie passend, dachte er, für ein Gespräch über Mick.

Die Szene hatte viel von einem Déjà-vu-Erlebnis. In den vergangenen mehr als zwanzig Jahren hatte Frank oft in irgendwelchen Räumen mit irgendwelchen Kollegen zusammengesessen und Mick verteidigt. Das erste Mal war es beim Staatsanwalt gewesen, den er dazu bringen wollte, ein Verfahren gegen Mick einzustellen.

Es war zweiundzwanzig Jahre her, und es war um Körperverletzung gegangen. Frank selbst hatte Mick verhaftet, nachdem er zu einer Kneipenschlägerei gerufen worden war. Ein Teenager hatte beobachtet, wie ein Mann eine Frau belästigte. Die Frau bat den Mann mehrfach, sie in Ruhe zu lassen, was der jedoch ignorierte. Als er die Frau anfasste, ging der Teenager dazwischen. Erst mit den Fäusten, dann mit einem Barhocker – denn der andere Typ war an die zwei Meter groß und fast halb so breit.

Als Frank die Kneipe betrat, erkannte er zu seiner Überraschung beide Beteiligten: Den Zweimetermann, der die Frau belästigt hatte, hatte er schon mehrfach wegen Nötigung verhaftet. Der Teenager war Mick Harting. Frank hatte ein Jahr zuvor dessen Vater verhaftet, nachdem dieser im Suff Micks Mutter getötet hatte. Frank hatte keine Wahl, als Mick in der Kneipe festzunehmen, weil der Junge keinen festen Wohnsitz hatte. Doch er setzte sich vehement dafür ein, dass die Staatsanwaltschaft das Verfahren gegen ihn einstellte.

Es war das erste Mal, dass Frank sich für Mick einsetzte. Rückblickend wusste er, dass er es schon eher hätte tun sollen. Nachdem er Michael Harting senior wegen des Mordes an seiner Frau verhaftet hatte, hatte er das Jugendamt informiert. Einer der notorisch überarbeiteten Mitarbeiter hatte den damals fünfzehnjährigen Mick in ein Heim gebracht, aus dem Mick jedoch wenige Tage später ausgerissen war. Was er alles in dem Jahr danach getrieben hatte, erfuhr Frank nie ganz genau. Er wusste nur, was Mick nicht getan hatte: Er war nicht zur Schule gegangen und hatte keinen festen Wohnsitz gehabt.

Nachdem der Staatsanwalt das Verfahren gegen Mick eingestellt hatte, nahm Frank den Jungen bei sich auf und sorgte dafür, dass er seinen Schulabschluss nachholte und anschließend eine Lehre bei einem Kunstschmied begann. Das Zusammenleben war zugleich leichter und schwieriger als gedacht. Leichter, weil Mick sich als intelligent und ausgesprochen anhänglich erwies. Schwieriger, weil Franks Ehefrau Bea, die Micks Aufnahme anfangs befürwortet hatte, sich mit dem Hausgast auf Dauer nicht wohlfühlte – obwohl der mit seinem Charme normalerweise alle weiblichen Wesen für sich einnahm.

Als Mick achtzehn wurde, zog er in eine WG, doch das Verhältnis zwischen Frank und ihm blieb eng – auch als Frank merkte, dass Mick die Arbeit öfter schwänzte und stattdessen die Nächte durchfeierte.

Als Frank den Jungen darauf ansprach, erklärte Mick, dass die künstlerische Arbeit mit Metall ihm zwar Spaß machte, die Berufsschule und das ganze Drumherum ihn aber anödeten. Dann fügte er völlig unerwartet hinzu:

»Außerdem will ich lieber etwas Sinnvolles tun. Ich will Polizist werden wie du.«

Natürlich war Frank dagegen. Die Unfähigkeit, sich an Regeln zu halten, war Micks größte Schwäche. In einem künstlerischen Umfeld mochten seine Impulsivität und seine Neigung zum Chaos Vorzüge sein, doch nicht bei der Polizei. Frank lehnte Micks Plan rundheraus ab. Doch Mick überraschte ihn. Er blieb hartnäckig, und sie einigten sich schließlich auf einen Kompromiss: Wenn Mick seine Lehre beendete und dann immer noch zur Polizei wollte, würde Frank ihn unterstützen.

Frank wusste, dass der Kompromiss unfair war. Wenn Mick tatsächlich seine Lehre beendete – wonach es damals nicht aussah –, würde er nie die Lust und Disziplin für eine zweite Ausbildung aufbringen. Doch in diesem Punkt unterschätzte Frank seinen Schützling. Eineinhalb Jahre später gewann Mick den zweiten Preis bei der Gesellenprüfung der Handwerkskammer mit einer kleinen Drachenskulptur, die seitdem Franks Vorgarten zierte. Am nächsten Tag bewarb Mick sich bei der Polizei und wurde ein besserer Polizist, als Frank es je für möglich gehalten hätte – auch wenn sein undiszipliniertes Verhalten immer wieder Eingang in seine Beurteilungen fand. Dass er es dennoch bis in die Mordkommission schaffte, lag an drei Faktoren: seinem Charme, seiner großen Beliebtheit bei den Kollegen (wenn auch nicht bei den Vorgesetzten) sowie Franks Einfluss.

Und dann hatte Frank den genialen Einfall, Mick und Charly zu einem Team zusammenzuspannen.

Es war ein Einfall, dessen Genialität sich zunächst niemandem erschloss, am allerwenigsten Charly, die heftig dagegen protestierte. Sie war damals seit zwei Jahren bei der Mordkommission und verkörperte alles das, was Mick so offenkundig fehlte. Sie war ehrgeizig, regeltreu, unglaublich selbstdiszipliniert – und der Liebling aller Vorgesetzten. Ihre Chefs hatten Großes mit ihr vor und fürchteten, dass Mick Sand in das gut geölte Getriebe ihrer Karrieremaschine werfen könnte. Aber Frank war genau dieses Maschinenhafte an Kommissarin Charlotte Rumor suspekt, deshalb wagte er das Experiment. Er hoffte, Mick und Charly würden voneinander lernen und die Stärken des einen würden die Schwächen des anderen ausgleichen.

Seine Hoffnungen wurden weit übertroffen. Micks emotionale und Charlys sachliche Art ergänzten sich hervorragend, und ihre Erfolgsquote war beeindruckend. Zu Franks Verblüffung erlag Charly so sehr Micks Charme, dass sie ihm sogar einen Platz in ihrem Privatleben einräumte. Nach einem halben Jahr waren die beiden nicht nur beruflich ein Team, sondern auch privat beste Freunde. Es war verblüffend, wie beide sich veränderten. Charly wurde lockerer, sah die Dinge nicht länger nur einseitig schwarz oder weiß. Mick schien im wahrsten Sinn des Wortes Farbe in ihr Leben zu bringen. Umgekehrt zügelte das Zusammensein mit ihr Micks überschäumendes Temperament und die Beschwerden über ihn hörten auf – abgesehen von Simon Haffners Lästereien.

Natürlich wurde bald getuschelt, die beiden hätten eine Affäre, obwohl Charly überzeugter Single war und ohnehin nicht in Micks bekanntes Beuteschema gepasst hätte. Frank gab lange nichts auf diese Spekulationen. Er war überzeugt, dass sie falsch waren – bis Mick Katja kennenlernte und Charly vehement gegen die Hochzeit opponierte. Es war offensichtlich, dass sie eifersüchtig war, und Frank machte sich Sorgen. So ernsthaft, dass er schließlich Mick darauf ansprach.

Mick war offen wie immer. »Charly ist nicht in mich verliebt, Frank, glaube mir. Andernfalls wären wir längst ein Paar. Du glaubst doch nicht ernsthaft, dass ich es nie bei ihr versucht habe, oder?« Er lachte laut. »Sie ist nur gegen die Hochzeit, weil sie Angst hat, ihren besten Kumpel zu verlieren. Was natürlich nicht passieren wird. An unserem Verhältnis wird sich nichts ändern. Charly gehört genauso zu meiner Familie wie du. Alles wird gut.«

Micks Antwort beruhigte Frank nur teilweise. Er bezweifelte stark, dass sich an Micks und Charlys Verhältnis wirklich nichts ändern würde, wenn Mick verheiratet wäre. Doch auch in dieser Hinsicht wurde Frank überrascht. Kaum waren Mick und Katja aus den Flitterwochen zurückgekehrt, rief Mick Charly an und verabredete sich mit ihr zum Snooker. Von da an fanden die beiden schnell in ihren alten Rhythmus zurück – samstags Snooker, abends langes Zusammenhocken im Büro. Es schien tatsächlich alles gut geworden zu sein, und Frank war so erleichtert, dass er sich nie fragte, was Katja wohl zu der großen Harmonie zwischen Charly und ihrem Mann sagte. Er erfuhr erst nachträglich aus ihren Tagebüchern, dass ihre Eifersucht auf Charly sie in Danners Arme getrieben hatte. Und damit in den Tod.

Frank riss sich aus seinen Erinnerungen los und wandte sich an Benny. »Jetzt lass mal hören, was Simon dir erzählt hat.«

Benny war froh, dass Frank endlich etwas sagte. Wie seine vier Schwestern ihm schon oft erklärt hatten, war er für einen Mann – noch dazu für einen Polizisten – ausgesprochen friedfertig. Es fiel Benny schwer, die Konfrontation mit anderen zu suchen. Es musste viel passieren, bevor er einen Streit riskierte.

An diesem Abend war nach Bennys Empfinden viel passiert. Das Gespräch mit Hauptkommissar Haffner hatte in ihm ein solches Gefühl des Verrats, der Enttäuschung und der Wut hervorgerufen, dass er es gar nicht hatte abwarten können, seinen Chef und seine Kollegin damit zu konfrontieren. Doch dann hatte Frank sie in sein Büro geführt, und je länger Benny hier saß, desto mehr kühlte seine Wut ab, und auch sein Mut drohte ihn zu verlassen.

Deshalb sagte er jetzt schnell: »Hauptkommissar Haffner hat mir erzählt, dass ...« Er zögerte. Es lag ihm auf der Zunge, *Mad Mick* zu sagen, doch er schluckte den Namen hinunter. »... dass Mick Harting der Hauptverdächtige für den Mord an seiner Frau ist.«

»Ja, das sagtest du bereits im Besprechungsraum«, entgegnete Frank. Er klang gereizt. »Aber ich nehme an, er hat noch mehr gesagt, sonst hättest du ihm vermutlich nicht geglaubt. Also?«

Darauf hatte Benny gewartet. Er holte tief Luft und

ratterte dann los. Er war Haffners Argumente während Franks langem Schweigen wieder und wieder in seinem Kopf durchgegangen, und jetzt zählte er sie so schnell auf, dass er sich fast verhaspelte.

»Erstens: Der Mörder von Katja Harting muss jemand sein, der die genauen Todesumstände im Fall Bettina Kersthoff kannte, denn er versuchte sie zu imitieren. Das trifft zwar auch auf die Improprinten zu, doch der Einzige von denen, der Katja kannte, war Doktor Danner, und der hat ein felsenfestes Alibi. Außer den Improprinten wussten nur die ermittelnden Beamten davon, also auch Mick Harting. Zweitens: Harting hatte ein Motiv. Seine Frau betrog ihn. Drittens: Wenn Harting sich provoziert fühlt, neigt er zu aggressivem Verhalten. Er ist für seine Gewaltbereitschaft bekannt. Viertens: Harting verhielt sich nach der Tat ausgesprochen verdächtig. Seiner Aussage nach fand er die Tote. Dann stürzte er sich auf den Leichnam und kontaminierte den Tatort mit seiner DNA, was für einen erfahrenen Kriminalbeamten selbst in dieser Situation ungewöhnlich ist. Außerdem weigerte er sich, Angaben darüber zu machen, wo er sich zur Tatzeit aufhielt. Angeblich konnte er sich wegen des Schocks nicht an den Tattag erinnern. Fünftens: Harting hat kein glaubwürdiges Alibi für den Tatzeitpunkt. Sechstens …«

Frank unterbrach ihn. »Hat Hauptkommissar Haffner das behauptet? Dass Mick kein glaubwürdiges Alibi hat?«

Benny nickte.

»Und hat er dir erzählt, wie dieses wenig glaubwürdige Alibi aussieht?«

Benny nickte wieder. »Harting war angeblich mit seinem besten Kumpel zusammen. Aber den hält Hauptkommissar Haffner nicht für vertrauenswürdig.«

»Aha.« Mehr sagte Frank nicht, doch er warf Charly einen langen Blick zu, den diese ebenso lange erwiderte. Dann zuckte sie die Achseln.

Benny hatte den Eindruck, dass zwischen den beiden irgendetwas vorging, das er nicht verstand. Es ärgerte ihn.

»Sechstens«, fuhr er daher in scharfem Ton fort, »sterben die meisten weiblichen Mordopfer durch die Hand eines Partners oder ehemaligen Partners. Und der einzige Partner, der für Katja Hartings Tod infrage kommt, ist ihr Ehemann. Siebtens: Hartings Vater hat ebenfalls seine Frau getötet.« Und jetzt seht zu, wie ihr da wieder rauskommt, fügte er in Gedanken trotzig hinzu.

Doch zunächst reagierten die beiden nicht einmal. Charly betrachtete ihr Spiegelbild in der Fensterscheibe, sie wirkte seltsam unbeteiligt. Frank schien nachzudenken, doch Benny hatte nicht die geringste Vorstellung, was in seinem Kopf vorging. Das Schweigen verunsicherte Benny.

»Und du glaubst, dass Mick dem Beispiel seines Vaters gefolgt ist und seine Frau erschlagen hat?«, fragte Frank schließlich. »Und dass wir alle das wissen und es dir aus irgendeinem Grund nicht erzählt haben?« Seine Miene war ausdruckslos. »Gibt es einen speziellen Grund dafür, dass du uns ein solches Verhalten zutraust?«

Benny spürte, wie ihm das Blut in den Kopf schoss, ihm wurde heiß. »Ich weiß nicht, was ich glauben soll. Ob Mick Harting seine Frau erschlagen hat oder nicht. Aber es hat doch offenbar jede Menge Indizien gegen ihn gegeben. Und es würde vieles erklären. Wieso seine

Frau auf dieselbe Art getötet wurde wie Bettina Kersthoff, obwohl der Einzige von den Improprinten, der sie überhaupt kannte, ein Alibi hatte. Es würde auch die Mordfälle Nicole Danner und Bettina Kersthoff erklären. Der plausibelste Verdächtige war schließlich immer Doktor Danner. Und …« Er brach ab, um nicht noch einmal alles zu wiederholen. »Ich verstehe nicht, warum ihr es nicht wenigstens erwähnt habt.« Er sah Charly an. »Während der ganzen Rückfahrt haben wir über den Fall diskutiert, und du hast behauptet, dass es keine Theorie gibt. Keine einzige Theorie. Das stimmt doch offensichtlich nicht.«

Benny sah Charly fast bittend an. Seine Wut war verflogen, er war nur noch verwirrt und wollte eine Antwort. Er bekam sie von Frank, der aufstand, einen Stapel zusammengehefteter DIN-A4-Blätter vom Schreibtisch nahm und durchblätterte. Er legte ihn vor Benny hin.

»Dies ist der Bericht über den Tod von Katja Harting. Ich sagte heute Morgen, ich würde veranlassen, dass jeder von euch ein Exemplar bekommt. Lies das!« Er deutete auf einen Abschnitt.

Benny begann zu lesen:

Die Verdachtsmomente gegen KOK Harting wurden gründlich untersucht und vollständig ausgeräumt. Dr. Herder hat bestätigt, dass KOK Harting an einer retrograden Amnesie leidet, ausgelöst vermutlich durch den Schock über das Auffinden der Leiche seiner Frau. Die Amnesie umfasst einen Zeitraum von mehreren Stunden vor der Entdeckung der Leiche. KOK Hartings letzte Erinnerung ist, dass er am Tattag die mit ihm privat befreundete KHKin Rumor in seinem Wagen zum Flughafen Frankfurt fuhr. KHKin Rumor hat bestätigt, dass sie gegen 13:10 Uhr dort ankamen. Der Flug von KHKin Rumor hatte Verspätung (ursprünglich 14:25 Uhr, tatsächlich 16:15 Uhr). Nach Aussage KHKin Rumors leistete KOK Harting ihr am Flughafen Gesellschaft, bis sie gegen 15:30 Uhr zum Gate ging. Anschließend wollte KOK Harting nach Hause fahren. Der Todeszeitpunkt Katja Hartings liegt laut Obduktionsbefund zwischen 15:00 Uhr und 17:00 Uhr. Die Entfernung vom Flughafen Frankfurt bis zum Tatort in KOK Hartings Haus in Aachen beträgt ca. 250 km. Es ist auszuschließen, dass KOK Harting mit dem Wagen vor 17:30 Uhr zu Hause war.

»Ich komme mir vor wie ein Idiot«, murmelte Benny.

Sie hatten ihren Besuch im Krankenhaus auf den nächsten Tag verschoben und saßen stattdessen in Charlys Büro. Sie saßen auf dem Boden, Charly mit dem Rücken an einen metallenen Aktenschrank, Benny an die Heizung gelehnt, die um diese Zeit nur noch lauwarm war. Ihre Füße berührten sich fast. Im rechten Winkel zwischen ihren ausgestreckten Beinen stand eine Keksschachtel.

Es war Bennys Wunsch gewesen, sich noch einmal zusammenzusetzen. Er hatte das Gefühl, sich zum Affen gemacht zu haben, und verstand immer noch nicht genau, wie das hatte passieren können. Deswegen war er Charly in ihr Büro gefolgt, hatte dann jedoch gezögert, sie darauf anzusprechen.

Doch zu seiner Überraschung hatte sie die Initiative ergriffen. »Du siehst aus, als könntest du ein Bier und einen Kollegen gebrauchen, der dir sein Ohr leiht. Wenn es auch Kekse und mein Ohr tun, kannst du reinkommen. Aber ich warne dich: Du musst auf dem Boden sitzen. Mir ist nach einem Perspektivwechsel zumute, und ich werde bestimmt nicht zu dir aufschauen.«

Und deshalb saßen sie auf dem Boden im Halbdunkel. Charly hatte nur ihre Schreibtischlampe eingeschaltet, die zudem noch vom Computerbildschirm verdeckt wurde.

Benny gefiel die ungezwungene Atmosphäre. Es erinnerte ihn daran, wie er als Kind manchmal nachts in das Zimmer seiner jüngsten älteren Schwester geschlüpft war, wenn er nicht schlafen konnte. Sie hatten dann im Schein einer Taschenlampe stundenlang geflüstert und unterdrückt gekichert. Das war vor Janas Magersucht gewesen.

»Das verstehe ich«, meinte Charly jetzt. »Es ist immer peinlich, wenn man wie ein Racheengel irgendwo reinplatzt und dann feststellt, dass es nichts zu rächen gibt.«

»Ich hätte mich von Haffner nicht so einwickeln lassen dürfen«, sagte Benny zerknirscht. Und wie er sich hatte einwickeln lassen. Im Nachhinein sah er das völlig klar: Erst hatte Haffner eine vertrauliche Atmosphäre geschaffen und Benny ein Gefühl der Wertschätzung vermittelt. Dann hatte er ihn seine Sicht der Dinge schildern lassen, in die er dann wiederum seine Version der Ereignisse nahtlos eingepasst hatte. Und Benny war darauf hereingefallen.

Charly griff zu einem Keks. »Er hat dir eine plausible Geschichte erzählt. Wieso hättest du daran zweifeln sollen? Es war richtig, dass du nachgefragt hast.«

»Aber nicht in dem Ton. Das war ziemlich unsouverän.«

»Wir sind alle hin und wieder unsouverän.«

Das konnte Benny sich bei Charly und Frank kaum vorstellen. Aber er fasste es als Aufmunterungsversuch auf und war dankbar dafür. »Aber wieso hat Haffner nicht erwähnt, dass du Micks Alibi bist? Hätte er es gleich gesagt, hätte ich ihm nie geglaubt.«

»Vermutlich deswegen. Nimm noch einen Keks. Die mit Schokolade sind gut.«

Benny schob sich den Schokokeks in den Mund und fühlte sich mehr denn je an die Nächte mit Jana erinnert. »Aber warum hat Haffner mir das überhaupt alles erzählt? Ihm musste doch klar sein, dass ich damit sofort zu dir gehe.«

Charly zuckte die Achseln. »Um Unfrieden zu stiften.«

»Warum sollte er das wollen? Und jetzt sag nicht wieder, weil er Mick hasst.«

»Er hasst uns alle.«

»Und weshalb?«

Charly seufzte. Sie zog ein Bein heran und legte ihr Kinn darauf. Benny konnte ihren Gesichtsausdruck nicht gut erkennen, weil es zu viele Schatten im Zimmer gab.

»Du hattest doch in Neuss bei Simon Unterricht«, sagte sie schließlich. »Welchen Eindruck hattest du von ihm?«

»Was hat das damit zu tun?«

»Viel. Also?«

Benny musste nicht überlegen. »Er war brillant. Manchmal wirkte er zwar schroff, aber ich habe selten so viel gelernt wie bei ihm. Ich hatte ein Aha-Erlebnis nach dem anderen.«

»Und welchen Eindruck hattest du von ihm als Polizist?«

»Du meinst, ob er ein guter Kriminaler ist? Auf jeden Fall. Nach allem, was er über seine Fälle erzählte, muss er brillant sein. Allerdings habe ich mich manchmal gefragt, ob er nicht etwas übertreibt.«

»Inwiefern?«

»Na ja, meist stellte er es so dar, als habe er die Fälle quasi im Alleingang gelöst, eher behindert als unterstützt von seinen unfähigen Kollegen. Ich meine …«, fügte Benny hastig hinzu, als ihm einfiel, dass Charly einer dieser Kollegen gewesen war, »er sprach nicht wortwörtlich von unfähigen Kollegen, ließ aber durchblicken, dass er der Beste war.«

Charly sah ihn an. »Oh, er war der Beste, kein Zweifel. Und es stimmt auch, dass er oft den größten Anteil zur Lösung von Fällen beitrug. Nicht weil wir anderen so unfähig waren«, sie verzog die Mundwinkel, »sondern weil Simon mehr arbeitete als wir alle. Wenn wir einen Mordfall hatten, blieb er nicht nur bis zum späten Abend im Präsidium wie wir anderen, sondern oft die ganze Nacht. Er war absolut fanatisch. Er hatte keine Familie und lebte nur für seine Arbeit. Nach dem Mord an einem kleinen Mädchen ging er einmal zwei Wochen gar nicht nach Hause, bis wir den Fall gelöst hatten. Er campierte auf einem Feldbett in seinem Büro.«

Charly klang bewundernd. Benny kam Haffners Verhalten dagegen leicht irre vor. »Aber was hat das mit seinem Hass auf euch zu tun?«, fragte er.

»Wir haben ihn seiner Ansicht nach für seine Leistung nicht hoch genug geschätzt.« Charly zog auch das andere Bein heran, schlang die Arme darum und starrte in die

Schatten. »Simon war nicht nur fanatisch, sondern auch ehrgeizig. Als unser alter MK-Leiter sich versetzen ließ, bewarb Simon sich um die Nachfolge. Er war überzeugt, den Posten zu bekommen. Er fand, dass er ihn verdient hatte, und das stimmte auch. Aber die meisten Kollegen waren dagegen. Sie respektierten zwar Simons Fähigkeiten, wollten ihn aber nicht als Führungskraft haben, weil er ein lausiger Teamplayer war. Hinter seinem Rücken drohten etliche Kollegen sogar, sich versetzen zu lassen, sollte er ihr Chef werden.«

»Oh«, sagte Benny. Wenn Simon Haffner das wusste, dann erklärte das einiges. Er fragte Charly danach.

Sie nickte düster. »Es war ein ewiges Gezerre, bis die Chefs schließlich Frank die MK-Leitung übertrugen, und natürlich fand Simon heraus, warum er sie nicht bekommen hatte. Wie gesagt, er war der Beste. Er fand alles heraus.«

»Hat er deswegen hier aufgehört?«

»Nein, das kam erst später, obwohl damals viele erleichtert gewesen wären, wenn er gegangen wäre. Was vermutlich der Grund war, warum er blieb. Es war eine schwierige Situation, obwohl Frank alles versucht hat, Simon wieder ins Team einzubinden. Vielleicht hätte er es sogar geschafft, wenn Mick nicht gekommen wäre. Simon war strikt dagegen, ihn in die Mordkommission aufzunehmen. Er hielt ihn für nicht gut genug, außerdem genoss Mick keinen guten Ruf. Er galt als undiszipliniert. Vor allem aber war er ein Schützling von Frank, und Simon pflegte Franks Entscheidungen ständig zu sabotieren, weil er ihm den Erfolg nicht gönnte.«

»Heute Morgen sagtest du, Haffner habe Mick gehasst, weil er das Gegenteil von ihm selbst war.«

»Das stimmt auch. Es kam zu allem anderen noch hinzu. Simon und Mick waren wirklich wie zwei Pole eines Planeten oder eher wie zwei Planeten auf völlig verschiedenen Umlaufbahnen. Simon ist ein Perfektionist. Mick nahm es mit Regeln und vorgeschriebenen Abläufen nie sehr genau. Aber am meisten nahm Simon ihm übel, dass Mick so beliebt war. Weißt du, Simon war ja nicht der Einzige, der skeptisch war, als Mick kam, aber nach einer Woche waren die Kollegen drauf und dran, einen Fanklub zu gründen.«

Benny setzte sich etwas aufrechter hin, denn die Rippen der Heizung bohrten ihm in den Rücken. »Ich hätte nicht gedacht, dass es Haffner wichtig ist, beliebt zu sein.«

Charly schüttelte den Kopf. »Kennst du wirklich jemanden, dem das nicht wichtig ist?«

Dich, dachte Benny spontan. Zumindest hatte er bisher den Eindruck gehabt. »Und was macht Mick jetzt?«

»Er arbeitet bei einem Kunstschmied. Bevor er zur Polizei kam, hatte er dort eine Lehre gemacht.«

»Ist er wieder verheiratet oder hat er zumindest eine Freundin?«

»Soviel ich weiß, ist er Single, aber ich habe schon lange keinen Kontakt mehr zu ihm.« Charlys Stimme klang ausdruckslos, doch Benny spürte, dass sie unruhig wurde, und tatsächlich sagte sie: »Sollen wir Schluss machen für heute?« Sie stand auf.

Benny erhob sich ebenfalls. »Nur noch eine Frage: Wie kommt es, dass Herr Haffner jetzt in Neuss ist?«

»Er ging kurz nach Mick. Es war zu schwierig geworden.«

»Was?«

»Die Zusammenarbeit mit ihm.« Charly seufzte. »Benny, ich bin ziemlich sicher, dass Simon dir erzählt hat, Mick sei der Mörder seiner Frau, um Unfrieden zu stiften. Das heißt aber nicht, dass er es nicht selbst glaubt. Simon ist ein aufrichtiger Mensch. Er hat nie versucht, Mick etwas anzuhängen. Er ist wirklich davon überzeugt, dass Mick Katja getötet hat, dass Micks Amnesie vorgetäuscht ist und dass ich für Mick lüge. Er hat damals versucht, das zu beweisen. Das kam bei den Kollegen natürlich extrem schlecht an.«

Charly war ausgesprochen froh, als sie ihre Bürotür endlich hinter Benny schließen konnte. Sie hatte die Einladung an ihn sofort bereut. Natürlich hatte er über Mick und Simon reden wollen – ganz im Gegensatz zu ihr. Doch Benny hatte so verloren gewirkt wie ein Welpe, der den Anschluss an sein Rudel verpasst hat, dass Charly es nicht übers Herz gebracht hatte, ihn wegzuschicken. Zumindest hatte sie sich das eingeredet, als sie die Kekse hervorgekramt hatte. Aber vielleicht war das nicht die ganze Wahrheit. Vielleicht suchte sie auch Ablenkung von der Furcht in ihrem Innern und sehnte sich nach einem vertrauten Gespräch mit einem Kollegen und nach dem Zusammengehörigkeitsgefühl, das solche Gespräche weckten.

Es war ein Gefühl, das Charly erst mit Mick kennengelernt hatte. Nachdem sie bereits als Kind die Erfahrung gemacht hatte, dass wenig Verlass auf andere war – schon gar nicht auf ihre ewig streitenden Eltern –, hatte Charly stets das Leben einer Einzelgängerin geführt. Auch in der MK2 hatte sie zunächst ein distanziertes Verhältnis zu den Kollegen gepflegt. Wie Simon wurde sie von den Kollegen zwar geschätzt und respektiert, aber nicht sonderlich gemocht. Es störte sie nicht. Respekt war ihr wichtiger als Sympathie, und am wichtigsten war ihr Kontrolle. Deswegen hatte sie zeit ihres Lebens Mauern um ihr eigentliches Ich errichtet, die sie vor dem Chaos da draußen schützen sollten. Sie hatte sich dahinter friedlich eingerichtet – bis Mick gekommen war und sie erkannt hatte, wie kalt und grau es in ihrem selbst erbauten Gefängnis war.

Zornig bückte Charly sich nach der Keksschachtel. Für Mick hatte sie ihr Gefängnis verlassen, und die Welt da draußen war bunt und schön und warm gewesen – bis er vor drei Jahren alles zerstört hatte. Danach war sie hinter ihre Mauern zurückgekehrt.

Charly starrte auf die leere Keksschachtel in ihrer Hand. Und ich hätte heute Abend dort bleiben sollen, dachte sie. Was brachte Keksknabbern mit Benny, wenn sie ihn doch ständig belügen musste? Ihn in ihr Büro zu bitten war ein Fehler gewesen. Genauso wie viele andere Entscheidungen in den letzten drei Jahren. Manchmal fühlte sie sich gar nicht mehr in der Lage, zwischen Richtig und Falsch zu unterscheiden. Aber sie durfte sich nicht beschweren. Es war die gerechte Strafe dafür, dass sie vor drei Jahren bewusst eine falsche Entscheidung getroffen hatte.

Charly warf die Keksschachtel in den Müll und schnappte sich ihren Rucksack. Zeit, nach Hause zu radeln. Sie ging zur Tür und öffnete sie. Im Türrahmen stand Mick.

Mick

Es gibt Ereignisse, auf die kann man sich nicht vorbereiten. Frank hatte in den vergangenen drei Jahren mehrmals an Charly appelliert, mit Mick zu reden. »Er braucht dich«, hatte er erklärt. »Was auch immer zwischen euch steht – kannst du nicht einen Weg daran vorbei finden?«

»Nein.«

»Kannst du dich nicht wenigstens einmal mit ihm treffen?«, hatte Frank sie eindringlich gebeten. »Er hat keine Ahnung, warum du ihn nicht mehr sehen willst.«

»Wenn er das behauptet, dann lügt er. Können wir das Thema wechseln?«

Frank hatte sie lange schweigend angesehen. »Man kann zwischenmenschliche Bindungen nicht einfach zerschneiden und wegwerfen wie eine abgelaufene Bahncard, Charly«, hatte er schließlich erwidert. »Irgendwann musst du dich mit Mick auseinandersetzen.«

Charly hatte immer befürchtet, dass es tatsächlich so kommen könnte, und sich deshalb bemüht, potenzielle Treffen mit Mick zu vermeiden. Sie hatte die letzten Geburtstage von Frank und Bea genauso ausgelassen wie weitere Besuche in der Snookerbar. Und sie hatte versucht, sich zu wappnen, hatte überlegt, was sie bei einer Begegnung mit Mick sagen könnte. Natürlich war ihr nichts eingefallen, weil das, was zwischen ihnen stand, unaussprechlich war. Schließlich hatte sie sich an die

Hoffnung geklammert, dass Mick das Gespräch mit ihr noch mehr scheute als sie selbst und daher einer Begegnung ebenfalls aus dem Weg ging. Nie wäre sie auf den Gedanken gekommen, dass er sie aufsuchen könnte – noch dazu im Polizeipräsidium. Der Schock war so groß, dass er ihr die Sprache verschlug.

Ihr erster Impuls war, Mick die Tür wieder vor der Nase zuzuschlagen. Als hätte er das geahnt, drängte er sich an ihr vorbei, schaltete das Deckenlicht ein und platzierte sich mitten im Zimmer.

Charlys zweiter Impuls war Flucht. Doch ihre zitternden Beine vermochten den Befehl nicht umzusetzen. Ihr Körper fühlte sich seltsam hohl an. Sie hatte immer noch die Türklinke in der rechten, den Rucksack in der linken Hand. Sie ließ den Rucksack fallen, schloss die Tür und ließ sich dagegen sinken.

Mick drehte sich zu ihr um. »Hallo, Charly, lange nicht gesehen.«

Sie erwiderte nichts. Sie wusste nicht, was sie sagen sollte, und bezweifelte ohnehin, dass ihre Stimmbänder in der Lage waren, Töne zu produzieren.

Mick nickte, als hätte er nichts anderes erwartet. Dann sah er sich langsam und bedächtig um. »Sehr hübsch. Ein Einzelzimmer. Hast du dich verbessert? Oder wollte niemand mehr mit dir zusammensitzen? Das könnte ich verstehen. Wer will schon eine Kollegin, die einen im Stich lässt, wenn man sie am meisten braucht?«

Charly erwiderte immer noch nichts.

»Tja, sieht aus, als hätte ich dich überrascht. Falls du nicht weißt, was du sagen sollst, ich fände ›Hallo, Mick!‹ ganz passend. Und ›Schön, dich zu sehen!‹ käme auch ganz gut.«

Charly fand ihre Sprache wieder. »Was willst du?«, fragte sie, obwohl es eher wie ein Krächzen klang.

»Mit dir reden.«

»Ich habe dir nichts zu sagen.«

»Das sehe ich anders.«

»Dann siehst du es falsch«, fauchte sie, und diesmal klang es eher so, wie es klingen sollte. »Verschwinde!«

»Erst wenn wir geredet haben. Was dagegen, wenn ich mich setze?«

Er griff nach dem Besucherstuhl, der unter ihrem Schreibtisch stand, doch Charly war sofort bei ihm. Die Angst, er könne sich setzen, sich hier in ihrem Büro festsetzen, ließ die Energie zurück in ihre Muskeln schießen. Natürlich war er stärker als sie, doch sie hatte das Überraschungsmoment auf ihrer Seite und riss ihm den Stuhl weg. »Hau ab, Mick, es ist mein Ernst. Ich will dich hier nicht sehen.«

»Dann schließ die Augen, denn ich gehe ganz bestimmt erst, wenn du meine Frage beantwortet hast.« Er verschränkte die Arme und lehnte sich mit dem Hintern an den Schreibtisch. »Warum hast du unsere Freundschaft beendet?«

Die Frage verschlug ihr fast erneut die Sprache. »Soll das ein Witz sein?«

»Nein, ich will es endlich wissen.«

»Du weißt es ganz genau.«

»Weiß ich nicht. Also?«

»Du bist ja verrückt. Verschwinde auf der Stelle, oder ich rufe die Kollegen von der Wache.«

Charly tat so, als wolle sie zum Telefonhörer greifen, doch Mick packte sie blitzschnell an beiden Handgelenken und zog sie zu sich heran, bis sie dicht vor ihm stand.

»Ach ja? Du glaubst, du kannst dich hinter den Kollegen verstecken? Vergiss es, Charly! Ich bin hier, um die Wahrheit zu hören.«

Zorn schoss in Charly hoch wie eine Stichflamme. »Lass mich sofort los! Du tust mir weh.«

»Na und? Du tust mir seit drei Jahren weh. Und ich will endlich wissen, wieso. Wir waren die besten Freunde. Wir waren die besten Kumpel. Wir waren eine Familie. Du hast mich im Stich gelassen, als ich dich am dringendsten brauchte.«

Der Vorwurf war so grotesk, dass er Charlys Wut noch weiter anfachte. »Ich habe dich im Stich gelassen? Meine Güte, du bist wirklich ein verlogener Arsch. Und jetzt lass mich los!«

Bei den letzten Worten hob sie ein Knie und stieß es Mick mit solcher Wucht in seine empfindlichste Stelle, dass er aufschrie. Sofort ließ er ihre Handgelenke los und griff sich an die Hoden. Tränen schossen ihm in die Augen, während Flüche aus seinem Mund quollen.

»Mein Gott, Charly, bist du irre?« Er taumelte einen Schritt zurück und stieß gegen den Schreibtisch.

Charly hätte nie gedacht, dass sie angesichts der Schmerzen eines anderen Menschen solche Genugtuung empfinden könnte. »Das sagt der Richtige«, zischte sie. »Du bist irre. Du bist vollkommen wahnsinnig. Wie kannst du es wagen, ausgerechnet heute hier aufzutauchen?«

»Ach, hätte es dir gestern vielleicht besser gepasst?«, brüllte er. »Du weißt genau, warum ich hier bin. Frank hat mir erzählt, dass ein weiteres Opfer gefunden wurde.«

»Ach, und da hast du dir gedacht, dass mein Tag noch

nicht beschissen genug war, und willst ihn mir nun endgültig versauen?«, ätzte sie zurück. Am liebsten hätte sie ebenfalls gebrüllt, aber sie hatte Angst, endgültig die Kontrolle zu verlieren. Der Schock hatte sich in Wut verwandelt. Wut darüber, dass er ihre Lage durch sein Auftauchen noch schwieriger machte. Wut über seine Frechheit, so zu tun, als sei er sich keiner Schuld bewusst. Wut über seinen Versuch, irgendein seltsames Spielchen mit ihr zu spielen. Und dazu kam die Wut, die ohnehin seit drei Jahren seinetwegen in ihr brodelte und der sie nie ein Ventil gegeben hatte.

»Nein, verdammt noch mal, wie oft soll ich das noch sagen? Der Mord hat mich nur endlich aufgerüttelt. Er hat mir klargemacht, dass ich vielleicht akzeptieren muss, nie zu erfahren, was mit Katja passiert ist. Aber ich muss nicht akzeptieren, nie zu erfahren, was mit uns geschehen ist. Warum sagst du es mir nicht endlich?«

Sie fand es unerträglich, dass er alles abstritt. »Weil du es, verdammt noch mal, genau weißt. Glaubst du wirklich, du kannst mit mir dieselbe Show abziehen wie mit Frank?«

»Aber ich ziehe keine Show ab«, flüsterte er plötzlich. »Ich habe wirklich keine Ahnung. Bitte, Charly! Mir ist klar, dass irgendetwas vorgefallen sein muss, als ich dich zum Flughafen brachte. Denn als ich dich das nächste Mal sah, in der Klinik bei Hamburg, wolltest du nichts mehr mit mir zu tun haben. Aber ich weiß nicht, was du mir vorwirfst. Ich kann mich nicht erinnern. Bitte, wenn ich dir irgendetwas angetan habe, dann tut es mir leid. Ich weiß, dass ich oft Mist gebaut habe, aber … Bitte, es ist die Hölle, es nicht zu wissen. Es tut weh.«

Seine Worte klangen absolut aufrichtig, und jedem anderen hätte sie die Beteuerungen abgenommen. Doch sie kannte Mick zu gut, und es machte sie rasend, dass er sie auf diese Weise zu manipulieren versuchte. Ihre Wut war wie ein Ungeheuer. Und dann spürte sie, wie sie zunehmend die Kontrolle über dieses Ungeheuer verlor. Wie sie selbst zu diesem Ungeheuer wurde. Wie sie Feuer speien und auf Mick losgehen wollte, kratzend, beißend, schlagend. Sie musste sofort hier raus, oder sie würde explodieren. »Ach, es tut weh? Dann heul doch! Aber ohne mich«, zischte sie und drehte sich um.

Doch bevor sie die Tür erreichte, packte Mick sie am Arm und riss sie mit solcher Wucht herum, dass sie mehrere Pirouetten gedreht hätte, wenn sie nicht gegen ihn geprallt wäre. Der Zusammenstoß war so heftig, dass ihr Kopf zurückgeschleudert wurde. Im nächsten Moment bohrten sich Micks Finger in ihre Oberarme, und er schob sie rückwärts durchs Zimmer, bis sie mit dem Rücken an eine Wand krachte.

Das Ganze ging so schnell, dass Charly kaum wusste, wie ihr geschah. Doch eins wurde ihr klar, während sie in Micks Augen blickte, die nur wenige Zentimeter von ihren entfernt waren, während er sie durchs Zimmer schob, als wäre sie eine Puppe, und dabei Möbel umstieß: Micks Wut war echt. Charly verstand nicht, wie das sein konnte, und sie hatte keine Ahnung, woher die Wut kam, aber sie war echt. Und sie war gewaltiger als ihre eigene.

Mit dieser Erkenntnis kam die Angst. Und mit der Angst kam die Gewissheit. In dem Moment, als sie an die Wand krachte, sah Charly auf einmal alles ganz klar. Sie würde hier in ihrem Büro sterben. Durch Micks Hand. Genau wie Katja.

Und dann fühlte sie nichts als Frieden, als ihr bewusst wurde, wie viel Gerechtigkeit in ihrem Tod läge. Dass sie gewissermaßen selbst an ihrem Tod schuld war, weil sie ihren Mörder vor dem Gefängnis bewahrt hatte. Charly schloss die Augen.

Und dann umgab sie nur noch Stille.

In diese Stille hinein sagte Mick: »Ich habe geheult, Charly, ich habe nächtelang geheult. Nicht nur wegen Katja, sondern deinetwegen.«

Sie öffnete die Augen.

Mick stand ungefähr einen Meter vor ihr, seine Arme hingen schlaff von seinen mächtigen Schultern herab. Irgendwie hatte Charly erwartet, dass das Zimmer ein Hort der Verwüstung wäre, doch abgesehen von dem umgefallenen Besucherstuhl sah alles genauso aus wie immer.

Mick sprach weiter: »Und wenn es das ist, was du willst, dann tu ich es gleich wieder, denn mir ist danach. Ich vermisse dich, verstehst du das nicht? Ich brauche dich, du bist meine Familie, ich habe sonst keine. Ich weiß, dass du mich nicht wegen Peanuts im Stich gelassen hättest, dass es meine Schuld sein muss. Aber ich weiß nicht, was ich dir angetan habe. Und wenn du es mir nicht sagst, kann ich es nicht wiedergutmachen.«

Diesmal wusste Charly, dass er die Wahrheit sagte. Mick konnte sich tatsächlich nicht erinnern. Er hatte tatsächlich keine Ahnung, dass er seine Frau getötet hatte und dass Charly für ihn seit drei Jahren alle Menschen belog, die ihr wichtig waren.

»Du weißt es wirklich nicht, nicht wahr?«

Charly war an der Wand hinabgesunken. Ihre Beine hatten nachgegeben, und sie saß auf dem Boden ihres Büros. Doch es fühlte sich nicht an wie ihr Büro. Eher so, als säße sie in einer Raumkapsel, die durch die Weiten des Alls geschleudert wurde wie bei den letzten Überlebenden. Oder als wäre sie mit Mick nach einem schweren Unwetter auf einer einsamen Insel gestrandet, wo sie auf die Trümmer ihres Schiffes blickten und sich fragten, wie um alles in der Welt es weitergehen solle.

Mick hatte sich ebenfalls zu Boden sinken lassen. Er saß ihr gegenüber, und aus seinen Augen war die Wut verschwunden. »Hast du wirklich die letzten drei Jahre geglaubt, ich hätte die Amnesie nur vorgetäuscht? Warum hätte ich das tun sollen?«

Die Antwort lag natürlich auf der Hand, aber nur wenn man wusste, was sie wusste. Mick wäre nicht der erste Mörder gewesen, der Zuflucht in einer vorgetäuschten Amnesie suchte. Es war ja so verlockend. Wenn man behauptete, sich an nichts erinnern zu können, musste man sich keine weiteren Lügen ausdenken. Man verwickelte sich nicht in Widersprüche, machte keine Aussagen, die die Polizei widerlegen konnte. Natürlich gab es Tests, um zu überprüfen, ob eine Amnesie echt oder vorgetäuscht war, doch diese Tests waren weit von einer hundertprozentigen Genauigkeit entfernt.

Charly hatte tatsächlich nie daran gezweifelt, dass Mick seine Amnesie vorgetäuscht und den Gutachter erfolgreich manipuliert hatte, und sie hatte ihn dafür gehasst. Mehr noch als für Katjas Tod. Denn durch die Amnesie hatte er ihr den schwarzen Peter zugeschoben. Sie hatte entscheiden müssen, was sie sagte, als die Ermittler sie im Krankenhaus fragten, wann sie sich am Flughafen von Mick verabschiedet hatte. Sie hatte entscheiden müssen, ob sie die Wahrheit sagte oder log. Sie hatte die Lüge gewählt: dass Mick bis halb vier geblieben war und sich dann heiter und unbeschwert verabschiedet hatte. Die Wahrheit lautete, dass er eineinhalb Stunden früher weggefahren war. Nicht heiter und unbeschwert, sondern rasend vor Wut, denn Charly hatte ihm gerade erzählt, dass Katja ihn mit Chris Danner betrog.

Es war reiner Zufall, dass Charly Katjas Untreue entdeckt hatte. Sie hatte am Morgen ihres Urlaubs auf dem gepackten Rucksack in ihrer Wohnung gesessen und die Zeit totzuschlagen versucht, bis Mick sie abholte. Sie war müde und kribbelig zugleich. Kribbelig, weil sie an Flugangst litt. Müde, weil sie am vergangenen Abend mit Mick durch die Kneipen gezogen war. Es war spät geworden, denn sie hatten ausgenutzt, dass Katja nicht da war, die ihren Mann an Samstagabenden normalerweise für sich beanspruchte. Sie war mit ihrer Freundin Susi übers Wochenende in ein Wellnesshotel gefahren.

Schließlich beschloss Charly, durch die Stadt zu schlendern, und landete in einem Café, wo sie ihre Müdigkeit mit Kaffee bekämpfte und mit einem Ohr das Gespräch zweier Frauen am Nebentisch belauschte, um sich von ihrer Flugangst abzulenken. Charly war sicher, eine der beiden – eine zierliche Schwarzhaarige mit zu viel Lippenstift – schon einmal gesehen zu haben. Doch erst als die Frau eine Freundin namens Katja erwähnte, fiel Charly ein, bei welcher Gelegenheit: auf Micks Hochzeit. Die Schwarzhaarige war eine Freundin von Katja. Und zwar nicht irgendeine Freundin, sondern jene Susi, mit der Katja angeblich gerade ein Doppelzimmer und einen Saunaaufguss teilte!

Von da an hörte Charly mit beiden Ohren zu, und schon bald erfuhr sie, warum Susi hier war und wer an ihrer Stelle mit Katja nach Bad Münstereifel gefahren war: Dr. Chris Danner. Ausgerechnet der Kinderarzt, den Mick zweier Morde verdächtigte und den Katja angeblich längst nicht mehr traf, mit dem sie aber laut Susi seit Wochen eine Affäre hatte.

Charly verließ das Café erst, als sie einen Anruf von Mick bekam, der vor ihrem Haus stand und wissen wollte, wo sie denn blieb. Charly raste zurück, und Mick raste dann mit überhöhter Geschwindigkeit nach Frankfurt, damit sie ihren Flug noch erwischte. Doch wie sich herausstellte, war die Hetze unnötig gewesen. Charlys Flieger hatte zwei Stunden Verspätung. Zeit genug, um in Ruhe das Gepäck aufzugeben, und Zeit genug, um Mick von Katja und Danner zu erzählen.

Und Charly hatte es getan. Und Mick war völlig ausgerastet und sofort nach Hause gefahren. Und wenige Stunden später war Katja getötet worden.

»Charly, du heulst doch nicht etwa, oder?«

»Natürlich nicht.« Hastig presste sie die Handballen gegen ihre Augen. Sie hatte die Tränen nicht gespürt. Sie spürte gar nichts, war regelrecht taub von dem Schock.

»Das würde mich auch wundern, schließlich war ich immer der Sentimentale von uns beiden.« Mick lächelte zaghaft.

Charly nickte nur, weil sie nicht wusste, was sie sagen sollte. Was konnte man auch sagen, wenn gerade die eigene Welt eingestürzt war? Wenn das Fundament, auf das man jahrelang Gewissheiten gebaut hatte, zerbröselt war wie ein Keks?

Mick sagte: »Es tut mir leid, dass ich auf dich losgegangen bin.«

»Nicht so schlimm.«

Er schüttelte den Kopf. »Ist es doch, und das weißt du auch. Ich hätte nie gedacht, dass ich eine Frau verletzen könnte, noch dazu dich.«

Charly schwieg.

»Körperlich, meine ich. Denn auf andere Weise habe ich dich offenbar verletzt. Erzählst du es mir?«

Er fragte es leise, doch für Charly klang es wie die Aufforderung, beim Jüngsten Gericht zu erscheinen. Nur dass man beim Jüngsten Gericht nicht die Wahrheit sagen musste, weil sie ohnehin bekannt war.

Sie schüttelte den Kopf.

»Aber …«, begann er. Doch sie schüttelte ihren Kopf noch heftiger, und er schluckte seinen Protest hinunter.

»Warum nicht?«, fragte er stattdessen leise.

»Weil ich es nicht kann«, flüsterte sie. Weil ich es dir nicht antun kann, dachte sie und fragte sich, wo der Hass geblieben war, den sie die letzten drei Jahre empfunden hatte, weil Mick sie gezwungen hatte, gegen ihre Prinzipien zu handeln. Zu lügen und alle Menschen zu betrügen, die sie liebte. Nur dass er sie nicht gezwungen hatte …

»Charly, du weinst doch.« Er beugte sich vor, und sie spürte, wie sein Zeigefinger unter ihrem Auge entlangstrich. Dann zog er die Hand zurück und sah sich um. Auf dem Schreibtisch lag eine Packung Papiertaschentücher, und er stand auf und holte ihr eins. Als er sich wieder setzen wollte, schüttelte Charly abwehrend den Kopf.

»Ich muss nach Hause.« Sie drückte sich vom Boden

hoch. Es war mühsam. Ihre Glieder schmerzten, als litte sie an einer Grippe, und ihre Beine waren bleischwer.

»Ist das dein Ernst?«

Sie nickte.

»Darf ich dich fahren?«

Sie fühlte sich so zerschlagen, dass sie fast Ja gesagt hätte. »Ich glaube, ich schaffe es allein.«

Plötzlich grinste er. »Das bezweifle ich.«

»Wieso?«

»Du wirst schon sehen.« Er ging zur Tür und hielt sie ihr auf. Charly zögerte, dann stellte sie den Besucherstuhl wieder dahin, wo er hingehörte, und folgte ihm.

Sie schritten schweigend nebeneinander durch die stillen Korridore. Sie trafen niemanden, worüber Charly froh war. Nicht weil sie Micks Gegenwart hätte erklären müssen, sondern weil sie sich noch nicht bereit für das Hier und Jetzt fühlte. Sie befand sich immer noch in ihrer Raumkapsel oder auf der einsamen Insel.

Doch das Hier und Jetzt war bereit für sie. Als sie aus dem Polizeipräsidium traten, stellte Charly fest, dass ihr Rennrad verschwunden war. Die Entdeckung holte sie jäh in die Gegenwart zurück. Sie fluchte. Wer zum Teufel stahl ein Rad direkt vor den Augen der Polizei? Und wieso hatte Mick gesagt …?

Sie drehte sich zu ihm um. »Hast du mein Rad geklaut?«

»Geliehen.«

»Warum? Und wie?«

Er grinste verlegen. »Das beste Kabelschloss ist nutzlos, wenn man eine Kombination verwendet, die sich der Dieb leicht denken kann.«

Charly wollte protestieren, doch dann fiel ihr ein, wie

sie die Kombi gewählt hatte: Es war das Datum des Tages, an dem Mick und sie ihren ersten gemeinsamen Fall gelöst hatten.

»Keine Sorge, ich bin nicht damit gefahren. Ich habe es behandelt wie ein rohes Ei. Komm!« Er ging voraus zu seinem Pick-up. Charlys Rennrad lag auf der Pritsche.

»Und wozu das Ganze?«, fragte sie.

»Kleine Vorsichtsmaßnahme. Ich hatte Angst, dass du nicht mit mir reden würdest. Ich wollte verhindern, dass du einfach abhaust. Bist du sauer?«

»Nein. Wieso fragst du?« Früher hätte er das nicht getan. So eine Aktion war typisch für ihn, und er wäre nie auf den Gedanken gekommen, sich dafür zu rechtfertigen.

Mick beantwortete die Frage nicht. Stattdessen sagte er: »Wieso hast du ausgerechnet den Tag für deine Schlosskombi verwendet?«

Diesmal antwortete Charly nicht. Sie kletterte auf die Ladefläche und hob ihr Rennrad hoch. Mick nahm es entgegen, und sie sprang von der Pritsche. Doch als sie nach dem Rad griff, hielt er es fest.

»Wieso verwendest du diesen Tag für deine Kombi?«, wiederholte er.

Sie wich seinem Blick aus. »Ich habe die Kombi schon ewig, Mick, es hat nichts zu bedeuten.«

»Aber das Schloss ist neu, vor drei Jahren hattest du es noch nicht. Du hättest eine neue Kombi einstellen können.«

»Bequemlichkeit.«

Er schnaubte. »Klar, so wird es gewesen sein. Hauptkommissarin Charlotte Rumor, Königin der Bequemlichkeit«, spottete er. Dann wurde er wieder ernst. »Charly, ich weiß nicht, was es zu bedeuten hat, aber es hat etwas zu bedeuten. Wenn du darauf bestehst, dann lasse ich dich jetzt allein nach Hause fahren, aber ich werde nicht wieder drei Jahre warten, bis ich vor deiner Tür stehe. Ich werde morgen vor deiner Tür stehen und übermorgen und überübermorgen und jeden Tag, bis du …«

Sie unterbrach ihn. »Bis ich eine einstweilige Verfügung wegen Stalkings erwirke?«

Er sah sie ruhig an. »Das wirst du nicht tun, und das weißt du auch, weil die damit verbundene Aufmerksamkeit dir viel zu peinlich wäre. Nein, ich werde kommen, bis du mir einen triftigen Grund nennst, warum ich das nicht tun soll. Aber wenn du das nicht kannst oder nicht willst, dann musst du mich wieder in dein Leben lassen.«

Dammbruch

Die Fahrt nach Hause dauerte doppelt so lange wie sonst. Gewöhnlich trat Charly bereits auf dem Parkplatz kräftig in die Pedale. Nicht weil sie schnellstens nach Hause wollte, sondern weil sie die körperliche Anstrengung liebte und die Herausforderung, im Stadtverkehr schneller zu sein als die Autofahrer. Doch an diesem Abend fuhr Charly langsam und gesittet, um ein Gegengewicht herzustellen zu der Anarchie, die in ihrem Kopf herrschte. Gedanken schossen wild durcheinander. Ideen blitzten auf, trafen auf andere, formten Erkenntnisse und verglühten, bevor Charly sie zu fassen bekam. Gefühle tauchten auf, schwollen an, drohten sie zu überwältigen und verebbten wieder.

Als sie ihr Rennrad schließlich die Treppe zu ihrem Keller hinuntertrug, war es bereits nach elf, doch sie hatte es noch nicht einmal ansatzweise geschafft, Ordnung in das Chaos in ihrem Kopf zu bringen. Sie ahnte, dass sie es auch dann nicht schaffen würde, wenn sie die ganze Nacht grübelte. Dabei musste sie sich dringend darüber klar werden, welche Konsequenzen sie aus der Begegnung mit Mick ziehen sollte. Was sollte sie mit dem Wissen anfangen, dass Micks Amnesie doch echt war? Dass er nicht wusste, was er getan hatte? Änderte es überhaupt etwas? Änderte es nicht sogar alles?

Mit jeder der fünfundsechzig Stufen, die Charly zu ihrer Wohnung hinaufstieg, schoss eine weitere Frage in ihren überfüllten Kopf. Und als sie die Wohnungstür aufschloss, quetschte sich noch ein Gedanke dazwischen: Jill. Charly hatte ihre Freundin völlig vergessen.

»Verdammt«, fluchte sie, nachdem sie die Tür hinter sich geschlossen hatte. »Verdammt, verdammt, verdammt.«

»Und ich freue mich auch, dich zu sehen«, entgegnete Jill von der offenen Küchentür her. Sie war wie üblich aufgemotzt. Sie trug zwar nicht dasselbe Outfit wie am Tag zuvor – das wäre ihr nie eingefallen –, aber etwas genauso Auffallendes: hautenge Jeans und ein glänzendes silbriges Top. Dazu einen verärgerten Gesichtsausdruck, ein Glas Wein in der linken und ein Stück Käse in der rechten Hand.

»Oh, Jill, Entschuldigung, ich habe ...«, begann Charly, doch Jill stoppte sie, indem sie abwehrend die Hand mit dem Käse hob.

»Wenn du sagen willst, dass du mich vergessen hast, dann werde ich ernsthaft sauer. Natürlich ist mir, wenn ich dich besuche, klar, dass ich nicht zu Muttern fahre, wo ich von morgens bis abends betüddelt werde, wo mir vermeintliche Wünsche von den Augen abgelesen werden und wo schon eine längere Sitzung auf dem Klo eine Suchaktion auslöst. Aber selbst dir sollte doch innerhalb von fünfzehn Stunden einmal einfallen, dass du einen Gast hast.« Ihre grauen Augen blickten anklagend.

Charly senkte den Blick. »Es tut mir leid. Es ist einiges passiert.«

»Tja, das kann ich über meinen Tag nicht sagen. Es ist tatsächlich nicht sehr prickelnd, auf einen Anruf zu warten, der nicht kommt.«

»Hast du etwa den ganzen Tag hier herumgesessen?« Jetzt hatte Charly ein richtig schlechtes Gewissen.

Jill verzog das Gesicht. »Natürlich nicht. Aber deshalb musst du nicht gleich erleichtert aufatmen. Es ist nicht dein Verdienst, dass ich mich auch bestens allein beschäftigen kann. Willst du übrigens gleich wieder weg, oder warum hast du deine Jacke noch an?«

Der Themenwechsel ließ Charly hoffen, dass Jill nicht so sauer war, wie sie vorgab. »Nur für den Fall, dass du mich sofort wieder rausschmeißt.«

Es war nur ein schwacher Scherz, dennoch hoben sich Jills Mundwinkel. »Aus deiner eigenen Wohnung? Führe mich nicht mit guten Vorschlägen in Versuchung. Apropos Versuchung. Probier mal!«

Sie hielt Charly das Käsestück hin. Charly nahm es, obwohl sie keinen Appetit hatte. »Lecker«, murmelte sie, weil Jill das offensichtlich erwartete. »Sag bloß, du hast es im Kühlschrank gefunden.«

»Guter Witz. Dein Kühlschrank ist so leer, darin könnte sich nicht einmal ein Salzkorn verstecken. Aber keine Sorge, ich habe das Notwendigste besorgt.«

Sie verschwand in der Küche. Charly zog Lederjacke und Schuhe aus und folgte der Freundin. Dass Jill eingekauft hatte, sah sie auf einen Blick, auch wenn sie nicht vom Notwendigsten gesprochen hätte. Die Küche sah aus, als bereitete Jill eine Party vor. Offensichtlich hatte sie eine ausgedehnte Shoppingtour durch diverse Feinkostabteilungen unternommen. Töpfchen mit Antipasti stapelten sich auf der Arbeitsfläche. Auf einem Holzbrett türmten sich Käseberge und Baguettescheiben. Dazu gab es einen Meeresfrüchtesalat, verschiedene Dips, Salzgebäck und mehrere Flaschen Wein.

Jill trug eine Auswahl der Leckereien zum Küchentisch, wo sie bereits für zwei Personen gedeckt hatte. »Hunger?«

»Eigentlich nicht«, entgegnete Charly.

Jill rollte die Augen. »Durst?« Sie schwenkte eine Weinflasche.

Charly nickte. Tatsächlich sehnte sie sich nach einem Glas Rotwein, gern auch nach zwei oder drei Gläsern. Früher hatte sie nie Alkohol getrunken, doch da hatte sie auch noch Prinzipien besessen.

Jill schenkte ein großzügiges Glas ein. »Okay, dann erzähl mal, was alles passiert ist. Du siehst übrigens beschissen aus, habe ich das schon erwähnt? Du solltest von deinem Chef eine Gefahrenzulage verlangen. Ich rede von der Gefahr, vorzeitig zu altern.«

Charly nahm einen großen Schluck. Sie war froh, dass Jill offenbar nicht mehr sauer war, doch sie fühlte sich nicht in der Lage, auf ihren leichten Ton einzugehen. Am liebsten hätte sie sich in ihr Zimmer zurückgezogen. Sie musste nachdenken, ihr Kopf würde sonst zerspringen. »Ich fühle mich auch nicht besonders.«

»Heißt das, Mick hat dich gefunden?«

Jill steckte sich eine Olive in den Mund. Hätte Charly es ihr gleichgetan, wäre die Olive ihr im Hals stecken geblieben. Sie starrte ihre Freundin an. Die schluckte die Olive hinunter.

»Was ist?«

»Woher weißt du von Mick?«, fragte Charly barsch.

»Sollte ich nicht von ihm wissen?«

»Ich habe dir nie von ihm erzählt.«

»Was ihn umso interessanter macht.« Jill grinste.

Charly war nicht nach Grinsen zumute. »Woher weißt

du, dass Mick mich gesucht hat?« Sie überlegte. »Hat er hier angerufen?« Das hätte einiges erklärt.

Jill schüttelte den Kopf. »Er kam persönlich vorbei. Er wollte dich dringend sprechen. Ich sagte ihm, dass du wohl noch im Dienst seist.« Sie studierte Charly aufmerksam. »Er hat dich gefunden, und deshalb geht's dir so mies, nicht wahr?«

Charly wollte es automatisch bestreiten, weil es das war, was sie immer tat, wenn Mick erwähnt wurde. Abwehren, abblocken, weglaufen. Doch sie war selbst dazu zu erschöpft. Sie sagte nichts.

Jill musterte sie. »Verrätst du mir, was es mit diesem Typen auf sich hat?«

»Nichts, er ist nur ein ehemaliger Kollege.«

»Na klar. Hat es etwas mit der Sache zu tun, die vor drei Jahren zwischen euch passiert ist?«

»Was meinst du damit?«, fragte Charly unbehaglich. »Vor drei Jahren hatte ich den Mountainbikeunfall.«

Jill hatte sich eine Portion Meeresfrüchtesalat auf eine Baguettescheibe gehäuft und legte nun entnervt die Gabel beiseite. »Charly, können wir diese Farce bitte beenden? Ich weiß, dass du vor drei Jahren einen Unfall hattest. Hätte ich das nicht mitbekommen, sähest du dir die Radieschen mittlerweile von unten an, und ich hätte mich bei jemandem einquartiert, der meine Gesellschaft mehr zu schätzen weiß. Aber offenkundig ist vor drei Jahren noch einiges mehr geschehen. Irgendetwas hat dich damals aus der Bahn geworfen. Ich nehme an, es hat etwas mit diesem Mick und mit der Frau zu tun, die dich auf Sardinien im Krankenhaus besucht hat. Danach warst du völlig neben der Spur. Und bist es seitdem immer gewesen.«

Bea, dachte Charly. Jill musste mitbekommen haben, dass Bea sie in Olbia besucht hatte.

Jill fuhr fort: »Und jetzt behaupte nicht, ich könnte das nicht beurteilen, weil ich dich vor dem Unfall gar nicht kannte. Ich kann nämlich beurteilen, dass das Geisterleben, das du führst, ziemlich seltsam ist. Wenn ich mich nicht gewaltig irre, bin ich die einzige Freundin, die du überhaupt hast. Du tust nichts anderes als arbeiten und Sport treiben und igelst dich ansonsten hier ein. Du gehst nicht aus, du triffst keine Bekannten, du hast keinen Spaß. Und das, obwohl du eigentlich eine nette, intelligente, attraktive Frau bist, die vor Einsamkeit fast umkommt.«

»Das ist Unsinn«, entgegnete Charly sofort.

»Ist es nicht, und das weißt du auch.«

Jill sah Charly herausfordernd an. Charly sah weg. Natürlich wusste sie es, aber sie hatte nicht geahnt, dass Jill es ebenfalls wusste. Warum eigentlich nicht? Jill war intelligent und einfühlsam und hatte schon oft bewiesen, dass sie auch Zwischentöne hörte und zu deuten vermochte.

»Und wieso glaubst du, dass Mick etwas damit zu tun hat?«

»Weil er dich in Hamburg in der Reha besucht hat und weil ihr einen Riesenkrach hattet und weil du danach geheult hast wie ein Schlosshund. Jetzt guck nicht so sauer! Ich habe dir nicht nachspioniert. Ich habe zufällig das Ende des Krachs mitbekommen, weil ich dich besuchen wollte und weil ich euch draußen vor der Tür noch hören konnte. Du hast ihn angeschrien, dass er verschwinden soll und dass du ihn anzeigen würdest, wenn er dich je wieder belästigen sollte. Und während ich noch überlegte, ob ich ins Zimmer kommen oder taktvoll das Weite suchen sollte, kam er rausgeschossen. Deswegen weiß ich ja, dass er es war. Ich wartete dann ein paar Minuten, und als ich ins Zimmer kam, hast du mir mit verheulten Augen heile Welt vorgespielt.« Jill schwieg und schob sich eine Gabel Meeresfrüchtesalat in den Mund.

Charly dachte an Micks Besuch in der Rehaklinik. Die Erinnerung war verschwommen, weil sie so aufgeregt gewesen war und immer noch unter dem Einfluss der Schmerzmittel gestanden hatte. Mick hatte sie besuchen wollen, und sie hatte ihm tatsächlich gesagt, dass sie ihn nicht mehr sehen wolle. Er hatte schockiert reagiert, doch sie hatte gedacht, der Schock sei gespielt. Er hatte eine Erklärung verlangt, doch sie hatte ihm keine gegeben, weil sie gedacht hatte, er müsse wissen, warum sie ihn nicht mehr sehen wollte. Irgendwann war er wutentbrannt davongerannt. Danach hatte er es aufgegeben.

Bis heute.

Charly konnte ihm keinen Vorwurf machen. Sie musste sich selbst Vorwürfe machen. Wenn sie besser zugehört hätte, wenn sie ihm vertraut hätte, wenn sie ihm nicht unterstellt hätte, dass seine Amnesie vorgetäuscht war, dann …

Ja, was dann? Was hätte sie dann getan? Hätte sie es wirklich fertiggebracht, Mick ins Gesicht zu sagen, dass er ein Mörder war? Charly wusste es nicht. Dafür wusste sie plötzlich etwas anderes mit völliger Klarheit: Sie würde den Verstand verlieren, wenn sie das Geheimnis noch länger für sich behielt.

Instinktiv sagte sie: »Jill, ich muss dir etwas erzählen.«

Es dauerte länger als eine Stunde, bis Charly sich alles von der Seele geredet hatte. Nachdem sie das Ventil geöffnet hatte, gab es kein Halten mehr, und all die Dinge, die sie jahrelang verschwiegen und mit sich selbst ausgemacht hatte, strömten aus ihr heraus wie ein wilder Fluss nach einem Dammbruch. Die anfängliche Erleichterung war ungeheuer. Doch nach und nach wich sie einer gewissen Beklommenheit. Charly hatte ihren Bericht unstrukturiert begonnen, doch je klarer er wurde, desto unsicherer wurde sie, wie ihr Bericht auf ihre Zuhörerin wirken musste, und sie fürchtete sich zunehmend vor deren Reaktion.

Aber Jills Gesicht zeigte zunächst nur gespannte Aufmerksamkeit. »Okay«, sagte sie schließlich in sachlichem Ton, »lass es mich noch mal zusammenfassen, um sicherzugehen, dass ich alles richtig verstanden habe: Ihr, das heißt du und deine Kollegen, jagt seit fünf Jahren einen Mörder, der bis vor drei Jahren zwei Frauen getötet hat. Hauptverdächtiger ist ein Arzt namens Danner. Während der Ermittlungen lernte dein Kumpel Mick eine Bekannte Danners kennen und heiratete sie. Dann …«

Charly unterbrach sie. »Mick lernte Katja schon vor den Ermittlungen kennen. Unabhängig davon.«

Jill nickte. »Also gut. Die Ehe von Mick und Katja war anscheinend kein großer Erfolg, und sie fing eine Affäre mit Danner an beziehungsweise belebte eine alte Affäre neu, richtig?«

Charly nickte.

»Kurz darauf wurde auch Katja getötet. Auf dieselbe Weise wie die beiden anderen Frauen. Daher seid ihr davon überzeugt, dass Katja entweder demselben Mörder zum Opfer fiel oder dass sie von einer Person getötet wurde, die über die ersten beiden Fälle genau Bescheid wusste. Immer noch richtig?«

Charly nickte wieder.

Jill schwieg einen Moment und trank einen Schluck Wein. »Jetzt zu Mick. Du vermutest, dass er Katja selbst getötet hat. Die Gründe: Zum einen kann Danner es nicht gewesen sein, weil er ein Alibi hat. Zum anderen gibt es eine lange Reihe von Indizien gegen Mick. Das stärkste: Du hast ihm kurz vor Katjas Tod von ihrer Untreue erzählt. Ihr wart am Flughafen, Mick flippte völlig aus und raste los, um sie zur Rede zu stellen. Du vermutest, dass dieses Zur-Rede-Stellen in einem Streit gipfelte, bei dem Mick Katja tötete.«

Charly fröstelte und nickte zum dritten Mal.

Jill holte tief Luft. »Okay, so weit war das Ganze noch ziemlich einfach nachzuvollziehen. Jetzt kommt der Teil, mit dem ich Schwierigkeiten habe: dein Verhalten. Also, obwohl du fürchtest, dass Mick seine Frau getötet hat, hast du das bisher für dich behalten. Mehr noch: Du hast ihn aktiv gedeckt. Du hast verschwiegen, dass er ein brandheißes Motiv für den Mord hatte, und du hast ihm auch noch ein falsches Alibi gegeben. Ein Alibi, das nicht nur seit drei Jahren die Aufklärung von Katjas Tod, sondern auch die Ermittlungen zu den Morden an den beiden anderen Frauen behindert. Denn Danner besitzt ein Alibi für Katjas Tod und steht demnach nicht mehr im Fokus der Ermittlungen. Schließlich glauben alle außer dir, dass Katjas Tod mit den anderen Morden zusammenhängt. Habe ich das so weit richtig zusammengefasst?«

»Ja«, erwiderte Charly kleinlaut. Sie konnte nicht begreifen, dass Jill so ruhig sprach. Unsicher musterte sie die Freundin. Wieso kam keine Reaktion, kein Kommentar, keine Verurteilung? Wie konnte Jill sie nicht verurteilen?

Doch Jill blieb sachlich. »Soweit ich das überblicke, kannst du nur eins tun: Du greifst zum Telefon, rufst deinen Chef an und erzählst ihm alles.«

»Aber …«, begann Charly.

In dem Moment war es mit Jills Ruhe vorbei, die anscheinend nur die Ruhe vor dem Sturm gewesen war. »Aber?«, schnauzte sie los. »Aber? Du kommst mir ernsthaft mit einem Aber? Du willst tatsächlich mit mir darüber diskutieren? Verdammt, Charly, vier Frauen sind tot, vier Frauen! Und deinetwegen läuft der Mörder frei herum und kann weitermorden. Die vierte Tote, die Frau aus dem Wald, die geht auf deine Kappe, ist dir das klar? Hättest du nicht verhindert, dass dieser Danner weggesperrt wird, würde sie noch leben.« Heftig schob sie ihren Stuhl zurück und sprang auf.

Charly überlief ein Zittern, doch nicht nur aus Scham und Schuldgefühl, sondern auch aus Ärger. Die ganze Zeit hatte sie auf Jills Reaktion gewartet, nun verspürte sie das Bedürfnis, sich zu verteidigen. »Das stimmt doch gar nicht«, protestierte sie. »Ich weiß nicht, wer Nicole und Bettina getötet hat. Der Hauptverdächtige war immer Danner, aber wir konnten ihm nichts nachweisen. Deshalb läuft er frei herum, nicht wegen des Alibis, das ich Mick gegeben habe. Wir hätten Danner liebend gern nach dem zweiten Mord verhaftet, aber es gab keine Beweise. Und genauso war es mit den anderen Verdächtigen. Wir konnten niemanden überführen. Katjas Tod und mein Alibi für Mick haben daran nichts geändert. Glaub mir, sonst hätte ich längst die Wahrheit gesagt.«

Jill lehnte an der Spüle und verschränkte die Arme vor

der Brust, die sich heftig hob und senkte. Sie schien ihren Ärger nur mühsam zu beherrschen. »Das mag ja sein, aber du hast dennoch gelogen und dadurch einen Mörder vor dem Gefängnis bewahrt. Wie konntest du das tun?«

Es war eine gute Frage. Eine Frage, auf die Charly selbst seit drei Jahren nach einer vernünftigen Antwort suchte. »Wir waren Freunde«, begann sie lahm.

Doch Jill hob sofort abwehrend eine Hand. »Das ist kein Grund. Wir sind ebenfalls Freundinnen. Soll das heißen, du würdest mich auch decken, wenn ich einen Mord beginge? Und würdest du für mich auch deinen Job und deine Karriere riskieren?« Sie sah Charly auffordernd an.

Charly sah weg. Sie schluckte trocken. Ihr Hals schmerzte plötzlich, und sie griff zur Weinflasche, um sich nachzuschenken.

In die Stille hinein sagte Jill: »Das dachte ich mir.« Ihre Stimme klang nicht mehr ärgerlich, sondern traurig. Sie kam an den Tisch und setzte sich wieder. Eine lange Weile herrschte Schweigen, schließlich sagte Jill: »Du bist in ihn verliebt, nicht wahr?«

Charly wehrte sofort ab. »In Mick? Natürlich nicht.«

»Dann warst du in ihn verliebt.«

Charly schüttelte den Kopf. »Wir waren nur Freunde.« Und da sie spürte, dass Jill ihr nicht glaubte, fügte sie schnell hinzu: »Ich bin da einfach reingerutscht.« Schon als sie das letzte Wort aussprach, fühlte sie, wie unangemessen es war.

Jill zog ihre Augenbrauen hoch. »Reingerutscht?«

Charly nickte. »Ich wollte Mick nur Ärger ersparen. Als ich das erste Mal behauptete, dass er bis halb vier am

Flughafen war, wusste ich gar nicht, dass Katja ermordet worden war. Geschweige denn, dass ich ihm ein Alibi gab. Und erst recht nicht, dass er dringend ein Alibi brauchte. Ich habe es Bea erzählt, der Frau, die mich in Olbia besuchte. Sie ist die Frau meines Chefs.«

Jill öffnete eine weitere Flasche Wein, während Charly von Beas Besuch in Olbia erzählte. Es war eine knappe Woche nach Katjas Tod gewesen. Frank und Bea hatten sich Sorgen gemacht, als sie von Charlys Unfall erfuhren. Frank hatte sie besuchen wollen, konnte jedoch wegen Mick Aachen nicht verlassen. Deshalb war Bea nach Sardinien geflogen – so hatte sie es Charly zumindest erzählt. Erst später war Charly klar geworden, dass Bea noch einen anderen Auftrag gehabt hatte:

Sie sollte für Frank in Erfahrung bringen, wie lange Mick am Flughafen gewesen war, und sie sollte das herausfinden, weil seit Katjas Tod der Ausnahmezustand bei der Aachener Kripo und im Hause Quirin herrschte. Denn die ermittelnden Beamten richteten trotz der Hiebwunden und der abgeschnittenen Haare ihr Hauptaugenmerk nicht auf den Axtmörder, sondern auf Mick. Es gab zahlreiche Indizien gegen ihn, die Beamten bezweifelten seine Geschichte von der Amnesie, und nur ein Alibi konnte Mick vor einer Mordanklage retten.

Doch das alles hatte Charly damals nicht gewusst. »Bea besuchte mich im Krankenhaus, doch sie erzählte mir nur die halbe Wahrheit. Sie sagte, dass Katja tot sei, aber nicht, dass sie ermordet worden war. Sie sprach von einem Unfall.«

»Aber warum?«, hakte Jill sofort ein.

Charly schüttelte den Kopf. »Ich weiß es nicht.« Natürlich hatte sie darüber nachgedacht, und ihr waren zwei mögliche Erklärungen eingefallen. Entweder hatte Bea sie auf Anraten der Ärzte geschont, oder sie hatte befürchtet, Charly könne lügen, wenn sie erführe, was für Mick auf dem Spiel stand. Falls Letzteres zutraf, hatte Bea sich selbst ausgetrickst.

»Natürlich war ich über Katjas Tod entsetzt«, fuhr sie fort. »Ich fragte Bea, wie es Mick gehe. Und während wir über ihn redeten, wollte sie wissen, ob er mich zum Flughafen gebracht habe und wie lange er geblieben sei. Sie fragte es ganz beiläufig, sie machte es eigentlich wirklich gut, doch irgendwie merkte ich trotzdem, dass meine Antwort ihr sehr wichtig war. Bulleninstinkt vielleicht, ich weiß es nicht.« Sie hob die Schultern. »Auf jeden Fall wurde ich stutzig, und mir fiel auf, wie sparsam Bea mit Details zu Katjas Unfall war. Ich fragte nach, doch sie wich mir aus und behauptete, die Polizei würde noch ermitteln. Und da nahm ich an …«

»Was nahmst du an?« Jill lehnte sich auf ihrem Stuhl zurück und ließ den Wein in ihrem Glas kreisen.

Charly strich sich nervös über ihre Jeans. »Ich fragte mich, ob Mick irgendwie in den Unfall verwickelt war. Ich ging von einem Autounfall aus und hatte die Vorstellung, dass er vielleicht selbst gefahren und zu leichtsinnig gewesen war. Er neigte dazu. Und wenn er wütend gewesen war und sich vielleicht mit Katja im Wagen wegen Danner gestritten hatte …«

Sie hob die Hände. »Jill, ich schwöre dir, ich dachte nicht für eine Sekunde, er könnte sie absichtlich getötet haben. Aber ich dachte, er wäre vielleicht fahrlässig gewesen. In dem Moment schien es mir nicht ratsam, Bea von Katjas Affäre mit Danner und Micks Reaktion zu erzählen. Deswegen behauptete ich einfach, es sei nichts Besonderes vorgefallen. Wir hätten uns nett unterhalten, und Mick hätte mich dann zum Gate gebracht.« Sie griff zu ihrem Weinglas, merkte jedoch, dass ihre Hand zitterte, und zog sie zurück.

Jill runzelte die Stirn. »Aber warum hast du dann wegen der Zeit gelogen? Du hättest doch sagen können, dass ihr euch bis halb zwei unterhalten hättet.«

Charly nickte zustimmend. »Das wäre vielleicht klug gewesen. Doch in dem Moment dachte ich nicht daran, dass der Flieger Verspätung gehabt hatte. Ich wollte Bea gegenüber so tun, als sei alles normal gewesen. Und normal wäre es für uns gewesen, möglichst lange zusammenzubleiben.«

»Und als du erfuhrst, dass Katja ermordet worden war? Weshalb hast du deine Aussage dann nicht richtiggestellt?«

Charly starrte auf Jills Leckereien, die vergessen auf dem Esstisch warteten. »Als Bea weg war, versuchte ich, Mick zu erreichen, aber er ging nicht ans Handy. Am nächsten Tag kam dann ein Kollege von der Aachener Kripo und wollte eine Aussage von mir. Weil ich immer noch nicht wusste, worum es genau ging, erzählte ich ihm dasselbe wie Bea. Und danach rief Mick zurück.«

Sie schwieg, als sie an das Gespräch zurückdachte. Auch daran hatte sie keine deutliche Erinnerung, so wenig wie an die ganze damalige Zeit. Die Gehirnerschütterung, der Medikamentencocktail, die anderen Verletzungen … In jenen Wochen hatte sie Schwierigkeiten gehabt, überhaupt klar zu denken. »Wie gesagt, Mick rief an. Die Verbindung war ziemlich lausig, und er war total durch den Wind. Es ging ihm offensichtlich beschissen.

Er bedankte sich bei mir für meine Aussage und erzählte mir, dass Katja ermordet worden sei. Aber bevor er mir Einzelheiten erzählen konnte, war die Verbindung weg.«

Jill runzelte die Stirn. »Und du bist nicht misstrauisch geworden?«

Charly schüttelte heftig den Kopf. »Wie denn? Ich wusste ja immer noch nicht, dass meine Aussage ihm ein Alibi verschaffte. Aber mir war klar, dass irgendetwas seltsam war. Er schien so erleichtert wegen meiner Aussage. Und ich konnte nicht verstehen, warum Bea mich über die genauen Umstände von Katjas Tod angelogen hatte.« Sie schwieg einen Moment. »Ich lag die nächsten Tage im Bett und grübelte und grübelte, doch die ganze Wahrheit erfuhr ich erst von Frank, als ich zurück in Deutschland war. Er besuchte mich in der Reha und erzählte, wann und wie Katja genau getötet worden war, wie schwer die Indizien gegen Mick wogen und dass Mick sich an die Ereignisse an Katjas Todestag nicht erinnern konnte. Zumindest behauptete Mick das. Aber …«

»Aber?«, fragte Jill.

Charly griff zu einer Baguettescheibe und drehte sie zwischen ihren Fingern hin und her. »Ich habe es nicht geglaubt. Mick machte sich früher oft über Täter lustig, die sich in Widersprüche verwickelten. Er sagte dann immer, sie sollten wenigstens so viel Verstand haben, eine Amnesie vorzutäuschen. Und als ich hörte …« Sie verstummte.

Jill beendete den Satz für sie. »Und als du hörtest, dass Mick an einer Amnesie litt, nahmst du sofort an, sie sei vorgetäuscht. Richtig?«

Charly nickte. In jenem Moment hatten sich alle verstreuten Puzzleteile in ihrem Kopf zusammengesetzt und ein komplettes Bild der Ereignisse ergeben. Sie glaubte, Mick durchschaut zu haben. Sie glaubte, dass er sie dreist benutzt hatte, indem er ihre Aussage Bea gegenüber ausgenutzt und sich selbst in eine bequeme Erinnerungslücke geflüchtet hatte. Er hatte sie sogar angerufen und sich für das Alibi bedankt – das war zumindest drei Jahre lang Charlys Interpretation des Anrufs gewesen –, und der Schock und die Wut waren so überwältigend gewesen, dass sie fast daran erstickt wäre.

Jill stellte ihr leeres Weinglas ab. »Und dennoch hast du Frank nicht die Wahrheit gesagt?« Sie schüttelte den Kopf, als könnte sie es nicht glauben.

»Ich wollte es, aber …« Charly seufzte leise. »Frank war so dankbar wegen meiner Aussage und so erleichtert. Er hatte sich in den Tagen zuvor solche Sorgen um Mick gemacht. Er war völlig am Ende. Mick ist wie ein Sohn für ihn. Ich … Ich habe es einfach nicht fertiggebracht. Ich beschloss, erst noch einmal in Ruhe über alles nachzudenken, und …«

Und damit hatte das Aufschieben begonnen. Charly hatte alles durchdacht, immer wieder, und sie war jedes Mal zum selben Ergebnis gekommen: Sie musste Frank und den zuständigen Ermittlern die Wahrheit sagen, sie konnte und durfte keinen Mörder decken. Dennoch hatte sie geschwiegen. Sie hatte sich von Mick abgewandt, doch sie hatte es nicht fertiggebracht, vollständig mit ihm zu brechen. Mick hatte sie aus ihrem inneren Gefängnis geholt, deswegen hatte sie ihn trotz ihrer Wut nicht in ein tatsächliches Gefängnis schicken können. Und irgendwann war es dann endgültig zu spät gewesen, weil nicht mehr nur Micks Freiheit, sondern auch ihr Job auf dem Spiel gestanden hatte.

Charly sah Jill an. »Ich habe immer gedacht, Mick wüsste es, deswegen war ich so wütend auf ihn. Dabei kann er sich tatsächlich nicht erinnern. Jill, was soll ich denn jetzt tun?«

Hans

Die Welt geht nicht für alle Menschen am selben Tag unter, und die Zeitrechnung ist nicht für alle gleich. Charly verschlief am Morgen von Tag eins nach der Erkenntnis, dass sie Mick drei Jahre lang Unrecht getan hatte, und sie wachte mit dem Gefühl auf, auf einem Trümmerfeld zu stehen. Sie drehte sich um und zog sich die Decke über den Kopf.

Benny hingegen sprang nach einer ebenfalls kurzen Nacht gut gelaunt und hoch motiviert aus dem Bett. In gewisser Weise hatte auch er das Gefühl, am Beginn einer neuen Ära zu stehen, der Ära als vollständig anerkanntes Mitglied der MK2. Er hatte das Gefühl, durch eine Feuertaufe gegangen zu sein. Erst hatte er sich gestern zum Idioten gemacht und Franks Zorn auf sich gezogen, anschließend war ihm vergeben worden, und Charly hatte mit dem Keksritual seine Vollmitgliedschaft besiegelt.

Damit das auch alle Kollegen mitbekamen, klopfte Benny kurz vor der Morgenbesprechung an Charlys Bürotür, unter dem Vorwand, ein oder zwei Punkte mit ihr diskutieren zu wollen. Ihm schwebte vor, Seite an Seite mit ihr und in eine Diskussion vertieft im Besprechungsraum zu erscheinen, um die gute Beziehung zwischen ihnen für alle Welt zu demonstrieren. Leider misslang der Plan, da Charly nicht in ihrem Büro war und zu Bennys Verwunderung auch nicht zur Besprechung erschien.

Frank machte es kurz und verteilte im Wesentlichen die Aufgaben für den Tag. Benny wurde beauftragt, Hans Löhrmann, der heute aus dem Krankenhaus entlassen würde, ins Präsidium zu bringen. Charly erwähnte Frank mit keinem Wort, und erst als Benny nachfragte, sagte er knapp: »Charly hat eine SMS geschickt, dass sie später kommt. Wenn du Löhrmann hergebracht hast, sag mir Bescheid. Falls Charly dann noch nicht gekommen ist, befragen wir ihn gemeinsam.«

So kam es, dass Benny eine halbe Stunde später in der offenen Tür eines Krankenzimmers stand und zusah, wie Hans Löhrmann eine zierliche Krankenschwester mit einem ausnehmend hübschen Profil anbaggerte.

Dass es Hans Löhrmann war, daran hatte Benny keinen Zweifel. Er hatte gestern Abend noch die Zusammenfassung der früheren Fälle studiert, um einem weiteren Fauxpas vorzubeugen. Die Unterlagen enthielten ein Foto und eine Charakterbeschreibung jedes Mitglieds der Improprinten. Benny hätte Löhrmann anhand von beiden erkannt. Ein Absatz der Charakterisierung lautete: *Es ist Löhrmanns erklärtes Ziel, eine Partnerin zu finden. Dieses Bedürfnis scheint weite Teile seines Denkens und Handelns zu beeinflussen.*

Gerade sagte Hans Löhrmann: »Aber falls Ihre Freundin doch keine Zeit hat, können Sie mich anrufen. Der Film soll wirklich sehr gut sein, und er läuft nur noch bis morgen. Hier haben Sie meine Nummer.« Er drückte der Schwester eine Visitenkarte in die Hand.

Die machte kein begeistertes Gesicht, zumindest der Teil ihres Profils, den Benny von der Tür aus sehen konnte, wirkte nicht begeistert. »Ich glaube nicht, dass meine Freundin absagt.«

»Dann können wir uns vielleicht einen anderen Film ansehen.« Löhrmann sah die Schwester an wie ein Hündchen, das fürchtet, sein Frauchen könne es beim Gassigehen vergessen. Benny schüttelte innerlich den Kopf. Was für ein armseliges Würstchen!

Die Schwester wand sich sichtlich. »Im Moment habe ich wenig Zeit.«

»Dann vielleicht, wenn Sie mehr Zeit haben? Demnächst läuft der neue Bond an. Ich rufe Sie an, wenn Sie mir Ihre Nummer geben. Und vorher lade ich Sie zum Essen ein.«

»Ich glaube nicht …« Die Schwester brach ab. Sie tat sich schwer, eine eindeutige Absage zu formulieren.

Benny beschloss, sie zu retten, und räusperte sich. Sofort flogen beide Köpfe zu ihm herum.

»Oh, kann ich etwas für Sie tun?« Die Schwester schenkte ihm ein erleichtertes Lächeln. Von vorn sah Benny, dass sie einen ausgeprägten Silberblick hatte. Er lächelte zurück.

»Ich möchte zu Herrn Löhrmann.«

»Herr Löhrmann wird gerade entlassen«, sagte sie schnell. »Also, Herr Löhrmann, auf Wiedersehen und alles Gute für Ihr Bein.«

Sie war so schnell verschwunden, dass ihr Patient sich nicht einmal verabschieden konnte. Er starrte ihr verdutzt und sehnsüchtig durch seine runden Brillengläser hinterher. Benny schob sich energisch in sein Blickfeld, woraufhin Löhrmann sich ihm zuwandte.

»Worum geht es denn?«

»Mein Name ist Kämpfer, Kriminalpolizei. Ich würde Ihnen gern ein paar Fragen stellen. Macht es Ihnen etwas aus, zum Präsidium mitzukommen?«

Die Aussicht schien Löhrmann zu erfreuen. »Ja, natürlich, gern. Ich nehme an, es geht um diesen Hund. Unglaublich, einfach unglaublich. Das Mädchen ist völlig verrückt. Es war ein reiner Höflichkeitsbesuch. Ich habe mich völlig korrekt verhalten, und plötzlich fängt sie an zu schreien wie am Spieß und hetzt ihren Hund auf mich. Müssen Hunde dieser Größe denn keinen Maulkorb tragen?«

Benny ließ Hans Löhrmann in dem Glauben, dass es um die Hundeattacke ginge, bis sie im Präsidium waren und auch noch während der ersten halben Stunde der Vernehmung.

Frank, der dabeisaß, hatte es vorgeschlagen. »Leite du die Vernehmung, und lass Löhrmann ruhig erst die Geschichte von dem Hundebiss erzählen. Es gibt dir die Gelegenheit, ihn näher kennenzulernen.«

Und mehr Gelegenheit, als mir lieb ist, dachte Benny, während er sich Löhrmanns langatmige Beschreibung anhörte, wie es dazu gekommen war, dass der Hund der Nichte der Käuferin seines Hauses ihn gebissen hatte. Benny hielt sich eigentlich für einen geduldigen Zuhörer, doch während er Löhrmann lauschte, wurde er ganz kribbelig. Der Mann war nicht nur ein langsamer, bedächtiger Erzähler, sondern offensichtlich davon überzeugt, dass jedes noch so kleine Detail seiner Bekanntschaft mit Ruth Kettler und ihrer Nichte Lilli für die Pointe von Bedeutung war. Er erzählte ausführlich, wie lange das Blockhaus nach Nicole Danners Tod leer gestanden, welche Überlegungen er zu dieser Thematik angestellt und welche Maklerin er schließlich mit der Suche nach einem Mieter oder Käufer beauftragt hatte. (Benny fiel auf, dass er sich nicht an *Zerbitzky Immobilien* gewandt hatte.) Als Löhrmann auch noch berichten wollte, was die Maklerin genau gesagt hatte, unterbrach Benny ihn und führte ihn zum eigentlichen Thema zurück.

Daraufhin erzählte Löhrmann, wie er Ruth Kettler kennengelernt hatte, als sie den Kaufvertrag unterschrieb. Die Nichte war nicht dabei gewesen. Er hatte sie erst kennengelernt, nachdem er im Sommer selbst nach Roetgen gezogen war. Es war an einem Samstag gewesen. Löhrmann traf Ruth Kettler zufällig in der Apotheke. Sie wollte Kopfschmerztabletten kaufen, als ihr plötzlich schwindelig wurde. Löhrmann und die Apothekerin kümmerten sich um sie, und Löhrmann bot ihr an, sie nach Hause zu bringen. Ruth Kettler lehnte zunächst ab, doch die Apothekerin überredete sie, das Angebot anzunehmen. Also fuhr Löhrmann sie zum Blockhaus, wo er dann zum ersten Mal Lilli traf. Am nächsten Tag schaute er noch einmal vorbei, um sich zu erkundigen, wie es Frau Kettler ging. Seitdem war er den beiden ein paarmal beim Spazierengehen begegnet.

»Sie haben sich also angefreundet«, fasste Benny schließlich die lange Erklärung zusammen.

Löhrmann wiegte bedächtig den Kopf hin und her. »Das wäre zu viel gesagt.«

»Aber Sie sind gute Bekannte?«

»Eigentlich auch nicht. Wir haben uns nur manchmal zufällig getroffen.«

»Aber gestern wollten Sie die beiden besuchen, oder?«, fragte Benny leicht verwundert.

Löhrmann nahm die Brille ab und rieb sie an seiner Krawatte. »Besuchen ist nicht das richtige Wort. Ich wollte sie einladen. Ich hatte Geburtstag und hielt es für eine nette Geste. Weil sie niemanden zu kennen scheinen.«

Ein rosiger Hauch überzog seine dicklichen Wangen, und endlich ging Benny ein Licht auf. Wiederholte sich hier die einseitige Geschichte mit der Krankenschwester? Hatte Hans Löhrmann Interesse an Frau Kettler bekundet, das diese jedoch nicht erwidert hatte? Gut möglich, doch weder interessant noch wichtig. Benny wollte endlich die Hundegeschichte hinter sich bringen und mit dem Fall der Waldfrau weitermachen.

»Dann erzählen Sie bitte, was gestern genau passiert ist.«

»Nun ja, wie gesagt, ich wollte Frau Kettler besuchen. Die Tür stand offen, und Frau Kettlers Nichte, also Lilli, saß im Flur auf dem Fußboden. Sie zog gerade Schuhe an. Ich sagte ›Hallo‹ oder ›Guten Tag‹, das weiß ich nicht mehr so genau. Sie antwortete nicht. Sie ist etwas seltsam, sagte ich das schon? Ich machte dann irgendeine Bemerkung über das Wetter. Oder vielleicht auch über das Haus. Ich glaube, über das Wetter. Irgendwas Nettes eben. Ich fragte, ob ihre Tante zu Hause sei. Sie schüttelte den Kopf, sagte aber wieder nichts. Ich sagte daraufhin etwas wie ›Du redest aber nicht viel, oder?‹ oder etwas Ähnliches. Ich wollte die Situation etwas auflockern, verstehen Sie? Aber sie starrte mich nur an. Sie saß immer noch auf dem Boden, deshalb streckte ich ihr die Hand hin, um ihr aufzuhelfen. Ich dachte, dann könnten wir uns vielleicht besser unterhalten. Aber als sie stand, rannte sie plötzlich nach draußen, rief ihren Hund und hetzte ihn auf mich.«

Bei den letzten Worten schwoll seine Stimme vor Empörung an. Benny, dessen Konzentration ein wenig nachgelassen hatte, während Löhrmann seine banalen Bemerkungen zu rekonstruieren versuchte, hatte das Gefühl, etwas verpasst zu haben.

»Einfach so?«, fragte er.

Löhrmann nickte eifrig. »Ja, es ist wirklich unglaublich, nicht wahr? Gerade spreche ich sie noch ganz freundlich an, und im nächsten Moment hängen zwei Zentner haariger Hund an meinem Bein.«

Benny blinzelte. »Sie sagen, sie hetzte ihren Hund auf Sie. Wie hat sie das gemacht? Könnte der Hund von sich aus auf Sie losgegangen sein? Weil er dachte, sein Frauchen wird bedroht?«

Löhrmann schüttelte energisch den Kopf. »Nein. Sie musste ihn ja erst rufen. ›Bertie!‹, schrie sie lauthals, und als er kam, irgendwo aus dem Wald, rief sie: ›Fass!‹«

»Und Sie haben nichts geäußert, was Lilli als Bedrohung empfunden haben könnte?«

»Nein, das sagte ich doch schon. Glauben Sie mir etwa nicht?« Löhrmann reckte empört den Kopf.

Benny war sich nicht sicher, was er glauben sollte. »Ich versuche nur, mir ein Bild zu machen. Könnte Lilli Ihr Verhalten als Bedrohung aufgefasst haben?«

»Bestimmt nicht.«

»Aber Sie betraten das Haus. Hatte Lilli Sie dazu aufgefordert?«

Löhrmann wurde rot. Fahrig strich er das schüttere Haar nach hinten. »Die Haustür stand offen. Und ich wollte ihr nur hochhelfen, mehr nicht. Wenn es sie gestört hätte, hätte sie etwas sagen können. Aber sie hat nichts gesagt. Stattdessen ist sie hinausgelaufen und hat ihren Hund auf mich gehetzt. Das Mädchen ist vollkommen verrückt.«

»Können Sie sich daran erinnern, was Sie als Letztes sagten, bevor Lilli hinauslief?«

Löhrmann befingerte seine Krawatte. »Wieso soll das wichtig sein? Warten Sie, ich sagte … Ich glaube, ich fragte sie, ob wir uns früher schon einmal begegnet seien. Bevor sie mit Frau Kettler in mein Haus gezogen war, meine ich. Ich sah sie da zum ersten Mal richtig an, und irgendwie kam sie mir bekannt vor.«

»Woher?«

Er schüttelte den Kopf. »Ich weiß es nicht. Ich hatte plötzlich das Gefühl, sie früher in einem anderen Kontext getroffen zu haben. Aber vermutlich habe ich mich ohnehin geirrt. Und es war eine simple Frage, nichts Anzügliches oder so.« Seine Wangen röteten sich noch stärker. »Also, was werden Sie deswegen unternehmen?«

»Nun, wir werden die zuständigen Kollegen informieren«, erwiderte Benny nichtssagend.

In seinem Kopf rotierten die Gedanken. Er fand Löhrmanns Geschichte seltsam, irgendetwas daran klang in seinen Ohren unglaubwürdig. Er fragte sich, ob Löhrmann vielleicht doch aufdringlicher geworden war, als er es jetzt zugab. Natürlich hatte die ganze Sache nichts mit ihren aktuellen Ermittlungen zu tun, dennoch fragte Benny sich, ob er sie einfach so auf sich beruhen lassen sollte. Er sah zu Frank hinüber, der jedoch in Gedanken versunken schien.

Löhrmann nahm ihm die Entscheidung ab. »Zuständige Kollegen? Soll das heißen, Sie sind nicht zuständig? Wieso haben Sie mich dann hergeholt?«

»Weil wir Sie in einer anderen Sache sprechen wollten.«

»Das verstehe ich nicht. Was für eine Sache?« Er sank

etwas in sich zusammen und ließ seine ohnehin abfallenden Schultern noch weiter hängen. »Oh Gott, nicht wieder diese alte Geschichte! Geht es um Nicole und Bettina?«

»Indirekt«, erwiderte Benny. »Herr Löhrmann, vor zwei Tagen wurde die Leiche einer Frau Mitte vierzig entdeckt. Wir bemühen uns noch immer um die Identifizierung. Ich möchte Sie bitten, sich ein Foto der Toten anzusehen und uns zu sagen, ob Sie sie gekannt haben.«

Aus einer Mappe, die er bereitgelegt hatte, zog Benny das Foto, das Charly – wo blieb sie bloß? – gestern den anderen ehemaligen Improprinten gezeigt hatte.

Löhrmann warf einen Blick darauf. »Was soll das?«

»Kennen Sie die Frau?«

»Natürlich nicht. Sie ist ja fast kahl. Wie kommen Sie darauf, dass ich sie kennen könnte?«

Benny sah zu Frank hinüber. Er war unsicher, wie viel er erzählen durfte.

Frank sagte: »Die Tote ist deswegen fast kahl, weil ihr Mörder ihr nach dem Tod die blonden Haare abgeschnitten hat.«

Löhrmann wurde blass. »Sie meinen, wie bei Bettina?« Er griff nach dem Foto und betrachtete es zum ersten Mal genauer. Seine Hand begann zu zittern. »Sie sagen, die Frau war blond?«

»Blond mit ersten grauen Strähnen. Vermutlich sah sie etwa so aus.« Benny holte einen weiteren Ausdruck aus der Mappe. Ein Kollege hatte das Foto der Toten am Computer um die Haare ergänzt. »Es kann sein, dass die Frisur und der Haaransatz nicht ganz stimmen, aber sehen Sie es bitte dennoch genau an.«

Den letzten Satz hätte Benny sich sparen können. Löhrmann schnappte regelrecht nach dem Foto. Er starrte es mit offenem Mund an, und seine Augen traten vor, sodass er einem Frosch ähnelte. »Soll das ein Witz sein?«

»Kennen Sie die Frau?«

»Sie etwa nicht? Warum haben Sie dann die vielen Fragen gestellt, obwohl Sie nicht zuständig sind? Was ist hier eigentlich los?«

Benny verstand gar nichts mehr. »Herr Löhrmann, wir haben keine Ahnung, wer die Tote ist. Wenn Sie etwas wissen, müssen Sie es uns sagen.«

Löhrmann sah von ihm zu Frank und wieder zurück, bevor er mit matter Stimme sagte: »Es ist Frau Kettler.«

Von diesem Moment an übernahm Frank die Befragung. Unter anderen Umständen hätte Benny sich vielleicht darüber beschwert, zum Statisten degradiert zu werden, kaum dass es interessant wurde, doch in diesem Fall war er erleichtert. Hans Löhrmanns Aussage hatte ihn so verblüfft, dass er sich überfordert fühlte.

Löhrmann schien ebenfalls überfordert. Er riss sich seine Brille von der Nase und schwenkte sie mit zitternden Fingern in einer sinnlosen Geste hin und her.

Frank sagte ruhig: »Herr Löhrmann, das war für Sie sicherlich ein Schock. Sie verstehen bestimmt, dass wir weitere Fragen haben, aber wir gewähren Ihnen gern eine Pause, damit Sie sich sammeln können. Soll Kommissar Kämpfer Ihnen ein Glas Wasser holen?«

Löhrmann nickte, und Benny eilte los, kehrte jedoch im Rekordtempo zurück, um nur ja nichts zu verpassen. Löhrmann griff nach dem Wasser wie ein Verdurstender und trank das Glas in einem Zug leer.

Dann begann Frank mit den Fragen. Er fing mit den offensichtlichen an: Hatte Löhrmann einen Verdacht, wer Ruth Kettler getötet haben könnte oder warum? Wusste er, ob sie Feinde gehabt hatte? Konnte er sich vorstellen, was sie im Aachener Stadtwald gesucht haben könnte? Löhrmann verneinte alle Fragen. Seine Redseligkeit war verflogen.

»Ich sagte Ihnen doch schon, dass ich sie kaum kannte«, sagte er erregt. »Sie hat lediglich das verdammte Haus gekauft, ich habe sie nur wenige Male getroffen.«

»Aber Sie kannten sie gut genug, um sie zu Ihrem Geburtstag einzuladen. Fangen wir von vorn an. Sie haben Frau Kettler über Ihre Maklerin kennengelernt. Welche war das übrigens?«

Löhrmann nannte den Namen einer alteingesessenen Firma.

»Gut«, meinte Frank. »Die Maklerin hat Ihnen doch bestimmt einiges über Frau Kettler erzählt, vermutlich haben Sie sich doch für ihre finanzielle Situation interessiert. Wissen Sie zum Beispiel, welchen Beruf Frau Kettler ausübte?«

Löhrmann nickte. »Sie war Buchhalterin bei Neubert, der Printenbäckerei. Sie arbeitete dort seit fünf Jahren, glaube ich.«

»Das heißt, Frau Kettler wohnte bereits vorher in der Nähe?«

Löhrmann nickte wieder. »In Aachen. Sie besaß ein Reiheneckhaus in … Den Sraßennamen habe ich vergessen. Aber das wollte sie verkaufen. Sie wollte raus aus Aachen, irgendwohin, wo es möglichst einsam war.«

»Möglichst einsam?«, echote Frank. »Hat sie das begründet?«

»Nein. Ich weiß es von der Maklerin. Als ich ihr mein Haus anbot, sagte sie gleich, es sei perfekt für eine Kundin, die in Pendelnähe zu Aachen, aber gleichzeitig möglichst einsam wohnen wolle. Und sie behielt recht. Drei Tage später rief sie mich an, dass Frau Kettler das Haus kaufen wolle.«

»So schnell? Störte es sie denn nicht, dass in Ihrem Haus ein Mord geschehen war?«

Löhrmann wurde rot. Er zerrte an seinem Krawattenknoten, als sei der zu eng. »Nein.«

In Bennys Ohren klang es nicht sehr glaubwürdig.

Auch Frank hakte nach. »Wusste sie überhaupt von dem Mord? Haben Sie ihr davon erzählt?«

Löhrmann spielte mit seiner Krawatte. »Die Maklerin hat es getan.«

Frank musterte ihn einen Moment schweigend. Dann sagte er: »Ich möchte noch einmal auf Ihre Begegnungen mit Frau Kettler zurückkommen. Sie sagten, Sie hätten sie mehrmals beim Spazierengehen getroffen. Worüber haben Sie da geredet?«

Löhrmann schien erleichtert über den Themenwechsel. »Über nichts Besonderes, über das Wetter oder den Hund. Ich fragte sie, ob sie sich in Roetgen wohlfühlt. Einmal habe ich ihr von meiner Arbeit erzählt. Ich dachte, das könnte sie interessieren, weil wir doch sozusagen beide in der Finanzbranche tätig waren.«

»Sie hat nichts über sich erzählt?«, fragte Frank. »Wie lange sind Sie denn bei diesen Gelegenheiten zusammen spazieren gegangen?«

»Nicht lange. Jeweils nur ein paar Minuten. Einmal traf ich Frau Kettler im Wald und bot ihr an, sie ein Stück zu begleiten. Ich brachte sie bis zur Haustür. An dem Tag war auch die Nichte dabei, aber sie sagte kein Wort. Als sie mit ihrem Hund vorauslief, machte ich eine Bemerkung darüber. Frau Kettler sagte, Lilli sei schüchtern.«

»Bat Frau Kettler Sie bei dieser Gelegenheit hinein?«

»Nein.«

»Bei anderen?«

»Nein.«

»Auch nicht, als Sie sie im Sommer von der Apotheke nach Hause brachten oder als Sie sich einige Tage später nach ihr erkundigten?«

»Nein. Sie hatte gerade keine Zeit.«

»Wann haben Sie sie das letzte Mal getroffen?«

Löhrmann dachte nach. »Letzten Samstag. Ich traf sie zufällig vor ihrem Gartentor, als ich wieder spazieren ging. Ich fragte sie, ob sie mich begleiten wolle, doch sie sagte, sie sei gerade draußen gewesen.« Er blinzelte durch seine runden Brillengläser. »Ich fand das etwas seltsam, weil ich sie aus dem Haus hatte kommen sehen.«

»Dennoch wollten Sie sie zu Ihrem Geburtstag einladen?«

»Warum nicht? Da ist doch nichts dabei. Es war einfach eine nette Geste. Die beiden scheinen ... schienen einsam zu sein. Und ich wollte sie gern näher kennenlernen. Frau Kettler schien eine sehr nette Frau zu sein.«

Benny hatte den Eindruck, dass wohl eher Hans Löhrmann einsam war. Er fragte sich, ob es wirklich jedes Mal Zufall gewesen war, wenn Hans Löhrmann und Ruth Kettler sich im Wald begegnet waren. Für ihn klang es eher so, als hätte Löhrmann bewusst ihre Nähe gesucht – ohne zu merken, dass das Objekt seiner Begierde umgekehrt kein Interesse an seiner Gesellschaft hatte.

Frank wechselte das Thema. »Erzählen Sie uns mehr über Lilli. Was wissen Sie über sie?«

»Nichts«, war die prompte Antwort.

»Geht sie noch zur Schule?«

»Ich glaube nicht.«

»Dann macht sie eine Ausbildung?«

»Ich glaube nicht.«

»Finden Sie das nicht seltsam? Bei einer Sechzehnjährigen?«

Löhrmann strich sich das Haar nach hinten. »Ich habe nie darüber nachgedacht. Mich interessierte die Nichte nicht sonderlich. Sie ist ja noch ein halbes Kind.«

Frank schwieg einen so langen Moment, dass Benny sich fragte, worüber er nachdenken mochte. Schließlich sagte Frank: »Und wie war das Verhältnis zwischen Frau Kettler und Lilli? Wie kommt es überhaupt, dass die beiden zusammenlebten? Was ist mit Lillis Eltern?«

Löhrmann überlegte. »Ich vermute, sie sind tot, aber ich habe Frau Kettler nicht danach gefragt.«

»Und können Sie Lilli Kettler beschreiben? Ihr Äußeres, meine ich.«

Löhrmann zögerte. Er schien sich zu fragen, worauf Frank hinauswollte. Benny wunderte sich ebenfalls. Wieso sollte es relevant sein, wie die Nichte des Mordopfers aussah? Und falls es von Bedeutung war, weshalb wartete Frank nicht, bis er sie selbst traf? Denn wenn die Tote im Wald tatsächlich ihre Tante war, würde Lilli Kettler mit den Polizisten sprechen müssen. Dann würde sie sich nicht mehr mit Zetteln hinter einer Tür verschanzen können.

»Sie ist ziemlich groß und schlaksig. Sie hat kurzes braunes Haar und auffallend große Augen. Blau, glaube ich. Sonst fällt mir nichts ein. Warum wollen Sie das wissen?«

Frank ging nicht auf die Frage ein. Er schien nachzudenken. »Herr Löhrmann«, sagte er schließlich, »sind Sie sicher, dass das Mädchen die Nichte von Frau Kettler ist?«

Löhrmann musterte ihn verwundert. »Ob ich sicher bin? Natürlich. Wer soll sie sonst sein? Frau Kettler hat es selbst gesagt.«

»Aber Sie haben es nicht überprüft? Haben Sie sich je ihren Ausweis oder ein anderes Dokument zeigen lassen?«

»Warum hätte ich das tun sollen? Warum fragen Sie das überhaupt alles?«

»Weil ich mich frage, ob Lilli Kettler Nellie Danner ist.«

Frank sprach die Worte ganz ruhig aus, doch Bennys Ansicht nach hätten sie mit einem lauten Tusch vorgetragen werden müssen. Wenn das wahr wäre, dann ... Er bekam keine Gelegenheit, über diese Hypothese nachzudenken, denn Löhrmann fing an zu lachen. Es war ein lautes unpassendes Geräusch, und Benny schob es eher auf Löhrmanns Nervosität als auf echte Erheiterung.

»Das ist vollkommen lächerlich. Nellie ist tot.«

»Woher wollen Sie das wissen?«, erkundigte Frank sich höflich.

»Woher? Das wissen wir doch alle. Ich meine ...« Auf seiner Stirn bildeten sich Schweißtropfen. Dann schüttelte er den Kopf. »Das ist vollkommen ausgeschlossen. Zum einen hätte ich es gemerkt. Zum zweiten: Wieso sollte Frau Kettler Nellie als ihre Nichte ausgeben? Und wieso hätte Nellie bei ihr leben sollen und ... Lächerlich«, wiederholte er. »Wie kommen Sie überhaupt darauf? Warten Sie ... Weil Lilli nicht spricht, ist es das?«

»Es ist zumindest ein Indiz«, entgegnete Frank.

Löhrmann schüttelte den Kopf. »Und darauf bauen Sie Ihre ganze Vermutung auf? Kein Wunder, dass Sie nicht in der Lage waren, den Tod von Nicole und Bettina aufzuklären. Das ist ...« Er schien nach einem anderen Wort zu suchen, landete jedoch wieder beim alten. »Das ist lächerlich. Das Mädchen ist einfach nur schüchtern.«

Frank musterte ihn. »Mir scheint es mehr als das zu sein. Sie sagten vorhin selbst, dass Lilli Kettler seltsam sei – und dass sie Sie an jemanden erinnert. Und als Sie das zu ihr sagten, wurde sie panisch und hetzte ihren Hund auf Sie.«

»Aber ...«, begann Löhrmann sofort wieder, brach dann jedoch ab. Zum ersten Mal schien er zu erwägen, dass Frank vielleicht doch recht hatte. Allerdings nicht lange. »Das kann nicht sein, das hätte ich gemerkt. Außerdem war Nellie blond.«

»Haare kann man abschneiden und färben. Und die unveränderlichen Merkmale stimmen überein: Nellie Danner wäre heute sechzehn Jahre alt, genauso alt wie Lilli Kettler. Beide sind groß und schlaksig, beide haben große blaue Augen. Und da sind noch drei weitere Punkte. Nach Nellies Verschwinden wurde mit Hunden nach ihr gesucht. Den Hunden wurde als Geruchsprobe unter anderem ein Kuscheltier von Nellie vorgehalten. Es war ein Stoffhund, den sie Bertie nannte.« Er räusperte sich. »Dann haben Sie gesagt, Frau Kettler hätte die Maklerin beauftragt, ein Haus zu suchen, das möglichst einsam liegt. Das klingt für mich, als hätte sie etwas zu verbergen gehabt – oder jemanden zu verstecken. Und der dritte Punkt …«

Doch Benny wusste es schon, bevor Frank den Satz beendete. »Die Verbindung«, murmelte er. »Wenn Lilli Nellie ist, hätten wir die gesuchte Verbindung zwischen den Morden.«

Drachenfeuer

Als Charly den Drachen sah, wäre sie fast wieder umgekehrt. Er saß auf einem gemauerten Pfosten vor dem Haus, in das Mick und Katja kurz nach ihrer Hochzeit eingezogen waren, und schien das niedrige Gartentor zu bewachen. Er saß halb aufgerichtet auf seinen Hinterfüßen (oder hieß es Pranken?), hatte den Kopf in Charlys Richtung gedreht und musterte sie aus unergründlichen grünen Glasaugen. Er war fast einen halben Meter hoch, aus Metall und von den scharfen Klauen über die Schuppen auf den halb gespreizten Flügeln bis zur gespaltenen Zunge exquisit gearbeitet.

Charly ahnte, dass Mick ihn geschmiedet hatte. Mick liebte Drachen seit seiner Kindheit. Er hatte als kleiner Junge Geschichten über sie verschlungen, weil – wie er Charly einmal anvertraut hatte – er sie damals für die einzigen Kreaturen hielt, die mächtig genug waren, es mit seinem gewalttätigen Vater aufzunehmen. Mick hatte nicht wie Charly imaginäre Freunde gehabt, sondern imaginäre Beschützer in Drachengestalt. Für ihn waren Drachen keine Monster, die es zu töten galt, sondern weise Wesen, die Schutz und Rat spendeten. Er war geradezu abergläubisch in dieser Hinsicht und besaß jede Menge Drachentalismane. Einer hatte im Präsidium auf seinem Schreibtisch gestanden. Einer hatte am Rückspiegel in seinem Pick-up gehangen. (»Fahr doch einfach vorsichtiger«, hatte Charly ihm geraten. »Der ist für den Fall, dass du dich hinters Steuer setzt«, hatte Mick gekontert.) Einen hatte er sich auf den Rücken tätowieren lassen.

»Und wovor sollst du ihn beschützen?«, sagte Charly leise zu der Drachenskulptur, während sie mit dem Finger über die Flügel strich. Sie waren kalt und nass vom letzten Regenguss. »Vor ehemaligen besten Freundinnen, die in sein Leben eindringen und ihm sagen, dass er ein Mörder ist?«

Denn deshalb war sie hergekommen. Charly hatte fast die ganze Nacht mit Jill darüber diskutiert, und dies war das Ergebnis. Charly hatte es die ganze Zeit geahnt. Eigentlich hatte sie sogar bereits beim Anblick der toten Waldfrau gewusst, dass sie mit Mick über Katjas Tod würde sprechen müssen. Und jetzt gab es endgültig kein Verstecken mehr. Sie hatte Frank nach dem Aufstehen eine SMS geschickt, einen Kaffee hinuntergestürzt, und nun war sie hier. Falls sie Mick antraf, würde sie ihm in fünf Minuten die Wahrheit sagen.

Charly streckte eine zitternde Hand aus, um den Drachen noch einmal zu berühren. Vielleicht teilte er seine Weisheit auch mit ihr? Doch als sie mit den Fingern über seinen Kopf strich, leuchteten plötzlich seine Augen auf. Erschrocken zog sie die Hand zurück.

»Im Dunkeln sieht es noch besser aus«, sagte Mick von der Haustür her. »Eigentlich wollte ich ihm eine Laterne in die Klauen hängen, aber das hätte Charles' Würde beeinträchtigt.«

Charlys Puls beschleunigte sich noch mehr. »Und du erwartest, dass deine Besucher nachts im Licht zweier grüner Punkte zu deiner Tür finden?«

»Ich erwarte, dass sie bei dem Licht die Klingel im

Pfosten finden. Und wenn sie mir willkommen sind, schalte ich die Türlampe ein.«

»Und wenn nicht?«

»Dann speit Charles Feuer und beleuchtet ihnen so den Heimweg. Was ist? Traust du dich nicht an ihm vorbei? Angst, versengt zu werden?«

Charly schritt über den Plattenweg, aus dessen Ritzen Unkraut hervorspross. Als sie vor Mick stand, war ihr erster Gedanke, dass er völlig fertig aussah. Offenbar hatte er noch weniger geschlafen als sie. Ihr zweiter Gedanke war, dass er sich verändert hatte. Er wirkte nicht mehr so unbekümmert wie früher und trug tatsächlich nur ein einfaches weißes T-Shirt, keine Snookerweste. »Wieso Charles?«

»Fühlst du dich geschmeichelt? Ich erzähle jedem Besucher, dass ich den Drachen nach ihm benannt habe. Seit heute Morgen um acht heißt er Charles.«

»Was war um acht?«

»Da habe ich meinen Chef angerufen und ihm gesagt, dass ich heute ausfalle. Ich wusste, dass du kommen würdest. Verdammt!«, fluchte er plötzlich. »Wehe, du rührst dich vom Fleck!«

Er drehte sich um, lief mit drei langen Schritten durch den Flur und verschwand durch die offene Tür an dessen Ende. Von dort hörte Charly kurz darauf ein Scheppern und weitere Flüche, außerdem roch es nach verbranntem Speck. Nach drei Minuten erschien Mick wieder und musterte Charly mit kritischem Blick.

»Warum bist du nicht hereingekommen?«

»Du hast gesagt, ich solle mich nicht vom Fleck rühren.«

»Damit wollte ich nur verhindern, dass du wieder in

die andere Richtung verschwindest. Gib mal deine Jacke.«

»Ich bleibe nicht lange.« Charly stand mittlerweile im Flur.

»Du meinst, du lässt deine Bombe platzen und haust gleich wieder ab? Vergiss es!«

Charly reichte ihm die Jacke. Aus Erfahrung wusste sie, dass es leichter war, Mick in solchen Dingen nachzugeben. Dann folgte sie ihm in den selbst im trüben Herbstlicht hellen Raum, der beinahe das gesamte Erdgeschoss des Hauses einnahm und Küche, Esszimmer und Wohnzimmer in einem war. Charly war nicht oft hier gewesen, dennoch waren ihr viele Gegenstände vertraut, weil sie vor der Hochzeit Micks Junggesellenbude geschmückt hatten. Ein bunt bemalter Holzpfahl. Ein zu einem CD-Regal umfunktioniertes balinesisches Fischerboot. Micks Gitarre, die an der Wand hing.

Mick schien sie tatsächlich erwartet zu haben, denn der massive Esstisch war für zwei Personen gedeckt.

»Frühstück«, verkündete er prompt. »Der Speck ist leider verbrannt, aber du kannst Rührei haben.«

»Ich habe keinen Hunger.«

»Erzähl mir was Neues. Setz dich. Kaffee?« Er wartete die Antwort nicht ab, sondern löffelte Instantkaffee in zwei bunte Keramikbecher. »Espresso ist leider aus. Ich hätte welchen gekauft, aber ich hatte Angst, dich zu verpassen. Aber ich kann dir ein paar Orangen auspressen.«

Charly spürte Irritation in sich aufsteigen. Mick ahnte offenbar, dass sie zu einer Aussprache gekommen war. Wollte er es bewusst schwierig für sie machen?

»Mick«, begann sie, doch er eilte schon wieder davon. Kopfschüttelnd zog Charly einen Stuhl heran. Auf der Sitzfläche lag ein in tannengrünen Stoff gebundenes DIN-A5-Buch. Sie legte es auf den Tisch.

»Ich wusste nicht, dass du Tagebuch schreibst«, sagte sie, als Mick einen Teller mit Rührei vor sie hinstellte.

Die Schatten unter seinen Augen schienen sich zu vertiefen, und er griff hastig nach dem Buch. »Deine Witze waren schon mal besser.« Er legte das Buch außer Sichtweite auf einen der anderen Stühle.

Charly runzelte die Stirn. »Entschuldigung. Das sollte kein Witz sein. Und ich habe nicht reingeguckt, falls das dein Problem ist.«

»Jetzt nicht.«

»Bitte?«, fragte Charly. »Du denkst, ich hätte jemals in deinem Tagebuch gelesen? Das ist nicht dein Ernst, oder?«

»Nicht in meinem. Es ist Katjas. Hast du es wirklich nicht erkannt? Die Bücher lagen doch ewig bei euch herum. Und als ich sie endlich wiederhaben wollte, habt ihr Kopien gemacht.«

Charly brauchte einen Moment, bis ihr klar wurde, dass Mick mit *euch* und *ihr* die Kripo meinte. Natürlich. Nach Katjas Tod hatten die Kollegen die Tagebücher beschlagnahmt, um darin nach Hinweisen zu suchen.

»Ich habe die Tagebücher nie gesehen, geschweige denn gelesen.«

Micks Ärger war schon wieder verflogen. Er nahm ein Geschirrtuch von seiner Schulter und drapierte es über eine Stuhllehne. »Sie hätte es gehasst«, sagte er ruhig. »Dass andere ihre Tagebücher lesen, meine ich. Ich habe immer noch ein schlechtes Gewissen, wenn ich es tue.«

»Warum tust du's dann?«

Er setzte sich und schob sich eine Gabel mit Rührei in den Mund. »Weil ich gehofft hatte, darin einen Hinweis zu finden.«

»Auf Katjas Mörder?«, fragte Charly verwirrt.

Er schüttelte den Kopf. »Heute Nacht nicht. Als ich es zum ersten Mal gelesen habe, habe ich natürlich nach Hinweisen auf ihren Mörder gesucht. Heute Nacht habe ich nach Hinweisen gesucht, um mir dein Verhalten zu erklären.«

»In Katjas Tagebuch?«

»Ja. Guck nicht so. Sie hat viel über dich geschrieben, und sie konnte Menschen ziemlich gut einschätzen.«

Der Gedanke, dass sie in Katjas Tagebüchern erwähnt wurde, missfiel Charly. Sie wollte nicht in anderer Leute Tagebücher auftreten, schon gar nicht in Katjas. Und wieso hatte Micks Frau viel über sie geschrieben? Sie hatten sich doch fast nie getroffen.

Mick beantwortete die unausgesprochene Frage. »Sie hat sich viel mit dir beschäftigt, weil sie eifersüchtig war.«

»Auf mich? Sehr witzig.«

»Es ist wahr«, erwiderte Mick ernst.

»Das ist lächerlich. Du hast sie vergöttert. Außerdem war sie Model.«

»Was hat das damit zu tun? Sie war eifersüchtig, weil wir so viel Zeit miteinander verbracht haben.«

Charly fragte sich, ob Mick das ernst meinte. Sie studierte sein Pokerface. »Natürlich haben wir das. Wir haben zusammengearbeitet. Was hat sie erwartet? Dass du deinen Job kündigst?«

»Natürlich nicht. Aber dass ich abends früher nach Hause komme. Dass ich nicht nach Feierabend stundenlang mit dir im Büro hocke. Dass ich meine Samstage nicht mit dir beim Snooker verbringe.« Er musterte sie aufmerksam.

Charly fühlte sich noch unbehaglicher. »Das ist lächerlich«, wiederholte sie und beschloss, das Thema zu wechseln. Sie war nicht hier, um über Katjas Eifersucht zu reden, sondern über Micks.

Er kam ihr zuvor. »Ich halte es nicht für lächerlich. In jeder Beziehung geht es doch um Aufmerksamkeit, sie ist sozusagen die Währung. Katja sehnte sich nach mehr Aufmerksamkeit, als sie von mir bekam.«

»Fing sie deshalb eine Affäre mit Danner an?«

Die Frage war halb sarkastisch gemeint, doch Mick sagte ernst: »Es hatte wohl damit zu tun, ja. Katja hängte nach unserer Hochzeit ihren Modeljob endgültig an den Nagel. Sie hatte ihn schon lange satt, aber hauptsächlich wollte sie nicht mehr so oft verreisen müssen. Sie wollte sich ganz auf unsere Beziehung einlassen. Ich habe das nie mit derselben Intensität getan.«

»Was hat sie erwartet?«, wiederholte Charly. »Dass du auch deinen Job kündigst? Es ist doch wohl normal, dass Männer arbeiten – und Frauen ebenfalls. Katja hätte nicht zu Hause herumsitzen müssen.« Es gehörte zu den vielen Dingen, die Charly an Katja irritiert hatten.

Mick schüttelte den Kopf. »Das tat sie ja gar nicht. Sie überlegte, was sie mit ihrem Leben machen wollte. Und sie hatte sich entschieden, Psychologie zu studieren. Sie wäre bestimmt eine sehr gute Psychologin geworden.« Er schwieg für einen Moment. »Und was die Arbeit betrifft: Natürlich war Katja vor der Hochzeit klar, dass Bullen unregelmäßig und viel arbeiten. Aber sie dachte, dass ich anschließend nach Hause kommen und ihr von meinem Job erzählen würde. Doch ich habe das so gut wie nie getan. Weil ich sie nicht damit belasten wollte und weil ich lieber alles mit dir besprochen habe.«

Charly fand das nur logisch. »Und was hat das mit Danner zu tun?«

Mick schob den leeren Teller beiseite. »Sie traf ihn ungefähr ein Jahr nach unserer Hochzeit zufällig in der Stadt. Sie tranken einen Kaffee zusammen, und von da an trafen sie sich öfter. Sie erzählte mir nie davon. Ich glaube, sie hätte es getan, wenn ich offener gewesen wäre. Aber weil sie sich von weiten Teilen meines Lebens ausgeschlossen fühlte … Und sie hatte es immer ziemlich absurd gefunden, dass wir Danner zwei Morde zutrauten.«

Charly fand diese Sicht ausgesprochen naiv. »Wie wär's mit der einfachen Erklärung? Sie verschwieg dir die Affäre, weil Frauen ihren Ehemännern in der Regel nicht von ihren Liebhabern erzählen.«

Er schüttelte den Kopf. »Ich glaube nicht, dass Katja schon bei dem ersten Treffen vorhatte, mit Danner zu schlafen. Sie schlief wohl erst mit ihm, als sie für unsere Ehe keine Zukunft mehr sah. Sie war eigentlich nicht der Typ für einen Seitensprung. Treue war ihr wichtig. Deshalb hatte sie mir auch nie erzählt, dass sie während Danners Ehe schon eine Affäre mit ihm gehabt hatte. Sie schämte sich dafür.«

Charly runzelte die Stirn. »Woher weißt du das?«

»Es steht in einem ihrer Tagebücher.«

»Und steht dort auch, warum sie dir nicht gesagt hat, dass eure Ehe ihrer Ansicht nach vorbei war?«

Mick rieb sich über seine Bartstoppeln. »Wer sagt, dass sie es nicht gesagt hat?«

Das verblüffte Charly. »Hat sie?«

Er schüttelte den Kopf. »Nicht so, dass ich es damals verstanden hätte. Aber im Nachhinein weiß ich, dass ich es hätte merken müssen. Wir hatten uns zuletzt ein paarmal gestritten. Aber ich war damals so zufrieden mit meinem Leben, dass ich mir nicht vorstellen konnte, ihr könnte es grundsätzlich anders gehen.« Er sah Charly traurig an. »Wäre ich ein besserer Ehemann gewesen, hätte ich es gemerkt. Und vielleicht würde sie dann noch leben.«

Charly wusste, dass jetzt der Moment gekommen war, Mick den Grund ihres Besuchs zu erklären. Nervös schob sie ihren Teller zurück, den sie – wie sie erstaunt bemerkte – tatsächlich leer gegessen hatte. Doch er sprach bereits weiter:

»Weißt du, was damals das Schlimmste war? Dass ich nach ihrem Tod so wütend auf sie war. Als Frank mir erzählte, dass sie das Wochenende mit Danner verbracht hatte, rastete ich völlig aus. Ich war so wütend und verletzt und eifersüchtig, aber gleichzeitig war sie tot, und ich wusste, ich hätte sie beschützen müssen …« Er brach ab. Seine Augen glänzten. »Es war die Hölle. Damals hätte ich dich gebraucht.«

»Aber ich war nicht für dich da.«

»Sagst du mir endlich den Grund?«

Es war die Eröffnung, auf die Charly gewartet hatte, und ihre Nervosität stieg noch weiter an. »Ich muss dir etwas sagen.«

Mick nickte nur. Charly bemerkte zum ersten Mal, wie angespannt er war. Sie öffnete den Mund. Ihre Zunge fühlte sich so trocken an wie Sandpapier.

»Mick, ich habe gelogen«, sagte sie endlich. »Ich habe doch ausgesagt, dass du mich am Tag von Katjas Tod zum Flughafen gebracht hast und mit mir bis halb vier dort geblieben bist. Das ist nicht wahr. Du bist schon um zwei nach Hause gefahren. Der Grund dafür war der, dass …« Sie brach ab und setzte erneut an. »Ich hatte an dem Vormittag zufällig erfahren, dass … dass Katja mit Danner zusammen war. Ich habe es dir am Flughafen gesagt. Du hast es gewusst, Mick. Und du bist nach Hause gefahren, um … Du warst völlig außer dir. Ich glaube, dass du Katja getötet hast.«

Mick verstand sie nicht, das war unübersehbar. Es verwunderte Charly nicht, dennoch hasste sie es, weil es sie zwang, ihre Sicht der Dinge wieder und wieder zu erklären. Es war, als säße sie auf einem Karussell, das sie Runde um Runde an einer grausamen Folterszene vorbeitrug. Nur dass sie selbst der Foltermeister war.

Wieder und wieder erzählte sie Mick, was an jenem Sonntag geschehen war, und dabei fühlte sich jedes ihrer Worte an wie ein giftiger Pfeil, den sie auf Mick abschoss. Doch er schien immun gegen das Gift. Die Pfeile trafen ihn zwar, verwirrten ihn, schmerzten ihn, brachten ihn jedoch nicht zu Fall. Er schüttelte jeden dieser Pfeile ab, als wäre er ein einzelnes kleines Ärgernis. Wie ein Bär, der von einem Bienenschwarm angegriffen wird, die einzelnen Bienen verscheucht.

»Was soll das heißen?«, fragte er zum Beispiel. »Das verstehe ich nicht. Du gehst nie allein in Cafés. Warum hättest du an dem Tag allein ein Café besuchen sollen? Das ist unlogisch.« Und: »Susi kann es nicht gewusst haben. In Katjas Tagebuch steht nicht, dass sie Susi von Danner erzählt hat.« Er hielt sich an belanglosen Einzelheiten auf.

Charly erklärte weiter und weiter, obwohl sie sich gleichzeitig dafür hasste.

Und schließlich zeigte das akkumulierte Gift seine Wirkung. Micks Gesicht wurde grau, es schien zu schrumpfen, die Augen schienen in ihre Höhlen abzutauchen, als wollten sie sich verstecken. Nur die Bartstoppeln traten hervor wie winzige Stacheln. Als Charly alles zum x-ten Mal erklären wollte, fuhr Mick sie plötzlich an.

»Halt den Mund! Glaubst du, ich bin taub?«

Charly brach sofort ab und musterte Mick besorgt. Er atmete schwer, seine Hände umklammerten die Tischkante, die Knöchel traten weiß hervor.

»Okay«, stieß er schließlich hervor. Charly sah, wie er sich anstrengte, ruhig zu sprechen. »Du behauptest Folgendes: Am Tag von Katjas Tod blieb ich nicht bis halb vier bei dir am Flughafen, sondern nur bis zwei. Dann fuhr ich nach Hause, weil du mir erzählt hattest, dass Katja mich mit Danner betrog und mit ihm in dieses Hotel gefahren war. Ich war völlig außer mir, und du glaubst, dass ich Katja getötet habe. Richtig?«

Charly nickte beklommen.

»Gut. Meine Frage an dich ist: Warum?«

»Warum? Was meinst du damit?«

Mick sah ihr über den Tisch hinweg direkt in die Augen. »Ich meine, warum behauptest du so etwas? Was habe ich getan, dass du mich auf diese Weise bestrafst?«

Es dauerte bestimmt fünf Sekunden, bis Charly den Sinn seiner Worte verstand. »Mick, ich ... Nein, du hast mir nichts getan. Ich dachte, du hättest deine Amnesie nur vorgetäuscht, deswegen war ich sauer. Aber ...« Sie brach ab, darum ging es schließlich nicht. »Ich will dich nicht bestrafen, Mick. Es ist die Wahrheit. Es tut mir leid.«

Und dann kam endlich der Ausbruch, auf den Charly gewartet hatte. »Es tut dir leid? Es tut dir leid?«, brüllte Mick. »Es sollte dir auch leidtun, du perverse kleine Lügnerin!« Mit einer heftigen Bewegung stieß er seinen Stuhl nach hinten und kam mit langen Schritten um den Tisch herum. Er beugte sich so tief über sie, dass ihre Gesichter sich fast berührten. »Warum behauptest du so etwas?«, schrie er sie an. »Sag mir die Wahrheit! Sag mir die Wahrheit, und wage es nicht, diese Lüge noch einmal zu wiederholen!«

Charly hielt die Luft an.

»Los, sag die Wahrheit!«, tobte Mick. »Sag sie!«

Charly wollte sich instinktiv ducken, nicht weil sie sich fürchtete, sondern weil sie sich schämte. Doch sie duckte sich nicht. Sie sah zu Mick hoch, und in seinen Augen sah sie das Begreifen, das seinen Mund noch nicht erreicht hatte. Er brüllte weiter, sinnlose Worte ohne Zusammenhang.

»Mick …«, begann sie schließlich und griff nach seinem Arm, doch er riss ihn weg und ballte die Rechte zur Faust.

Und dann holte er plötzlich aus und schwang seinen rechten Arm. Seine Faust fuhr durch die Luft wie der Kopf eines riesigen Hammers. Für den Bruchteil einer Sekunde glaubte Charly, er werde sie schlagen, und für einen Bruchteil des Bruchteils wünschte sie sogar, er würde es tun und sie damit zumindest von einem winzigen Teil ihrer Schuld erlösen. Dann hieb Micks Faust krachend in ihren benutzten Teller, und das weiße Porzellan zersprang in zwei Hälften.

Doch es war nicht genug. Mick holte erneut aus, wischte mit beiden Händen über den Tisch und fegte das gesamte Frühstücksgeschirr zu Boden. Teller und Gläser und Charlys blaue Kaffeetasse zersprangen in einem klirrenden Crescendo. Nur Micks rote Tasse kullerte unbeschadet durch den Porzellan- und Glasregen vor seine Füße.

Es schien mehr, als er ertragen konnte. Er bückte sich nach der Tasse, richtete sich auf und begann um die eigene Achse zu kreiseln wie ein Diskuswerfer vor dem Wurf. Er drehte sich schneller und schneller. Irgendwann ließ er die Tasse los, die gegen eine Sofalehne flog, abprallte und dann auf den Teppich fiel. Wundersamerweise blieb sie ein zweites Mal unversehrt. Mick jedoch drehte sich weiter und weiter und weiter, bis er das Gleichgewicht verlor und zu Boden stürzte und statt der Tasse in tausend Stücke zersprang. Dann herrschte Stille, denn er weinte lautlos.

Charlys linke Hand und ihr rechter Ellbogen schmerzten, aber sie biss die Zähne zusammen. Sie hatte sich instinktiv neben Mick niedergekniet, ohne recht zu wissen, was sie tun wollte. Als sie ihn leicht an der Schulter berührt hatte, hatte er ihre Hand ergriffen, und seitdem klammerte er sich daran wie ein Ertrinkender an einen Rettungsring. Charly saß halb, halb lag sie neben ihm auf dem Boden und stützte sich auf ihren Ellbogen. Ihr Handy hatte zweimal geklingelt, doch sie hatte es ignoriert.

Als Mick sich schließlich aufsetzte, war Charly so verkrampft, dass sie ein Stöhnen unterdrücken musste. Sie stützte sich mit der Hand, die Mick umklammert hatte, auf die Eichendielen und hinterließ einen roten Fleck.

»Du blutest«, sagte er.

Sie untersuchte ihre Hand. »Nein, du.«

Sie griff nach seiner Hand. Quer über den Handteller verlief ein Schnitt, der jedoch nicht tief war und bereits nicht mehr blutete. Charly stand auf, wusch sich die Hände in der Spüle und kam mit einem Handfeger und Küchenkrepp zurück, das sie Mick reichte. Dann begann sie die Scherben zusammenzufegen, doch Mick sagte: »Lass das doch.« Es war eher ein Befehl als eine Bitte, und Charly hielt inne.

Mick knüllte das Küchenpapier zusammen, stützte sich ab und stand so mühsam auf wie ein alter Mann oder wie ein Boxer nach einem verlorenen Kampf. Sie sahen sich über das zerbrochene Geschirr hinweg an.

»Und jetzt?«, fragte er.

Charly gab keine Antwort. Sie hatte das Bedürfnis zu weinen, schluckte die Tränen jedoch hinunter.

Mick schwankte. »Ich habe sie geliebt. Ich weiß, dass am Ende nicht mehr alles perfekt war zwischen uns, aber das wusste ich damals nicht. Sie war ein toller Mensch, Charly. Wie soll ich damit leben?«

Charly schüttelte hilflos den Kopf. Ihr Blick fiel auf ein Foto auf einem weiß lackierten Sekretär, den Katja mit in die Ehe gebracht hatte. Es zeigte Mick und Katja in ihren Flitterwochen auf Bali.

Mick folgte ihrem Blick. »Sie hat es dort geliebt. An unserem ersten Hochzeitstag wollte sie mit mir wieder hinfliegen, aber ich konnte mich damals nicht loseisen, weil wir an dem Köster-Fall arbeiteten. Erinnerst du dich?« Ohne auf eine Antwort zu warten, trat er an den Sekretär und nahm das Bild in die Hand. Er wandte ihr den Rücken zu und seine Schultern bebten.

Charly ging nicht zu ihm, weil sie wusste, dass sie seinen Schmerz nicht lindern konnte. Die Zeit verging langsam und qualvoll, als müsste sie sich durch eine zu enge Sanduhr pressen.

Irgendwann ließ das Beben in Mick nach, und ein Ruck schien durch ihn zu gehen. Er ging zur Spüle, drehte den Hahn auf und schaufelte sich mit beiden Händen Wasser ins Gesicht.

Als er sich zu ihr umdrehte, sah er verändert aus, auch seine Stimme war verändert. »Ich glaube es nicht. Ich will es nicht glauben. Ich bin dazu nicht fähig.«

Charly schwieg.

»Du kannst nicht sicher sein.«

Charly hatte gewusst, dass das kommen würde. »Mick …«

Er unterbrach sie. »Du kannst nicht sicher sein«, wiederholte er, und seine Stimme schwoll an. »Du hast mir gesagt, dass Katja mich mit Danner betrügt. Okay. Ich bin ausgerastet. Okay. Ich bin nach Hause gefahren. Okay. Aber das heißt nicht, dass ich sie getötet habe. Vielleicht war sie schon tot. Das ist doch möglich, Charly.«

Sie antwortete nicht. Natürlich war es möglich, aber es war nicht wahrscheinlich.

»Ich bin nicht gewalttätig, Charly.«

Statt einer Antwort betrachtete sie die Scherben zu ihren Füßen.

»Aber das sind doch nur Dinge«, flehte Mick. »Du kennst mich doch, du musst doch wissen, dass ich nie … Ich habe ihr nie wehgetan, Charly, ich schwöre es dir.«

»Ich glaube es dir.«

»Es muss eine andere Lösung geben. Wir müssen sie nur finden.« Er trat zu ihr. »Bitte, hilf mir!«

Charly wäre am liebsten davongelaufen. Sie wollte nicht den Advocatus Diaboli spielen. Sie wollte nicht diejenige sein, die gegen Mick argumentierte. Doch sie sah keine Alternative. Sie hatte drei Jahre lang nach einer anderen Lösung gesucht, jedoch keine gefunden.

Ihr Handy klingelte. Um Zeit zu gewinnen, zog Charly es hervor. Es war Frank. Um noch mehr Zeit zu gewinnen, nahm sie das Gespräch an.

»Es ist gerade ungünstig. Ist es wichtig?«

»Charly, leg auf keinen Fall auf. Wir haben die Tote identifiziert und Nellie Danner gefunden.«

»Charly, bist du noch dran?«

Es dauerte mehrere Sekunden, bis Charly antworten konnte. »Sag das noch mal«, verlangte sie.

Frank wiederholte seine Worte und fügte hinzu: »Wo immer du bist, ich brauche dich.«

»Wozu?«, fragte Charly mechanisch.

»Um Nellie zu identifizieren. Wo bist du? Benny kann dich abholen und hinfahren.«

»Wohin?«

»Nach Roetgen. Ich glaube, dass Lilli Kettler Nellie Danner ist. Ihre angebliche Tante, Ruth Kettler, ist die Tote aus dem Wald.«

»Du meinst, Nellie Danner lebt noch?«

Das musste Charly erst einmal verdauen. Als Frank sagte, sie hätten Nellie gefunden, war vor ihrem geistigen Auge sofort das Bild einer Leiche in einem Grab aufgetaucht. Sie warf einen raschen Blick zu Mick.

»Nellie?«, fragte er leise und ungläubig.

Charly nickte, und Mick senkte seinen Kopf neben ihren. Charly nahm automatisch das Handy ein Stück vom Ohr, damit er mithören konnte, wie sie es früher getan hatten, wenn sie aus irgendeinem Grund nicht die Lautsprechfunktion einschalten wollten – zum Beispiel, damit der Anrufer nicht merkte, dass noch jemand mithörte.

Frank sprach bereits weiter. »Ich erkläre es dir, aber sag mir erst, wo du bist, damit ich Benny losschicken kann.«

Charly warf Mick einen fragenden Blick zu. Der zuckte die Achseln. »Ich bin bei Mick, aber ich kann hier nicht weg.«

Jetzt war es Frank, der seinen Ohren nicht zu trauen schien. Charly konnte seine Ungläubigkeit spüren, deshalb sagte sie schnell: »Erzähl mir, wie du darauf kommst.«

Das tat Frank. Während sie ihm zuhörte, breitete sich Ernüchterung in Charly aus. »Das sind alles keine Beweise, lediglich Vermutungen – und keine besonders zwingenden.«

Frank sagte ungeduldig: »Das ist mir auch klar. Deshalb will ich ja, dass du mit Benny nach Roetgen fährst. Du bist diejenige von uns, die Nellie am häufigsten gesehen hat. Du kannst am besten beurteilen, ob mein Verdacht zutrifft.«

»Ich denke, Doktor Danner oder Alexa könnten das noch um einiges besser.«

»Natürlich. Aber was ist, wenn ich mich irre? Ich will nicht, dass sie voller Hoffnung hinfahren und dann …« Er sprach den Satz nicht zu Ende.

»Was ist mit Löhrmann?«

»Der ist überzeugt, dass ich mich irre.«

Das überraschte Charly. »Aber dann …«

Frank unterbrach sie gereizt. »Löhrmann ist kaum der Richtige, um das zu beurteilen. Er gibt selbst zu, dass er Nellie höchstens ein halbes Dutzend Mal gesehen und sie nie sonderlich beachtet hat. Beim letzten Mal war sie elf oder zwölf. Er glaubt nicht, dass Lilli Nellie ist, weil es seiner vorgefassten Meinung widerspricht. Er glaubt seit drei Jahren, dass sie tot ist. Außerdem will ich keine Zivilisten dorthin schicken, sondern einen von uns. Was ist los, Charly? Warum willst du nicht fahren? Und warum bist du überhaupt bei Mick?«

»Das kann ich dir jetzt nicht erklären. Und ich kann wirklich nicht nach Roetgen fahren. Moment, Mick redet dazwischen.« Sie hielt die Sprechmuschel zu und sah Mick an.

»Ich möchte, dass du fährst«, wiederholte der.

»Bitte? Jetzt?«

»Natürlich.«

Sie schüttelte entgeistert den Kopf. »Mick, erstens lasse ich dich jetzt nicht allein und zweitens«, sie senkte die Stimme, »kann ich doch wohl kaum mit den Ermittlungen weitermachen, als wäre nichts geschehen.«

Auch Mick senkte die Stimme. »Verdammt, Charly, das ist *die* Chance! Egal, was du behauptest, ich kann nicht glauben, dass ich Katja getötet habe.«

»Was hat das …«

»Was das mit Nellie zu tun hat? Ist das dein Ernst? Wenn Nellie wiederaufgetaucht ist, kann sie vielleicht alles aufklären. Sie ist an dem Tag verschwunden, als Katja starb. Da muss es einen Zusammenhang geben.« Er sah sie eindringlich an.

Charly wandte den Blick ab. »Mick, du klammerst dich da an etwas …«

Er ließ sie nicht ausreden. »Verdammt, Charly, das ist das Mindeste, das du mir schuldest.«

»Aber …«

Ungeduldig schüttelte Mick den Kopf. »Kein Aber. Wenn du nicht fährst, fahre ich. In Löhrmanns Hexenhaus, sagt Frank?« Er war schon im Flur, griff nach seiner Lederjacke und öffnete die Haustür.

Charly rannte ihm nach. »Mick!«, schrie sie. »Du kannst nicht …« Doch sie wusste aus Erfahrung, was Mick alles konnte, deshalb sprintete sie hinter ihm her und lief zur Beifahrerseite des Pick-ups. »Frank, sag Benny, ich treffe ihn in Roetgen.« Damit legte sie auf.

Rettung

Als sie kamen, war Lilli allein und jenseits von Panik und Angst. Sie saß im Hausflur auf dem kalten Fußboden, den Rücken an die kalte Wand gelehnt. Sie hatte Bertie soeben die Freiheit geschenkt und die Überzeugung, richtig gehandelt zu haben, gepaart mit der Gewissheit, dass es endlich vorbei war, löste in ihr eine lähmende und zugleich friedliche Lethargie aus.

Die letzten sechzehn Stunden hatte Lilli zusammengekauert in ihrem Schlafzimmer verbracht. Sie hatte es nur zweimal verlassen, um Bertie zu füttern und kurz hinauszulassen – an einer Leine, die sie von der Tür aus festhielt. Sie selbst hatte seit mehr als vierundzwanzig Stunden nichts gegessen und getrunken. Sie hatte sich auch nicht gewaschen oder die Zähne geputzt. Ihr kurzes Haar war völlig verfilzt. Doch sie wusste, es war längst gleichgültig.

Lilli war überzeugt, dass Ruth nicht mehr lebte. Die Erkenntnis war nach und nach in ihr Bewusstsein gesickert. Erste Zweifel waren ihr gekommen, als sie Ruth zu erreichen versucht hatte. Immer wieder hatte sie deren Handynummer gewählt, doch die einzige Antwort auf ihr flehentliches Flüstern hatte die künstliche Stimme gegeben, die ihr sagte, dass ihr gewünschter Gesprächspartner derzeit nicht erreichbar sei. Zu endgültiger Gewissheit war Lilli schließlich durch die Besuche Löhrmanns und der Polizei gelangt. Hätte Ruth noch gelebt, wäre sie ganz bestimmt gekommen, um Lilli zu retten – so wie sie sie nach dem Tod ihrer Schwester gerettet hatte.

Lilli reagierte auf diese Erkenntnis auf die einzige Art, die sie kannte: Sie stellte sich tot. So hatte sie sich ihr Leben lang verhalten. Sie war nie eine Kämpferin gewesen. Seit sie denken konnte, hatte sie zwar kein sicheres, aber ein behütetes Leben geführt. Erst hatte ihre Schwester sie beschützt und für sie gekämpft, dann Ruth. In den letzten zwei Tagen hatte sie zum ersten Mal versucht, für sich selbst zu sorgen, und war kläglich gescheitert.

Diese Einsicht fand Lilli durchaus tröstlich. Sie konnte nicht für sich selbst sorgen, also musste sie sich auch nicht darum bemühen. Sie konnte hier im Flur kauern und einfach abwarten. Genauso hatte sie es vor drei Jahren gemacht, als sie von zu Hause weggelaufen war. Sie war zu ihrer Schule gelaufen, in der vagen Hoffnung, dort Hilfe zu finden. Irgendwann hatte sie dann *ihn* rufen hören, und sie war weitergelaufen in die Stadt, wo sie sich verfroren und erschöpft an eine Mauer gekauert hatte. Als zwei betrunkene Männer sie belästigten, hatte sie sich in sich selbst zurückgezogen. Sie hatte die Augen geschlossen, sich die Ohren zugehalten und war an der Mauer hinabgerutscht. Und als sie die Augen wieder geöffnet hatte, hatte Ruth vor ihr gestanden. Ruth hatte sie gerettet und ihr Sicherheit und ein neues Zuhause gegeben.

Doch diesmal würde keine Hilfe kommen, dessen war Lilli gewiss. Deshalb hatte sie Bertie hinausgelassen, damit er sich selbst retten konnte. Sie war sicher, er würde es schaffen. Bertie war ein Kämpfer. Im Gegensatz zur ihr! Sie würde einfach hier sitzen bleiben, bis sie hinüberglitt ins Schattenreich.

Sie rutschte noch weiter an der Wand hinunter, zog die Beine an, schlang die Arme um die Knie und schloss die Augen.

Lilli wurde erst wach, als es klingelte. Genau genommen wusste sie nicht, ob sie überhaupt geschlafen hatte. Auf jeden Fall hatte sie geträumt, einen schönen Traum, in dem sie mit ihrer Schwester auf der Hollywoodschaukel gesessen hatte. Sie hatten sich an den Händen gehalten, und ihre Schwester hatte gesagt: »Jetzt bist du endlich wieder bei mir.«

Das Klingeln machte dem Traum ein Ende. Verärgerung sprang Lilli an wie ein kleines Tier. Es klingelte noch einmal. Dann wurde geklopft, und jemand rief ihren Namen.

Lilli erkannte die Stimme. Es war die der Polizistin, die am Tag zuvor schon hier gewesen war. Dieselbe, die nach dem Tod ihrer Mutter gekommen war. Lilli hatte sie nett gefunden, doch ihre Schwester hatte sie vor den Polizisten gewarnt.

Charlotte Rumor, so hieß sie, aber ihr lustiger Kollege hatte sie immer mit Charly angeredet. Das hatte Lilli seltsam gefunden, da Charly ein Männername war, aber der Polizistin schien es zu gefallen.

Draußen vor der Tür wurde gestritten. Lilli wunderte sich vage, warum die Personen dafür nicht woandershin gingen. Und dann wusste sie es plötzlich: Die Polizistin wollte sie retten! Ruth hatte sie nach ihrem Tod geschickt, so wie Alexa nach ihrem Tod Ruth geschickt hatte.

Der Gedanke war so überwältigend, dass Lilli sich tatsächlich traute, die Augen zu öffnen. Sie war überzeugt, gleich würde ihre Retterin vor ihr stehen, und ein seliges Lächeln huschte über ihr Gesicht. Doch nichts geschah – bis sie sich entfernende Schritte hörte.

Die Angst, die mit der Hoffnung gewichen war, kehrte zurück. Lilli wollte rufen, brachte aber nur ein Krächzen hervor. Sie versuchte, sich aufzurichten, doch es fiel ihr unendlich schwer. Wieder waren ihre Beine wie Stängel. Dennoch gab sie nicht auf. Sie tastete nach der Klinke der Küchentür und zog sich daran hoch. Erleichterung durchflutete sie, als sie endlich stand.

Und dann hörte sie das Klirren. Es schien aus dem Wohnzimmer zu kommen. Für einen kurzen Moment war sie verwirrt, dann wurde ihr klar, dass ihre Retterin nicht aufgegeben hatte. Weil sie die Tür nicht hatte öffnen können, war ihre Retterin ums Haus gegangen und hatte die Terrassentür eingeschlagen. Nun kam sie durch die Tür auf sie zu, nur dass es keine Sie war, sondern ein Er.

»Hallo, Nellie. Erinnerst du dich noch an mich? Ich bin Mick.«

Nellie hatte sich jahrelang vor Männern in Acht genommen, so wie ihre Schwester und ihre Mutter es ihr eingeschärft hatten. Aber jetzt hatte sie keine Kraft mehr. Sie ließ sich einfach fallen, in der Hoffnung, dass Ruth ihn gesandt hatte, um sie zu retten, und dass er sie auffangen würde.

Auferstehung

Frank saß in seinem Büro, als der Anruf kam. Trotz zweier Besprechungen mit seinem Chef und dem Pressesprecher hatte er quasi mit angehaltenem Atem gewartet.

»Du hattest recht, Lilli Kettler ist Nellie Danner«, sagte Charly statt einer Begrüßung.

Langsam ließ Frank die Luft aus den Lungen strömen. Er war zu bewegt, um sprechen zu können. Sein Blick glitt zu Nellies Foto an der Wand. Er hängte stets die Fotos der Opfer jener Gewalttaten, an deren Ermittlungen er beteiligt war, in seinem Büro auf. Es half ihm, sich daran zu erinnern, worum es bei den Ermittlungen ging: um Menschen. Die Toten waren keine Gegenstände, die man beliebig zu Objekten von Analysen, Berichten und Statistiken machen konnte.

Neben Nellies Bild hingen die Fotos von Katja Harting, Bettina Kersthoff und Nicole Danner. Das von Nicole Danner hing seit über fünf Jahren dort. Gewöhnlich entfernte Frank die Fotos, sobald sein Team den betreffenden Fall gelöst hatte. Er hatte auch überlegt, Nicoles Foto in eine Schublade zu sperren, als der Fall vorübergehend zu den Akten gelegt worden war, doch allein der Gedanke hatte Schuldgefühle in ihm ausgelöst. Jetzt war Frank froh über die Fotos. Wenn er wollte, konnte er gleich hinübergehen und Nellies Bild entfernen, weil sie von den Toten zurückgekehrt war.

»Erzähl!«

Charly berichtete umfassend. Während Frank ihr zuhörte, fand er in seinen nüchternen Beamtenmodus zurück und schließlich sogar in den Untermodus *Entrüsteter Beamter*.

»Du hast Mick die Terrassentür einschlagen lassen? Wieso um alles in der Welt …?«

Charly unterbrach ihn. »Ich habe sie ihn nicht einschlagen lassen, Frank. Als Nellie die Tür nicht öffnete, ging Mick ums Haus herum. Ich habe ihm untersagt, gewaltsam einzudringen, aber du weißt doch, wie er ist. Als Nächstes hörte ich Glas splittern, und als ich ums Haus herumkam, war Mick schon drinnen. Aber vielleicht war es ganz gut so. Ich glaube nicht, dass Nellie uns geöffnet hätte. Mick hat sie im Flur gefunden. Sie war völlig verwirrt. Als er sie ansprach, ist sie einfach in seine Arme gekippt.«

»Ihr hättet auf Benny warten müssen.«

»Das hätte ich auch getan«, erwiderte Charly, »Mick aber nicht. Und sag nicht, ich hätte ihn gar nicht mitnehmen dürfen. Er hat *mich* mitgenommen. Und hätte ich ihn vielleicht allein fahren lassen sollen?«

»Woher wusste er denn, wohin du wolltest?«

»Er hat es mitbekommen. Meine Güte, Frank, ist das jetzt wirklich wichtig?«

Sie klang gereizt, und Frank fragte sich, was zwischen ihr und Mick vorgefallen war und wieso sie ausgerechnet heute und während ihrer Arbeitszeit zu ihm gefahren war. Frank war ebenfalls gereizt, doch er beschloss, die fällige Erklärung später zu verlangen. Jetzt gab es in der Tat Wichtigeres. »Erzähl weiter.«

»Viel mehr ist nicht passiert. Mick hat Nellie auf die

Couch im Wohnzimmer gesetzt, und da sitzen die beiden jetzt seit einer Viertelstunde. Nellie hat bisher keinen Ton gesagt. Ich habe ihr einige Fragen gestellt, aber das scheint sie verängstigt zu haben. Seitdem sitzt sie einfach da. Sie wirkt ein bisschen apathisch oder zumindest entrückt. Nur einmal wurde sie unruhig, als Mick aufstehen wollte. Es ist sicher nicht das übliche Vorgehen, aber ich finde, er sollte zunächst mal bei ihr sitzen bleiben. Er hat offenbar eine positive Wirkung auf sie. Aus irgendeinem Grund scheint sie ihm mehr zu vertrauen als Benny und mir.«

Auch das noch, dachte Frank. »Dann soll er sich weiter um sie kümmern.« Er überlegte kurz. »Aber das heißt, eine positive Identifikation steht noch aus, verstehe ich das richtig? Das Mädchen hat noch nicht zugegeben, dass es tatsächlich Nellie Danner ist, und ihr habt noch keine Beweise dafür gefunden.«

»Wir haben noch nicht danach gesucht, weil ich erst dich informieren wollte«, entgegnete Charly prompt. »Aber sie ist es, Frank, ohne jeden Zweifel. Sie ist noch weitergewachsen und offensichtlich in der Pubertät, aber sie hat immer noch dasselbe kindliche Gesicht, auch wenn sie sich das Haar abgeschnitten und braun gefärbt hat. Und sie verhält sich genauso wie früher. Sie sitzt einfach da, starrt uns aus großen blauen Augen an und sagt keinen Ton. Mick ist auch sicher, dass sie Nellie Danner ist.«

»Glaubst du, dass sie unter Schock steht?«

»Schwer zu sagen. Würde ich sie nicht kennen, ginge ich davon aus, aber sie hat sich ja immer so verhalten. Sie wirkt erschöpft, ansonsten scheint es ihr körperlich gut zu gehen. Auf den ersten Blick gibt es keine Anzeichen für eine Misshandlung. Sie wirkt ein bisschen verwahrlost, so als habe sie sich seit Tagen nicht gewaschen und gekämmt. Aber die Kleidung ist sauber.«

Frank versuchte, sich die Situation in Roetgen vorzustellen, doch es gelang ihm nicht. Eine lange Reihe von Fragen schoss durch seinen Kopf und bildete ein riesiges Fragezeichen vor seinem geistigen Auge. Wie um alles in der Welt kam Nellie Danner in Löhrmanns Blockhaus? Wieso hatte sie bei Ruth Kettler gelebt? Hatte Ruth Kettler Nellie entführt? Frank dachte an die Waldfrau, die selbst im Tod erschöpft gewirkt hatte. Sie hatte nicht wie eine Kidnapperin ausgesehen, aber das besagte natürlich nicht viel. Oder war Nellie nur zufällig in dem Haus gewesen? Hatte sie gar nichts mit Ruth Kettler zu tun? Aber nein, Ruth Kettler hatte das Mädchen ja als ihre Nichte Lilli ausgegeben.

»Hast du schon irgendeine Theorie, warum Nellie dort lebt? Irgendeine Erklärung oder auch nur den Ansatz einer Erklärung?«

»Nein, aber auf den ersten Blick würde ich sagen, dass sie nicht gefangen gehalten wurde. Sie war allein. Der Schlüssel steckt im Türschloss. Sie hätte jederzeit gehen und Hilfe holen können.« Charly legte eine kurze Pause ein. »Aber wie gesagt, das ist nur eine allererste Einschätzung. Wir brauchen dringend Antworten von Nellie selbst. Deshalb schlage ich vor, dass wir möglichst schnell ihre Schwester und ihren Onkel herschaffen. Es ist die einzige Möglichkeit, Informationen aus ihr herauszubekommen. Abgesehen davon, dass wir den beiden natürlich ohnehin Bescheid geben müssen. Kannst du das übernehmen?«

»Ich kümmere mich darum. Was habt ihr in der Zwischenzeit vor?«

»Ich möchte mich hier etwas umsehen. Solange Nellie nicht spricht, können wir wenig anderes tun. Wir haben ihr übrigens noch nicht gesagt, dass Ruth Kettler tot ist. Wir sind uns nicht sicher, wie sie es aufnehmen wird.«

Frank nickte. »Belass es auf jeden Fall fürs Erste dabei. Ich möchte kein Risiko eingehen.«

Er drückte das Gespräch weg und wählte sofort eine neue Nummer. Wenige Minuten später hatte er alles organisiert. Zwei Beamte waren unterwegs, einer zu Dr. Danner, einer zu Alexa, um die beiden zu informieren und sie nach Roetgen zu begleiten. Frank warnte sie allerdings, vorsichtig zu formulieren und nur von der Möglichkeit zu sprechen, dass Nellie gefunden worden sei. Auch wenn Charly und Mick sicher waren, wollte er es nicht auf sein Gewissen laden, in diesem Fall falsche Hoffnungen zu wecken.

Dann stand Frank auf und trat zu Nellies Foto an der Wand, nahm es jedoch nicht ab. Es erschien ihm jetzt verfrüht. Wer wusste schon, was Nellie in den vergangenen drei Jahren zugestoßen war? Dass sie wiederaufgetaucht war, hieß nicht, dass es kein Verbrechen aufzuklären galt. Zumindest hatten sie viele Fragen zu klären.

Fragen über Fragen, doch die, die Frank im Moment am drängendsten schien, war die, wieso Charly heute Morgen bei Mick gewesen war.

Charly begann ihre Inspektion mit doppeltem Interesse, da sie ein doppeltes Interesse an Ruth Kettler hatte. Sie war nicht nur ein Mordopfer, sondern auch die Frau, bei der Nellie Danner zumindest einen Teil der letzten drei Jahre verbracht hatte. Pro forma fragte Charly Nellie, ob sie etwas dagegen habe, wenn die Polizisten sich im Haus umsähen. Als das Mädchen nicht reagierte, interpretierte sie das großzügig als Nein und schickte Benny, der zehn Minuten nach Mick und ihr mit vor Neugier runden Augen eingetroffen war, in den ersten Stock. Sie selbst nahm sich das Wohnzimmer vor.

Doch Charlys Neugier wurde nicht recht befriedigt. Unter der Annahme, dass Ruth Kettler die Einrichtung selbst ausgesucht hatte, kam Charly zu folgenden Schlüssen: Ruth war eine Frau, die Wert auf Gemütlichkeit und Sicherheit gelegt hatte. Das Wohnzimmer hatte offensichtlich eher als Rückzugsort denn als Präsentationsfläche gedient. Der Raum wirkte im Herbstlicht nicht sehr hell, aber doch recht freundlich. Das einzig Auffällige waren einige schöne Handarbeiten: bunte Vorhänge, fantasievolle Kissen, ein Patchwork-Wandbehang.

Charly nahm an, dass Ruth diese Stücke selbst gefertigt hatte, denn in einem Regal entdeckte sie Bücher zu Schneiderkunst und Handarbeit. Sie nahmen ein ganzes Bord ein. Darüber standen Fachbücher, einige zu Themen wie Steuerrecht und Buchhaltung, andere aus dem Bereich Psychologie und Psychotherapie. Letztere waren tatsächlich Fachbücher, keine pseudowissenschaftlichen Abhandlungen über die Suche nach Glück oder andere Formen der Selbstoptimierung. Entsprechend deprimierend waren die Themen: Depressionen, Versagensängste, ein Buch zur Selbsthilfe bei Sozialer Phobie und ein Buch über Mutismus.

Nicht schwer zu erraten, dachte Charly, warum Ruth Kettler sich den letzten Band zugelegt hatte. Doch woher das Interesse an den anderen Themen?

Charly setzte ihre Inspektion fort. Sie entdeckte je einen kompletten Satz Realschulbücher für die siebte, achte, neunte und zehnte Klasse, einige historische Romane und Jugendbücher von Enid Blyton. Auf einem Couchtisch lagen eine Mädchenzeitschrift, ein iPod in einem perlenbestickten Täschchen und eine teure Digitalkamera.

Charly griff zu der Kamera und klickte sich durch die gespeicherten Fotos. Es waren hauptsächlich Waldmotive und Aufnahmen eines unglaublich großen, unglaublich haarigen Hundes. Charly tippte auf einen Bernhardiner-Mix, denn vom Bernhardiner hatte er den Kopf und die Größe. Allerdings war sein langes Fell grau-schwarz statt braun-weiß und lockig statt glatt. Charly fragte sich, wo der Hund sein mochte. Sein Korb in der Zimmerecke war leer.

Charly klickte zum nächsten Bild und fand, was sie gesucht hatte – ein Bild von Ruth Kettler. Zumindest nahm sie an, dass es Ruth Kettler war. Sie zoomte auf dem kleinen Display das Gesicht heran, bis die Haare nicht mehr in den Ausschnitt passten. Es war die Waldfrau, kein Zweifel.

Charly zoomte zurück und betrachtete das ganze Foto. Ruth Kettler stand leicht gebeugt am Küchentisch und schnitt Gemüse klein, im Moment des Fotografierens hatte sie hochgeblickt. Es war diese alltägliche Tätigkeit, die Charly die Augen öffnete. Irgendetwas hatte sie zunehmend irritiert, und nun wurde es ihr klar: Hier war alles zu normal. Der Hundekorb, die Bücher, der iPod, die Mädchenzeitschrift, die Fotos. Der Raum wirkte wie ein völlig normales Wohnzimmer, in dem zwei völlig normale Frauen wohnten. Es gab nicht den kleinsten Hinweis darauf, dass die eine Bewohnerin vor zwei Tagen brutal erschlagen worden war und dass die andere Bewohnerin ein Mädchen war, das von der Polizei vor drei Jahren mit großem Aufwand gesucht worden war. Ein Mädchen, das von seiner Familie vermisst wurde. Ein Mädchen, das nicht hierhergehörte und unter falschem Namen hier lebte.

Leider gab es keinen Hinweis darauf, wie es zu dieser Wohngemeinschaft gekommen war. Wieso hatte Nellie bei Ruth Kettler gelebt? Wieso ausgerechnet in diesem Haus, in dessen Garten ihre Mutter getötet worden war? Wieso hatte Ruth Kettler Nellie als ihre Nichte ausgegeben? Woher kannten sich die beiden? Wie war das Verhältnis zwischen ihnen gewesen?

Fragen über Fragen und die einzige Person, die sie beantworten konnte, saß auf der Couch und versteckte sich hinter Apathie, Verwirrung und Schweigen. In einem plötzlichen Anflug von Ungeduld sah Charly zu Nellie hinüber, die immer noch neben Mick saß, und musste feststellen, dass sich etwas verändert hatte. Nellie wirkte nicht mehr ganz so verwirrt oder apathisch, sondern recht entspannt. Sie hatte die bestrumpften Füße hochgezogen, sich in die Couchecke gekuschelt und schien mit geschlossenen Augen Mick zu lauschen, der gerade sagte:

»Als ich ein Teenager war, hatte ein Kumpel von mir auch einen Hund, einen Mops. Der fuhr immer hinten auf seinem Moped mit. Ohne Korb, aber mit Helm. Lach nicht, das ist kein Witz.« Nellie hatte keine Miene verzogen, doch Mick sprach weiter, als würde sie ständig reagieren. Irgendwann sagte er beiläufig: »Ist dir übrigens kalt? Ich kann dir gern meine Jacke geben.«

Es war tatsächlich kalt im Zimmer. Benny hatte zwar die Scherben der Terrassentür zusammengefegt, das Glas aber natürlich nicht reparieren können, und die feuchtkalte Herbstluft drang ungehindert herein. Mick hielt Nellie seine Lederjacke hin. Das Mädchen öffnete die Augen, zögerte kurz und nahm dann tatsächlich die Jacke. Sie deckte sich damit zu und schloss die Augen wieder.

Charly war verblüfft. Verkehrte Welt, dachte sie. Sie erinnerte sich daran, wie viel Abstand Nellie früher zu Männern im Allgemeinen und zu Polizisten im Besonderen gehalten hatte. Und Mick war in ihr Haus eingedrungen. Wieso fürchtete Nellie sich nicht vor dem Mann, der plötzlich in ihrem Flur gestanden hatte?

Und was empfand Mick, während er neben Nellie saß? Er verhielt sich wie immer, das heißt so, wie er sich früher bei gemeinsamen Ermittlungen verhalten hatte. Charly war sicher, dass er immer noch unter Schock stand, doch das war ihm nicht anzusehen. Weil er sich in eine Phase der Verleugnung geflüchtet hatte?

Charly setzte ihre Inspektion fort. Nach dem Wohnbereich nahm sie sich jenen Teil des L-förmigen Raumes vor, der als Esszimmer diente und von dem eine Tür in die Küche führte. Und hier fand sie endlich eine Antwort.

Auf einer Kommode stand eine Fotografie in einem kitschigen Glasrahmen. Sie war offensichtlich im Sommer im Vorgarten des Hauses aufgenommen worden und zeigte Ruth und Nellie mit dem Hund. Ruth stand steif und leicht vorgebeugt da, strahlte jedoch gemeinsam mit Nellie in die Kamera. Nellie stand hinter Ruth, hatte beide Arme um sie geschlungen und den Kopf auf Ruths Schulter gelegt. Der große Hund saß brav daneben.

Das Foto beantwortete zumindest die Frage nach dem

Verhältnis zwischen Ruth Kettler und Nellie. Es war gut gewesen, ja, mehr als das: herzlich. Es war offensichtlich, dass die Frau und das Mädchen sich gerngehabt hatten.

Natürlich hieß das nicht, dass Nellie freiwillig bei Ruth eingezogen war. Es mochte eine besonders ausgeprägte Form des Stockholm-Syndroms sein. Was aber, wenn dies nicht zutraf? Wenn Ruth Nellie nicht entführt hatte? Wenn Nellie freiwillig zu Ruth gekommen war? Aber warum hätte sie das tun sollen? Und wann? Vor drei Jahren schon?

Charly konnte sich das nicht vorstellen. Sie hatte stets angenommen, dass Nellie vor drei Jahren etwas zugestoßen war, das sie an der Rückkehr zu ihrer Familie gehindert hatte. Es mochte sein, dass Nellie weggelaufen war, weil ihr Onkel und ihre Schwester sich gestritten hatten, aber sie hatte doch bestimmt zurückkehren wollen. Dass sie es nicht getan hatte, hatte Charly für den Beweis gehalten, dass Nellie etwas zugestoßen war. Doch was, wenn die Annahme falsch war? Wenn Nellie nie hatte zurückkehren wollen? Wenn sie eine gewöhnliche kleine Ausreißerin war?

Charly schüttelte den Kopf. Eine gewöhnliche Ausreißerin sicher nicht. Nellie hatte in ihrer Familie geborgen gewirkt – und viel zu unselbstständig, um ihr Heil allein auf der Straße zu suchen. Wenn es Nellies freiwillige Entscheidung gewesen war, nicht nach Hause zurückzukehren, dann musste es dafür einen besonderen Grund geben. Es musste etwas vorgefallen sein, etwas Schwerwiegenderes als ein bloßer Streit zwischen ihrer Schwester und ihrem Onkel. Aber was?

Charly hoffte es zu erfahren, sobald Chris und Alexa Danner eintrafen. Und dann fiel ihr ein, dass sie Nellie vielleicht vorwarnen sollte. Das Mädchen wusste noch nicht, dass ihre Verwandten unterwegs waren.

Charly warf einen Blick auf ihre Uhr. Wenn sie es Nellie sagen wollte, sollte sie es bald tun. Seit ihrem Gespräch mit Frank war eine Stunde vergangen. Alexa und Chris Danner konnten bald hier sein.

Charly wandte sich zu Nellie um. Das Mädchen hatte mittlerweile die Augen geöffnet und sah Mick an. Das heißt, genau genommen blickte sie halb an ihm vorbei, als wollte sie ihn zwar sehen, wagte aber keinen direkten Blickkontakt. Auch Mick beobachtete Nellie nur aus den Augenwinkeln. Er erzählte immer noch. Ab und zu legte er eine Pause ein, wie um Nellie die Möglichkeit zu einem Kommentar zu geben. Sie nutzte sie nie, hörte jedoch aufmerksam zu.

Charly zögerte. Sie war nicht sicher, ob sie die wachsende Verbindung zwischen den beiden zerstören sollte. Doch der Gedanke, Nellie unvorbereitet der Begegnung mit Schwester und Onkel auszusetzen, gefiel ihr noch weniger, deswegen nahm sie sich einen Stuhl und näherte sich der Couch. Langsam und behutsam, wie sie fand, doch Nellies Reaktion kam prompt. Als Charly den Stuhl abstellte, zuckte Nellie zusammen, und als Charly sich setzte, wurden ihre Augen riesengroß, bevor sie sie fest zukniff.

Charly hielt inne.

Ohne seinen Erzählfluss zu unterbrechen, warf Mick ihr einen warnenden Blick zu und schüttelte leicht den Kopf. Charly rollte die Augen und machte eine Kopfbewegung zum Esszimmer hin. Mick nickte. Er erzählte seine Geschichte ruhig zu Ende und beugte sich dann zu Nellie hinüber.

»Nellie, ich muss kurz mit Frau Rumor reden. Ich komme gleich zurück, in Ordnung?«

Er drückte sich vom Sofa hoch, doch im selben Moment schoss Nellies Hand unter der Lederjacke hervor und packte ihn am Arm. Mick warf Charly einen fragenden Blick zu. Sie tippte auf ihre Armbanduhr.

Mick sagte: »Nellie, es ist wichtig. Aber ich verspreche dir, es dauert nicht lange. Ich komme gleich zurück. Du darfst meine Jacke als Pfand behalten, und ich bleibe in Sichtweite.«

Letzteres schien Nellie nicht zu interessieren, denn sie hielt die Augen weiter fest geschlossen. Doch sie zog ihre Hand zurück und umklammerte stattdessen die Lederjacke.

»Was gibt's?«, fragte Mick im Esszimmer leise.

Charly erklärte ihm flüsternd, was sie vorhatte. »Sieh dir das Foto an. Das sieht doch so aus, als sei Nellie freiwillig hier. Und das heißt, dass sie freiwillig nicht zu ihrer Schwester und ihrem Onkel zurückgekehrt ist. Wir sollten ihr sagen, dass die beiden hierher unterwegs sind.«

»Du meinst, sie will sie vielleicht gar nicht sehen?«

Charly zuckte die Achseln. »Keine Ahnung. Ich finde das alles hier reichlich mysteriös.«

Mick nickte. »Okay, ich sag's ihr. Vielleicht ist sie schon so weit, mir auch zu antworten.«

Das wäre ein Wunder, dachte Charly, doch bevor Mick es bewirken konnte, klingelte es. »Beeil dich!«, zischte sie.

Der Hinweis war überflüssig, denn Mick saß bereits wieder auf dem Sofa. Seine Stimme klang völlig entspannt, als er fortfuhr: »So, da bin ich wieder, wie versprochen. Und wenn du möchtest, erzähle ich dir später noch ein paar Geschichten. Doch jetzt muss ich dir etwas anderes sagen …«

Mehr bekam Charly nicht mit, denn es klingelte zum zweiten Mal. Sie hörte Benny die Holztreppe herunterkommen und ging in den Flur. »Ins Wohnzimmer, beobachten!«, zischte sie ihm zu und eilte zur Haustür.

Draußen standen ein uniformierter Beamter und Alexa Danner, die sofort versuchte, sich an Charly vorbeizudrängen. »Wo ist sie?«, fragte sie. Sie wirkte erhitzt, fast fiebrig, ihre Augen glühten.

Charly hielt sie am Arm fest. »Einen Moment, bitte, Frau Danner. Wir sind noch nicht hundertprozentig sicher, ob das Mädchen wirklich Ihre Schwester ist. Ein Kollege spricht gerade mit ihr. Autsch.«

Sie hätte es kommen sehen müssen. Alexa hatte sie kurzerhand zur Seite gestoßen und war bereits auf dem Weg ins Wohnzimmer. Charly fluchte und rannte hinterher.

»Alexa!« Doch ihr Ruf ging in Alexas Schrei unter.

»Nellie!« Dann flog Alexa quer durchs Zimmer und begrub ihre kleine Schwester in einer Umarmung.

Das Letzte, das Charly von Nellie sah, war deren Gesicht. Die schönen Züge waren ausnahmsweise nicht ausdruckslos, sondern zeigten eine unverkennbare Reaktion: Schock.

Es war, wie Charly später zugeben musste, einer der schwierigsten Augenblicke ihrer Karriere, weil sie schlichtweg nicht wusste, was sie tun sollte. Sollte sie Alexa, die ihre Schwester schier erdrückte, von Nellie wegziehen? Sollte sie ihr wirklich diesen Augenblick zerstören? Oder sollte sie sich gänzlich zurückhalten?

Es hing davon ab, wie sie den Ausdruck auf Nellies Gesicht deutete. Es war keine Überraschung gewesen, sondern echter, unverfälschter Schock. Nellie hatte Alexa angeblickt, als wäre die ein Geist. Doch warum? Aus Freude? Vor Entsetzen?

Charly versuchte abzuschätzen, wie Nellie auf Alexas Umarmung reagierte, doch Alexas Rücken versperrte ihr die Sicht. Wenn sie es richtig deutete, ließ Nellie die Umarmung passiv über sich ergehen. Es war nicht die Reaktion, die Charly erwartet hatte, dennoch beschloss sie, nicht einzugreifen. Vor allem weil Mick es ebenfalls nicht tat. Für solche Situationen besaß er die besseren Instinkte.

Doch auch Alexa schien schließlich zu merken, dass die Reaktion ihrer Schwester ungewöhnlich war. Sie löste die Umschlingung, kniete vor dem Sofa nieder und griff nach Nellies Hand. »Nellie, ich bin's«, sagte sie sanft. »Erkennst du mich nicht?« Und dann fügte sie mit leiser Stimme etwas Unverständliches hinzu. Es klang wie ein Kosename und löste Nellies Erstarrung. Sie öffnete den Mund und sagte mit klarer, deutlicher Stimme:

»Aber du bist tot. Er hat dich getötet. Ich habe es gesehen.«

Erkenntnis

Charly steckte ihr Handy weg. Sie hatte Frank angerufen, um ihn über die neuesten Geschehnisse zu informieren und um ihn zu fragen, ob Chris Danner bereits auf dem Weg nach Roetgen war. Er war es nicht, die Beamten hatten ihn zu Hause nicht angetroffen. Frank versprach, Danner – sobald sie ihn fanden – statt nach Roetgen ins Präsidium zur Vernehmung bringen zu lassen. Es war eine Vorsichtsmaßnahme für den Fall, dass Danner jener *Er* war, von dem Nellie gesprochen hatte. Charly hatte keine Ahnung, ob das zutraf. Sie hatte überhaupt keine Ahnung, was sie von der Entwicklung des Falles halten sollte.

Seit Nellies erstaunlicher Aussage, dass sie ihre Schwester für tot gehalten habe, war eine halbe Stunde vergangen. In dieser Zeit hatten die Polizisten nichts Neues erfahren. Die erste Viertelstunde hatten Alexa und Nellie weinend und lachend in enger Umschlingung verbracht. Jetzt saßen sie sich auf der Couch gegenüber in einem Kokon der Seligkeit, die Köpfe nahe beieinander, die Hände verschränkt, und wisperten miteinander. Nellies Stimme war leise wie ein entfernter Windhauch, doch ab und zu waren einzelne Sätze von Alexa zu verstehen. »Ich war nur bewusstlos«, lautete einer. »Ich konnte nicht kommen, weil ich nicht wusste, wo du warst«, ein anderer.

Charly hatte bisher keinen Versuch unternommen, diesen Kokon aufzubrechen. Teils aus Pietät und Respekt vor dem Wiedersehen der Schwestern. Teils weil es ohnehin aussichtslos schien, die Aufmerksamkeit der beiden auf etwas anderes als die jeweils andere zu lenken. Und teils weil Charly froh über den Aufschub war. Sie fragte sich nervös, was die beiden Mädchen aussagen würden, und sie fürchtete die Wirkung ihrer Worte auf Mick.

Auch Mick schien nervös zu sein. Er hatte sich ins Esszimmer zurückgezogen. Als Charly zu ihm trat, hob er abwehrend eine Hand und flüsterte: »Ich will jetzt nicht reden. Und glaube ja nicht, dass du mich rauswerfen kannst. Ich muss hören, was sie sagt.«

Charly hatte nicht vorgehabt, ihn rauszuschicken, obwohl sie eigentlich dazu verpflichtet war. Mick war Zivilist und hatte als solcher bei den Gesprächen, die sie hier gleich führen würde, nichts zu suchen.

Sie lehnte sich neben ihm an die Kommode und wartete mit gemischten Gefühlen ab, während sie dem leisen Wispern der Schwestern und dem gelegentlichen vernehmlichen Schnäuzen des uniformierten Beamten lauschte. Charly hatte ihm gesagt, dass er nicht mehr gebraucht werde, doch der Mann war offensichtlich unfähig, sich von dem Anblick puren Glücks loszureißen, den die Schwestern boten. Mehrmals musste er sich eine Träne aus dem Augenwinkel wischen. Benny dagegen wirkte eher aufgeregt als gerührt. Er vibrierte geradezu vor Erregung und Eifer. Charly hatte den Eindruck, dass er sich in seinem Kopf bereits ausmalte, was es für seine Karriere und sein Prestige bei den Kollegen bedeuten mochte, bei einer so sensationellen Entwicklung des Falles dabei gewesen zu sein.

Irgendwann wurde das Wispern der Schwestern weniger eindringlich. Es entstanden Pausen, bis Alexa schließlich sagte: »Dann schlaf ein bisschen«, woraufhin Nellie sich in Alexas Schoß kuschelte und prompt einschlief.

Es war das Startsignal für die anderen im Raum. Der uniformierte Beamte verschwand endlich, und Charly, Mick und Benny näherten sich wie auf Kommando der Couch. Doch bevor Charly etwas sagen konnte, wandte sich Alexa zu ihr um.

»Danke für Ihre Geduld.«

Die Worte überraschten Charly. Sie hatte noch nie erlebt, dass Alexa sich für etwas bedankte. Für einen Moment spürte sie, wie etwas von dem Glück der jungen Frau sie warm berührte. Dann wurde sie wieder geschäftlich.

»Frau Danner, wir sind alle froh und dankbar, dass wir Ihre Schwester augenscheinlich wohlbehalten wiedergefunden haben. Wie Sie sicherlich verstehen, müssen wir nun einige Dinge klären.« Sie blickte auf die schlafende Nellie hinunter. »Vielleicht können wir in der Küche reden.«

Alexa schüttelte sofort den Kopf, so heftig, dass sich eine Strähne aus ihrem Haarknoten löste. »Ich soll Nellie alleinlassen? Auf keinen Fall.« Ihre Arme legten sich besitzergreifend um ihre kleine Schwester. »Können wir nicht hier reden?«

Charly runzelte die Stirn. »Aber …«, begann sie.

Doch Alexa wiederholte: »Auf keinen Fall.«

Charly musterte sie, dann ihre Schwester. Der Gedanke, Alexa in Nellies Gegenwart zu befragen, gefiel ihr nicht. Andererseits schien Nellie tatsächlich tief zu schlafen, und sie wollte das Gespräch nicht aufschieben.

»Nun gut«, sagte sie schließlich und zog sich einen Stuhl heran. Mick und Benny folgten ihrem Beispiel und positionierten sich schräg hinter ihr.

»Danke.« Alexa strich mit sanften Fingern über das kurze Haar ihrer Schwester.

Charly nickte. »Wie gesagt, wir müssen einiges klären. Anfangen möchte ich mit der Aussage Ihrer Schwester: Sie dachte, Sie seien tot. Sie dachte, jemand habe Sie getötet.«

Alexa musterte sie mit ihren hellen Augen. »Und Sie möchten wissen, warum ich Ihnen das nicht schon früher erzählt habe.«

»Ich möchte zunächst einmal wissen, ob es stimmt. Hat jemand versucht, Sie zu töten?«

Alexa schloss kurz die Augen. »Ja.«

»Wer?«

»Chris.«

Obwohl Charly es halb erwartet hatte, war es ein Schock. »An dem Abend, an dem Ihre Schwester verschwand?«

»Ja.«

»Wie?«

»Mit einer kleinen Axt, einem Beil.«

Charly spürte, wie Mick schräg hinter ihr eine unwillkürliche Bewegung machte. Auch sie selbst überlief ein Zittern. »Bitte erzählen Sie uns genau, was passiert ist.«

Alexa strich sich eine Haarsträhne hinters Ohr. »Wenn ich das wüsste. Es war zum großen Teil so, wie ich es Ihnen gestern geschildert habe. Chris war übers Wochenende weggefahren, Nellie und ich waren zu Hause geblieben. Als Chris am Sonntagabend wiederkam, aßen wir. Anschließend ging Nellie nach oben, und ich räumte die

Küche auf und hörte Musik. Irgendwann hatte ich so ein Gefühl, dass ich nicht mehr allein in der Küche war. Ich drehte mich um und sah Chris. Er stand an der Küchentür und beobachtete mich. Es war etwas seltsam, weil er einfach nur dastand und nichts sagte und weil er dieses Beil in der Hand hielt. Ich fragte ihn, was er damit wolle, da kam er plötzlich auf mich zu und holte zum Schlag aus.«

Ein schwaches Beben durchlief Alexas Körper. »Ich war natürlich völlig perplex, aber ich habe instinktiv reagiert. Ich glaube, ich sagte etwas wie ›Chris, was ist denn?‹, aber da war er schon bei mir. Ich konnte mich im letzten Moment bücken und unter dem Schlag wegtauchen und an Chris vorbeilaufen. Ich rannte ins Wohnzimmer. Vermutlich war das dumm von mir. Ich hätte wohl besser auf die Straße fliehen sollen, aber in dem Moment dachte ich nicht daran. Chris kam hinterher und dann …« Bei der Erinnerung an das, was dann geschehen war, zuckte sie heftig zusammen. Ihre Hände, die auf Nellies Kopf lagen, zitterten heftig. Sie hob sie hoch, vermutlich um die kleine Schwester nicht zu wecken.

»Was passierte dann?«, fragte Charly sanft.

Alexa schluckte mehrmals krampfhaft, bevor sie mit zittriger Stimme fortfuhr: »Es war schrecklich. Ich kann mich an Einzelheiten nicht erinnern, weil alles so schnell ging, aber das weiß ich noch. Chris verfolgte mich durchs Wohnzimmer und schwang dabei das Beil. Er sagte die ganze Zeit kein Wort, aber irgendwie wusste ich, dass es kein Spaß war und dass er mich wirklich umbringen wollte. Ich verstand nur nicht, wieso.« Sie sah an Charly vorbei.

»Ich weiß nicht mehr, wie lange es dauerte«, fuhr sie nach einer Weile fort. »Vermutlich nicht sehr lange. Irgendwann kam mir dann doch der Gedanke zu fliehen, und ich lief zur Wohnzimmertür. Doch Chris hatte wohl damit gerechnet und stand plötzlich vor mir. Ich wollte zurückweichen, aber etwas war im Weg, ein Fußschemel, glaube ich. Und dann schlug Chris zu. Ich weiß noch nicht einmal genau, ob er mich wirklich traf oder ob ich über den Fußschemel stolperte, auf jeden Fall stürzte ich rückwärts zu Boden und schlug mir den Kopf an. Dann wurde ich bewusstlos.«

Alexa zitterte mittlerweile am ganzen Körper, obwohl sie es zu unterdrücken versuchte. Ihre Hände rüttelten wie kleine Greifvögel über Nellies Kopf. Charly hatte den Eindruck, dass es Alexa alle Kraft kostete, die Hände nicht Trost suchend in den Körper ihrer Schwester zu krallen.

»Ich weiß nicht, wie lange ich am Boden lag. Als ich wieder zu mir kam, war Chris weg. Mein Kopf dröhnte, und ich blutete, allerdings nicht sehr heftig. Ich stand auf. Ich wollte nur weg und lief nach oben, um Nellie zu holen, doch ich konnte sie nicht finden. Als ich wieder unten war, kam Chris gerade zur Haustür herein. Er war völlig außer sich. Er sagte, Nellie habe uns gesehen und sei weggelaufen, wir müssten sie suchen.« Sie machte eine lange Pause, ihre Augen waren weit aufgerissen und voller ungeweinter Tränen.

»Und wie haben Sie reagiert?«, fragte Charly schließlich.

Alexa blinzelte und sah sie an, als verstünde sie die Frage nicht. »Wir haben natürlich Nellie gesucht, aber wir konnten sie nirgends finden. Sie war an keinem ihrer Lieblingsplätze und ging auch nicht an ihr Handy. Sie hatte es in ihrem Zimmer gelassen. Irgendwann schlug Chris vor, die Polizei zu rufen, und er sagte, dass es besser wäre, unseren kleinen Kampf nicht zu erwähnen. Er meinte, die Polizei würde sich sonst wohl mehr mit uns beschäftigen, als Nellie zu suchen.« Alexa warf Charly einen hilfesuchenden Blick zu. »›Kleiner Kampf‹ – das hat er wortwörtlich so gesagt. Er schlug vor, der Polizei zu sagen, wir hätten einen ›ganz normalen Streit‹ gehabt.« Sie malte Gänsefüßchen in die Luft. Dann verfiel sie in Schweigen, den Kopf gesenkt. Charly hatte das Gefühl, dass sie sich schämte.

»Und Sie gingen darauf ein«, stellte sie nüchtern fest. Aus den Akten wusste sie, dass es so war. Dennoch fand sie es unglaublich.

Alexa schien ihre Skepsis zu spüren. »Es ging um Nellie«, sagte sie leise, aber betont. »Und Sie wissen, dass er recht hatte. Hätte ich Ihren Kollegen damals erzählt, dass Chris mit einem Beil auf mich losgegangen war, hätten sie uns stundenlang vernommen. Sie hätten sich einen Dreck um Nellie gekümmert. Und wir hätten Nellie nicht suchen können, weil Sie uns festgehalten hätten.«

Zumindest der letzte Satz enthielt so viel Wahres, dass Charly ihn akzeptieren konnte. »Aber was war später?«, fragte sie.

»Später war Nellie verschwunden«, erklärte Alexa schlicht.

»Was bedeuten soll, dass …?«

»Dass mir alles andere egal war.« Sie sah auf ihre kleine Schwester hinunter und strich ihr mit einer so unendlich zärtlichen Geste über die Wange, dass Charly vom Hinsehen eine Gänsehaut bekam. »Ich konnte an nichts anderes denken als an Nellie. Chris erging es ähnlich. Wir haben sie jeden Tag von morgens bis abends gesucht. Da war einfach kein Platz für irgendetwas anderes. Und irgendwann …«

»Was war irgendwann?«, hakte Charly nach.

Alexa seufzte leise. »Ich schwöre Ihnen, in den ersten Wochen ohne Nellie dachte ich nicht einmal an Chris und sein Beil. Ich weiß, das klingt verrückt. Eigentlich hätte ich vor Chris Angst haben sollen, doch ich hatte nur Angst um Nellie. Aber irgendwann ließ sich die Erinnerung nicht mehr beiseiteschieben. Natürlich überlegte ich, zur Polizei zu gehen, aber ich hatte zu viel Angst, man würde sich dann auf Chris konzentrieren statt auf Nellie. Und irgendwann hatte ich das Gefühl, dass es einfach zu spät war. Dass sie mir nicht mehr glauben würden. Es stand ja Aussage gegen Aussage. Chris hatte das Beil bestimmt längst entsorgt, meine Beulen und Wunden waren verheilt.« Sie schenkte Charly ein kleines verzweifeltes Lächeln. »Und außerdem war ich mir manchmal nicht mehr sicher, ob ich meinen Erinnerungen überhaupt trauen konnte.«

»Warum nicht?«

»Weil Chris sich mir gegenüber völlig normal verhielt«, sagte sie tonlos. »So als wäre nichts geschehen. Er erwähnte den Angriff kein einziges Mal. Er behandelte mich wie immer. Freundlich und fürsorglich und … Genau wie vorher. Es war so seltsam, dass ich mich manchmal gefragt habe, ob ich mir alles nicht nur eingebildet hatte.«

»Aber was war mit Ihrer Schwester? Ist Ihnen nie der Gedanke gekommen, dass Ihr Onkel etwas mit ihrem Verschwinden zu tun haben könnte?«

Alexa sah sie erstaunt an. »Nein, natürlich nicht.«

Charly musterte sie skeptisch. »Aber wäre das nicht naheliegend gewesen? Immerhin hatte er versucht, Sie zu töten, und Sie waren bewusstlos, als Ihre Schwester das Haus verließ. Ist Ihnen nie der Gedanke gekommen, Ihr Onkel könnte Nellie in dieser Zeit weggebracht haben?«

Sie schüttelte heftig den Kopf. »Auf keinen Fall. Chris liebt Nellie. Er könnte ihr nie etwas antun.« Sie schien felsenfest davon überzeugt zu sein. »Außerdem habe ich immer gewusst, dass Nellie noch lebt. Ich hätte es gespürt, wenn sie gestorben wäre.«

Es war eine Ansicht, die Charly schon oft von Angehörigen gehört hatte und die sie für esoterischen Unsinn hielt. Doch sie verkniff sich jeglichen Kommentar.

Alexa fuhr fort: »Und ich hatte recht. Nellie lief weg, weil sie dachte, Chris hätte mich getötet.«

»Hat sie Ihnen das vorhin erzählt?«

Alexa nickte.

»Was hat sie noch erzählt?«

Sie dachte nach. »Dass sie in der Nacht eine Weile durch Aachen irrte, bis sie zu müde zum Weiterlaufen war, und dass sie sich dann einfach irgendwo hinsetzte. Sie wurde von zwei Betrunkenen angesprochen, die ihr ziemlich viel Angst machten. Und dann kam eine gewisse Ruth dazu, vertrieb die Männer und nahm Nellie mit nach Hause. So wie ich das verstanden habe, lebte Nellie seitdem bei dieser Frau. Sie versteckte sich bei ihr und hatte ständig Angst, Chris könnte sie finden und ebenfalls töten.« Sie furchte ihre Stirn. »Ich verstehe das nicht. Wer ist diese Frau?«

»Es handelt sich um Ruth Kettler, eine Buchhalterin.

Sie lebte in der Tat mit Nellie in diesem Haus und gab sie als ihre Nichte Lilli aus.«

Alexas Stirnfurchen wurden tiefer. »Aber warum? Ich meine, wenn man ein Kind in Not findet, geht man doch zur Polizei und versteckt es nicht drei Jahre lang bei sich zu Hause.«

Das war eine Frage, für deren Antwort Charly sich ebenfalls brennend interessierte. »Was hat Nellie noch über Frau Kettler erzählt?«

»Nicht viel. Nellie scheint sie sehr gernzuhaben. Sie liegt zurzeit im Krankenhaus.« Alexa kniff die Augen zusammen. »Nellie sagte etwas, das ich nicht verstanden habe: Dass sie Ruth für tot hielt, weil die nicht an ihr Handy ging, dass sie aber von ihm«, sie schaute kurz in Micks Richtung, »gerettet worden sei.« Sie überlegte. »Und dass Ruth ihr immer schöne Sachen genäht und ihr einen Hund geschenkt habe.«

»Nellie dachte, Frau Kettler sei tot? Hat sie das näher erklärt?«

Alexa schüttelte den Kopf.

Charly beschloss, Alexa momentan noch nicht zu sagen, dass Ruth Kettler tatsächlich tot war. »Ich möchte noch einmal auf den Angriff Ihres Onkels zurückkommen.«

Alexa richtete sich auf, als wolle sie sich wappnen.

»Sie sagten vorhin, Ihr Onkel habe sich nach dem Vorfall wieder wie vorher verhalten. Heißt das, er unternahm keinen zweiten Versuch, Sie zu töten?«

Alexa schüttelte den Kopf.

»Hatten Sie denn keine Angst, dass er es ein weiteres Mal versuchen könnte?«

»Eigentlich nicht. Aber natürlich war ich auf der Hut,

schloss nachts meine Tür ab und solche Sachen. Außerdem …«, Alexa wurde rot. »Außerdem sagte ich ihm, ich hätte einen Bericht über den Vorfall bei einem Notar hinterlegt. Er würde veröffentlicht, falls mir etwas geschehen sollte. Es war das einzige Mal, dass wir über den Vorfall sprachen. Das heißt, ich redete, und Chris sah mich an, als verstünde er kein Wort. Danach zog ich so bald wie möglich aus, gleich nach dem Abi. Chris wollte mir das Studium finanzieren, aber ich bekomme ein Stipendium und arbeite nebenher. Ich wollte nichts mehr mit ihm zu tun haben.«

Den letzten Satz sagte sie in so entschiedenem Tonfall, als sei das Thema Chris Danner damit für sie erledigt gewesen. Charly bezweifelte das. Man konnte wohl kaum verdrängen, wenn ein nahestehender Mensch versucht hatte, einen zu töten. Sie war sicher, dass die Geschichte zwischen Alexa und ihrem Onkel komplexer und vielschichtiger war, als Alexa sie darstellte. Familienbande waren immer komplizierter. Doch Charly akzeptierte, dass Alexa momentan nicht auf einer tieferen Ebene darüber reden konnte oder wollte.

»Wissen Sie, warum Ihr Onkel Sie angegriffen hat?«, fragte sie.

Alexa schüttelte heftig den Kopf.

»Haben Sie eine Vermutung oder wenigstens eine Ahnung?«

»Nein. Das war ja einer der Gründe, warum ich manchmal daran zweifelte, ob es überhaupt passiert war. Es war vollkommen widersinnig. Es gab nicht den geringsten Grund. Chris und ich verstanden uns gut. Manchmal gab es Zoff, aber immer nur wegen Kleinigkeiten. Ich habe mich sogar mal gefragt, ob er einen Gehirntumor hatte.« Sie lächelte entschuldigend, als sei das ein besonders alberner Gedanke. »Ich habe irgendwo gelesen, dass ein Hirntumor das Verhalten eines Menschen verändern und zu Aggressivität führen kann. Nur dass solche Verhaltensänderungen, glaube ich, normalerweise dauerhaft sind. Bei Chris war es so, als sei ein Schalter umgelegt worden. Schalter an: Chris ist der fürsorgliche Kinderarzt. Schalter aus: Er greift zur Axt.« Sie lief rot an, als ihr klar wurde, was sie gerade gesagt hatte.

Charly hakte sofort nach. »Heißt das, Sie glauben, dass Ihr Onkel schon öfter zur Axt gegriffen hat?«

»Nein, natürlich nicht, ich meine …«

Charly unterbrach sie. »Alexa«, sagte sie eindringlich, »bitte beantworten Sie die Frage ehrlich.«

Alexa wich ihrem Blick aus. »Ich weiß es nicht. Ich habe darüber nachgedacht.«

»Darüber, dass Ihr Onkel vor dem Angriff auf Sie schon andere Menschen angegriffen hat? Zum Beispiel Ihre Mutter und Bettina Kersthoff?«

Alexa sagte heftig: »Natürlich! Was glauben Sie denn? Er ist mit einem Beil auf mich losgegangen. Beil oder Axt, das macht doch wohl keinen Unterschied!« Das letzte Wort stieß sie so laut hervor, dass Nellie unruhig wurde. Alexa riss sich sofort zusammen und streichelte beruhigend den Arm ihrer Schwester. »Ich weiß nicht, was ich glauben soll«, fügte sie leise hinzu. »Natürlich ist mir der Gedanke gekommen.«

»Aber Sie sind nicht zur Polizei gegangen.«

»Weil ich nicht sicher war.« Sie wandte den Kopf ab.

»Hatten Sie die Vermutung schon, bevor Ihr Onkel Sie angriff?«

»Nein. Auf den Gedanken bin ich nie gekommen.

Aber seitdem …« Sie sah todunglücklich aus. »Natürlich denkt man über so etwas nach, fragt nach den möglichen Gründen und Motiven. Meine Mutter und Chris hatten zuletzt ziemlich häufig Streit, weil sie mit uns wieder nach Stuttgart ziehen wollte.«

»Ihre Mutter wollte nach Stuttgart zurück?«, fragte Charly überrascht. »Mit Ihnen und Ihrer Schwester?«

Alexa hob den Kopf. »Natürlich. Glauben Sie, sie hätte uns zurückgelassen?« Sie klang so indigniert, dass Charly hastig sagte:

»Natürlich nicht. Ich bin nur überrascht. Niemand hat es je erwähnt. Wer wusste noch davon?«

Alexa zuckte die Achseln. »Es war kein Geheimnis.«

Das sah Charly anders. Die Polizei hatte damals nichts davon erfahren. Denn wenn sie davon erfahren hätte … Es war das Motiv, nach dem sie so lange gesucht hatten. Danner hatte nie einen Zweifel daran gelassen, dass er seine Schwester für eine völlig ungeeignete Mutter hielt. Sie hatten das nur deshalb nicht für ein überzeugendes Mordmotiv gehalten, weil er de facto ohnehin das Sorgerecht ausgeübt hatte, seit Alexa und Nellie in seinem Haus lebten. Doch wenn Nicole vorgehabt hatte, mit ihren Töchtern Aachen zu verlassen …

Charlys Gedanken rasten in großen Sprüngen zu den möglichen Konsequenzen von Alexas Aussage, die in dem einen Satz mündeten: Chris Danner war der Axtmörder. Es war plausibel, plausibler als je zuvor. Danner war stets der Hauptverdächtige gewesen. Alles, was ihnen gefehlt hatte, um ihn zu überführen, waren ein Motiv und ein Beweis gewesen. Oder zumindest ein Indiz. Alexa hatte ihnen gerade beides geliefert. Das Motiv: Danner hatte verhindern wollen, dass seine Schwester die Nichten seinem Einflussbereich entzog. Das Indiz: Er war mit einem Beil auf Alexa losgegangen. Aber Danner hatte ein Alibi für den Mord an Katja, und das konnte nur eins bedeuten: Mick hatte seine Frau getötet.

Erst da wurde Charly klar, dass sie es bisher trotz allem nicht mit ganzem Herzen geglaubt hatte. Ein kleiner Teil hatte sich gegen die Erkenntnis gewehrt, dass Mick ein Mörder war, doch dieser kleine Teil war gerade zerschmettert worden. Sie drehte sich zu Mick um und sah, dass er dieselben Gedanken hatte wie sie. Er war grau im Gesicht. Jetzt stand er auf und verließ das Zimmer.

»Ich denke, wir machen eine Pause«, sagte Charly hastig zu Benny und Alexa, bevor sie Mick folgte.

Bestätigung

Benny stand am Küchenfenster und versuchte vergeblich, sich nicht ausgeschlossen zu fühlen, während er Charly und Mick beobachtete, die auf der Wiese vor dem Haus in eine erregte Debatte verstrickt schienen. Nachdem Charly die Pause verkündet hatte, war sie hinter Mick hergehastet. Benny hatte sich ihr anschließen wollen, doch Charly hatte ihn zum Kaffeekochen geschickt und beauftragt, Frank auf dem Laufenden zu halten.

Beides hatte Benny bereits erledigt. Er hatte Frank auf die Mailbox gesprochen, und der Kaffee war längst fertig. Allerdings hatte Benny nicht den Eindruck, dass jetzt der richtige Moment war, ihn seiner Kollegin zu servieren. Charly stand mit dem Rücken zu ihm, aber an ihrer Körperhaltung erkannte er ihre Anspannung. Dasselbe ließ sich über Mick sagen, der über das Gras auf und ab lief, dann und wann vor Charly stehen blieb und mit weit ausholenden muskulösen Armen gestikulierte.

Benny hätte zu gern gewusst, worüber die beiden da draußen diskutierten und wieso Mick Harting überhaupt hier war. Noch lieber wäre es ihm jedoch, wenn er selbst jetzt mit Charly diskutieren könnte. Nellies unerwartetes Wiederauftauchen hatte seinen Adrenalinspiegel auf ein seltenes Hoch gehoben, und Alexas Aussage hatte ihn noch höher steigen lassen. Doch diese Aussage hatte Benny auch verwirrt. Dr. Chris Danner konnte nicht der

Axtmörder sein, weil er ein Alibi für den dritten Mord hatte. Wieso um alles in der Welt sollte er also auf seine ältere Nichte losgegangen sein?

Aus dem Wohnzimmer drangen Geräusche, und Benny warf einen Blick hinein. Nellie war aufgewacht und räkelte sich in Alexas Schoß. Benny fragte sich, ob er deswegen etwas unternehmen sollte. Doch in dem Moment klingelte sein Handy. Frank rief zurück und war genauso verblüfft über die Entwicklung der Dinge wie Benny.

Charly stand draußen auf dem nassen Rasen und beobachtete Mick besorgt. Als er aus dem Wohnzimmer gerannt war, hatte sie vermutet, er hätte aus Alexas Aussage denselben Schluss gezogen wie sie, und sie war ihm gefolgt, weil sie ihn nicht hatte alleinlassen wollen. Doch …

»Sie lügt, Charly. Ich schwöre dir, sie lügt. Verdammt noch mal, das ist doch offensichtlich. Die ganze Geschichte ist nichts als Müll.« Mick stapfte über das nasse Gras hin und her wie ein gereizter Tiger.

Charly folgte ihm erschöpft mit den Augen. »Das sehe ich anders. Ich gebe dir ja recht, dass Alexa noch nicht alles erzählt hat, aber das sind Details. Ich glaube, im Kern stimmt ihre Aussage.«

Mick schnaubte. »Der Kern ihrer Aussage ist Schrott. Wenn Danner Alexa wirklich angegriffen hätte, wäre sie nie und nimmer bei ihm geblieben. Sie hätte uns etwas gesagt. Zumindest wäre sie sofort ausgezogen. Sie lügt.« Unvermittelt blieb er vor Charly stehen. »Außerdem warst du viel zu weich. Du hättest sie viel härter rannehmen müssen.«

Er fuhr sich mit der Hand durch seine wuscheligen

Haare. Er sah völlig fertig aus. Die Schatten unter seinen Augen waren noch dunkler geworden, und die Augen selbst … Charly glaubte, Angst darin zu erkennen.

»Mick«, sagte sie leise, »Nellie hat es doch quasi schon bestätigt. Sie hat gesehen, wie Danner auf Alexa losging.«

»Das hat sie so nicht gesagt.«

»Sie hat wortwörtlich gesagt: ›Er hat dich getötet. Ich habe es gesehen.‹ Was willst du noch?«

»Vielleicht hat sie es missverstanden. Sie könnten irgendein Spiel gespielt haben.«

»Das ist absurd.«

»Oder sie hat gar nicht von Danner geredet. Schließlich hat sie nur *er* gesagt. Es muss irgendeine Erklärung geben. Wir müssen Nellie befragen.«

Er wollte wieder loslaufen, doch sie stellte sich ihm in den Weg. »Mick«, sagte sie eindringlich, »es gibt eine Erklärung, und du weißt, wie die lautet.«

Er schüttelte heftig den Kopf. »Nein, Charly, das ist keine Erklärung. Ich habe Katja nicht getötet, genauso wenig wie Danner es getan hat. Und das heißt, dass Danner nicht der Axtmörder sein kann. Wieso kapierst du das nicht?«

»Mick, er ist mit einem Beil auf Alexa losgegangen …«

Er unterbrach sie. »Lass uns Nellie befragen, lass uns wenigstens Nellie befragen!«

Sie legte ihm eine Hand auf den Arm. Seine Muskeln fühlten sich steinhart und verkrampft an. »Wir können nicht …«

Er schüttelte ihre Hand ab. »Warum können wir nicht? Sie ist dort im Haus. Wir müssen nur hineingehen. Ich wette, sie wird es nicht bestätigen. Es war anders. Sie wird zugeben, dass es anders war.«

Er sah sie so flehentlich an, dass Charly den Blick abwenden musste. »Mick, wir sind raus aus dem Fall. Ich bin raus aus dem Fall. Nach allem, was ich getan habe, kann ich nicht einfach weiterermitteln. Ich muss zu Frank fahren und ihm sagen ... Wir müssen ihm sagen ...«

Mick fuhr zurück, als hätte sie ihn geschlagen. »Verdammt, Charly, das kann nicht dein Ernst sein! Du willst jetzt aufhören? Jetzt? Das da drinnen«, erregt zeigte er zum Haus hinüber, »Nellie dort drinnen ist meine einzige Chance! Und die willst du mir nehmen? Du willst mich schon wieder im Stich lassen?«

Charly biss sich auf die Lippen. Sie wusste, dass Mick recht hatte. Nach allem, was er heute erfahren hatte, sollte er mit Nellie reden dürfen. Aber sie selbst hatte auch recht. Sie musste diesen Fall dringend abgeben, bevor sie ihn noch weiter kompromittierte. In diesem Moment bereute sie, dass sie Franks Drängen nachgegeben und sich nicht in ihrem Urlaub vor dem verdammten Fall versteckt hatte. Doch die Wahrheit war, dass sie nicht Franks Drängen nachgegeben hatte, sondern dem ihres eigenen Gewissens.

Charly sah Mick an und schaute dann zum Haus hinüber, wo sich hinter dem Küchenfenster ein Schatten bewegte. »In Ordnung«, sagte sie. »Ich werde Nellie wecken und Alexa bitten, bei dem Gespräch anwesend zu sein.«

Bei ihrer Rückkehr ins Haus stellte Charly fest, dass Nellie nicht geweckt werden musste. Benny informierte sie, dass das Mädchen aufgewacht war und verkündet hatte, sie habe Hunger. Jetzt stand sie mit ihrer Schwester in der Küche und bereitete Sandwiches zu.

Charly beobachtete sie unauffällig von der Küchentür aus und war nicht wenig verblüfft über die Veränderung, die Nellie in den letzten Stunden durchgemacht hatte. Von dem verstörten Mädchen, das neben Mick auf dem Sofa gesessen hatte, war kaum mehr etwas zu erkennen. Nellie wirkte fröhlich, fast ausgelassen und plapperte unaufhörlich vor sich hin. Während sie Butter auf Brote schmierte, mit Wurst und Käse belegte und mit Tomaten und Gurken garnierte, erzählte sie Alexa von ihrem Leben mit Ruth und ihrem Hund. Es war klar, dass Hausarbeit für sie nichts Ungewöhnliches war, und zum ersten Mal sah Charly in ihr tatsächlich einen sechzehnjährigen Teenager, kein Kind mehr.

Doch das Kind meldete sich zurück, als Charly die Küche betrat und sagte: »Alexa, könnte ich Sie einen Moment sprechen?«

Nellie zuckte zusammen und verstummte. Alexa legte ihre Hand beruhigend auf die der Schwester. »Muss es jetzt sein?«, fragte sie.

»Es ist dringend.«

Alexa furchte die Stirn. »Aber …«

»Sehr dringend.« Charly machte eine Kopfbewegung zum Esszimmer hinüber.

Alexa zog ihre Hand von Nellies weg. Sofort griff Nellie nach ihrem Arm, doch Alexa befreite sich sanft. »Ich gehe nur zur Tür, einverstanden?« Sie kam zu Charly herüber, stellte sich jedoch so, dass Nellie sie noch sehen konnte. »Was ist?«, flüsterte sie.

Charly flüsterte ebenfalls. »Wir müssen mit Nellie reden, und ich möchte Sie bitten, dabei zu sein, damit sie unsere Fragen beantwortet.«

Alexa griff sich an den Hals. »Jetzt? Heute? Auf keinen Fall.«

Charly hatte mit dieser Reaktion gerechnet. »Es ist leider unvermeidlich.«

Alexa schüttelte abwehrend den Kopf. »Nein.« Sie sagte es so laut, dass Nellie beunruhigt zu ihnen herübersah. Alexa senkte die Stimme. »Nellie hat genug durchgemacht. Das hat doch wohl Zeit bis morgen. Sie haben meine Aussage. Was brauchen Sie denn noch?«

Eine Bestätigung dieser Aussage, dachte Charly. Sie warf einen Blick zu Nellie hinüber und hauchte dann so leise wie möglich: »Ruth Kettler ist tot.«

Für einen Moment glaubte sie, dass sie so leise gesprochen hatte, dass auch Alexa nichts verstanden hatte. Ihr Gesicht blieb völlig ausdruckslos. Dann weiteten ihre Augen sich. »Die Frau, die mit Nellie in diesem Haus gelebt hat?«, raunte sie. Als Charly nickte, schüttelte sie abermals den Kopf. »Auf keinen Fall!«, stieß sie leise hervor. »Sie dürfen es Nellie nicht sagen. Sie hat heute schon genug durchgemacht. Es ist zu viel. Ich verbiete es Ihnen.«

»Das können Sie leider nicht. Nellie ist sechzehn. Wir brauchen keine Genehmigung.«

Doch so leicht gab Alexa nicht auf. »Aber sie redet nicht mit Ihnen, wenn ich nicht dabei bin. Und ich werde Sie auf gar keinen Fall unterstützen.« Trotzig verschränkte sie die Arme vor der Brust.

Doch auch mit dieser Reaktion hatte Charly gerechnet. Sie tat, als überlegte sie. »Nun gut, ich mache Ihnen einen Vorschlag. Sie unterstützen mich, damit ich mit Nellie reden kann, dafür erzähle ich ihr noch nichts von Frau Kettlers Tod. Sie können es ihr später schonend beibringen. Wenn Sie mir aber nicht helfen, dann sage ich es ihr gleich.«

Alexa ballte die Hände zu Fäusten. »Das ist Erpressung.« Ihr Blick war tödlich.

Wie recht du hast, dachte Charly, doch sie erwiderte den Blick, ohne mit der Wimper zu zucken.

Schließlich gab Alexa nach. »Und wie soll die Unterstützung genau aussehen?«

Charly verbarg ihre Erleichterung. »Ich möchte, dass Sie Nellie auf das Gespräch vorbereiten. Sagen Sie ihr, dass ich mit ihr reden muss, und ermuntern Sie sie, mir zu antworten. Es wäre wohl am besten, wenn zunächst Sie einige Fragen stellen, während ich danebensitze. Dann bekommt Nellie die Chance, sich an mich zu gewöhnen. Ich klinke mich dann irgendwann ins Gespräch ein.«

Alexa dachte darüber nach. »Und was soll ich fragen?«

Charly überlegte kurz. »Wir interessieren uns besonders für Nellies Beziehung zu Frau Kettler«, erklärte sie dann. »Ich nehme an, Sie wollen ebenfalls mehr darüber erfahren. Fragen Sie einfach, was Sie interessiert. Vielleicht beginnen Sie mit der Frage, wann Nellie Frau Kettler zum letzten Mal gesehen hat.«

Das Gespräch mit Nellie verlief erfolgreicher als erwartet. Nachdem Alexa eingesehen hatte, dass Nellie das Gespräch nicht erspart blieb, schien sie der Ansicht zu sein, je mehr sie Charly unterstützte, desto schneller wäre es vorbei. Charly wusste nicht genau, was Alexa ihrer kleinen Schwester erzählte, aber offenbar traf sie den richtigen Ton. Als Charly sich schließlich zu den beiden an den Esstisch setzte, wirkte Nellie vergleichsweise gelassen und schenkte Charly sogar ein schüchternes Lächeln.

»Also, Nellie«, begann Alexa, »das ist Frau Rumor. Du kennst sie ja schon ein bisschen. Sie möchte gern mit Ruth sprechen, weil die dich aufgenommen hat. Nur weiß sie nicht, wo Ruth zurzeit ist. Kannst du es ihr sagen?«

Kaum hatte Alexa zu sprechen begonnen, hatte Nellie ihr wieder ihre volle Aufmerksamkeit zugewandt. Auch als sie antwortete, ließ sie ihre Schwester nicht aus den Augen. »Sie ist im Krankenhaus, das habe ich dir doch schon erzählt.« Ihre Stimme war leise, aber klar.

»Weißt du, in welchem Krankenhaus?«, fragte Alexa.

Nellie schüttelte den Kopf.

»Weißt du, weswegen sie ins Krankenhaus musste?«

»Sie hatte Kopfschmerzen. Aber sie hat gesagt, dass es eine Routineoperation ist.«

»Und weißt du, wie ihr Arzt heißt?«

Erneutes Kopfschütteln. Ein Schatten huschte über Nellies Gesicht. Es schien sie zu bekümmern, dass sie die Fragen nicht beantworten konnte.

Alexa reagierte sofort und lächelte ihre Schwester aufmunternd an. »Das macht nichts. Ich bin mir sicher, Frau Rumor wird Ruth trotzdem finden. Wann ist sie denn überhaupt ins Krankenhaus gefahren?«

»Am Sonntag nach dem Mittagessen.« Nellies Augen leuchteten auf. »Ich habe Schinkennudeln mit Salat gemacht. Ruth hat es mir beigebracht. Ich kann es mal für uns kochen.«

»Das wäre schön. Hat Ruth dir sonst noch etwas beigebracht?«

Nellie nickte eifrig. »Sie sagt, das ist wichtig. Sie gibt mir Unterricht, und ich muss Hausaufgaben machen. Ich habe alle Bücher bis zur zehnten Klasse, und Ruth hat mir alles erklärt. Ich habe auch ein Fotoprojekt angefangen, möchtest du es sehen?«

»Erzähl mir erst davon«, bat Alexa. »Ich schaue es mir später an.«

Nellie begann zu erzählen. Sie konzentrierte sich dabei ganz auf ihre Schwester, und bald schien sie Charly vergessen zu haben, was in Charly zwiespältige Gefühle auslöste. Einerseits fürchtete sie, es würde ihr dadurch später schwerer fallen, sich in das Gespräch einzuklinken. Andererseits gelangte sie auf diese Weise an Informationen, die sie sonst vermutlich nicht bekommen hätte.

Und es waren faszinierende Informationen, obwohl sie Charly der Frage zuerst nicht näherbrachten, was Nellie am Abend ihres Verschwindens gesehen hatte. Denn zunächst erzählte Nellie von ihrem Leben mit Ruth Kettler. Es schien – so bizarr das Charly anmutete – Nellies Ansicht nach ein schönes Leben gewesen zu sein, besonders seit sie vor zwei Jahren hierher nach Roetgen gezogen waren. Die Frau und das junge Mädchen hatten offensichtlich nach einem streng geregelten Alltag gelebt. Ruth war jeden Morgen sehr früh zur Arbeit nach Aachen gefahren. Wenn sie nachmittags nach Hause kam, erteilte sie Nellie Unterricht. Abends kochten sie gemeinsam, anschließend gingen sie mit Bertie spazieren, und danach erledigten sie die anfallenden Hausarbeiten. Am nächsten Tag, wenn Ruth bei der Arbeit war, erledigte Nellie ihre Hausaufgaben, lernte und bearbeitete verschiedene Projekte, die Ruth sich für sie ausgedacht hatte. In ihrer Freizeit spielte sie mit ihrem Hund, las, hörte Musik, surfte im Internet. Andere Freunde oder Spielkameraden schien sie nicht vermisst zu haben.

Erst nach und nach wurde deutlich, dass dieses Leben nur eine vermeintliche Idylle gewesen war. Zwischen Nellies Erzählungen von Fotoprojekten und im Vorgarten aufgebauten Gehorsamkeitsparcours für Bertie schimmerte die Wahrheit immer wieder durch. Und die Wahrheit war, dass Nellies Leben ein Versteckspiel gewesen war.

Alle Hinweise darauf waren jedoch indirekt, und Nellie sprach kein einziges Mal den Grund für ihr Versteckspiel an, bis Alexa schließlich sagte: »Du hattest Ruth sehr gern, nicht wahr?«

Sie biss sich sofort auf die Unterlippe, doch Nellie schien nicht bemerkt zu haben, dass ihre Schwester in der Vergangenheit redete. Ein Lächeln huschte über ihr Gesicht, und sie nickte.

»Und kannst du noch mal erzählen, wie du sie kennengelernt hast?«

Alexa sprach betont sanft, dennoch zuckte Nellie zusammen. Zum ersten Mal zeigte sich etwas wie Unwillen auf ihrem Gesicht. »Das habe ich dir doch schon erzählt«, sagte sie leise.

»Für Frau Rumor.«

Nellie blickte kurz zu Charly herüber, wandte den Kopf gleich wieder ab und zog die Ärmel ihres Wollpullovers über die schmalen Handgelenke. Diese Geste schien eine ständige Angewohnheit zu sein, denn der Pulli war schon ganz ausgeleiert.

»Ruth hat mich gerettet«, sagte sie schließlich.

»Vor wem?«

»Da waren zwei Männer. In der Stadt.«

»Und die haben dir Angst gemacht?«

»Ich hatte schon Angst«, flüsterte sie. »Ich dachte, du bist tot.« Ein Zittern überlief ihren zarten Körper.

Alexa reagierte sofort. Sie legte einen Arm um Nellies schmale Schultern und zog sie an sich. Dann legte sie ihr zwei Finger unter das Kinn, hob ihren Kopf und sah ihr in die Augen. »Nellie, ich verspreche dir: Ich werde nie tot sein. Nie. Ich werde mich immer um dich kümmern. Immer.«

»Aber wenn er uns findet?«

»Er wird uns nicht finden«, sagte Alexa fest. »Frau Rumor wird ihn verhaften, dann kann er uns nichts mehr tun.«

Sie warf Charly einen Blick zu. Auch Nellie sah sie an. Es war das Signal, auf das Charly gewartet hatte.

»Aber erst musst du mir sagen, wen ich verhaften soll«, sagte sie. »Vor wem hast du Angst?«

Zunächst fürchtete Charly, zu forsch formuliert zu haben, denn Nellie zuckte zurück und versuchte, sich in Alexas Achselhöhle zu verkriechen. Doch als Alexa sie noch einmal ermunterte, fasste sie sich wieder.

»Vor Onkel Chris«, flüsterte sie. »Er hat Lexie mit einer Axt geschlagen.« Dann brach sie in Tränen aus.

Im selben Moment ertönte rechts von Charly ein lautes Gepolter. Sie drehte sich zur Couch hinüber, wo Mick und Benny hinter Nellies Rücken das Gespräch verfolgt hatten. Mick war aufgesprungen und hatte dabei den Couchtisch umgestoßen. Bevor Charly reagieren konnte, war er schon aus dem Raum gerannt, und sie hörte, wie die Haustür hinter ihm ins Schloss fiel.

Charly holte Mick auf dem Wanderparkplatz ein, wo er mit zitternden Fingern versuchte, seinen Pick-up aufzuschließen. Es gelang ihm nicht. Wie ein Betrunkener stach er mit dem Schlüssel auf das Schloss ein und zerkratzte dabei den türkisfarbenen Lack. Als sie ihn ansprach, ließ er sich von ihr bereitwillig die Schlüssel abnehmen.

»Ich will weg«, flüsterte er. »Kannst du mich fahren?«

»Natürlich. Wohin?«

»Weg. Nur weg von dem Monster in mir.«

Chris

Frank saß in seinem Büro, als Benny zum zweiten Mal anrief. Der Junge hatte Glück, ihn zu erreichen. Frank hatte gerade den Hörer aufgelegt und wollte gleich darauf das nächste Telefonat führen. Er tat seit Stunden nichts anderes als telefonieren, organisieren und informieren. Diese Tätigkeiten nahmen ohnehin einen großen Teil seiner Arbeitszeit ein, doch heute war einer der Tage, an dem neue Informationen von allen Seiten herangeflogen kamen, als würde jemand Tennisbälle auf ihn abschießen. Es war Franks Job, den Überblick zu behalten und dafür zu sorgen, dass die Informationen verarbeitet und dass aus ihnen die richtigen Konsequenzen gezogen wurden.

Allerdings fand Frank seinen Job heute ausnehmend schwierig. Natürlich hatte er nach Bennys erstem Anruf, in dem dieser Alexas Aussage zusammengefasst hatte, dafür gesorgt, dass die Suche nach Dr. Chris Danner intensiviert wurde. Außerdem hatte er den Staatsanwalt gebeten, einen Durchsuchungsbefehl für Danners Haus zu beantragen. Frank wusste, er hatte die richtigen Konsequenzen gezogen. Doch er hatte nicht das Gefühl, den Überblick zu haben. Wieso um alles in der Welt sollte Danner mit einem Beil auf seine Nichte losgegangen sein? Er konnte nicht der Axtmörder sein, sein Alibi für Katjas Tod war bombenfest. Aber welchen Schluss sollte man sonst aus Alexas Aussage ziehen?

Als Frank Bennys Nummer auf dem Display erkannte, erwartete er halb zu hören, Alexa hätte ihre Aussage revidiert. Doch das Gegenteil war der Fall.

»Nellie hat es bestätigt«, stieß Bennys atemlos hervor. Er klang noch aufgeregter als bei seinem letzten Anruf. »Sie ist tatsächlich von zu Hause weggelaufen, weil sie dachte, Doktor Danner hätte Alexa erschlagen.«

Während Benny Nellies Aussage zusammenfasste, stand Frank auf und trat ans Fenster. Ihm fiel auf, dass der Regen aufgehört hatte und dass die Wolkendecke dünner geworden war. Doch der Anblick erfreute ihn genauso wenig wie Bennys Worte.

»Hattest du den Eindruck, dass Nellie die Wahrheit sagt?«, fragte er schließlich.

»Auf jeden Fall«, erklärte Benny, ohne zu zögern. »Ihre Angst vor ihrem Onkel ist echt. Sonst hätte sie sich kaum drei Jahre vor ihm versteckt. Trotzdem verstehe ich das alles nicht. Wieso soll Danner versucht haben, Alexa zu töten? Ihr hattet ihn doch als Verdächtigen ausgeschlossen. Und wie passt das zum Tod von Ruth Kettler?«

»Ich habe keine Ahnung, Benny.« Selten hatten die Entwicklungen in einem Fall Frank so ratlos gemacht. »Aber darüber können wir diskutieren, wenn ihr wieder hier seid. Jetzt müssen wir überlegen, was wir mit Alexa und Nellie anfangen. Habt ihr schon mit ihnen darüber geredet?«

»Nicht direkt. Alexa hat gesagt, sie wolle ihre Schwester mit zu sich nehmen, ins Studentenwohnheim.«

Frank schüttelte instinktiv den Kopf. »Auf keinen Fall! Das ist zu riskant, solange wir Danner nicht gefunden haben. Ich organisiere ein Hotelzimmer. Ich will die beiden an einem Ort wissen, von dem ihr Onkel nichts weiß und vor dem ich einen von unseren Leuten postieren kann. Erklärst du es ihnen? Ihr könnt schon mal Richtung Aachen losfahren. Ich reserviere das Zimmer und teile dir die Adresse mit. Und sag Charly und Mick, ich erwarte sie in meinem Büro. Beide und möglichst bald.« Nachdem die Arbeit in Roetgen erledigt war, wurde es höchste Zeit, dass Charly ihr merkwürdiges Verhalten erklärte. Frank hoffte in ihrem Interesse, dass sie ihm eine gute Erklärung liefern konnte.

»Was das betrifft ...« Benny machte eine kurze Pause. »Die beiden sind verschwunden.«

Franks Hand schoss vor und umschloss fest den Fenstergriff. »Was soll das heißen?«

»Sie sind weg. Am Ende von Nellies Vernehmung sind sie aufgestanden und rausgegangen. Micks Pick-up ist auch weg. Ich vermute, sie sind zusammen weggefahren. Ich habe versucht, Charly auf ihrem Handy zu erreichen, aber sie geht nicht dran.«

»Und sie haben nicht gesagt, wohin sie wollen? Haben sie sich verabschiedet?«

»Nein. Nur ...« Benny brach ab.

»Was?«, fragte Frank scharf.

»Mick hat ...« Benny zögerte hörbar. »Mick war ziemlich aufgeregt. Als Nellie bestätigte, dass Danner auf Alexa losgegangen war, sprang er wie von der Tarantel gestochen auf und warf dabei den Couchtisch um. Dann rannte er hinaus, und Charly lief hinterher.«

Frank konnte Bennys Verunsicherung über diesen seltsamen Abgang selbst durchs Telefon spüren, und er konnte sie nachempfinden. Ihm fiel auf, dass seine Hand den Fenstergriff so fest umklammerte, dass seine Handknöchel weiß hervortraten. Mit Mühe lockerte er den Griff.

»Gut«, sagte er schließlich. »Kümmere du dich um die Schwestern, ich werde dir den Namen des Hotels durchgeben. Und Benny – du hast deine Sache gut gemacht.«

Frank beendete das Gespräch, blieb jedoch am Fenster stehen, für einen Augenblick seltsam orientierungslos. Dann ging er zu seinem Schreibtisch, nahm Zettel und Stift und erstellte schnell eine Liste der Punkte, die er als Nächstes erledigen musste. Normalerweise benötigte er solche Listen nicht, doch in diesem Fall sollte sie ihm helfen, sich auf seinen Job zu konzentrieren, statt darüber nachzudenken, was Charlys und Micks Verhalten zu bedeuten hatte.

Die Liste half tatsächlich. Frank arbeitete sie systematisch ab. Er organisierte die Durchsuchung von Danners Haus. Er buchte das Hotelzimmer und teilte einen Wachposten ein. Er schickte Benny eine SMS mit der Adresse. Er telefonierte. Er organisierte. Er informierte. Als er alles erledigt hatte, sank er in seinem Bürostuhl zurück und verfiel ins Grübeln.

Doch das Nachdenken brachte kein Licht in seine Gedanken. Im Gegenteil. Draußen mochte es heller werden, doch in seinem Innern breitete sich ein befremdliches Gefühl aus, so als würden sich die Wolken nun in seinem Kopf zusammenballen. Und die Wolken wurden immer undurchdringlicher, bis er das Gefühl hatte, in einem dichten schwarzen Nebel herumzutappen.

Er war froh, als das Klingeln des Telefons ihn aus seinen Grübeleien riss. Es war der Kripobeamte, der die Durchsuchung von Chris Danners Haus leitete.

»Wir sind drin«, sagte er anstelle einer Begrüßung. »Wir haben Danner gefunden. Er ist tot.«

Frank war bisher erst einmal im Haus der Danners gewesen, an Nicole Danners Todestag, doch er erinnerte sich noch gut daran, wie es dort ausgesehen hatte, weil er sich in seiner gründlichen Art Notizen gemacht hatte. *Großes freistehendes EFH bzw. kleine Villa mit großem, leicht verwildertem Garten,* hatte er geschrieben. *Innen eleganter Mix aus Alt und Neu, trotzdem gemütlich. Bewohner lieben ihr Heim, fühlen sich darin wohl und nehmen den Luxus nicht mehr als solchen wahr. Im Mittelpunkt stehen die Nichten. Schulsachen, Spielzeug etc. überall verteilt.*

Das war vor mehr als fünf Jahren gewesen, als im Haus noch drei Menschen gelebt hatten. Zuletzt hatte nur noch Danner hier gewohnt, und die Veränderungen waren enorm. Nicht nur weil keine Schul- und Spielsachen mehr herumlagen, sondern weil das Haus offensichtlich nicht mehr geliebt und auch nicht mehr gepflegt wurde.

Schon im Flur erwartete Frank ein Chaos aus Schuhen, Einkaufstüten und Dreck. In der Küche, in die er einen kurzen Blick warf, stapelte sich Geschirr in der Spüle. Leere Pappschachteln mit Essensresten lagen auf den Arbeitsflächen, und auf der Fensterbank standen diverse leere Flaschen, die meist Alkohol enthalten hatten. Frank hatte schon viele Wohnungen von Messies gesehen, und dieser Haushalt war weit davon entfernt, ein solches Etikett aufgeklebt zu bekommen. Genauso weit waren die unhygienischen Zustände in der Küche allerdings von dem Maß an Ordnung entfernt, das vor fünf Jahren hier geherrscht hatte und das Frank bei einem erfolgreichen Kinderarzt erwartete.

Das Wohnzimmer entsprach eher Franks Erinnerungen. Es war aufgeräumt, wirkte allerdings so unbewohnt, als hätte Danners Leben sich zuletzt zwischen den Flaschen und Pizzakartons in der Küche abgespielt.

Dafür hatte Danners Sterben sich im Wohnzimmer ereignet. Der Mann, der bis vor drei Jahren erfolgreicher Kinderarzt, beliebter Freund, geliebter Onkel und mehr gewesen war, lag ausgestreckt auf dem cremefarbenen Ledersofa. Er wirkte leicht verwahrlost, aber friedlich. Er war barfuß, trug Jeans und ein nicht allzu sauberes hellblau kariertes Hemd. Das blonde Haar hing ihm wirr in die Stirn. Die Augen waren geschlossen, und auf den ersten Blick schien er sich nur zu einem Nickerchen hingelegt zu haben. Sein Gesicht wirkte friedlich, nichts wies auf einen unnatürlichen Tod hin – bis auf die leere Whiskeyflasche und das Medikamentenfläschchen auf dem Couchtisch, das nur noch wenige Tropfen enthielt. Frank beugte sich vor, um die Aufschrift auf dem Fläschchen zu entziffern. Es hatte ein gängiges Diazepampräparat enthalten.

»Suizid?«, fragte Benny. Er war zum Präsidium zurückgekehrt, als Frank gerade zum Tatort fahren wollte. »Aber wieso? Weil Alexa und Nellie ihn durch ihre Aussagen belastet haben? Aber woher kann er das gewusst haben?«

»Wir sollten keine voreiligen Schlüsse ziehen«, mahnte Frank. Und mindestens eine der Schlussfolgerungen war ohnehin falsch: Danner war nicht erst an diesem Tag gestorben, das erkannte selbst Franks Laienauge, auch wenn er den Todeszeitpunkt nicht genauer schätzen konnte.

Er richtete sich wieder auf, wobei er sich ungewohnt frustriert fühlte. Normalerweise war Trauer das vorherrschende Gefühl, wenn er eine Leiche sah. Er trauerte um jeden Toten, auch wenn es ein Verdächtiger war, auch wenn ein Suizid vorlag. Für Frank bedeutete der Tod immer nur das Ende eines Lebens, nie die Lösung eines Problems. Doch in diesem Fall war er vor allem ratlos und verwirrt. Der Tag hatte so viele Fragen aufgeworfen, und er brauchte Antworten. Dringend. Stattdessen gab Danners Tod neue Rätsel auf.

Frank wandte sich an den Beamten, der ihn angerufen hatte, Kriminalhauptkommissar Dietmar Gürtler. Dietmar war das dienstälteste Mitglied der MK2, ein Baum von einem Mann, dessen Bauch jedes Jahr zwei Zentimeter weiter über den Hosenbund hing. »Habe ich recht verstanden – du hast noch etwas gefunden?«

Dietmars Stimme klang immer ein wenig brummig. »Vielleicht sollte ich lieber sagen, es hat *mich* gefunden. Ich bin darüber gestolpert, als ich das Haus betrat. Komm mit.«

Dietmar führte Frank und Benny zurück in den Flur. Neben einem Paar schlammbespritzter brauner Lederschuhe lag eine Einkaufstüte von einem Discounter. Dietmar öffnete sie mit behandschuhten Fingern. Darin lag ein Beil, klein und handlich und dennoch tödlich. Auf dem Holzgriff war das Logo eines bekannten Herstellers, und auf Blatt und Schneide klebten Blut und mehrere blonde und graue Haare.

Frank blieb bis zum Abend vor Ort. Er schickte Dietmar und Benny zu einer ersten Befragung der Nachbarn los und machte sich an die Abfassung des Tatortberichtes. Doch er konnte sich schlecht konzentrieren. Zwischendurch rief er Bea an, um ihr zu sagen, dass er später käme, und weil er das dringende Bedürfnis verspürte, ihre Stimme zu hören. Doch da er ihr kaum übers Handy die neuesten Entwicklungen erzählen konnte, blieb das Gespräch unbefriedigend vage.

Gegen sieben kam Benny, um über erste Ergebnisse der Befragungen zu berichten. Demnach war Dr. Danner zum letzten Mal am Freitagabend um halb acht gesehen worden, als er nach Hause gekommen war, in der Linken einen Pizzakarton, in der Rechten eine Tüte mit aneinanderklirrenden Flaschen. Danach hatte ihn niemand mehr gesehen, auch Besucher waren niemandem aufgefallen.

»Alle Nachbarn bestätigen übrigens, dass Danner seit Nellies Verschwinden sehr zurückgezogen lebte«, fuhr Benny fort. »Die meisten sind auch der Meinung, dass er in letzter Zeit mehr trank, als gut für ihn war.« Sie standen in der Küche, und Benny nickte zu den leeren Flaschen auf der Fensterbank hinüber. »Die Nachbarin von nebenan, eine Frau Elvers, erzählte, Danner sei im Sommer mehrmals stockbesoffen gewesen.«

Frank runzelte die Stirn. »Woher will sie das wissen? Hat sie mitgetrunken?«

Benny schüttelte den Kopf. »Sie hat ihn auf der Terrasse gesehen. Anscheinend saß er dort oft abends und ließ sich volllaufen. Ein paarmal übernachtete er dann gleich draußen im Liegestuhl. Frau Elvers sprach ihn mal darauf an, da sie früher ein sehr gutes Verhältnis gehabt hatten, aber er wimmelte sie ab. Daraufhin erzählte sie Alexa davon, als sie sich zufällig in der Stadt trafen. Aber es änderte sich nichts. Ich kann mir auch nicht vorstellen, dass Alexa Interesse daran hatte, ihrem Onkel zu helfen.«

Gegen halb acht traf Dr. Arrosi aus Köln ein. »Zweimal in drei Tagen«, sagte sie zur Begrüßung. »Wieder ein Beil?«

»Sehen Sie selbst«, erwiderte Frank.

Dr. Arrosi nahm den Toten in Augenschein und wirkte zum ersten Mal, seit Frank sie kannte, schockiert. Es stellte sich heraus, dass sie Dr. Danner gekannt hatte, wenn auch nur flüchtig.

»Er hatte in Medizinerkreisen einen guten Ruf, zumindest bis zum Verschwinden seiner Nichte vor einigen Jahren. Gibt es einen Zusammenhang zwischen der Geschichte und diesem Vorfall?« Sie machte eine Kopfbewegung zu Danners Leiche hin.

Frank hob die Schultern. »Wir wissen es noch nicht. Vielleicht. Könnten Sie erst die Leichenschau vornehmen?« Er wollte die Rechtsmedizinerin nicht beeinflussen.

Dr. Arrosi öffnete ihre Tasche und begann mit der Untersuchung. Sie brauchte nicht lange und bestätigte, was Frank schon vermutet hatte: Danner war seit mehreren Tagen tot. Dr. Arrosi tippte auf Sonntag als wahrscheinlichen Todestag – denselben Tag, an dem auch Ruth Kettler gestorben war. Zur Todesursache konnte sie nicht mehr sagen, als dass eine Mischintoxikation aus Alkohol und Diazepam natürlich möglich war. Sowohl Alkohol als auch Diazepam wirkten verlangsamend auf die Atemtätigkeit, und wurde beides zusammengenommen, potenzierten sich die Wirkungen. Eine solche Mischung konnte leicht tödlich sein.

»Wissen Sie, ob er regelmäßig getrunken hat?«, fragte sie.

»Wir gehen davon aus. Wieso?«

Sie richtete sich auf. »Weil es in dem Fall ein Unfallgeschehen sein könnte. Er war betrunken, konnte jedoch wegen des Gewöhnungseffekts nicht schlafen. Deshalb wollte er ein paar Tropfen Diazepam nehmen und erwischte eine Überdosis, weil er vergessen hatte, wie viele er schon intus hatte. Oder er war in seinem Rausch der Meinung, dass viel auch viel hilft.«

»Aber Doktor Danner war Arzt«, warf Benny ein. »Hätte er nicht wissen müssen, wie hoch die tödliche Dosis ist?«

Die Rechtsmedizinerin schenkte Benny ein müdes Lächeln. »Er wäre nicht der erste alkoholkranke Arzt gewesen, der zu einer tödlichen Fehleinschätzung gelangte.« Sie schloss ihre Tasche. »Aber das ist alles Spekulation. Ich werde ihn obduzieren, den Blutalkoholgehalt bestimmen und einen Schnelltest auf Diazepam machen. Aber wie viel er geschluckt hat und woran er tatsächlich gestorben ist, werden wir erst nach der Laboranalyse erfahren, und das kann dauern.«

Frank nickte. Es war kein Geheimnis, dass die Labore überlastet waren. »Falls Sie noch einen Moment Zeit haben, würde ich Ihnen gern noch etwas anderes zeigen.«

Er führte die Ärztin zum Esstisch, wo das Beil, das Dietmar im Flur gefunden hatte, in einem durchsichtigen Beweisbeutel lag. »Ich wüsste gern, ob dies die Tatwaffe sein könnte, mit der Ruth Kettler erschlagen wurde. Das Opfer vom letzten Sonntag.«

Dr. Arrosi betrachtete das blutverschmierte Beil, ohne den Beutel zu berühren. »Möglich wäre es. Größe und Form des Blattes könnten mit den Wunden übereinstimmen. Wir können es überprüfen. Wo haben Sie es gefunden?«

»Hier im Flur.«

»Und Sie glauben, dass Doktor Danner der Täter war? Und dass er sich danach suizidiert hat?«

»Ich habe keine Ahnung«, entgegnete Frank, und das war die Wahrheit. Natürlich sah es auf den ersten Blick so aus, aber es war unmöglich. Danner konnte nicht der Axtmörder sein, weil er Katja nicht getötet haben konnte. Und Katja ... Frank schüttelte den Gedanken ab. Er durfte jetzt nicht an Katja denken, denn Gedanken an sie würden ihn auf Gedanken an Mick und Charly bringen. Und Grübeln über die beiden hätte seine Konzentration empfindlich gestört.

Er verabschiedete sich von der Gerichtsmedizinerin und ging zu den Kollegen vom Erkennungsdienst, um sich nach weiteren Erkenntnissen zu erkundigen. Es gab keine Neuigkeiten, und kurz darauf packten alle ihre Sachen zusammen und versiegelten vorläufig das Haus.

Doch kaum saß Frank wieder im Dienstwagen und ließ sich von Benny durch die dunklen Straßen zum Präsidium zurückfahren, kamen die Gedanken an Charly und Mick zurück und mit ihnen die dunklen Wolken in seinem Kopf. Wo waren die beiden? Wieso hatten sie sich getroffen? Ausgerechnet heute? Und was war so wichtig, dass Charly dafür die Arbeit schwänzte?

Bei dem Gedanken daran schoss Zorn in Frank hoch, allerdings nicht nur weil er als Vorgesetzter nicht hinnehmen konnte, dass eine Kommissarin während der Arbeit einfach verschwand. Seine Wut hatte eine tiefere Ursache. Er brauchte Charly. Nicht als Ermittlerin, sondern als Bollwerk. Deshalb hatte er sie ohne Zögern aus dem Urlaub zurückgeholt. Charly war Micks Alibi, sie war der lebende Beweis, dass alle Verdächtigungen gegen Mick, die – wie Frank ahnte – immer noch in einigen Köpfen im Präsidium herumschwirrten, falsch waren. Und Frank brauchte dieses Bollwerk jetzt dringender denn je.

Diese Gedanken nahmen Frank während der Fahrt zum Präsidium so in Anspruch, dass er auf keine von Bennys gelegentlichen Bemerkungen einging und auch nicht auf den türkisfarbenen Pick-up achtete, der vor ihnen auf den Präsidiumsparkplatz rollte. Frank bemerkte Mick und Charly erst beim Aussteigen, als Benny ihn auf die beiden aufmerksam machte. Sie standen neben Micks Wagen, und als Frank und Benny sich ihnen näherten, schienen sie noch enger zusammenzurücken. Franks Zorn kochte noch höher, und er eilte auf die beiden zu.

»Gibt's dich auch noch?«, herrschte er Charly an. »In mein Büro. Sofort. Und du …« Er wandte sich an Mick und vergaß, was er hatte sagen wollen. Mick sah aus wie der Tod. Er war grau im Gesicht, tatsächlich grau, und das lag nicht an den Lichtverhältnissen. Mick war grau wie der Nebel in Franks Kopf.

Und dann riss dieser Nebel auf. Mick öffnete den Mund, doch noch bevor er die Worte formte, wusste Frank, was er hören würde. Und er wusste, dass das Aufreißen des Nebels kein strahlendes Licht, sondern finsterste Nacht enthüllen würde.

»Frank, ich habe Katja getötet.«

Der Anruf kam, als Bea gerade ins Bett gehen wollte. Es war Benny. Frank hatte einen zweiten Herzinfarkt erlitten.

Teil II

Asche

Die Nachricht, dass Mick gestanden hatte, seine Frau getötet zu haben, dass Charly gestanden hatte, ihn gedeckt zu haben, und dass Frank einen Herzinfarkt erlitten hatte, verbreitete sich wie ein Lauffeuer im Polizeipräsidium, und die Erschütterungen, die sie auslöste, waren mit den Auswirkungen einer Brandkatastrophe durchaus vergleichbar. Die nächsten Stunden ließen das KK11 in seinen Grundfesten erbeben, und die Folgen waren Monate später noch zu spüren. Noch in der Nacht kamen die verantwortlichen Chefs zu Notfallsitzungen zusammen, um die Katastrophe einzudämmen und Brandmauern zu errichten.

Es gelang ihnen nur teilweise. Das Chaos in der Nacht und am nächsten Morgen war unbeschreiblich, und es herrschte auch noch in den nächsten Tagen – so empfand es zumindest Benny. Als er später auf die Zeit zurückblickte, musste er zugeben, dass die zuständigen Beamten einen guten Job gemacht hatten. Es war ihnen tatsächlich gelungen, die Verwerfungen, die Micks und Charlys unerwartetes Geständnis hervorgerufen hatte, auf ein Minimum zu reduzieren. Doch während dieser ersten Tage vermochte Benny das nicht zu erkennen. Er empfand die Tage als chaotisch und verwirrend und traurig, vor allem aber als anstrengend.

Es war anstrengend, nach der Katastrophe zur Normalität zurückzukehren, sich an einen neuen Vorgesetzten und neue Strukturen zu gewöhnen und die Ermittlungen im Fall Ruth Kettler weiterzuführen. Vor allem aber fand Benny es anstrengend, plötzlich im Mittelpunkt des Interesses zu stehen, weil er – nachdem Charly suspendiert, Mick verhaftet und Frank im Krankenhaus war – der einzige verbliebene Augen- und Ohrenzeuge der Katastrophe war. Sosehr Benny sich immer nach Aufmerksamkeit gesehnt hatte, so sehr verabscheute er nun die Neugier seiner Kollegen, die nach einer detaillierten Schilderung der Momente auf dem Parkplatz gierten, als Mick und Charly Frank die Wahrheit gesagt hatten.

Doch Benny wollte nicht darüber sprechen. Weil es ihm zu intim erschien, und weil er ohnehin keine Worte gefunden hätte, Franks Schock und Schmerz zu beschreiben. Und dann seinen und Charlys und Micks Schrecken, als Frank zusammengebrochen war. Und Beas hysterische Reaktion. All das behielt Benny für sich. Stattdessen erzählte er, wie er die halbe Nacht im Präsidium verbracht hatte, mehrfach befragt von diversen Konferenzen diverser Vorgesetzter, die ihn jedoch während ihrer Diskussionen stets wieder vor die Tür geschickt hatten.

So hatte Benny erst am nächsten Tag zusammen mit den anderen Kollegen erfahren, was beschlossen worden war. Erster Kriminalhauptkommissar Wolfgang Mikat, Leiter des KK11, verkündete es bei der Morgenbesprechung der MK2: dass Frank krankgeschrieben war und daher Mikat persönlich vorerst die Leitung der MK2 übernehmen würde. Dass Charly mit sofortiger Wirkung vom Dienst suspendiert worden war. Dass der Fall Katja Harting von einer externen Ermittlergruppe neu aufgerollt würde. Dass die MK2 unter Mikats Leitung die Ermittlungen im Fall Ruth Kettler zum Abschluss bringen solle.

Doch zunächst schienen Bennys Kollegen nicht in der Lage zu sein, sich mit Ruth Kettler zu befassen. Die Emotionen schlugen hohe Wellen, es herrschte eine derart aufgewühlte und überhitzte Stimmung, dass die Ermittlungen immer wieder ausgebremst wurden. Dabei waren die vorherrschenden Gefühle bei Benny und seinen Kollegen Sorge um Frank und Wut auf Charly, die sie drei Jahre lang belogen hatte. Charlys Verrat war beherrschendes Gesprächsthema. Er wurde von allen Seiten beleuchtet und ausgeschlachtet. Klatsch und Theorien darüber, warum sie sich so verhalten hatte, blühten, und in ihrem Zorn auf Charly bildeten die Kollegen eine Einheit, in die sie auch Benny mit einschlossen.

Doch während Bennys Wut bald wieder abkühlte, weil anhaltender Groll nicht seiner Natur entsprach, schien sich die Wut der Kollegen immer mehr aufzuheizen, und sie erreichte ihren Siedepunkt, als am Donnerstagabend bekannt wurde, dass Mick in U-Haft genommen worden war. Zu Bennys Verwunderung gaben nicht wenige Kollegen Charly die Schuld daran. Als er darauf hinwies, dass doch wohl Mick selbst seine Frau getötet hatte, stimmten ihm die Kollegen zwar zu, doch Benny hatte das Gefühl, dass das nur Lippenbekenntnisse waren. Als er am Freitag vor der Morgenbesprechung Dietmar Gürtler, den ältesten und gutmütigsten seiner Kollegen, darauf ansprach, gab dieser es unumwunden zu.

»Natürlich ist es unlogisch«, erklärte er. »Ich bin wütend auf Charly, weil sie uns drei Jahre lang belogen hat, und ich bin gleichzeitig wütend, weil sie jetzt die Wahrheit gesagt hat.«

»Wäre es dir lieber, sie hätte weitergeschwiegen?«, fragte Benny verblüfft.

Dietmar grinste humorlos. »Ich bin Kripobeamter. Wenn ich die Frage mit Ja beantworte, dann kann ich meinen Job gleich an den Nagel hängen.«

Benny war nicht ganz sicher, was der Kollege damit sagen wollte. »Wenn Mick seine Frau getötet hat, dann gehört er ins Gefängnis«, sagte er fest.

»Natürlich«, stimmte Dietmar zu, doch das Aber lag so deutlich in der Luft, dass Benny es aussprach.

Dietmar sah an ihm vorbei und strich sich mit zwei Fingern über den rötlich grauen Backenbart, mit dem er wie ein sentimentaler Pirat aussah. »Er tut mir leid«, sagte er schließlich leise. »Stell dir mal vor, du begehst im Affekt eine so schreckliche Tat, dass dein Gehirn sie sofort aus deinem Gedächtnis löscht. Und dann kommt jemand und erinnert dich daran, was du getan hast …«

»Wenn Mick es überhaupt vergessen hat«, entgegnete Benny. Seiner Ansicht nach war das keinesfalls bewiesen.

Dietmar protestierte sofort. »Natürlich weiß er nichts mehr, sonst würde er nicht darauf beharren.«

Benny schüttelte ungeduldig den Kopf. Es irritierte ihn, wie kritiklos selbst Kollegen, die er für hartgesottene Bullen gehalten hatte, Mick Harting gegenüberstanden. Manchmal hatte er fast den Eindruck, dass sie Charlys Verhalten schlimmer fanden als Micks Tat.

Dietmar schien zu ahnen, was in Bennys Kopf vorging, denn er sagte in versöhnlichem Ton: »Du kannst das nicht verstehen, du hast Mick hier nicht erlebt. Mit ihm war alles einfach … leichter. Mick war einfach … Mick. Wir alle haben ihn gemocht und wollten immer nur das Beste in ihm sehen, obwohl er viel Unsinn angestellt hat. Charly hat uns unsere Illusionen genommen, deswegen sind wir sauer auf sie. Vermutlich wäre es fairer, wenn wir sauer auf Mick oder auf uns selbst wären, aber … He, auch Bullen haben ein Recht auf irrationale Gefühle.« Unerwartet fuhr er eine seiner Pranken aus und wuschelte Benny durchs Haar. »Du bist ein cleveres Kerlchen. Gib uns etwas Zeit. Und jetzt erzähl mir, was eigentlich dein letztes Gespräch mit den Danner-Mädchen ergeben hat. Wir bearbeiten schließlich nicht den Fall Katja Harting, sondern den Fall Ruth Kettler.«

Das taten sie drei Tage, nachdem Chris Danner tot aufgefunden worden war, tatsächlich immer noch – sehr zum Verdruss von Wolfgang Mikat. Es war ein offenes Geheimnis, dass es zwischen Mikat und dem Staatsanwalt zu einem handfesten Krach darüber gekommen war. Mikat hatte den Staatsanwalt überreden wollen, die Ermittlungen im Fall Ruth Kettler einzustellen, weil der Täter – zweifellos Chris Danner – tot war. Doch der Staatsanwalt weigerte sich, weil es seiner Ansicht nach noch zu viele offene Fragen gab.

Dabei zweifelte der Staatsanwalt genau wie Benny und seine Kollegen nicht daran, dass Chris Danner für die Morde an Nicole Danner, Bettina Kersthoff und Ruth Kettler verantwortlich war. Besonders in den ersten beiden Fällen wogen die Indizien nach Alexas und Nellies Aussagen schwer. Danner hatte in enger Verbindung zu beiden Opfern gestanden, er hatte in beiden Fällen die Gelegenheit zu den Taten gehabt und im ersten Fall auch ein starkes Motiv, denn er hatte verhindern wollen, dass Nicole mit ihren Töchtern wegzog. Und er hatte versucht, Alexa zu töten. Zwar waren andere Details noch unklar, zum Beispiel die genauen Motive für den Mord an Bettina Kersthoff und für den Angriff auf Alexa, doch das war nichts Ungewöhnliches in Fällen, in denen der Beschuldigte sich weigerte auszusagen – oder es schlicht nicht mehr konnte.

Etwas anders lag der Fall bei Ruth Kettler. Zwar war sie – wie eine DNA-Analyse des daran haftenden Blutes ergab – tatsächlich mit dem Beil erschlagen worden, das Dietmar in Danners Haus gefunden hatte. Doch das war zunächst die einzige Verbindung, die die Ermittler zwischen Danner und dem Mord an Ruth Kettler herstellen konnten. Viele Fragen blieben offen, darunter die wichtigsten: Woher hatte Danner überhaupt von Ruth Kettler gewusst? Woher hatte er gewusst, dass Nellie bei ihr lebte? Und wieso hatte er Ruth Kettler getötet? Aus Angst davor, dass Nellie ihr von seinem Angriff auf Alexa erzählt hatte und dass Ruth Kettler diese Information der Polizei geben könnte? Aber hätte er dann nicht auch seine Nichten töten müssen? Und wie war Danner selbst gestorben? War es Suizid gewesen oder ein Unfall?

Durch die Obduktion war diese Frage nicht beantwortet worden. Chris Danner hatte bei seinem Tod einen Blutalkoholgehalt von fast zwei Promille gehabt, und in seinem Urin hatte Dr. Arrosi Diazepam nachgewiesen. Ihre Vermutung lautete, dass Danner an einer Atemlähmung infolge einer Mischintoxikation gestorben war. Doch den endgültigen Beweis für diese Theorie würden erst die Laborergebnisse erbringen können, die frühestens in zwei Wochen erwartet wurden. Die Menge des eingenommenen Diazepams würde ihnen vielleicht einen Hinweis liefern, ob Danner es absichtlich oder unabsichtlich genommen hatte. Doch bis dahin tappten sie in dieser und in anderen Fragen im Dunkeln.

Der Staatsanwalt erwartete wenigstens für einen Teil

der Fragen Antworten, was Benny durchaus nachvollziehen konnte – im Gegensatz zu vielen Kollegen, die den Axtmörder-Fall nach all den Jahren endlich abgeschlossen wissen wollten. Und Benny hatte selbst noch viele Fragen zu Ruth Kettler. Der Staatsanwalt legte den Fokus der Ermittlungen auf ihren Tod, aber Benny interessierte sich vor allem für ihr Leben. Besonders für die Frage, warum die Frau drei Jahre lang niemandem von Nellie erzählt hatte.

Um das herauszufinden, hatte Benny in den letzten Tagen weitere Gespräche mit Alexa und Nellie geführt. Im Beisein ihrer Schwester war Nellie mehr und mehr aufgetaut und hatte sich sichtlich bemüht, Antworten auf Bennys Fragen zu finden. Doch sehr erhellend waren die meisten nicht.

»Am ersten Abend wollte Ruth mit mir zur Polizei gehen«, erzählte sie, »aber ich wollte das nicht. Ich hatte Angst, sie würden mich zu Onkel Chris zurückschicken. Ruth sagte, dass ich erst mal schlafen soll. Sie gab mir einen Pyjama.«

»Und am nächsten Tag?«

»Da hatte ich immer noch Angst.«

Nellie schien das für eine vernünftige Erklärung zu halten, doch Benny sah das anders. Er konnte sich zwar vorstellen, dass man ein traumatisiertes Kind fand und es erst einmal aufnahm, damit es sich beruhigte. Aber dann? Spätestens am nächsten Tag rief man doch wohl die Polizei. Und Ruth Kettler musste gewusst haben, wer Nellie war und dass sie vermisst wurde. Die Lokalzeitungen hatten ausführlich über den Fall des verschwundenen Mädchens berichtet. Und wenn Ruth die Zeitungsartikel gelesen hatte, hatte sie auch gewusst, dass Alexa noch lebte. Wieso hatte sie diese Tatsache vor Nellie verheimlicht? Und wieso hatte sie aus Nellie Lilli gemacht und sich solche Mühe gegeben, sie zu verstecken? Aus Nellies Sicht – einer etwas beschränkten Sicht, wie Benny fand – mochte das dreijährige Versteckspiel ja plausibel gewesen sein. Nellie hatte schließlich geglaubt, ihre Schwester sei tot und ihr einziger Verwandter ein Mörder. Aber Ruth musste es besser gewusst haben. Warum hatte sie sich so seltsam verhalten?

»Weil sie seltsam war«, lautete Mikats ungeduldige Antwort, als Benny die Frage unvorsichtigerweise in der Morgenbesprechung am Freitag stellte. »Ihre Nachbarn und Arbeitskollegen haben das schließlich bestätigt.«

Benny schüttelte unwillig den Kopf. Es stimmte zwar, dass er mit Ruths Nachbarn und mit ihren Kollegen in der Printenbäckerei gesprochen hatte und dass man deren Beschreibungen unter dem Oberbegriff *seltsam* zusammenfassen konnte. Doch das erklärte nicht, warum Ruth Nellie so lange bei sich behalten hatte. Im Gegenteil.

Ruths Nachbarn in Roetgen hatten so gut wie nichts über die Bewohnerinnen des Blockhauses zu sagen gewusst – nicht allzu erstaunlich, da die nächsten zweihundert Meter entfernt wohnten und Ruth und Nellie jeden Kontakt vermieden hatten.

Überraschenderweise waren die Gespräche mit Ruths ehemaligen Nachbarn in Aachen jedoch kaum aufschlussreicher gewesen, obwohl Ruth dort immerhin zwanzig Jahre lang gelebt hatte. Sie war während ihrer Ausbildung zur Buchhalterin in das schmale Reihenhaus gezogen. Zuvor hatte eine Tante dort gewohnt und Ruth das Haus vererbt. Schon die Tante war eine Einzelgängerin gewesen, und Ruth hatte diese Tradition fortgesetzt. Sie hatte keinen Kontakt zu den Nachbarn gepflegt und nie Besuch bekommen. Die Nachbarn hatten sie für scheu und eigen, aber harmlos gehalten.

Als eigen hatte Ruth auch bei ihren Kollegen in der Printenbäckerei Neubert gegolten, wo sie die letzten fünf Jahre lang in der Buchhaltung gearbeitet hatte. Allerdings auch als schwierig. Die Kollegen schilderten Ruth als eine hochintelligente Frau, die zwar wegen ihrer Kompetenz geschätzt wurde, menschlich jedoch ausgesprochen schwierig gewesen sei. Kontaktscheu, eigenbrötlerisch, überempfindlich. Eine Einzelgängerin, die weder an gemeinsamen Mittagspausen noch an Firmenfesten oder Betriebsausflügen teilnahm. Freunde hatte Ruth offenbar nicht gehabt. Nur zu Neuberts zweiter Buchhalterin, die allerdings vor zwei Jahren gekündigt hatte, hatte sie zeitweilig engeren Kontakt gepflegt.

Benny fand, dass diese Aussagen sich stark von Nellies Schilderungen unterschieden, die Ruth als liebevoll und warmherzig beschrieben hatte. Nur in einem Punkt stimmten alle überein: Sowohl Nellie als auch Ruths Kollegen sagten aus, dass Ruth Bildung und Weiterbildung sehr wichtig gewesen seien.

»Aber das erklärt nicht, warum sie Nellie bei sich aufnahm«, beharrte er in der Freitagmorgenbesprechung. »Im Gegenteil. Wenn sie doch angeblich so kontaktscheu war …«

»Kämpfer, lassen Sie es gut sein«, unterbrach Mikat gereizt. »Nellie war offensichtlich freiwillig bei Ruth Kettler. Aber selbst wenn diese sie entführt hätte, könnten wir sie nicht mehr belangen, weil sie tot ist. Was mich beziehungsweise den Staatsanwalt interessiert, sind die genauen Umstände ihres Todes. Gibt es etwas Neues zu ihrem Bewegungsprofil, Dietmar?«

Mikat setzte große Hoffnungen in dieses Bewegungsprofil. Es war Dietmars Aufgabe, Ruth Kettlers Bewegungen am Tag ihres Todes nachzuvollziehen. Bisher hatte er allerdings allenfalls ein Start-Ziel-Profil aufstellen können: Ruth hatte sich am Sonntagmittag gegen halb eins in Roetgen von Nellie verabschiedet. Sie hatte dem Mädchen erzählt, dass sie in die Aachener Universitätsklinik fahre, und tatsächlich hatte sie dort einen OP-Termin bei einem Neurochirurgen gehabt, der versuchen wollte, ihren Gehirntumor zu entfernen. Allerdings war Ruth dort erst am Montagmorgen erwartet worden. Was sie am Sonntag noch vorgehabt hatte und wohin sie von Roetgen aus gefahren war, wussten die Kriminalbeamten nicht. Sie wussten nur, dass Ruth gegen halb sieben im Aachener Stadtwald gefunden worden war und dass sie zu diesem Zeitpunkt schon mindestens eine halbe Stunde tot gewesen war. Aber wie war sie in den Wald gelangt, und was hatte sie in der Zwischenzeit getan? War sie direkt von Roetgen nach Aachen gefahren? Hatte sie einen Umweg gemacht? Wo war ihr Fiesta abgeblieben? Wo befand sich die Reisetasche, die sie mitgenommen hatte?

Dietmar strich sich über den Bart. »Vielleicht. Wir haben mittlerweile Ruth Kettlers Handydaten bekommen. Die Auswertung dauerte knappe fünf Minuten. Ich habe noch nie erlebt, dass jemand sein Handy so wenig nutzt. Sie hat fast ausschließlich mit Nellie telefoniert, und auch das nicht oft. Aber es gab drei interessante Punkte: Erstens bestätigt die Liste der Verbindungsdaten Nellies Aussage, dass sie seit Sonntagabend mehrfach versucht hat, Ruth Kettler zu erreichen. Zweitens hat Ruth Kettler am Sonntag um sechzehn Uhr dreiunddreißig einen Anruf bekommen. Von einer öffentlichen Telefonzelle in der Nähe des Hangeweihers.«

»Na, das ist doch mal was«, brummte Mikat. »Und weiter?«

»Nichts weiter. Die Verbindung wurde drei Minuten und dreiundvierzig Sekunden lang aufrechterhalten.«

Mikat trommelte mit nervösen Fingern auf den Tisch. »In der Nähe des Hangeweihers? Dort wohnte Danner. Vielleicht hat er sie angerufen und sich mit ihr im Stadtwald verabredet.«

»Möglich. Aber woher hatte er die Nummer? Und warum hat er sie nicht von seinem Anschluss aus angerufen? Oder von seinem Handy aus?«

»Um keine Spuren zu hinterlassen.«

»Das spräche dann gegen die Suizidtheorie und für einen Unfall«, meinte Dietmar.

Zustimmendes Nicken war die Antwort. Die meisten Kollegen hielten die Unfalltheorie für wahrscheinlicher als die Suizidtheorie, weil sie sich keinen Grund für eine Selbsttötung vorstellen konnten. Nur Benny hegte Zweifel. Ihm erschien es nach wie vor unwahrscheinlich, dass ein Arzt versehentlich eine Überdosis Medikamente genommen haben sollte, selbst im Vollrausch.

Auch Mikat nickte zustimmend. Dann sagte er: »Du sprachst von drei Punkten.«

Dietmar blickte auf die Ausdrucke, die auf dem Tisch vor ihm lagen. »Ruth Kettler hat am Montag noch einen weiteren Anruf bekommen. Von einer Nummer, die davor kein einziges Mal in der Liste auftaucht. Ich habe sie überprüft. Es ist die Nummer einer Pension hier in Aachen.«

»Einer Pension? Am Montag? Ein Tag nach ihrem Tod? Weißt du, wer genau angerufen hat und wieso?«

»Bis jetzt noch nicht. Ich will gleich mal da vorbeifahren.«

»Sehr gut. Tu das. Sonst noch was?«

Dietmar schüttelte den Kopf.

Mikat blickte in die Runde. »War's das? Gut, dann lasst uns mal überlegen, wie wir weiter im Auftrag des Staatsanwaltes unsere Zeit verschwenden ...« Er verteilte die Aufgaben genauso lustlos wie an den Tagen zuvor. Wie immer kam er zuletzt zu Benny. »Kämpfer, Sie sprechen noch einmal mit allen, die am Sonntagnachmittag im Wald waren. Vielleicht erinnert sich ein Zeuge ja doch noch daran, Danner gesehen zu haben. Nehmen Sie sein Foto mit, und fragen Sie sie auch nach Danners Wagen.«

Benny hätte am liebsten gestöhnt. »Aber wir haben ihnen das Foto längst gezeigt. Und sie haben bereits ausgesagt, dass sie keine Fahrzeuge gesehen haben. Ich würde viel lieber mit Frau Siebert reden.«

Mikat sah ihn gereizt an. »Und wer zum Kuckuck ist Frau Siebert?«

Es wunderte Benny nicht, dass Mikat das fragen musste. Er hatte nie das Gefühl, dass der Mann ihm zuhörte, und wieder einmal wünschte er sich Frank zurück. Während Frank geduldig war, war Mikat ungeduldig. Während Frank alle Mitarbeiter einzubinden versuchte, ignorierte Mikat alle Kollegen, die zum Widerspruch neigten oder die er nicht seit mindestens zehn Jahren kannte. Ein Kollege hatte Benny erzählt, dass Mikat aufgrund von Beziehungen zum KK11-Leiter berufen worden war, nicht aufgrund besonderer Leistungen, und dass Mikat Frank fürchtete, weil dieser als besserer Kriminaler, Verwalter und Vorgesetzter galt. Manchmal hatte Benny das Gefühl, dass Mikat aus diesem Grund auch den Mitgliedern der MK2 nicht traute, die alle loyal zu Frank standen. Der Einzige, den Mikat zu schätzen schien, war Dietmar, mit dem zusammen er die Ausbildung absolviert hatte.

»Julia Siebert ist die Kollegin, die bei Neubert drei Jahre lang mit Ruth Kettler das Büro teilte. Sie ist ebenfalls Buchhalterin, und die anderen Kollegen sagten aus, sie habe Ruth Kettler am besten gekannt. Vielleicht kann sie mir einige Hintergrundinformationen geben.«

Mikat trommelte ungeduldig mit seinen Fingern auf die Tischplatte. »Ach, die. Aber wenn ich mich recht erinnere, sagten Sie, dass die Frau vor zwei Jahren ihren Job wechselte und seitdem keinen Kontakt mehr zu Ruth Kettler hatte. Und ich sagte, dass mich an Frau Kettler nur ihr Tod interessiert. Also …«

Doch in diesem Moment erhielt Benny unerwartet Beistand von Dietmar. »Ich glaube, es könnte hilfreich sein, wenn Benny mit der Frau spricht. Falls sie Ruth Kettler tatsächlich näher kannte, hat sie vielleicht eine Idee, was Ruth Kettler am Tag ihres Todes getrieben haben könnte. Und …«

Er brach ab, als Mikats Handy klingelte. Der KK11-Leiter warf einen Blick darauf und sagte dann hektisch: »Nun gut, Kämpfer, erst die Leute aus dem Wald, danach können Sie machen, was Sie wollen. Die Sitzung ist beendet.«

Er rauschte hinaus, und Benny folgte ihm fast auf dem Fuß. Er wollte das Gebäude verlassen, bevor sein Vorgesetzter es sich anders überlegen konnte.

Ruth

Benny erledigte die Befragung der Waldbesucher im Rekordtempo und fuhr dann auf direktem Weg zu dem Steuerbüro, in dem Julia Siebert seit zwei Jahren arbeitete. Leider traf er sie nicht an, weil sie – wie ihr neuer Chef erklärte – zu Hause eine Grippe auskurierte. Doch nach einigem Hin und Her gab der Mann Benny die Adresse, und er fuhr sofort dorthin.

Julia Siebert war eine Überraschung. Sowohl Ruth Kettler als auch Julia Sieberts neuer Chef hatten in gewisser Weise dem Klischee entsprochen, das Benny über Buchhalter im Kopf hatte: die eine unscheinbar, der andere überkorrekt. Frau Siebert war weder das eine noch das andere. Sie mochte etwa fünfzig Jahre alt sein, war klein und eher rundlich und trug ein zitronenfarbenes Wollkleid, dessen Anblick Benny traf wie ein Sonnenstrahl. Auch ihr Gemüt wirkte trotz abklingender Grippe ausgesprochen sonnig, und während sie Benny in einen Wintergarten voller Grünpflanzen führte und dabei einen Scherz machte, wurde ihm klar, dass dies nur eins von zwei Dingen bedeuten konnte: Entweder hatte Frau Siebert wegen ihrer Krankheit noch nicht vom Tod ihrer ehemaligen Kollegin erfahren, oder derselbe war ihr völlig gleichgültig.

»Also, was kann ich für Sie tun?«, fragte sie, nachdem sie sich gesetzt hatten. Sie strich ihren Rock glatt, legte den Kopf schief und sah Benny erwartungsvoll an.

Sie erinnerte ihn an einen Kanarienvogel. »Ich muss gestehen, ich bin neugierig. Es ist doch nichts Schlimmes passiert, oder?«

Benny räusperte sich. »Ich fürchte doch. Es geht um eine ehemalige Kollegin von Ihnen. Ruth Kettler. Sie ist tot. Sie wurde ermordet. Es tut mir sehr leid.«

Es war, als hätte jemand die Sonne ausgeknipst. Emotionen jagten über Julia Sieberts Gesicht. Überraschung, Schock und schließlich Erschütterung.

»Ruth wurde ermordet?« Sie betonte das letzte Wort auf jeder Silbe, als hätte sie es noch nie gehört. Dann stand sie wortlos auf und ging einige Schritte zu einem leeren Vogelkäfig, der mitten im Wintergarten auf einem Mosaiktisch stand. Dort blieb sie stehen, versunken in den Anblick des leeren Fressnapfes und der Vogelschaukel.

Benny saß in einem Rattansessel, wartete schweigend ab und kämpfte gegen die Müdigkeit an, die ihn unerwartet überfiel. Im Wintergarten war es für seinen Geschmack zu warm. Der Herbst hatte dem nasskalten Wetter eine Pause verordnet, und eine strahlende Oktobersonne heizte den Raum auf.

Schließlich setzte Frau Siebert sich wieder. »Entschuldigen Sie bitte. Ich musste das erst in meinen Kopf kriegen. Arme Ruth! Wann ist es passiert?«

»Am Sonntagnachmittag.«

»Oh. Genau an dem Tag bin ich krank geworden.« Sie schwieg einen Moment lang, als dächte sie über einen möglichen Zusammenhang nach. »Und was wollen Sie von mir? Ich habe Ruth seit über zwei Jahren nicht gesehen.«

»Ich möchte, dass Sie mir von ihr erzählen.« Benny beugte sich vor und ließ seine Hände locker zwischen seinen Oberschenkeln baumeln. »Wir haben bisher niemanden gefunden, der Frau Kettler wirklich gut kannte. Ich habe mit ihren Kollegen bei Neubert gesprochen, doch sie scheint zu allen ein distanziertes Verhältnis gehabt zu haben. Dasselbe gilt für ihre Nachbarn beziehungsweise ehemaligen Nachbarn. Frau Kettler scheint keine Freunde gehabt zu haben, doch ihre Kollegen sagten aus, sie hätte sich immer sehr gut mit Ihnen verstanden. Ich wüsste gern, was für ein Mensch sie war.«

Julia Siebert sah ihn überrascht an. »Was für ein Mensch sie war? Heißt das, Sie glauben, Ruth war kein Zufallsopfer, sondern wurde aus persönlichen Gründen getötet?«

Es war eine kluge Überlegung. »Wir vermuten es. Die Sache ist kompliziert. Das scheint Sie zu überraschen.«

Sie nickte.

»Warum?«

»Weil die Ruth, die ich kannte, den Kontakt zu anderen Menschen mied. Ich kann mir nicht vorstellen, dass sie in jemandem Mordgedanken ausgelöst haben soll.« Zweifelnd betrachtete sie Benny. »Sind Sie sicher?«

Er nickte. »Erzählen Sie mir von dieser Ruth«, bat er. »Sie kannten sie wie lange? Drei Jahre?«

Sie nickte. »Sogar auf den Tag genau. Ich lernte sie am 1. September 2008 kennen, als sie bei Neubert anfing, und sah sie zum letzten Mal am 31. August 2011, an meinem letzten Arbeitstag dort.« Sie lächelte, als sie Bennys Gesicht sah. »Buchhalter lieben genaue Daten, und sie haben sie immer gern parat.« Dann wurde sie wieder ernst. »Sie wollen wissen, was für ein Mensch Ruth war. Nun, in meinen Augen war Ruth ein sehr intelligenter und sehr liebenswerter Mensch. Sie war belesen und hatte zu vielen Themen Kluges zu sagen. Sie besaß ein ausgeprägtes Verantwortungsgefühl und war sehr warmherzig.« Sie warf ihm einen Blick zu. »Das scheint Sie zu überraschen. Lassen Sie mich raten. Meine ehemaligen Kollegen haben Ruth vermutlich als intelligent, aber eigenbrötlerisch und schwierig beschrieben, richtig?«

Benny nickte.

Sie seufzte. »Das stimmt auch. Wenn man Ruth nicht näher kannte und nicht wusste, wie sie zu nehmen war, konnte sie sehr schwierig sein. Abweisend, brüsk, manchmal ausgesprochen seltsam. Aber sie war all das nicht, weil sie andere verletzen wollte, sondern aus Unsicherheit. Weil sie oft nicht wusste, wie sie sich verhalten sollte.« Sie beugte sich vor. »Ruth litt an sozialer Phobie, also an krankhafter Schüchternheit.«

Diese Information musste Benny erst einmal verarbeiten. Er versuchte, sie mit dem in Einklang zu bringen, was er schon über Ruth Kettler wusste. »Sind Sie sicher?«, wiederholte er ihre früheren Worte. »Wurde diese Störung je offiziell diagnostiziert?«

Julia Siebert schüttelte den Kopf. »Offiziell nicht, nein. Ruth hat nie einen Therapeuten aufgesucht. Aber wie würden Sie eine Frau nennen, die den Kontakt zu anderen Menschen meidet? Die sich nur auf einem Gebiet wohlfühlt, nämlich beim Thema Buchhaltung, und unruhig wird, sobald es um andere Themen geht? Die so unsicher ist, dass sie jede Einladung – selbst zu einem Mittagessen im Kollegenkreis – sofort ausschlägt, aus Angst vor dem, was sie erwartet? Die ein so geringes Selbstwertgefühl hat, dass sie sich wie eine wandelnde Zielscheibe fühlt, weil sie glaubt, andere warteten nur darauf, sie zu kritisieren?«

»Hat Frau Kettler Ihnen erzählt, dass sie sich so fühlt?«

Julia Siebert verschränkte die Hände in ihrem Schoß. »Teils, teils. Das mit der Zielscheibe hat sie mir einmal anvertraut, andere Dinge habe ich beobachtet. Aber ich bin mir sicher, dass meine Beobachtungen zutreffen – oder zutrafen.«

»Aber wie kann man so leben?«, fragte Benny und schämte sich gleichzeitig für die naive Frage.

Julia Siebert lächelte traurig. »Nicht gut, obwohl Ruth damit einigermaßen zurechtkam – beziehungsweise das Problem zu umgehen wusste. Sie vermied einfach alles, was ihr Angst einflößte, und lebte wie eine Einsiedlerin. Ich glaube, ich war jahrelang der einzige Mensch, dem sie wenigstens ein bisschen Vertrauen entgegenbrachte.«

»Und wie haben Sie das geschafft?«, fragte Benny neugierig.

»Mit Geduld und viel Glück.« Sie seufzte. »Ich will Ihnen nichts vormachen, am Anfang mochte ich Ruth auch nicht. Auf fachlicher Ebene kamen wir zwar gut miteinander aus, aber sobald es um private oder alltägliche Dinge ging, fand ich sie ziemlich anstrengend. Ich versuche immer, einen persönlichen Draht zu den Kollegen zu finden, vor allem zu denen, mit denen ich ein Büro teile. Aber bei Ruth stieß ich auf Granit. Sie war unglaublich abweisend, brüsk – genauso, wie die anderen sie geschildert haben. Nach einigen Wochen mit ihr war ich so unglücklich, dass ich Frau Neubert bitten wollte, Ruth oder mir ein anderes Büro zu geben. Und das war ein Glück.«

»Inwiefern?«

»Weil ich einer befreundeten Psychologin von meinem Problem erzählte. Ich bat sie um Tipps, wie ich das Gespräch mit Frau Neubert führen sollte. Die Freundin meinte, Ruth leide wahrscheinlich an sozialer Phobie, und erklärte mir, wie solche Menschen sich fühlen. Es war, als würde ich Ruth plötzlich durch eine neue Brille sehen. Ich wusste sofort, dass meine Freundin recht hatte. Ruths Verhalten hatte nichts mit Abneigung zu tun, sondern mit Unsicherheit. Am nächsten Tag sprach ich sie vorsichtig darauf an und bot ihr meine Hilfe an. Zuerst reagierte sie misstrauisch, aber irgendwann baute sich ein Vertrauensverhältnis zwischen uns auf. Und dabei stellte ich fest, dass sie ein überaus liebenswerter Mensch war.«

Bei den letzten Worten zitterte ihre Stimme. Sie fischte ein Taschentuch aus dem Ärmel ihres Kleides und betupfte sich die Augen. Dann stand sie auf und ging zu einer der unzähligen Grünpflanzen und strich über die großen glänzenden Blätter. Die Berührung schien ihr Trost zu schenken.

Benny ließ ihr Zeit, während er das Gehörte überdachte. Schließlich sagte er: »Haben Sie irgendeine Idee, was der Grund für diese soziale Phobie war? Sie sagten vorhin, Frau Kettler habe ein ausgesprochen geringes Selbstwertgefühl besessen. Wissen Sie, woher das kam?«

Julia Sieberts Finger schlossen sich um eines der Blätter. »Ich weiß es nicht genau. Aber da es die Aufgabe der Eltern ist, ihren Kindern Selbstvertrauen zu vermitteln, nehme ich an, dass Ruths Eltern das versäumt haben. Sie hatte wohl keine glückliche Kindheit.«

»Hat sie mehr darüber erzählt?«

»Nur wenig. Vieles habe ich aus ihren Bemerkungen herausgehört. Der Vater scheint ein äußerst dominanter Mann gewesen zu sein. Ich glaube, Ruth lebte in ständiger Angst vor ihm. Ich habe mich oft gefragt, ob er sie misshandelte. Und ihre Mutter scheint ziemlich labil gewesen zu sein. Sie starb, als Ruth ein Teenager war. Ich hatte den Eindruck, Ruth kümmerte sich zu ihren Lebzeiten eher um sie als umgekehrt. Ruth besaß ein ausgeprägtes Verantwortungsgefühl. Und viel Mitgefühl mit Kindern. Wenn sie von Ungerechtigkeiten erfuhr, wenn Kinder gar geschlagen oder missbraucht wurden, regte sie sich sehr auf. Vielleicht erinnerte sie das an ihre eigene Geschichte. Kinder waren übrigens auch die einzigen Menschen, vor denen sie keine Angst hatte.«

»Abgesehen von Ihnen.«

»Ja, abgesehen von mir.« Sie schwieg.

»Eins verstehe ich nicht«, fuhr Benny fort. »Wenn Sie sich so gut mit Frau Kettler verstanden haben, wieso haben Sie dann den Kontakt zu ihr abgebrochen, als Sie bei Neubert weggingen?«

»Oh, das war nicht ich, das war Ruth.«

Julia Siebert hatte sich wieder gesetzt. »Ich habe Ihnen erzählt, dass Ruth und ich uns gut verstanden, und das stimmte auch für lange Zeit. Aber in meinem letzten Jahr bei Neubert veränderte sich Ruth.«

Benny wurde hellhörig. »Inwiefern? Und wann fing das an?«

»Am 22. Dezember 2010«, erklärte sie mit verblüffender Genauigkeit. »An jenem Tag fiel es mir zumindest zum ersten Mal auf.« Sie lächelte fast entschuldigend. »Wie gesagt, ich mag Daten.«

»Und was geschah an diesem Datum?«

»Eigentlich nichts Besonderes. Ich ging nach der Arbeit noch in die Stadt und traf Ruth an einem Stand, an dem Weihnachtsgeschenke eingepackt wurden. Sie hatte ein Geschenk gekauft, was mich ziemlich überraschte. Ruth hasste jede Form von Shopping, und Geschenke kaufte sie sowieso nie, weil sie niemanden hatte, den sie beschenken konnte. Ich begrüßte sie, und Ruth reagierte ausgesprochen unwirsch. Es war ziemlich deutlich, dass es sie störte, von mir beim Geschenkekaufen ›ertappt‹ worden zu sein.«

»Wissen Sie, für wen das Geschenk war?«

Julia Siebert errötete leicht. »Zuerst dachte ich, es sei für mich. Nicht dass ich ein Geschenk von Ruth erwartete«, fügte sie hastig hinzu. »Aber es hätte erklärt, warum sie so ertappt reagiert hatte. Außerdem konnte ich mir nicht vorstellen, für wen sie es sonst gekauft haben sollte. Ich dachte, es sei vielleicht ein kleines Dankeschön, weil ich …«

Sie beendete den Satz nicht, doch Benny konnte sich vorstellen, was sie sagen wollte, und fragte sich, ob Julia Siebert nicht vielleicht doch ein Geschenk erwartet hatte.

Sie fuhr fort: »Danach sahen wir uns wegen der Weihnachtsferien zwei Wochen lang nicht, und ich vergaß den Vorfall. Ich dachte erst wieder daran, als ich Ruth nach dem Urlaub wiedersah. Ehrlich gesagt, ich freute mich auf sie und auf die Arbeit. Weihnachten war ziemlich stressig gewesen, weil ich mich nonstop mit meinem damaligen Mann gestritten hatte. Ich sehnte mich nach meinem Bürofrieden, nach ein paar harmlosen Daten und Zahlen und nach einem richtig guten Gespräch mit Ruth. Aber …«

»Aber?«

»Es kam nicht dazu. Ruth und ich führten nie wieder ein freundschaftliches Gespräch, obwohl ich es ein paarmal versuchte.« Sie wippte mit dem rechten Fuß. »Wie gesagt, ich freute mich, sie wiederzusehen. Ich wollte ihr von meinen Eheproblemen erzählen, aber Ruth blockte alle persönlichen Gespräche ab. Das heißt, zuerst ließ sie mich noch reden, sagte aber wenig dazu und erzählte umgekehrt nichts mehr von sich. Am Anfang fiel mir das nicht so sehr auf, schließlich waren wir im Dienst und hatten ohnehin nicht viel Zeit für persönliche Gespräche. Noch dazu hatte ich mich mittlerweile von meinem Mann getrennt und war in Gedanken bei der Scheidung und den ganzen Konsequenzen. Doch irgendwann merkte ich, dass Ruth schon ewig nichts mehr von sich erzählt hatte, und ich sprach sie darauf an. Da sagte sie mir, ich solle mich künftig bitte aus ihrem Privatleben heraushalten. Es war der erste April, und ich hielt ihre Worte zunächst für einen Aprilscherz, doch …« Sie hob die Schultern und ließ sie wieder fallen.

»Gab sie Ihnen eine Erklärung dafür?«

»Nein.«

»Fragten Sie nicht nach?«

»Doch, aber ich bekam keine Antwort.« Sie hob abermals die Schultern, als spiele das keine Rolle, doch über ihr Gesicht huschte ein Ausdruck von Enttäuschung.

»Und wie haben Sie sich Frau Kettlers Verhalten erklärt?«

»Ich habe immer vermutet, dass sie einen Mann kennengelernt hatte – auch, wenn ich mir kaum vorstellen konnte, wie das passiert sein sollte. Es gab ein paar Anzeichen. Das Geschenk zum Beispiel. Und dann kam ich zweimal ins Büro, und Ruth telefonierte gerade, brach das Gespräch jedoch sofort ab. Es waren offensichtlich private Gespräche, solche hatte sie früher nie geführt. Außerdem war sie regelrecht aufgeblüht und weniger schüchtern. Das freute mich natürlich für sie«, erklärte sie hastig. »Ich verstand nur nicht, warum sie deswegen unsere Freundschaft beendete. Es ist ja nicht ungewöhnlich, dass Frauen sich auf einen neuen Partner fixieren, aber das sind typischerweise solche, die dann auch ständig über diesen neuen Mann reden. Ruth sagte nichts über ihn, sie bestritt sogar, einen Freund zu haben.«

»Das heißt, Sie haben sie darauf angesprochen.«

Sie wurde rot. »Ja, aber nicht aus Neugier. Ich war besorgt, weil mir die ganze Sache ziemlich seltsam vorkam. Ich fragte mich, ob der Mann Ruth vielleicht verboten hatte, über ihn zu reden. Vielleicht war er verheiratet oder …« Sie hielt inne. Sie schien sich wieder daran zu erinnern, warum Benny hier war. »Oh mein Gott!« Sie fasste sich an ihren Hals. »Hat er sie getötet? Sie sagten, Ruth sei aus persönlichen Motiven getötet worden. Glauben Sie, dass es dieser Mann war? Wissen Sie, wer er ist?«

Benny schüttelte den Kopf. Ihm war in den letzten Minuten einiges klar geworden.

»Ich glaube nicht, dass Frau Kettler einen Mann kennengelernt hatte. Sie hatte ein Mädchen kennengelernt.« Und er erzählte ihr von Nellie.

»Ach, du meine Güte! Und Sie erzählen mir auch keine Märchen?« Julia Siebert musterte Benny mit zusammengekniffenen Augen. Sie hatte ihm fasziniert zugehört.

Er schüttelte den Kopf. »Ergibt das für Sie irgendeinen Sinn?«

Sie lachte kurz auf. »Spontan würde ich sagen: nein. Natürlich ergibt es keinen Sinn, ein dreizehnjähriges Mädchen von der Straße aufzulesen, mit nach Hause zu nehmen und zu behalten wie einen zugelaufenen Hund. Vernünftige Menschen tun so etwas nicht.«

»Aber vielleicht unglückliche, einsame Menschen?«

Julia Siebert lehnte sich in ihrem Rattansessel zurück und wippte wieder mit dem Fuß. »Ruth war einsam, das stimmt natürlich. Sie sehnte sich nach Zugehörigkeit. Deswegen war ich ja so besorgt, als ich dachte, sie hätte einen Freund, der ihr verboten hatte, über ihn zu sprechen. Ich fürchtete, dass sie in ihrer Sehnsucht nach Zweisamkeit an einen Mann geraten war, der sie nur ausnutzte und an den sie keine Ansprüche stellen durfte. Aber offensichtlich habe ich ihr da nur meine eigenen Fehler übergestülpt.« Sie überlegte einen Moment. »Aber dennoch ... Ein Kind von der eigenen Familie fernzuhalten ...«

»Es muss aus ihrer Sicht eine ziemlich dysfunktionale Familie gewesen sein. Als Frau Kettler Nellie fand, war das Mädchen traumatisiert, weil es gerade beobachtet hatte, wie sein Onkel die Schwester zu töten versuchte.« Benny schwieg einen Moment. »Am meisten irritierte mich bisher, dass Frau Kettler nicht zur Polizei gegangen ist. Aber nach dem, was Sie gerade erzählt haben, frage ich mich, ob ihr vielleicht einfach der Mut dazu fehlte.«

Frau Siebert nickte zustimmend. »Davor hätte sie auf jeden Fall Angst gehabt. Sie hätte sich tausendmal lieber mit einem traumatisierten Mädchen auseinandergesetzt als mit einem Polizisten. Und irgendwann ...«

»Irgendwann war es vielleicht zu spät«, ergänzte Benny nachdenklich. »Weil sie Nellie zu gernhatte, um sie wieder wegzuschicken. Nach allem, was wir wissen, hatte sie das Mädchen sehr gern. Und vielleicht wollte sie nicht wieder einsam sein. Halten Sie das für ein plausibles Szenario?«

Julia Siebert schloss die Augen und dachte eine ganze Weile nach. »Muss ich die Frage sofort beantworten?«, fragte sie schließlich. »Ich würde mir das gern erst in Ruhe durch den Kopf gehen lassen.« Sie lächelte, als sie Bennys verwundertes Gesicht sah. »Sie dürfen nicht vergessen, dass ich Buchhalterin bin. Wir beantworten nie Fragen, ohne erst alle Zahlen und Daten genau studiert zu haben.«

»Natürlich.«

»Gut.« Sie erhob sich.

Benny sagte schnell: »Einen Moment noch, Sie können mir vielleicht bei einer weiteren Frage helfen.« Er hatte ihr bisher nichts über die genauen Umstände von Ruth Kettlers Tod erzählt. Das holte er jetzt nach, und er erzählte ihr auch, was bisher über Ruth Kettlers Bewegungen an ihrem Todestag bekannt war.

Julia Siebert hörte aufmerksam zu, nur einmal zeigte sie eine Reaktion. Als Benny den Hirntumor erwähnte, wurde sie blass. »Wie schrecklich«, flüsterte sie. »Und wie stehen die …« Sie brach ab, vermutlich war ihr eingefallen, dass es nicht mehr wichtig war, wie gut Ruth Kettlers Heilungschancen gewesen waren.

Benny erzählte weiter, schließlich sagte er: »Ich möchte Sie Folgendes fragen: Haben Sie irgendeine Idee, was Frau Kettler an jenem Sonntagnachmittag vorgehabt haben könnte? Wie gesagt, sie verabschiedete sich mittags von Nellie, um angeblich sofort ins Krankenhaus zu fahren. Doch dort erwartete man sie erst am nächsten Tag.«

Julia Siebert nickte nachdenklich. »Ich denke kurz nach, in Ordnung?« Wieder schloss sie die Augen, und Benny stellte sich vor, wie ihr penibles Buchhaltergehirn an die Arbeit ging, die Daten und Fakten sortierte und in eine Tabelle eintrug. Er fand die Vorstellung faszinierend und war plötzlich sicher, dass Julia Siebert ihm eine Antwort liefern würde.

Er wurde nicht enttäuscht. Als sie die Augen öffnete, konnte er an ihrem Gesicht ablesen, dass sie eine Lösung gefunden hatte. Doch zunächst stellte sie eine Frage.

»Wusste Ruth, wie risikoreich die geplante Tumoroperation war? Ich sage das, weil Ärzte ja nicht immer ganz offen sind.«

Benny nickte. »Sie wusste es, kein Zweifel. Der Arzt sagte aus, sie habe so lange nachgebohrt, bis er eine Zahl genannt habe. Er sprach von einer Neunzig-zu-zehn-Chance, dass Ruth die Operation überleben würde. Allerdings sagte er auch, dass die vollständigen Heilungschancen ausgesprochen gering seien. Ruth konnte nur geheilt werden, wenn es gelingen würde, den Tumor vollständig zu entfernen, und die Prognose dafür war sehr schlecht.«

»Das heißt, Ruth musste davon ausgehen, dass sie sich nicht mehr lange um dieses Mädchen, diese Nellie, würde kümmern können, richtig?«

Benny nickte.

»In dem Fall liegt die Antwort auf Ihre Frage klar auf der Hand. Nachdem Ruth Nellie bei sich aufgenommen hatte, war sie sich ihrer Verantwortung bewusst. Sie hätte sie nie einfach ihrem Schicksal überlassen. Sie hätte Vorsorge getroffen für den Fall, dass sie bei der OP starb. Ich bin sicher, sie hätte jemandem von Nellie erzählt. Und wenn sie außer dem Mädchen niemanden hatte, hätte sie sich entweder an die Polizei gewandt oder an die Schwester. Ich tippe auf die Schwester.«

Widersprüche

»Natürlich nicht«, erklärte Alexa prompt. »Ich habe Ihnen doch schon am Montag gesagt, dass ich die Frau noch nie gesehen habe. Wenn sie mich am Sonntag besucht und mir von Nellie erzählt hätte, wäre ich ja wohl sofort nach Roetgen gefahren.«

Benny war direkt nach seinem Gespräch mit Julia Siebert zu dem Haus gefahren, in dem die Polizei Alexa zusammen mit Nellie und Bertie einquartiert hatte. Es gehörte der Schwester eines Kollegen vom Erkennungsdienst, die mit ihrer Familie für mehrere Monate nach Australien gegangen war. Der Umzug hierher war Dietmar Gürtlers Einfall gewesen, ein Geniestreich, wie Benny fand. Denn Alexas Apartment im Wohnheim war zu klein für zwei Personen plus einen Hund, und vor dem Blockhaus in Roetgen sowie vor Danners Haus lauerten die Reporter. Seit Mikat Nellies Wiederauftauchen bekanntgegeben hatte – in einem Ton, als hätte er sie eigenhändig aus den Händen eines irren Kidnappers befreit –, schrieben die Journalisten sich geradezu in einen Rausch.

Die Schwestern schienen sich in ihrem Versteck ausgesprochen wohlzufühlen. Im Moment standen Alexa und Benny am Fenster des Wohnzimmers und blickten in den herbstlich bunten Garten hinaus, in dem Nellie mit Bertie umhertobte. Die beiden spielten Fangen, wobei nicht klar war, wer wen jagte. Durch die angelehnte Terrassentür drangen Bellen und Lachen. Nellie trug Jeans und einen hellblauen Fleecepulli. Sie wirkte robust und fröhlich. Von dem Mädchen, das sie vor drei Tagen völlig verängstigt in dem Blockhaus aufgefunden hatten, war nicht mehr viel übrig.

Die Wandlung faszinierte Benny. Nellie schien trotz all ihrer offensichtlichen Schwächen die Gabe zu haben, sich Situationen und Umgebungen anzupassen. Am Tag, nachdem sie von Ruths Tod erfahren hatte, war sie bedrückt gewesen, doch inzwischen schien das bereits vergessen. Plötzlich überkam Benny eine Vision: eine lange Schlange von Bezugspersonen, die nur darauf warteten, Nellie betreuen und beschützen zu dürfen. Starb einer ihrer Beschützer (vor Bennys geistigem Auge fielen sie um wie die Fliegen), trat der nächste vor, reichte Nellie die Hand, und die führte ihn weg.

Benny schüttelte den Kopf, um die Vision zu vertreiben.

»Glauben Sie mir etwa nicht?«, fragte Alexa.

»Doch, natürlich«, erwiderte Benny mechanisch, obwohl er gar nicht darüber nachgedacht hatte. »Aber wir fragen uns, was Frau Kettler am Sonntagnachmittag vorhatte. Eine ehemalige Arbeitskollegin, die sie besser kannte als jeder andere, ist überzeugt, Frau Kettler hätte vor ihrer Operation dafür gesorgt, dass Nellie in die sichere Obhut einer Vertrauensperson kommt. Dazu hätte sie allerdings jemandem ihren Aufenthaltsort preisgeben müssen.«

»Das hätte sie schon vor drei Jahren tun sollen«, stieß Alexa heftig hervor. »Haben Sie mittlerweile herausgefunden, warum sie das nicht getan hat?«

»Wir haben eine Theorie.« Benny erzählte von seinem Gespräch mit Julia Siebert. »Natürlich wissen wir nicht, was sich genau abspielte, aber ich könnte mir vorstellen, dass Frau Kettler nach und nach in eine Situation geriet, aus der sie keinen Ausweg mehr sah oder nicht sehen wollte. Als sie Nellie an jenem Abend fand, nahm sie sie sicherlich aus Mitleid und Fürsorge mit nach Hause. Frau Siebert hat erzählt, dass Frau Kettler ein ausgeprägtes Verantwortungsgefühl besaß.«

»Verantwortungsvoll wäre es gewesen, die Polizei zu rufen«, beharrte Alexa. »Und überhaupt – wieso hat niemand etwas gemerkt? Wieso hat niemand Nellie erkannt? Die Zeitungen waren voll mit ihren Fotos. Was war mit Nachbarn, Freunden, Verwandten, Kollegen?«

Diese Fragen hatte auch Benny sich gestellt. Ihm war aber bald klar geworden, dass Nellie tatsächlich ohne Weiteres drei Jahre lang unerkannt bei Ruth hatte wohnen können. In dieser Hinsicht war Ruths soziale Phobie von Vorteil gewesen. Aufgrund ihres isolierten Lebens hatte sie keinerlei unerwarteten Besuch befürchten müssen. Und was die Nachbarn betraf: Vor denen in Aachen hatte Nellie sich versteckt. Wenn überhaupt, hatte sie das Haus nur nach Einbruch der Dunkelheit und in Ruths Begleitung verlassen. Falls sie dabei Nachbarn begegnet waren, hatte Ruth Lilli als Tochter einer entfernten Cousine ausgegeben. Niemand hatte Verdacht geschöpft. »Warum auch?«, hatte eine Nachbarin Benny gefragt. »Ich hätte Frau Kettler nie etwas Böses zugetraut.« Wegen des kurzen braunen Haars hatte auch keiner das Mädchen in Ruths Begleitung mit der vermissten Nellie Danner in Verbindung gebracht. Und nachdem Ruth und Nellie in das einsame Blockhaus nach Roetgen gezogen waren, hatte es selbst diese kurzen Momente möglicher Entdeckung nicht mehr gegeben.

Benny erklärte Alexa all das. Die hörte mit zusammengebissenen Zähnen zu. Er schloss mit: »Und vielleicht dachte Frau Kettler auch, Nellie sei bei ihr besser dran als bei ihrer Familie.«

»Besser als bei mir? Die Frau war ja verrückt.«

»Besser als bei Ihrem Onkel«, entgegnete Benny.

Alexa schüttelte heftig den Kopf. »Wir wären wohl kaum bei Chris geblieben. Wäre Nellie zurückgekehrt, hätte ich sofort alles der Polizei erzählt. Sie glauben doch nicht im Ernst, ich hätte Chris auch nur in Nellies Nähe gelassen. Und wie konnte diese Frau Nellie in dem Glauben lassen, ich sei tot?«

Sie sah Benny herausfordernd an, ihre Augen voller Zorn.

Um sie nicht zu verlieren, dachte Benny. Doch bevor er es aussprechen konnte, riss Alexa plötzlich die Terrassentür auf und rannte in den Garten.

Durchs Fenster erkannte Benny den Grund für diese Aktion: Beim Toben war es Bertie gelungen, Nellie umzuwerfen. Sie lag auf dem Rasen, und der Hund stand mit beiden Vorderpfoten auf ihren Schultern. Doch bevor Alexa die beiden erreichte, löste sich die Situation friedlich auf. Benny hörte Nellies Lachen, dann einen Protestruf, als der Hund ihr Gesicht abschleckte.

Benny hätte sich in der Situation des Mädchens gefühlt wie ein Dompteur, der seinen Kopf in ein Löwenmaul legt, doch Nellie nahm den Hundekopf zwischen ihre schmalen Hände und drückte dem Hund einen Kuss auf die feuchte Nase. Dann sagte sie etwas zu ihrer Schwester, die danebenstand und die Szene mit der konzentrierten Aufmerksamkeit eines Zerberus beobachtete. Alexa gäbe vermutlich einen besseren Wachhund ab als Bertie, dachte Benny, bis ihm der Angriff des Hundes auf Hans Löhrmann einfiel.

Interessanterweise schien der kleine Zwischenfall bei Alexa eine ähnliche Gedankenkette ausgelöst zu haben, denn als sie ins Wohnzimmer zurückkam, sagte sie unerwartet: »Hat Frau Kettler vielleicht mit Hans gesprochen?«

Benny musste kurz überlegen, wie ihre Frage zu verstehen war. »Sie meinen, sie könnte am Sonntagnachmittag zu Hans Löhrmann gefahren sein und ihn informiert haben, dass ihre angebliche Nichte in Wirklichkeit Nellie ist? Warum hätte sie das tun sollen?«

»Immerhin kannte sie ihn.«

»Aber nach Nellies Meinung mochte Frau Kettler ihn nicht sonderlich.«

Alexa zuckte die Achseln. »Ich finde auf jeden Fall, dass Hans sich ziemlich seltsam verhalten hat. Wieso war er überhaupt in letzter Zeit so oft bei Nellie und Frau Kettler?«

Benny dachte an sein Gespräch mit Hans Löhrmann. »Ich glaube, er war an Frau Kettler interessiert.«

Alexa schüttelte entschieden den Kopf. »Das kann nicht sein, sie war überhaupt nicht sein Typ.«

»Wie ist sein Typ?«

»Auffallend attraktiv«, entgegnete sie prompt. »Hans war schon immer hinter Frauen her, die sich nie mit ihm abgeben würden. Bettina, meine Mutter. Deshalb hatte er nie eine Freundin. Diese Ruth war doch total verhuscht. Allein ihre Haltung – wie eine Schildkröte, die den Kopf einzieht.«

»Herr Löhrmann interessierte sich für Ihre Mutter?«, fragte Benny. Das war ihm neu.

»Er versucht es bei jeder hübschen Frau«, entgegnete Alexa wegwerfend.

Benny dachte an die tote Ruth Kettler. Er fand nicht, dass sie nicht hübsch gewesen war. Aber auffallend attraktiv war sie sicherlich auch nicht gewesen, da hatte Alexa recht. Das müde Gesicht, die gekrümmte Haltung. »Herr Löhrmann sagt, er habe sie nett gefunden.«

Alexa schnaubte. »Nettsein ist wohl kaum eine wichtige Kategorie, wenn Männer eine Freundin suchen.«

»Ich denke, das hängt vom Mann ab.«

Sie warf ihm einen Blick zu, den man nur als mitleidig bezeichnen konnte, doch Benny bezweifelte, dass Alexa wirklich so viel von Männern verstand, wie sie vorgab. Er fragte sich, ob sie schon jemals einen festen Freund gehabt hatte. Obwohl sie bereits einundzwanzig war, konnte er es sich nicht vorstellen. Sie erschien ihm irgendwie geschlechtslos. Bisher hatte er sie tatsächlich nicht als junge Frau wahrgenommen, sondern als ... Ja, als was eigentlich? Vielleicht als Getriebene? Als Fanatikerin?

In gewisser Weise Letzteres. Benny hatte Alexa in dieser Woche fünfmal getroffen, einmal vor Nellies Wiederauftauchen, viermal danach. Jedes ihrer Gespräche hatte sich um Nellie und damit zusammenhängende Themen gedreht. Alexas Liebe zu ihrer kleinen Schwester hatte tatsächlich etwas Fanatisches, Absolutes. Aber wie war Alexa, wenn es nicht um Nellie ging? Wie hatte sie die letzten drei Jahre ohne ihre Schwester gelebt? Womit hatte sie sich beschäftigt?

Spontan fragte Benny danach, und sofort erschien die bekannte Furche auf Alexas Stirn.

»Was ist denn das für eine Frage? Glauben Sie etwa, ich hätte Nellie vergessen?«

»Nein.«

Alexas Stirn glättete sich wieder. »Ich wusste, dass sie zurückkommen würde. Ich habe darauf gewartet. Außerdem habe ich studiert und gearbeitet. Was hätte ich sonst tun sollen?«

Auf Partys gehen, mit Jungs ausgehen, das Studentenleben genießen, dachte Benny, sprach es jedoch nicht aus.

Alexa kam auf ihr ursprüngliches Thema zurück. »Also, werden Sie Hans fragen, ob diese Ruth bei ihm war?«

Benny zögerte. »Ich verspreche mir nicht viel davon.«

»Aber mich haben Sie auch gefragt. Und immerhin kannte die Frau Hans. Und sie hat in seinem Haus gewohnt. Finden Sie das nicht verdächtig?«

»Es war Zufall. Das hat Nellie doch erzählt. Frau Kettler suchte ein möglichst abgelegenes Haus in Pendelnähe zu Aachen, damit Nellie sich unerkannt bewegen konnte. Da bot sich Löhrmanns Blockhaus als ideales Versteck an.«

»Es war doch wohl kaum ein Zufall, dass sie ausgerechnet das Haus kaufte, in dem Chris unsere Mutter erschlagen hat.«

»Sie wusste nichts davon, das hat Nellie doch erzählt. Und Herr Löhrmann hat mittlerweile zugegeben, den Mord der Maklerin gegenüber verschwiegen zu haben.«

Auch Benny hatte sich natürlich über diesen Punkt Gedanken gemacht. Vor allem hatte er sich gefragt, wie

Nellie auf das Haus reagiert hatte. Er hatte sie danach gefragt, und ihre Antwort war überraschend einfach ausgefallen. Weil die alten Möbel entfernt worden waren und das Innere des Hauses renoviert, hatte Nellie erst im Sommer nach ihrem Umzug bemerkt, in welches Haus sie und Ruth gezogen waren. Da hatte Ruth ihr Haus in Aachen längst weiterverkauft, und sie konnten nicht zurück. Ruth hielt dann zwar nach einer anderen Bleibe Ausschau, fand jedoch nichts Passendes. Da Nellie sich in dem Haus wohlfühlte – abgesehen vom hinteren Garten, den sie mied –, waren sie einfach dort geblieben.

Alexa schüttelte den Kopf. »Nur weil diese Ruth Nellie erzählt hat, dass es Zufall war, muss das noch lange nicht stimmen. Und selbst wenn … ich finde es dennoch seltsam. Und Hans war am Sonntagnachmittag dort.«

»Bei Nellie? Woher wissen Sie das?«

»Nellie hat es mir erzählt.«

»Hat sie mit ihm gesprochen?«

Sie schüttelte den Kopf. »Es klingelte, aber sie machte nicht auf. Wer soll es sonst gewesen sein? Sie bekamen sonst nie Besuch.«

Gute Frage, dachte Benny. Er überlegte. Hans Löhrmann hatte nicht erwähnt, dass er am Sonntag am Blockhaus gewesen war. »Ich werde mit ihm reden. Aber vorher möchte ich noch einmal mit Nellie sprechen.«

Alexa erhob keine Einwände. Nellies Befragung war kurz und unergiebig. Sie bestätigte, dass jemand am Sonntagnachmittag geklingelt hatte (genauer eingrenzen konnte sie die Zeit nicht) und dass sie nicht geöffnet hatte, weil sie dachte, es sei Löhrmann.

Benny erzählte ihr dann so behutsam wie möglich von Ruth Kettlers Hirntumor und fragte sie erneut, ob sie sich vorstellen könne, was Ruth Kettler am Sonntagnachmittag vorgehabt hatte. Doch wie die ersten Male hatte Nellie keine Antwort auf diese Frage.

Als Benny das Haus verließ, war er ausgesprochen nachdenklich, und er beschloss, zu Hans Löhrmann ins Finanzamt zu fahren, das ohnehin auf dem Weg zum Polizeipräsidium lag. Das Gespräch mit Löhrmann dauerte nicht lange, regte jedoch Bennys Gedanken weiter an. Als er kurz darauf zum Polizeipräsidium zurückkam, war er so in seine Überlegungen versunken, dass er auf dem Parkplatz beinahe Dietmar Gürtler übersehen hätte, was angesichts dessen Größe eigentlich gar nicht möglich war. Dietmar hob eine Reisetasche aus einem Dienstwagen und schien ausgesprochen guter Laune zu sein.

»Hallo, Kleiner!«, begrüßte er Benny und schlug ihm mit der freien Hand so heftig auf den Rücken, dass es krachte.

Es war nicht die Art von Begrüßung, auf die Benny Wert legte, aber er hatte schon festgestellt, dass Dietmar alle Kollegen der MK2 so behandelte. Daher sagte er nur: »Aufbruch ins vorzeitige Wochenende?«

Dietmar schwenkte die Reisetasche. »Schön wär's. Nein, das ist der Beweis dafür, dass auch alte Bullen noch zu Glanztaten in der Lage sind, von denen junge Hüpfer wie du nur träumen können. Es ist Ruth Kettlers Reisetasche. Und ich habe nicht nur die gefunden, sondern auch ihr Auto.«

Dietmar erzählte Benny die Geschichte seiner Glanztat auf dem Weg ins und durchs Präsidium. Sie war weniger glänzend, als Dietmar sie darstellte. Seine Leistung hatte hauptsächlich darin bestanden, zu der Pension zu fahren, deren Telefonnummer auf der Liste mit Ruth Kettlers Handyverbindungsdaten aufgetaucht war. Dort hatte er die Besitzerin befragt, die Folgendes zu Protokoll gegeben hatte:

Ruth Kettler – von der Pensionswirtin anhand eines Fotos zweifelsfrei identifiziert – hatte zehn Tage zuvor online ein Zimmer für die Nacht von Sonntag auf Montag reserviert. Sie war am Sonntag gegen halb drei erschienen, hatte sich ausgewiesen, den Anmeldebogen ausgefüllt und im Voraus bezahlt. Dann war sie auf ihr Zimmer gegangen. Das nächste Mal hatte die Besitzerin sie gegen Viertel vor fünf gesehen, als Ruth die Pension verließ. Die Besitzerin erinnerte Ruth daran, dass sie den Zimmerschlüssel nicht mitnehmen durfte, woraufhin Ruth ihn abgegeben hatte. Danach hatte die Besitzerin sie nicht mehr gesehen, auch am nächsten Morgen nicht.

»Ich dachte mir nichts dabei und nahm an, sie sei abgereist. Sie hatte gesagt, dass sie nicht frühstücken, sondern früh aufbrechen würde. Außerdem hing der Schlüssel unten am Schlüsselbrett. Später, als unser Zimmermädchen sauber machte, fand sie Frau Kettlers Tasche, fertig gepackt, mit geschlossenem Reißverschluss. Ich dachte, sie hätte sie vergessen, und rief sie an, erreichte sie aber nicht. Ich nahm die Tasche mit in mein Büro, weil ich dachte, sie würde sie schon irgendwann abholen. Dann vergaß ich das Ganze, bis Sie auftauchten.«

»Und wieso hat sie sich nicht bei uns gemeldet?«, fragte Benny Dietmar, als sie den Aufzug verließen. »Die Zeitungen bringen Ruth Kettlers Namen und Foto doch seit Tagen.«

»Das habe ich sie auch gefragt. Sie sagte, sie habe keine Zeit zum Zeitunglesen.«

»Und was ist mit dem Zimmermädchen? Ist dem nicht aufgefallen, dass das Bett unbenutzt war?«

Dietmar grinste. »He, aus dir wird noch mal 'n richtiger Bulle! Doch, es fiel ihr auf, aber sie dachte sich nichts dabei und sagte es auch nicht der Besitzerin. Sie ist nicht die Hellste. Sie hält sich strikt an ihre Anweisungen, und die besagen, dass sie das Bett frisch beziehen, das Bad putzen und Gegenstände, die nicht ins Zimmer gehören, der Besitzerin übergeben soll.« Er zuckte die Achseln und sagte großzügig: »Na, besser spät als nie. Kommst du mit zu Mikat? Er will einen Blick auf die Tasche werfen, bevor ich sie der Kriminaltechnik übergebe.«

Sie fanden Mikat in dessen Büro, und der MK2-Leiter in Vertretung warf nicht nur einen Blick auf die Tasche, sondern auch mehrere hinein. Mit behandschuhten Händen holte er einen Gegenstand nach dem anderen heraus und legte ihn auf seinen Schreibtisch. Die Ausbeute war mager. Die Tasche enthielt ein Nachthemd, einen Morgenmantel, zwei Handtücher, frische Wäsche und frische Socken, einen Kulturbeutel mit dem Allernotwendigsten und zuletzt noch mehrere DIN-A4-Bogen mit dem Logo des Aachener Klinikums. Es waren Informationsblätter zu der geplanten OP und der Aufklärungsbogen, auf dem Ruth Kettler bereits ihr Einverständnis angekreuzt und unterschrieben hatte.

»Sieht so aus, als wollte sie von der Pension direkt zum Krankenhaus fahren«, murmelte Mikat, nachdem er die Sachen in die Tasche zurückgelegt hatte. »Aber wo zum Teufel sind ihr Personalausweis, ihr Portemonnaie und so weiter?«

»Vermutlich im Rucksack«, meinte Dietmar. Er stand

neben Mikat und überragte ihn um einen halben Kopf, obwohl der bereits einen Kopf größer war als Benny. Benny wünschte, die beiden würden sich setzen. »Die Pensionswirtin sagte, Ruth Kettler habe außer der Tasche noch einen kleinen schwarzen Lederrucksack dabeigehabt, so ein Ding, das manche Frauen als Handtasche verwenden. Allerdings haben wir den Rucksack nicht gefunden. Er befand sich weder bei der Leiche noch im Hotelzimmer.« Er schob seine Hände in die Taschen seiner Jeans, über die seine Wampe hing wie ein aufgebauschter Vorhang. »Die wahrscheinlichste Theorie ist, dass die Kettler mit dem Rucksack das Hotel verließ und dass Danner ihn ihr abnahm, nachdem er sie getötet hatte. Vielleicht hatte er Angst, darin könnte sich ein Hinweis auf ihn finden, und er entsorgte ihn. Allerdings frage ich mich, warum er das Beil nicht auch gleich entsorgt hat.«

Mikat ging auf die Frage nicht ein. Er ließ sich auf seinen Chefsessel fallen und verschränkte die Arme im Nacken. Es war eine Haltung, die er oft einnahm. Benny vermutete, dass Mikat so eine gewisse Lässigkeit demonstrieren wollte. Dietmar hingegen hatte einmal gelästert, Mikat wolle nur auf seine silberne Föhnwelle hinweisen. Er galt als eitel. »Setzt euch. Also, Dietmar, fass noch mal zusammen, was wir bisher zum Bewegungsprofil haben.«

Dietmar setzte sich auf einen Stuhl, dessen vier Metallbeine sich unter seinem Gewicht bedrohlich auseinanderspreizten, und leierte das Gewünschte herunter. »Gegen halb eins fuhr Ruth Kettler aus Roetgen weg. Gegen halb drei checkte sie in der Pension ein. Um kurz nach halb fünf bekam sie einen Anruf aufs Handy und verließ kurz darauf die Pension. Gegen halb sieben wurde sie tot aufgefunden. Mehr wissen wir nicht. Fünf Kontakte schön über den ganzen Nachmittag verteilt und dazwischen jede Menge Fragen.«

»Zum Beispiel?«

Dietmar kratzte sich unter der Achsel. »Die offensichtlichen: Wieso verabschiedete sich die Kettler schon um halb eins von Nellie und erzählte ihr, sie führe ins Krankenhaus? Was tat sie in den eineinhalb Stunden zwischen halb eins und halb drei, die sie nicht für die Fahrt von Roetgen nach Aachen brauchte? Wieso buchte sie ein Pensionszimmer, obwohl sie genauso gut am nächsten Morgen von Roetgen aus ins Klinikum hätte fahren können? Wie verbrachte sie die Zeit zwischen halb drei und halb fünf?« Er kratzte sich zwischen zwei Hemdknöpfen am Bauch. »Okay, die naheliegende Antwort darauf lautet, dass sie in ihrem Zimmer war. Also weiter: Wer rief sie kurz nach halb fünf an? War es Danner? Und bestellte er sie in den Wald? Falls ja, dann ergeben sich sofort neue Fragen: Woher hatte er ihre Nummer? Woher wusste er von ihrer Existenz? Und wieso traf sie sich mit ihm an einem einsamen Ort? Schließlich wusste sie von Nellie, dass er gefährlich war.«

»Hm«, machte Mikat. »Vielleicht forderte er sie gar nicht auf, in den Wald zu kommen, sondern holte sie irgendwo ab und fuhr mit ihr in den Wald. Oder sie ging zu Fuß zum Wald, um spazieren zu gehen, und Danner folgte ihr. Du sagtest, ihr Auto steht noch in der Nähe der Pension. Wie lange hätte sie zu Fuß gebraucht? Eine halbe Stunde?«

Dietmar nickte. »Etwas länger.« Dann fügte er nachdenklich hinzu: »Und wenn die Kettler zwischen halb eins und halb drei bei Danner war?«

»Warum hätte sie das tun sollen?«, fragte Mikat sofort.

Dietmar hob seine Schultern. »Keine Ahnung. Aber es würde erklären, woher er die Nummer hatte, und irgendwo muss sie ja gewesen sein.«

»Vielleicht kann ich dazu etwas sagen«, warf Benny ein.

Mikat sah ihn leicht verwundert an, als hätte er seine Anwesenheit vergessen. Doch Dietmar warf ihm einen aufmerksamen Blick zu.

»Ich war doch heute bei Julia Siebert. Sie machte eine interessante Aussage.« Benny fasste das Gehörte zusammen.

»Eine Sozialphobie? Nie gehört«, bemerkte Mikat schließlich. »Meine Güte, die Psychofritzen werden wirklich nicht müde, neue Krankheiten zu erfinden, die sie dann kurieren können.«

Dietmar sagte: »Ich finde diese Theorie interessant. Sie würde Ruth Kettlers Verhalten in einigen Punkten erklären, vor allem die Diskrepanzen zwischen den unterschiedlichen Beschreibungen der verschiedenen Zeugen.«

»Aber sie erklärt noch längst nicht, wieso die Kettler zu Danner gefahren sein sollte«, knurrte Mikat. »Selbst wenn sie vorhatte, jemandem von Nellie zu erzählen, hätte sie Danner wohl als Letzten gewählt. Sie hätte schließlich befürchten müssen, dass der gleich mit dem Hackebeil auf seine wiedergefundene Nichte losgeht.«

»Das glaube ich auch nicht«, warf Benny ein. »Frau Siebert hielt es für wahrscheinlich, dass Frau Kettler zu Alexa gefahren sei. Ich habe Alexa gefragt, aber sie hat es bestritten …«

Mikat unterbrach ihn. »Wann haben Sie sie gefragt?«

»Heute. Ich bin nach dem Gespräch mit Frau Siebert zu ihr gefahren.«

Mikat schob seine silbernen Augenbrauen zusammen. »Warum weiß ich nichts davon?«

»Sie waren in einer Besprechung. Ich habe Ihre Sekretärin gebeten, es Ihnen auszurichten.«

Mikat sah sich in seinem Büro um, als erwartete er, dass seine Sekretärin mit einem goldenen Tablett mit der Nachricht erschien. »Und was hat Alexa gesagt?«

»Sie bestritt, dass Frau Kettler bei ihr war. Aber sie meinte, dass sie vielleicht zu Hans Löhrmann gefahren sei.«

Benny erklärte Alexas Gedankengang. Er war noch nicht ganz fertig, da unterbrach Mikat ihn bereits.

»Zu Löhrmann? Das klingt doch mal plausibel. Was hältst du davon, Dietmar?«

Dietmar strich sich über seinen rötlich grauen Bart. »Möglich wäre es. Selbst wenn Ruth Kettler ihn nicht sonderlich mochte, kannte sie ihn wenigstens. Möglicherweise wäre es ihr tatsächlich leichter gefallen, mit ihm zu sprechen.«

»Falls es überhaupt stimmt, dass sie ihn nicht mochte«, entgegnete Mikat. »Wer hat das überhaupt behauptet? Nellie?«

Benny nickte. »Aber …«

Weiter kam er nicht, weil Mikat seinen eigenen Gedankengang weiterverfolgte. »Ich bin nicht bereit, mich auf Nellies Eindrücke zu verlassen. Und wenn die Kettler zu Löhrmann gefahren wäre, würde das auch erklären, woher Danner von ihr wusste. Löhrmann könnte es ihm gesagt haben. Ich stelle mir das wie folgt vor: Die Kettler fuhr von Nellie zu Löhrmann und erzählte ihm alles – dass Lilli Nellie ist und so weiter. Anschließend fuhr sie nach Aachen in die Pension. Löhrmann machte sich unterdessen sofort zu Nellie auf den Weg. Er klingelte, sie öffnete jedoch nicht. Deswegen rief er Danner an und erzählte ihm alles, wobei er Danner auch die Handynummer der Kettler gab. Danner rief daraufhin die Kettler an, bekam irgendwie heraus, wo sie sich aufhielt, folgte ihr in den Wald und erschlug sie.« Er blickte zufrieden in die Runde. »Zugegeben, einige Löcher müssen wir noch stopfen, aber es ist plausibler als alles, was wir bisher hatten. Oder? Dietmar?«

Dietmar bewegte sich auf seinem Stuhl, der unter ihm ächzte. »Plausibler vielleicht«, räumte er vorsichtig ein. »Aber bevor ich mich darauf einschieße, hätte ich gern noch etwas Füllmaterial für die Löcher. Wir sollten zunächst mit Löhrmann sprechen.«

Benny sagte: »Das habe ich schon getan. Ich bin von Alexa direkt zu ihm ins Finanzamt gefahren. Ruth Kettler kann nicht bei ihm gewesen sein. Er war am Sonntagnachmittag mit einigen Kollegen beim FC-Spiel in Köln und anschließend in einer Kneipe. Die Kollegen haben das bestätigt.«

Einen Augenblick später dachte Benny, er hätte gern eine Kamera dabei. Mikats Gesichtsausdruck wäre Gold wert. Er sah aus, als wäre er selbst beim Fußball und hätte den Ball mitten ins Gesicht bekommen.

»Warum haben Sie das nicht gleich gesagt?«, blaffte er.

Weil Sie mich immer unterbrochen haben, wäre die treffende Antwort gewesen, doch Benny verkniff sie sich.

Dietmar sagte: »Das heißt, wir sind wieder auf null?« Er musterte Benny mit seinem Piratenblick. »Nein. Irgendein Ass hast du noch im Ärmel. Stimmt's? Was ist es, Kleiner? Spuck's aus.«

Benny wich seinem Blick aus. »Na ja...«, begann er und verstummte sogleich. Er hatte tatsächlich noch etwas im Ärmel, allerdings war es nur eine Idee, die sich genauso gut als Niete statt als Joker entpuppen konnte. Sie war ihm nach dem Gespräch mit Hans Löhrmann gekommen, aber eigentlich hatte er sie erst in Ruhe ausarbeiten wollen, bevor er sie präsentierte.

Mikat begann, mit seinen Fingern auf die Armlehne seines Chefsessels zu trommeln. »Benny, wenn du ein Kaninchen in deinem Zylinderhut hast, lass es heraushüpfen. Andernfalls verschwende nicht unsere Zeit.«

Es war die Tatsache, dass Mikat ihn plötzlich duzte – untrügliches Zeichen seiner Gereiztheit –, die Benny sprechen ließ. Er ahnte, dass er später keine Chance mehr erhalten würde, seine Idee vorzustellen.

»Es ist nur eine Theorie. Sie fiel mir nach dem Gespräch mit Löhrmann ein. Ich muss dazu sagen, dass ich Alexas Argumente auch ziemlich plausibel fand. Schließlich ist Hans Löhrmann der Einzige der Beteiligten, der Frau Kettler überhaupt kannte. Außerdem beschrieb Alexa den Frauentyp, der ihn im Allgemeinen interessiert. Sie behauptet, Frau Kettler habe nicht in sein Beuteschema gepasst, weil sie viel zu farblos gewesen sei. Verhuscht, so drückte sie sich aus.«

»Was hat das damit zu tun, ob die Kettler mit Löhrmann gesprochen hat oder nicht?«, fragte Mikat ungeduldig.

»Na ja, Löhrmann ist in letzter Zeit doch öfter bei

Frau Kettler und Nellie vorbeigegangen. Ich dachte, er habe sich vielleicht für Frau Kettler interessiert. Wenn das nicht der Fall war, müsste er ein anderes Motiv gehabt haben.«

»Und?«

Benny schüttelte den Kopf. »Ich habe Löhrmann danach gefragt, und er bestritt, dass ein anderes Motiv im Spiel war. Ich glaube ihm. Ich hatte den Eindruck, dass er seine Ansprüche gesenkt hat, weil er endlich eingesehen hat, dass er bei überdurchschnittlich attraktiven Frauen keine Chance hat.« Er zuckte die Achseln. »Mein Gespräch mit Löhrmann bestätigte meinen früheren Eindruck. Löhrmann wollte Ruth Kettler näher kennenlernen, deshalb ging er so häufig bei ihr vorbei. Frau Kettler und Nellie interpretierten das allerdings völlig falsch und fühlten sich verunsichert. Sie fürchteten, Löhrmann spioniere ihnen hinterher oder habe Nellie erkannt …«

Er brach ab. Mikats Armlehnengetrommel war immer schneller geworden. Jetzt fragte er: »Benny, hat die Geschichte eine Pointe? Wir wissen, dass Löhrmann in Sachen Frauen ein ungeschickter Tölpel ist. Das ist nichts Neues.«

»Ja«, stimmte Benny sofort zu. »Aber neu ist, dass ich für zwanzig Minuten, also in der Zeit zwischen meinem Gespräch mit Alexa und dem mit Löhrmann, dachte, dass vielleicht etwas anderes hinter seinem Verhalten steckte als nur Ungeschicklichkeit.«

Mikat seufzte übertrieben. »Das kommt vor, Kämpfer, machen Sie sich keinen Kopf. Alexa hat Ihnen einen neuen Blickwinkel vorgeschlagen. Sie sind ihm nachgegangen und haben festgestellt, dass der Blickwinkel verzerrt ist. Das passiert Anfängern schon mal.«

Sein Ton war so herablassend, dass Benny sich ärgerte. Dabei wusste er, dass er selbst schuld daran war, weil er sich so umständlich ausdrückte. Er hätte die Sache doch erst durchdenken sollen. »Was ich sagen will ... Nach dem Gespräch mit Löhrmann habe ich mich gefragt, warum Alexa mich auf diesen Blickwinkel gebracht hat. Es geschah nicht nebenbei, sondern ganz gezielt. Sie kam immer wieder auf das Thema zu sprechen. Als ob sie Löhrmann belasten wollte.«

Benny betonte das letzte Wort, und jetzt endlich hörte Mikat mit dem Fingertrommeln auf.

Auch Dietmar wurde lebhafter. In seinen Körper, der wie ein Hefeteig über die Sitzfläche quoll, kam Spannung. »Gezielt?«, fragte er.

»Den Eindruck hatte ich«, bestätigte Benny. »Und dann dachte ich weiter nach, und mir fiel noch etwas anderes auf. Als Alexa erklärte, wieso Frau Kettler nicht Löhrmanns Typ sei, da klang das nicht, als redete sie über eine Fremde. Sie schien genau zu wissen, über wen sie sprach. Ich hatte den Eindruck, dass sie Frau Kettler gekannt hat. Ich meine, persönlich gekannt. Es klang nicht so, als redete sie über eine Frau, von der sie nur gehört und von der sie vielleicht noch ein Foto gesehen hatte. Sie kommentierte sogar ihre Haltung. Ruth Kettler hätte wie eine Schildkröte den Kopf eingezogen.«

»Was wollen Sie damit sagen?« Mikat hatte die Frage gestellt.

Benny räusperte sich. »Ich will damit sagen, dass Ruth Kettler am Sonntagnachmittag wahrscheinlich zu Alexa fuhr.« Er merkte, dass Mikat zu einem Aber ansetzte, und sprach rasch weiter. »Es ist die einzig plausible Lösung. Die einzig sinnvolle Alternative wäre die Polizei gewesen, und wir wissen, dass Frau Kettler nicht zu uns gekommen ist.«

»Aber woher hätte Danner dann von ihr gewusst? Er wäre doch der Letzte gewesen, dem Alexa vom Besuch der Kettler erzählt hätte.«

Jetzt gilt's, dachte Benny. »Ich frage mich, ob er überhaupt von ihr wusste. Seit drei Tagen suchen wir nach einer Verbindung zwischen Ruth Kettler und Danner, vergeblich. Stattdessen deuten mehrere Indizien auf eine Verbindung zwischen ihr und Alexa hin. Vielleicht hat gar nicht Danner Ruth Kettler getötet, vielleicht war es Alexa.«

»Unsinn! Warum hätte sie das tun sollen?«

»Weil sie sie gehasst hat.«

Einen Moment lang herrschte Schweigen, dann wiederholte Mikat: »Unsinn!«

Dietmar hingegen fragte interessiert: »Wie kommst du darauf?«

Benny wandte sich ihm zu. »Es ist nicht zu übersehen. Ich habe in den letzten Tagen mehrmals mit Alexa gesprochen. Sie lässt kein gutes Haar an Ruth Kettler. Ich glaube, sie hasst sie, weil sie ihr Nellie weggenommen hat. Sie gibt ihr die Schuld daran, dass sie drei Jahre von ihrer Schwester getrennt war. Nicht ganz zu Unrecht.«

»Und du hältst diesen Hass für so stark, dass sie deswegen töten würde?«, fragte Dietmar skeptisch.

Benny nickte. »Nellie ist Alexas Lebensmittelpunkt. Und es würde viele Fragen beantworten.«

»Welche?«

Benny sortierte seine Gedanken. »Zum Beispiel die nach dem Motiv für Ruth Kettlers Tod. Alexa hätte wie gesagt eins gehabt, aber bei Danner bin ich mir nicht so sicher. Und dann Danners Tod ... Wenn er Ruth getötet hat, erscheint ein Suizid wenig plausibel. Schließlich hätte er sie nicht erschlagen müssen, wenn er ohnehin sterben wollte. Aber ein Unfall wirft ebenso viele Fragen auf.« Er räusperte sich. »Wenn Alexa Ruth getötet hat, dann lösen sich diese Widersprüche auf. In dem Fall könnte Danner aus Angst vor Entdeckung Selbstmord begangen haben.«

Dietmar kratzte sich am Kopf. »Das verstehe ich nicht. Wieso hätte er Angst haben sollen, wenn er doch nichts von Ruth Kettler wusste? Woher hätte er wissen sollen, dass Nellie wiederauftauchen und zusammen mit Alexa bei der Polizei aussagen würde?«

»Von Alexa«, erklärte Benny prompt. »Wenn sie Ruth Kettlers Mörderin ist, muss sie bei ihm oder zumindest in seinem Haus gewesen sein, weil du das Beil dort gefunden hast. Ich stelle mir das so vor: Wenn Alexa Ruth getötet hat, dann tat sie es geplant und wollte von vornherein die Schuld ihrem Onkel in die Schuhe schieben. Vielleicht war sie nach seinem Angriff auf sie sicher, dass er ihre Mutter und Bettina getötet hatte, auch wenn sie das uns gegenüber bestritten hat. Deshalb rief sie Ruth aus einer Telefonzelle in der Nähe von Danners Haus an, verwendete ein Beil und schnitt Ruth die Haare ab. Nach der Tat fuhr sie dann zu Danner, um die Tatwaffe bei ihm im Haus zu deponieren. Ich weiß nicht, was sich dann zwischen den beiden abspielte. Aber es ist doch möglich, dass Alexa ihrem Onkel von Ruths Besuch und Nellies Wiederauftauchen erzählte und drohte, der Polizei endlich die Wahrheit über Nellies Verschwinden zu sagen. Ich denke, das wäre ein Motiv für einen Suizid.«

»Wohl eher für einen Mord an Alexa«, warf Mikat ein. »Danner hätte wohl kaum Skrupel gehabt, er hatte es schließlich schon einmal probiert.«

»Aber dann hätte er Nellie ebenfalls töten müssen«, sprang Dietmar Benny bei. »Außerdem befürchtete er vielleicht, dass Alexa ihr Wissen tatsächlich wie angedroht bei einem Notar deponiert hatte. Ansonsten hätte er in den letzten drei Jahren jeden Tag ein Motiv gehabt, sie zu töten.« Er strich sich nachdenklich über seinen Backenbart. »Allerdings sehe ich ein anderes Problem bei der Theorie. Wenn Ruth Kettler Alexa aufgesucht hätte, um ihr von Nellie zu erzählen, dann hätte Alexa doch wohl nur eins im Sinn gehabt: Sie wäre sofort nach Roetgen zu Nellie gefahren.«

»Aber das hat sie ja getan«, sagte Benny eifrig. »Sie fuhr raus und klingelte, aber Nellie öffnete nicht, weil sie glaubte, dass Löhrmann vor der Tür stand. Irgendjemand muss schließlich geklingelt haben, und Löhrmann kann es nicht gewesen sein. Und dann fuhr Alexa nach Aachen zurück und …« Er brach ab, als ihm auffiel, wie unwahrscheinlich das war.

Auch Dietmar bemerkte es. »Und dann fuhr sie nach Aachen zurück, um Ruth Kettler zu töten? Statt weiter auf Nellie zu warten? Weil Rache ihr wichtiger war als das Wiedersehen mit ihrer Schwester? Das kommt mir nicht sehr glaubhaft vor.«

Benny musste ihm recht geben. »Aber vielleicht musste sie ja aus irgendeinem anderen Grund dringend zurück«, schlug er vor.

Dietmar schüttelte den Kopf. »Selbst wenn, dann wäre sie doch so bald wie möglich nach Roetgen zurückgekehrt. Spätestens nach dem Mord an der Kettler.«

Nun schüttelte Benny den Kopf. »Nein, das hätte sie nicht gekonnt. Wenn sie am Sonntagabend zu Nellie gefahren wäre, hätte sie ja schließlich erklären müssen, woher sie Nellies Aufenthaltsort kannte. Und sobald Ruths Leiche gefunden worden wäre, wäre der Verdacht auf sie gefallen.«

Er brach ab. Durch seinen Kopf blitzte die Vorstellung, dass Alexa tatsächlich am Sonntagabend bei Nellie gewesen war und dass die beiden ihre Überraschung und Wiedersehensfreude am Dienstag nur gespielt hatten. Doch er war sicher, dass zumindest Nellies Überraschung und Schock echt gewesen waren. Das Mädchen war bis zu Alexas Erscheinen davon überzeugt gewesen, dass seine ältere Schwester tot war.

Dietmar widersprach. »Ich sehe es nicht, Benny. Wenn Alexa Nellie wirklich so innig liebt, dann hätte sie sich keinen Millimeter von ihrer Haustür wegbewegt.«

Benny wusste, dass Dietmar recht hatte. »Aber ich bin sicher, dass Ruth Kettler am Sonntag zu Alexa wollte«, beharrte er. »Es ist das einzig sinnvolle Szenario. Es würde auch erklären, warum sie ein Pensionszimmer nahm. Sie wollte die Schwestern allein lassen, und vielleicht wollte sie vor ihrer Operation Nellie auch nicht erklären, warum sie sie jahrelang belogen hatte.«

»Aber dass sie das vielleicht wollte, heißt nicht, dass sie es auch tat. Vielleicht traute sie sich im letzten Moment nicht mehr. Nach allem, was diese Frau Siebert über ihre Schüchternheit aussagte, fände ich das sogar wahrscheinlich.«

Benny schüttelte den Kopf. »Aber wieso wurde sie dann getötet? Sie muss einen der Verdächtigen aufgesucht haben.«

Mikat, der den Dialog zwischen Benny und Dietmar zuletzt schweigend verfolgt hatte, mischte sich wieder ein. »Oder einer der Verdächtigen suchte sie auf. Und wenn ich einer sage, dann meine ich Doktor Danner, nicht Alexa. Kämpfer, Ihre Überlegungen in allen Ehren, aber demnächst lassen Sie bitte Ihre Fantasie weniger ins Kraut schießen und tun stattdessen, was Ihnen aufgetragen wurde. Wenn ich mich recht erinnere, sollten Sie mit den Spaziergängern aus dem Wald sprechen. Haben Sie das erledigt?«

Der Themenwechsel ärgerte Benny. »Ja. Allerdings habe ich einen der Zeugen nicht erreicht. Ich hatte vor, es morgen noch einmal zu versuchen, weil er berufstätig ist. Aber wegen Frau Kettler …«

Mikat schnitt ihm das Wort ab. »Morgen ist Samstag. Vergessen Sie's. Ich will, dass Sie alle heute nach der Abendbesprechung nach Hause gehen und erst am Montag wiederkommen. Wir haben genug Zeit in den Fall investiert, ich will nicht, dass noch mehr Überstunden anfallen. Und vielleicht geht der Staatsanwalt ja am Wochenende in sich und sieht endlich ein, dass es genügt zu wissen, dass Doktor Danner Ruth Kettler getötet hat und dass nur Gott auf alle Fragen eine Antwort hat.«

Rauch

Als Benny an diesem Freitagabend sein Büro verließ, verspürte er zum ersten Mal, seit er in Aachen war, keine Lust, zu seiner Familie nach Köln zu fahren. Sonst verbrachte Benny alle freien Wochenenden in dem großen Haus in Rheinnähe, in dem er aufgewachsen war. Es war eine Art Familientradition. Freitagabends trudelten er und seine Schwestern mit Anhang bei ihren Eltern ein. Im Sommer grillten sie, im Winter machten sie Raclette oder bestellten etwas beim Pizzadienst – in der Regel hatte niemand Lust, sich länger in die Küche zu stellen. Nach dem Essen saßen sie die halbe Nacht zusammen, redeten, tranken Kölsch oder Wein und spielten mit den Kindern von Bennys Schwestern, bis diese einschliefen, wo sie gerade lagen oder saßen. Samstagnachmittags klapperte Benny dann seine Freunde ab, und abends zog er mit ihnen durch die Klubs. Sonntagnachmittags fuhr er zurück nach Aachen, um seinen Haushalt zu schmeißen.

In Bennys Augen war es die perfekte Art und Weise, das Wochenende zu verbringen, doch an diesem Freitagabend war er nicht in der Stimmung, in den heilen Kokon seiner Familie zu flüchten. Der Fall ließ ihn nicht los. Am liebsten hätte er sich mit einem Kollegen in eine Kneipe gesetzt, um den Fall zu diskutieren. Doch er ahnte, wie seine Kollegen darauf reagieren würden. Mikat war schließlich nicht der Einzige, der den Fall möglichst bald abschließen wollte. Flüchtig dachte Benny an Charly. Irgendwie war er sicher, dass sie Verständnis für seine Zweifel aufbrächte, doch natürlich war ein Treffen mit ihr keine Option. Daher beschloss Benny, sich auf dem Heimweg zu seiner Wohnung einige Flaschen Bier und eine Pizza zu besorgen und den Abend allein mit dem Fall zu verbringen.

Als er vor das Polizeipräsidium trat, wartete jedoch eine überraschende Planänderung auf ihn. Sie stand, genau wie vier Tage zuvor, rauchend im Windschatten des Gebäudes und begrüßte ihn mit:

»Hallo, Kämpfer! Falls es Ihnen zu spät für einen Kaffee ist: Kann ich Sie vielleicht zu einem Bier überreden?«

Simon Haffner führte Benny in eine Kneipe unweit des Doms, in der Benny noch nie gewesen war und in die er auch freiwillig keinen Fuß hineingesetzt hätte, weil es tatsächlich noch eine Raucherkneipe war. Zigarettenqualm quoll durch die Ritzen der geschlossenen Tür nach draußen, und als Haffner sie öffnete, schlug ihnen eine schier undurchdringliche Qualmwolke entgegen.

»Ich dachte, das Rauchverbot wurde vor einem halben Jahr verschärft«, protestierte Benny hustend.

Haffner warf ihm einen spöttischen Blick zu und deutete mit einem Kopfnicken auf einen Ecktisch, während er selbst einige Worte mit der Wirtin hinter dem Tresen wechselte.

Benny steuerte auf den Tisch zu, auf dem noch ein voller Aschenbecher und leere Gläser standen. Na toll! Während er auf Haffner wartete, sah er sich um. Es war eine traurige Kneipe, in jeder Hinsicht. Die Einrichtung machte einen ebenso heruntergekommenen Eindruck wie die Gäste, überwiegend einzelne männliche Über-50-Jährige. Vermutlich war es gut, dass die Beleuchtung bestenfalls als schummrig zu bezeichnen war. Benny fragte sich, ob Haffner hier Stammgast war, und falls ja, was das über ihn aussagte.

Als Haffner zu ihm an den Tisch trat, hatte er die Wirtin im Schlepptau, die Benny ein mütterliches Lächeln schenkte, den Tisch abräumte und zu Bennys Erleichterung auch mit einem nassen Lappen darüberfuhr.

»Okay«, sagte Haffner, sobald ihr draller Hintern wieder hinter der Theke verschwunden war, »wie gehen wir vor? Erst ein bisschen Small Talk und langsames Ans-Thema-Herantasten? Oder reden wir gleich über das, worüber wir beide reden wollen? Ich mit Ihnen und Sie mit mir?«

»Wie kommen Sie darauf, dass es etwas gibt, worüber ich mit Ihnen reden möchte?«

Haffner lachte trocken. »Weil ich noch nicht mal drei Sekunden gebraucht habe, um Sie zu einem Bier zu überreden. Außerdem kann ich mir nicht vorstellen, dass einem hübschen Jungen wie Ihnen am Freitagabend nichts Besseres geboten wird als ein fanatischer Exkriminaler.«

»Wieso Ex?«

»Weil ich inzwischen Kurse in Neuss gebe und weil es nicht dasselbe ist, Grünschnäbeln wie Ihnen aus meinem Erfahrungsschatz zu berichten, wie diesen Erfahrungsschatz um neue Erfahrungen zu bereichern. Danke.« Das Letzte galt der mütterlichen Wirtin, die zwei Kölsch vor sie hingestellt hatte. »Also?« Das galt wiederum Benny, und der zögerte nicht länger. Natürlich wollte er mit Haffner reden.

»Es geht um den Fall.«

»Um welchen?«

Benny trank einen Schluck. »Gibt es denn mehrere?«

Haffner zeigte sein Raubvogelgrinsen. »Immerhin gibt es fünf Tote. Und der Staatsanwalt unterscheidet meines Wissens mindestens drei Fälle: den Fall Katja Harting, für den Mick in U-Haft sitzt. Den Doppelfall Nicole Danner und Bettina Kersthoff, den er zu schließen bereit ist. Und den Fall Ruth Kettler, zu dem er noch einige Fragen hat. Und dann wäre da noch der Unfall beziehungsweise Suizid von Doktor Chris Danner, zu dem ich etliche Fragen habe.«

»Nämlich?«

Haffner riss die Zellophanhülle von einem frischen Zigarettenpäckchen. »Sie zuerst.«

»Es geht um den Tod von Ruth Kettler.«

Benny erzählte in aller Ausführlichkeit. So ausführlich, dass die Wirtin zweimal Biernachschub brachte und Haffner vier Zigaretten rauchte.

»Mikat will, dass der Staatsanwalt die Akte schließt«, schloss Benny. »Er ist überzeugt, dass Löhrmann Nellie erkannte und Danner von ihr und Ruth Kettler erzählte. Daraufhin brachte Danner Ruth Kettler um, betrank sich und nahm versehentlich eine Überdosis von seinen Tropfen. Aber das ergibt einfach keinen Sinn. Wieso hätte er Ruth Kettler töten, Alexa und Nellie aber am Leben lassen sollen?«

»Vielleicht hatte er das gar nicht vor«, meinte Haffner. »Vielleicht wollte er auch die Mädchen töten, aber sein tödlicher Unfall kam dazwischen.«

Benny schüttelte den Kopf. Die Möglichkeit hatte er selbst erwogen, aber verworfen. »Dann wäre er nach dem Mord an Ruth Kettler kaum nach Hause gefahren, um sich einen hinter die Binde zu gießen und Tropfen zu schlucken.« Er rieb sich mit der Hand über seine Augen, die im Rauch brannten. »Die ganze Theorie hat Löcher. Ich bin sicher, Löhrmann wusste nicht, dass Lilli eigentlich Nellie ist. Ich war dabei, als Frank ihn zum ersten Mal mit der Idee konfrontierte. Löhrmann hielt sie für idiotisch.«

»Er könnte nur so getan haben.«

»Das glaube ich nicht. Außerdem würde Ruth Kettlers Verhalten damit nicht erklärt. Wir wissen, dass sie am Sonntagnachmittag etwas Besonderes vorhatte. Sie fuhr um halb eins bei Nellie weg, traf jedoch erst zwei Stunden später in der Pension ein. Was war in der Zwischenzeit? Und warum hätte sie ein Zimmer in der Pension buchen sollen, wenn sie nichts geplant hätte? Julia Siebert und auch Nellie haben Frau Kettler als einen verantwortungsvollen Menschen geschildert. Sie hatte eine sehr enge Bindung zu Nellie und kümmerte sich auf ihre Art – die zugegebenermaßen etwas seltsam war – rührend um das Mädchen. Sie erteilte ihr sogar Unterricht. Ich kann mir nicht vorstellen, dass sie einfach so aus Nellies Leben verschwunden wäre, ohne irgendeine Art der Vorsorge zu treffen. Und die naheliegende Vorgehensweise wäre gewesen, mit Alexa zu sprechen. Aber …« Benny brach ab.

»Aber?«

»Aber auch das ergibt keinen Sinn. Wenn Ruth Kettler Alexa am Sonntag aufgesucht hätte, wäre die sofort nach Roetgen gefahren und dort geblieben, bis Nellie nach Hause gekommen wäre. Aber das tat sie nicht. Bis Dienstag hielt Nellie ihre Schwester für tot. Dafür würde ich meine Hand ins Feuer legen.«

»Vielleicht hatte Alexa einen guten Grund, nicht sofort zu Nellie zu fahren. Und einen guten Grund, Ihnen gegenüber zu bestreiten, dass Frau Kettler bei ihr war.«

»Aber welchen?«, fragte Benny frustriert. »Der einzige, der mir einfällt, ist, dass sie die Frau getötet hat. Aber der einzige Grund dafür wäre ihr Hass gewesen, und der wäre ihr in dem Moment sicher nicht so wichtig gewesen, wie direkt zu Nellie zu fahren. Und sie muss erst zu Nellie gefahren sein, weil jemand am Blockhaus geklingelt hat und weil Ruth Kettler ja noch zu der Pension gefahren ist. Und einmal in Roetgen, wäre Alexa dort geblieben. Nichts hätte sie dort weggebracht, sicherlich nicht Wut auf Ruth Kettler.«

Haffner nickte nachdenklich. »Ich glaube, wir können Hass als Motiv für Alexa ausschließen, weil – wie Sie sagen – Alexa am Sonntag nichts anderes im Kopf gehabt hätte als Nellie. Die Wut und der Ärger auf Ruth Kettler, die Sie bei ihr gespürt haben, dürften sich erst in den vergangenen Tagen entwickelt haben. Andernfalls wäre es eine Überlegung wert, ob Alexa Frau Kettler im Affekt tötete. Es wäre immerhin möglich, dass Ruth Kettler Alexa nicht schon zwischen halb eins und halb drei traf, sondern erst, nachdem sie die Pension verlassen hatte. Frau Kettler kann zwischen halb eins und halb drei sonst wo gewesen sein, und auch der Anruf um 16:33 Uhr muss nicht von ihrem Mörder gekommen sein.«

Bennys Miene hellte sich auf. »Glauben Sie das?«

Haffner drückte eine weitere Zigarette im Aschenbecher aus. »Nein. Es ist möglich, aber nicht sehr wahrscheinlich. Die Umstände von Ruth Kettlers Tod lassen meiner Ansicht nach auf ein gewisses Maß an Planung schließen. Hauptsächlich wegen des Tatorts und wegen des Beils. Stellen Sie sich einmal vor, dass Ruth bei Alexa angerufen und um ein Gespräch gebeten hat mit der Begründung, dass sie Informationen über Nellies Verbleib habe. Wieso hätte sie ausgerechnet einen einsamen Waldparkplatz als Treffpunkt vorschlagen sollen? Selbst wenn sie Alexa nicht in ihrem Studentenwohnheim besuchen wollte, hätte es geeignetere Orte gegeben. Und wieso hätte Alexa zu dem Gespräch ein Beil mitbringen sollen? Selbst wenn sie Bedenken gehabt hätte, sich unbewaffnet mit einer mysteriösen Anruferin zu treffen, hätte sie doch eher zum Pfefferspray gegriffen, vielleicht noch zu einem Küchenmesser.«

Haffner zündete sich eine weitere Zigarette an. »Es ist alles in allem wesentlich wahrscheinlicher, dass Frau Kettler ihren Mörder zwischen eins und halb drei zum ersten Mal traf und ihm bei dieser Gelegenheit ihre Handynummer gab. Dass der Mörder dann den Plan fasste, sie zu töten, und sie anrief, um sich ein zweites Mal mit ihr zu verabreden.« Er warf Benny einen Blick aus seinen scharfen Raubvogelaugen zu. »Das stört Sie, nicht wahr?«

Benny schüttelte abwehrend den Kopf. »Nein, wenn es so ist ...«

»Es stört Sie dennoch. Weil Sie glauben, dass Alexa Ruth Kettler getötet hat. Warum?«

Benny atmete einmal tief ein, was er bei der verqualmten Luft besser gelassen hätte. »Es ist nur so ein Gefühl«, bekannte er schließlich und erwartete, dass Haffner sich über dieses Argument lustig machte.

Doch der sagte nur: »Interessant. Und warum fühlen Sie das?«

Benny spielte mit Haffners Zigarettenpäckchen. »Es fühlt sich einfach plausibel an. Es ist am wahrscheinlichsten, dass Ruth Kettler Alexa aufsuchte. Und ich bin sicher, dass Alexa Ruth Kettler kannte und sich verplapperte, als sie mir erzählte, wie verhuscht die Frau war und dass sie den Kopf wie eine Schildkröte zwischen die Schultern zog.« Er legte das Päckchen wieder weg. »Ich habe noch einmal bei Frau Siebert angerufen. Sie hat bestätigt, dass Frau Kettler das oft machte, wenn sie nervös war. Woher sollte Alexa das wissen, wenn sie die Frau nie getroffen hat?«

»Von Nellie?«

Benny schüttelte entschieden den Kopf. »Das glaube ich nicht. Nellie spricht nur voller Wärme und Liebe über Ruth Kettler. Ich kann mir nicht vorstellen, dass sie bei Alexa über sie herzieht. Und in welchem Zusammenhang hätte sie die seltsame Angewohnheit sonst erwähnen sollen?«

»Diese Gründe sprechen nur dafür, dass Alexa mit Ruth Kettler gesprochen hat, nicht, dass sie sie getötet hat.«

Benny kniff die brennenden Augen zusammen. »Aber sie hat es verschwiegen. Warum hätte sie das tun sollen, wenn sie die Frau nicht getötet hat?«

»Darüber sollten wir mal diskutieren.«

Sie diskutierten diese Frage, bis ihnen nichts mehr dazu einfiel, und dann diskutierten sie andere Fragen, bis Benny das Gefühl hatte, dass sein Kopf genauso rauchte wie Haffners Zigaretten. Der Kippenberg im Aschenbecher wurde immer höher, und die Abstände, in denen die Wirtin ihnen frische Getränke brachte, wurden immer kürzer. Sie hatte dazu Zeit, denn nach Mitternacht leerte sich die Kneipe.

Zunächst gefiel es Benny. Von solchen Abenden hatte er geträumt, als er zur Mordkommission gekommen war, und dass Haffner ihn und seine Überlegungen ernst nahm, dämpfte den Frust der vergangenen Tage. Außerdem war Haffners Art der Diskussion außerordentlich effektiv. Gemeinsam leuchteten sie jede Ecke und jeden Winkel des Falles aus. Immer wieder trafen sie Annahmen, durchleuchteten sie, klopften sie auf ihre Plausibilität hin ab. Durch das ständige, leicht veränderte Wiederholen und Wiederkäuen der Fakten gewann Benny einen viel umfassenderen Blick auf den Fall als bisher. Es war, als entstünde in seinem Kopf eine riesige Reliefkarte, eine Landschaft des Falles.

Es war anstrengend, doch es war auch berauschend – zumindest für eine Weile. Doch irgendwann kippte das rauschhafte Gefühl in Frust um, weil die Karte – so schön und detailliert sie auch war – nicht zu der gewünschten Erkenntnis führte. Es fehlte die Stelle mit dem X, die Markierung, die auf den Schatz hinwies (in diesem Fall auf Ruth Kettlers Mörder).

»Wir sollten auch gehen«, murmelte Benny, als der letzte andere Gast zur Tür wankte. Zwei Uhr war vorbei. »Das bringt nichts mehr. Ich kann nicht mehr.«

»Unsinn!«, entgegnete Haffner schroff. Er schien immer wacher zu werden, je müder Benny wurde. »Wir fangen gerade erst an. Sie sind doch noch jung, nicht mal dreißig.«

Benny starrte missmutig auf den vollen Aschenbecher. Zwar waren die anderen Gäste verschwunden, doch der Gestank nach Zigaretten und der Rauch waren zurückgeblieben. Bennys Augen brannten. Zweimal war er zur Toilette gegangen, hatte das Bier weggebracht und sich

Wasser ins Gesicht geklatscht, doch die Wirkung hatte nicht lange angehalten. »Wir brauchen weitere Informationen.«

»Vor drei Stunden hatten Sie das Gefühl, bisher ohne Sinn und Verstand Informationen gesammelt zu haben. Babsi, noch mal dasselbe!«

Dasselbe bestand seit ein Uhr aus zwei Espressos. Benny machte eine abwehrende Handbewegung. Er würde die ganze Nacht nicht schlafen, wenn er noch mehr Koffein zu sich nahm.

»Warum tun Sie sich das überhaupt an?«, fragte er, nachdem die Wirtin Haffners Espresso gebracht hatte. »Leiden Sie unter Schlaflosigkeit?«

Das brachte Haffner zum Lachen, ein rasselndes Raucherlachen. »Ich will einen Mörder fangen.«

»Aber es ist gar nicht Ihr Fall.«

»Einmal mein Fall, immer mein Fall.«

Ungläubig schüttelte Benny den Kopf. »Aber Sie könnten doch zufrieden in Ihrem Bett liegen, abgefüllt mit Genugtuung und Selbstgerechtigkeit. Sie hatten schließlich in allen Punkten recht: Danner ist der Axtmörder, und Mick hat seine Frau getötet.«

»Aber es gibt noch viele offene Fragen zu Ruth Kettlers Tod. Das haben sogar Sie gemerkt. Glauben Sie etwa, dass es mir entgangen ist?«

Haffner griff zu seiner Zigarettenschachtel, die jedoch leer war, und rief erneut nach Babsi. Kurz darauf legte die Wirtin eine frische Packung und einen Schlüssel auf den Tisch. »Wenn ihr noch irgendwas braucht, dann nehmt's euch selbst. Ich gehe ins Bett. Abschließen nicht vergessen! Den Schlüssel kannst du mir in den Briefkasten werfen.« Ein Schmatzer auf die Wange für Haffner, ein letztes müdes Lächeln für Benny, dann schaltete sie alle Lampen aus, bis auf die über ihrem Tisch, und verschwand.

Gegen halb drei hatte Benny das Gefühl, den toten Punkt überwunden zu haben. Er war wieder in der Lage, Haffners Gedankengängen zu folgen und eigene zu formulieren.

»Sie haben vorhin gelogen«, sagte er plötzlich. »Einmal Ihr Fall, immer Ihr Fall. Aber Ruth Kettler war nie Ihr Fall.«

Haffner saß zurückgelehnt auf dem Stuhl. In der matten Beleuchtung schien sein blasses Gesicht im Raum zu schweben. Die schwarzen Bartschatten waren während der letzten Stunden ausgeprägter geworden und verwandelten das hagere Gesicht in einen dreieckigen Schemen. »Endlich, Sie weilen wieder unter den Lebenden. Ich habe mich schon gefragt, wann Sie darauf kommen. Es geht mir nicht nur um den Fall Ruth Kettler.«

»Aber die anderen Fälle sind abgeschlossen.«

»Sind sie das?«

»Natürlich, selbst der Staatsanwalt ...«

Haffner schnippte mit den Fingern. »Mich interessiert nicht, was der Staatsanwalt sagt, mich interessiert die Wahrheit.«

Benny blinzelte, um seine Tränenproduktion anzuregen. Seine Augen juckten höllisch. »Und die wäre?«

»Dass wir nicht nur die Frage nach Ruth Kettlers Mörder stellen müssen, sondern noch mindestens eine weitere.«

»Und die wäre?«

Haffner beugte sich in den Lichtkreis über dem Tisch und sagte es ihm.

Im Abgrund

»Und du bist wirklich sicher, dass ich nicht bleiben soll?« Es war Sonntagnachmittag. Jill stellte ihr umfangreiches Reise-Trolley-Set innerhalb der gelben Markierung auf dem Bahnsteig ab und kramte sofort eine Zigarette aus der Tasche ihres Burberrymantels. »Oh Gott«, stöhnte sie, »die letzte für fünf Stunden. Was würde ich für ein Raucherabteil geben. Die Nichtrauchergesetze bringen mich noch vorzeitig ins Grab.«

Charly schlug den Kragen ihrer Lederjacke hoch. »Dabei sollen sie das Gegenteil bewirken«, kommentierte sie trocken.

Jill schnaubte. »Wann bewirken Gesetze schon mal, was sie sollen? Also, noch bin ich nicht eingestiegen.«

»Du willst nur hierbleiben, weil ich so einen schönen Raucherbalkon habe. Du hast morgen einen Termin.«

Jill nahm einen tiefen Zug aus ihrer Zigarette. »Ich kann ihn verschieben. Habe ich nie erwähnt, dass ich so angesagt bin, dass ich es mir leisten könnte, selbst die Neugestaltung des Vatikans abzulehnen? Geschweige denn die des neuesten In-Restaurants in Hamburg?«

Charly schüttelte den Kopf. »Nicht in den letzten dreißig Sekunden. Du kannst ruhig fahren, Jill. Das Leben geht weiter. Sei keine Glucke, mir geht's gut.«

Das war gelogen, und sie wussten es beide. Charly war in den letzten Tagen nur deswegen nicht in ein Loch abgrundtiefer Verzweiflung gestürzt, weil Jill sie sozusagen mit eisernem Griff am Kragen gepackt und vom Abgrund weggerissen hatte. Am Mittwochabend war Charly von Mikat persönlich über ihre Suspendierung unterrichtet und von der neuen Ermittlungsgruppe zu Katjas Tod vernommen worden. Ohne Jill hätte sie sich danach ins Bett gelegt, die Decke über den Kopf gezogen und wäre in einem dunklen Paralleluniversum verschwunden. Sie hätte aufgehört zu funktionieren, vielleicht in der vagen Hoffnung, dadurch auch nicht länger zu existieren.

Jill hatte das nicht zugelassen. Sie hatte Charly jeden Tag aus dem Bett und aus der Wohnung gescheucht. Sie hatte mit ihr Ausflüge in die Eifel unternommen, sie durch Aachens Kaufhäuser geschleppt und sogar ins Kino genötigt. Der Sinn dieser Aktivitäten schien ihr selbst nicht ganz klar zu sein, denn als Charly sie darauf ansprach, murmelte sie etwas von »in Bewegung bleiben, damit das Unheil uns nicht einholt«. Da hatte Charly das einzige Mal in den letzten fünf Tagen lachen müssen, ein hysterisches Lachen, das nicht hatte enden wollen.

Das Unheil hatte sie schließlich längst erwischt – und nicht nur sie. Dank ihrer Hilfe hatte es auch ihre Freunde und Kollegen erwischt, Menschen, die ihr jahrelang vertraut hatten. Charly hatte keine Ahnung, wie sie mit dieser Schuld leben sollte. Und mit dem Schmerz, diese Menschen verloren zu haben.

Jetzt sah sie ihre Freundin an. »Ehrlich, Jill, ich komme klar. Ich will nicht, dass du den Termin ein zweites Mal meinetwegen verschiebst.«

»Es ist nur ein Restaurant.«

»Wenn du die Einrichtung machst, wird es bald *das* Restaurant sein.«

»Wenn du meinst.« Jill schien sich über das Kompliment zu freuen. Schweigend rauchte sie ihre Zigarette zu Ende, warf sie dann auf den Boden und trat sie punktgenau mit ihrem Bleistiftabsatz aus. »Und was wirst du jetzt machen?«

»Heute noch? Vermutlich mein Bad putzen. Nachdem du in dieser Woche mehr Zeit darin verbracht hast als ich im ganzen letzten Jahr, hat es das nötig.« Charly grinste, doch Jill grinste nur matt zurück.

»Ich meine die nächsten Tage und Wochen.«

Charly sah den Bahnsteig entlang. In ihrem Gehirn fahndete sie nach einer weiteren witzigen Bemerkung, fand jedoch keine. Schließlich sagte sie: »Vermutlich sollte ich über meine Zukunft nachdenken. Mich schon mal beraten lassen, welche Möglichkeiten Polizisten nach ihrer Entlassung haben. Und natürlich soll ich mich für weitere Vernehmungen zur Verfügung halten.«

Jill schob ihre Hände in die Manteltaschen. »Vielleicht kommst du ja mit einer Degradierung davon?«

»Vielleicht.« Doch Charly wusste, dass das höchst unwahrscheinlich war. Zwar war sie momentan nur vorübergehend vom Dienst suspendiert, und der Staatsanwalt hatte bisher nur damit gedroht, sie wegen ihres falschen Alibis für Mick wegen der Begünstigung einer Straftat anzuklagen. Doch Charly wusste, er würde es tun, sobald die Anklage gegen Mick etwas weiter fortgeschritten war. Und dann würde sie verurteilt werden. Vermutlich nur zu einer Bewährungsstrafe, doch ihr Job wäre dennoch weg.

Der Gedanke löste kalte Angst in Charly aus, und sie war froh, als Jill unvermittelt sagte: »Darf ich dich etwas fragen?«

»Klar«, entgegnete sie überrascht. Sie hatte noch nie erlebt, dass Jill erst um Erlaubnis bat. Außerdem hatten sie in den letzten Tagen so viel geredet, dass sie sich nicht vorstellen konnte, dass etwas ungesagt oder ungefragt geblieben war.

Jill knotete den Gürtel ihres Mantels fester. »Du und Mick, habt ihr je miteinander geschlafen?«

Charly sah sie verblüfft an. »Natürlich nicht. Wie kommst du denn darauf?«

Jill beantwortete die Frage nicht direkt. »Hat Mick dich nie angemacht? Hat er es nie bei dir versucht?«

Charly lachte etwas gezwungen. »Natürlich. Er hat viele Frauen angemacht. Das hatte nichts zu bedeuten.«

»Bist du sicher? Es gehört kaum zu deinen Stärken zu merken, wenn jemand in dich verliebt ist.« In Jills Stimme klang etwas mit, das Charly nicht zu deuten vermochte. Doch bevor sie nachfragen konnte, fuhr Jill fort: »Oder zu merken, wenn *du* verliebt bist.«

Charly schüttelte unwillig den Kopf. »Das habe ich doch schon erklärt. Ich war nicht in Mick verliebt. Wieso ist das so schwer zu verstehen? Können ein Mann und eine Frau nicht einfach Freunde sein?«

Jill zuckte die Achseln. »Natürlich können sie das. Aber wenn sie jede freie Minute miteinander verbringen ... und wenn die Frau den Mann nicht mit dessen Ehefrau teilen will ... und wenn sie bereitwillig für ihn ihre Karriere ruiniert ... und wenn sie, obwohl eigentlich ein Ausbund an Rationalität, für den Mann alle Logik über Bord wirft ... Oder möchtest du behaupten, dein Verhalten in den vergangenen drei Jahren sei vernünftig und widerspruchsfrei gewesen?« Jill sah sie forschend an.

Charly wich dem Blick aus. Sie wusste selbst, dass sie

sich in den letzten drei Jahren irrational verhalten hatte. Es lag an Mick. Wenn es um ihn ging oder wenn er dabei war, hatte sie sich oft irrational verhalten – und war dabei glücklich gewesen. In ihren Augen war ihre Freundschaft mit Mick lange Zeit perfekt gewesen, und sie hatte nie das Bedürfnis gehabt, sie gegen eine Liebesbeziehung zu tauschen. Weil Sex und Romantik ihr nie wichtig gewesen waren. Weil sie auch so gewusst hatte, dass sie der wichtigste Mensch in Micks Leben war. Vor allem aber, weil sie ihm nie vollständig vertraut hatte.

Denn trotz all der positiven Gefühle, die Mick in Charly weckte, war die Stimme in ihrem Hinterkopf nie ganz verstummt, die sie daran erinnerte, dass Mick unbeherrscht und manipulativ sein konnte, dass er im Zweifelsfall Regeln lieber ignorierte als beherzigte und dass er letztendlich nie gelernt hatte, seine Aggressionen zu kontrollieren. Es war diese Stimme, die Charly in den letzten drei Jahren daran gehindert hatte, das Gespräch mit Mick zu suchen. Diese Stimme, die sie überzeugt hatte, Micks Amnesie müsse vorgetäuscht sein. Diese Stimme in ihrem Kopf, der sie immer mehr Macht eingeräumt hatte als ihren Gefühlen.

Über ihren Köpfen ruckte der Zeiger der Bahnhofsuhr mit einem Klacken eine Minute vor. Charly sah Jill an, die immer noch auf eine Antwort zu warten schien. Da ihr keine einfiel, sagte sie: »Wenn der Zug nicht bald kommt, verpasst du in Köln deinen Anschluss.«

Doch im selben Moment knackte der Lautsprecher über ihnen und kündigte den Regionalexpress nach Köln an. Jill umarmte Charly, die die Umarmung fest erwiderte. Dann griff Jill zu ihrem Gepäck. Doch bevor sie in den Zug stieg, drehte sie sich noch einmal um und sagte:

»Liebe ist nur ein Wort, Charly, kein Grund zur Panik. Jeder kann ihm seine eigene Bedeutung geben. Keiner zwingt dich, es mit Sex und Romantik und einem weißen Tüllschleier zu überfrachten.«

Wenige Minuten später winkte Charly dem Zug hinterher, bis er aus ihrem Blickfeld verschwunden war. Sie konnte sich nicht erinnern, sich je so verloren und einsam gefühlt zu haben. Eilig verließ sie den Bahnhof und ging nach Hause, erst langsam, dann immer schneller, bis sie schließlich fast joggte, obwohl ihre Kleidung, Jeans und Lederjacke, dafür natürlich ungeeignet war. Doch sie hatte das Bedürfnis zu rennen, wegzurennen, zu fliehen – vor ihrer Situation, vor ihren Gedanken, vor ihren Schuldgefühlen, vor der ganzen Welt. Sie wollte plötzlich nur noch nach Hause und sich verstecken.

Doch als Charly in ihre Straße einbog, erkannte sie, dass die Welt sie offenbar nicht entkommen lassen wollte. Denn vor der Haustür ihres Wohnhauses warteten Simon und Benny.

Es war nach acht am Sonntagabend, als es klingelte. Bea stand am Wohnzimmerfenster und beobachtete Frank, der im Garten stand. Es war dunkel, sowohl drinnen als auch draußen, doch in der letzten halben Stunde hatten sich ihre Augen an die Lichtverhältnisse gewöhnt.

Frank war nach dem Abendessen hinausgegangen, nachdem er – höflich wie stets – den Abwasch gemacht hatte. Es war ein Ritual, das er sich in den letzten Tagen angewöhnt hatte. Er hatte sich in den letzten Tagen vieles an-, noch mehr jedoch abgewöhnt. Reden zum Beispiel. Und Essen. Er kam überhaupt nur noch zu den Mahlzeiten in die Küche, weil Bea darauf bestand, und er aß nur, weil Bea auch darauf bestand. Doch jeder Bissen schien zu Asche in seinem Mund zu werden, und Bea sah mit Sorge, dass er immer magerer wurde. Wie Frank in Anzughose, Hemd und Pullunder unter dem vom Laub befreiten Skelett des Apfelbaumes stand, wirkte er selbst wie ein Skelett. Bea hatte ihn gebeten, einen Mantel überzuziehen, doch entweder hatte er sie nicht gehört oder ihren Rat bewusst in den Wind geschlagen. Bea wusste es nicht. Sie wusste nur, dass sie ihren Mann nicht mehr erreichte, und machte sich von Tag zu Tag größere Sorgen um ihn.

Dabei war sie zunächst unglaublich erleichtert gewesen, dass Franks vermeintlicher zweiter Herzinfarkt sich als Panikattacke herausgestellt hatte. Doch die Erleichterung hatte sich längst verflüchtigt. Einen Herzinfarkt und dessen Folgen konnte man behandeln. Es gab Medikamente, und Ärzte, Krankenschwestern und auch Ehefrauen, die sich schlaugemacht hatten, wussten, was zu tun war. Doch wie heilte man ein doppelt gebrochenes Herz? Den Verlust des Glaubens? Von Vertrauen und Selbstvertrauen?

Bea hatte keine Ahnung, stattdessen hatte sie Angst. Frank und sie hatten in ihrer Ehe nur wenige größere Krisen durchstehen müssen. Vor zwanzig Jahren, als Bea verlangt hatte, dass Mick auszog. Vor drei Jahren, als Mick zum ersten Mal unter Verdacht gestanden hatte. Und nach Franks Herzinfarkt. In allen jenen Situationen hatten sie immer miteinander geredet, doch diesmal war der Kommunikationsfaden zwischen ihnen zerrissen. Der Mann, der seit Tagen durchs Haus geisterte wie ein Gespenst, der oberflächlich höflich war und mechanisch seine Aufgaben erledigte, dann jedoch hinausflüchtete unter den Apfelbaum, den er vor zwanzig Jahren mit Mick gepflanzt hatte … dieser Mann war für Bea ein Fremder. Sie erreichte ihn nicht mehr.

Und sie verstand ihn nicht mehr. Beas Ansicht nach hätte Frank wütend sein müssen. Sie wünschte sich, dass er wütend wäre. Nicht nur auf Charly, die sein Vertrauen missbraucht hatte – das war er. Sondern vor allem auf Mick, der all die Mühe und Liebe, die Frank in zwei Jahrzehnten in ihn hineingesteckt hatte, in den Dreck getrampelt hatte. Doch das Gegenteil war der Fall, und es machte Bea verrückt.

Nach seiner Entlassung aus dem Krankenhaus war Frank gleich zu Mick gefahren und hatte ihn gegen Beas Wunsch mit in ihr Zuhause gebracht. Er hatte sich um ihn gekümmert, ihm einen Anwalt besorgt und mit dem letzten Rest seiner Kraft zwischen den beiden vermittelt. Denn eigentlich wollte Mick keinen Anwalt, weil er der Meinung war, dass er keine Verteidigung verdiente.

Bea hatte das alles mit wachsender Sorge beobachtet, bis sie es nicht mehr ertragen konnte. »Verdammt, Frank!«, war sie am Donnerstagmittag herausgeplatzt. »Er hat Katja umgebracht. Er verdient dein Mitgefühl nicht.«

»Es geht ihm sehr schlecht.«

»Er ist ein Mörder. Warum sollte es ihm gut gehen? Er verdient keinen Trost. Du bist derjenige, der Trost verdient.«

Frank hatte so erschöpft ausgesehen, dass sie ihn am liebsten ins Krankenhaus zurückgebracht hätte. »Er braucht mich.«

»Aber du brauchst deine Kraft für dich selbst.«

Er hatte sie nur traurig angesehen, und Bea hatte

die Zähne zusammengebissen, um sich weitere Bemerkungen zu verkneifen. Sie war erleichtert gewesen, als Mick schließlich in U-Haft genommen wurde, weil sie geglaubt hatte, Frank könne seine Kraft jetzt für sich verwenden.

Doch die Erleichterung war längst verflogen. Inzwischen wusste Bea, dass Frank sein bisschen Restkraft aus der Unterstützung gezogen hatte, die er Mick gegeben hatte. Nach der Verhaftung war er in Apathie versunken. Darin verharrte er seitdem, auch jetzt unter dem Apfelbaum im Garten.

Und Bea stand im Wohnzimmer und wachte über ihn. Sie hielt seinen Mantel über dem Arm. Eigentlich hatte sie rausgehen und ihn Frank umlegen wollen, doch bisher hatte sie es nicht getan, weil sie es als einen Akt der Entmündigung ansah. Erst als es klingelte, raffte sie sich auf, ging hinaus und legte Frank den Mantel um die Schultern. Dann ging sie durchs Haus nach vorn. Im Schein der Haustürlampe standen Charly, Simon und Benny.

Beas erster Impuls war, den dreien die Haustür vor der Nase zuzuschlagen. Ihr zweiter Gedanke war, dass dieser Besuch ihr ein willkommenes Ventil für ihre angestauten Gefühle bot.

»Seid ihr wahnsinnig?«, zischte sie.

»Hallo, Bea!«, sagte Simon, der zwischen den beiden anderen stand. »Wir wollen zu Frank.«

»Nur über meine Leiche. Ihr seid die Letzten, die er sehen will. Charly, hast du auch nur die leiseste Ahnung, wie wütend er auf dich ist?«

Charlys Stimme klang ungewohnt dünn. »Es tut mir leid.«

Am liebsten hätte Bea laut geschrien. Sie hätte es getan, hätte sie nicht Angst gehabt, Frank könnte sie hören. »Es tut dir leid?«, fauchte sie. »Dafür ist es zu spät. Weißt du eigentlich, was du Frank angetan hast? Du hast alles kaputt gemacht, was er aufgebaut hat und wofür er steht.«

Sie trat auf Charly zu, die tatsächlich zurückwich, was Bea nicht erwartet hatte. Frank schien nicht der Einzige zu sein, dessen Persönlichkeit in den letzten Tagen geschrumpft war. Sie wandte sich an Simon.

»Und du? Bist du gekommen, um dich an der Situation zu ergötzen? Weil du's ja schon immer gewusst hast?«

Simons Augen verengten sich zu Schlitzen. »Ich habe in der Tat immer gewusst, dass Mick nichts taugt, und ich habe es Frank oft genug gesagt. Er ist mit offenen Augen in diese Situation geraten, Bea. Du glaubst, Charly sei schuld? Frank ist derjenige, der Mick ins Team geholt hat, und Mick hat Charly korrumpiert. Wenn du nach einem Schuldigen suchst, solltest du bei deinem Mann anfangen.«

Für einen Moment starrte Bea Simon ungläubig an. Sie konnte nicht glauben, dass er das gesagt hatte. Außer sich vor Zorn holte sie aus, doch Simons Linke schoss hoch und packte ihr rechtes Handgelenk. In seinen Augen lag ein zufriedener Ausdruck, und Bea erkannte, dass sie ihm in die Falle gegangen war. Simon hatte es immer eine perverse Freude bereitet, andere bis an die Grenzen ihres guten Benehmens zu reizen.

»Du betrittst dieses Haus nicht!«, fauchte sie.

Simon grinste bloß überlegen. Es verunsicherte Bea so sehr, dass sie sich ein neues Ziel suchte. »Und Ihnen kann ich nur raten, sich nach besserer Gesellschaft umzusehen«, schnauzte sie Benny an, obwohl sie wusste, dass es unfair war, weil Benny sich nicht wehren konnte.

Doch Benny blieb ganz ruhig. »Es ist wirklich wichtig, Frau Quirin. Hauptkommissar Haffner glaubt, dass Mick unschuldig ist.«

Bea bestand darauf, erst mit den Besuchern allein zu sprechen, und nahm sie mit in die Küche. Sie setzten sich an den großen Esstisch, an dem Frank und Bea regelmäßig ihre vielen Freunde, Kollegen und Bekannte versammelten.

»Gut, Simon, sag, was du zu sagen hast.« Sie war entschlossen, die Gesprächsführung von vorneherein an sich zu reißen.

Simon lehnte sich entspannt zurück. Es war unübersehbar, dass er die Situation genoss, und das störte Bea maßlos.

»Okay.« Er legte die Handflächen flach auf die Tischplatte. »Möchtest du die lange Version hören oder die kurze?«

»Die, die mich am schnellsten davon überzeugt, dich nicht sofort wieder rauszuwerfen«, zischte Bea.

»Gut. Zwei Fakten haben mich darauf gebracht: die Tatsache, dass Danner mit einem Beil auf Alexa losging, und Charlys Aussage darüber, was sie am Flughafen zu Mick sagte.« Er legte eine Kunstpause ein.

»Was hat Danners Angriff auf Alexa mit Micks Angriff auf Katja zu tun?«, entgegnete Bea ungeduldig.

»Alles, auch wenn das seltsamerweise keinem aufgefallen ist.«

Das fünfte Opfer

Auch Benny war es an dem Abend oder besser gesagt in der Nacht in der Raucherkneipe nicht aufgefallen.

»Mich interessiert nicht, was der Staatsanwalt sagt, mich interessiert die Wahrheit«, hatte Haffner reichlich großspurig erklärt, als Benny gefragt hatte, warum er sich überhaupt noch für die Axtmörderfälle interessierte, obwohl der Staatsanwalt die Fälle als geklärt ansah.

»Und die wäre?«, fragte Benny.

»Dass wir nicht nur die Frage nach Ruths Mörder stellen müssen, sondern noch mindestens eine andere.«

»Und die wäre?«, wiederholte Benny.

Haffner beugte sich in den Lichtkreis über dem Tisch und fixierte Benny aus seinen tief liegenden Augen. »Welcher Zusammenhang besteht zwischen Katjas Tod und Danners Angriff auf Alexa?«

Es war offensichtlich, dass Haffner der Meinung war, etwas höchst Bedeutungsvolles gesagt zu haben, doch Benny konnte das nicht nachvollziehen. »Es gibt keinen Zusammenhang.«

Haffner rollte seine Augen zur rauchgeschwärzten Decke der Kneipe. »Unsinn! Das glauben Sie doch selbst nicht.«

Benny beeilte sich, seine Aussage zu präzisieren. »Natürlich gibt es Verbindungen zwischen beiden Ereignissen. Schließlich kannten sich die Beteiligten, und beides geschah am selben Tag im Abstand von nur wenigen Stunden, nachdem Katja und Danner von ihrem gemeinsamen Wochenende zurückgekommen waren. Aber sonst ...« Er zuckte die Achseln.

»Sonst fällt Ihnen nichts ein? Denken Sie nach, Kämpfer. Denken Sie!«

Benny dachte noch einmal nach und schüttelte dann den Kopf. »Ich weiß nicht, worauf Sie hinauswollen.«

»Darauf, dass in beiden Fällen ein Beil benutzt wurde. Ein Beil.« Haffner machte eine Handbewegung, als wollte er die stickige Kneipenluft ebenfalls mit einem Beil teilen.

»Ja und?«

Haffner warf Benny einen der Blicke zu, mit denen er in Neuss die Antworten minderbegabter Kursteilnehmer bedacht hatte. »Kämpfer, Ihre Eignung für die Kripo sollte wirklich noch einmal hinterfragt werden. Zwei Angriffe innerhalb weniger Stunden und in derselben Stadt und mit der gleichen Waffe auf zwei Frauen, die in enger Beziehung zu ein und demselben Mann standen – und Sie sagen: ›Ja und?‹«

Benny fragte sich, was er sonst sagen sollte. »Es ist doch nur logisch, dass in beiden Fällen ein Beil benutzt wurde. Mick musste eins benutzen, weil Katja wie ein Opfer des Axtmörders aussehen sollte. Und Danner griff Alexa mit einem Beil an, weil das seine Standardwaffe war.«

»Und die Tatsache, dass beide Angriffe innerhalb weniger Stunden erfolgten?«

»Zufall.«

»Das glauben Sie wirklich?«, fragte Haffner.

Benny zuckte die Achseln. »Es muss so gewesen sein.

Wir wissen, dass es sonst keinen Zusammenhang gibt. Mick tötete Katja, Danner wollte Alexa umbringen.« Er fuhr sich mit der Hand über das Gesicht und gähnte. Dann warf er einen Blick auf seine Uhr. »Vielleicht sollten wir Schluss machen für heute. Es ist schon ziemlich spät beziehungsweise früh.«

Ein spöttisches Grinsen verzog Haffners Mundwinkel. »Sie meinen, dass ich Schluss machen sollte, richtig? Nicht nur mit der Diskussion, sondern mit den alten Fällen. Sie glauben, dass ich nicht loslassen kann, stimmt's? Dass ich ein fanatischer alter Knacker bin.«

Es lag Benny auf der Zunge, die direkte Frage zu verneinen. Vor einer Woche hätte er sich beeilt, genau das zu tun, um bloß nicht anzuecken. Doch seitdem hatte er sich verändert – und natürlich hatte sich in dieser Nacht auch seine Beziehung zu Simon Haffner geändert.

»Na ja, Sie befassen sich schon lange mit diesen Fällen, da ist es vielleicht verständlich, dass Sie sie nicht einfach loslassen können.«

»Und Sie meinen, ich sollte sie loslassen?«

»Ja.«

»Auch den Fall Ruth Kettler?«

Benny runzelte die Stirn. »Den Fall haben wir noch nicht abschließend geklärt.«

»Hm, soviel ich weiß, sieht Mikat das anders.« Haffner zündete sich eine weitere Zigarette an und lehnte sich auf seinem Stuhl zurück. Dann fuhr er überraschend fort:

»Sie haben ja recht, Benny, man muss lernen loszulassen. In der Theorie eine einfache Sache, aber in der Praxis … Die Kunst liegt allerdings in der Entscheidung, was man loslassen und woran man festhalten soll. Ich habe mich entschieden, einige alte Theorien loszulassen und dafür an meinem Instinkt festzuhalten. Mein Instinkt sagt mir, dass es eine engere Verbindung zwischen Katjas Tod und Danners Angriff auf Alexa gibt als nur das gemeinsame Wochenende in Bad Münstereifel als indirekten gemeinsamen Auslöser.« Er hob die Hand, als Benny protestieren wollte. »Und eine der alten Theorien, die ich über Bord geworfen habe, ist die, dass Mick seine Frau getötet hat.«

»Bitte? Sie sind ja verrückt.« Die Worte rutschten Benny heraus, bevor er sich bremsen konnte. »Wollen Sie mich veräppeln?«

»Eigentlich nicht.«

»Mick hat es zugegeben.«

Haffner schüttelte den Kopf. »Das hat er nicht. Das kann er auch gar nicht, weil er sich nicht erinnert. Mick hat lediglich akzeptiert, dass er Katja getötet hat.«

Benny starrte sein Gegenüber fassungslos an. »Das ist vollkommen lächerlich. Natürlich hat er Katja getötet. Wer sonst? Die Beweislage ist völlig klar. Sie kennen doch Charlys Aussage. Sie erzählte Mick am Flughafen von der Affäre seiner Frau. Mick flippte aus, raste nach Hause und … Meine Güte, Sie kennen die Argumente besser als jeder andere.« Er stand abrupt auf. »Hauptkommissar Haffner, es ist spät, vielleicht sollten wir die Diskussion ein anderes Mal fortsetzen.«

»Setzen Sie sich, Kämpfer!«

Haffners Stimme klang leise, aber befehlsgewohnt. Benny hatte ein Déjà-vu-Erlebnis. Genauso hatten sie vor vier Tagen in der Cafeteria des Präsidiums miteinander gesprochen, als Haffner ihn hatte überzeugen wollen, dass Mick seine Frau getötet hatte. Doch jetzt war es drei

Uhr morgens, Benny saß in einer widerlich verräucherten Kneipe, und er hatte die Nase voll. Er trat einen Schritt vom Tisch weg.

»Nein, das ist absurd. Vor vier Tagen haben Sie mich gezwungen, Ihre Argumente anzuhören, warum Mick ein Mörder ist. Jahrelang haben Sie ihn verdächtigt, doch niemand wollte Ihnen zuhören. Inzwischen sind alle überzeugt, dass Sie recht hatten, und Sie wollen auf einmal auf dem Gegenteil bestehen?«

Haffner lachte sein Raucherlachen. In der stillen Kneipe klang es, als würde ein Gespenst im Burgverlies mit Ketten rasseln. »Von Wollen kann keine Rede sein, Kämpfer. Ich muss auf dem Gegenteil bestehen, weil ich das Gegenteil für richtig halte. Und ich gebe zu, dass es meine eigene Schuld ist, weil ich jahrelang aus meinem Instinkt die falschen Schlussfolgerungen gezogen habe.«

Benny schüttelte den Kopf. »Vorhin haben Sie behauptet, dass Sie an Ihrem Instinkt festhalten.«

»Weil er richtig war und ist. Mein Instinkt sagte mir, dass Charly log, aber nicht, in welchem Umfang. Daraus zog ich falsche Schlussfolgerungen. Ich traute Charly nicht zu, dass sie von vornherein in Micks Pläne eingeweiht war. Aber ich nahm an, dass sie schon länger von Problemen zwischen Mick und Katja gewusst hatte und dass sie deswegen Mick nachträglich ein Alibi gab.«

»Na und? Daran hat sich nichts geändert. Charly erfuhr eben erst am Morgen von Katjas Tod von deren Affäre mit Danner. Und Mick hat den Mord eben nicht geplant und stattdessen Katja im Affekt getötet. Aber das macht doch wohl keinen großen Unterschied. Und jetzt gehe ich.« Benny drehte sich um, doch Haffner sprang auf und versperrte ihm den Weg.

»Aber das kann nicht sein, Kämpfer! Sehen Sie das denn nicht?«, rief er erregt. »Nur wenn Mick nach Plan vorgegangen wäre, hätte er ein Beil verwendet. Sie sagten vorhin, Danners Standardwaffe sei ein Beil. Micks Standardwaffe hingegen sind seine Hände und Fäuste. Damit wäre er auf Katja losgegangen. Er hätte sie geschlagen, vielleicht gewürgt oder sonst wie verletzt, aber er hätte nicht zu einer Waffe gegriffen.«

Benny starrte den Mann vor sich entnervt an, und plötzlich wurde ihm klar, worum es hier ging. Haffner war ein alternder, einsamer Mann, der es nicht ertragen konnte, keine Rolle mehr zu spielen. Mitleid wallte in Benny auf. »Herr Haffner, das ist kein Beweis, das ist Küchenpsychologie. Außerdem könnte Mick sich auf dem Weg von Frankfurt nach Hause so weit gefasst haben, dass er Katja geplant tötete. Die Idee mit der Axt und dem Abschneiden der Haare wäre naheliegend gewesen und hätte auch keine große Vorbereitung erfordert. Kommen Sie, ich rufe Ihnen ein Taxi.«

»Aber nur, wenn Mick von Frankfurt auf direktem Weg nach Hause gefahren wäre«, sagte Haffner plötzlich wieder ganz ruhig. »Hören Sie, Benny! Angenommen jemand erzählte Ihnen, dass Ihre Freundin Sie betrügt und das Wochenende mit einem anderen Kerl in einem Hotel verbringt. Was würden Sie tun?«

»Dasselbe, was Mick getan hat«, erwiderte Benny prompt, um Haffner den Wind aus den Segeln zu nehmen. »Wütend werden und sie zur Rede stellen.«

»Aber wo?«

»Wo?«, echote Benny verdattert.

»Genau. Stellen Sie sich vor, Sie sind in Frankfurt, und das Hotel liegt in Bad Münstereifel, also näher bei

Frankfurt als bei Aachen, fast auf dem Weg von Frankfurt nach Aachen. Würden Sie nicht direkt ins Hotel fahren, um Ihre Freundin in flagranti zu ertappen?«

Es war mindestens das dritte Mal in dieser Nacht, dass Benny an den Kurs in Neuss denken musste. Sie hatten einen komplexen Fall voller scheinbarer Widersprüche besprochen, und Haffner hatte sie mögliche Lösungen vorschlagen lassen. Keinem der Kursteilnehmer war auch nur eine halbwegs plausible Antwort eingefallen, bis Haffner sie auf ein scheinbar unbedeutendes Detail hingewiesen und dadurch ihre Perspektive auf den gesamten Fall verändert hatte.

Jetzt fühlte Benny sich ähnlich wie damals. Er erkannte sofort, dass Haffner etwas Entscheidendes gesagt hatte. »Mick fuhr nach Bad Münstereifel?« Es war eine rhetorische Frage, und sofort stellte Benny die nächste. »Sie haben es längst überprüft, nicht wahr?«

Haffner griff zu seinem Jackett, das er irgendwann ausgezogen und über die Stuhllehne gehängt hatte, und holte ein gefaltetes DIN-A4-Blatt aus der Innentasche. »Ich war heute dort und habe mit der Angestellten gesprochen, die damals Dienst an der Rezeption hatte. Mick kam am frühen Nachmittag. Er war ›völlig durch den Wind‹ – ihre Worte – und wollte wissen, in welchem Zimmer seine Frau abgestiegen sei. Als sie ihm erzählte, dass Katja schon abgefahren sei, glaubte er ihr nicht und tobte so lange, bis sie den Manager holte. Der zeigte Mick im Computer Katjas und Danners Ein- und Auscheckzeiten und führte ihn auch noch in deren Zimmer – hauptsächlich wohl, um ihn aus dem Foyer rauszubekommen, wo sein Auftritt bereits Aufsehen erregte.«

Haffner faltete das DIN-A4-Blatt auseinander. »Nachdem Mick die Zimmer gesehen hatte, fuhr er davon. Der Manager wollte schon die Polizei rufen, entschied sich jedoch dagegen, um negative Publicity zu vermeiden. Aber das Ganze alarmierte ihn doch so sehr, dass er eine kurze Notiz über den Vorfall schrieb. Dies hier«, er reichte Benny das Blatt, »ist eine Kopie der Notiz. Darin steht auch, dass Mick das Hotel erst um 15:50 Uhr verließ.«

»Aber das besagt nicht, dass Mick es nicht getan haben kann«, murmelte Benny. Er hatte sich wieder gesetzt, doch er wollte wenigstens pro forma noch einmal protestieren. »Von Bad Münstereifel nach Aachen ist es nicht so weit. In siebzig Minuten ist das zu schaffen.«

Auch Haffner saß wieder. »Nur wenn man über die A4 fährt, und die war hinter Düren dicht. Vergessen Sie den Unfall nicht, dem Danner sein Alibi verdankt. Mick hätte entweder über die A61 und die A44 ausweichen oder über die Dörfer fahren können, aber beides hätte länger gedauert.«

»Und wenn er wie ein Irrer gerast wäre?«

Haffner hob die Schultern unter seinem schwarzen Hemd. »Ich glaube nicht, dass er es vor fünf hätte schaffen können. Nicht mit seinem alten Pick-up. Und vergessen Sie nicht, dass Katjas Tasche noch nicht ausgepackt war und dass sie ihre Stiefel noch trug. Alles spricht dafür, dass sie getötet wurde, kurz nachdem sie nach Hause gekommen war. Auch der Gerichtsmediziner hielt halb fünf für wahrscheinlicher als fünf.«

»Aber es wäre möglich«, beharrte Benny aus ihm selbst unerfindlichem Grund.

»Nur theoretisch.« Haffner warf ihm einen langen

Blick zu. »Es ist schwierig, nicht wahr? Die Sache mit dem Loslassen. Dabei haben Sie bisher weniger als eine Woche in die Theorie investiert, dass Mick ein Mörder ist.«

Benny wusste nichts zu entgegnen. Er war völlig verwirrt. In Gedanken ging er Haffners Ausführungen noch einmal durch. Er ahnte, dass der Hauptkommissar recht hatte, aber er wusste auch, dass der Hauptkommissar nicht recht haben konnte. Denn wenn Mick seine Frau nicht getötet hatte, wer hatte es dann getan? Danner konnte es nicht gewesen sein. War Danner etwa doch nicht der Axtmörder? Aber wie ließ sich dann sein Angriff auf Alexa erklären?

Schließlich brach er das Schweigen. »Wieso haben Sie mir das nicht sofort gesagt? Ich meine, gestern Abend? Vor …« Er warf einen Blick auf seine Uhr. »Vor sieben Stunden?«

»Dann wäre mir eine kurzweilige Diskussion entgangen.«

»Aber wir haben die ganze Diskussion auf einer völlig falschen Grundlage geführt. Wenn Mick unschuldig ist, muss auch Danner unschuldig sein. Oder nicht?«

Benny warf Haffner einen ratlosen Blick zu. Der griff erneut zu seinen Zigaretten und rauchte eine Weile schweigend. Benny hatte den Eindruck, sein Gegenüber wollte sich hinter dem Zigarettenqualm verstecken.

Nach einer langen Zeit ergriff Haffner wieder das Wort. »Wir haben dennoch eine Menge gelernt. Und ich wollte …« Er brach ab und starrte an Benny vorbei in die Schatten. »Loslassen ist nicht so einfach«, murmelte er schließlich.

Benny fand die Antwort reichlich kryptisch, doch dann

ging ihm in der dunklen Kneipe ein Licht auf: Haffner hatte nicht nur eine Theorie loslassen müssen, sondern auch seinen Hass auf Mick. Denn er war der Einzige, der zwischen Mick und einer langjährigen Haftstrafe stand. Hatte er mit dem Gedanken gespielt, seine Erkenntnisse für sich zu behalten? Wie schwer war es ihm gefallen, die Wahrheit zu sagen?

»Und warum haben Sie mir das alles erzählt?«

Haffner griff zu seiner Zigarettenschachtel und klopfte damit rhythmisch auf den Tisch. »Wem sonst? Ich bin nicht sonderlich populär in der MK2, wie Sie sicherlich wissen. Und Mikat? Dessen verfehlte Personalpolitik ist schließlich an allem schuld. Er hat Frank zum MK-Leiter berufen und zugelassen, dass Frank Mick holte. Was glauben Sie, wie begeistert Mikat von einer Theorie wäre, die ihn seiner Verdächtigen beraubt?«

Benny konnte es sich ausmalen. »Heißt das, Sie wollen ihm nichts sagen?« Und sollte das heißen, er, Benny, sollte Mikat informieren? Na dann gute Nacht!

»Ich schlage vor, wir lassen die Katze erst aus dem Sack, wenn wir ihm gleichzeitig den wahren Mörder präsentieren können.«

»Und wann wird das sein?«, fragte Benny mutlos.

»Bald. Streng genommen weiß ich, wer es sein muss. Ich verstehe nur nicht, warum Nellie behauptet hat …«

Haffner verfiel in brütendes Schweigen. Auch Benny überlegte, vielmehr versuchte er es, doch sein Gehirn schien der Ansicht zu sein, dass genug genug war. Er schloss die Augen und nickte prompt ein.

Geweckt wurde er von Haffner, der so heftig an seinem Arm zerrte, als wollte er diesen als Souvenir ihrer gemeinsam durchzechten Nacht mitnehmen. Benny riss die Augen auf und starrte in Haffners Augen, die fanatisch glänzten. »Wwwas?«

»Kämpfer, endlich! Sie sind doch kein Säugling, der zwanzig Stunden am Tag Schlaf braucht. Berichten Sie mir noch einmal genau, was Nellie zu dem Kampf zwischen Alexa und Danner gesagt hat.«

»Warum?«

»Tun Sie's einfach!«

Benny richtete sich auf seinem Stuhl auf. Sein Rücken schmerzte von den harten Sprossen, und auf der Zunge hatte er einen pelzigen Geschmack. »Eigentlich hat sie gar nicht viel dazu gesagt.« Er wiederholte Nellies Aussage.

Über Haffners Züge glitt ein Lächeln, das entweder tatsächlich irre war oder in der düsteren Kneipe nur so aussah. Benny konnte sich des Gefühls nicht erwehren, dass die ganze Situation reichlich surreal war. Und dann sagte Haffner etwas, was sie noch surrealer machte:

»Jetzt weiß ich, wie sich alles abgespielt hat. Sie lagen die ganze Zeit richtig. Ruth Kettler suchte Alexa auf, Alexa fuhr daraufhin nach Roetgen und wartete auf Nellie. Und dann fuhr sie wieder zurück. Aber nicht in erster Linie wegen Ruth Kettler. Sie musste Danner töten.«

Schwesternliebe

»Alexa? Das ist vollkommener Schwachsinn!«

Eins musste man Wolfgang Mikat lassen, fand Benny. Hatte der Erste Kriminalhauptkommissar sich einmal auf einem Standpunkt einbetoniert, zeigte er keine Hemmungen, diesen mit deutlichen Worten zu verteidigen. Es würde ein hartes Stück Arbeit werden, ihn vom Gegenteil zu überzeugen. Aber Benny zweifelte nicht daran, dass Frank diese Aufgabe mit Bravour erledigen würde.

Es war Montagmorgen, und sie saßen in einem der Besprechungsräume des Polizeipräsidiums – Wolfgang Mikat, Frank, Benny, Charly und Simon Haffner. Als Mikat Charly gesehen hatte, hatte er nur mit Mühe die Fassung bewahrt, schließlich war ihr nach ihrer Suspendierung Hausverbot erteilt worden. Auch Frank hatte Charly nicht dabeihaben wollen, doch Haffner hatte darauf bestanden. Und es war offensichtlich, dass eine sehr lange Zeit vergehen würde, bis Frank seinem ehemaligen Mitarbeiter jemals wieder eine Bitte abschlagen würde.

Als Bea ihren Mann am vergangenen Abend schließlich in die Küche geholt hatte, war Benny entsetzt gewesen, wie stark Frank in den letzten Tagen gealtert war. Seine Wangen waren eingefallen, sein Blick trüb, sein Gang gebeugt. Doch während Haffner für Frank noch einmal wiederholt hatte, was er Bea bereits erzählt hatte, war eine enorme Veränderung mit Frank vorgegangen.

Zum Schluss des Gesprächs hatte er dem Mann, der in die Küche gekommen war, überhaupt nicht mehr ähnlich gesehen, und seit er an diesem Morgen das Präsidium betreten hatte, unterschieden ihn äußerlich nur noch einige verlorene Pfunde vom alten Frank Quirin.

Aber er war nicht nur äußerlich wieder fast der Alte.

»Wolfgang, wenn du so freundlich wärst, mir zuzuhören, beweise ich dir, dass es kein Schwachsinn ist.«

Im Studentenwohnheim herrschte meist hektische Betriebsamkeit, nur montagmorgens war es etwas ruhiger. Deswegen hatte Alexa sich entschlossen, heute herzukommen.

Sie wollte einige Sachen aus ihrem Apartment holen, vor allem den Computer und die Bücher. Während der letzten Tage hatte sie ihr Studium auf Eis gelegt und sich ausschließlich um Nellie gekümmert. Das war kein Problem gewesen, da Alexa mit ihren Studiumspflichten immer weit voraus war – der Zeit und den Kommilitonen. Doch jetzt musste sie ihre Hausarbeit fertig schreiben. Ihr Studium sollte schließlich die Basis für ihre Zukunft und die von Nellie bilden.

Alexa hatte Nellie mitgenommen. Natürlich, sie würde sie nie wieder alleinlassen. Bertie hätte sie lieber im Haus gelassen, doch der Hund wich nie von Nellies Seite. Alexa fand diese Anhänglichkeit zunehmend lästig.

Nellie schaute sich neugierig in dem kleinen Apartment um. »Hier hast du drei Jahre gewohnt? Es ist so düster.«

Flüchtig strich Alexa ihrer Schwester über die Wange. Es war wie eine Sucht. Sie berührte sie ständig, wie um sicherzugehen, dass sie tatsächlich wieder bei ihr war und dass es ihr gut ging. »Weil du nicht hier warst.«

Und weil sie etwas von der Dunkelheit in sich nach draußen hatte tragen müssen, um nicht verrückt zu werden. Die Zeit, in der Alexa sich geritzt hatte, um den innerlichen Druck zu verringern, war längst vorbei. Sie hatte damit aufgehört, als sie und Nellie zu Chris gezogen waren. In seinem Haus und unter seiner Fürsorge war Nellie endlich sicher gewesen, zumindest eine Zeit lang. Und als die Zeit zu Ende gegangen war, hatte Alexa eine bessere Möglichkeit gefunden, den quälenden Druck abzubauen.

»Hilfst du mir packen? Die Bücher aus dem Regal kommen in die Taschen hier.«

Alexa war froh, als sie mit dem Packen fertig waren und im Aufzug nach unten fuhren. Sie hatte keinen ihre Mitbewohner treffen wollen, und das war ihr gelungen. Im siebten Stock hielt der Aufzug, und zwei Studentinnen stiegen ein. Alexa kannte die beiden nicht. Sie grüßten kurz und vertieften sich wieder in ihr Gespräch.

Nellie musterte die Zugestiegenen mit großen Augen und schob ihre Hand in Alexas. Alexa drückte sie leicht und lächelte ihre kleine Schwester aufmunternd an. Doch im nächsten Moment gefror ihr das Lächeln auf den Lippen, denn die eine Studentin sagte unerwartet:

»Und Larissa hat das Opfer tatsächlich gesehen? Hier im Wohnheim? In der zwölften Etage? Die Tote aus dem Wald?«

Die andere nickte. »Das behauptet sie zumindest steif und fest. Letzten Sonntagmittag, nur wenige Stunden, bevor die Frau im Wald gefunden wurde. Und Larissa hat es auch den Polizisten gesagt, die gestern hier waren. Angeblich haben es andere bestätigt.«

Frank referierte so gelassen, als würde er eine langweilige Statistik vortragen. Benny konnte seinen Chef nur bewundern.

»Fangen wir mit den Fakten an«, sagte Frank. »Es besteht kein Zweifel, dass Alexa Danner Ruth Kettler getötet hat. Wir können beweisen, dass Frau Kettler Alexa am Tag ihres Todes aufsuchte. Es gibt eine Zeugin, eine Studentin, die beobachtete, wie Ruth Kettler gegen Viertel nach eins das Studentenwohnheim betrat. Eine andere sah, wie sie gegen zwei Alexas Zimmer verließ. Die zweite Studentin wohnt auf demselben Stockwerk wie Alexa und sah auch, dass Alexa kurz darauf den Aufzug nach unten nahm. Alexa ging dann zum Ponttor und …«

Mikat unterbrach ihn. »Was soll das heißen, es gibt Zeugen? Davon weiß ich nichts.«

»Hauptkommissar Haffner und Kommissar Kämpfer waren am Wochenende im Studentenwohnheim und haben Alexas Nachbarn befragt«, erklärte Frank ruhig.

»Und auf wessen Anweisung hin?«, fragte Mikat scharf.

»Auf meine.«

Haffner hatte gesprochen, genauso ruhig wie Frank. Er lächelte Mikat freundlich an. Der holte tief Luft, doch bevor er etwas entgegnen konnte, sagte Frank:

»Hauptkommissar Haffner und Kommissar Kämpfer haben Eigeninitiative gezeigt, und darüber sollten wir alle froh sein. Ich denke, niemand von uns möchte sich dem Vorwurf aussetzen, wir hätten nicht gründlich ermittelt.« Er machte eine kurze Pause, um die Bedeutung seiner Worte einsinken zu lassen. »Hauptkommissar Haffner und Kommissar Kämpfer haben während des ganzen Wochenendes recherchiert. Wie gesagt, sprachen sie auch mit Alexas Nachbarn im Studentenwohnheim. Sie fragten auch nach, ob einer beziehungsweise eine von ihnen Alexa am Sonntag ein Auto geliehen habe. Die Frage wurde verneint, es stellte sich aber heraus, dass Alexa Mitglied bei einem Aachener Carsharingverein ist. Kommissar Kämpfer überprüfte diese Aussage und stellte fest, dass Alexa am Sonntag um 14:05 Uhr eins jener Autos buchte, die am Ponttor stehen, dem Standplatz unweit des Studentenwohnheims. Alexa buchte das Auto bis Mitternacht und nutzte es tatsächlich auch von 14:18 Uhr bis 18:17 Uhr. Sie fuhr damit fünfundfünfzig Kilometer.«

»Woher weißt du das?«, fragte Mikat.

»Die Autos werden über Chipkarten entriegelt. Alle diese Informationen werden gespeichert, weil sie relevant für die Abrechnung sind. Die Gebühren berechnen sich aus der Nutzungsdauer und den gefahrenen Kilometern. Wir können zugegebenermaßen nicht beweisen, dass Alexa das Auto fuhr, nur dass es über ihren Account gebucht und mit ihrer Chipkarte entriegelt wurde. Aber wer sonst sollte es gewesen sein?« Frank räusperte sich. »Und die fünfundfünfzig Kilometer entsprechen genau der Strecke vom Ponttor nach Roetgen und zurück zum Wohnheim plus der Strecke vom Wohnheim zum Wanderparkplatz, an dem Ruth Kettlers Leiche gefunden wurde, und zurück zum Ponttor plus einige Extrakilometer. Vermutlich die Strecke zu Danners Haus.«

»Aber das bedeutet nicht, dass Alexa Ruth Kettler getötet hat«, beharrte Mikat.

»Nein, das allein noch nicht. Aber die Tatsache, dass Ruth Kettler mit einem Beil des Hausmeisters aus dem Studentenwohnheim erschlagen wurde, könnte es sehr wohl bedeuten.«

Der Hieb saß. Benny beobachtete, wie Mikat einen Gedanken formulieren wollte, doch dann nur stumm den Mund öffnete. Frank erklärte die Zusammenhänge, und Bennys Brust schwoll ein bisschen an vor Stolz. Dass Alexa ein Werkzeug des Hausmeisters verwendet hatte, hatte er herausgefunden. Nachdem Haffner und er einmal angefangen hatten, Beweise gegen Alexa zu suchen, waren diese mit erstaunlicher Schnelligkeit eingetroffen – eigentlich kein Wunder, schließlich hatte Alexa an dem Sonntag nicht viel Zeit zum Planen gehabt. Zwischendurch hatten sie immer wieder über den Fall diskutiert. Irgendwann hatte Haffner gefragt:

»Aber woher hatte sie das Beil? Gehört so etwas wirklich zum Hausgebrauch der modernen Studentin?«

»Wohl kaum«, hatte Benny erwidert. »Aber vielleicht zum Hausgebrauch des modernen Hausmeisters eines modernen Studentenwohnheims.«

Daraufhin hatten sie den Hausmeister angerufen, und der hatte ihnen erzählt, dass in der Tat am Wochenende zuvor in seine Werkstatt eingebrochen worden sei. Er glaube allerdings nicht, dass etwas fehle.

»Auch keine Axt und kein Beil?«

Auf die habe er nicht geachtet.

»Können Sie vorbeikommen?«

Das hatte der Mann gekonnt und bei einer gründlichen Überprüfung des Werkzeugkellers festgestellt, dass tatsächlich ein kleines Beil fehlte. Als Benny ihn bat, das Beil zu beschreiben, stimmten nicht nur dessen Größe, Gewicht und Marke mit dem in Danners Haus gefundenen überein, sondern der Hausmeister beschrieb auch eine Kerbe am Stielende, die Benny bei der Tatwaffe im Fall Ruth Kettler aufgefallen war. Formal identifiziert hatte der Hausmeister sein Beil zwar noch nicht, doch Benny hegte keinen Zweifel, dass er das tun würde.

Auch Mikat schien daran keinen Zweifel mehr zu haben. Er hatte Frank mit steinerner Miene zugehört, jetzt sagte er: »Nun gut, das ändert alles. Kämpfer, schaffen Sie diesen Hausmeister her! Ich will dabei sein, wenn er das Beil identifiziert. Und wenn es tatsächlich aus dem Wohnheim stammt, werde ich mit dem Staatsanwalt reden. Was ist?«, blaffte er plötzlich. »Warum sind Sie noch hier?«

Benny war mittlerweile an Mikats Launen gewöhnt. »Weil das nicht alles war. Wir haben noch nicht über Alexas Motiv gesprochen. Unserer Überzeugung nach tötete sie nicht nur Ruth Kettler, sondern auch die anderen Frauen. Und ihren Onkel. Einer von Alexas Nachbarn im Wohnheim vermisst seit letztem Wochenende ein Fläschchen mit Diazepamtropfen, das genauso aussah wie jenes, das bei Doktor Danner auf dem Couchtisch stand. Für Alexa wäre es ein Leichtes gewesen, die Tropfen in Danners Getränk zu schütten.«

Alexa kehrte so schnell wie möglich mit Nellie nach Hause zurück. Diesmal fuhr sie kein Auto des Carsharingvereins, sondern Chris' Sharan. Die Polizei hatte den Wagen einige Tage lang untersucht, ihn dann jedoch Alexa zur Verfügung gestellt. In ihrem Kopf hämmerten die Worte der beiden Studentinnen aus dem Aufzug. Am liebsten hätte sie die beiden ausgequetscht, um genau zu erfahren, was sie wussten, hatte es jedoch wegen Nellie unterlassen. Und es war ja auch nicht nötig gewesen. Es war ja auch so offensichtlich, dass die Polizei ihr auf den Spur war.

Beim Haus angekommen, hätte Alexa gern ihre Sachen im Auto gelassen. Sie musste nachdenken. Doch Nellie begann sofort mit dem Ausladen, und Alexa wollte bei ihrer Schwester keinen Verdacht erwecken. So trugen sie alles ins Gästezimmer, in dem Alexa schlief.

Es fuchste Alexa gewaltig, sich hier in diesem Haus verstecken zu müssen, während das Haus von Chris – jetzt Nellies und ihr Haus, denn sie würden es erben – von der Journaille belagert wurde. Sie hatte bereits beschlossen, das Haus zu behalten. Es war groß und repräsentativ, und Nellie betrachtete es als ihr Zuhause. Außerdem würden sie von Chris vermutlich genug Geld erben, um davon leben zu können, bis Alexa in einigen Jahren Geld als Staatsanwältin verdienen würde. Bezüglich Nellies hatten sie noch keine Entscheidung getroffen. Nellie selbst wollte an die Realschule zurückkehren und einen Abschluss machen. Alexa bezweifelte nicht, dass sie das schaffen würde, auch wenn es früher nie danach ausgesehen hatte. Ruth hatte Nellie viel beigebracht, mehr, als diese in der Schule je gelernt hätte.

»Ich wollte ihr die Chance auf ein unabhängiges Leben ermöglichen«, hatte Ruth auf dem Wanderparkplatz im Stadtwald erklärt. »Ich dachte, vielleicht eines Tages … Wenn sie achtzehn wäre und nicht mehr bei ihrem Onkel wohnen müsste, könnte sie zurückkehren … Ich weiß, dass es falsch war, sie in dem Glauben zu lassen, Sie seien tot. Aber ich konnte sie doch nicht zu ihm zurückschicken. Und ich war einsam …«

»Was genau sah Nellie eigentlich, bevor sie weglief?«, fragte Alexa, während sie eine Hand in ihre tiefe Umhängetasche schob und nach dem Griff des Beils tastete.

Ruth sah sie mit ihrem Schildkrötenblick an. »Nicht

viel, aber es hat sie traumatisiert. Sie kam erst in dem Moment dazu, als Ihr Onkel die Axt hob und auf Sie einschlug. Sie sah Sie fallen und dachte, Sie seien tot.«

»Hat sie eine Vermutung, warum Chris …?« Alexa wartete mit angehaltenem Atem auf die Antwort.

Ruth schüttelte müde den Kopf. »Nein. Ich habe immer vermutet, dass Ihr Onkel Sie beide … Weil ich das selbst erlebt habe, als Kind, meine ich. Ich konnte ihm erst entkommen, als ich auszog.«

Tränen traten ihr in die Augen, und sie wandte sich ab. Es war die Gelegenheit, auf die Alexa gewartet hatte, und sie zog ohne Skrupel die Waffe hervor und schlug zu. Ruth hatte ihr zwar erzählt, dass sie an einem Hirntumor sterben werde, doch darauf wollte Alexa sich nicht verlassen. Und die Gelegenheit war ideal. Wenn sie das Beil bei Chris im Haus deponierte, wäre die Polizei endgültig davon überzeugt, dass er der Axtmörder war. Und Chris könnte nicht mehr aussagen, da sie ihn ebenfalls töten würde. Weil er das größte Hindernis für ihr Zusammenleben mit Nellie war. Denn er war derjenige, der sie ins Gefängnis bringen konnte.

»Alexa Danner, die Axtmörderin?« Mikat musterte seine vier Untergebenen über den Rand seiner Halbmondgläser hinweg. »Das kaufe ich Ihnen nicht ab. Ruth Kettler, meinetwegen. Aber die anderen drei? Und Danner?« Er machte eine abwehrende Handbewegung.

Benny konnte es ihm nicht verübeln. Ihm war es zunächst ebenfalls unglaublich erschienen. Außerdem hatte Mikat einen entscheidenden Nachteil: Im Gegensatz zu Benny hatte er nie Zweifel an der Theorie gehabt, dass Chris Danner für alle Morde bis auf den an Katja Harting verantwortlich war. Und im Gegensatz zu Frank und Charly wollte er die neue Theorie nicht glauben.

Haffner ergriff das Wort. »Es ist geradezu zwingend, wenn Sie den Mord an Katja Harting betrachten. Wie wir seit drei Jahren wissen, kann Danner Katja nicht getötet haben. Und wie Frank eben erklärt hat, kann es auch Mick nicht gewesen sein.«

Mikat fuhr mit beiden Händen über die Tischplatte, als wollte er Franks Aussage wegwischen. »Das heißt noch lange nicht, dass Alexa die Mörderin ist. Außerdem bin ich mir nicht so sicher, dass Mad Mick es nicht doch war. Er hätte es schaffen können, wenn er schnell genug gefahren wäre.«

Frank war bei dem englischen Adjektiv zusammengezuckt. »Verdammt, Wolfgang!«, stieß er hervor. »Die A4 war dicht. Über die Dörfer wären es achtzig Kilometer gewesen, das hätte Mick in siebzig Minuten nicht geschafft. Normalerweise dauert es eineinhalb Stunden.«

»Nur wenn man sich an die Straßenverkehrsordnung hält, aber wann hat Mick sich überhaupt schon mal an die Regeln gehalten?«, entgegnete Mikat sofort. Er musterte Frank aus kalten Augen. »Und du weißt genauso gut wie ich, dass es in der Gerichtsmedizin Fehlertoleranzen gibt.«

»Aber die hat der Gerichtsmediziner schon einbezogen«, bemerkte Haffner ruhig. »Seine Schätzung war halb fünf, spätestens fünf.«

»Das heißt nicht, dass es Alexa war«, wiederholte Mikat.

»Ich denke schon. Zumindest wenn man davon ausgeht, dass es einen Zusammenhang zwischen dem Mord an Katja und dem angeblichen Angriff auf Alexa gibt.

Und ich gehe davon aus.« Haffner beugte sich vor, stellte eine Faust auf den Tisch und zählte seine Argumente an den Fingern ab. »Erstens: Beides fand innerhalb eines kleinen Zeitfensters statt, der Angriff auf Alexa wenige Stunden nach dem Mord an Katja. Zweitens: Es gibt eine Verbindung zwischen den beteiligten Personen. Drittens: In beiden Fällen wurde ein Beil verwendet. Nun, der offensichtliche Zusammenhang wäre, dass es sich in beiden Fällen um denselben Täter oder dieselbe Täterin handelt. Da Danner und Mick es nicht gewesen sein können, bleiben nur die Zerbitzkys, Hans Löhrmann und Alexa. Aber Alexa ist die Einzige, die bei dem Streit mit Danner anwesend war.«

»Aber Danner hat sie angegriffen, zum Donner, nicht umgekehrt!«

»Dafür haben wir nur Alexas Worte.«

»Und Nellies Aussage.«

Haffner schüttelte den Kopf. »Benny?«

Er drehte sich halb zu Benny um. Der entschränkte die Hände, die er bisher im Schoß gefaltet hatte, und stellte erstaunt fest, dass sie schweißnass waren.

»Nellie sagte lediglich aus, dass Danner eine Axt schwang und dass Alexa stürzte. Von einem Kampf zwischen den beiden hat sie nichts erwähnt. Dafür haben wir nur Alexas Wort.«

Mikat schüttelte so heftig den Kopf, dass seine Föhnwelle in Unordnung geriet. »Und Sie wollen jetzt behaupten, Alexa hätte ihren Onkel umbringen wollen, der ihr die Waffe entriss, um dann in Notwehr auf sie loszugehen? Das ist doch lächerlich. Und wieso hätte Alexa überhaupt planen sollen, ihren Onkel zu töten?«

Haffner übernahm wieder. »Es wäre nicht das erste

Mal, dass ein Streit damit endet, dass der Angegriffene vor Gericht landet, weil er sich verteidigt hat. Ich behaupte nicht, dass Alexa geplant hatte, ihren Onkel zu töten. Aber sie ist die Einzige, die für den Mord an Katja infrage kommt. Was, wenn Danner das herausgefunden hat? Wenn er zum Beispiel am Sonntagabend nach Hause zurückkehrte und Spuren entdeckte? Blutspritzer an Alexas Kleidung oder gar die Tatwaffe? Was, wenn er Alexa damit konfrontierte?«

»Aber das ist doch völlig hanebüchen! Warum hätte Alexa Katja töten sollen?«

»Weil sie Angst um Nellie hatte. Nellie ist der Dreh- und Angelpunkt für alles.« Haffner sagte es in einem Ton, als sei das offensichtlich.

Mikat starrte ihn an, als hätte er den Verstand verloren. »Du bist ja verrückt.« Dann fixierte er der Reihe nach Frank, Benny und Charly. »Ich kann das nicht glauben. Jahrelang habt ihr in dem Fall ermittelt, und nie stand Alexa im Fokus. Und nun soll es plötzlich offensichtlich sein, dass sie fünf Menschen getötet hat, darunter ihre eigene Mutter? Warum habt ihr sie nicht früher schon verdächtigt, wenn es doch so offenkundig war, dass sie für ihre kleine Schwester zur mörderischen Furie wurde?«

Diesmal antwortete Charly, vielleicht weil Mikat sie als Letzte angesehen hatte. »Weil wir nicht wussten, dass sie ein Motiv hatte. Weil wir nicht wussten, dass Nicole Danner mit ihren Töchtern nach Stuttgart zurückziehen wollte.«

Es war das erste Mal, dass sie etwas sagte, und es war ein bisschen, als hätte plötzlich die Wanduhr gesprochen. Es zeigte, dachte Benny, wie sehr Charly sich in den letzten Tagen verändert hatte. Ihr Selbstbewusstsein und ihre Präsenz waren wie weggeblasen, und als sich jetzt alle Augen auf sie richteten, senkte sie sogleich den Kopf.

Mikat warf ihr einen missmutigen Blick zu, als wollte er sagen, dass suspendierte Beamtinnen zu schweigen hätten, doch bevor er etwas entgegnen konnte, ergriff Haffner wieder das Wort.

»Es wäre für Alexa ein noch viel stärkeres Motiv gewesen als für Danner. Wir wissen, dass Alexa Nellie über alles liebt und dass sie sich von klein auf um sie kümmerte. Wir wissen auch, dass das sicher nicht einfach war, weil Nicole Danner ihre Töchter vernachlässigte. Bis Alexa vierzehn und Nellie neun war, wussten die beiden vermutlich gar nicht, was Stabilität bedeutet. Das änderte sich erst, als sie zu ihrem Onkel zogen.«

Haffner legte eine kurze Pause ein. »Wahrscheinlich kann man sich den Unterschied gar nicht groß genug vorstellen. Früher lebten Alexa und Nellie unter Umständen, die – nach allem, was wir gehört haben – ein Fall fürs Jugendamt gewesen wären. In dreckigen kleinen Wohnungen, vernachlässigt, schlecht ernährt. Das Einzige, was sie im Überfluss hatten, waren Probleme, Sorgen, Ängste. Und dann kamen sie zu Doktor Danner. In ein schönes großes Haus, wo sie Liebe, Sicherheit, Stabilität bekamen. Besonders für Alexa muss es wie im Paradies gewesen sein. Sie musste sich nicht mehr ständig um ihre kleine Schwester sorgen, sie konnte sich auch um sich selbst kümmern, machte Fortschritte in der Schule, sah auf einmal eine Zukunft vor sich. Ich glaube, sie hätte alles getan, um dieses Paradies zu bewahren. Und ich glaube, sie hat alles dafür getan.«

»Aber warum hätte sie Bettina Kersthoff umbringen sollen?«, fragte Mikat. »Und Katja Harting?«

»Weil sie beide Freundinnen ihres Onkels waren. Alexa sah in ihnen eine Bedrohung.« Haffner zuckte die Achseln. »Wir wissen nicht genau, wie intensiv die Affäre zwischen Danner und Katja war, aber Bettina wollte er heiraten, was die wiederum nur ohne die Nichten wollte. Falls Alexa davon wusste, wäre das ein handfestes Motiv für sie gewesen. Entweder weil sie fürchtete, Danner könne sie und Nellie tatsächlich abschieben – Miranda Zerbitzky sagte aus, dass Alexa nach dem Tod ihrer Mutter besorgt war, ob Danner sie wirklich bei sich behalten würde. Oder weil sie Bettina schlicht nicht als Stiefmutter wollte.«

Mikat schüttelte den Kopf. »Danner und Bettina hatten sich fast zwei Wochen vor ihrem Tod getrennt.«

»Was Alexa definitiv nicht wusste, wie Charly bestätigen kann.« Haffner warf Charly einen auffordernden Blick zu. Nicht zum ersten Mal versuchte er, sie ins Gespräch einzubinden. Benny fragte sich, warum er das tat. Und er fragte sich, warum Haffner überhaupt auf Charlys Teilnahme an dem Gespräch bestanden hatte.

Charly zögerte, doch schließlich sagte sie: »Ich würde nicht beschwören, dass Alexa definitiv nichts von der Trennung wusste, aber es ist tatsächlich wahrscheinlich. Am Abend von Bettinas Tod sagte Danner aus, er habe mit Alexa nie über seine Beziehung zu Bettina gesprochen. Das heißt, dass er ihr auch nichts von deren Ende erzählte. Natürlich wäre es Alexa nach einiger Zeit aufgefallen, aber kurzfristig hatte sie nur die Chance, es an einem Montagabend beim Improtraining zu bemerken. Am Montagabend zwei Wochen vor ihrem Tod war Bettina jedoch noch mit Danner zusammen. Nach Miranda Zerbitzkys Aussage redeten die beiden während der Pause sogar über eine gemeinsame Zukunft. Am Montag darauf nahmen Danner und Alexa nicht am Training teil, weil Nellie krank war. Das sagte Frederik Zerbitzky damals aus, und die anderen bestätigten es. Und am nächsten Montag wurde Bettina umgebracht.« Sie machte eine kurze Pause. Die ganze Zeit über hatte sie auf ihre Hände gestarrt, doch jetzt blickte sie auf. »Wir hätten es viel eher merken müssen.« Ihre Stimme klang bitter.

»Und warum haben Sie das nicht?«, blaffte Mikat.

Bevor Charly antworten konnte, mischte Frank sich ein. »Es spielt jetzt keine Rolle, warum wer was nicht eher gemerkt hat. Es ist offensichtlich, dass wir alle Fehler gemacht haben. Jetzt geht es darum, weitere Fehler zu vermeiden. Die Frage lautet: Wie gehen wir weiter vor? Ich schlage vor, Benny fährt los und holt den Hausmeister. Sobald dieser das Beil identifiziert hat, sollten wir einen Haftbefehl beantragen und mit Alexa reden. Das kann ich übernehmen. Ich möchte die Ermittlungen wieder leiten. Gleich nach unserer Besprechung lasse ich mich gesundschreiben. Und es wäre gut, wenn du, Wolfgang, in der Zwischenzeit mit den Kollegen redest, die Katjas Tod bearbeiten. Mick muss so schnell wie möglich aus der U-Haft raus.«

Er sah Mikat auffordernd an. Der schwieg eine lange Zeit. Schließlich sagte er:

»In Ordnung. Kämpfer, Sie fahren los und holen den Hausmeister. Über alles andere muss ich erst nachdenken.« Er musterte jeden in der Runde, bis er schließlich seinen Blick wieder auf Frank heftete. »Und wenn ich

ich sage, dann meine ich auch *ich*. Ich möchte noch einmal alle hier daran erinnern, dass Benny als Einziger von euch überhaupt offiziell an den Ermittlungen beteiligt ist. Ich gebe zu, dass Simon und Benny gute Arbeit geleistet haben, indem sie die Verbindung zwischen Alexa und Ruth Kettler aufgedeckt haben. Wenn sich herausstellt, dass Alexa die Frau wirklich getötet hat, werde ich darüber hinwegsehen, dass diese Arbeit nicht durch meine Anweisungen gedeckt war. Aber was ihr mir hier sonst noch aufgetischt habt, ist reine Spekulation.«

»Na, das ging ja besser als erwartet.« Simon schob seinen Stuhl vom Konferenztisch zurück und blickte in die Runde, die außer ihm nur noch Frank und Charly umfasste. Benny war losgefahren, den Hausmeister zu holen, Mikat hatte sich in sein Büro verzogen.

»Meinst du?« Auch Frank schob seinen Stuhl zurück. Er zerrte an seinem Krawattenknoten. »Wir haben ihn nicht überzeugt.«

»Hast du das ernsthaft erwartet?«, fragte Simon.

»Ich hatte es gehofft.« Frank fuhr sich mit den Fingern über die eingefallenen Wangen. Er wirkte sorgenvoller als vor der Besprechung.

Charly konnte das nachvollziehen. Sie ahnte, dass Frank sich aus denselben Gründen Sorgen machte wie sie. So ungern sie das zugab, hatte Wolfgang Mikat doch in einem Punkt recht: Simons Theorien waren zu einem großen Teil reine Spekulation. Es gab Beweise, dass Ruth Kettler vor ihrem Tod Alexa aufgesucht hatte. Es gab auch starke Indizien, dass Alexa Ruth Kettler getötet hatte. Es gab ebenfalls Indizien, dass Alexa ihren Onkel getötet und versucht hatte, ihm den Mord an Ruth Kettler in die Schuhe zu schieben. Doch es gab tatsächlich nicht den geringsten Beweis, dass Alexa auch für die Morde an ihrer Mutter sowie Bettina und Katja verantwortlich war. Es war plausibel, das ja. Es würde vieles erklären, und Charly hielt es für die Wahrheit. Aber sie benötigten mehr als eine plausible Geschichte, um den Staatsanwalt zu überzeugen. Doch woher sollten sie mehr nehmen? Die Morde lagen über drei Jahre zurück.

Als hätte sie das alles ausgesprochen, sagte Simon: »Es kann keine andere Lösung geben, das wisst ihr beide. Wäre Alexa an den ersten drei Morden unschuldig, hätte sie Ruth Kettler und Danner nicht töten müssen. Es kann nur einen Grund dafür geben, warum sie am Sonntagnachmittag wieder von Nellie wegfuhr: Sie wollte ihre Spuren verwischen und so ihre Zukunft mit Nellie sichern. Nichts anderes hätte sie dort weggebracht. Danner wusste, dass sie die Axtmörderin ist. Sie wollte verhindern, dass er es uns nach Nellies Wiederauftauchen erzählt.«

»Aber das ist kein Beweis«, entgegnete Frank gepresst. »Vor allem beweist es nicht, dass sie auch Katja getötet hat. In dem Fall haben wir noch nicht einmal ein Motiv.«

»Alexa hat sie als Bedrohung angesehen, genau wie Bettina.« Simon zuckte ungeduldig die Achseln. »Sie muss sie getötet haben. Alles andere ergibt keinen Sinn. Was ist los, Frank? Zweifel an Micks Unschuld?«, fragte er spöttisch.

Für einen Moment umspielte ein Lächeln Franks Mundwinkel. »Willst du mich provozieren, Simon? Du weißt, dass ich keine Zweifel an Mick habe. Aber ich möchte, dass der Rest der Welt sie auch nicht hat.«

»In dem Fall solltest du Alexa besser zu einem Geständnis überreden.«

Frank nickte sorgenvoll, bevor er langsam aufstand. »Das sollte ich wohl.« Er zog sein Jackett an, das er sorgfältig über eine Stuhllehne gehängt hatte. Dann nickte er Simon zu, und seine Stimme klang rau, als er sagte: »Noch einmal: Danke.«

Er verließ den Raum, bevor Simon etwas erwidern konnte. Von Charly, die er den ganzen Morgen weder eines Blickes noch eines Wortes gewürdigt hatte, verabschiedete er sich nicht, und der harte Klumpen in ihrem Magen wurde noch schwerer.

Simon brach das Schweigen. »Tja, ich fürchte, du bekommst dieses Jahr keine Weihnachtskarte von Frank. Hat er überhaupt schon etwas zu dir gesagt?«

Charly nickte bedrückt. »Gestern Abend. Aber nicht viel. Nur dass Micks Unschuld zwischen uns nichts ändert und er mir meinen Verrat trotzdem nicht verzeiht.«

»Hm.« Mehr sagte Simon nicht.

Charly war dankbar, dass er sie mit Banalitäten wie »Es wird schon wieder« verschonte. Sie wussten beide, dass es nicht wieder werden würde. Nicht so sehr, weil Frank es explizit ausgesprochen hatte, sondern weil es ihm selbst gestern Abend angesichts ihrer geteilten Erleichterung wegen Micks Unschuld ein Bedürfnis gewesen war, es auszusprechen.

Apropos aussprechen, dachte Charly. »Ich muss mich bei dir entschuldigen«, sagte sie abrupt.

Simon tat nicht so, als verstünde er sie nicht. »Für deine Mitschuld daran, dass ich bei der MK2 gekündigt habe? Ja, das musst du wohl.«

»Es tut mir leid. Ich habe damals darüber nachgedacht, die Wahrheit zu sagen, aber …« Sie brach ab Wie sollte sie etwas erklären, das sie selbst nicht mehr verstand? Tatsache war, dass Lügen ein Eigenleben entwickelten. »Es tut mir leid«, wiederholte sie.

Simon nickte bloß. Charly war nicht sicher, was das zu bedeuten hatte. Sie wartete eine Weile, dann stand sie auf.

»Ich sollte gehen. Wenn Mikat sieht, dass ich noch immer hier bin, bekommt er einen Herzinfarkt.«

Die Vorstellung schien Simon zu erheitern. Er verzog die Lippen zu einem schmalen Grinsen. »Hast du sein Gesicht gesehen, als er dich hier bemerkte? Ich dachte, er wäre da schon fällig.«

»Hast du deshalb darauf bestanden, dass ich mitkomme?«, fragte Charly neugierig. »Um Mikat zu ärgern?« Es hatte sie die ganze Zeit gewundert. Ihre Anwesenheit bei der Besprechung war nicht nur unwillkommen, sondern auch überflüssig gewesen. Schließlich hatte sie zur Lösung des Falles nichts beigetragen, im Gegenteil.

Simon schüttelte den Kopf. »Nein, obwohl es ein echter Bonus war. Ich habe dich mitgenommen, weil du hierhergehörst, warum sonst? Du bist eine gute Kriminalerin, Charly. Vergiss das nicht.«

Sie lachte bitter. »Klar, das habe ich ja gerade in diesem Fall bewiesen.«

Simon überhörte den Sarkasmus. »In diesem Fall vielleicht nicht, nein. Aber in vielen anderen Fällen. Und meiner Ansicht nach spricht nichts dagegen, dass du es wieder tun wirst. Nicht sofort natürlich. Aber sobald der Staatsanwalt die Anklage gegen Mick fallen lässt, ist auch die Anklage gegen dich wegen Strafvereitelung vom Tisch. Danach wird es deinetwegen ein paar Besprechungen hier im Haus geben. Der Polizeipräsident wird festlegen, dass du eine Geldbuße bekommst, vielleicht sogar eine Degradierung, und dann wirst du in irgendein anderes Ressort abgeschoben. Aber in ein, zwei Jahren, wenn Gras über die Sache gewachsen ist und sie im KK11 mal wieder am sinkenden Niveau der Neuzugänge verzweifeln, werden sie dich zurückholen.« Er zuckte die Achseln, als wäre das selbstverständlich.

Charly schüttelte den Kopf. »Das glaubst du nicht wirklich, oder?«

»Natürlich. Glaub mir, ich kenne den Laden länger als du. So läuft das. Vorausgesetzt natürlich, du lässt dir nicht noch mal etwas von ähnlichem Kaliber zuschulden kommen. Und vorausgesetzt, du willst überhaupt zurückkommen.« Er warf ihr einen scharfen Blick zu. »Aber das ist natürlich das Problem. Du willst nicht, stimmt's?«

Charly wich dem Blick aus. »Jetzt ist wohl kaum der richtige Zeitpunkt, um über meine Zukunft zu reden.«

»Warum nicht?«

Weil es Wichtigeres gibt, dachte Charly. Mick zum Beispiel, der ihretwegen noch immer im Gefängnis saß, davon überzeugt, ein Mörder zu sein. Doch Simon war kaum der Richtige, um mit ihm über ihre Schuldgefühle Mick gegenüber zu sprechen.

Simon schien das anders zu sehen. »Geht es darum, dass du Mick Unrecht getan hast oder dass du dich so grandios geirrt hast?«

»Ist das nicht ein und dasselbe?«

»Das würde ich nicht sagen. Falls du wirklich Zweifel an deiner Eignung zur Kriminalbeamtin hast: Vergiss sie! Du hast in diesem Fall nicht versagt, weil du eine schlechte Kriminalbeamtin bist, sondern weil dir deine Gefühle im Weg waren. Deine beruflichen Instinkte haben funktioniert.«

Charly schüttelte entschieden den Kopf. »Eben nicht. Ich habe einen Mann für schuldig gehalten, der unschuldig ist.«

»Aber das ist doch völlig normal. Schließlich gab es genügend professionelle Gründe, die für seine Schuld sprachen.«

»Aber die Gründe haben getäuscht. Ich hätte es merken müssen«, beharrte Charly. Und zwar eher als du, fügte sie in Gedanken hinzu. Schließlich war Mick ihr bester Freund gewesen. Er war der wichtigste Mensch in ihrem Leben gewesen. Dennoch hatte sie nicht an ihn geglaubt und dadurch eine Lawine von Ereignissen angestoßen, die zu so vielen Verletzungen geführt hatten, dass sie gar nicht wusste, wo sie mit dem Zählen anfangen sollte.

Simon sah sie lange an, bevor er schließlich auf ihre letzte Bemerkung einging. »Ja, vielleicht hättest du's merken müssen. Zumindest hättest du die Möglichkeit dazu gehabt. Aber ich kann nur wiederholen: Dass du es nicht getan hast, macht dich vielleicht zu einer schlechten Freundin, aber nicht zu einer schlechten Ermittlerin. Wenn du deswegen das Vertrauen in dich verlierst, müssten es Frank und Dietmar und all die anderen hier auch tun. Sie haben schließlich ebenfalls an Micks Schuld geglaubt. Keiner von ihnen hegte nach deiner Aussage noch Zweifel. Sie alle haben Mick den Mord zugetraut. Und weißt du, warum? Weil es in ihm drinsteckt.«

Das Jüngste Gericht

Es war ziemlich genau zwölf Uhr, als Alexa Nellie mit Bertie in den Garten schickte und sich in ihr Zimmer zurückzog, um nachzudenken. Sie wusste, dass sie zwei Handlungsalternativen hatte. Welche die richtige war, hing davon ab, was genau die Polizei wusste beziehungsweise beweisen konnte. Konnten die Kripobeamten nur beweisen, dass Ruth Kettler am Nachmittag ihres Todes bei Alexa im Wohnheim gewesen war? Oder konnten sie auch beweisen, dass Alexa die Frau getötet hatte? Die Antwort hing davon ab, ob sie herausgefunden hatten, dass die Tatwaffe aus dem Werkzeugkeller des Studentenwohnheims stammte.

Alexa hatte bereits an jenem Sonntagnachmittag vor acht Tagen geahnt, dass es riskant war, in den Keller einzubrechen. Sie hatte es dennoch getan, weil ihr keine andere Möglichkeit eingefallen war, an eine geeignete Waffe zu gelangen. Die Baumärkte hatten geschlossen, und sie hatte eine Axt oder ein Beil benötigt für ihren Plan, Chris endgültig alle ihre Morde in die Schuhe zu schieben. Doch sie ahnte bereits seit Tagen, dass dieser Plan nicht so klug gewesen war wie gedacht. Vermutlich wäre es klüger gewesen, Ruth nicht zu töten und stattdessen einfach abzuwarten, ob sie die Operation überlebte und was sie dann der Polizei erzählte.

Doch an jenem Sonntagnachmittag hatte Alexa unter

Druck handeln müssen, und ihr Gehirn hatte nicht richtig funktioniert seit dem Moment, in dem es bei ihr geklingelt und eine Frauenstimme durch die Sprechanlage gesagt hatte: »Ich muss mit Ihnen reden. Es geht um Nellie.« Und weil ihr Gehirn nicht richtig funktioniert hatte, hatte Alexa erst so spät erkannt, was Nellies Wiederauftauchen außer unendlichem Glück für sie bedeutete.

Es war in Roetgen, im Wald vor dem Blockhaus. Nach dem Gespräch mit Ruth Kettler war Alexa sofort dorthin gerast und hatte mit wild klopfendem Herzen geklingelt, allerdings vergeblich. Doch natürlich fuhr sie nicht wieder weg. Sie stand eine ganze Weile vor dem Haus, dann wurde der Regen stärker, und sie setzte sich in den Wagen. Dort saß sie, wartete auf Nellie und ließ all die Gefühle, die Ruth Kettlers Worte in ihr ausgelöst hatten, über sich hinwegfluten, bis der Gefühlssturm schließlich abebbte und ihr Verstand wieder die Oberhand gewann. Alexa analysierte ihre Situation und dachte über das Gespräch mit Ruth Kettler nach, und es dauerte nicht lange, bis sie gedanklich an etwas hängen blieb. An einem Satz, den Ruth gesagt und den Alexa in ihrem Aufruhr bisher gar nicht näher beachtet hatte. Ruth hatte gesagt, dass Nellie ihre Schwester für tot halte. Dass sie ihren Sturz beobachtet habe und seit drei Jahren glaube, Alexa sei dabei gestorben. Und Ruth hatte sie in dem Glauben gelassen!

In dem abgekühlten Wagen stieg heiße Wut in Alexa auf. Wie konnte die Frau es wagen? Wie hatte sie Nellie das antun können? Wie … Doch im nächsten Augenblick schlug die Wut in Entsetzen um. Nellie hatte gesehen, dass sie, Alexa, am Ende des Kampfes mit Chris gestürzt war. Hatte sie auch gesehen, wie der Kampf begonnen hatte? Hatte sie mitbekommen, dass Chris das blutbefleckte Beil entdeckt hatte, mit dem Alexa Katja getötet hatte? Dass Chris Alexa zur Rede gestellt hatte und dass daraufhin *sie* auf *ihn* losgegangen war? Dass Chris sich zunächst bloß verteidigt hatte? Dass er erst zum Angriff übergegangen war, als sie nicht von ihm abgelassen hatte?

Alexa wurde kalt. Was dachte Nellie über sie, wenn sie das alles wusste? Verstand sie, dass ihre große Schwester es für sie getan hatte? Und dann wurde Alexa schlagartig heiß. Würde Nellie bei der Polizei aussagen, und würde das Wiedersehen nach drei qualvollen Jahren für sie im Gefängnis enden?

Alexa hatte plötzlich das Gefühl zu ersticken, und sie ließ hastig die Fensterscheibe herunter. Kalte Luft strömte in den Wagen. Regentropfen sprühten ihr ins Gesicht und vertrieben den Panikanfall. Sie riss sich zusammen. Es war lächerlich. Nellie würde sie nicht verraten. Nicht, wenn sie sie bat, der Polizei gegenüber zu schweigen, wie sie es schon nach Nicoles Tod getan hatte. Oder wenn sie sie bat, die Polizei anzulügen, wie sie es nach Bettinas Tod getan hatte. Damals hatte Alexa behauptet, den ganzen Abend bis kurz vor halb acht mit Nellie zusammen gewesen zu sein, obwohl sie vor sieben zum Probenraum geradelt war. Dort hatte Bettina auf sie gewartet. Das heißt, eigentlich nicht auf sie, sondern auf Chris. Denn sie hatte Bettina erzählt, er wünsche sie zu sprechen.

Nein, Nellie würde sie nicht verraten. Alexa atmete erleichtert auf. Doch dann erkannte sie, dass das nicht genügte. Es war unwichtig, was Nellie gesehen oder nicht gesehen hatte und was sie sagen oder nicht sagen würde, falls Chris die Wahrheit erzählte. Falls … Würde er es tun? Alexa konnte es nicht sagen. Sie hatte Chris seit drei Jahren nicht gesehen. Sie wusste, warum er in diesen drei Jahren geschwiegen hatte. Er hatte es ihr gesagt, als er sie nach dem Abitur rausgeworfen hatte. Das war Monate nach Nellies Verschwinden gewesen. Monate, in denen sie sich belauert hatten wie zwei Todfeinde, in denen jedoch keiner von ihnen die Kraft aufgebracht hatte, die Situation endgültig zu klären – auf welche Weise auch immer.

»Alexa, ich will dich nie wiedersehen. Ich habe für dich getan, was ich konnte, ab sofort bist du auf dich allein gestellt. Du hast dein Abi und bekommst vermutlich ein Stipendium. Aber selbst wenn nicht: Ich kann und werde nichts mehr für dich tun. Bis auf eins: Ich werde der Polizei nicht erzählen, was du getan hast. Denn ich weiß, dass du es für Nellie getan hast und dass ihr Verschwinden für dich die größte Strafe ist. Aber ich will dich nie wiedersehen, und glaub mir: Solltest du hier auftauchen, rufe ich sofort die Polizei.«

Alexa hatte immer vermutet, dass dies nur die halbe Wahrheit war. Vor drei Jahren hatte Chris auch um seinen Ruf und seine Zukunft als Kinderarzt gefürchtet, falls bekannt würde, dass seine Nichte eine dreifache Mörderin war. Doch inzwischen hatte er seinen Ruf und seine Zukunft längst verspielt, weil er zum Trinker geworden war. Bedeutete das, er würde die Wahrheit sagen, wenn Nellie wiederauftauchte?

Alexa ließ die Scheibe wieder hoch und starrte in den Regen hinaus. Dann wurde ihr klar, dass sich die Frage gar nicht stellte. Natürlich würde Chris die Wahrheit sagen. Ihm bliebe gar nichts anderes übrig. Wenn Nellie wiederauftauchte, würde die Polizei genau nachhaken, warum sie eigentlich weggelaufen war. Und selbst wenn Nellie nicht aussagen würde, würde Ruth es tun. Die Polizei würde von dem Kampf erfahren. Und dann würde Chris zu seiner Verteidigung reden und der Polizei seine Version der Geschehnisse erklären müssen. Und dann?

Vor Angst verkrampfte sich Alexas Magen. Natürlich könnte sie Chris' Vorwürfe bestreiten, aber was, wenn sie damit nicht durchkäme? Sie blickte zum Blockhaus hinüber, und plötzlich wurde ihr klar, dass sie Nellie jetzt noch nicht sehen durfte. Sie musste erst überlegen, wie sie ihre gemeinsame Zukunft sichern konnte.

Alexa legte die Hand auf den Schaltknüppel und legte den Rückwärtsgang ein. Noch nie war ihr etwas so schwergefallen, dennoch wendete sie den Wagen. Sie wollte ins Wohnheim zurückfahren, um in ihrem Zimmer in Ruhe nachzudenken. Doch eins war ihr jetzt schon klar: Wenn sie die nächsten Jahre nicht im Gefängnis verbringen wollte, musste sie Chris zum Schweigen bringen. Doch wie?

Während Alexa auf der L233 Richtung Aachen fuhr, dachte sie über verschiedene Möglichkeiten nach. Sie hatte keine Skrupel, Chris' Tod zu planen. Die Zeiten waren längst vorbei, als sie zu ihm aufgesehen hatte, als er ihr wichtigster Verbündeter gewesen war – im Kampf gegen Nicole, gegen Nellies Mutismus und gegen die Armut. Das Bild des strahlenden Retters hatte im Lauf der Jahre zu viele Kratzer bekommen. Weil Chris es nicht geschafft hatte, sich gegen Nicoles Umzugsplan durchzusetzen. Weil er wachsweich in den Händen dieser Bettina gewesen war. Und in Katjas. Und in ihren eigenen.

Alexa dachte auch darüber nach, was sie wegen Ruth

Kettler unternehmen sollte. Drohte ihr von der Frau Gefahr? Vermutlich nicht – einerseits. Andererseits hatte Ruth drei Jahre mit Nellie zusammengelebt. Wer wusste denn, was Nellie ihr alles anvertraut hatte? Zwar schien Ruth keinen Verdacht gegen Alexa zu hegen, doch wenn sie von der Polizei befragt würde … Die Polizei würde möglicherweise ihre ganz eigenen Schlussfolgerungen ziehen und dann …

Alexa bremste ab, als ein anderer Wagen unerwartet vor ihrem einfädelte. Und dann leuchtete er plötzlich hell in ihrem Kopf auf, der brillante Einfall, der Geistesblitz. Sie konnte Ruth benutzen, um Chris endgültig zu belasten. Wenn sie Ruth auf dieselbe Art und Weise tötete wie die anderen drei, dann die Tatwaffe bei Chris deponierte und Chris' Suizid vortäuschte, dann wäre sie endgültig in Sicherheit. Und sie hatte auch schon eine Idee, wie sie das vollbringen konnte …

Im Schlafzimmer ihres derzeitigen Zuhauses riss Alexa sich aus ihren Erinnerungen los. Sicherheit. Ein schönes Wort. Sie hatte sich immer nach Sicherheit für Nellie und für sich gesehnt. Doch hatte sie sie bekommen?

Alexa trat zum Fenster. Durch die Scheibe sah sie Nellie und Bertie im Garten herumtollen. *Sicherheit,* wiederholte sie in Gedanken, und plötzlich wusste sie genau, welche Entscheidung sie treffen musste.

Es war Viertel nach zwei, als Frank und Benny losfuhren, um Alexa Danner abzuholen. Der Hausmeister hatte das Beil ohne Zögern als Eigentum des Studentenwohnheims identifiziert, und Frank hatte einen Haftbefehl in der Tasche. Er lautete zunächst nur auf *Verdacht des Mordes an Ruth Kettler*. Mikat persönlich hatte ihn beantragt.

Wäre es nach Frank gegangen, hätte der Haftbefehl auch den Vorwurf des Mordes an Chris Danner, Nicole Danner, Bettina Kersthoff und Katja Harting umfasst, doch Mikat war hart geblieben.

»Erst wenn wir mindestens ein Indiz haben, das über reine Spekulation hinausgeht. Ich lehne mich diesbezüglich nicht aus dem Fenster, um später einen Rückzieher machen zu müssen. Kein Grund zur Eile. Warten wir ab, was die Vernehmung bringt.«

Frank verstand seinen Chef durchaus. Aus Mikats Sicht bestand kein Grund zur Eile. Mikat hatte Mick nie gemocht, und ob dieser einige Stunden oder Tage länger im Gefängnis einsaß, störte ihn nicht. Doch Frank störte es. Und nicht nur das. Er hatte gehofft, mit einem möglichst umfassenden Haftbefehl von vornherein Druck auf Alexa Danner ausüben zu können.

Frank hatte Alexa während der jahrelangen Ermittlungen nur zweimal getroffen, doch er ahnte, dass es schwierig werden würde, sie zu einem Geständnis zu überreden. Sie war hochintelligent und studierte nicht umsonst Jura. Sie musste wissen, dass es unter Umständen klug sein konnte, einen Mord zu gestehen, den die Polizei ohnehin beweisen konnte. Doch freiwillig vier weitere? Auf keinen Fall.

Und sie würde sich kein weiteres Mal versehentlich verplappern. Dazu war sie ebenfalls zu intelligent und zu kontrolliert. Frank ahnte, dass Alexa über große Selbstbeherrschung verfügte, sonst hätte sie nicht fünf Menschen töten können, ohne in Verdacht zu geraten. Und sie besaß offensichtlich auch die Gabe, Menschen zu manipulieren.

Frank war bereits um sechs im Präsidium gewesen

und hatte vor der Besprechung mit Mikat noch einmal die alten Berichte studiert. Er hatte nach weiteren Indizien gesucht, die Alexa mit den früheren Morden in Verbindung brachten, vergeblich. Stattdessen jede Menge Hinweise, wie geschickt Alexa die Beamten manipuliert hatte. So hatte sie zum Beispiel nach dem Mord an Bettina gegenüber Charly und Mick glaubwürdig dargelegt, dass sie die Beziehung zwischen ihrem Onkel und Bettina nicht ernst genommen hatte. Sie hatte sogar das frühe Ende der Beziehung als Beweis ihrer These angeführt. Dabei hatte sie – wie im Nachhinein klar wurde – erst während des Streits im Foyer des Präsidiums davon erfahren.

Frank hatte noch weitere Hinweise auf Alexas geschickten Umgang mit Lüge und Wahrheit entdeckt, und diese Geschicklichkeit beunruhigte ihn. Was, wenn sie sich mit dieser Geschicklichkeit aus der Anklage wegen der alten Morde herauswinden würde? Natürlich würde sie wegen des Mordes an Ruth Kettler verurteilt werden. Aber was, wenn es nicht zu einem Urteil in den anderen Fällen reichte? Im Fall Katja Harting?

Unter anderen Umständen hätte diese Aussicht Frank nicht allzu sehr beunruhigt. Er wusste aus langjähriger Erfahrung, dass in manchen Fällen zwar die ganze Wahrheit bekannt war, vor Gericht aber nur ein Teil davon bewiesen werden konnte. Doch in diesem Fall würde das nicht reichen. Jeder noch so geringe Zweifel an Alexas Schuld an Katjas Tod wäre zugleich ein Zweifel an Micks Unschuld. Und Frank hatte Angst, dass diese Zweifel auch an Mick nagen würden. Deswegen brauchte er Alexas Geständnis.

»Wir sind da, Chef«, unterbrach Benny seine Gedanken. »Soll ich gleich hier rechts parken? Dort vorn ist nichts frei.«

Frank sah durch die Windschutzscheibe auf die baumbestandene Straße, die friedlich im Licht der Oktobersonne lag. Sie waren noch etwa fünfzig Meter von dem Haus entfernt, in dem Alexa und Nellie derzeit wohnten, und tatsächlich waren sämtliche geeigneten Lücken zwischen den Bäumen mit Autos zugeparkt, etwas überraschend für diese Tageszeit.

»Nein, fahr vors Haus und stell den Wagen auf der Straße ab. Falls es bei der Verhaftung Schwierigkeiten gibt. Je kürzer der Weg von der Haustür zum Auto, desto besser.«

Eine Minute später parkte Benny den Dienstwagen regelwidrig vor dem Haus auf der Straße, obwohl er nicht ganz verstand, wieso das von Vorteil sein sollte. Er hatte keine Ahnung, wie Alexa auf den Haftbefehl reagieren würde, aber in einem Punkt war er sicher: Sie würde nicht fliehen und Nellie sich selbst überlassen.

Doch er hakte nicht noch einmal nach, sondern stellte nach dem Aussteigen lieber die Frage, die er schon während der Fahrt angebracht hätte, wäre Frank nicht so tief in Gedanken versunken gewesen. »Darf ich sie verhaften?« Und auf Franks fragenden Blick hin fuhr er fort: »Na ja, es ist meine erste Verhaftung. Ich würde es gern sagen. Die Sache mit dem Haftbefehl und die offizielle Verwarnung …«

»Warum?«

Benny zögerte. »Ich würde es gern für mich abschließen«, sagte er schließlich. »Weil ich vermutlich nicht bei ihrer Vernehmung dabei sein werde.«

Es war nur die halbe Wahrheit. Benny hatte das Gefühl, dass die Verhaftung tatsächlich seine Aufgabe war. Teilweise weil er die Dinge ins Rollen gebracht hatte. Teilweise weil er in der letzten Woche bei seinen täglichen Besuchen eine Beziehung zu Alexa Danner aufgebaut hatte. Teilweise weil er genau deswegen die Verhaftung nicht vornehmen wollte und sich beweisen musste, dass er es dennoch konnte.

Aber zu seiner Überraschung sagte Frank Nein.

Frank bemerkte den enttäuschten Ausdruck in Bennys Gesicht, entschied jedoch, seine Entscheidung nicht zu erklären – zumal er kein rationales Argument zur Begründung hätte anführen können. Benny verdiente es zweifellos, dass sein Wunsch erfüllt wurde. Doch als Frank aus dem Wagen gestiegen war, hatte eine düstere Vorahnung ihn überfallen. Er wusste nicht, woher sie kam, doch wenn bei Alexas Verhaftung etwas schiefgehen sollte, sollte Benny sich nicht verantwortlich fühlen.

Frank wandte sich an die beiden Frauen, die ihnen in einem zweiten Wagen gefolgt waren, eine Kripobeamtin und eine Frau vom Kriseninterventionsteam, die sich um Nellie kümmern sollte, wenn sie Alexa mitnahmen. »Fertig?«

Beide nickten.

»Dann los.«

Alexa war in der Küche, als die Polizisten kamen. Sie hatte Nellie ihre Lieblingspfannkuchen gebacken und sie dann wieder mit Bertie in den Garten hinausgeschickt. Sie wollte nicht gestört werden, während sie ihre Vorbereitungen traf.

Es dauerte nicht lange. Nachdem sie alles erledigt hatte, setzte Alexa sich an den Küchentisch, um auf die Polizei zu warten. Sie war überzeugt, dass sie kommen würden, um sie zu Ruths Besuch im Wohnheim zu vernehmen. Die einzige offene Frage lautete: Würden sie sie auch verhaften? Beziehungsweise: Würden sie sie auch verhaften wollen? Denn natürlich würde Alexa sich nicht verhaften lassen. Sie hatte Nellie versprochen, sie nie wieder alleinzulassen, und sie würde dieses Versprechen nicht brechen.

Die Frage wurde beantwortet, als Alexa den Wagen hörte. Er schien genau vor dem Haus zu halten. Alexa trat zum Fenster und spähte hinaus. Zwei Männer stiegen aus, Kommissar Kämpfer und ein älterer Kriminalbeamter, den sie von früher kannte, auch wenn ihr sein Name gerade nicht einfiel.

Ein kleiner Seufzer entfuhr Alexa, als sie sah, dass die beiden nur zu zweit waren. Sie hatte zwar keine Ahnung von den genauen Abläufen bei polizeilichen Einsätzen und wusste daher nicht, ob zur Verhaftung einer Frau eine weibliche Beamtin benötigt wurde. In einem Punkt aber war sie sicher: Wenn die Männer sie verhaften wollten, hätten sie jemanden mitgebracht, der sich anschließend um Nellie kümmern würde.

Der Kampf ging also weiter. Alexa drückte den Rücken durch und holte tief Luft. Doch dann sah sie einen zweiten Wagen die Straße entlangkommen und hinter dem Wagen der Kommissare anhalten. Zwei Frauen stiegen aus und gingen auf die Polizisten zu. Also doch.

Alexa seufzte ein zweites Mal. Sie brauchte einen kurzen Moment, um umzuschalten. Vom Kampfmodus in … Sie wusste nicht, wie sie es nennen sollte, aber das war unwichtig. Ihr Plan stand fest. Sie wusste, was sie zu tun hatte. Sie hatte ihre Entscheidung getroffen. Und sie zögerte nicht.

Alexa zog sich vom Fenster zurück, trat zur Spüle, nahm etwas Seife aus dem Spender und wusch sich gründlich die Hände. Sie trocknete sie gerade ab, als es klingelte.

Alexa ließ sich nicht stören. Sie hängte das Handtuch sorgfältig über die Lehne eines Stuhls, trat zum Messerblock und griff nach dem schärfsten Messer, das er zu bieten hatte. Es war blitzsauber, Alexa hatte es vor einer Stunde gespült und überprüft. Für einen Moment wog sie das Messer in der Hand. Es fühlte sich nicht so gut an wie eine Axt oder ein Beil, doch es wäre ihr nicht eingefallen, Nellies und ihr Leben mit demselben Instrument zu beenden, das sie für ihre Feinde gewählt hatte. Und natürlich durfte Nellie nicht leiden.

Es klingelte zum zweiten Mal, als Alexa die Küche verließ und durch das Wohnzimmer ging, doch sie nahm es kaum wahr, denn sie war längst im Tunnel. Sie bewegte sich feierlich gemessenen Schrittes wie eine Priesterin auf dem Weg zum Opferaltar. Die Assoziation ließ Alexa das Messer heben, als sie auf die Terrasse trat, und für einen Augenblick blitzte die Sonne auf der Schneide.

»Lexie!« Nellie hatte sie gesehen und winkte ihr zu.

Alexa beschleunigte ihre Schritte. Auch Nellie lief los und fiel ihr am Rand des Rasens in die Arme.

»Was ist mit dem Messer?«, fragte sie. »Willst du Blumen schneiden? Bekommt jemand ein Geschenk?«

»Du«, entgegnete Alexa lächelnd, obwohl in dem herbstlichen Garten nichts mehr blühte. »Aber erst machen wir ein Spiel. Komm!«

Sie führte Nellie zur Mitte des Rasens und forderte sie auf, sich zu setzen. Gehorsam ließ Nellie sich nieder und streckte die langen Beine aus. Sie griff zu einem kupferfarbenen Blatt, das von einem Strauch ins Gras gesegelt war, und drehte es zwischen den Fingern. Alexa kniete sich hinter ihre kleine Schwester und schlang erst ihren linken, dann ihren rechten Arm um sie, sodass das Messer locker in Nellies Schoß zu liegen kam. Instinktiv schmiegte Nellie sich an ihre große Schwester, und so verharrten sie eng umschlungen, aufmerksam beobachtet von Bertie, der sich wenige Meter entfernt niedergelegt hatte.

»Das ist schön«, seufzte Nellie, legte das Blatt auf ihre offene Handfläche und pustete es davon.

»Fühlst du dich sicher?«

»Ja.«

»Ganz sicher?«

»Ja.«

»Dann ist es gut.«

Ohne den engen Kontakt zwischen ihnen zu unterbrechen, hob Alexa das Messer.

Zuerst hörten sie ein Bellen. Es schien von der Rückseite des Hauses zu kommen. Es klang wütend, vor allem aber war es laut. Dann hörten sie einen Schrei, der sofort abriss. Dann Stille.

Frank und Benny sahen sich an.

Die beiden Frauen, die mit ihnen vor der Haustür standen, sahen sich an.

Alle vier rannten gleichzeitig los.

Als Alexa die Augen aufschlug und in die grelle Helligkeit sah, war der erste Gedanke, der in ihrem verwirrten

Gehirn Gestalt annahm, dass sie sich geirrt hatte. Sie hatte nie an Gott oder ein Leben nach dem Tod geglaubt. Sie hatte sogar schon als Fünfjährige Zweifel angemeldet, wenn die Erzieherinnen des katholischen Kindergartens ihnen aus der bebilderten Bibel vorlasen. Aber hier war sie immer noch! Mit durchschnittener Kehle! Sie war tot und gleichzeitig bei Bewusstsein! Also mussten die Geschichten vom ewigen Leben doch wahr sein.

Alexas zweiter Gedanke war eine Frage: Wo war sie? Im Himmel oder in der Hölle?

Sie versuchte, den Kopf zu drehen, doch es gelang ihr nicht. Angestrengt starrte sie in das gleißende Licht. Es kam ihr bekannt vor. Natürlich. Es war die Sonne. Ganz sicher! Nicht das Fegefeuer! Sie war also tatsächlich im Himmel gelandet. Aber wenn es tatsächlich einen Himmel gab, musste es auch einen Gott geben. Wo war er?

Die Frage wurde prompt beantwortet, als sich ein Gesicht über sie beugte und einen Schatten auf sie warf. Zumindest hielt sie den zugehörigen Mann für Gott. Oder war es Petrus? Wachte der nicht an der Himmelspforte? Alexa dachte kurz darüber nach, hielt es jedoch für unwahrscheinlich. Aus irgendeinem Grund hatte sie sich Petrus immer dick vorgestellt, doch das Gesicht über ihr gehörte zweifellos zu einem Asketen. Es war sehr schmal, hatte eingefallene Wangen und ein spitzes Kinn, dazu kurz geschorenes graues Haar und müde blaue Augen. Das ganze Gesicht wirkte müde. Oder lag das an der Perspektive? Und war es auch der Perspektive geschuldet, dass ihr das Gesicht bekannt vorkam? Nein, vermutlich hatte sie sein Bild in einem Buch in besagtem Kindergarten gesehen. Alexa versuchte, sich zu erinnern, was sie dort alles über Gott gelernt hatte. Viel fiel ihr nicht ein.

Nur dass man es sich mit ihm besser nicht verdarb, deshalb lächelte sie das Gesicht vorsichtig an.

Gott lächelte nicht zurück, stattdessen sagte er etwas, das Alexa nicht verstand. Die Worte klangen so undeutlich, als spräche er in einer fremden Sprache. Sie wunderte sich. Gott musste doch wissen, welche Sprache zu welchem Toten passte. Oder wusste er am Ende gar nicht, wer sie war? Lag womöglich eine Verwechslung vor? Gehörte sie doch in die Hölle? So naheliegend der Gedanke auch war, flößte er Alexa Furcht ein. Sie wollte nicht in die Hölle! Wenn es einen Himmel gab, dann wollte sie hinein. Sie wollte zu Nellie, die doch bestimmt hier irgendwo war!

Alexa brach der Schweiß aus. Feucht und klebrig bildete er einen Film auf ihrer Stirn und ihren Händen. Oder war es Blut? Nellies Blut oder ihr Blut?

Gott sprach weiter, und sein Antlitz kam immer näher. Es nahm einen besorgten Ausdruck an. Besorgt starrte Alexa zurück, und als schaffte die gemeinsame Besorgnis eine Brücke zwischen ihnen, konnte Alexa die Worte plötzlich verstehen.

»Sag mir, hast du Katja Harting getötet?«

Für einen Sekundenbruchteil war Alexa verwirrt – falls solche Einheiten im Jenseits überhaupt eine Rolle spielten –, dann wurde ihr schlagartig alles klar: Sie war noch nicht im Himmel, sondern beim Jüngsten Gericht. Und der Herr des Jüngsten Gerichtes hielt sich – sie musste ihm unwillkürlich Respekt zollen – nicht lange mit Nebensächlichkeiten auf, sondern kam gleich zum Kern der Sache: zu Katja Hartings Tod.

Alexa spürte Erleichterung. Das konnte nur bedeuten, dass ihr das Jüngste Gericht die Morde an Nicole und Bettina verzieh. Dass es anerkannte, wie wichtig und notwendig die Taten gewesen waren, um Nellie vor dem Umzug zurück nach Stuttgart und vor einer Stieftante wie Bettina zu bewahren. Aber bei Katja lagen die Dinge natürlich anders. Für deren Tod musste sie sich rechtfertigen. Denn der war keine Notwendigkeit gewesen, sondern sozusagen ein Unfall.

Das Gesicht über Alexa neigte sich noch tiefer zu ihr herab. »Warum hast du Katja getötet?«

Alexa wunderte sich. Kannte das Jüngste Gericht den Grund nicht ohnehin? Oder war dies ihre Chance, mit eigenen Worten zu schildern, was passiert war? Aber wie detailliert sollte sie die Vorgänge beschreiben? Sollte sie auch die Vorgeschichte erzählen? Wie sie Chris und Katja eines Tages zufällig händchenhaltend in einem Café gesehen hatte? Wie sofort ihre Alarmglocken geschrillt hatten, weil sie gefürchtet hatte, die Geschichte mit Bettina könne sich wiederholen. Wie sie Angst gehabt hatte, auch Katja könne zur Bedrohung der Idylle zwischen Chris und Nellie und ihr selbst werden. Wie sie Chris und Katja hinterherspioniert hatte. Wie sie herausgefunden hatte, dass Katja verheiratet war. Wie sie einen Plan ausgearbeitet hatte. Wie sie an jenem Sonntagnachmittag zu Katja gefahren war, um sie vor die Wahl zu stellen: Entweder sie ließ Chris in Ruhe, oder Alexa würde ihrem Mann von der Affäre erzählen. Und wie Katja reagiert hatte. Nicht verängstigt, nicht ertappt.

Katja hatte die Affäre zugegeben und erklärt, dass sie ihren Mann verlassen werde, weil der eine andere liebe. Sie hatte auch erzählt, dass sie Chris zwar sehr gernhabe, aber noch nicht wisse, wohin die Beziehung führen würde. Und dann hatte sie den Spieß umgedreht und

Alexa befragt. Warum sie sich Sorgen mache und dass dies nicht nötig sei, da Chris sie und Nellie von ganzem Herzen liebe. Dass er nie eine Frau heiraten würde, die von Alexa und Nellie nicht akzeptiert würde. Sie war so verständnisvoll gewesen, dass Alexa schließlich einfach aufgestanden war, um zu gehen.

»Warum hast du Katja getötet? Warum?« Das Antlitz des Jüngsten Gerichtes schien über Alexa zu schweben. Sonnenstrahlen umgaben es wie ein Heiligenschein. Vielleicht war es auch ein Heiligenschein.

Alexa wollte antworten, doch sie schaffte es nicht. Reichte es nicht, wenn sie sich die Antworten dachte? Bestimmt verstand das Jüngste Gericht ihre Erklärung auch ohne Worte.

Sie hatte Katja getötet, weil diese das Beil entdeckt hatte, das Alexa für den Fall der Fälle mitgenommen hatte. Während des Gesprächs mit Katja hatte Alexa ihren Rucksack auf dem Schoß gehalten. Der Rucksack hatte eine defekte Schnalle. Beim Aufstehen rutschte er ihr vom Schoß, die Klappe öffnete sich, und das Beil fiel heraus. Alexa griff schnell danach, doch Katja hatte es bereits bemerkt. Und an ihrem Gesicht konnte Alexa ablesen, dass sie um die Bedeutung des Werkzeugs wusste.

So war Katja doch noch zur Bedrohung geworden!

Alexa hatte sie getötet und ihr mit einer Schere aus der Küche die Haare abgeschnitten. Warum sie Letzteres getan hatte? Ein Reflex, nachdem sie es schon bei Bettina getan hatte. Und bei Bettina hatte sie es getan, weil Miranda ihr einmal erzählt hatte, dass in manchen Kulturen das Abschneiden der Haare als besondere Strafe und Zeichen der Schande galt. Alexa hatte der Gedanke gefallen, deshalb hatte sie ihn in die Tat umgesetzt. Ruth wiederum hatte sie die Haare abgeschnitten, um deren Tod mit den anderen Morden zu verbinden. Um die Polizei auf Chris' Fährte zu locken.

Als sie diesen Gedanken formulierte, bekam Alexa es plötzlich wieder mit der Angst zu tun. Vielleicht sollte sie mit ihren Gedanken nicht so freizügig sein. Hatte das Jüngste Gericht auch dieses gedachte Eingeständnis vernommen? Und wie würde es darauf reagieren? Selbst wenn das Jüngste Gericht Katjas Tod verzieh – vergab es ihr dann auch die Morde an Ruth und Chris?

Ängstlich versuchte Alexa in den Augen des Jüngsten Gerichtes die Antwort zu lesen. Sie musste in den Himmel kommen! Sie musste mit Nellie zusammen sein! Sie tauchte tief ein in die Augen des Jüngsten Gerichtes, war sich jedoch nicht sicher.

Da öffnete sich abermals der Mund und sprach zu ihr. Verkündete er das Urteil? Unter größter Anstrengung verstand Alexa endlich die Worte. Sie ergaben keinen Sinn und verwirrten sie zutiefst. Sie lauteten:

»Hast du Katja getötet? Bitte, du musst es mir sagen!«

Alexa starb mit offenen Augen. Frank starrte verzweifelt in diese Augen und wandte seinen Blick erst ab, als der Notarzt eintraf, den die Kollegin vom Kriseninterventionsteam gerufen hatte.

»Sie sind zu spät«, sagte Frank und hörte selbst, dass der Satz wie ein Vorwurf klang.

»Vielleicht lassen Sie mich das entscheiden«, entgegnete der Mediziner barsch.

Frank erwiderte nichts. Er stand mühsam auf und sah sich um. Der Rasen glich einem Schlachtfeld. Einige Meter weiter lag Nellie in einer Blutlache. Sie war schon tot gewesen, als Frank und seine Kollegen in den Garten geeilt waren. Alexa hatte ein paar Meter entfernt gelegen. Bertie hatte seine Zähne in ihre Kehle geschlagen und war dabei gewesen, sie noch weiter wegzuzerren. Er hatte die Zähne nur kurz gelöst, um Frank anzuknurren, als der sich näherte.

Frank hatte nur einmal versucht, den Hund von seinem Opfer wegzuscheuchen. Als ihm klar geworden war, dass er es nicht schaffen würde, hatte er ohne Zögern zur Waffe gegriffen. Jetzt lag Bertie einen knappen Meter von Alexa entfernt, sein grau-schwarzes Fell verklebt mit rotem Blut, das nur zum Teil sein eigenes war.

»Es tut mir leid, alter Junge«, murmelte Frank.

Dann hörte er eine bekannte Stimme und drehte sich um. Wolfgang Mikat trat durch das Gartentor und kam auf ihn zu. Frank ging ihm entgegen, und sie trafen sich auf der Höhe der Terrasse. Mikat war hochrot im Gesicht.

»Stimmt es, dass sie beide tot sind?«

Frank nickte.

»Verfluchter Mist. Und wie sollen wir das erklären?«

Das war Franks geringste Sorge, und er sparte sich die Mühe einer Antwort.

»Erzähl mir, was passiert ist«, verlangte Mikat.

Frank fasste es zusammen. »Ich kann nur vermuten, dass sie uns durchs Fenster sah, ihre Verhaftung befürchtete und diesen Ausweg wählte. Es gibt wohl wenig Zweifel daran, dass sie erst Nellie die Kehle durchschnitt und dann auf die gleiche Weise Suizid verüben wollte. Der Hund verhinderte das zunächst, indem er sich auf sie stürzte. Vermutlich tat er das, weil Alexa sein Frauchen angegriffen hatte. Die Obduktion wird klären, woran Alexa genau starb – an den Bissen oder Verletzungen durch die Krallen oder ob sie sich selbst tödliche Schnittwunden zufügte.«

»Aber als du kamst, lebte sie noch? War sie bei Bewusstsein? Hat sie etwas gesagt?«

»Sie war bei Bewusstsein. Ich habe sie gefragt, ob sie Katja getötet hat.« Frank musterte seinen Chef, den er nie gemocht hatte. Dann sah er auf Alexas Leiche hinunter, auf die schweren Verletzungen an ihrer Kehle, und fragte sich, was der Obduktionsbericht ergeben würde. Und dann dachte er an Mick und wusste, dass er es wenigstens versuchen musste. »Sie hat Ja gesagt.«

Im Schutz des Drachen

Mick wurde zwei Tage nach Alexas Tod aus der U-Haft entlassen, die Ermittlungen gegen ihn wurden eingestellt. Seine Entlassung aus der JVA Aachen glich einem Triumphzug. Sämtliche Kollegen des KK11 und etliche aus anderen Abteilungen waren gekommen. In einem Autokorso brachten sie ihn in die Stadt. Dietmar und ein ähnlich gebauter Kollege nahmen ihn auf die Schultern und trugen ihn in die Kneipe, wo sie bis in die Nacht hinein feierten. Es gab nur drei Personen, die nicht betrunken nach Hause wankten. Der Erste war Benny, den die Haltung seiner Kollegen einmal mehr befremdete. Der Zweite war Frank, der sich nie betrank. Der Dritte war Mick, der sich immer wieder umsah, als suchte er jemanden oder als litte er an Verfolgungswahn. Anders als bei früheren Partys wollte er als Erster gehen und bat Frank, ihn nach Hause zu fahren.

Das alles erfuhr Charly, die nicht dabei gewesen war, von Simon. Der hatte zwar ebenfalls nicht mitgefeiert, war aber wie gewöhnlich gut informiert. Er berichtete Charly auch von Alexas erweitertem Suizid. Es war ein Begriff, den sie sonst als verharmlosend ablehnte – in ihren Augen war ein Mensch, der andere Menschen mit in den Tod nahm, ein Mörder, schlicht und einfach. Doch auf den Tod der Danner-Schwestern schien der Begriff auf grausige Weise zu passen.

»Und Alexa hat tatsächlich gestanden, Katja getötet zu haben?«, fragte sie noch einmal nach. Sie wollte das Gefühl der Erleichterung nicht zu früh zulassen.

»Kurz und knapp und mit einem einzigen Wort«, bestätigte Simon. »Frank hat es bezeugt. Ein Glück, dass er dabei war! Dir hätten die Kollegen sicherlich nicht mehr geglaubt.« Selbst durchs Telefon nahm Charly sein Raubvogelgrinsen wahr.

Wohl nicht, dachte sie und beendete das Gespräch. Einen Moment stand sie still da, glücklich. Dann griff sie zu Farbeimer und Farbrolle und machte dort weiter, wo Simons Anruf sie unterbrochen hatte. Da sie immer noch suspendiert war, hatte sie mit der Renovierung ihrer Wohnung begonnen. Jill hatte ihr Tipps gegeben, und Charly hatte mehrere Eimer bunter Farbe gekauft. Es war zur Hälfte Therapie, zur Hälfte Trotz. Da ihre Zukunft alles andere als rosig schien, wollte sie wenigstens ihrem Zuhause Farbe verleihen.

Am Freitagabend war Charly fertig mit Streichen, und am Samstag fuhr sie zum Wandern in die Eifel. Obwohl sie ihren Gedanken nicht entkommen konnte, tat der Ausflug ihr gut. Doch als sie am späten Nachmittag zurückkam, wusste Charly, dass die kurze Flucht ein Fehler gewesen war, denn in ihre Wohnung war eingebrochen worden.

Auch wenn sich an der Eingangstür keine Spuren fanden, merkte Charly es sofort an dem Durcheinander im Flur. Zwei ihrer Schuhe lagen achtlos herum, als sei der Einbrecher darüber gestolpert. Die halb leeren Farbeimer, die sie am Montag entsorgen wollte, waren verrückt worden. Drei fehlten. Auch an der Garderobe hatte sich jemand zu schaffen gemacht. Allerdings fehlte hier nichts, sondern es war etwas hinzugekommen. Eine abgewetzte braune Lederjacke. War der Einbrecher etwa noch in der Wohnung? Doch welcher Einbrecher hängte erst einmal ordentlich seine Jacke auf, bevor er sich an die Arbeit machte? Und welcher Einbrecher summte Nickelbacks *I'd come for you* bei ebendieser Arbeit?

Charly stellte ihren Rucksack ab und folgte dem Summen ins Wohnzimmer.

Mick hatte die Couch von der Wand weggerückt, die Charly vor zwei Tagen in einem hellen Karamellton gestrichen hatte, und war damit beschäftigt, ein Bild an ebendiese Wand zu malen. Nicht irgendein Bild. Es war ein riesiger Drache, der Charly an das Tattoo auf Micks Rücken erinnerte. Und dieser Drache hatte offensichtlich dieselbe Funktion: Wenn das Sofa wieder an seiner gewohnten Stelle stand, würde er sich darüber erheben, als wäre das Sofa sein Nest, das er bewachte.

Ohne sich umzudrehen, sagte Mick: »Mir war nicht klar, dass auch du einen Schutzdrachen brauchst, sonst hätte ich dir viel früher einen gemalt. Wenn du dich noch fünf Minuten geduldest, bin ich fertig.«

Er tauchte seinen Pinsel erneut in den Eimer mit der lila Farbe, die Charly für ihr Schlafzimmer verwendet hatte, und malte mit schwungvollen Bögen den Hals. Es war eher eine Skizze als ein Gemälde, die Schuppen waren nur angedeutet.

Charly lehnte sich gegen den Türrahmen. »Und du findest, Apfelgrün und Lavendellila sind die richtigen Farben für einen Drachen?«

»Was kann ich dafür, dass du neuerdings auf Bonbonfarben stehst? Vom Rot ist nur noch ein kleiner Rest übrig, aber den brauche ich jetzt.« Mick öffnete den Eimer, tauchte einen frischen Pinsel hinein und malte dem Drachen zwei dunkelrote Augen. Dann drehte er sich um, und sie sahen sich an. »Und? Gefällt's dir?«

Charly nickte stumm. Sie würde den ersten Menschen erschießen, der dem Bild auch nur einen bösen Blick zuwarf. »Hat er einen Namen?«, fragte sie.

»Noch nicht, aber da er ein Schutzdrache ist, wäre Simon ganz passend. Vielleicht kaufe ich noch etwas Goldfarbe und male ihm eine Polizeimarke.«

»Guter Vorschlag.«

Mick nickte und stellte die benutzten Pinsel in die Dose, die auch Charly für diesen Zweck verwendet hatte. Dann richtete er sich auf. »Ich wasche die Dinger lieber aus, bevor die Farbe eintrocknet. Wo warst du eigentlich?«

»In der Eifel. Wandern.«

»Oh gut, dann hast du bestimmt Hunger. Ich habe eingekauft, sieh mal im Kühlschrank nach. Kochen wir zusammen? Und anschließend vielleicht eine Runde Snooker? Ich habe ewig nicht gespielt.«

Danksagung

Die erste Idee zu diesem Kriminalroman kam mir vor über vier Jahren. Seitdem ist einiges geschehen. Viele Menschen mussten auf dem Papier ihr Leben lassen, und noch mehr Menschen mussten im wirklichen Leben meine Fragen, Zweifel und unzählige Manuskriptversionen ertragen. Daher möchte ich mich an dieser Stelle bei allen Romanfiguren entschuldigen, denen ich ein unerfreuliches Ende bereitet habe, und bei allen realen Personen bedanken, die mir zum Glück helfen konnten, ohne ihr Leben zu geben.

Da sind zunächst meine professionellen Unterstützer: Ich danke meiner Agentin Franka Zastrow von der Thomas Schlück GmbH, die meinem Roman so viele Chancen eröffnete, und Anna-Lisa Hollerbach von Blanvalet, die eine dieser Chancen in einen Platz im Blanvalet-Verlagsprogramm umwandelte. Meiner Lektorin danke ich für viele hilfreiche Hinweise zu Sprache und Stil, den Korrektoren für die gründliche Durchsicht des Manuskripts.

Ein besonders herzliches Dankeschön schulde ich zwei professionellen Helfern aus einer anderen Branche: Ich danke EKHK Reinhard Pitz von der Aachener Kriminalpolizei, der mir stets gut gelaunt Einblick in seinen umfangreichen Wissens- und Erfahrungsschatz gab. Und ich danke Urs Wiesbrock, der wieder geduldig meine zahlreichen Fragen rund um das Thema Rechtsmedizin beantwortete. Ich habe versucht, ihren Antworten gerecht zu werden. Wenn der Roman dennoch Fehler enthält (und das tut er ganz bestimmt!), dann gehen diese allein auf mein Konto.

Allen bisher genannten Personen könnte man natürlich sagen: »Selbst schuld! Wer sich für die Buchbranche oder die Polizei entscheidet, muss damit rechnen, dass eines Tages eine Krimiautorin auftaucht und ihn oder sie mit Fragen und Manuskripten belästigt.« Die letzte Gruppe, bei der ich mich bedanken möchte, ist dagegen unschuldig in die Bredouille geraten. Es sind Menschen aus meinem persönlichen Umfeld, deren einziges Vergehen darin besteht, mich zu kennen. Dennoch müssen sie seit Jahren herhalten als Testleser, Mutmacher, Versuchskaninchen und vieles mehr. Diesen unschuldigen Menschen möchte ich herzlich für ihre Geduld und Zuneigung danken, insbesondere Burkhard, Frank, Claudia und Simone.

Und zum Schluss: Der Roman spielt in Aachen und Roetgen, doch es ist ein Roman, kein Reiseführer. Wer sich also aufmacht, die Schauplätze zu entdecken, wird feststellen, dass ich mich nicht immer akribisch an die Realität gehalten habe und dass zum Beispiel keiner der Tatorte exakt so existiert, wie ich ihn geschildert habe.

Petra Johann, Juli 2015